Wolfgang Alexander Thomas-San-Galli
Johannes Brahms

I0631925

SEVERUS

Thomas-San-Galli, W. A.: Johannes Brahms
Hamburg, SEVERUS Verlag 2013
Nachdruck der Originalausgabe von 1919

ISBN: 978-3-86347-355-6
Druck: SEVERUS Verlag, Hamburg, 2013

Der SEVERUS Verlag ist ein Imprint der Diplomica Verlag GmbH.

Bibliografische Information der Deutschen Nationalbibliothek:
Die Deutsche Nationalbibliothek verzeichnet diese Publikation in der
Deutschen Nationalbibliografie; detaillierte bibliografische Daten sind im
Internet über http://dnb.d-nb.de abrufbar.

Brahms nach einer Bleistiftskizze der Frau Maria Fellinger

W. A. Thomas-San-Galli

Johannes Brahms

Mit vielen Abbildungen,
Notenbeispielen und Faksimil

Geleitwort

Johannes Brahms ist heute nicht mehr nur eine Angelegenheit der deutschen Musik, er erobert die Welt; er wird in Frankreich, ja selbst in Italien und Rußland nicht mehr von den Programmen verschwinden. Trotzdem fehlte in seinem Heimatlande eine populäre, deutsche Biographie, die in einem handlichen Bande von ein paar hundert Seiten sein Leben und Schaffen künstlerisch darstellt. Das vorliegende Buch will diese Lücke ausfüllen, will das Lebensbild des Meisters plastisch schildern, ohne Vernachlässigung der historischen Wahrheit, doch weder biographisch-philologische, noch theoretisch-grammatikalische Untersuchungen hervorkehrend: der Lebensbaum, der da Brahms hieß, sollte gezeichnet werden, gleichsam wie eine Radierung, welche nur die markantesten Linien hervorhebt, die Werke, also die Früchte des Baumes sollten anschießen, wo sie gewachsen sind, mitten im Laub der Ereignisse, nicht davon abgetrennt. Das Buch möchte nicht nur belehren, sondern für Johannes Brahms begeistern und künstlerische Erhebung spenden.

Brahms schrieb einmal an Hermann Deiters: „Vortrefflich fände ich es, wenn jeder Künstler, groß oder klein, ernstlich vertrauliche Mitteilungen machen möchte . . . ." Er hat solche vertrauliche Mitteilungen nicht hinterlassen und daher ist schon mancherlei über sein Wesen und Wirken phantasiert worden. Es gibt einen Prüfstein: seine Briefe, die in bis jetzt 7 von der deutschen Brahms-Gesellschaft herausgegebenen Bänden vorliegen. Wenn Brahms auch nach eigenem Geständnis „nie einen vertraulichen Brief" geschrieben, so sind und bleiben doch Briefe, namentlich wenn sie zahlreich sind: Bekenntnisse. Auf diese vornehmlichsten Quellen, nämlich Briefe und Werke, stützt sich die nachfolgende Biographie vorwiegend; mündliche und schriftliche Erinnerungen von Zeitgenossen und Freunden des Meisters treten ergänzend hinzu.

Der Verfasser beschäftigt sich seit vielen Jahren mit Johannes Brahms und hat sich über die Brahmssche Kunst bereits, von

IV

verschiedenen Artikeln in Zeitungen und Zeitschriften abgesehen, in 2 Aufsätzen seines bei Hendel in Halle erschienenen Buches „Musikalische Essays" und in einer „Musikpsychologischen Studie in fünf Variationen" ausgesprochen. Als ausübender Künstler, Mitglied des „Süddeutschen Streichquartetts", hat er fast ein Jahrzehnt hindurch für Brahms wirken können.

Eine stattliche Anzahl von teilweise unbekannten Bildern und Faksimiles ergänzt den Text, ohne durch Übermaß zur selbstständigen Hauptsache zu werden, die die Harmonie der Darstellung gefährden würde.

Vielen habe ich, auch im Namen des Verlages, für die freundliche Überlassung von Illustrationsmaterial herzlich zu danken. So vor allem Frau Maria Fellinger in Berlin-Zehlendorf, die uns schon die Reproduktion der, zur Korrektur eines van Eickenschen Stiches entworfenen, ganz hervorragenden Skizze gütigst gestattete; wir bringen sie als Titelbild. Auch das Ölgemälde von Brahms vor Seite 201 und des Brahmshauses in Mürzzuschlag stammen von der Hand der Frau Fellinger; das letztere Bild hat sie selbst bereits in ihrem bei Breitkopf und Härtel erschienenen Büchlein „Brahms-Bilder" veröffentlicht. „Brahms in bester Laune" und „Brahms mit Fritz Steinbach und anderen" sind zwei der reizenden photographischen Aufnahmen, deren die musikalische Welt Frau Fellinger so manche verdankt. Erläuternd ist hier anzufügen, daß Brahms mit den „Schnadahüpfeln" auf der Karte an Frau Fellinger auf die „vier ernsten Gesänge" op. 121 anspielt.

Die Reproduktion des Bildes „Brahms in Karlsbad" gestattete mir Herr Musikschriftsteller Ludwig Karpath in Wien in liebenswürdiger Weise, dem ich auch sonst für manche Unterstützung besten Dank sage.

Ferner muß ich besonders auch Herrn Prof. Dr. Eusebius Mandyczewski, Archivar der Gesellschaft für Musikfreunde in Wien verbindlichst danken für die gütige Vermittlung des Reproduktionsrechtes verschiedener Manuskripte aus dem Besitze der genannten Gesellschaft.

Das Bild des Brahms-Hauses in Lichtental stammt aus der Hof-Kunsthandlung Gustav Salzer in Baden-Baden.

Gelingt es dem Buche Brahms neue Freunde zu erwerben, so ist sein Zweck erreicht.

Berlin, im September 1912.

Dr. W. A. Thomas-San-Galli.

Geleitwort zur 5. Auflage

Der Wunsch, der in den letzten Zeilen des vorstehenden Geleitwortes enthalten ist, hat in dem Erscheinen einer — durch den Krieg allerdings verspäteten 5. Auflage — seine Erfüllung gefunden.

Leider ist es meinem lieben Mann nicht mehr vergönnt, die Freude zu erleben, ein neues Geleitwort selbst zu schreiben, da auch er in den letzten schweren Kämpfen im Juni 1918 sein Leben fürs Vaterland hingegeben hat, beseelt und erfüllt von neuer Arbeit und neuen Plänen. Ich folge nun einer Bitte des Herrn Verlegers, indem ich diese Zeilen der 5. Auflage beilege und spreche den Wunsch aus, daß dem, dessen irdische Hülle in Frankreichs Erde ruht, in seinem lieben deutschen Vaterlande durch das weitere Erscheinen dieses Buches alte Freunde erhalten bleiben und neue erworben werden.

Badenweiler (Geburtsort des Verfassers), Mai 1919.

Helene Thomas-San-Galli
geb. Bertoldy.

VI

Gustav Falke

in Verehrung zugeeignet

Brahms
Nach Dr. O. Böhlers Schattenbildern
Mit Genehmigung von R Lechner, Wien

Inhalt

Verzeichnis der Abbildungen und Faksimiles

VERZEICHNIS DER ABBILDUNGEN UND FAKSIMILES

XII

Erstes Buch:

Werden

Die Familie

Johannes Brahms stammt aus dem Hannoeverschen. Sein Ur-großvater Peter Brahms saß in Brunsbüttel, wo er dem Tischler-handwerke lebte, wo er heiratete und wo er starb. Seinem Sohne Johann gefiel es daheim nicht. Den Handelsmann bannte das Gewerbe nicht so fest an die heimatliche Scholle wie den Bauer und Handwerker. Er nahm die Gelegenheit wahr, in dem hol-steinischen Dorfe Wöhrden die Wirtschaft „Zum neuen Krug" zu übernehmen. Die Liebe trieb ihn weiter. Mit dreiundzwanzig Jahren — er war 1769 geboren — heiratete er in Heide die ihm gleichaltrige Christiana Magdalena Asmus, des Jürgen Asmus Tochter. Auch hier in Heide betrieb er eine Gastwirtschaft und daneben einen kleinen Handel. Schon vor seinem 1839 erfolgten Tode ging ihm sein erster Sohn Peter Hoeft Hinrich, den ihm Frau Magdalena 1813 schenkte, an die Hand. Hinrich übernahm auch die Wirtschaft und erweiterte das Geschäft; er lieh auf Pfänder und handelte mit Altertümern. Sein jüngerer Bruder, der zweite Sohn Johanns, hatte keinen Sinn für die Geschäfte. In Johann Jakob Brahms vereinigten sich die poetischen Triebe seiner Vorfahren und seines Stammes und verlangten nach Äußerung.

Die Niedersachsen erhalten schon in alten Chroniken das Lob, poetische und musikalische Anlagen zu besitzen, vornehmlich der Zweig im Dithmarschen. Auf unergiebigem Boden hausend, den der rauhe Ginster — im Volksmunde: Bram — gelbgolden färbt, hatte ein hartes Geschlecht Sorge genug ums tägliche Brot und wenig Zeit zu Phantastereien. Das Träumen war dem ruhigeren Alter vorbehalten. So saß der alte Peter Brahms in seinen letzten Lebensjahren, gemütlich die Pfeife rauchend, vor des Sohnes Wirtschaft. Claus Groth berichtet es. Peter Hoeft Hinrich war zwar im Gegensatz zu dem verträumten Bruder Johann Jakob fleißig im Geschäft, aber er hatte doch auch sein Steckenpferd. Die Altertümer, die er in seinem Laden aufstapelte, hatten für ihn einen Liebhaberwert und er war der Liebhaber, der sie infolgedessen oftmals ungern hergab. Als er schon vom Schlage gerührt war, saß er noch mitten unter seinen Herrlichkeiten und wies mit seinem Stocke auf die Gegenstände, um die der Handel ging, und verkaufte am liebsten nichts. Er hatte mit Christine Ruge, seiner Ehegattin, fünf Kinder gezeugt, deren Familien noch heute blühen. Unter den Kindern und Kindeskindern mag der phantastische Zug der Familie nicht gänzlich ausgestorben sein. Die Kraft zu kühnen Phantasien war jedenfalls der Nebenlinie beschieden.

Johann Jakob war 1806 geboren, also dreizehn Jahre jünger als sein Bruder Peter Hinrich. Er hörte frühzeitig auf den Ton der Weltenharfe, wenn er sich auf Weide und Heide herumtrieb, wo die Kuhglocken läuteten, die Vögel zwitscherten und die Insekten summten. In der Wirtschaft des Vaters, wenn die Tanzmusik kam, wird ihm sonderlich wohl geworden sein. Von den Musikanten konnte er erfahren, wo und wie man die Instrumente in die Hand bekam und nahm. Eines Tages sah ihn sein Vater auf einem benachbarten Dorfe die Fiedel streichen. Der Knabe war oftmals neben der Schule vorbei gegangen und hatte den Stadtpfeifer in Meldorf aufgesucht, um sich auf den Streichinstrumenten sowie auf Flöte und Horn festzumachen. Der Vater konnte von diesem Leichtsinn nicht erbaut sein: als Geschäftsmann hätte der Sohn einmal gleich ihm auf festem Boden gestanden, der Musikant hatte eine unsichere Zukunft. Aber Johann Jakob besaß den starren Geist seiner Familie und seines Volkes; er wußte, was er wollte. Und wenn er auch um des Musikunterrichtes willen die Schule geschwänzt, so wars doch ein ehrlicher Tausch gewesen: er galt dem Vorwärtskommen. Das bewies den geraden Sinn Johann Jakobs, gegen den der Vater schließlich auch nicht aufkommen konnte, sodaß er seine Einwilligung dem Sohne nicht mehr versagte und Johann Jakob in der Stadtpfeiferei von Wesselburen ausbilden ließ.

In dem Geburtsorte Friedrich Hebbels praktizierte ein „priviligierter und bestallter Musikus" Theodor Müller. Nach fünfjähriger Lehre, wovon Johann aber nur zwei Jahre bei Müller lernte, stellte der Lehrherr seinem Lehrling Johann Brahmst am 16. Dezember 1825 einen „Lehrbrief" aus, worin er die „Lehrjahre für überstanden" erklärte und den Lehrling „frei und los" sprach.

Der Heimatsort Heide mit seinen fünftausend Einwohnern war dem Musikgesellen nun zu eng geworden. Es trieb den angehenden Musikus nach Hamburg.

Ein Stadtpfeifer vom Lande konnte in Hamburg keine gesuchte Persönlichkeit sein. Johann Brahms mußte daher seine musikalische Laufbahn alldort von der Pike auf durchmachen; um-

4

somehr als ihm keinerlei Mittel zur Verfügung standen. Auf den Tanzböden, auf denen sich der Matrose und allerhand internationales Gesindel umtreibt, mußte Johann Jakob blasen und streichen, wie der Zufall es fügte, und der Brotverdienst es verlangte. Eine Stufe höher kam der Musikant, der sich namentlich auf dem Flügelhorn hervortat, als er Hornist bei der Hamburger Bürgerwehr wurde. Er brachte es beim Jägercorps bis zum Oberjäger und behielt diese militärische Würde bei bis zur Auflösung der Bürgerwehr im Jahre 1867. Dienst wurde von den blasenden Jägern wenig verlangt. Die Kapelle fand aber vielfältigen Nebenverdienst bei Bällen und Festen der Bürger. Bei diesen Gelegenheiten war Johann Jakob Brahms als Kontrabassist gut zu gebrauchen. In der Behandlung seines Instrumentes ließ er sich von einem Kollegen noch regelrecht unterweisen und erreichte schließlich eine außergewöhnliche Fertigkeit auf der plumpen Baßgeige, sodaß seine Zukunft gesichert war.

Als blasender Jäger fühlte er sich jedenfalls schon bedeutend wohler. Ja, er war so zuversichtlich gestimmt, was sein Aus- und Fortkommen anlangte, daß er ein gehöriges Risiko zu übernehmen wagte: der schmucke Jäger in der kleidsamen grünen Uniform mit den silbernen Tressen dran hatte einem nicht hübschen aber häuslichen und lieben Mädchen gefallen. Johanna Henrika Christiane Nissen führte mit ihrer verheirateten Schwester Christina Friederika Detmering in der Ulrikusstraße einen Kurzwarenladen. Christiane besorgte für den Schwager und die Mietsherren, die die Geschwister aufnahmen, den Haushalt. Johann Jakob Brahms zog als Jäger in die innere Stadt und da zog es ihn nach der Ulrikusstraße. Die beiden Leutchen wurden mit einander einig; und nachdem Johann Jakob im Mai 1830 Hamburger Bürger geworden, machte er am 9. Juni desselben Jahres Hochzeit.

Das junge Ehepaar konnte sich nicht auf Rosen betten; der Verdienst war knapp. Und wenn Christiane auch fleißig und geschickt dem Haushalt vorstand, so war sie doch von zarter Gesundheit; ihr tapferes und mildes Gemüt mußte über viele innere und äußere Nöte hinweghelfen. Als ein Töchterlein geboren wurde, das sie Elisabeth Wilhelmine Luise nannten, zogen die Eheleute in eine andere Wohnung und bald darauf nach dem Schlüterhof am Specksgang. Dort bezogen Brahmsens ein ganz bescheidenes, ja ärmliches Quartier, das aus einer Stube mit Alkoven und Küche bestand. Das unansehnliche Fachwerkhaus strebte wacklig zum Himmel empor, beherbergte wie seine Kameraden, die ringsherum in diesem trostlosen, engen Viertel der Innenstadt standen, viele modrige Wohnungen und empfing kaum Licht und Sonne. In diesem Hause ist am 7. Mai 1833 Johannes Brahms geboren.

5

Der zarte Knabe verursachte wohl zunächst der Mutter vermehrte Arbeit, kaum dem Vater Nahrungssorgen. Aber die Aussichten mußten sich schon verbessern, sollte die Familie sich des Lebens freuen können; zumal sie 1835 durch die Geburt eines dritten Kindes, eines Knaben, der Friedrich getauft wurde, weiteren Zuwachs erhalten. Seit 1831 wirkte Johann Brahms aushilfsweise in dem Sextett mit, das im Alsterpavillon alltäglich Nachmittags bis kurz vor Mitternacht gegen Tellereinnahme aufspielte. Als 1840 der Kontrabassist des Sextetts starb, wurde Johann Brahms ständiges Mitglied der Vereinigung. Später erlangte der zuverlässige und humorvolle Musiker eine Anstellung als Kontrabassist am Carl-Schultzetheater und verblieb auch in demselben Orchester, als es städtische Kapelle wurde. Der biedere Musikus zählte allmählich zu den bekannten Hamburger Figuren. Manche spaßige Antwort wird ihm zugeschrieben. Dem Kapellmeister, der ihn auffordert, lauter zu spielen, antwortet er: „Herr Kapellmeester, dat is min Kunterbaß, da kann ick so laut up speelen, as ick mag" und, wenn reiner gespielt werden soll, hat er zu vermelden: „En reinen Ton up den Kunterbaß is en puren Taufall". Solche Antworten lassen mehr als wichtiger genommene Außerlichkeiten auf das Herz eines Mannes schließen; schon genug, wenn man ihm die Aussprüche auch nur andichtet. Jedenfalls hatten Vater und Mutter Brahms das Herz auf dem rechten Fleck, trotzdem sie sich auf die Dauer nicht verstanden und die letzten Jahre ihrer Ehe getrennt lebten.

Die Mutter starb im Jahre 1865. Im folgenden Jahre verheiratete sich der Vater zum zweiten Male; er nahm die Witwe Karoline Schnack, geborene Paasch, zur Frau, die einen Sohn Fritz Schnack aus erster Ehe mitbrachte. Mit Stiefmutter und Stiefbruder, der Uhrmacher in Pinneberg wurde, stand Johannes Brahms in innigem Verhältnis. Sein leiblicher Bruder Fritz Brahms wurde Klavierlehrer, wanderte nach Venezuela aus, kehrte aber nach einigen Jahren in die Vaterstadt Hamburg zurück, wo er im Jahre 1885 gestorben ist. Brahms einzige Schwester Elisabeth ehelichte einen Uhrmacher Grund. Sie verstarb in Hamburg im Jahre 1892.

Johannes

Mit sechs Jahren ist der Knabe schulpflichtig. In armen Familien wird der unvermeidliche Schulbesuch sicher nicht hinausgeschoben; das würde nur ein recht baldiges Verdienen hintanhalten. Auch Brahms kam mit sechs Jahren in die Schule. Und zwar, wie dies in Hamburg noch heute vielfach üblich ist, in eine Privatschule. Das Institut des Herrn Heinrich Friedrich Voß am Dammthorwalle zählte zu den mangelhaften Anstalten, deren das damalige Hamburg nicht wenige besaß. Als vornehmstes Erziehungsmittel schätzte man in solchen Schulen den Bakel. Johannes wurde nicht damit verschont, sodaß der gewiß pflichteifrige, aber scheue und träumerische Knabe eines Tages die Schule schwänzte. Die Folgen veranlaßten ihn später zu dem Ausspruch: das war der „wüschteste Tag meines Lebens". Nach fünf, offenbar „eindrucksvollen" Jahren, wurde die Anstalt gewechselt. Johannes machte seine letzten drei Schuljahre in der „besseren Bürgerschule" des Herrn Johann Friedrich Hoffmann in der A-B-C-Straße durch. Die „guten Bürgerschulen" leisteten zur Not das, was heute Aufgabe unserer Volksschulen ist. Brahms hat aber sogar ein wenig Französisch gelernt. Er überreicht zu Weihnachten 1846 den Eltern einen Glückwunsch in dieser Sprache. In Hamburg, der großen Handelsstadt hörte man von jeher viel fremde Sprachen. Zumal in jenen Zeiten, wo die französischen Heere die Stadt brandschatzten, blieb trotz dem Groll und Haß gegen die Franzosen doch so mancher französische Brocken an der deutschen Umgangssprache hängen.

Mit fünfzehn Jahren vertiefte der Konfirmandenunterricht des Knaben Wissenschaft in der Religion. Pfarrer zu St. Michaelis, Johannes Geffken war Mitarbeiter bei Herausgabe des neuen Hamburgischen Gesangbuches, da er außergewöhnliche hymnologische Kenntnisse besaß. Seine Liebhaberei für unverfälschte Choralmelodien hat bei Johannes Anklang gefunden. Geffken konfirmierte den jungen Brahms im Jahre 1848.

Im selben Jahre war auch schon die musikalische Lehre beendet. Johannes hat sicher frühzeitig gezeigt, daß er an der Musik lebhaften Anteil nahm, also für diese Kunst zum mindesten nicht unbegabt war. Sobald es irgend anging, begann der Vater, den „Hannes" in der Musik zu unterrichten, zeigte ihm, wie man die Geige, das Cello und das Horn behandle. Johannes hat sich auf diesen Instrumenten eine leidliche Fertigkeit erworben, sodaß er frühzeitig da und dort aushilfsweise mitspielen konnte, wo gerade etwas zu verdienen war; hatte er doch keinen herzlicheren Wunsch, als den Eltern zu helfen. Seine musikalische Leidenschaft galt jedoch dem Klavier, was dem alten Brahms aus verschiedenen Gründen nicht gerade zupaß kam. Ein Klavier gab es im Brahmsschen Haushalt nicht. Johannes mußte also bei einem Kollegen des Vaters üben. Und außerdem schien dem Vater zunächst „Jehanns" Hauptaufgabe, sich zum brauchbaren Musikanten und Orchesterspieler heranzubilden.

Die Kollegen des Vaters dagegen werden ihm wohl zugesetzt haben, den Knaben einem tüchtigen Klavierspieler zu übergeben. Vater Brahms wendete sich daher an Otto Cossel und erklärte ihm treuherzig: „Min Jehann soll mich so viel lehren als Sie. Herr Cossel, dann weiß hei genug. Hei will ja so gern Klavierspeeler werden." Cossel war just der rechte Mann für ein aufstrebendes Talent, denn er ging in der Musik nicht auf wie ein Handwerker, sondern hatte als Mensch und Musiker Ideale, denen er von Jugend auf unter vielen Entbehrungen treu nachstrebte. Die Anlagen des Knaben Johannes konnten ihm nicht lange verborgen bleiben. Darum zog er den Schüler immer mehr zu sich heran, ließ ihn oft tagsüber garnicht nach Hause und gab sich die erdenklichste Mühe mit ihm. Neben den üblichen Studienwerken der „geläufigen Pianisten", wie Czerny, Clementi, Cramer, Hummel und anderer, gab er Johannes auch die Klassiker zu spielen und vor allem Bachs Musik. Der achtjährige Knabe hat seinem treuen Lehrer in einem Neujahrsschreiben ein kleines Denkmal gesetzt.

„Geliebter Lehrer!

Abermals ist ein Jahr dahin, und ich erinnere mich daran, daß Sie mich auch in dem verflossenen Jahre so weit in der Musik gebracht haben. Wie vielen Dank bin ich Ihnen dafür schuldig! Zwar muß ich auch daran denken, daß ich wohl zuweilen Ihren Wünschen nicht folgte, indem ich nicht so übte, wie ich sollte. Ich verspreche Ihnen aber, in diesem Jahre durch Fleiß und Aufmerksamkeit Ihren Wünschen nachzukommen. Indem ich Ihnen auch recht viel Glück zum neuen Jahr wünsche, verbleibe ich Ihr gehorsamer Schüler

Hamburg, den 1. Januar 1842.   J. Brahms."

Cossel hat sich um die neuere Musik durch Ausbildung eines ihrer größten Meister Verdienste erworben, die über äußeres Lob

Brahms Geburtshaus in Hamburg
Schlüterhof am Specksgang, jetzt Speckstr. 60

Johann Jakob Brahms im 32. Lebensjahre
1806—1872

erhaben sind. So hat dieser zurückgezogene, hochsinnige Mann doch, da wir ihn in jeder Beschreibung von Brahms Lehrzeit ehrenvoll nennen müssen, jenen verdienten ewigen Lohn empfangen, an dem ihm alles gelegen war. Dieser Mann hat seinen begabten Johannes noch nach zwei Richtungen hin unendlich gefördert. Er schützte ihn vor der Gefahr, als Wunderkind ausgebeutet zu werden. Im Jahre 1843 produzierte sich der zehnjährige Wunderknabe in einem Subskriptionskonzert. Hier machte er Aufsehen mit einem Virtuosenstück von Herz und einigen Kammermusikstücken. Man spielte unter anderem Beethovens Bläserquintett; der Vater wirkte mit seinen Genossen vom Alstersextett dabei mit. Die Angriffe eines habgierigen Agenten, die darauf abzielten, Vater Brahms zu einer Amerikatournée mit dem Wunderkinde zu bewegen, wurden von Cossel tapfer und unermüdlich abgeschlagen.

Um nicht in den Verdacht zu geraten, daß er ein pekuniäres Interesse daran habe, den Knaben nicht fortziehen zu lassen, und um dem Schüler vor allem noch nachdrücklicher zu nützen, drang der opferfreudige Cossel außerdem in Eduard Marxsen, doch Johannes als Schüler anzunehmen. Marxsen galt als der tüchtigste Theorielehrer des damaligen Hamburg. Eine bessere Lehre als bei ihm konnte Brahms also nicht zuteil werden. Marxsen vermochte natürlich erst nicht zu begreifen, warum Cossel den Schüler los werden wollte, kannte er doch nicht gleich Cossel des Knaben vielversprechende Begabung. Nach langem Drängen verstand sich Marxsen dazu, Johannes einmal in der Woche zu unterweisen; der Unterricht bei Cossel sollte unterdessen ruhig seinen Fortgang nehmen.

Marxsen übernahm dann mit der Zeit den Unterricht allein. Zunächst war das Klavierspiel der Hauptlehrgegenstand. Wahrscheinlich hat Brahms seinen Lehrer allmählich als Kompositionsschüler zu fesseln gewußt. Jedenfalls erklärte Marxsen den Klavierunterricht 1847 für abgeschlossen, während der theoretische Unterricht erst 1848 zum Abschluß gelangte. Wie Cossel seinerzeit, so war jetzt Marxsen der rechte Mann für Brahms, der also das Glück hatte, stets zu rechter Zeit in die rechten Hände zu kommen. Der Lehrer durfte zwar ein fruchtbarer Komponist genannt werden, der sich auf allen Gebieten der Tonkunst betätigt hatte, aber er war immerhin eine unproduktive Natur: Lehrer nicht Künstler. Seine Werke verraten alle den Schulgeruch. Doch er war ein gewissenhafter Lehrer, der seinen Schüler niemals an dem unerläßlichen Rüstzeug eines jeden Komponisten vorbei schlüpfen ließ, ohne daß es benutzt und der Nutzen nachgewiesen war. Joseph Sittard hat Marxsen also gelobt: „Groß geworden in der Schule und den Traditionen der klassischen Meister — durfte er doch noch den Unterricht Seyfrieds, des Schülers von Mozart, genießen, — hat er sich den freien, unbefangenen Blick für alles Große und Schöne in der Kunst bis in sein hohes Alter zu bewahren gewußt. Marxsen war nicht auf irgend ein künstlerisches Glaubensbekenntnis getauft, er hat niemals auf eine bestimmte Richtung oder Partei geschworen, sondern sein warmes Interesse wandte er jeder bedeutenden Erscheinung auf dem Gebiete der Musik zu; mit seinem scharfen kritischen Blick wußte er sofort das Wahre vom Falschen, das Bedeutende vom Unbedeutenden zu unterscheiden und zum geistigen Kern vorzudringen. Diese Eigenschaften, mit welchen sich eine seltene Objektivität des Urteils verband, befähigten Marxsen wie wenig andere zum musikalischen Pädagogen. Niemals hat er nach einer einseitig sich gebildeten Schablone unterrichtet, alles mechanische Drillen. war ihm in tiefster Seele verhaßt. Marxsen ließ sich beim Unterricht nur von der Anlage des Einzelnen, von der Individualität des Schülers, die er sofort erkannte, bestimmen. So hütete er sich, die im eigenen Schaffen hervortretenden geistigen Eigentümlichkeiten seiner Schüler auch nur im Geringsten zu beeinflussen; sobald er dieselben erkannt hatte, war er nur darauf bedacht, die schöpferische Eigenart in künstlerische Grenzen zu leiten, ohne erstere selbst anzutasten." Nicht ohne Grund hat Johannes Brahms Marxsen zum goldnen Jubiläum gerade Varationen stechen lassen, die als op. 100 aus der Feder des Lehrers geflossen waren. Den Dank an den Klavierpädagogen lesen wir auf dem Titel des zweiten Brahmsschen Klavierkonzerts: „Seinem treuen Freunde und Lehrer."

Die Studienwerke, die Marxsen verwendete, waren im ganzen dieselben, deren Cossel sich bedient hatte. Wenn wir bedenken, daß der Unterricht in den vierziger Jahren stattfand, wundern wir uns nicht, wenn Klassiker und Vorklassiker im Unterricht am meisten herangezogen wurden. Schumann und Chopin hat Marxsen, der selbst mit Schubert nur mangelhaft vertraut war, seinem Schüler nicht zu Gemüte geführt; die Zeit der romantischen Musik brach erst an.

Über die Entwicklung des jungen Brahms hat sich Marxsen auf Befragen der Musikschriftstellerin La Mara persönlich also geäußert: „Das Studium im praktischen Spiel ging vortrefflich und es trat immer mehr Talent zu Tage. Wie ich aber später auch mit dem Kompositionsunterricht einen Anfang machte, zeigte sich eine seltene Schärfe des Denkens, die mich fesselte, und so unbedeutend auch die ersten Versuche im eigenen Schaffen ausfielen, so mußte ich darin doch einen Geist erkennen, der mir die Überzeugung gab, hier schlummere ein ungewöhnliches, großes, eigenartig tiefes Talent. Ich ließ mir deshalb keine Mühe und Arbeit verdrießen, dasselbe zu wecken und zu bilden, um dereinst

10

für die Kunst einen Priester heranzuziehen der in neuer Weise das Hohe, Wahre, ewig Unvergängliche in der Kunst predige und zwar durch die Tat selbst."

Der Tag des jungen Brahms war stets ausgefüllt. Oft nahm der Jüngling die Nacht zu Hilfe, um durch Klavierspiel in besseren und schlimmeren Lokalen, wo er für ein bis zwei Taler „un' dhun" — Getränk nach Belieben — spielte, dem Vater Unterstützung zuteil werden zu lassen. Seit 1847 gab er auch Klavierunterricht. Manchmal wirkte er sodann bei gemischten Vorführungen im Theater als Klavierspieler mit, wo er hinter den Kulissen Zwischenaktsmusik zum Schauspiel zu machen oder auf der Bühne Virtuosen zu begleiten hatte.

Der Papiermühlenbesitzer Adolf Giesemann, der dem Alstersextett fleißig zuhörte, nahm den bleichen Johannes gelegentlich für einige Sommermonate hinaus nach Winsen an der Luhe, wo Johannes dann den Winsener Männergesangverein leitete und dem Töchterchen Giesemanns Lieschen Klavierunterricht erteilte. Eigene Ausflüge führten Brahms nach Lübeck, wohin er um die Weihnachtszeit mit der wohledlen Konzertgesellschaft „Molinario" als Klaviersolist und Begleiter ging, dann nach Bergedorf, dem beliebten Ziel der sonntäglichen Hamburger Ausflügler. In der Wirtschaft „Zur schönen Aussicht" sah man ihn oft aufspielen; bald im Verein mit dem Musiker Christian Miller, der von dem Spiel des jungen Brahms begeistert, sich diesem anschloß, und dann oft mit ihm in Bergedorf vierhändig spielte.

Die beiden lustigen Brüder hielten sich keineswegs an die üblichen Walzer und die sonstige seichte Musikliteratur, sondern trugen ihren Zuhörern getrost ab und zu etwas aus Schuberts Märschen oder Mozarts Sonaten vor. Das zeigt Brahms Neigung zur ernsten Musik, eine Vorliebe, die auch nicht ohne Einfluß auf Vater Brahms blieb. Dieser wendete sich nun seinerseits mehr und mehr der klassischen Muse zu.

Vor die breite Öffentlichkeit trat Johannes zum ersten Male im Jahre 1847, und zwar in einem Benefizkonzerte des Geigers Birgfeld, der in Brahms Subskriptionskonzert im gleichen Lokal „Zum alten Raben" mitgewirkt hatte. In dem Birgfeld'schen Konzerte hat sich Johannes mit Thalbergs Norma-Phantasie produziert. Marxsens Kritik im „Freischütz" lautete: „Das Konzert von Birgfeld soll sowohl von Seiten der Sänger und Sängerinnen, sowie auch hinsichtlich der Instrumentalpartien interessant und genußreich gewesen sein. Ganz besonders wird der Vortrag einer Phantasie fürs Piano von Thalberg durch einen kleinen Virtuosen namens J. Brahms gerühmt, der nicht allein schöne Fertigkeit, Präzision, Reinheit, Kraft und Sicherheit gezeigt, sondern auch, was das Geistige, die Auffassung anbelangt, allgemein überrascht

11

und ungeteilten Beifall sich erworben hat." Etwa eine Woche
später, am 27. November hatte dasselbe Blatt wieder Gutes über
den angehenden Virtuosen zu berichten, der in dem Konzert der
Klavierspielerin Meyer-David nochmals mit Thalberg'schen Mach-
werken, die damals von der gesamten Musikwelt begeistert aufgenommen wurden, sein Publikum entzückte. Der „Freischütz"
meinte diesmal: „Dieses Duo, von der Konzertgeberin und dem
erst neulich mit so entschiedenem Glücke öffentlich aufgetretenen
jungen Pianisten Bruns (!) ausgeführt, effektuierte erwünscht und
wurde mit rühmenswerter Übereinstimmung und Fertigkeit ausgeführt."

Im Jahre 1848 schien Vater und Lehrer die Zeit gekommen,
Johannes in einem eigenen Konzerte vor die Öffentlichkeit treten
zu lassen. Dies fand am 21. September statt. Die „Hamburger
Nachrichten" brachten am Tage zuvor das Programm. Es lautete:

Programm von dem Konzerte
am Donnerstage, den 21. Sept. (Abends 7 Uhr)
im Saale des Hrn. Honnef (alter Rabe) vor dem Dammthore
gegeben von J. Brahms.

Erster Teil.

1. Adagio und Rondo aus dem A-dur-Konzerte für Piano, von Rosenhain,
   vorgetragen vom Konzertgeber.
2. Duett aus Mozarts ‚Figaro' gesungen von Mad. und Fräul. Cornet.
3. Variationen für die Violine, von Artôt, vorgetragen von Hrn. Risch.
4. ‚Das Schwabenmädchen', Lied, gesungen von Mad. Cornet.
5. Phantasie über Motive aus Rossinis ‚Tell' für Piano, von Döhler, vorgetragen vom Konzertgeber.

Zweiter Teil.

6. Introduktion und Variationen f. d. Klarinette, von Herzog, vorgetr. von
   Hrn. Glade.
7. Arie aus Mozarts ‚Figaro', gesungen von Frl. Cornet.
8. Phantasie für Violincello, kompon. und vorgetragen vom Hrn. d'Arien.
9. a) ‚Der Tanz',
   b) ‚Der Fischer auf dem Meer,' } Lieder, gesungen von Mad. Cornet.
10. a) Fuge von Sebastian Bach,
    b) Serenade, f. d. linke Hand allein, von E. Marxsen,
    c) Etude von Herz, vorgetr. vom Konzertgeber.
    Eintrittskarten à 1 Mk. sind bei Hrn. Honnef zu haben."

Das Programm gemahnt uns in seinem musikalischen Gehalt
an den Geschmack der Zeit, die dem Virtuosentum und dem
wohligen Klingklang huldigte; — die Mitwirkenden sind vergessen.
Bemerkenswert erscheint, daß Brahms eine Etude seines Lehrers
spielte, und daß er eine Fuge von Bach bot. Man hat aus
diesem Umstande starke Folgerungen gezogen. Der Bach im
Programm war jedoch nur eine Etude mehr, und bedeutete nicht
etwa ein schwerwiegendes Bekenntnis.

12

Ziemlich lange Zeit verstrich, bis Johannes wieder selbständig konzertierte. Von den Mitwirkungen, die er ab und zu in fremden Konzerten übernahm, brauchen wir weiter kein Aufhebens zu machen. Am 14. April 1849 sollte das zweite Konzert stattfinden. In die „Hamburger Nachrichten" rückte der Konzertgeber diesmal folgende Zeilen ein:

„Unterzeichneter wird die Ehre haben, Sonnabend den 14. April eine musikalische Soirée zu geben, wozu er hiermit seine ergebenste Einladung zu machen sich erlaubt. Das ausführliche Programm, wobei ihm die Mitwirkung mehrerer der hiesigen ersten Künstler gütigst zugesagt ist, wird durch diese Blätter bekannt gemacht werden. J. Brahms, Pianist."

Am 10. April erschien das Programm. Brahms wagte diesmal wirklich etwas: neben der effektvollen Thalberg-Phantasie über Motive aus „Don Juan" spielte er die Waldstein-Sonate Beethovens und gab damit eine bedeutende musikalische Leistung. Ja, er zeigte sich diesmal auch als Komponist; mit einer Phantasie über einen beliebten Walzer. Der „Freischütz" hatte für das Konzert folgende anerkennenden Worte, die wohl aus Marxsens Feder kamen: „Im Konzert von J. Brahms gab der jugendliche Virtuose die schönsten Beweise vom Fortschreiten auf der Kunstbahn. Der Vortrag der Beethovenschen Sonate bewies, daß er schon mit Glück sich an das Studium der Klassiker wagen darf, und gereicht ihm in jeder Beziehung zur Ehre. Auch die Probe von der eigenen Komposition (Phantasie für Piano) verrät ungewöhnliches Talent."

Der jugendliche Klaviervirtuose, der auf Jahre hinaus nicht mehr in Hamburg als Konzertgeber auftreten sollte, hat natürlich viele Jahre vorher schon Kompositionsversuche gemacht. „Ich erfand mir ein Notensystem, bevor ich noch wußte, daß es ein solches längst gebe," so erzählte er selbst und berichtet weiter: „Die schönsten Lieder kamen mir, wenn ich früh vor Tag meine Stiefeln wichste." Sein Lehrer Cossel soll sich sogar über das maßlose Komponieren des Knaben aufgehalten haben, für den damals das Klavierüben nützlicher gewesen wäre. Johannes kam zum Komponieren schon durchs Notenschreiben, wobei er den Vater unterstützen konnte, da es doch für das Alstersextett gar mancherlei zu schreiben und zu arrangieren gab. Warum soll Johannes da nicht auch mindestens als Arrangeur schon frühzeitig seine Leidenschaft fürs Komponieren befriedigt haben? Zu den frühesten Versuchen zählt ein ABC-Lied, das Brahms 1847 für seinen Männergesangverein in Winsen geschrieben, und „Des Postillons Morgenlied", das demselben Verein gewidmet war. Die in dem Konzerte von 1849 vorgetragene Walzerphantasie eigener Erfindung verschaffte dem angehenden Komponisten den willkom-

13

menen Auftrag, allerhand Klavierphantasien über Märsche, Lieder, Opernthemen zu schreiben. Brahms hatte es in diesem Zweige der Komposition bereits auf 151 Werke gebracht, bevor er sein eigentliches erstes Werk veröffentlichte; er hat wahrlich getan, was er seinen Schülern später stets zu tun anriet: erst die Feder fleißig gespitzt!

Trotz alledem verwandte er nicht einseitig alle Zeit auf die Musik, sondern fand auch zu ausspannender Beschäftigung glückliche Augenblicke. Er liebte es, in den engen Gassen und Winkeln des inneren Hamburg sich umzutun; er hatte Sinn für seine Umgebung, kannte sich infolgedessen überall aus und interessierte sich für die Geschichte seiner Heimatstadt. Der ehrfürchtige Meister, der noch in Wien den Hut abzog vor dem Hause, darinnen ein Mozart den Figaro komponiert, ging schon als Knabe den Spuren Keisers, des großen Hamburger Organisten, Philipp Emanuel Bachs, Felix Mendelssohns nach. Und gerade so gern wie in den Straßen tummelte er sich auf den Wiesen, auf den Dünen herum, wo ihm der Himmel entgegenlachte.

Der junge Brahms war schon ein Romantiker. Er suchte den Himmel, die Welt, die blaue Blume auch in Büchern. Beim Bücherverleiher griff er nach Tieck, Hoffmann, Eichendorff und den anderen Romantikern, deren Einflüsterungen der klassischen Tonsprache seiner Musiklehrer Widerpart gehalten haben mögen. Marxsen war übrigens selbst eifriger Sammler; in seiner Stube fanden sich gar viele Schätze, mit denen Johannes liebäugelte. Angeborene, vielleicht vom Großvater überkommene Neigung und das Beispiel des Lehrers steigerten Brahms ausgesprochene Liebhaberei für Bücher und Handschriften. Wieviel er sich aus alten Büchern und Manuskripten machte, können wir einer brieflichen Äußerung an Karl Reinthaler aus dem Jahre 1886 entnehmen: „Gestern kaufte ich die Handschriften von sechs Haydn'schen Quartetten! Aus dem Jahre 1772; als op. 20 Herrn Zmeskall gewidmet erschienen (bei Heckel). Hättest du auch etwa ein schönes Gefühl von Wohlsein und etwas Rührung, wenn du so etwas in der Hand hieltest — oder dein Eigen nenntest?" — Unter den Büchern stand ihm von jeher eines besonders hoch: die Bibel. Der große Hamburger Brand im Jahre 1842, den der junge Brahms, wie Kalbeck meint, vom Standpunkt einer gerechten Weltregierung aus, nicht verstehen konnte, soll Johannes zum eifrigen Bibelleser gemacht haben. Gewiß hat schon der Knabe, wie später der Mann, die Bibel nicht nur als schlichter Leser benutzt, sondern als romantischer Künstler in dem poetischen Buche geforscht, dessen lautere Sprache jedem Deutschen bis ins Herz wohltut. Aber ebenso sicher ließ diesen Brahms Zeit seines Lebens die Religion der Väter nicht los.

14

Zu dem Gewinn aus Büchern und den Natureindrücken sind natürlich musikalische Genüsse ergänzend und, den Horizont des heranwachsende.. Künstlers erweiternd, hinzugetreten. Es läßt sich schwerlich nachrechnen, welche Konzerte und sonstige Aufführungen Brahms gehört und besucht hat. Mit Lieschen Giesemann scheint er zum ersten Male die Oper besucht zu haben, und hörte bei dieser Gelegenheit Mozarts „Hochzeit des Figaro"; Johannes soll ganz außer sich gewesen sein und immerfort entzückt gesagt haben: „Lieschen, Lieschen, horch auf die Musik! so etwas gibt es nicht wieder!"

Mit der ungarischen Nationalmusik konnte sich Brahms schon frühzeitig vertraut machen. Gewaltige Anregung kam ihm durch die ungarischen Auswanderer, die aus politischen Gründen in dem Schreckensjahre 1848 nach Amerika entfliehen wollten. Unter ihnen befanden sich Musiker genug, die ihre nationale, aufregende Musik in Hamburg zum Besten gaben. Einer von ihnen, ein Geiger Namens Hoffmann, der sich Reményi nannte, tat sich hervor.

Außer Ole Bull, David, der Jenny Lind und manch anderen Größen hörte man damals in Hamburg in einem philharmonischen Konzerte am 11. März 1848 auch Joseph Joachim und das Ehepaar Schumann. Wie tief den lauschenden Johannes das von Joachim gespielte Beethovensche Violinkonzert ergriffen, hat er in einem späteren Briefe an den Geiger selbst bekundet: „Immer und immer erinnert mich das Konzert an unsere erste Bekanntschaft, von der Du freilich nichts weißt. Du spieltest es in Hamburg, es muß viele Jahre her sein, ich war gewiß Dein begeistertster Zuhörer. Es war eine Zeit, in der ich noch recht chaotisch schwärmte und es mir gar nicht darauf ankam, Dich für Beethoven zu halten. Das Konzert hielt ich so immer für Dein eigenes."

Von Robert Schumann hatte unserem Brahms sicher schon längst eine Freundin, die Klavierspielerin Louise Japha, spätere Frau Langhans, vorgeschwärmt, die bei Meister Schumann weiter zu studieren trachtete. Brahms schickte Schumann eine Anzahl Kompositionen ins Hotel, als das Ehepaar sich 1850 zwei Wochen in Hamburg aufhielt. Schumann soll die Manuskriptsendung uneröffnet zurückgeschickt haben. Vielleicht hat er doch den Namen Brahms gelesen und ihn behalten?

Von Werken, die Brahms Schumann vorgelegt haben kann, sind uns kaum welche bekannt geworden; es müßte denn sein, daß einzelne davon später völlig umgearbeitet worden wären; das ist auch wahrscheinlich. Bei einer Silberhochzeits-Aufführung zu Ehren eines Ehepaares Schröder wurde ein Duo für Cello und Klavier und ein Klaviertrio gespielt, die beide von Brahms stammten. Vielleicht gehörte auch ein Quartett, von dem wir erfahren, und die Violinsonate dazu, die Reményi auf der ersten Konzert-

15

reise mit Brahms spielte. Nur die Entstehungszeiten der gedruckten Werke sind bekannt. Das Arrangement des Perpetuum mobile, jenes bekannten Rondos von Carl Maria von Weber, scheint eine Nachwirkung der Studien bei Marxsen gewesen zu sein, dem Brahms das Stück einmal „auch mit der linken Hand" vorgespielt haben soll. Brahms schrieb auf das Manuskript: „8. März 1852 Johs. Kreisler jun." Er liebte es, seine Kompositionen unter einem Decknamen vorzulegen. Bald nennt er sich Marks, bald Würth, am häufigsten Kreisler jun. Nach E. T. A. Hoffmanns Gestalt des „Kapellmeister Kreisler"; Schumann hatte ihn wohl mit seinen Mystificationen angesteckt; er hatte ja eins seiner Klavierwerke bekanntlich „Kreisleriana" betitelt. Das Arrangement des Weberschen Perpetuum mobile ist als zweite Nummer der „Studien für das Pianoforte", allerdings erst 1869, bei Bartholf Senff gedruckt worden.

Die ersten, als eigentliche Werke veröffentlichten Kompositionen schrieb Brahms in den ergiebigen Jahren 1852 und 1853. Damals entstanden die beiden ersten Klaviersonaten op. 2 in fis-moll und op. 1 in C-dur; von dieser das Andante noch vor op. 2, die drei anderen Sätze nach der fis-moll-Sonate im Jahre 1853; die vier ersten Lieder aus op. 6 der Reihe nach im April 1852. Einige Nummern aus op 7 ebenfalls noch im Jahre 1852. Im März 1853 op. 7, 3; noch im Januar op. 3, 1. Dies letzte blieb einstweilen Brahms schönstes Lied. Den Text hatte er der Gedichtsammlung des 1852 verstorbenen Robert Reinick entnommen. Ein kleines Drama baut sich darinnen auf zwischen Mutter und Tochter, sozusagen zwischen Klugheit und Gefühl, zwischen Welt und Liebe: „O, Mutter, und splittert der Fels auch im Wind, meine Treue, die hält ihn aus." Mit unwiderstehlicher Überzeugung wird die Kraft der Liebe besungen — das ungestüm Drängende prägt sich in den bei solchen Vorgängen seit langem wirkungsvoll verwendeten Triolen aus — aber wir empfinden das Mittel hier nicht als abgegriffen. Aus op. 6 heben wir das sehnsüchtige: „Es lockt und säuselt" und das selige „Wie ist doch die Erde so schön, so schön!" nach Reinick, hervor. Fürwahr, die Erde lachte ihm, er wußte nicht wie ihm vor lauter Glücke war. Wer empfände diese Jugendstimmung nicht wieder mit, in dem frohlockenden Sechsachteltakt des con moto; „Juchhe!" heißt das Lied. In ruhigeren Stunden ließ sich's gut schwärmen mit Eichendorff: wie eine Silberstiftszeichnung mutet uns das Lied op. 7, 3, „Anklänge", an:

„Hoch über stillen Höhen
Stand in dem Wald ein Haus ...
Ein Mägdlein saß darinnen
Bei stiller Abendzeit,
Tät' seid'ne Fäden spinnen
Zu ihrem Hochzeitskleid."

16

Johanna Henrika Christiane Brahms
geb. Nissen, 1789—1865

Karoline Brahms
geb. Paasch, verw. Schnack, 1824—1902

Wieviel zarte Erwartung liegt in dem Liede; die durchgehenden Syncopen sagen uns davon, der linde Baß, in harmonischen Terzen beginnend, grundiert die weiche Melodie — alles will vorwärts bis zu dem forte sostenuto gegen Schluß. — Besieht man diese Lieder genau, so gewahrt man einen Meister, der da am Werke ist: wieviele feine Einzelheiten, wie einheitlich die Stimmung, und wie verschieden in jedem Liede. Die Liebe zum Liede, besonders zum Volksliede bezeugt auch das Andante der C-dur Klaviersonate: „Blau, blau Blümelein" — wir kommen auf das Werk zurück.

Die fis-moll-Sonate war zuerst fertig. Auf dem Manuskript nennt sich der Komponist wieder „Kreisler jun." Das Werk wurde „Frau Clara Schumann verehrend zugeeignet." Es erschien bei Breitkopf und Härtel als op. 2. Robert Schumann, zur Zeit des Erscheinens schon in Endenich, schrieb an Brahms: „Ihre zweite Sonate, Lieber, hat mich Ihnen wieder viel näher gebracht. Sie war mir ganz fremd; ich lebe in Ihrer Musik, daß ich Sie vom Blatte halbweg gleich, einen Satz nach dem andern, spielen kann. Dem bring' ich Dankopfer. Gleich der Anfang, das pp, der ganze Satz — so gab es noch nie einen. Andante und diese Variationen und dieses Scherzo darauf, ganz anders, als in den anderen, und das Finale, das Sostenuto, die Musik zum Anfange des zweiten Teiles, das Animato und der Schluß — ohne weiteres einen Lorbeerkranz dem anderswo her kommenden Johannes. Und die Lieder, gleich das erste; das zweite schien ich zu kennen; aber das dritte — das hat (zum Anfang) eine Melodie, wo gute Mädchen schwärmen, und der herrliche Schluß. Das vierte ganz originell. Im fünften Musik so schön — wie das Gedicht. Das sechste von den anderen ganz verschieden. Die Melodie-Harmonie auf Rauschen, Wipfeln, das gefällt mir."

Das Werk 2 steckt voll Schwärmerei und Jugendlust. Das Allegro non troppo will uns Zeit lassen zum süßen Sinnen in den thematischen Entwicklungen; was energico, trotzig und ungestüm beginnt, will auch klingend verhallen. Der Satz ist nicht gar reich entwickelt, dieselbe Stimmung schäumt über, namentlich in den Triolenmotiven der Bässe hartnäckig wiederkehrend, aber das reißt uns mit; dem piu mosso widerstehen wir vollends nicht. Mondlichter spielen in dem Andante con espressione:

> „Mir ist leide,
> Daß der Winter beide,
> Wald und auch die Heide
> Hat gemachet kahl."

Dies Lied des Grafen Toggenburg bietet den Text zu dem Stück, wie Albert Dietrich erzählt, dem Brahms das Manuskript

der Sonate schenkte. Eine stürmische Variation bricht die wehmütige Stimmung ab und weist, auch thematisch, auf den ersten
Satz zurück. Auch das, attacca sich anschließende, Scherzo
wiederholt die Stimmung des Allegro in anderer Ausdrucks-
weise. Das Trio singt und hüpft einen recht munteren Tanz.
Das Finale hat der Komponist frei gestalten müssen; was ist
nicht alles drin: sostenuto hebt es an, Passagen rauschen auf
und ab, dann setzt klangvoll ein Allegro non troppo e rubato
ein, es führt in großer Steigerung zu einem largamente in Pfund-
noten, dann rauscht es weiter: Animato über molto marcato-
Stellen zum zweiten Sostenuto. fff schallen die Triolen, ritardieren,
diminuieren ins molto sostenuto, das nachdenklich und leggiero
dahineilend, sich in Guirlanden auflöst, doch kräftig im ff schließt.
Dieses Werk ist eine echte Pianistensonate des jugendlichen
Improvisators.

Dem zwanzigjährigen Brahms, der schon fünf Jahre selbständig
arbeitete, vermochte Hamburg nun nichts mehr zu bieten. Als
Reményi im Herbst des Jahres 1852 wieder in Hamburg auf-
tauchte, wurden Brahms und er einig, miteinander eine Konzertreise zu unternehmen. Ein bestimmter Plan wurde nicht gemacht.
Sie begannen ihre Tournée in der Umgegend und stellten dem Zu-
fall anheim, wie er die Fortsetzung der Reise gestalten werde.
Zunächst kehrten sie in Winsen an, wo Brahms von seinen früheren
Besuchen her ein Publikum hatte. Dann kamen Lüneburg und
Celle dran. Das erste von zwei Konzerten, die sie in Celle
gaben, ist dadurch historisch geworden, daß Brahms die c-moll-
Violinsonate Beethovens aus dem Stegreif in cis-moll begleitete,
weil das Klavier zu tief stand. Diese Leistung hat nicht nur die
Celler Zuhörer in Erstaunen versetzt, sondern beweist uns noch
heute die musikalische Tüchtigkeit des jungen Musikers, eine
Tüchtigkeit, die er zum Teil seinem Lehrer Marxsen zu verdanken
hatte; denn Marxsen ließ seine Schüler oftmals in der Stunde à
vista Stücke transponieren. Von Celle ging die Konzertreise nach
Hildesheim, wo die Künstler auch zwei Konzerte gaben, von denen
das zweite gepfropft voll war. In der Nacht nach dem spärlich
besuchten ersten Abend zogen die beiden Fahrenden mit sanges-
lustigen Zechbrüdern mit Musik und Gesang durch das nächtlich
stille Städtlein und brachten einer holden Vornehmen, die das
Konzert durch ihren Besuch ausgezeichnet hatte, eine Serenade,
dergleichen in der altertümlichen Stadt kaum je vernommen worden.
„Die Studenten sangen, Reményi phantasierte über Themen aus
den Puritanern, der Mond schien hell . . . Es war der reine
Eichendorff", wie Heuberger nach Brahms eigener Erzählung berichtet. Der Erfolg dieses lieblichen Ständchens war der starke
Besuch des zweiten Konzerts.

Von Hildesheim aus wurde ein wichtigerer Schritt ins Leben gemacht: in Hannover begegnete Brahms zum ersten Male Joseph Joachim persönlich. Joachim empfing den Schulkameraden Reményi und den unbekannten Brahms in seiner Wohnung; er schildert die Begegnung in einer 1899 zu Meiningen gehaltenen Festrede also: „Nie in meinem Künstlerleben war ich von freudigerem Staunen übermannt worden, als da mir der fast schüchtern aussehende blonde Begleiter meines Landsmannes mit edlem, verklärten Antlitz seine Sonatensätze von ganz ungeahnter Originalität und Kraft vorspielte. Wie eine Offenbarung faßte es mich, als das Lied ‚O versenk’ dein Leid‘ damals schon mir entgegenklang. Dabei ein Klavierspiel so zart, so phantasievoll, so frei, so feurig, daß es mich ganz in seinem Banne hielt." Der Klavierspieler Heinrich Ehrlich war damals in Hannover Hofpianist. Er teilt das interessante Urteil mit, welches Joachim ihm und einer Hofdame gegenüber fällte: Brahms sei „rein wie Demant, weich wie Schnee. In seinem Spiele sei ganz das intensive Feuer, jene fatalistische Energie und Präzision des Rhythmus, welche den Künstler prophezeien . . ." Brahms und Reményi wurden zu einem Hofkonzerte befohlen, bei dem natürlich der wilde Ungar der Hofgesellschaft weit mehr imponierte, als der stille Hamburger. Das Auge der Polizei sah dagegen scheel auf den gefährlichen ungarischen Revolutionär; der Polizeipräsident Wermuth hielt es für geraten, den beiden Fahrenden den Weg zu verlegen oder vielmehr die Route vorzuschreiben — sie sollten nach Bückeburg reisen. Ehrlich setzte es durch, daß die Ordre widerrufen wurde. So ging denn nun die Fahrt nach Weimar.

Dort tronte Franz Liszt. An ihn empfahl Joachim, der noch einige Tage zuvor bei Liszt zu Besuche gewesen, den neuen Genius. Ein solcher war von Interesse für Liszt, der eine neue Welt der Komposition zu erobern im Begriff stand, der im Kreise ihn unbegrenzt verehrender Genossen an der Zukunftsmusik arbeitete, und der Feinde genug hatte, um gern nach jedem Freunde auszuschauen. Liszt hegte ohne Zweifel keine hochgespannten Erwartungen, als er Reményi und Brahms auf der Altenburg empfing, wo er mit der Fürstin Sayn-Wittgenstein Hof hielt. Vor dem Stabe von berühmten Musikern und Schülern, die Liszt Weihrauch spendeten, vermochte Brahms nicht zu spielen, als ihn der Meister aufforderte. Liszt spielte daher Brahms’ es-moll-Scherzo und einiges aus dessen C-dur-Sonate selber. Liszts bezaubernde Liebenswürdigkeit spann jedoch den verschlossenen Brahms nicht in den Traum der Kritiklosigkeit ein. Brahms war zwar aufs Höchste erstaunt und begeistert von Liszts „unvergleichlichem Klavierspiel", aber mit des Meisters Kompositionen wußte er

19

nichts anzufangen. Er mochte und konnte Liszt nicht. belügen und wird daher wohl öfter als einmal während des etwa zweiwöchentlichen Aufenthalts sich stumm oder mit dem ganzen Wesen stotternd verhalten haben. Liszt und Brahms waren grundverschiedene Naturen; es konnte sich keine wirkliche Sympathie entwickeln. Darum zog es Brahms vor, rasch und ohne viel Aufhebens aus Weimar zu verschwinden. Er wendete sich allein nach Göttingen zurück. Denn Reményi katzbuckelte und scharwenzelte schamlos vor und um Liszt, sodaß eine Trennung der Reisegenossen die beste Lösung eines nichtigen Bandes bedeutete.

Joachim verlebte den Sommer in Göttingen, um an der Universität Kollegien zu hören. Sowohl in Hannover als auch unter den Fittichen der alma mater fühlte er sich aber von der Welt abgeschieden; die Luft war hier ganz „tonstarr." Er lebte „frei aber einsam", wie seine Devise lautete. Da kam ihm Johannes doppelt willkommen. Schon im Mai schreibt er dem Freunde, „das Klavier bleibt aus; es scheut die Nässe draußen! Ihre Sonate aber braucht sich nicht zu fürchten, sie kämpft gewiß mutig wie alle Ihre Sachen, mit dem Wasser der Alltäglichkeit." Sie spielten das Werk — die verlorene a-moll-Violinsonate — noch selbigen Abends bei Musikdirektor Wehner. Während zweier Monate gaben sie sich in Göttingen allem Guten und Schönen, was sie selbst hervorbringen konnten, und was ihnen von außen zuteil wurde, eifrigst hin. Sie veranstalteten ein „Konzert der Studierenden", kneipten in der corona der „Sachsen" redlich mit, und komponierten fleißig. Brahms empfing herrliche Anregung durch die Studentenlieder, die er nicht nur laut mitsang, sondern sich auch teilweise aufschrieb.

Doch in Göttingen konnte Brahms auch nicht für immer weilen. Frohen Herzens zog er nach dem Rhein. Eine Empfehlung an die Familie Deichmann in dem Bonn benachbarten Mehlem war der Anlaß zu herrlichen Tagen in dem behaglichen und vornehmen Deichmann'schen Hause am Ufer des grünen Rheinstroms im Anblick des leuchtenden Siebengebirges. Er schreibt an Joachim am 10. September: „Schon seit einigen Tagen bin ich bei der Familie Deichmann auf Mehlemerau und aufs höchste erfreut durch die Nachricht, daß Du wahrscheinlich ... einige Tage hier zubringen wirst. Ich kann Dir nicht warm genug von dem himmlischen Aufenthalt hier erzählen, Du wirst Deine Zeit kostbar hinbringen. Jeder im Hause wird dir sogleich und immerfort lieb und teuer sein. Herr und Frau Deichmann sind so herrliche Menschen, wie ihre Kinder über alle Beschreibung liebreizend sind. Als ich nach meiner köstlichen Rheinreise hier ankam, dachte ich eine steife Visite machen zu müssen und hatte ent-

20

setzliche Furcht, durchaus keine Lust. Den nächsten Morgen jedoch war schon an kein Weggehen zu denken; jetzt ist es mir jedoch noch viel peinlicher, an den Abschied zu denken. Wieviel Bekannte habe ich hier schon gefunden, . . . Gleich in den ersten Tagen lernte ich auch die köstlichen Herren Wasielewski und Reimers kennen; sie besuchen uns zum Glück oft, und Du wirst sie bei Deinem Hiersein wohl ganz sicher antreffen." Besonders bedeutsam für Brahms gestaltete sich der Aufenthalt dadurch, daß er Schumanns Musik näher kennen lernte; da schaute er in ein ganz neues Land —: das Land der Romantik, von dem er bisher nur in Büchern gelesen; hier tönte es ihm entgegen.

Mit den Söhnen des Hauses machte Brahms dann noch eine Wanderung durch das Ahrtal und die Umgebung, davon er ganz trunken wurde. Er schreibt: „Denke Dir, ich schreite noch immer in den herrlichen Tälern des Rheins herum. Frau Deichmann hat den glücklichen Einfall gehabt, ihre drei Söhne, welche die Ferienzeit in Mehlem verleben, möchten noch eine Tour ins Ahrtal und zum Laacher See machen; den noch besseren hatte sie, mich zu ihrem Führer zu erkiesen und die Erlaubnis zu geben, mit dreißig Talern so weit zu gehen, als ich Lust habe. Da haben wir denn schon das Ahrtal, das schönste am ganzen Rhein, und den Laacher See bereist und befinden uns jetzt auf dem Schiff, das uns nach Coblenz fahren soll, von wo aus wir das Lahntal noch besuchen wollen."

Brahms suchte in Bonn auch den „köstlichen Herrn" Joseph von Wasielewski auf, den späteren Biographen Schumanns. Dieser erzählt uns den Besuch des jungen Pianisten und Komponisten in seinen Lebenserinnerungen: „Gegen Ende des Sommers 1853 wurde ich durch den Besuch eines schmucken, blondhaarigen Jünglings erfreut, welcher mir eine Visitenkarte Joachims überbrachte, auf deren Rückseite sich das humoristisch abgefaßte Signalement des jungen Ankömmlings befand. Es war Johannes Brahms . . . Sein frisches, natürlich ungezwungenes Wesen berührte mich sympathisch, und so hieß ich ihn nicht nur freundlich willkommen, sondern lud ihn auch ein, für ein paar Tage in meinem Hause zu verweilen, wozu er sich ohne weiteres bereit erklärte." Wasielewski erzählt dann weiter, welchen Eindruck die Kompositionen des jungen Musikers auf ihn machten, und wie er ihn überredet habe, Schumann in Düsseldorf aufzusuchen. Brahms Plan war, wie er selbst schreibt, „nach Leipzig zu gehen, und alles Mögliche zu tun, um viel Arbeit zu bekommen, und den Winter in Hannover ruhig und emsig arbeiten zu können." In dem betreffenden Briefe heißt es allerdings weiter: „Mir graut vor diesem Leipzig!! Es ist ein gar zu greller

Unterschied zwischen den Rheinbergen und den Leipziger Comptoirs." Nunmehr wandte Brahms seine Schritte zunächst nach Düsseldorf. Er trat in den Bann Robert Schumanns. Joachim hatte den jungen Genius auf dem Niederrheinischen Musikfeste Schumann nachdrücklich und herzlich empfohlen, sodaß dieser schon ganz begierig war, den blonden Johannes kennen zu lernen.

———

Im Banne Schumanns

Am 30. September 1853 trat Johannes Brahms zum ersten Male vor Robert Schumann. Dieser fühlte sich in Düsseldorf nicht mehr heimisch, wo man fast über ihn hinwegsah; so sehnte sich sein Herz doppelt nach Jugend und neu erblühender Kunst. Nun hatte ihm Joachim einen neuen Genius zugesandt. Schumanns eigene Worte zeigen, welchen Eindruck er von Brahms und seiner Musik gewonnen. Er macht seinen ganzen Kreis aufmerksam auf das Neue, was zu erwarten steht: „Es ist jemand gekommen. von dem werden wir alle Wunderdinge erleben, Johannes Brahms heißt er."

Wie der jugendliche Brahms aussah, wie die ersten Vorspiele verliefen, das lesen wir in Albert Dietrichs Erinnerungen. Er war dabei, als Brahms in Düsseldorf vor diesem höchsten Richterstuhl Zeugnis von seiner Kunst ablegte, verkörperte sich doch damals, nachdem Mendelssohn gestorben war, in Robert Schumann die deutsche Musik. Dietrich erzählt: „Und nun führte er mir den jugendlichen, so interessant, wie eigenartig aussehenden jungen Musiker zu, der in seiner noch beinahe knabenhaften Erscheinung, mit seiner hellen Stimme. den langen blonden Haaren. in seinem schlichten grauen Sommerröckchen einen höchst anziehenden Eindruck machte. Besonders schön war an ihm der energische, charakteristische Mund, und der ernste, tiefe Blick. in dem sein ganzes geniales Wesen sich aussprach.

Brahms wurde aufgefordert, zu spielen, und trug die F-dur-Toccata von Bach und sein es-moll Scherzo (in einer Abendgesellschaft bei Euler) mit wunderbarer Kraft und Meisterschaft vor; seiner damaligen Gewohnheit gemäß summte er, vor innerer Erregung bebend die Melodie halblaut mit und hielt das Haupt tief über die Tasten gebeugt. Gegen die auf das Spiel folgenden übermäßigen Lobsprüche verhielt er sich bescheiden ablehnend."

Der Maler Laurens, den Brahms damals auch kennen lernte, hat uns den blonden Johannes im Bilde überliefert.

Hier in Düsseldorf entstand manches Neue unter den Augen
Robert Schumanns. Als Joachim zum 27. Oktober in Düsseldorf
erschien, um Schumanns ihm gewidmete Phantasie, Op. 131, unter
des Komponisten persönlicher Leitung aus der Taufe zu heben,
schlug Schumann „in heiterer Stimmung vor, gemeinschaftlich eine
Violinsonate zu komponieren; Joachim sollte dann erraten, von
wem jeder Satz wäre. Der erste Satz fiel mir (Dietrich) zu, das
Intermezzo und Finale komponierte Schumann, und das Scherzo
hatte Brahms nach einem Motiv aus meinem ersten Satze ausgeführt. Als nun Clara Schumann und Joachim uns die Sonate
vortrugen, traf dieser sofort das Richtige und erkannte den Autor
eines jeden Satzes," Dietrich erzählt weiter, daß Schumann
folgende Widmung auf das Joachim zum Geschenk gemachte
Manuskript schrieb:

„F.(rei) A.(ber) E.(insam)
In Erwartung der Ankunft des verehrten und geliebten
Freundes Joseph Joachim schrieben diese Sonate
Robert Schumann, Johannes Brahms, Albert Dietrich."

Seiner bedeutenden Kompositionen wegen setzte Schumann
die größten Hoffnungen auf den jungen Brahms. Es trieb den
Meister, Deutschland und der Welt seine Hoffnung zu verkündigen.
Er tat es in jenem berühmten Artikel, den er in der ehemals
von ihm begründeten „Neuen Zeitschrift für Musik" veröffentlichte,
überschrieben: „Neue Bahnen".

„Es sind Jahre verflossen — beinahe ebensoviele, als ich der früheren
Redaktion dieser Blätter widmete, nämlich zehn, — daß ich mich auf diesem
an Erinnerungen so reichen Terrain einmal hätte vernehmen lassen. Oft, trotz
angestrengter produktiver Tätigkeit, fühlte ich mich angeregt; manche neue,
bedeutende Talente erschienen, eine neue Kraft der Musik schien sich anzu-
kündigen, wie dies viele der hochaufstrebenden Künstler der jüngsten Zeit be-
zeugen, wenn auch deren Produktionen mehr einem engeren Kreise bekannt
sind. Ich dachte, die Bahnen dieser Auserwählten mit der größten Teilnahme
verfolgend, es würde und müsse nach solchem Vorgang einmal plötzlich Einer
erscheinen, der den höchsten Ausdruck der Zeit in idealer Weise auszusprechen berufen wäre, Einer, der uns die Meisterschaft nicht in stufenweiser Entfaltung brächte,
sondern, wie Minerva, gleich vollkommen gepanzert aus dem Haupte des Kronion
spränge. Und er ist gekommen, ein junges Blut, an dessen Wiege Grazien und
Helden Wache hielten. Er heißt: ‚Johannes Brahms', kam von Hamburg, dort
in dunkler Stille schaffend, aber von einem trefflichen und begeistert zutragenden
Lehrer gebildet in den schwierigsten Satzungen der Kunst, mir kurz vorher
von einem verehrten bekannten Meister empfohlen. Er trug, auch im Äußeren
alle Anzeichen an sich, die uns ankündigen: ‚das ist ein Berufener'. Am Klavier
sitzend, fing er an, wunderbare Regionen zu enthüllen. Wir wurden in immer
zauberischere Kreise hineingezogen. Dazu kam ein ganz geniales Spiel, das aus
dem Klavier ein Orchester von wehklagenden und laut jubelnden Stimmen machte.
Es waren Sonaten, mehr verschleierte Symphonien, — Lieder, deren Poesie
man, ohne die Worte zu kennen, verstehen würde, obwohl eine tiefe Gesang-
melodie sich durch alle hindurchzieht, — einzelne Klavierstücke, teilweise dämo-

24

Reményi und Brahms
1853

Joseph Joachim, 1831—1907
Jugendbildnis

nischer Natur von der anmutigsten Form, — dann Sonaten für Violine und
Klavier, — Quartette für Saiteninstrumente, — und jedes so abweichend vom
andern, daß jedes verschiedenen Quellen zu entströmen schien. Und dann schien es,
als vereinigte er, als Strom dahinbrausend, alle wie zu einem Wasserfall,
über die hinunterstürzenden Wogen den friedlichen Regenbogen tragend und
am Ufer von Schmetterlingen umspielt und von Nachtigallenstimmen begleitet.
Wenn er seinen Zauberstab dahin senken wird, wo ihm die Mächte der
Massen, im Chor und Orchester, ihre Kräfte leihen, so stehen uns noch wunder-
barere Blicke in die Geheimnisse der Geisterwelt bevor. Möchte ihn der
höchste Genius dazu stärken, wozu die Voraussicht da ist, da ihm auch ein
anderer Genius, der der Bescheidenheit innewohnt. Seine Mitgenossen begrüßen ihn bei seinem ersten Gang durch die Welt, wo seiner vielleicht Wunder
warten werden, aber auch Lorbeeren und Palmen; wir heißen ihn willkommen
als starken Streiter.
Es waltet in jeder Zeit ein Geheimes Bündnis verwandter Geister. Schließt,
die ihr zusammen gehört, den Kreis fester, daß die Wahrheit der Kunst immer
klarer leuchte, überall Freude und Segen verbreitend."

Durch diesen Artikel hat Robert Schumann aus dem jugend-
lich frohen Johannes den ernsten Brahms gemacht. Brahms
empfand je und je die schwere Verantwortung, die Worte des
verehrten Meisters wahr machen zu müssen. Er schreibt im April
1854 an Joachim: „Der Aar steigt einsam, doch das Volk der
Krähen schart sich; gäbe doch Gott, daß mir die Flügel noch
tüchtig wachsen und ich einst der andern Gattung zugehöre."
Die Welt verhielt sich, wie immer in solchen Fällen, indolent,
widerstrebend, abwartend. Der größere Teil der Künstlerschaft
hätte wohl Bülows Ausspruch zu dem seinigen machen können:
„Mozart-Brahms ou Schumann-Brahms ne trouble point la tranquillité
de mon sommeil. J'attendrai ses manifestations."
Schumann sorgte aber auch dafür, daß etwas manifestiert wurde.
Er schrieb an Breitkopf und Härtel, daß sie Werke des in seinem
Aufsatz angekündigten Johannes Brahms verlegen sollten:

„Es sind: ein Quartett für Streichinstrumente (op. 1), ein Heft von 6 Gesängen (op. 2), ein (großes) Scherzo für Pianoforte (op. 3), ein Heft von 6 Gesängen (op. 4) und eine große Sonate (in C-dur) für Pianoforte (op. 5). Meine
Ansicht über seine Zukunft habe ich in dem Aufsatz ausgesprochen; ich weiß
dem nichts hinzuzufügen. Es wäre nun ein Übereinkommen zu treffen, daß er
einen kleinen Vorteil an Ehrensold zöge, und Sie sich trotzdem einem nicht
zu großen Risiko aussetzten, ich meine in der Art, daß Sie ihm ein dem Gehalt
der Werke nur mäßig entsprechendes Honorar bewilligen, aber mit dem Vor-
behalt, daß Sie ihm, vielleicht nach fünfjähriger Frist, wenn der Absatz Ihren
Erwartungen entspricht, einen von Ihnen zu bestimmenden Vorteil später noch
gewähren ... Haben Sie nun gutes Vertrauen, so schreiben Sie mir, natürlich
ohne sich, ehe Sie die Manuskripte gesehen, zu etwas zu verpflichten. Dann
werde ich Ihre Bestimmung ihm mitteilen und er sich persönlich mit Ihnen in
Verbindung setzen. Er ist ein Intimus von Joachim, in Hannover und wird
den Winter daselbst bleiben."

Brahms schrieb an Joachim: „Du hast einen Brief von
Schumanns bekommen, worin sie auch über mein Hiersein schreiben.
Ich brauche Dir wohl nicht lang zu erzählen, wie unendlich

glücklich mich ihre, über alle Erwartung freundliche Aufnahme machte. Ihr Lob hat mich so froh und so kräftig gemacht, daß ich die Zeit nicht erwarten kann, wo ich endlich zu ruhigem Arbeiten und Schaffen kommen kann. Vor lauter Freude über Schumanns Beifall versprach ich ihnen nämlich, so lange hier zu bleiben, bis Du kommen und mich mitnehmen würdest nach Hannover." Brahms ging auch wirklich mit Joachim nach Hannover, wo er seine Werke durchsah und genau prüfte, welchen er das Imprimatur erteilen dürfe. Er schreibt an Breitkopf und Härtel:

„Euer Wohlgeboren erlaube ich mir, hiermit einige meiner Kompositionen zu übersenden, mit der Bitte, dieselben durchzusehen und mir dann gütigst sagen zu wollen, ob ich meine Hoffnung erfüllt sehen kann, dieselben durch Ihren Verlag zu veröffentlichen. Es ist nicht eigene Kühnheit, sondern mehr der Wunsch künstlerischer Freunde, denen ich meine Manuskripte mitteilte, welcher mich zu dem Schritte führt, mit denselben vor die Öffentlichkeit zu treten. Damit mögen Sie hochgeehrter Herr diese Zeilen entschuldigen, falls Ihnen deren Inhalt nicht willkommen ist."

Seinen tiefempfundenen Dank sprach Brahms dem verehrten Meister aus, in einem Briefe, der uns in Brahms Herz hineinblicken läßt, und uns den Stand seines Urteils wie seines Schaffens anzeigt.

„Sie haben mich so unendlich glücklich gemacht, daß ich nicht versuchen kann, Ihnen mit Worten zu danken. Gebe Gott, daß Ihnen meine Arbeiten bald den Beweis geben könnten, wie sehr Ihre Liebe und Güte mich gehoben und begeistert hat. Das öffentliche Lob, das Sie mir spendeten, wird die Erwartung des Publikums auf meine Leistungen so außerordentlich gespannt haben, daß ich nicht weiß, wie ich demselben einigermaßen gerecht werden kann. Vor allen Dingen veranlaßt es mich zur größten Vorsicht bei der Wahl der herauszugebenden Sachen. Ich denke keines meiner Trios herauszugeben, und als op. 1 und 2 die Sonaten in C und fis-moll, Lieder und als op. 4 das Scherzo in es-moll zu wählen. Sie werden es natürlich finden, daß ich mit aller Kraft strebe, Ihnen so wenig Schande als möglich zu machen. Ich zögerte solange, an Sie zu schreiben, da ich die genannten vier Sachen an Breitkopf geschickt habe und die Antwort erwarten wollte, um Ihnen gleich das Resultat Ihrer Empfehlung mitteilen zu können. Aus Ihrem letzten Brief an Joachim erfuhren wir jedoch schon dasselbe, und so habe ich Ihnen nur zu schreiben, daß ich Ihrem Rate zufolge in den nächsten Tagen (wahrscheinlich morgen) nach Leipzig gehe. Ferner möchte ich Ihnen erzählen, daß ich meine f-moll Sonate aufgeschrieben und das Finale bedeutend geändert. Auch die Violinsonate habe ich gebessert. Tausend Dank möchte ich Ihnen noch sagen für Ihr liebes Bild, das Sie mir schickten, sowie auch für den Brief, den Sie meinem Vater schrieben. Sie haben ein paar gute Leute dadurch überglücklich gemacht, und fürs Leben.

Ihren Brahms."

Nach einem weiteren Brief an Schumann, den Brahms diesmal „Mynheer Domine" anredet, nahm die Firma Breitkopf und

Härtel folgende Werke des jungen Musikers in Verlag: die Sonate in C-dur, die in fis-moll, ein Heft Lieder und das Scherzo in es-moll. — Die Sonate op. 2 hat Brahms, wie wir schon hörten, Frau Clara Schumann gewidmet.

Die Welt sollte also des neuen Genius Werke sehen. Sie sollte sie auch hören; an einer Stelle, an der man zu hören und zu reden gewohnt war: in Leipzig. Johannes Brahms ging am 17. November dorthin ab. Er blieb vier Wochen. Die ganze Leipziger musikalische Welt nahm ihn unter die Lupe. Man hatte nämlich Interessen in Klein-Paris. Berlioz machte zur Zeit dort von sich reden, die Zukunftsmusiker, Liszt an der Spitze, machten von ihm reden, und der Zeitungsmann Brendel, der Redakteur der ehemals Schumann'schen „Neuen Zeitschrift für Musik" redete für Berlioz und die Zukünftler. Brahms war Liszt und seinen Anhängern schon einmal davongelaufen. Aber er suchte doch nochmals Fühlung mit den Einzelnen zu gewinnen, besuchte Liszt, empfing dessen Gegenbesuch, ging sogar auf Brendels Sonntagsnachmittags-Jour, wo er mit Berlioz zusammentraf — aber man gefiel sich gegenseitig nicht. Brahms schrieb an Joachim: „Liszt war mit allen seinen Aposteln (auch Reményi) zum Berlioz-Konzert gekommen; es hat ihm unendlich geschadet. Durch das übertriebene Beifallgeben der weimarschen Clique rief man entschiedene Opposition hervor. Für sein eigenes Konzert am Montag fürchte ich. Trotz dem heftigen Widerstreben einiger Leipziger (Sahr usw.) war mein erster Gang am Freitag zu Liszt. Ich bin sehr freundlich aufgenommen. Auch von Reményi. Alles Denken und Erinnern an Vergangenes vermied ich sorgfältig. Reményi hat sich sehr zu seinem Nachteil geändert. Liszt besuchte mich auch mit Cornelius usw. Freitag war ich bei David, auch Liszt, Berlioz usw. Sonntag sogar bei Brendel, trotz der gräßlichen Gesichter, welche die Leipziger schnitten . . . Berlioz lobte mich so unendlich warm und herzlich, daß die Übrigen demütig nachsprachen. Gestern Abend bei Moscheles war er ebenso freundlich. Ich muß ihm sehr dankbar sein. Zu Montag kommt Liszt wieder. (Zu Berlioz größtem Schaden.)"

Brahms hielt es die vier Wochen in Leipzig, wie es scheint, nur mit Unterbrechung aus; er verschwand inzwischen auf einige Tage. Über die weiteren Ereignisse und Vorgänge in Leipzig unterrichtet er seinen Freund Joachim also: „(Von all)en Seiten (auch von David) ist mir gesagt, ich möge in einer Quartettsoirée spielen; das ist doch wohl nichts? Wenn auch Künstler sich zu meinem Vortrag das Fehlende ergänzen, das Publikum ist nicht so gutmütig." In einem späteren Briefe heißt es dann „Denke Dir, David hat mich überredet, Sonnabend in der Quartett-Soirée meine C-dur Sonate zu spielen. Es gehörte viel Überredung dazu, denn ich habe durchaus dazu keinen Mut. Ich fürchte mich vor dem Abend."

Trotzdem spielte er mit David im Gewandhaus und zwar brachte er in der Quartettsoirée vom 17. Dezember seine C-dur Sonate und das Scherzo in es-moll vor's Publikum. Man behandelte ihn allgemein mit zuvorkommender, aber doch nicht überzeugter Anerkennung; niemand widersprach offen Schumanns Ankündigung in dem bekannten Artikel „Neue Bahnen". So behielten verschiedene Musikfreunde den Mut, den jungen Meister ebenfalls auszuzeichnen. Hedwig Salomon, die nachmalige Frau Franz von Holsteins mag uns die Temperatur anzeigen, die Brahms gegenüber herrschte: „Man hat so große Lust, ihn (Brahms) wegen Schumanns Weissagung lächerlich zu finden, streng gegen ihn zu sein, aber man vergißt alles, liebt und bewundert ihn ohne Ausnahme . . . Seine Musik ist durchaus beethovenisch, hat eine ungeheure Tiefe und Kraft, einen großen Ernst und weniger gärende Elemente im Vergleich zu anderen Künstlern der Jetztzeit. Der zweite Satz seiner ersten Sonate, Variationen über das Volkslied ‚blau, blau Blümelein', ist nach meiner Meinung vollendet schön. Ein Scherzo tat mir hingegen nicht wohl."

Natürlich war es für den Tonsetzer von großer Bedeutung, in Leipzig mit der Musikwelt in innige Berührung zu kommen. Wenn auch die Zukunftspartei ihn kalt ließ, oder gar abstieß, so blieben doch noch Männer genug da, die Brahms wirklich verehren lernten und die ihm sympatisch waren. So Heinrich von Sahr, Otto Julius Grimm, mit dem sich Brahms in der Folge innig befreundete, und einige andere. An Dietrich schrieb Brahms gleich zu Anfang: „Seit Donnerstag Abend bin ich in Leipzig, habe jedoch nur eine Nacht im Hotel zugebracht. Unser werter und lieber Freund v. S. litt es nicht länger. Er opfert sich hier für mich auf."

Nach dem Quartettabend mit David gedachte Brahms nach Hamburg zu reisen. Weihnachten sah denn auch den jungen **Aar** wieder im heimatlichen Nest. Von der Aufnahme bei den Eltern berichten uns die frohen Worte an Joachim vom 28. Dezember aus Hamburg: „Selig, wie im Himmel sind meine Eltern, meine Lehrer und ich." Wie glücklich und beglückend war der erste Flug ausgefallen. Brahms schrieb auch darüber, an den, den es am meisten anging, an Schumann:

„Verehrter Freund!

Hiermit nehme ich mir die Freiheit, Ihnen Ihre ersten Pflegekinder (die Ihnen ihr Weltbürgerrecht verdanken) zu übersenden; sehr besorgt, ob sie sich nicht noch derselben Nachsicht und Liebe von Ihnen zu erfreuen haben. Mir sehen sie in der neuen Gestalt noch viel zu ordentlich und ängstlich, ja

28

philisterhaft aus. Ich kann mich noch immer nicht daran gewöhnen, die unschuldigen Natursöhne in so anständiger Kleidung zu sehen. Ich freue mich unendlich darauf, Sie in Hannover zu sehen, um Ihnen sagen zu können, daß meine Eltern und ich Ihrer und Joachims übergroßer Liebe die seligste Zeit unseres Lebens verdanken. Ich sah meine Eltern und Lehrer überglücklich wieder und verlebe eine wonnige Zeit in ihrer Mitte."

Schumann hatte den jungen Aar fliegen gelehrt. Nicht mehr lange sollte er ihn beschützen . . . Brahms ging im Januar nach Hannover. Dort trafen sich der Prophet und der Verheißene noch einmal zu fröhlichem Austausch; das Ehepaar Schumann machte, von einer erhebenden Konzertreise in Holland heimkehrend, in Hannover Halt. Ohne eine Ahnung von der baldigen schlimmen Zukunft verabschiedete sich Schumann in glänzender Stimmung von seinen lieben Hannoveranern Brahms und Joachim. Er erkrankte schon im Februar, stürzte sich an jenem unseligen 27. Februar in den Rhein, wurde gerettet, mußte aber von nun ab in Endenich, getrennt von der Familie, dahinsiechen. Einige Worte ergingen von hier aus an den geliebten Johannes; wir werden sehen, wie schwer sie für Brahms wogen.

Einstweilen blieb Brahms in Hannover, wo er mit Joachim zusammen war, und Marschner sowie Bülow kennen lernte. Heinrich Marschner war Hofkapellmeister Georgs des Fünften von Hannover. Der bekannte Komponist des „Hans Heiling" verlor jedoch am 4. Februar seine Frau Marianne, geb. Wohlbrück und war zur Zeit schwer krank, sodaß er auf Fremde und Fremdes nicht weiter eingehen konnte. Der König, der bekanntlich des Augenlichtes beraubt war, komponierte selbst eifrig und wandte viel Zeit und Mittel auf die Tonkunst, sodaß die Musikaufführungen in Hannover in Oper und Konzert, unter ihm eines bedeutenden Rufes genossen. Hans von Bülow hoffte in Hannover Hofpianist werden zu können und hielt sich deshalb kurze Zeit in der hannöverschen Residenz auf. Über seine Eindrücke von Brahmsscher Musik und vom Menschen Brahms hat er sich, der so viel schrieb, nur knapp ausgesprochen: „Den Robert Schumann'schen jungen Propheten habe ich ziemlich genau kennen gelernt; er ist seit zwei Tagen hier und immer mit uns. Eine sehr liebenswürdige, kandide Natur und in seinem Talente wirklich etwas Gottes-Gnadentum im guten Sinne."

Als die unselige Nachricht über Schumanns Schicksal in Hannover einlief, hielt es Brahms dort nicht länger, er eilte alsogleich nach Düsseldorf. Hier schloß er sich in rührend-helfender Freundschaft an Frau Clara an, die in dieser schweren Zeit, am 11. Juni, einem Sohne das Leben schenkte. Konzertreisen zwangen sie alsdann, hin und her zu fahren und oft von Düsseldorf fern zu bleiben. Die Nachrichten über Robert Schumann wechselten, machten in der unglücklichen Frau, ja in dem ruhiger denkenden

29

Freunde Brahms Hoffnungen lebendig, die bitter enttäuscht werden mußten. Schumann schrieb wieder Briefe, die Familie und Freunde aufs Höchste beglückten. Brahms berichtete an Joachim: „Sie (Frau Schumann) öffnete den Brief und konnte mir kaum zulallen: ‚Von meinem Mann!‘ Lesen konnte sie lange nicht. Dann aber, welche unaussprechliche Wonne. Sie sah aus, wie der F-dur $^3/_4$-Satz im Finale von ‚Fidelio‘, ich kanns nicht anders beschreiben. Weinen kann man nicht darüber, aber das ganze Gesicht zieht sich zusammen vor stillem, wonnigen Schauer. — — Juble mit mir, Geliebter, von Zweifel kann doch nicht mehr die Rede sein?“ Der Schein trog, aber die Familie und die Freunde fühlten sich einstweilen beruhigt.

Brahms unternahm mit Grimm eine Tour. Bis nach Mainz gingen sie gemeinschaftlich. Von hier beabsichtigte Brahms noch eine Schwarzwaldwanderung allein zu machen. Er kam bis Ulm, wo er seine Reise abbrach, um nach Düsseldorf zurückzukehren. Im Herbst ging er dann auf einige Zeit nach Hamburg. Von dort schrieb er an Grimm: „Morgen $2^1/_2$ fahre ich von Hamburg ab, Abend $9^3/_4$ bin ich (in) Hannover. Sei doch mit Wagemann an der Eisenbahn! Willst Du? Ich habe gewaltige Sehnsucht, einmal wieder recht aus Herzensgrund schwärmen zu können ... Laß' mich nicht allein ankommen in H.! Ich habe lange genug keine Schumannianer gesehen.“

Weihnachten 1854 fand sich Brahms denn auch richtig mit Joachim bei Frau Clara in Düsseldorf ein; er hatte sich schon so sehr an die verehrte Freundin gewöhnt, daß er ihr, als sie eine Konzertreise nach Rotterdam unternehmen mußte, einige Tage später dorthin nachfolgte. Über seine Verhältnisse schreibt er dann an Joachim: „Die Rotterdamsche Reise hat mir meine letzten Taler gekostet, ich will jetzt eine g r o ß e Sammlung Taler machen, um sie meinen liebsten Freunden schicken zu können (Du kennst sie). NB. seit meinem Besuche in Endenich ist noch kein Brief weder von ihm noch vom Arzt gekommen. Wie traurig für die Frau.“ „Mit den Stunden (synonym: mit dem Geld) geht's mir schlimm; ich habe nur vier Stunden die Woche und durchaus keine Aussicht auf mehr.“ An Grimm berichtet er über sein Leben und Treiben „Sie (Frau Clara) ist Sonnabend hier angekommen, hat uns überraschen wollen und auch wirklich überrascht — mich im Bette ... Ich habe immer in Herrn Schumanns Zimmer geübt und geschrieben, oben war ich nur Nachts ... Verzeih' die schändliche Schrift, aber Frau Schumann sitzt unten und entweder sie oder ich — einer von Beiden sehnt sich nach dem andern.“ In einem späteren Briefe an Grimm erzählt er dann von einer schönen Geburtstagsfeier, die man ihm bereitet habe, und zu welcher er an Büchern Dante und Ariost erhalten.

30

Auf dem 33. Niederrheinischen Musikfeste in Düsseldorf, wurde, mit Jenny Lind in der Hauptpartie, Schumanns „Paradies und Peri" aufgeführt. Liszt erschien, fand aber im Kreise der dortigen Künstler, unter denen sich Clara Schumann, Brahms, Joachim befanden, nicht die erhoffte Resonanz. Von neuen Bekanntschaften für Brahms heben wir außer der mit dem Mozartbiographen Otto Jahn die zukunftsreiche mit Eduard Hanslick aus Wien hervor. Ähnliche ästhetische Anschauungen verbanden den aufstrebenden Künstler alsbald mit dem bekannten Wiener Kritiker.

Nach dem Feste ging Frau Clara nach Detmold, wo sie mit Joachim konzertierte, und von da nach Ems, zu einer Aufführung mit Jenny Lind. Brahms begleitete sie dorthin. „Frau Clara, Bertha [Stütze im Schumannschen Hause] und ich fuhren nach Ems, wo Cl. mit Jenny Lind Konzert gab (Massen Geld verdiente!) Ich machte währenddessen Spaziertouren nach Braubach usw. Hernacher aber —! Von Koblenz aus marschierten wir drei, mit nicht mehr Gepäck, als bequem in meinen Tornister geht. den ganzen Rhein bis Mainz entlang, Stolzenfels, Maxburg, Rheinfels und -stein, Oberwesel, Johannisberg, Bacharach, das Sauer- und Schweizertal, den Niederwald usw. usw. haben wir rüstig durchwandert. Dann ging's (mit Koffern) nach Frankfurt und dann nach Heidelberg. Da haben wir uns alles prächtig besehen: das Schloß, die Molkenkur, den Kaiserstuhl, Wolfsbrunnen und gar das Schwalbennest bei Neckarsteinach. — Das waren wonnige Tage, ich hätte nimmer gedacht, daß ich so selig auf der Reise mit zwei Damen sein könnte. Jetzt ist Frau Cl. leider, leider! nach Baden-Baden. Mir ist's recht einsam und traurig zumut hier. Ich weiß gar nicht, was ich anfange." Es hieß nämlich auch im August wieder: scheiden; Frau Clara ging an die See. Brahms blieb unterdessen tätig in Düsseldorf.

Am 27. Oktober erschien er in der Heimatstadt bei den Eltern in der Lilienstraße 7. Im November begann dann seine Konzerttournée mit Frau Clara und Joachim. Am 14. und 16. November konzertierten sie in Danzig. Brahms spielte außer einigen Kompositionen „rechter Musiker," wie er sich auszudrücken beliebte, von seinen eigenen Sachen eine vergessene und nicht auf uns gekommene Sarabande und Gavotte. Im zweiten Konzert die C-dur-Sonate. Nun hieß es, auf dem heißen Boden der Heimat wieder zu debutieren: am 24. November 1855 fand das Konzert statt, in dem „Herr Brahms" das Es-dur-Konzert von Beethoven, einen Kanon für's Klavier von Schumann und einen Schubertschen Marsch spielte. Man fand den Vortrag des spröden Brahms etwas kühl; diese Empfindung mag wohl begründet gewesen sein. Die Tournée führte ihn dann weiter nach Bremen, Kiel, Leipzig und endete in Altona. In Leipzig spielte er als Hauptwerk das

31

G-dur-Konzert von Beethoven, gefiel damit aber nicht sonderlich; man fand seine Technik noch nicht virtuos genug. Der Mann hatte ja noch keinen Namen — war nur von Schumann empfohlen! All' diese Erfahrungen mit Publikum und Kritik ermunterten Brahms nicht zu weiteren Konzerten. Brahms konzertierte ohnehin zeitlebens ungern, und je älter er wurde, desto heftiger wurde seine Abneigung gegen das öffentliche Auftreten. Er schrieb schon im September 1855 an den Freund Grimm: „Ich will diesen Winter öffentlich spielen und bemerke mit Schrecken, daß meine Scheu, vor Leuten zu spielen, gar zu sehr überhand genommen hat." Das hing mit Brahms zurückhaltendem Wesen zusammen, das ihn drängte, über seine Gefühle sich gründlich auszuschweigen. Daher mag es ihm denn auch selten gelungen sein, daß er in Tönen wärmer wurde, wenn er auf dem Podium saß.

Nachdem er also als Konzertspieler seine Erfahrungen gesammelt, zog er sich wieder mit Joachim nach Hannover zurück. Dort traf er mit Rubinstein zusammen, der über das Konzertieren anders dachte — und nicht nur darüber. Beide Künstler standen einander fremd gegenüber. Rubinstein hat in einem Briefe an Liszt seine Meinung über Brahms gesagt: „J'ai fait la connaissance de Brahms et de Grimm à Hannovre, et même celle de Joachim, je ne l'ai faite que là; des trois nommés c'est lui qui m'a le plus intéressé; il m'a fait l'effet d'un novice au couvent, qui sais qu'il peut encore choisir entre le couvent et le monde, et qui n'a pas encore pris son parti.

Pour ce qui est de Brahms, je ne saurais trop préciser l'impression qu'il m'a faite; pour le salon, il n'est pas assez gracieux, pour la salle de concert, il n'est pas assez fougueux, pour les champs, il ne'st pas assez primitif, pour la ville, pas assez général — j'ai peu de foi en ces natures-là.

Grimm m'a paru être une esquisse inachevée de Schumann."

Doch in Hannover litt es Brahms auf die Dauer nicht; er wünschte sich wieder nach Düsseldorf und beschloß, sich dort niederzulassen; bis ein gütiges Geschick ihm eine Stelle anweisen würde. Frau Clara mußte er wieder des öfteren vermissen. Ihre Kunstfahrten führten sie wie im Vorjahre, so auch 1856 wieder nach Wien. Da sie im April nach England mußte, und Schumann aus der Endenicher Anstalt entlassen zu werden wünschte, besuchte Brahms den verehrten Meister in Bonn. Dann trat er eine Reise nach Württemberg an, um eine andere Anstalt für den Kranken ausfindig zu machen. Aber Schumanns Verfall ließ sich nicht aufhalten.

Inzwischen wurde das 34. niederrheinische Musikfest in Düsseldorf gefeiert. Der Ertrag bestand für Brahms vornehmlich in den neuen Bekanntschaften mit Klaus Groth, dem Pianisten

Robert Schumann, 1810—1856
Nach einem Bilde Kaysers

Clara Schumann
um 1860

und Tonsetzer Theodor Kirchner und dem berühmten Sänger Julius Stockhausen. Mit dem letzten verabredete er alsbald ein Konzert in Köln, das dem Publikum jedoch nicht sonderlich imponierte, trotz Bachs chromatischer Phantasie und Beethovens c-moll-Variationen.

Der lang erwartete Schicksalsschlag traf Frau Clara und Brahms am 29. Juni 1856: Robert Schumann hauchte sein Leben aus. Von der Begräbnisfeier berichtet uns Klaus Groth. Brahms schrieb an Grimm: „Donnerstag Abend beerdigten sie ihn. Ich trug ihm den Kranz vor, Joachim und Dietrich gingen mit, Mitglieder eines Singvereins trugen den Sarg, es wurde geblasen und gesungen. Die Stadt hatte einen schönen Platz s c h o n v o r h e r für den Fall bestimmt und mit fünf Platanen besetzen lassen." Groth schildert nun das Leichenbegängnis also: „Bei Otto Jahn versammelten wir uns, um uns der Begräbnisfeier anzuschließen. Ferdinand Hiller war da, Reinthaler, Grimm, der Bürgermeister von Bonn und eine Anzahl würdiger Männer. Als der Trauerzug durch das Coblenzer Tor eingetreten war, folgten wir auf ein gegebenes Zeichen, ich weiß nicht mehr genau, an welcher Straßenecke. Aber das ist mir noch deutlich in der Erinnerung. daß der Zug, der von Endenich herein kam, nur klein war. An einem wundervollen Sommerabend am 31. Juni, in lauer, stiller Luft, nahte er uns. Bloßen Hauptes gingen Brahms, Joachim und Dietrich mit Lorbeerkränzen nahe hinter dem Sarg. Brahms und Joachim habe ich noch deutlich vor Augen, beide im schönsten Haarschmuck junger Männer, Joachim dunkelbraun, Brahms hellblond, beiden Gesichtern in ebenso entschiedener Art die Genialität aufgeprägt. Feierlich still wanderte das kleine Gefolge, bis die Straße sich erweitert, und vom Markt her, dem wir uns näherten, allmählich das Glockengeläute lauter wurde. Aber siehe, da strömte es aus den Gassen herbei, als gälte es, einen Fürstenzug zu sehen. Was vom Magistrat, Bürgermeister, Stadtverordneten, Vereinen usw. sich anschloß, vermag ich nicht zu sagen; aber das Volk, das hochsinnige, rheinische, war erschienen, einen letzten Blick zu werfen auf den Sarg, der unter Blumen, Kränzen, Palmen, die irdische Hülle des großen Mannes barg, dessen Name wenigstens, dessen Klänge und Sänge vielen ins Herz gedrungen waren, dessen furchtbares Schicksal alle Gemüter bewegt hatte . . . Beim Verlassen des Ortes wogte es um uns her, als sei die halbe Stadt ausgewandert. Der schön gelegene Kirchhof war ganz schwarz bedeckt von Menschen. Die wenigsten haben wohl die Worte vernehmen können, mit denen Pastor Wiesmann den Sarg begleitete, als wir ihn hinabließen zur Ruhe, und den tiefempfundenen Nachruf, den Ferdinand Hiller seinem hingeschiedenen Freunde widmete. Wir anderen streuten schweigend eine Handvoll Erde auf den Sarg als letzten Gruß zum Abschiede. Robert Schumann, einer der größten Meister der Töne, schläft in der Nähe anderer Größen, in der Nähe von Niebuhr, Arndt, Dahlmann und vielen anderen, auf deren Taten und Werke wir mit Andacht zurückblicken, den ewigen Schlummer."

Der Meister, der Brahms ins eigentliche Leben eingeführt, der ihn mehr als man bisher annimmt, beeinflußt hat, war nicht mehr: die Ereignisse bis zu diesem tieftraurigen Tage im Juli 1856 waren abgerollt; was diese Zeit in Brahms gewirkt, spürt man noch in seinen letzten Werken.

Schumanns Einfluß verdankte Brahms keine Stellung. Die kleineren Geister, Dietrich, Grimm fanden ihren Unterschlupf; als Wasielewski 1859 nach Dresden ging, erhielt Dietrich dessen Posten in Bonn. Grimm fand eine Anstellung in Göttingen und später in Münster. An eines Schumanns Stelle kam in Düsseldorf nicht Johannes Brahms, sondern Julius Tausch. Selbst Frau Claras Einfluß versagte hier.

Ihre Mitarbeit an der Entwicklung des Brahmsschen Genius bestand überwiegend in geistiger Einwirkung. Brahms empfing sozusagen Schumanns Geist aus Clara Schumanns Händen. Unter dem Eindruck ihres Spiels hat Brahms sich immer tiefer in Schumanns Muse eingelebt. Die beiden musizierten viel zusammen. Ja, Brahms lernte während Frau Claras Abwesenheit sogar einmal die Flöte blasen, um mit der verehrten Frau andere Kammermusik als nur vierhändige Klaviersachen spielen zu können. Seine mäßige Technik und der Mangel an gediegener Literatur beschränkte die Musizierenden auf die unergiebigen Sonaten von Kuhlau.

Brahms stand sodann auch literarisch unter dem Banne Schumanns, saß er doch zwischen den Bücherschreinen, aus denen des Meisters Geisteshauch ihn anwehte. Die Zeiten der Romantik erblühten aus den Lettern und Büchern, die Brahms hingebungsvoll durchlas. Die „Schatzkästlein" des jungen Kreisler bilden das bleibende Denkmal dieser verträumten Zeit, in der so still und heimlich Prinzipien und Anschauungen des genießenden und wägenden Brahms reiften. In den Briefen an die Freunde ist immer wieder von Büchern die Rede. „Ich habe mir hier den Shakespeare, Aschylos, den Faust, ein Heft Plutrach usw. gekauft. So gehts, wenn ich nur einige Taler habe." Ein andermal heißt es: „Seit ich Deinen Brief aus Berlin habe, wollte ich Dir schreiben, aber gern mit, daß ich käme, und sonderlich die Antiquare hier haben michs von Tag zu Tag verschieben lassen. Welche Schätze nehme ich noch hier mit!" — „Meine Bibliothek vermehrt sich ununterbrochen durch schöne Sachen."

Schließlich wußte dieser urgesunde Musiker alle Eindrücke

für seine Kunst umzumünzen. Immer tiefer drang er ein in die Geheimnisse der Schumann'schen Kunst und immer eifriger suchte er sein Können zu bereichern und zu vervollkomnen. Regel-mäßiges Quartettspiel bei einem Herrn von Diest und Frau Clara, als Joachim mit seinen Schülern Bargheer und Tofte in Düsseldorf weilte, regte den jungen Brahms ungemein an und auf. Eine reiche Welt tat sich ihm auf, die ihn überwältigte, und an deren Vollkommenheiten er seine eigene Unzulänglichkeit oft schmerz-lich ermaß. Die Klavierpartien spielte bei Frau Schumann meist Brahms, sonst auch Frau Clara. Hören und Spielen wirkte be-fruchtend auf den Komponisten. Er erzählt: Frau Schumann „spielt ganz mit der früheren Kraft, aber intensiver, n o c h m e h r w i e D u (Joachim). Sie spielte mir gestern meine f-moll-Sonate vor, ganz wie ich sie gedacht, dann aber edler mit ruhigerer Begeisterung, nebenbei sauber und rein und in den größten Kraft-stellen mit dem herrlichsten Ton, lauter kleine Vorzüge, die sie vor mir hat."

Zu den nachhaltigen Eindrücken zählte auch eine Aufführung von Beethovens neunter Symphonie, der Brahms in Köln unter Hiller beiwohnte.

All diese Eindrücke hatten eifrige eigene Studien des jungen Meisters zur Folge. Er tauschte mit Joachim gegenseitig Kom-positionen aus: Joachims Hamlet-Ouverture, sein Violinkonzert unter anderem machten den Weg zu Brahms, der diese Werke beurteilte. Joachim gab wiederum Brahms seinen Rat. Brahms schreibt an Joachim: „Dann aber will ich Dich sehr erinnern und bitten, daß wir endlich das so oft Besprochene auch aus-führen. Nämlich, uns kontrapunktische Studien zuzuschicken. Alle 14 Tage etwa schickt jeder, der andere (in 8 Tagen also) dessen Arbeiten zurück mit etwaigen Bemerkungen und eigenen usw. recht lange, bis wir beide recht gescheit geworden sind." Die Bestimmungen werden in ferneren Briefen vervollständigt: „Wer den Tag aber versäumt d. h. nicht schickt, muß statt dessen einen Taler einschicken, wofür der andere sich Bücher kaufen kann!!! Nur wenn man statt der Arbeit eine Komposition einschickt, ist man entschuldigt und wohl freudiger empfangen." Einige ästhetische Bemerkungen sind interessant. „Ich schicke Dir nun meine vorigen Kanons wieder mit. Ist es, die Kunst darin ungerechnet, gute Musik? Macht das Künstliche es schöner und wertvoller? Fällt Dir was auf? Ich weiß nichts!" „Muß man nicht dahin kommen, auch das Tiefsinnigste schön und dem künstlerischen Ohr angenehm auszusprechen? Ich vermisse das doch z. B. an einigen Stellen der Demetrius-Ouverture. Es kommt mir vor, als ob Dich da die Leidenschaft gepackt hätte, Du konntest sie aber noch nicht währendes besehen."

Eine kleine Reihe von Klavierstücken ist auf Joachims Kritik hin vom Komponisten unterdrückt worden. Brahms wollte einige Sachen unter folgendem Titel herausgeben:

„Blätter aus dem Tagebuche eines Musikers. Herausgegeben vom jungen Kreisler."

Es sollten zwei Hefte werden. Joachim fand den Titel der modernen Zeit nicht angemessen. So gab Brahms die geplante Veröffentlichung auf; einige Stücke brachte er in anderer Form heraus, während er die anderen vernichtete; so eine Sarabande und Gavotte.

Eine ganze Reihe von Stücken verdankt dem Studienaustausch der jungen Meister ihre Entstehung. Brahms gab einiges davon heraus, anderes hielt er in seinem Pulte verschlossen. Darunter einige der nach seinem Tode veröffentlichten Choralvorspiele für Orgel. „Ich habe nämlich in letzter Zeit Orgel geübt, daher kommen sie. Der Kanon gefällt Dir wohl nicht sonderlich? Die Zwischenspiele usw. sind wohl schauerlich?" Joachim schreibt: „Nun zu Deinen Arbeiten! Das Präludium in A gefällt mir seines kühnen, rasch fortschreitenden Lebens wegen sehr." Zu diesen Vorspielen zählte auch das mit anschließender Fuge über den Text „O Traurigkeit, o Herzeleid." Gänzlich verloren ist uns eine fünfstimmige, kanonisch durchgebildete Vokalmesse, wovon nur das „Benedictus" durch Zufall auf uns gekommen ist. Herausgegeben hat Brahms sechs Kanons dieser Zeit in op. 113. worin sie die Nummern 1, 2, 8, 10, 11 und 12 haben. Auch eine as-moll Fuge und das geistliche Lied erschienen; letzteres als op. 30.

Es sei hier übrigens auf ein paar Arbeiten hingewiesen, die den Meister nebenbei beschäftigten: er arrangierte Schumanns Es-dur-Quintett für Klavier zu vier Händen. Brahms hatte das Frau Schumann zum Geburtstag geschrieben: „Ich habe mich immer tiefer hinein versenkt, wie in ein Paar dunkelblauer Augen (so kommts mir nämlich vor)." Zu eigenem Gebrauch verfaßte er auch wahrhaft klassische Cadenzen zu Beethovens G-dur Konzert.

Das alles waren ernste, gelehrte Begleiter; die Werke der Jugend lauteten anders. Recht viele waren in dieser Zeit zwischen Jauchzen und Betrübnis entstanden. Die C-dur-Sonate hatte Brahms in diesen Jahren vielfach in musikalischen Kreisen vor Schumann und öffentlich gespielt, nach ihr war er vielfach beurteilt worden.

Den langsamen Satz hatte er schon vor der Fis-moll-Sonate geschrieben, die anderen drei Sätze erst nach dieser. Von jener Zeit, da Brahms das Andante geschrieben, bis zu jener, da die späteren Sätze nachkamen, war der Komponist schon ein anderer ge-

worden. Aus der Poesie kam das Andante; auf ein altdeutsches
Minnelied war es komponiert; Vorsänger und Chor wechseln:

> (Vorsänger:) Verstohlen geht der Mond auf,
> (alle:)   blau, blau Blümelein;
> (Vorsänger:) durch Silberwölkchen führt sein Lauf;
> (alle:)   blau, blau Blümelein.
> Rosen im Tal, Mädel im Saal,
> o schönste Rosa!"

Das Bild steht schlicht musikalisch ausgemalt vor unserem
Ohre — die vier Variationen erregen die Empfindung, die es in
uns erweckt, bis zur „grand' espressione"; hier singt das Herz
in überschwänglichen Tönen jugendlicher Lust. Auch das Finale:
Allegro con fuoco schließt sich an die Gefühle des Herzens an,
davon der Mund übergeht: „Mein Herz ist im Hochland." Der
Satz ist einfach, in breiten Linien entwickelt, der Mittelsatz zeigt
schon jene eigensinnigen rhythmischen Verschiebungen, die für
Brahms charakteristisch wurden. Das Hauptthema hängt lose
mit dem des ersten Satzes zusammen. Dies Thema des ersten
Satzes war aus Beethovens Arsenal. Wir legen keinen Wert
auf die Ähnlichkeit zwischen diesem Brahms-Thema und dem der
Beethovenschen großen Hammer-Klaviersonate op. 106; es ist
eine recht äußerliche Ähnlichkeit: bei Brahms fehlt der entscheidende Auftakt; darin besteht schon der himmelweite Unterschied beider Wendungen — für den, der so etwas empfindet.
Richtig ist aber, daß der erste Satz dieser Brahmssonate den
klassischen Geist heraufbeschwört. Sei es bewußt, sei es unbewußt: Brahms ging von Beethoven und zwar vom letzten Beethoven aus. Dietrich hat dies schon damals sofort gemerkt:
„Wenn seine Musik überhaupt an irgendetwas erinnert, so ist es
der späte Beethoven." Und Louis Köhler, der 1880 ein Büchlein
über „Johannes Brahms und seine Stellung in der Musikgeschichte"
veröffentlichte, hat ebenfalls auf diesen Punkt hingewiesen. „Es
hat sich festgestellt, durch immer wiederholt vernommene Aussprüche, daß Brahms gerade mit Beethoven und Schumann
eng zusammenhänge: sonst wird er zu keinem Meister in nähere
Beziehung gebracht. Und das ist begründet."

Wenn Schumann Brahms' Klaviersachen verschleierte Sym-
phonien nannte, wenn Bülow sagte, daß Beethoven auf dem
Klavier Orchester spiele, Bach Orgel und Brahms beide, so wiesen
beide Meister damit auf den weitgriffigen Satz, auf jene große
Entfernung zwischen Baß und Diskant hin, die der spätere
Beethoven liebte, und fühlten die Brahms eigentümliche Oktaven-
verwendung heraus, die seinerzeit Beethoven ähnlich von seinen
Zeitgenossen aufgemutzt worden war. Auch die Rhythmik, die
Weiterführung gespaltener Motivteile hat Brahms mit dem späten

Beethoven gemeinsam. Daneben entwickelt er aber eine romantische Schwärmerei, — so im zweiten Thema der Sonate, — die
neueren Datums war. Der Satz ist sehr einheitlich entwickelt:
völlig Brahms'sche Physiognomie besitzt er noch nicht. Diese
zeigt in hervorragender Weise das Scherzo. Schumann warnte
die Zuhörer vor diesem Stücke, als Brahms den Satz vortrug:
„Es jage einem einen gewaltigen Schrecken ein und bestehe aus
lauter Donnerwetters." Man sehe beiläufig, welche Rolle gerade
hierin die Oktave spielt. Das Allegro molto e con fuoco schlägt
mit seinem harten „ben marcato" wirklich wie Donner drein.
Hier spricht nicht mehr der Schwärmer, sondern der Titan, der
sich um das Alltägliche und Hergebrachte nicht kümmert. Natürlich wird er ab und zu wieder elegischer, aber das verlangt schon
der Gegensatz. Im Trio tritt nun eine neue Seite, etwas Ur-
musikalisches in Brahms Musik hervor; diese Linienführung über
tragender Begleitung sagt alles ganz. In diesem Satze kündigt
sich die f-moll-Sonate an.

Brahms schrieb nur drei Klaviersonaten. Mit op. 5, seiner
Sonate in f-moll erklomm er seinen Höhepunkt in diesem Zweige
der Komposition. Die Entwicklung auch dieser Sonate ging von
dem Andante aus, das viel früher, wahrscheinlich auf der Rheinreise geschrieben wurde. Die anderen Sätze entstanden in Düsseldorf im Garten Schumannscher Romantik. So ist die Sonate
weit einheitlicher durchgebildet, als die früheren. nicht in the-
matischer Hinsicht, aber in der Stimmung. Und rein stellt sie
uns Brahms Eigenart vor Augen.

> „Der Abend dämmert, das Mondlicht scheint;
> Da sind zwei Herzen in Liebe vereint
> Und halten sich selig umfangen."
>
> (Sternau.)

Hier redet die reine, heiße Jugendliebe — sie singt ein
schlichtes, wonniges Lied: die Liebenden halten sich innig umfangen und geben sich ganz der Seligkeit hin. Das Andante
molto steigert das beseligende Gefühl zu berauschender Glut.
Über ein Trio von weichmelodischer Führung stürzt das energische Scherzo dahin. Dann kehrt die Andantestimmung zurück:
Andante molto klagt ein „Rückblick" über die Vergänglichkeit
von Liebe und Leben; der Baß pocht so melancholisch in der
Tiefe. Hierin spricht zum ersten Male ausdrücklich der wehmütige Brahms zu uns. Wie eine breite Einleitung zu den mitt-
leren Sätzen gibt sich das erste Allegro. Sein kurzes und bestimmtes Motiv weiß der Tondichter zu einem ausdrucksvollen
Tongemälde auszuspinnen. Brahms hatte doch bei Thalberg gelernt, wie man klangvoll schreibt. Romantische Gefühle entstehen

und mit warmen Farben schmückt sich der Seitensatz, in dem dunkle Nachtigallentöne in Zwischenstimmen schluchzen. In diesem Satze lebt Sehnsucht, Lust, Kraft — der echte romantische Überschwang. Die Syncopenstelle in der Mitte umfängt uns wie beseligendes Träumen am Busen der Liebe unter funkelndem Nachthimmel. Der Schlußsatz mit seinem kraftvollen Sechsachteltakt löst so Liebe wie Leid, die in dieser meisterhaften Sonate gärten; der Mut erstarkt wieder, wir beschließen die Erlebnisse mit erhobenem Gefühle: grandioso. — Diese Sonate wurde einer Dame, der Gräfin von Hohental gewidmet, während op. 1 Joseph Joachim zugeeignet ist.

Es schien, als ob der f-moll-Sonate noch eine weitere in d-moll folgen sollte. Neue, große Gedanken bewegten den Tonkünstler, als er Beethovens Neunte vernommen. Er setzte an und begann eine Klaviersonate. Der Stoff ward aber so unbändig, daß die widerspenstigen Ergüsse sich in den knappen Rahmen nicht fügen wollten. Er spielte die drei ersten Sätze mit Frau Clara, aber selbst zwei Klaviere gaben nicht genug her für das mächtige Stück. Daher ging er an die Orchestrierung, wobei Grimm ihm hilfreich zur Seite stand. Nachdem er das Werk seinem Wunsche entsprechend noch recht lange hatte liegen lassen, entwickelte sich im Feuer der angestrengten Wandlungen daraus das erste Klavierkonzert.

Noch mehr Klavierwerke entstanden. Knappere Stimmungsgedichte: die Balladen op. 10, aber auch entwickeltere Musikstücke: die Variationen op. 9 und 21. Letztere wurden früher geschrieben. Das ungarische Lied, welches als Thema dient, ließ sich nur in wechselnden Taktarten einfangen. Dreiviertel und Vierviertel wechseln ab. Der pompöse Satz mit den breiten Vierteln und namentlich den zuckenden Rhythmen haben Brahms so manche Einfälle gegeben. Und wenn auch diese zwölf Variationen keinen so ursprünglichen Eindruck hervorbringen können, wie andere Werke dieser Zeit, so sind sie doch ein bedeutendes Studienstück im Entwicklungsgang dieses Tonsetzers.

Die Satzkunst in den Variationen op. 9 ist viel feiner; mehr Gelehrsamkeit steckt in ihnen, aber sie fällt nicht auf. Brahms hatte wohl bedacht, was er gelegentlich an Joachim schrieb: „Ich mache manchmal Betrachtungen über die Variationformen und finde, sie müßten strenger, reiner gehalten werden. Die alten behielten durchweg den Baß des Themas, ihr eigentliches Thema streng bei. Bei Beethoven ist die Melodie, Harmonie und der Rhythmus so schön variiert. Ich muß aber manchmal finden, daß Neuere (wir beide!) mehr (ich weiß nicht rechte Ausdrücke) über das Thema wühlen. Wir behalten die Melodie ängstlich bei, aber behandeln sie nicht frei, schaffen eigentlich nichts Neues daraus,

39

sondern beladen sie nur. Aber die Melodie ist deshalb garnicht zu erkennen."

Das Thema in op. 9 entstammt Schumanns Albumblättern op. 99. Überall fühlt und hört man des älteren Meisters Klavierklang klingen; wie so ganz Schumannisch empfinden wir namentlich die vierte und die fünfzehnte Veränderung, trotzdem gerade in dieser letzten der Baß im Oktavenkanon die Melodie verfolgt. Auch kleine Reminiszenzen an Schumann und Clara Wieck hat Brahms in das Werk hineinverwoben. Die ersten drei Variationen breiten in gemächlichem Tempo das süße Thema innig vor uns aus. Mit Variation vier wird das Tempo bewegter: Poco piu moto, dann folgt das dramatischere Allegro capriccioso, das Allegro der sechsten Variation mit seinen heftigen Triolenstürzen. Über das gehaltene Andante der siebenten Variation kommen wir zu einem weiteren Andante in der achten, welches mit schwebenden Sextolen intermezzoartig gestaltet ist. Dann folgt die wellenförmige „schnelle", neunte Variation. Die zehnte entfaltet die gehäuftesten Künste: Bild und Spiegelbild des Themas schreiten zusammen einher, vom verkürzten Thema in Terzen und Quarten durchflochten; darauf begleitet die Umkehrung kanonisch das Thema. Die nächsten Veränderungen straffen das Tempo wieder an. In der vierzehnten, fünfzehnten und sechzehnten Variation klingt die anmutige Reihe ruhig, und schließlich mit bedächtigen Akkorden, pp und ppp aus.

Wieder näher an die geschriebene Poesie bringen uns die Balladen op. 10 heran. Die erste ließ Brahms nicht ohne ihren Text erscheinen; „Nach der schottischen Ballade Edward in Herders Stimmen der Völker" schreibt der Komponist darüber. Und wenn man auch die Worte der Ballade nicht etwa ohne weiteres den Noten unterlegen kann, als sei es ein wirkliches Lied, so überzeugt uns doch der volkstümliche Ton mit seiner epischen Schwere, daß hier ein dichterisches Stück geschaffen worden. „Dein Schwert, wie ist's von Blut so rot? Edward, Edward!" Der Tonsetzer schuf in anderer Anordnung wie der Dichter. Das Gedicht wird immer grausiger, der Schluß zerreißt uns das Herz: „Mutter, Mutter! Fluch will ich euch lassen und höllisch Feu'r, denn ihr, ihr rietet's mir! — o!" Der Tonsetzer bringt die Steigerung in der Mitte seines Stückes, und also dort den Höhepunkt. Wird hier nicht der Vater vor unseren Ohren erschlagen? Und Schluchzen, Reue, gespenstischer Schrecken und tropfendes Blut erfüllen den Schluß, darin die zerbrochenen Triolen so hart pochen! — Die zweite und dritte Ballade hängen zusammen. Dem breiten Andante espressivo e dolce folgt in Nr. 2 ein Allegro non troppo, das sehr dramatisch hämmert, dann aber in ein zierlich gezacktes Molto staccato e leggiero

40

Der junge Brahms nach einer Silberstift-Zeichnung
von J. J. B. de Laurens aus dem Jahre 1853

Jugendbild von Brahms
aus den 50er Jahren

übergeht; den Schluß bilden Andante und Allegro in umgekehrter Reihenfolge; die Ballade endet friedlich. Anders das h-moll-Intermezzo, das mephistophelisch dahineilt. Der Spuk verschwindet vor dem Marienbild, das uns der Mittelsatz entrollt, und um das der Weihrauch sich zu kräuseln scheint — dann aber huscht Mephisto wieder unheimlich daher, nur flüchtig, denn er vermag nichts mehr: wir haben wieder unseren Halt gefunden (vergleiche den gehaltenen Schluß!). — Ganz schumannisch singt und klingt wieder die vierte Ballade. In den beiden più lento-Stellen scheint das tiefe Meer zu rauschen und dunkle Melodien an den Strand zu rollen. Wie das fernerhin summt durch die dunkle Runde! Welche Gedichte mögen hier vertont sein? — Schumann sprach sich über die Balladen also aus: . . . „Die Balladen — die erste wunderbar, ganz neu; nur das doppio movimento wie bei der zweiten verstehe ich nicht, wird es nicht zu schnell? Der Schluß schön-eigentümlich! Die zweite wie anders, wie mannigfaltig, die Phantasie reich anzuregen; zauberhafte Klänge sind darin. Das Schluß-Baß-Fis scheint die dritte Ballade einzuleiten. Wie nennt man die? Dämonisch — ganz herrlich und wie's immer heimlicher wird nach dem pp im Trio; dieses selbst ganz verklärt und der Rückgang und der Schluß! Hat diese Ballade auf Dich, meine Clara, wohl einen gleichen Eindruck hervorgebracht? In der vierten Ballade wie schön, daß der seltsame erste Melodieton zum Schlusse zwischen moll und dur schwankt und wehmütig in dur bleibt." Brahms selbst schreibt ganz bescheiden an Joachim: „Nicht begreifen kann ich, wie Du Interesse finden kannst an meinen Sachen, an Variatiönchen und Sonätchen wie meine!" Im übrigen bekennt er aber in einem anderen Briefe an Joachim: „Wie mir alle Werke so lieb sind, die diesen Winter entstanden sind, so auch meine Variationen und Balladen; sie erinnern mich so sehr der Dämmerungsstunden bei Clara."

Ganz auffällig ist die volkstümliche, echt liedmäßige Gestaltung der Themen in der Edward-Ballade. Der Komponist, der so schrieb, mußte vom Liede herkommen, mußte dazu zurückkehren. Vor op. 10 hatte er auch wirklich schon drei Liederreihen aus seinen Schätzen zum Druck ausgewählt: op. 3, 6 und 7. Von den ersten Liedern sprachen wir schon, vor denen als prachtvolles Eingangstor „Die Liebestreue" steht. Keins der nachfolgenden kommt einstweilen diesem gleich, aber ein frischer Melodienzug geht durch alle. Text und Melodie verschmelzen sich, dieselbe Stimmung zu schaffen und zu vertiefen. Und eine fröhliche Weise, die dem Volke abgelauscht ist, schwingt sich auf. Zwischen den romantischen Eichendorff-Liedern und den schlichten Liedern nach Hoffmann von Fallersleben, tauchen die wirklichen Volkslieder mit ihrer Innigkeit auf: „Die Schwälble

ziehet fort" und das traurige „Mei Mutter mag mi net." Die
Begleitung läutet und klingelt nicht, sondern folgt mit rührenden
Tönen der Melodie. Überall aber findet der junge Komponist neue
Töne, frei gestaltet er die Lieder aus, trotzdem die Strophen sie
scheinbar binden. Hier wacht ein neuer Ton auf, in dem Schubert
und Schumann noch nicht gesungen.

Weiter und weiter breitet der junge Aar seine Schwingen
aus. Auch Kammermusik haben wir vom jungen Brahms. Der
schuf das H-dur-Trio. Dies op. 8 zeigt uns den ganzen jungen
Brahms im Spiegel: seine Seele fließt über von Musik. Einmal
ergießt sie sich in strahlende Melodien, wie eine solche das
H-dur-Trio einleitet,

das andere Mal schwelgt sie in versteckten Tönen, die sich
hinter zartestem Pianissimo verbergen, wie im Adagio —
dann hüpft die Musik neckisch einher wie im Scherzo, nicht
ohne einen Anflug von Ironie, und wiederum tollt sie flüchtig einher, wie im Allegro-Finale. Die romantischen Bezüge
fallen auf: im Adagio wird ein Blick auf Schuberts Lied „Am
Meer" geworfen, im Schlußsatz hat Mendelssohn nachgewirkt.
Aber auch straffer richtet sich die Sprache dieser Musik auf:
im Scherzo herrscht der knappe Stil der Klassiker. Nur das
Trio wetteifert wieder mit Schubertscher Melodienschöne. Das
Adagio entfaltet getrennte Bilder vor dem lauschenden Auge und
doch knüpft ein verborgenes Band das scheinbar Verschiedene
zusammen; eine ätherische Stimmung herrscht hier vor. Noch
zerrissener schauen sich die Ecksätze an: da tauchen fremd-
artige Episoden auf, wie das Fugato im ersten Allegro, aber immer
strafft sich der Satz wieder zusammen — die Grundstimmung
geht nie ganz verloren, sodaß wir die vier Sätze doch als Ganzes
umspannen können. Der beschwingte Geist des Finales durchströmt den Schluß des Satzes wie seinen Anfang. Und der un-
sagbare Glanz des Allegro con moto leuchtet noch güldener in dem
breiten Abschnitt, der con forza zu spielen ist. Dies romantische
Trio wird unverwelklich dauern gleich Beethovens reifem, großem
B-dur-Trio — hierin hat ein Meister die Stimmung klüglich ab-

gewogen, dort, im H-dur-Trio, bricht sie hervor, die Musik
schäumt über in ewiger Jugend. Brahms selbst hat das Werk
später seiner Ungebärdigkeit wegen ins Gebet genommen und ge-
kürzt. Nun stehen im ersten Satze keine zwei Durchführungen
mehr, das Adagio hält kühleres Maß, im Scherzo bedurfte es
weniger der Wandlung, im Finale teilte er dem Cello eine be-
scheidenere Rolle zu. Alles an dieser zweiten Ausgabe steht
harmonischer vermittelt da, aber es fehlt — der Jugendglanz.

Die Kammermusik seiner Freunde und Bekannten hatte
Brahms zu diesem unbändigen Jugendwerke verlockt. In Mehlem
und Düsseldorf am Rhein war dies Trio gesungen worden: ein
herrlicher Auftakt zu so vielen Meisterwerken, die Brahms noch
schaffen sollte. Eine tragische Stimmung entriß ihm zunächst
die Anfänge eines weiteren Kammermusikwerkes. Etwa 1855
scheint Schumanns Prophezeiung, des Meisters Krankheit und des
jungen Meisters Neigung zu Frau Schumann Brahms in eine ver-
zweifelte Gemütsverfassung versetzt zu haben: das finster-ener-
gische Scherzo des c-moll-Klavierquartetts verkündet, was Brahms
durchgekämpft und verschwiegen. Viel später, als der Meister
das Werk wieder vornahm, eröffnete er Billroth, daß es ein
Zeugnis enthalte: „etwa eine Illustration zum letzten Kapitel
vom Mann im blauen Frack und gelber Weste", also des goethischen
Werther. Wie gesagt, damals schwieg Brahms und hielt das
Werk verborgen.

Noch ein dunkles, tragisches Stück gährte zu jener Zeit zum
ersten Male: die c-moll-Symphonie, deren ersten Satz Albert
Dietrich später in Münster am Stein gesehen hat. Schumanns
Manfredmusik hat die Triebe dieses Werkes hervorgelockt. Viel
später trat das Werk ans Licht.

Einstweilen kamen wieder Klavierquartette, eines in g-moll
und eines in A-dur dazwischen. Die Düsseldorfer Mainächte
während des rheinischen Musikfestes waren damit gesegnet.

Als im Jahre 1856 Schumann starb, stand Brahms bereits
mit einer ansehnlichen Reihe von Werken auf dem Plan. Darunter
befanden sich die entscheidenden Jugendarbeiten des werdenden
Tonsetzers; jenes Lied „Liebestreue", das heute noch unbestritten
als Meisterwerk gilt, die Klaviersonate in f-moll und das H-dur-
Trio existierten. Aber diese Stücke waren der Musikwelt noch
zu frisch, zu neu, zu unbekannt; man ließ sie als „Manifestation"
des angekündigten Genius noch nicht gelten. Die Musikzeitungen.
die angeblichen Sprachrohre der Musikwelt, waren allerdings zumeist mit Voreingenommenheit geschlagen. Die „Neue Zeitschrift
für Musik" brachte nach der Privataufführung Brahmsens bei
Brendel unter anderem folgende gewählte Worte aus eines gewissen Schlönbachs Feder: . . . „Berlioz aber hatte schon bald

im Profil des jungen Mannes eine auffallende Ähnlichkeit mit
Schiller entdeckt und eine verwandte deutsche Seele darin ge-
ahndet; und als nun der junge Genius seine Schwingen entfaltete.
als er mit außerordentlicher Fertigkeit bei tiefinnerlicher und
äußerlicher Energie sein Scherzo dahin blitzen und rauschen und
schillern ließ, als dann sein Andante in tiefen, innigen, stark
wehmütigen Klängen uns entgegenschwoll, da fühlten wir alle:
ja, hier ist ein wahrhafter Genius und Schumann hatte recht:
da war kein Mißtrauen mehr, nur ganze, volle, echte Künstler-
freude, und als Berlioz den jungen Mann tief bewegt mit beiden
Armen umfaßte und an sein Herz drückte, da, lieber Freund.
empfand ich einen so heißen, heiligen Schauer der Begeisterung
durch meine Seele strömen. wie ich ihn selten so empfunden.“
Die Schottsche „Süddeutsche Musikzeitung“ tutete in das Wunsch-
horn der Leipziger und packte den jungen Aar an seiner
schwachen Seite: warf ihm die „geniale Zerrissenheit“ seiner Werke
vor. Die „Neue Zeitschrift“ bemitleidete dann den neuen Mann
allmählich. Unter dem Namen „Hoplit“ griff ihn Richard Pohl
an. der anscheinend streng sachlich, recht viel Parteiliches vorbrachte. Wo blieben die ehrlichen Urteile? Sie entstammten
den nicht schreibenden Kollegen; öffentlich hörte und las man
nicht viel Gutes über Brahms, seit Schumanns Artikel die Kollegen
verschnupft und Liszt von Brahms abgefallen war, weil dieser
ihm nicht verfallen.

Robert Schumann und die um ihn blieben Brahms' Hort.
Aber der verehrte Meister war tot und Brahms begann künstlerisch andere Bahnen zu wandeln; frei aber einsam. Er hatte in
gewisser Weise recht, wenn er später betonte, er habe von
Schumann nichts gelernt außer Schachspielen. Aber wie unendlich viel hatte er dennoch von Schumann genommen, übernommen.
Seine Werke, er selbst standen bis 1856 ganz in Schumanns
Banne. Ja, Brahms kam zeitlebens nie ganz ab von Schumann
und seiner Art: in allen Werken klingt jene träumerisch-weiche
Romantik Schumanns an, die man nur Eichendorffisch nennen kann:
und vornehmlich in Brahms Klavierstücken treffen wir immer
wieder auf Schumannsche Klänge.

44

Zweites Buch

Wandern

Das Detmolder und Hamburger Interim

Gleich wieder ins sprudelnde Leben sich zu stürzen, nachdem Schumann verschieden und das Begräbnis vorüber, vermochten weder Frau Clara noch Brahms. Sie unternahmen im Verein mit des letzteren kränklicher Schwester Elise eine Reise in die Schweiz. Gemächlich zogen sie hinaus, da und dort Rast machend; in Heidelberg trafen sie Joachim. Von hier gings nach dem südlichen Baden. Sie wanderten am Bodensee entlang, dann traten sie in die Schweiz ein. In Gersau zu Füßen des Rigi wurde Halt gemacht. Hier suchten die Reisenden Stärkung für ihre angegriffenen Nerven. Ausflüge in die Umgebung erhöhten den Reiz dieser Schweizer Ferien. Brahms besuchte das Kloster Einsiedeln, wo er aus der reichhaltigen Bibliothek Abschriften von alten, unter anderem Frescobaldi'schen Stücken nehmen konnte. Wie innig sich die drei Menschen aneinander anschlossen, beweist ein Tagebuch, das Frau Clara geführt hat. Was die Schweizer Berge dem Komponisten erzählt haben, muß sich in seinen Werken wiederfinden. Gestärkt und beruhigt kehrten die drei am 23. September nach Düsseldorf zurück. Im Oktober riefen die auswärtigen Konzerte Frau Schumann wieder von Brahms Seite weg.

Er reiste nach Hamburg, wo er fast zwei Monate bei den Eltern in der Lilienstraße verblieb. Sowohl in den Abonnementskonzerten, die unter Musikdirektor Ottens Leitung standen, als auch in den philharmonischen Konzerten unter Grund wirkte er bei Schumann-Gedächtnisfeiern mit. Dort spielte er Beethovens G-dur Konzert, hier Schumanns Klavierkonzert und mit Joachim die Phantasiestücke op. 73 sowie die Chaconne von Bach mit Schumanns Klavierbegleitung.

Kurz vor Weihnachten kam Frau Schumann nach Hamburg und entführte Brahms zum Feste nach Düsseldorf. Die Korrespondenz mit Joachim geht munter fort; dieser sandte ihm seine Ouverture zu Hermann Grimms Demetrius und zu Kleists Andenken. Brahms beurteilte beide Werke in seiner Bescheidenheit wieder allzu günstig. „So gewaltig hat wohl noch niemand Beethovens Feder geführt." Er selbst quälte sich mit seinem d-moll-Klavierkonzerte.

Ja, knapp vor der Aufführung „wirtschaftete" Brahms „noch darin herum." Schließlich hatten sich aber doch die Sätze des Werkes herauskristallisiert. Joachim schreibt an den Komponisten: „Ich schicke mich endlich an, Dir Deinen letzten Satz zu schicken... Im ganzen finde ich es (Dein Stück) sehr bedeutend: der kernig kecke Geist des ersten Themas, das innig sanfte B-dur, und namentlich auch der feierliche Aufschwung nach der Kadenz als majestätischer Schluß, all das ist reich genug, um einen erhebenden Eindruck zu hinterlassen, wenn man sich die Hauptzüge recht einprägt; ja, ich glaube sogar, daß er einen selbst nach der leidenschaftvollen Breite des ersten und der erhebenden Andacht des zweiten Satzes befriedigenden Abschluß des ganzen Konzertes bilden könnte — wenn nicht in der Mitte diesmal manches die Schönheit der Komposition vom Finale störte und den Totaleindruck geradezu durch eine gewisse Unstetheit aufhübe, bisweilen auch sogar durch steifen Formalismus hemmte. Es hat den Anschein, als wären die Themas zwar mit der Glut des schaffenden Künstlers empfunden, aber als hättest Du ihnen nicht Zeit gelassen, echte Kristalle beim Gähren anschießen zu lassen. Manches ist willkürlich im Verlauf — ja, bisweilen kommen statt Weiterbildungen harmonische Rückfälle, die mich bei Dir doppelt verletzen." Zum Schlusse faßt Joachim seinen Rat in folgende Worte zusammen: „Aber es wäre doch schade um vieles Bedeutende in dem Rondo, und vielleicht gewinnst Du's doch über Dich, mit erstem Ungestüm wieder hinein zu arbeiten um die einigen Stellen neu zu schaffen; das wäre mir lieb." Brahms antwortet alsbald: „Hier kommt das Rondo zum zweiten Mal. Um dasselbe wie voriges Mal bitte ich, um recht strenges Urteil. Manches ist ganz anders geworden, hoffentlich besser, manches bloß geändert." Der Meinungsaustausch wird fortgesetzt, bis Brahms sein Konzert zurückverlangt. „Ich möchte mich gern einmal wieder darüber ärgern." In einem späteren Briefe erklärte er dann: „Am ersten Konzertsatz habe ich geändert, ich schicke es nicht erst, sondern wage es so. Leider kann ich nicht so tief hineinschneiden, als ich möchte, es ist alles zu sehr ineinander verwachsen."

Das Konzert gilt als erstes Muster jener Symphonien mit obligatem Soloinstrument. In diesem oft gehörten Urteil liegt etwas Wahres: die Melodien spielen nicht entfernt jene hervorstechende Rolle im Organismus dieses Werkes, welche sie im alten Instrumentalkonzert beanspruchen. Aber Brahms hatte nicht umsonst die Konzerte in Es und G gespielt, die eine viel einheitlichere

48

motivische Verwebung des Orchester- und Solopartes aufweisen als bis zu Beethoven üblich war. Der erste Satz des Brahmsschen Konzertes geht maëstoso im breiten Sechsvierteltakt. . Das Orchester entfaltet sich ohne Rückhalt, sodaß das Klavier an das umfängliche Vorwort nur anknüpfen kann. Es entwickelt einen Nebengedanken und findet sich immer tiefer in den Bau des Stückes hinein, überall färbt es den vollen Klang, ohne eigentlich solistisch über dem orchestralen Grunde einher zu schweben. Tief, zuweilen düster hört sich der Satz an. Zum Schluß nur klirrt der Klaviervirtuos ein wenig mit den Tasten. Das Adagio behält den Sechsvierteltakt bei und nimmt die weiche Stimmung, die den Klavierpart des ersten Satzes einleitet, auf und führt sie einheitlich durch. Das „Benedictus, qui venit in nomine Domini", das Brahms zuerst als Motto beigeschrieben, klingt aus den sphärischen Klängen des Satzes begütigend und erhebend heraus. Einen starken Gegensatz macht zu dem allem das Rondo-Finale in seinem knappen Zweivierteltakt und erfreut durch seine große Energie und Einfachheit.

Am 22. Januar 1859 fand erst die Uraufführung des Werkes statt, und zwar in Hannover.

Seine Zeit verbrachte Brahms inzwischen in Hannover, konzertierte in Göttingen, ging einmal nach Bonn, blieb dann wieder in Düsseldorf hängen. Im Sommer durchwanderte er mit Frau Schumann von St. Goar aus die Umgegend, mit Joachim besuchte er später noch Lorch, mit Grimm zog er weiter bis in die bayrische Pfalz.

Nun begann ein ernsterer, leichtbewölkter Abschnitt seines Lebens. Zum ersten Male trat Brahms in eine Stellung ein. Der Detmolder Hof wünschte ihn. Freilich, der Posten konnte nur als Interimstellung in Betracht kommen; Brahms mußte das Warten lernen — das hat seinen Charakter nicht unwesentlich mitbestimmt. Trotz Detmold blieb er ein Wanderer.

Wie an anderen Höfen, so pflegte man auch in Detmold schon lange die Musik. Lortzing hatte daselbst gewirkt. Zwar war die Oper für einige Jahre schlafen gegangen, als die Revolution im Lande herrschte, aber unter dem Regimente Leopolds III. zu Lippe, dem Brahms diente, hatten sich die Tore des Musentempels wieder geöffnet. Daneben bestand ein Cyklus von zwölf Abonnementskonzerten. Der oberste musikalische Leiter war der Spohrschüler Friedrich Kiel, dem Karl Bargheer als Konzertmeister zur Seite stand. Nun sollte, um inskünftig bei Chorauffführungen, der „Liedertafel" nicht mehr zu benötigen, ein Hofchor ins Leben gerufen werden. Dessen Leiter sollte eben Johannes Brahms werden. Er konnte als Klavierspieler gleichzeitig die Schwester des Fürsten Prinzessin Friederike unterrichten. Man berief den

Musikus zu seiner Erprüfung nach Detmold. Er mußte ein regelrechtes Prüfungskonzert bestehen, bei dem ihm Beethovens G-dur-Konzert gerade willkommen war. Er schreibt an Joachim: „Ich war in Detmold und habe — für zwölf Louisdor den Fürstlichkeiten acht Tage lang morgens und abends vorgespielt! Ich hatte keinen Akkord gemacht."

Im September 1857 begann der Dienst in Detmold; Brahms wurde gegenüber dem Schlosse im Hotel zur Stadt Frankfurt untergebracht, wo er ungeniert für sich schaffen und walten konnte. Er schreibt an Joachim: „Ich wohne höchst gemütlich (in dem Zimmer, wo Du wohntest) und mit Kiel stehe ich mich etwas besser als garnicht." Die Hofmarschallin von Meysenbug, deren Tochter durch die „Memoiren einer Idealistin" bekannt wurde, stellte dem Künster einen Flügel, ja, sie mußte trotz ihrer eigenen Kunstfertigkeit, die sie befähigte, in Konzerten solistisch mitzuwirken, bei Brahms Klavierstunden nehmen, da der Hof es ihr nahelegte. Die Stunden, die Brahms von drei Uhr Nachmittags ab zu geben pflegte, vermehrten sich, da es zum guten Ton gehörte, seines Unterrichts zu genießen.

Trotz seines künstlerischen Selbstbewußtseins, das er deutlich zeigte, fand Brahms viele gute Kameraden, so namentlich in den beiden Söhnen von Meysenbug, von denen der jüngere einmal erzählte: „Eine unbeirrt auf's Ziel lossteuernde Willenskraft trat in Brahms ganzem Wesen ausgeprägt hervor. Auch in seinen Äußerlichkeiten, seinem Gang, seinem Blick, seinen Bewegungen, war irgendwelche Unsicherheit nie zu bemerken, es gab kein Zögern und kein Zweifeln. Blick und Gang schienen stets auf ein bestimmtes Ziel gerichtet. In seinem Benehmen zeigte sich bei aller Bescheidenheit des Auftretens die Sicherheit und Festigkeit des Mannes, der weiß, was er will." Im allgemeinen vermißte Brahms die musikalische Resonanz; er meinte, in Detmold herrsche ein unbeschreiblicher Mangel an Musikverständigen. Die musikalischen Taten bestanden in der Direktion und Einstudierung der Chöre. Dabei empfand der junge Musiker den Mangel an praktischen Kentnissen: „Wie wenig praktische Kenntnisse habe ich! Die Chorübungen zeigen mir große Blößen, sie werden mir nicht unnütz sein. Meine Sachen sind ja übermäßig unpraktisch geschrieben!" Wir wissen aber, daß Brahms mit eisernem Fleiß die ihm empfindlichen Lücken ausfüllte. Seine Tätigkeit in dem Detmolder Chore hat in ihm die Liebe zum Gesang und besonders zum Chorgesang gesteigert, und so den Boden bereiten helfen, auf dem seine vielen Chorwerke erwachsen konnten.

Die aufzuführenden Werke entnahm der Dirigent vorwiegend der klassischen Literatur. „Ich habe mancherlei einstudiert und zum Glück von der ersten Stunde an mit genügender Dreistigkeit.

50

Salve Regina von Rovetta, Lieder von Schumann, Mozart, Praetorius usw. Jetzt sind wir beim Messias und mache ich zu meinem
Vergnügen Versuche mit Volksliedern!" Auch bei den musikalischen Abenden spielte er am liebsten die Klassiker. Mehrfach
hat er das dritte Konzert von Beethoven vorgetragen. Aber auch
sein H-dur-Trio und das g-moll-Klavierquartett wurde öfter
gemacht.

Gewöhnlich verließ Brahms Detmold im Januar, da sein
Dienst ihn jeweils nur bis Ende Dezember an die Residenz
fesselte. Am 22. Dezember 1857 schreibt er an Joachim: „Ich
sehe Dich bald, geliebter Freund; den 1. Januar etwa denke ich
fortzugehen." Er wendete sich nach Hamburg. Über die Erfolge
in der kleinen Residenz schrieb er an Grimm: „Mir ging es
merkwürdig gut, ich habe in Detmold mich gut amüsiert und auch
manches profitiert. U. a. Geld fürs ganze Jahr. Hoffentlich
gehts im nächsten Jahre ebenso."

Eine musikalische Frucht seines ersten Detmolder Aufenthaltes war die erste Serenade op. 11. Die d-moll-Symphonie
hatte sich zu einem Klavierkonzert entwickelt; die Serenade
wurde als Oktett geboren. Brahms erweiterte sie jedoch auf
Joachims Rat zum Orchesterstück, nachdem dieser das Werk in
Hannover probiert hatte. „Ich hatte so schöne, große Idee von
meiner ersten Symphonie, und nun! —" Über die Serenade und
deren Aufführung schreibt er später an Joachim: „Ich hätte das
Stück gern in Leipzig (diesen Winter noch) angeboten, wolltest
Du es da in Hannover machen, das wäre schön. Aber es sieht
wohl noch wüste aus? Ich habe nicht flüchtig gearbeitet, aber
man ‚gebraucht' mich hier etwas sehr, und so bleibt mir wenig
Zeit. Schreibe mir doch sobald Du kannst einige Worte, wie
vernünftig oder unvernünftig ich instrumentiert habe. Du streichst
mir gewiß manches hohe g in den Trompeten, tut mir schon in
Gedanken leid. Du würdest wohl dem Trio des ersten Scherzos
Es- oder B-Hörner und B-Trompeten genommen haben? Lache,
ich hätte nichts als einigen Lärm damit machen können." Joachim
antwortet: „Fast überall ist Deine Instrumentation wirkungsvoll,
oft wunderschön originell, nur weniges wird wohl zu ändern sein,
manches muß gehört werden, um sich zu entscheiden. Du wagst
manchmal zu tollkühn, aber es sind keine ikarischen, phaetonischen
Flüge, sondern wahrlich die jugendlichste Begeisterung beleuchtet
und erwärmt Deine Feder ausdauernd getreu. Soviel nach ein-
maliger Durchsicht, schreib nur ja alles freudig zu Ende."

Das Werk war keine bescheidene Serenade, aber Brahms
meinte: „Wenn man wagt, nach Beethoven noch Symphonien zu
schreiben, so müssen sie ganz anders aussehen." Die Serenade
umschließt sieben Sätze. Sie steht nicht revolutionär vor der

bisherigen Literatur, sondern schließt sich legitim an die Vorgänger an. Gleich der erste Satz birgt eine Reminiszenz an Haydn. Brahms war von dem Wert der zukunftstürmenden Experimente mehr und mehr zurückgekommen. Er sah ein, daß die strenge Form der Musik wesentlich ist. Er sah, was man können müsse, um etwas zu schaffen, was neben den klassischen Meisterwerken sollte bestehen können. Die Serenade zeigt, wie Brahms diese Erkenntnisse nützt. Die kleinen Anlehnungen an Haydn und Beethoven, der im zweiten Scherzo wie im ersten anklingt, bedeuten nichts: der Geist der Großen herrscht. Hier wird gebildet und umgebildet, bis straffe kleine Formen entstehen. Die beiden Menuette sagen in dur und moll dasselbe auf andere Weise; beidemal schlicht und anmutig. Im ersten führen die Holzbläser, voran die Klarinette, im zweiten die Streicher. Die Scherzi bringen munteren Gegensatz in die bunte Reihe der Stücke: das zweite Scherzo können wir als kleinen Haydn bezeichnen; trotz der Brahms'schen Eigenart, die es zeigt. Das erste Scherzo überragt jenes bedeutend; es entwickelt einen entzückenden Humor und sprüht von lebendigem Leben. In der Mitte dieser Sätze, welche von dem, ganz wie ein erster Symphoniesatz gebildeten alla breve-Allegro molto und dem flotten Finale mit seinen jovialen Figuren umrahmt werden, ruht das tief empfundene Adagio, aus dem Luft und Sonnenschein uns entgegenströmen. Süß klingen die Geigen und wohlig klagt das Horn, das schon den ersten Satz intoniert. Soviel Glück auch aus dieser Serenade spricht, sie bezeichnet doch eine große Wandlung in der Brahms'schen Musik: der Jugendüberschwang mit seiner Formlosigkeit ist abgetan.

Einige Bemerkungen, die Brahms gelegentlich an Bernhard Scholz anläßlich einer geplanten Aufführung schreibt, interessieren uns hier noch. „Schade um das zärtliche Stück! — Jedenfalls müßten Sie einiges dran wenden mit Proben etc. Ich würde es, falls Sie es überhaupt Ihren Bläsern zutrauen, gelegentlich vorprobieren, daß es den Musikern bekannt wird. Namentlich das Adagio kann man nicht eigentlich üben — der Anstrengung wegen. Beim Trio vom Menuett können Sie statt der Solo-Oboe eine Geige spielen lassen!"

Auf die Serenade folgten Lieder, die Brahms im Frühjahr und Sommer schrieb. Er wanderte wieder von einem Ort zum andern. Nachdem er das Leben und Treiben im Kreise der Hamburger Tonkünstler, mit denen er sogar einen Verein gründete, satt bekommen, und weil er nach einem ordentlichen Musiker Verlangen hegte, reiste er nach Berlin, um dort Frau Schumann zu besuchen — sie war dahin übergesiedelt. Zwei Monate verlebte er dort im engeren Kreise, denn er konnte sich nicht entschließen, in der Hauptstadt aufzutreten. Hermann Grimm und Clara Schumanns Stiefbruder Woldemar Bargiel waren ihm ständig zur Seite, erleichterten und verschönten ihm den Aufenthalt.

Nach kurzem, zweiten Aufenthalt in Hamburg eilte er nach Göttingen, wo er Joachim, der aus England noch nicht wieder zurück war, erwartete. Hier waltete ja auch Grimm seines Amtes als Leiter des Cäcilienvereins. Am Tische von Grimms Schwiegervater Ritmüller ging es froh und vergnügt her. Grimm selbst war ein gebildeter Musiker und lustiger Kamerad. Wie wohl mußte es Brahms in diesem Bezirke werden. Die Lust erhöhte sich, als Agathe Siebold, die Tochter eines Universitätsprofessors, ihn ganz und gar gefangen nahm.

Wir hören diese Liebe wiederklingen in den Liedern aus jener Zeit. Namentlich im September sang und klang es im Brahms'schen Liederhain. Hölty's „Kuß", Mörikes „An eine Aeolsharfe", das Volkslied „Vor dem Fenster", das „Sonett" aus dem dreizehnten Jahrhundert, das „Ständchen" im Volkston und die Duette „Weg der Liebe" wurden im mildschönen Herbstmonat geschrieben. Es ist ein Leichtes, aus den Blättern dieses lyrischen Tagebuches den Roman zusammenzustellen, der sich dahinter abspielte. Das Leben sang aus diesen Liedern: „Des Abends kann ich nicht schlafen geh'n . . ." Und die Welt im Umkreise klang ebenfalls im Musikerherzen wider. Auf dem Boden, auf dem Brahms wanderte, hatte der Dichter des Hainbunds Hölty seine Lieder gesungen. Brahms fühlte eine besondere Neigung zu dem holsteinischen, etwas altertümlichen Dichter. Op. 19 wird mit dem Liede „Der Kuß" eingeleitet, das Brahms Hölty entnommen:

Unter Blüten des Mai's spielt' ich mit ihrer Hand,
Kos'te liebelnd mit ihr, schaute mein schwebendes
Bild im Auge des Mädchens.
Raubt' ihr bebend den ersten Kuß.

Zuckend flieht nun der Kuß, wie ein versengend Feu'r,
Mir durch Mark und Gebein. Du, die Unsterblichkeit
Durch die Lippen mir sprühte,
Wehe, wehe, mir Kühlung zu!

Die übrigen Lieder entstanden in Detmold. Nur op. 14, 2 und 3 kamen bereits fertig mit aus Hamburg. Der ganze Liebesliederkranz schließt sich innig zusammen; die Liebesgeschichte entwickelt sich: es hieß, sich von der Liebe losreißen: „Ach könnte ich, könnte vergessen sie . . ." Es mußte sein. Brahms wählte für op. 14 den schlichten Volkston. Er beginnt mit dem Naiven: „Soll sich der Mond nicht heller scheinen . . ." — und diesen einfach-gemütlichen Ton verfehlt er in keinem der Lieder. Nur die überaus „lebhafte Trennung": „Wach auf, wach auf, du junger Gesell" hat er komplizierter ausgestaltet.

Das erste Lied in op. 19 behält den volkstümlichen Ton bei. Mit unvergleichlicher Zartheit wird zitternd „der Kuß" der Liebsten gegeben. — Ludwig Uhlands volkstümliche Dichtungen entfernen sich auch nicht aus dem Banne des deutschen Liederbaumes, unter dem die Volkslieder gesungen wurden. „Scheiden und Meiden", „In der Ferne" und „Der Schmied" entstammen dem Schatze des schwäbischen Dichters. Des Schmiedes Amboß klingt; das auf den guten Taktteil entfallende Sechzehntel deutet den Aufschlag des Hammers, die angebundene Achtelsynkope läßt den Amboß nachklingen und die Funken scheinen aus der Musik zu sprühen. Das Lied bildet dabei ein wahres Muster von Knappheit, Einfachheit und Geschlossenheit. Zu den musizierenden Liedern, darinnen der Wald, der Bach, der Wind rauscht, darinnen die süße Stimme eines Vögleins singt oder die Weltenharfe ihre Töne mitsummen läßt, gehört das geheimnisvolle Saitenspiel der „Aeolsharfe." Über Fünfviertel-Bässe, bestehend aus Triole und Zweivierteln, spricht das Lied förmlich in freien Rhythmen und eindringlich in bebenden Tönen — „wie süß bedrängen sie das Herz!" Zu diesen Worten klingt des Mozart'schen Pagen „languir cosi" an. Dann unterbricht ein motivisch entwickeltes Rezitativ den Schluß der Klage und leitet über zu dem doppelfarbigen Poco più lento mit den über den Baßtriolen in Gegenbewegung weich hingleitenden Vierteln. Wer außer Brahms sang uns solch zarte Rhapsodie!

Die drei Duette für Sopran und Alt op. 20 erreichen diese Höhe nicht; sie sind lieblich zu singen, wenn man munter die Kehle brauchen will, ohne tiefere Stimmen aufzurufen.

Nach den schönen Septembertagen, da Brahms auf Wegen der Liebe wandelte, kam wieder der graue Dienst; Briefe mußten den lieben Verkehr aufrecht erhalten. Brahms schreibt an Grimm „Jetzt wird's kalt und ich schone des Fürsten Waldungen nicht, gehe aber doch spazieren, was Ihr wohl ganz aufgegeben habt. Göttinger Neuigkeiten muß ich mir hier erzählen lassen, wohin Herr von Meysenbug sie regelmäßig abliefert. Ich schreibe in ein par Wochen nicht. Ihr seid mir Antwort schuldig und dies (die Noten auch) sind wieder ein Brief. — Grüßet Agathe von mir. Ich lege ein paar Lieder für sie ein, die — einer — na, und ich wünscht' dabei, na, — kurz, recht höflich für mich." Ein andermal heißt es: „Mein Kleeblatt (Grimm und Frau nebst Agathe) mag mir verzeihen, daß ich wieder auf mich warten lasse. Könnte ich gelaufen kommen, da hörtet Ihr öfter von mir." „Ich kann nicht umhin, ein Lied und einige Worte expreß für Agathe beizulegen." An einem Donnerstag-Abend dieses verträumten Herbstes heißt es einmal: „pour les dames lege ich ein paar Lieder bei, damit die Besten im Hause auch etwas haben . . .

An Agathe lege ich noch eine Antwort ein! Ich grüße Euch, liebe Damen. . . .“ Weitere Briefe ließen nicht lange auf sich warten. Darin schreibt Brahms von seinem Grabgesang: „Ich empfehle Dir den Grabgesang besonders, lieber Jse(-grimm). Nimm ihn langsam, und gefühlvoll das dur. Er sollte am Grabe gesungen werden. Schreibe mir bald darüber. N(otabene) vielleicht hat Agathe oder Du die Abschrift von meinen Liedern schon? Ich küsse den Damen ebenso zärtlich wie melancholisch die Hand.“ Ein andermal ist Agathe nicht wohl. Brahms frägt an: „Ist Agathe wieder wohl? Es ist doch weiter nichts als Erkältung, die jeden heimsuchen muß, der nur bei schönem Wetter ausgeht. Eigentlich strafte ich ebenso, wenn ich das Wetter wäre. Schreibe mir, daß alles wieder wohl ist, Deine Frau und Agathe. Für die Lieder sage ich Agathe meinen besten Dank, die sollen ein Gedenkblatt bleiben.“

Ende September war Brahms wieder in Detmold eingerückt, wo er sich Händel und Bach widmete. Von letzterem brachte er die Kantaten „Christ lag in Todesbanden“ und „Ich hatte viel Bekümmernis“ erfolgreich zur Aufführung und dirigierte wieder die Begleitungen zu den Klaviersoli seiner prinzlichen Schülerin, was der Hofkapellmeister nicht gerade gern sah, weil es ihm wie ein kleiner Eingriff in seine Domäne vorkam. Aber noch schlimmeres passierte ihm: Brahms durfte dem Hofe seine Serenade vorführen.

Die fleißige Hingabe an den Chor hatte Brahms zu einer Arbeit auf dem Gebiet der Vokalmusik angetrieben. Sein „Ave Maria“ op. 12 für weiblichen Chor mit Orchester oder Orgelbegleitung entstand. Schon im September 1858 bewegte es den Meister und nahm Gestalt an. Der dólce dahin fließende Sechsachtelakt mit seinen innigen Terzen im Verein mit den gedämpften Violinen, die im Unisono mitgehen, umfängt uns wie eine mystische Weihrauchwolke. Wir verfolgen die gleichsam geteilten Chöre und gehen mit unserem inneren Wesen der Sancta Maria entgegen, die uns strahlend unter dem Klang des vollen Chores entgegenwallt.

Bald sollte Brahms noch mehr Anlaß werden, Vokalstücke zu schreiben — in Hamburg. Im Januar 1859 wendete er sich freilich zunächst nach Göttingen, wo Agathe weilte. Unter ihren Augen bereitete er das Klavierkonzert für Hannover vor, wo es am 22. Januar im dritten Abonnementskonzert zur Uraufführung gelangte. Der Erfolg war keiner. Was Joachim an Avé Lallement nach Hamburg schrieb, war die Meinung eines Mannes, der der Brahms’schen Muse nicht mehr fremd gegenüber stand. Er hatte Recht zu sagen: „Brahms Konzert hat mir bei näherer Bekanntschaft immer mehr Liebe und Achtung eingeflößt. Bei den meisten Intelligenten, die ich aus dem Publikum und Orchester gesprochen, hat sich eine hohe Meinung über Brahms als Musiker kund gegeben. Über sein eminentes Spiel sind selbst Gegner seines Konzertes einig. Das teilweise Vorurteil, daß das Befremden über eine so rücksichtslos ideal sich gebende Individualität, wie die unseres Freundes, den Glanz des Erfolges hindernd entgegentreten würden, habe ich von vornherein nicht anders erwartet."

Die entscheidende Aufführung des Werkes erfolgte erst am 27. Januar in Leipzig im Gewandhaus unter Rietz. Brahms spielte auch hier das Werk selbst. Es fiel durch. Das Stück war doch zu neu, als daß es an den Ohren, die an so etwas nicht gewöhnt waren, hätte ohne Widerstreben vorübergehen können. Das Zischen und Lärmen, das sich an einer bestimmten Stelle des Saales erhob, ist damit freilich nicht genügend erklärt. Hier herrschten Vorurteile, spielten Absichten eine Rolle. Die Musikzeitungen sprachen sich allerdings nicht gar so schlecht aus — bis auf die Signale, die den Mund vollnahmen: es wurde da von einer „zu Grabe getragenen Komposition" gesprochen. Der Kritiker schrieb von „Würgen und Wühlen, Zerren und Ziehen, Zusammenflicken und Wiederauseinanderreißen von Phrasen und Floskeln, was man über drei Viertelstunden lang ertragen müsse. Diese ungegorene Masse müsse man in sich aufnehmen und müsse dabei noch ein Dessert von den schreienden Dissonanzen und mißlautenden Klängen überhaupt verschlucken! Mit vollstem Bewußtsein habe überdies auch Herr Brahms die Prinzipalstimme in seinem Konzert so uninteressant wie möglich gemacht; da sei nichts von einer effektvollen Behandlung des Pianoforte, von Neuheit und Feinheit in Passagen, und wo irgend einmal etwas auftauche, was den Anlauf zur Brillanz und Vollheit nehme, da werde es gleich wieder von einer dichten orchestrahlen Begleitungskruste niedergehalten und zusammengequetscht. Zu bemerken sei endlich noch, daß als technischer Klavierspieler Herr Brahms nicht auf der Höhe derjenigen Anforderungen stehe, die man heutzutage an einen Konzertspieler zu machen berechtigt sei." Die „Neue Zeitschrift für Musik" warb wieder versteckt um Brahms; sie schrieb: „Trotz der zugestandenen Mängel der äußeren Erscheinung halten wir dieses Werk seinem inneren dichterischen Gehalte nach für ein unverkennbares Zeugnis einer bedeutenden Schöpfungskraft von echt poetischer Ursprünglichkeit und Originalität. Dem abfälligen Urteile einer gewissen Seite des Publikums und der Kritik gegenüber betrachten wir es für unsere Pflicht, für diese achtungswerten Seiten des genannten Werkes einzustehen und gegen die wenig achtbare Art und Weise seiner Beurteilung zu protestieren. Wir haben uns die Behandlung dieses Themas bei der Redaktion für die nächsten Tage vorbehalten."

Brahms selbst schrieb sich die Sache also von der Seele:

„Noch ganz berauscht von den erhebenden Genüssen, die meinen Augen und Ohren durch den Anblick und das Gespräch der Weisen unserer Musikstadt schon mehrere Tage wurden, zwinge ich diese spitze und harte Sahr'sche Stahlfeder Dir zu beschreiben, wie es sich begab und glücklich zu Ende geführt ward, daß mein Konzert hier glänzend und entschieden — durchfiel.

Vor allem, es ging wirklich recht sehr gut, ich spielte bedeutend besser als in Hannover und das Orchester ausgezeichnet.

Die erste Probe erregte keinerlei Gefühle bei den Musikern oder Zuhörern. Zur zweiten kam aber kein Zuhörer und bei keinem Musiker bewegte sich eine Gesichtsmuskel.

Den Abend wurde Elisa-Ouverture von Cherubini gemacht, dann eine Ave Maria von demselben matt gesungen, also hofft' ich, Pfunds [des Paukenschlägers] Wirbel würde zur rechten Zeit kommen. Ohne irgendeine Regung wurde der erste Satz und der zweite angehört. Zum Schluß versuchten drei Hände, langsam ineinanderzufallen, worauf aber von allen Seiten ein ganz klares Zischen solche Demonstrationen verbot.

Weiter gibts nun garnichts über dies Ereignis zu schreiben, denn auch kein Wörtchen hat mir noch jemand über das Werk gesagt! David ausgenommen, der sehr freundlich war und sich außerordentlich dafür interessierte und sich Mühe darum gab. -- Weder Rietz noch Wenzel, Senff, Dreyschock, Grützmacher, Röntgen sagten auch nur das Gleichgültigste. Sahr habe ich heute früh einzelnes gefragt und mich über seine Aufrichtigkeit gefreut.

Dieser Durchfall macht mir übrigens durchaus keinen Eindruck, und das bischen üble und nüchterne Laune hernach verging, als ich eine C-dur-Symphonie von Haydn und die Ruinen von Athen hörte. Trotzalledem wird das Konzert noch einmal gefallen, wenn ich seinen Körperbau gebessert habe, und ein zweites soll schon anders lauten.

Ich glaube, es ist das beste, was einem passieren kann; das zwingt die Gedanken, sich ordentlich zusammenzunehmen und steigert den Mut. Ich versuche ja erst und tappe noch. Aber das Zischen war doch zuviel?“

So konnte dieser junge Künstler schreiben, trotzdem die Niederlage für ihn bittere Folgen genug mit sich brachte. Seine Hoffnungen für die Zukunft wurden zertrümmert. Der Erfolg würde ihm den Handel mit den Verlegern bedeutend erleichtert haben, denen er so manches anbieten wollte. Seine Zukunft hätte sich wohl auch sonst zuversichtlicher gestaltet; es hätte sich wohl eine angemessene Stellung finden lassen. Der Mißerfolg begrub den größten Teil dieser Hoffnungen und noch eine mehr: damals, unter dem Schlag, den das Schicksal in Leipzig nach ihm führte, muß der Entschluß, auf Agathe zu verzichten, in Brahms gereift sein. Spätere Äußerungen legen das nahe. Er erzählte einmal an Widmann: „Ich hab's versäumt (das Heiraten nämlich.) Als ich wohl Lust dazu gehabt hätte, konnte ich es einer Frau nicht so bieten, wie es recht gewesen wäre. Aber in der Zeit, in der ich am liebsten geheiratet hätte, wurden meine Sachen in den Konzertsälen ausgepfiffen, oder wenigstens mit eisiger Kälte aufgenommen. Das konnte ich nun sehr gut ertragen, denn ich wußte genau, was sie wert waren, und wie sich das Blatt schon noch wenden würde. Und wenn ich nach solchen

Mißerfolgen in meine einsame Kammer trat, war mir nicht schlimm zumute. Im Gegenteil! Aber wenn ich in solchen Momenten vor die Frau hätte hintreten, ihre fragenden Augen ängstlich auf die meinen gerichtet sehen, und ihr hätte sagen müssen: ‚Es war wieder nichts‘ — das hätte ich nicht ertragen! Denn mag eine Frau den Künstler, den sie zum Manne hat, noch so sehr lieben und auch, was man so nennt: an ihren Mann glauben — die volle Gewißheit eines endlichen Sieges, wie sie in seiner Brust liegt, kann sie nicht haben. Und wenn sie mich nun gar hätte trösten wollen. . . . Mitleid der eigenen Frau bei Mißerfolgen des Mannes . . . puh! ich mag nicht daran denken, was das, so wie ich wenigstens fühle, für eine Hölle gewesen wäre.“ Wir wollen noch hinzufügen, daß Brahms diese Worte nicht etwa ruhig und gemessen vorbrachte, sondern „heftig hervorstieß und dazu so trotzig, so ingrimmig blickte“, daß Widmann keine weitere Gegenbemerkung wagte.

Brahms hatte vorgehabt, längere Zeit in Leipzig zu bleiben. Jetzt hörte er sich nur noch einige interessante Werke an, so ein paar Chorlieder von Eccard, Calvisius, Praetorius, Stobäus, Schütz, die in der Paulanerkirche vom Riedelschen Chore gemacht wurden, und eilte dann schleunigst fort. In Hamburg sollte er Genugtuung erhalten. Sein Konzert wurde dort am 24. März mit schönem Erfolge aufgeführt und Grädener benutzte diese Gelegenheit, um eine Lanze für das Werk in der „Neuen Berliner Musikzeitung“ zu brechen und auf die lästerliche Besprechung in den Signalen zu antworten. Das Konzert fand in Hamburg sogar solchen Anklang, daß ein Konzert am 28. März, in welchem die erste Serenade zur Aufführung gelangen sollte, aus einem kleineren in den großen Wörmerschen Saal verlegt werden mußte; Joachim und Stockhausen, die mitwirkten, besaßen allerdings auch die wünschenswerte Anziehungskraft. Brahms schreibt über das bevorstehende Konzert: „Übermorgen spiele ich hier mein Klavierkonzert und führe einige Tage später in einem eigenen Konzerte andere Werke von mir auf. Joachim und Stockhausen, die dazu kommen, werden wahre musikalische Festtage bereiten.

Trotz der verschiedensten Beurteilungen, die meine Werke erfahren, muß ich ganz vergnügt über meine ersten Orchesterversuche sein, und ich hoffe bestimmt, sie werden auch in Detmold sich freundliche Zuhörer verschaffen.

Und darf ich doch vor allem auf später reifende und schöner schwellende Früchte hoffen.“ Bei Joachim fragt er an: „Meinst Du denn, Liebster, daß ich meine Serenade dirigieren könnte? Es wäre vernünftiger, ich bäte Dich, aber ich möchte gern selbst fuchteln, wenn's denn nur ginge.“

Das Konzert hatte glänzenden materiellen Erfolg und auch der künstlerische konnte den Komponisten wohl befriedigen. Brahms teilte Joachim mit: „Hier für Dich und Freund Stockhausen eine kleine Erinnerung an unser Konzert. Laut höchst genauer, vorliegender Rechnung des Herrn Avé haben wir 636 Rtlr. Überschuß. Ich könnte mit besagter Rechnung diesen Brief beschweren, aber wohl unnötig. Nach Leipzig will ich sie mitbringen . . .

Ich bin nach so vieler Lust auch darüber kreuzfidel, daß ich so viel Geld habe. Die sonstige Freude am Konzert und an Deinem Hiersein muß ich auch nachgenießen."

Doch Hamburg war nicht Leipzig und die bange Frage tauchte auf: was nun? — Bis zur Rückkehr nach Detmold mußte Brahms Stunden geben und sich durcharbeiten, so gut es ging. Weitere Anregungen fehlten fast vollständig. Ein äußeres Ereignis brachte sie ihm. Bei einer Hochzeitsfeier begleitete Brahms einen von Grädener geleiteten Damenchor auf der Orgel. Er und die Damen gaben dann diese Übungen auch nach der Feier nicht auf. So erwuchs aus diesem Anlaß der Hamburger Frauenchor, für den Brahms so manches arrangiert und komponiert hat. Brahms schreibt an Grimm: „Es singt ein kleiner Kreis Mädchen immer bei mir recht nett und vergnügt des Abends. Deutsche Volkslieder, und was ich so schreibe." „Meine Mädchen müssen sich alle Stimmen selbst ausschreiben, und zwar muß das immer in einigen Tagen durch Herumschicken besorgt sein."

Die ersten Stücke, die durchgesungen wurden, waren das Ave Maria op. 12 und die geistlichen Chöre „O bone Jesu" und „Adoramus." Die beiden letzteren veröffentlichte Brahms erst 1866 als op. 37 im Verein mit dem Chore „Regina Coeli", der erst 1863 in Wien vollendet wurde.

Die jungen Damen hingen mit Verehrung an ihrem Dirigenten, der seine Scheu vor ihnen, und vor dem sie ihre Scheu überwinden mußten. Da und dort blühte auch etwas Liebe auf, sodaß ein wahrer Wetteifer im Chore entstand. Eine Umlage, die die Eifrigen nur scheinbar, um dem Dirigenten etwas zuzuschustern, ausschrieben, fand keine Gnade vor Brahms; Geld hätte ihm alle Freude verdorben. Die Damen schenkten ihm aber ein silbernes Tintenfaß, als die Detmolder Pflicht ihn wieder von Hamburg fortrief. Am 26. September bei der letzten Aufführung in der Petrikirche übergaben sie es dem „Herrn Johannes Brahms", der ein offizielles Dankschreiben an die Spenderinnen richtete. Aus Detmold kam aber folgender Brief: „Eigen war mir's, als ich diese schönbewaldeten Höhen wiedersah, und in den herrlichen Wald hineinging. Seit einem Jahr sah ich so schöne Natur nicht; viel hat sich seitdem geändert. Doch war ich ganz selig; ich dachte nur Musik. Ich bin verliebt in die Musik, ich liebe die Musik, ich denke nichts als sie und nur an anderes, wenn es mir Musik schöner macht. Passen Sie auf, ich schreibe wieder Liebeslieder, und nicht an A bis Z, sondern an die Musik. Wenn das so fortgeht, kann ich zu einem Akkord verduften und in die Lüfte verschweben. Den letzten Abend in Hamburg hatte ich sehr große Freude. Ich glaubte zu wissen, woher Schrift und Blumen kämen, doch schrieb ich aus mehreren Gründen an Frl. Wagner. Ei, für solch Geschenk mag ich arbeiten, ich wollte und wünschte, es gäbe keine anderen Honorare."

Die Adressatinnen dieses Briefes waren die kleine Wienerin Bertha Prorubszky und ihre Tante Frau Brandt in Hamburg. Die Stimmung, die der Brief schildert, mußte zu Musik werden. Sie klingt aus der zweiten Serenade op. 16. Bei diesem Stücke war Brahms „ganz wonniglich zumute." Das Werk hat auch an und für sich etwas Auffallendes: es fehlen in der Partitur durchweg die Violinen. Brahms Vorliebe für den Alt und dunkle Klangfarben tritt zu Tage. Wo er unter dem Einfluß einer wonnigen Empfindung schrieb, da vergaß er die hohen Violinen. Natürlich konnte dies Werk unter solchen Umständen nicht allzuviel Sätze erhalten; es hat fünf. Den Beginn macht ein bestimmtes Allegro moderato im alle breve-Takt mit einer umfangreichen Coda. Ein rhythmisch ungemein lebendiges Scherzo mit süß wehmütigem, über den Orgelpunkt C gespanntem Trio und ein meisterhaft knappes, harmonisch interessantes Quasi-Minuetto im Sechsvierteltakt mit sprechenden Pausen umschließen das inbrünstige Adagio non troppo, das in gedehnten Zwölfachteltakten und bei kunstvoller Stimmführung — achtmal hebt das Thema an. der Mittelsatz des a-moll-Stückes wandert nach As-dur — alle Wonnen des Komponisten ins lauschende Ohr singt. Das muntere Rondo-Allegro in Sonatenform findet den echten Abschluß für das träumerische Werk, sodaß wir nicht mit der zarten Musik der Mittelsätze selbst „zu Akkorden verduften."

Der erwähnte Brief des jungen Meisters blieb nicht der einzige. Er schrieb weiter an die junge Dame:

„Verehrte!

Sehr erfreuen Sie mich durch Ihre lieben Briefe, die mich so herzlich ansprechen. Auch Grädener schrieb mir, sah es auch nicht so lieblich aus, so war's doch garnicht übel.

Er lädt mich zu seinem ersten Konzert ein. Ich freue mich wie ein König auf den zu verlangenden Urlaub und die paar Tage in Hamburg. Sehr gerne höre ich, daß der Frauenchor noch als kleine Republik besteht. Soll ich Lieder schicken? Lustige, frische Liedlein? Ich würde Sie redlich damit versorgen, wenn Sie wollten.

Wer ist denn im Alt zugekommen? Ich rate auf Frl. G., wünsche aber eigentlich noch einige hinein. Und die neue Wienerin ist am Ende die berühmte Klavieristin Marianne? Da kommt auch am Ende der ‚gewisse Graue‘ ins Haus? Denn wem könnten besser Damenhände anvertraut werden? Der führt sie nicht auf Kegelbahnen und komponiert auch keine Sonaten, an denen man sie zerbrechen kann.

Spohr ist tot! Wohl der Letzte, der noch schöneren Kunstepochen angehörte, als wir jetzt eine durchmachen. Wohl mochte man damals nach jeder Messe begierig ausschauen, was denn Neues und Schöneres von dem und dem gekommen wäre. Jetzt ist das anders. Ich sehe in Jahr und Tag kaum ein Heft Noten, das mich erfreut, dagegen viele, die mich gar physisch unwohl machen können. Es ist ja wohl zu keiner Zeit eine Kunst so maltraitiert worden, wie jetzt unsere liebe Musik. Hoffentlich wächst im Stillen besseres hervor, sonst würde sich ja unsere Zeit in der Kunstgeschichte wie eine Mistgrube ausnehmen.

Sie lesen viel Shakespeare? Das ist schön; da hat man alles und alles in einem, an allen anderen aber hätte man keinen Shakespeare.

Im Wald können Sie mich oft suchen, Sie würden mich wohl manchmal in Ihrer Gesellschaft finden.

Oft wenn ich Abends aufs Schloß muß, habe ich kaum Zeit, mich umzukleiden. Neulich dirigierte ich daher meinen mit Durchlauchtens gespickten Singverein ohne Halstuch! Zum Glück brauchte ich mich nicht zu genieren und zu ärgern, denn ich merkte es erst beim Zubettegehen. —

Dies ist heute der vierte Brief und soll gar einen Zwilling vorstellen! Könnte ich doch, statt Ihnen zu schreiben, einen neuen lesen! Mit dem Schreiben will's nicht, aber wirklich, lesen und genießen kann ich einen Brief.

‚Lieber Herr Johannes‘ würde mir übrigens weit besser gefallen als ‚Lieber Herr Brahms‘ welches gar keine schöne Überschrift ist.

Übrigens grüße ich Sie herzlich und schaue oft und sehr nach einem Doppelbrief aus.

Ganz der Ihrige

Johannes Brahms."

Brahms befand sich wieder in Detmold. Und nicht in sonderlich erhobener Stimmung. Joachim bekommt zu lesen: „Ich sitze wieder in Detmold. Im Sommer nehme ich mir immer vor, länger hier zu bleiben und recht zu profitieren. Bin ich hier, dann meine ich, es müßte das letzte Mal sein. Ich will nicht mehr Egoist werden, als ich bin, und hier muß ich gar in mich hinein musizieren! Tue und denke alles für mich usw. usw."

Die sehnlich erwartete Freude sollte der Urlaub sein, den Brahms in Detmold nehmen wollte, um in Hamburg zu konzertieren. Das Konzert in Hamburg, in dem das Ave Maria und der Begräbnisgesang op. 13 aufgeführt wurden, fand Anfang November statt. Diese neuen Werke von Brahms gefielen sehr; der Komponist wurde sogar „als Genie verkündet." Da ihm in Detmold diese Konzertreise stillschweigend verübelt wurde, was den fürderen Aufenthalt am dortigen Hofe nicht angenehmer machte, so war Brahms bei seiner Abreise, die diesmal erst einige Tage nach Neujahr erfolgen konnte, weil die verlorenen Hamburger Tage eingebracht werden mußten, entschlossen, die einträgliche Stellung in Detmold aufzugeben. Er schrieb im August 1860 dem Hofmarschall von Meysenbug, daß namentlich die Werke, die demnächst zum Druck befördert werden sollten, zuviel Zeit in Anspruch nähmen, als daß er sein Dirigentenamt in Detmold wieder aufnehmen könne. So blieb Brahms denn in Hamburg, „rekelte sich ordentlich aus und vergaß allmählich die langweilige Detmolder Strapaze.“

In Hamburg gab es außer den großen Konzerten die private Möglichkeit für Brahms, seine Chorstücke aufzuführen: der Frauenchor wartete ja schon sehnsüchtig darauf, wieder unter seinem Leiter zu singen. Für diesen Chor hat Brahms vieles geschrieben, an dessen Bestand und Verbleib ihm nichts gelegen war. Aber manche Stimme, die sich in den Übungsheften gefunden, interessiert uns doch. Da war z. B. eine zweite Stimme aus einem Messesatz, dessen Thema sich in dem ersten Kanon des op. 74: „Warum ist das Licht gegeben den Mühseligen“ ähnlich wiederfindet. Neugierig macht uns ein „Solo“ über den Text von Uhland:

„Das Haus benedei’ ich und preis’ es laut,
Das empfangen hat eine liebliche Braut;
Zum Garten muß es erblühen.“

Dieser Gedanke ist weiter ausgeführt; wir kommen darauf zurück.

Aufbewahrt und ausgearbeitet hat Brahms in dieser Zeit von den Stücken, die er im Chore probierte: Deutsche Volkslieder. Gesänge für Frauenchor und Harfe op. 17, zwölf Lieder und Romanzen für Frauenchor, den dreizehnten Psalm, die Marienlieder op. 22, die im Juni und Juli 1859 geschrieben wurden. Dazu kamen im August 1860 noch die Motetten für fünfstimmigen gemischten Chor a capella. Op. 42 bringt sechsstimmige Chorlieder.

Über die deutschen Volkslieder sind Worte überflüssig, Brahms sah ihnen besonders liebevoll nach: es war Blut von seinem Blut. Wir erkennen, woher die Neigung zum Volksliedartigen in der Brahms’schen Musik kommt, jene Vorliebe, die ihn zeitlebens nicht verlassen hat, und auf die alle Beurteiler hingewiesen haben. von Dietrich angefangen: „Dann zieht sich etwas Volksliedartiges durch alle seine Werke, und dies ist es eigentlich, glaube ich, was seiner ganzen Musik den herzgewinnenden Zauber verleiht.“

Die Gesänge für Frauenchor und Harfe bieten dem Ohre ganz neuen Klang; der Gesamtklang berührt uns eigentümlich schwermütig; besonders in der letzten Nummer: in „Ossians Fingalgesang“: „Wein’ an dem Felsen der brausenden Winde“ — die Klage dringt dunkel hervor und am Felsen brausen die Winde, in denen die Töne wie Harfenspiel zerflattern.

In den beiden Heften op. 44 hat das Volkslied wieder Pate

gestanden; und mehr und mehr beginnt jene melancholische, fast allen Volksweisen eigene Färbung auch die Brahms'schen Lieder zu tönen. Ganz schaurigsüßes Frühlingsnahen malt der letzte Gesang, der sich kanonisch herandrängt.

Einen geradezu herben Gehalt hat die Musik zum dreizehnten Psalm op. 27, die in ihrer Strenge an einen alten Holzschnitt gemahnt. Der Schluß wirkt mit seinen gedehnten Noten besonders überzeugend und eindringlich wie tiefgeschnittene Züge eines Heiligenbildes.

Welt und Kirche werden Eins in den Marienliedern op. 22; wie das in alten Zeiten klang in Volksliedern und Chorälen, die ja beide hervorgegangen sind aus derselben sehnsüchtigen Brust, so klingt es hier innig ineinander. Und wie in alten Liedern das Echo schallt und die Stimmen es einander munter zu- und zurückwerfen, so tönt in Mariens Kirchgang das Glockenspiel. Die Musik ist frisch und nirgends sentimental; nur ein Sätzchen „Ruf zur Maria" geht: poco adagio, ein anderes: poco lento; im übrigen lauten die Tempi: con moto, allegro und ähnlich. Der überaus klare Satz wirkt wie ein Brunnquell: klar, kühl und frisch.

Zwei Gesangsfugen enthält op. 29, von denen die erste eingeleitet mit dem Choralthema „Es ist das Heil uns kommen her", etwas gelehrt klingt, während die zweite sich anmutiger gibt; die Satzkunst verblaßt hinter der Eindringlichkeit der Melodienzüge. Der zu Grunde gelegte Text ist der 51. Psalm „Schaffe in mir Gott ein reines Herz." Der reine Geist Brahmsens wußte uns Überzeugendes über diese biblischen Themen zu singen: zur Erquickung gebeugter Gemüter.

Noch drei Chorgesänge stammen aus dieser Zeit: op. 42, Gesänge, von denen der erste im Oktober 1859, die anderen 1860 und 1861 geschrieben sind. Das „Abendständchen" Brentanos malt in dunklen und hellen Tönen gleichsam den Gegensatz von grauer Dämmerung und einfallendem Mondlicht, das plötzlich silbern mit dem Forte die Szene bescheint. In „Vineta" schwelgt der Komponist in wohligen Klängen, während „Darthulas Grabgesang" eigentümlich zurückhaltend beginnt und nicht zu blühendem Kolorit durchdringt; gerade und steif in ihrer Trauer bleibt diese Musik.

Schließlich müssen hier die Duette für Alt und Bariton op. 28 erwähnt werden, von denen Brahms das erste und vierte 1860 im November schrieb, während Nr. 3 sein Geburtstagslied von 1862 war. Besonders bemerkenswert scheint das „Wechsellied zum Tanze", welches aus dem November 1859 stammt. Es steht als Nr. 1 in op. 31. Meisterlich werden hier die verschieden gestimmten Paare einander gegenübergestellt und genähert: die Gleichgültigen, die Zärtlichen — dann werden sie beide vereint,

ein Menuett erfaßt sie; in schönem Verein scheinen sie sich weiter
zu drehen, wenn das Lied verklungen. Diese holde Nachwirkung
der Brahms'schen Musik beweist ihre tiefinnere Urkraft.

Von dem Begräbnisgesang op. 13 für Chor- und Blasinstrumente
schreibt Brahms an Joachim: „Meinen Grabgesang habe ich
prächtig instrumentiert! Er sieht ganz anders aus, seitdem ich
die ungehörigen Bässe und Celli gestrichen habe." Das Werk
geht über den Text „Nun laßt uns den Leib begraben" und ist
für Chor und Blasinstrumente gesetzt. Spitta schreibt darüber in
seinem meisterhaften Aufsatz über die Brahms'sche Musik („Zur
Musik" vierzehnter Aufsatz, auf Seite 399). „Ich kenne nichts,
was durch Knappheit des Ausdrucks nachhaltiger wirkte, als der
über ein geistliches Gedicht des sechszehnten Jahrhunderts komponierte Begräbnisgesang ,Nun laßt uns den Leib begraben'.
Mit unerbittlichem, fast gleichmütigem Ernst, dem unabwendbaren
Schicksal gleich, schreitet die einfache, eintönige Weise in der
Bewegung eines Trauermarsches dahin. Die den Chor begleitenden Instrumente sind nach Gattung und Zahl auf das Notwendigste
beschränkt, ihr Klang ein Gemisch von Grellem und Feierlichem.
Im Trio keine sanfte Klage, kein zerfließendes Gefühl, sondern
der Trost, den die Gewißheit einstiger Erlösung vom Lebensleid
in ein Mannesherz senkt. Die Melodie durchaus volksliedartig,
jeder Ton wie gemeißelt."

Wie weit schon war Brahms damit gewandert durch die Ge-
filde des Chorgesanges! Liebliche, subjektive Kirchenlieder, ernste
Fugen und Psalmen, Volkslieder, Minnelieder und strenge Kirchenlieder hatte er erdacht. Es waren Quellen der alten Zeit von
ihm geöffnet worden. Und sein Können harrte eines großen
Werkes. Das „deutsche Requiem" ist wohl auch schon in Detmold begonnen worden.

Dürfen wir annehmen, daß Brahms an das große Werk eher
kam, weil nun keine Stellung ihm mehr Fesseln anlegte? Wie
dem auch sei: er fand keine Stellung. Das Detmolder Interim
ging jetzt in ein Hamburger Interim über. Die Vaterstadt bildete
den festen Stützpunkt, von dem aus Brahms bald hierhin, bald
dahin ausflog, wohin er aber immer wieder zurückkehrte. Sowohl
Freunde als auch Konzerte und Musikfeste veranlaßten ihn zu
kurzen Ausflügen, die manchmal zu längeren Aufenthalten aus-
wuchsen, wenn es dem jungen Schwärmer irgendwo gut gefiel.
Noch immer herrscht für ihn die Zeit des Wanderns.

Im Anfang des Jahres 1860 fand er sich wieder in Hamburg
ein und widmete sich mit verdoppelter Hingabe seinem Frauenchor. Jetzt verfaßte er sogar ein ausführliches Statut, welches
also lautete:

„ . . . weilen es absolute dém Plaisire fördersam ist, wenn
es fein ordentlich dabei einhergeht, als wird denen curieusen Ge-
müthern, so Mitglieder des sehr nutz- und lieblichen F r a u e n -
c h o r s wünschen zu werden und zu bleiben jetzund kund und
offenbar gethan, daß sie partoute die Clausuln und Puncti hie-
folgenden Geschreibsels, unter zu zeichnen haben, ehe sie sich
obengenannten Tituls erfreuen und an der musikalischen Erlus-
tigung und Divertierung parte nehmen können.

Ich hätte zwaren schon längst damit unter der Bank herfür
wischen sollen, alleine aberst dennoch, weilen der Frühling erst
lieblich präambuliret und bis der Sommer finiret, gesungen werden
dürfte, als möchte es noch an der Zeit sein, dieses Opus an das
Tageslicht zu stellen.

Pro Primo wäre zu remarquiren, daß die Mitglieder des
Frauenchors da sein müssen.

Als wird verstanden: daß sie sich obligiren sollen den
Stehungen und Singungen der Societät regelmäßig beizuwohnen.

So nun Jemand diesen Articul nicht gehörig observiret und,
wo Gott für sei, der Fall passirete, daß Jemand wider jedes
Decorum so fehlete, daß er während eines Exercitiums ganz
fehlete:

soll gestraft werden mit einer Buße von 8 Schillingen
H.(amburger) C.(ourant).

Pro secundo ist zu beachten, daß die Mitglieder des Frauenchors da sein müssen.

Als ist zu nehmen, sie sollen praecise zur anberaumeten Zeit
da sein.

Wer nun hiewider also sündiget, daß er das ganze Viertheil
einer Stunde zu spät der Societät seine schuldige Reverentz
und Aufwartung machet, soll um 2 Schillinge H. C. gestrafet
werden.

(Ihrer großen Meriten um den Frauenchor wegen und in
Betracht ihrer vermutlich höchst mangelhaften und unglücklichen
Complexion, soll nun hier für die nicht genug zu favorirende und
adorirende Demoiselle Laura Garbe ein Abonnement hergestellt
werden, wesmaßen sie nicht jedesmal zu bezahlen braucht, sondern
aber ihro am Schluß des Quartals eine moderirte Rechnung prä-
sentiret wird.)

Pro tertio: Das einkommende Geld mag denen Bettelleuten
gegeben werden und wird gewünscht, daß Niemand davon ge-
sättiget werden möge.

Pro quarto ist zu merken, daß die Musikalien großentheils
der Discretion der Dames anvertrauet sind. Derohalben sollen
sie wie fremdes Eigenthum von den ehr- und tugendsamen Jung-
frauen und Frauen in rechter Lieb und aller Hübschheit gehalten

werden, auch in keinerlei Weise außerhalb der Societät benützet werden.

Pro quinto: Was nicht mitsingen kann, das sehen wir als ein Neutrum an. Will heißen: Zuhörer werden geduldet indessen aber pro ordinario nicht beachtet, was Gestalt sonsten die rechte Nutzbarkeit der Exercitia nicht beschaffet werden möchte.

Obgemeldeter gehörig spezifizirter Erlaß wird durch gegenwärtiges General-Rescript anjetzo jeder männiglich public gemacht und soll in Würden gehalten werden, bis der Frauenchor seine Endschaft erreichet hat.

Solltest Du nun nicht nur vor dich ohnverbrüchlich darob halten, sondern auch alles Ernstes daran sein, das andere auf keinerlei Weise noch Wege darwider tun, noch handeln mögen.

An dem beschiehet Unsere Meinung und erwarte dero gewünschte und wohlgewogene Approbation.

Der ich verharre in tiefster Devotion

und Veneration des Frauenchors allzeit dienstbeflissener

schreibfertiger und taktfester

Johannes Kreisler jun.

Geben auf Montag   alias: Brahms.

den 30<u>ten</u> des Monats Aprili.

A. D. 1860."

Dies humoristische Statut bedarf keiner Erläuterung.

Brahms gewann in der Vaterstadt allgemach an Ansehen, sodaß er hoffen durfte, über kurz oder lang einen ernsten Dirigentenposten in einem der größeren Vereine zu erhalten. Seine zweite Serenade war am 10. Februar 1860 mit großem Beifall in den Philharmonischen Konzerten aufgeführt worden. Sein Klavierkonzert mußte allerdings bei der zweiten Aufführung am 20. April auch in Hamburg einen Durchfall erleben, der den Meister sehr verstimmte. Aber Brahms wirkte auch noch in anderen Konzerten mit und wurde ganz populär. Gleichwohl sollte er vergebens auf eine Anstellung harren.

Im Frühjahr lockte ihn das rheinische Musikfest nach Düsseldorf, wo er angenehme Pfingsttage verbrachte. Da das Komitee des Schumannfestes in Zwickau Frau Schumann nicht persönlich geladen hatte, blieb sie, und infolgedessen auch Brahms, der Feier fern. Brahms schreibt an Joachim: „Rietz . . . hält es geradezu für nötig, die Unverschämtheit zu geißeln, mit der die Leute (die Zukunftsmusiker, die sich in Zwickau breit machen) Schumann zu ihrer Fahne zählen." Brahms verließ den Düsseldorfer Festkreis, in dem natürlich Joachim und Frau Schumann nicht fehlten, um mit Stockhausen noch auf einige Wochen nach Bonn zu gehen, wo er bis Anfang August blieb. Dietrich beschreibt den dortigen Aufenthalt folgendermaßen: „Das erste Frühjahr, welches wir (er und seine Frau) in Bonn verlebten, wurde uns verherrlicht durch die Gegenwart unserer lieben Freunde, Brahms, Joachim, Heinrich von Sahr, Stockhausen und für einige Tage auch Clara Schumann. Die Erstgenannten wollten einige Monate in Bonn bleiben.

Der Frühling war mit wunderbarer Pracht und Herrlichkeit eingezogen. Solch ein rheinischer Frühling hat etwas Bezauberndes. Die rosa blühenden Wälder der Obstbäume ringsumher, die üppigen Weißdornhecken am Ufer des Rheins entlang, das Schlagen der Nachtigallen in den hellen, warmen Sommernächten: dazu in der Ferne die schönen Linien des Siebengebirges in prächtiger Beleuchtung — wie mächtig lockten sie uns an zu den mannigfachsten Ausflügen! Das war ein heiteres und sonniges Leben! Und dazu so reich an Kunstgenüssen!

Denn Brahms hatte nach sechsjahrelangem Schweigen eine Fülle neuer herrlicher Kompositionen mitgebracht, die wir nun alle kennen lernten. Es waren die D-dur und die A-dur-Serenade. das Ave Maria für Frauenchor, der Begräbnisgesang für gemischten Chor, Lieder und Romanzen und das Klavierkonzert in d-moll . . .

In einer der schönsten Villen an der Coblenzer Straße an der Rheinseite uns gegenüber, bei der kunstsinnigen und gastfreien Familie Kyllmann durften wir uns oft versammeln, immer in Gesellschaft des Professors Jahn, um Kammermusikaufführungen zu veranstalten und uns an dem herrlichen Gesange Stockhausens zu begeistern.

Wie schlugen die Herzen höher bei diesen Genüssen!

Auch in unsere junge Häuslichkeit kamen die Künstler oft und gern; und zum Schlusse feierten unsere Freunde mit uns die Taufe unseres ersten Kindes. Brahms, Joachim und Heinrich von Sahr waren die Paten.

Schon wenige Tage später löste sich aber dann zu unserem größten Leidwesen dieser schöne Künstlerkreis auf, und unsere Freunde kehrten in ihren Wirkungskreis zurück."

Brahms nahm hier in Bonn die zweite Serenade noch einmal vor und heckte so manches Neue aus: wieviel er hier an dem B-dur-Sextett getan, wissen wir nicht.

Im Herbst ging's nach Leipzig, wo im Gewandhaus-Konzerte vom 28. November Brahms erste Serenade vorgeführt wurde, an der die guten Leipziger jedoch ebenso wenig wie am Klavierkonzert Gefallen finden konnten. Daheim in Hamburg gab es wieder verschiedene Gelegenheiten, in Konzerten mitzuwirken. Alte Freunde unter den Musikern sollten unterstützt werden. Und ein besonderes Vergnügen wird es Brahms bereitet haben, in einem Konzert der Frau Schumann am 15. Januar mit dem gesamten Damenchor tätig zu werden. Bei dieser Gelegenheit führte Brahms seine Chöre mit Harfe und Hörnern sowie einige Nummern der Lieder und Romanzen op. 44 auf. Das Konzert konnte Tags darauf in Altona wiederholt werden, wobei sich der Frauenchor wieder mit denselben Vorträgen beteiligte. Am 7. März hörte man in Hamburg Beethovens Tripelkonzert von David, Davidoff und Brahms in den Philharmonischen Konzerten. Brahms Sextett wurde in der zweiten Hälfte der Saison 1860/61 viermal in Hamburg aufgeführt. Am 30. April erfuhr auch die Serenade in A-dur eine Wiederholung.

Brahms hatte sich aus der Fuhlentwiete 74 nach Hamm herausgemacht, wo er bei einer Frau Dr. Rösing Quartier genommen: „Ich wohne recht gemütlich jetzt (den Augenblick entbehre ich freilich den Ofen; niese deshalb Tags einige Dutzend mal), auch klebe ich doch an manchen Fäden (keinen rosenfarbenen), sonst machte ich mich auf. Aber den Winter gehe ich los." Draußen in Hamm wohnte auch die Familie Völckers. Die Töchter des Hauses bildeten mit Laura Garbe und Maria Reuter ein Elitequartett aus dem Damenchor. So fehlte es Brahms in keiner Hinsicht an Anregung und es muß sehr gemütlich und genußreich gewesen sein, wenn er seinen hohen Besuch: Frau Schumann, Joachim, Levi und andere Freunde in seinen musikalischen Kreis brachte. Dort draußen unter dunkelgrünen Bäumen, unter rauschendem Laub entstand auch so manches Werk, aus dem der Born ewiger Musik hervorsprudelt, das nicht künstlich gesetzt noch mühsam erdacht ist, nur um etwas geschrieben zu haben. Wir sehen es den beiden Klavierquartetten an, den Händelvariationen und den Magelonenromanzen.

Am 16. November hob Frau Schumann das g-moll-Klavierquartett aus der Taufe. Sie führte es mit Boie, Bargheer und Lee auf, ohne aber damit durchschlagenden Erfolg zu erzielen. Im selben Konzert sang wieder der Frauenchor. Frau Schumann spielte dann hintereinander im Philharmonischen Konzert das d-moll-Klavierkonzert und in einem eigenen Konzert am 7. Dezember die Händelvariationen. Sie brachte dann auch die Variationen nach Leipzig, wo man das Werk teilweise trocken und gesucht fand. Auch in Paris spielte die Künstlerin das Stück, wenn auch nur in Privatkreisen.

Nach Neujahr 1862 besuchte Brahms seinen Freund Joachim in Hannover. Von dort folgte er einer Einladung Dietrichs nach Oldenburg, wo dieser nunmehr Hofkapellmeister geworden war. Die Liebe winkte Brahms wieder einmal, aber auch diesmal vergeblich: „Wenn es mir möglich ist" so schrieb Brahms, „werde ich am Montag Abend von hier mit der Droschke über

Bremen zu Dir fahren . . . Ich werde also das G-dur-Konzert von Beethoven spielen. Hast Du Stimmen? Mit der zweiten Nummer hat's ja Zeit, mein Gedächtnis erlaubt mir viel, und die Finger kommen schon nach. Meine zweite Serenade ist neulich in New-York gemacht. Soviel ich weiß, überhaupt eine erste Aufführung seit die Sachen gedruckt sind!" Dietrich erzählt nun weiter: „Bald nach diesem Brief traf Brahms bei uns ein. Er war der angenehmste Gast, immer liebenswürdig, immer guter Laune, anspruchslos: mit den Kindern selbst wie ein Kind, voll Liebe sich ihnen ganz hingebend.

In der Genügsamkeit fand auch er das höchste Behagen. Unser bescheidnes Los fand er beneidenswert. Wie oft sprach er die Freude an solch einem Glücke aus, und hätten es seine Verhältnisse damals erlaubt, sich einen eigenen Herd zu gründen, es wäre vielleicht der rechte Augenblick gewesen. Denn auch ein junges Mädchen erregte sein Wohlgefallen, daß damals vorübergehend bei uns verkehrte. Eines Abends, als sie und unsere anderen Gäste uns verlassen hatten — wir waren in heiterster Stimmung gewesen — erwähnte er mit ruhiger Bestimmtheit: .Die gefällt mir, die möchte ich heiraten, so ein Mädchen würde mich auch glücklich machen.' Sie war ein vortreffliches Mädchen, blühend, gesund, natürlich, gescheut und von großer geistiger Lebendigkeit.

Brahms hatte am Abend vor dem Konzert der versammelten Hofkapelle die Freude gemacht, seine Variationen über ein Thema von Händel vorzuspielen. Diese Variationen sind durchweg genial und wunderbar schön; sie schließen mit einer Fuge, die einen begeistert, und das will was sagen! —"

Im Konzert spielte Brahms in Oldenburg kein eigenes Werk. Ebensowenig in dem Konzerte Auers am 18. März in Hamburg, in dem er mitwirkte. Für ein Konzert Stockhausens sollte er einige Schubert'sche Lieder orchestrieren. Es geschah, sie konnten aber nicht aufgeführt werden, da das Orchester die Singstimme erdrückte. Dies Konzert fand am 4. April statt. Bei dieser Gelegenheit hörten die Hamburger aber wieder etwas Neues von Brahms: den ersten Gesang aus den Magelonen-Romanzen und noch drei weitere Lieder. Sie gefielen nicht.

Im Juni fand das alljährliche rheinische Musikfest statt. Brahms eilte hin. Louise Dustmann-Meyer, die hochgeschätzte Sängerin aus Wien, nahm den jungen Meister ganz gefangen; ihre Stimme entzückte den Liederkomponisten, der ja besonders für volle Organe schrieb. Die Künstlerin erzählte ihm außerdem soviel Anheimelndes von Wien und Österreich, daß Brahms in seinem Plan bestärkt wurde, dorthin zu ziehen. Schon

Bertha Prorubsky, die kleine zutunliche Wiener Schöne aus dem Hamburger Frauenchor hatte Brahms von ihrer Heimatstadt vorgeschwärmt und ihm so herzige Wiener Volkslieder vorgesungen. Brahms schreibt an Joachim: „Ich habe in Briefen von Frl. Prorubsky manches, und wie Du denken kannst, Enthusiastisches über Dich gelesen, und Wien, das denn doch einmal die heilige Stadt der Musiker ist, hat einen doppelten Zauber für mich gehabt.“ Zeitweise trug sich auch Frau Schumann mit dem Gedanken, ihr Heim in Wien aufzuschlagen. Kurz: Wien winkte Brahms zu kommen.

Einstweilen reiste er mit Frau Schumann, Bargiel und Dietrich nach Münster am Stein. Er und Dietrich mieteten sich unterhalb der aufragenden Ebernburg ein. Kummervolle Nachrichten sendet Brahms über Bargiel an Joachim, dem er im übrigen mitteilt: „Jetzt sitze ich in einem Wirtshaus an der Nahe, unter der Ebernburg, wo Franz von Sickingen starb, und Ulrich von Hutten schrieb. Dietrich im nächsten Zimmer, wo er seine Braut bearbeitet. Diese Braut ist nämlich eine Ballade für Chor und Orchester. Ich denke leider keine Noten, aber genieße vollauf Luft und Freiheit.“ Brahms stellte sich also faul, Dietrich aber berichtet: „Brahms und ich arbeiteten fleißig. Frau Schumann übte, und Nachmittags wenn wir nicht alle zusammen eine Tour in die Umgebung machten, musizierten wir nach Herzenslust. Brahms komponierte hier die ersten zwei Hefte seiner wunderherrlichen Magelonenlieder. Sie waren die schönsten von allen, die er gemacht. In Münster am Stein zeigte Brahms mir auch den ersten Satz seiner c-moll-Symphonie, welche freilich erst viel später, und zwar sehr umgearbeitet erschien.“ Auch das f-moll-Quintett machte ihm wieder zu schaffen. Er versuchte es jetzt als Streichquintett mit zwei Celli zu gestalten. Auch das blieb aber fruchtloses Bemühen.

Der Ausklang dieser schönen Tage bestand in einer Wanderung über Speyer nach Karlsruhe, auf der Heinrich von Sahr die Musiker begleitete. Von da ging's wieder in die Heimat, nach Hamm — sein Quintett verfolgte ihn.

Beschlossene Sache aber war es seit diesem Sommer für Brahms, daß er nach Wien reisen werde. Am 8. September machte er sich dahin auf.

Nicht wenig hatte er mitzunehmen. Noch nicht lange waren das Sextett, die Magelonenromanzen, die beiden Klavierquartette fertig geworden. Und dazu kamen die Händelvariationen, die vierhändigen Variationen über ein Schumann'sches Thema. Und das Quintett war allmählich auch geworden. Dietrich schreibt darüber: „Das neue Streichquintett, das Brahms in Hamburg vor

70

der Wiener Reise beendet hatte, war wieder einmal ein Meisterwerk: prächtig, immer schöner, immer vollendeter, geistvoller,
wurde die Ausführung seiner Sachen. In dem Werk ist eine
große Fülle von Geist und Können, aber vielleicht ist auch eine
seiner herbsten Stimmungen darin ausgesprochen."

Über das Sextett befragt er wieder Joachim: „Vor allem
möchte ich, daß Du die Bogen, Bindungen etwas korrigiertest.
Ich bin aus Bescheidenheit, um die Violinspieler nicht zu genieren,
etwas unordentlich damit. Auch stehen wohl unnütze Finger
hier und fehlen anderswo welche." „Mein Sextett wirst Du wohl
mit einigem Seufzen schon gedruckt gesehen haben. Es ist wahr,
wenn ich noch gewartet hätte, es hätte vielleicht besser werden
können, aber das Warten hat auch sein Übles."

Das Sextett op. 18 hob Joachim am 20. Oktober 1860 in
Hannover aus der Taufe. Der Geiger hatte, abgesehen davon,
daß er rein technische Ratschläge erteilt, auch einigen inneren
Anteil an diesem Werke; er hatte dem Komponisten empfohlen,
die Hauptmelodie gleich zu Eingang vom Cello bringen zu lassen,
und erst später von der Violine, so höre man sie zweimal, und
nur intensiver erfreue sie, wenn die Geige sie alsdann dem Cello
abnehme. Brahms hat diesen Rat befolgt. Als das Werk in Leipzig
am 4. Januar 1862 von David und Genossen gespielt wurde, hieß
es, die „Erwartungen, die die ersten Sätze erweckten, würden
nicht durchaus befriedigt." Seither hat dieses Sextett alle Erwartungen übertroffen. Die Fülle blühender Melodik und Musik,
die sich über uns ergießt, gemahnt an eine Rosenhecke, die übersät
ist mit Knospen und Blüten, wovon eine die andere drängt und
zwischen denen die grünen Blätter kaum Platz finden.

Klar und übersichtlich ist der erste Satz aufgebaut. Das
erste Cello bringt die Hauptmelodie in dunkler Farbe:

Die Geige trägt diese Weise dann der Sonne entgegen. Selbst die Übergänge bilden im Verlaufe der Entwicklung melodische Linien: keinen Augenblick erhält eine bloße Phrase das Wort und eins wächst aus dem andern. Wieder das Cello intoniert die Seitenmelodie von schlichtem Basse des zweiten Cellos getragen, und gedrängt von den fließenden, nachschlagenden Triolen der zweiten Geige und Bratsche. Wie das schwillt und anwächst! Die Geige nimmt die Melodie strahlend auf; voller wird die Begleitung. Da wiegt und wogt es und hält wieder zurück. Fast schamhaft treten wir in die Durchführung ein. Die Synkopen treiben uns fort, bis forte und jubelnd die erste Geige ihre Koloratur singt und alle Instrumente gemeinschaftliche Sache machen. Nach diesem Höhepunkt und Schwelgen in Kraft und Klang erfolgt eine Reprise in wenig veränderter Form, welche von einer Pizzicato-Coda auf die entzückendste Weise abgeschlossen wird. Das Andante ma moderato ergeht sich in überraschenden Variationen. Die erste Bratsche scheint zu Besonderem berufen, sie hebt mit dem reich verzierten und doch schlichten Thema an, das die Violine aufnimmt. In der vorletzten, fast wie eine Musette klingenden Variation führt wieder die Bratsche und in der letzten singt das tiefe Cello sozusagen die Melodie zur Ruh'. Diese Stimmverteilung färbt den Satz ganz eigenartig. Das Scherzo entwickelt sich ungemein energisch; immer wieder führt ein unwiderstehliches crescendo in die Höhe; das Trio geht noch heftiger vorwärts und die Coda kennt vollends kein Zurückhalten mehr. Fürwahr hier spürt man den Brausemut der Jugend. Den herrlichsten Gegensatz dazu bietet dann das Finale, dieses Poco allegretto e grazioso mit seinem freundlichen Zweivierteltakt. Das Thema wiegt sich wie auf Flügeln des Gesanges. Innig entfalten sich diese Brahms'schen Melodien: kein harter Sprung zerbricht den Fluß der Musik; weich entspringt Ton aus Ton, wie Ranken um Bäume sich winden. Gleitend fließt das Rondo dahin, von energischen Zwischensätzen kunstvoll unterbrochen. In einem

Animato poco a poco più **springt** der Satz aus dem Konzert-saal.

Kammermusik und Gesangsmusik folgen einander von nun an bei Brahms beständig auf dem Fuße; der da so sehnsüchtige Instrumentalmelodien sang, schrieb auch fortwährend innige Lieder. Der Zyklus op. 33 ist nicht ununterbrochen komponiert worden. Während die ersten Nummern 1861 und 1862 in Hamburg und Münster am Stein entstanden, blieben die späteren bis gegen Ende der sechziger Jahre liegen; erst 1868 erschien das Werk.

Die Texte zu den fünfzehn Liedern entnahm Brahms aus Ludwig Tiecks „Phantasus“, worin sie als dichterische Paraphrasen zu dem Märchen von der schönen Magelone stehen. Die „Liebes-geschichte von der schönen Magelone und des Grafen Peter von Provence“ erregt in uns dunkle Vorstellungen an ein Märchen, das wir — kaum kennen. Wir verwechseln in unserer Erinnerung die schöne Magelone mit der schönen Melusine. Aber was tut’s? Der Brahms’sche Liederzyklus bedarf des ausgeführteren Hinter-grundes nicht. Der von Brahms gewählte Titel „Romanzen aus L. Tieck’s Magelone“ macht die nötige mittelalterliche Stimmung. Wir wollen aber hier wenigstens die kurzen Stellen des phantasti-schen Romans lesen, die der junge Kreisler sich in sein „Schatz-kästlein“ aufgezeichnet hat. „Im Schlafe sah sie (Magelone) sich in einem schönen und lustigen Garten; der hellste Sonnenschein flimmerte auf allen grünen Blättern, und wie von Harfensaiten tönte das Lied ihres Geliebten aus dem blauen Himmel herunter, und goldbeschwingte Vögel staunten zum Himmel hinauf und merkten auf die Noten; leichte Wolken zogen unter der Melodie hinweg und wurden rosenrot gefärbt und tönten wieder.

Dann kam der Unbekannte aus seinem dunklen Gange, er umarmte Magelonen und steckte ihr einen noch köstlicheren Ring an den Finger, und die Töne vom Himmel herunter schlangen sich um beide wie ein goldenes Netz, und die roten Lichtwolken umkleideten sie, und sie waren von der Welt getrennt nur bei sich selber und in ihrer Liebe wohnend, und wie ein fernes Klage-getön hörten sie Nachtigallen singen und Büsche flüstern, daß sie von der Wonne des Himmels ausgeschlossen waren . . .

Die Musik floß wie ein murmelnder Bach durch den stillen Garten, und er sah die Anmut der Prinzessin auf den silbernen Wellen der Harmonie hoch einherschwimmen, wie die Wogen der Musik den Saum ihres Gewandes küßten und wetteiferten, ihr nachzufolgen: wie die Morgenröte schien sie in die dämmernde Nacht hinein, und die Sterne standen in ihrem Laufe still, die Bäume hielten sich ruhig, und die Winde schwiegen, die Musik war jetzt die einzige Bewegung, das einzige Leben in der Natur, und alle Töne schlüpften so süß über die Grasspitzen und durch die Baumwipfel hin, als wenn sie die schlafende Liebe suchten und sie nicht wecken wollten, als wenn sie so wie der weinende Jüngling zitterten, bemerkt zu werden.

. . . Jetzt erklangen die letzten Akzente, und wie ein blauer Lichtstrom versank der Ton, und die Bäume rauschten wieder. und Peter erwachte aus sich selber und fühlte, daß seine Wange von Tränen naß sei." — Nicht schwer wird es uns, die Verbindungsfäden zwischen Tiecks Wortmusik und Brahms Romanzen zu spinnen. Die Musik des Märchens war es jedenfalls, die den Komponisten befruchtete, nicht die Fabel. Wer genau wissen will, wie die Liebesgeschichte verlief, lese bei Tieck nach, was nach Brahms Meinung wenig Zweck hat. Wir können die Stationen und Wandlungen der Handlung schon begreifen; die Personen des Spiels kennen wir bereits: Magelone und Graf Peter oder: Magelone und ein Ritter.

Der Ritter reitet aus: „Keinem hat es noch gereut, der das Roß bestiegen, um in frischer Jugendzeit durch die Welt zu fliegen." Es-dur, Dreivierteltakt, Allegro. Das Roß trabt munter in die Welt hinein — über die Berge, über die Auen und durch den einsamen Wald, wo wir nur des Rosses Huf vernehmen, und durch prächtiger Frauen lockende Reihen. Alles flieht eilig vorbei. Die Liebe bringt ihn nach ruhmvollem Tun zurück — da fließt dann das Leben gemächlicher dahin (Achtel!). Nun rückt er auf den Feind los: „Traun Bogen und Pfeil sind gut für den Feind." Der Gegensatz des Mutigen und des Hülflosen entwickelt treffende Gegensätze in der Musik. Aber die Liebe winkt: „Sind es Schmerzen, sind es Freuden, die durch meinen Busen zieh'n?" Der Ritter singt der Maid eine innige Serenade: „Lust ist nur tieferer Schmerz." Er wird dringlicher und stimmt ein Vivace an, das sich in einem Gebet noch heißer steigert. Dann nähert er sich der geliebten Schönen: „Liebe kam aus fernen Landen." Ein weiches Des-dur gibt seinen Worten Nachdruck und schwärmerisch verliert sich sein Blick. Poco vivace e sempre animato: „Alle meine Wünsche flogen in der Lüfte blauen Raum." Wogende Begleitung trägt den Gesang. Sie aber erhört den Liebenden: „So willst du des Armen dich gnädig erbarmen?" — Ihn grüßt das Licht, alles glitzert und strahlt und drängende Triolen beschwingen die besungene Freude. Ein glänzendes Allegro in A-dur, in dem meisterlich der Text „Wie soll ich die Freude, die Wonne denn tragen" behandelt wird, erhöht die Stimmung. Die Achtel und Triolen vermögen sich nie ganz zu vereinigen, in ungleich-gleichem Rhythmus malen sie die Fülle der Gefühle, und die sanften Triller des Basses beben durch unser Blut. Ein „Poco sostenuto" kehrt die Stimmung nach innen, in die tiefe, treue Brust. Dann aber bricht die volle, un-

bändige Liebeslust wieder hervor: Leben und Grab gelten gleich.
Schmelzend locken die Melodien. Nun wird der Rückerinnerung
ein Lied geweiht. Mild und voll entfaltet sich der Gesang des
unentreißbaren Besitzes. Doch schon naht sich der Wandel:

> „Wir müssen uns trennen,
> Geliebtes Saitenspiel,
> Zeit ist es zu rennen
> Nach dem fernen, erwünschten Ziel.“

Das Lied deutet uns die Unruhe vor dem Entschluß an,
dann zeigt das Allegro den fest gefaßten Entschluß „Kommt
liebe Waffenstücke.“ Vorwärts geht's — elegische Stimmung
bricht nochmals durch: „Senke die Zügel, glückliche Nacht“, und
doch ist uns wohl bei dem: „Spanne die Flügel, daß über ferne
Hügel uns schon der Morgen lacht.“ Die geliebte Ruh' „im
Schatten der grünen, dämmernden Nacht“ — die fächelnde Ruhe
der Natur, der schweigende Schatten liegt über diesem Liede,
nur die Seele steigt empor, nur den Bach hören wir wie be-
schleunigt dahinrauschen, die goldenen Bienelein schwärmen im
flüsternden Hain — sie wiegen die Geliebte in Schlummer ein.
Dies Wiegenlied im Freien findet seinesgleichen nicht.

Doch wehe, hart neben dem Bilde der Ruhe lauert das Unglück: „So tönet denn, schäumende Wellen.“ Das wogende Meer
umtost den Ritter. „Wie schnell verschwindet so Licht als Glanz“,
so singt Magelone „etwas langsam“, in zögerndem Dreiachteltakt
und dunklem f-moll; und nur schwer geht der Schritt der Begleitung, nur vorübergehend freier sich lösend. Beruhigend klingt
die Klage des Ritters, fast ermunternd: „Muß es eine Trennung
geben.“ — Der gemächliche Andante-Sechsachtelsatz fließt be-
schaulich dahin: es muß Schmerz und Trennung sein, wie es
dich auch bewege — die Begleitung verrät es —, doch schweige.
Ein neues Liebesabenteuer lockt: die leichtlebige Sulima frägt:
„Geliebter, wo zaudert dein irrender Fuß?“ Ihr Herz klopft, aber
der Ritter geht wieder über's Meer: „Wie froh und frisch mein
Sinn sich hebt, zurück bleibt alles Bangen.“ Der beflügelte Kahn
streicht eilends durch die Wellen nach lieber, dämmernder Ferne,
dem Glück entgegen. Denn „treue Liebe dauert lange.“ Von
breitestem Nachdruck wird dieser Gesang getragen, der Magelonen
gilt. Jubelnd frohlockt es „Errungen, bezwungen von Lieb ist
das Glück!“ — Ja, so wiederholt der Dichter nochmals: „Treue
Liebe dauert lange.“ Wer könnte nach der Moral des Romanzen-
zyklus noch fragen? — Die Lieder singen in wechselnden Tönen
der Liebe Lust und Leid, der Liebe Glück und Ewigkeit.

Bevor dieser Zyklus noch erschien, kamen die beiden Klavierquartette op. 25 und 26 ans Tageslicht. Das erste in g-moll
wuchs schon im Stillen während des Detmolder Aufenthaltes.

während das zweite in A-dur durch seine Widmung an die
Hammer Sommermonate erinnert; es ist Frau Dr. Rösing zugeeignet, bei der Brahms in Hamm wohnte. Das g-moll-Quartett
widmete er dem Baron Reinhard von Dalwigk.

Interessant ist ein Brief Joachims über die neuen Kammer-
musikwerke seines Freundes. Er schreibt an Brahms:

> Dein Sextett ist gleich den Tag nach seiner Ankunft zu Simrock ge-
> wandert, befingert und bestrichartet. Den Klavierauszug habe sogar ich (den
> Baß natürlich) ziemlich fließend herauskriegen können (mit Scholz, der auch
> sehr lobte). Du arrangierst köstlich spielbar und wohlklingend. Es hat mir
> wieder rechten Genuß gewährt, das gemütvolle, reiche Stück! Ich wüßte nichts
> anders zu wünschen und freue mich, daß es auf der Welt ist und J. J. auch,
> um es manchmal zu spielen. Der Quartetten wegen zürnst Du mir gewiß, und
> verschwörst am Ende gar, mir je wieder Manuskripte zu schicken! Es ist
> eigentlich auch unverantwortlich, daß wir nicht in einer Stadt wohnen; dann
> käme sowas nicht vor. Nun, hier sind sie wieder; lasse die Stücke bald-
> möglichst ausschreiben, damit wir sie spielen. Wie sehr ich im ganzen damit
> einverstanden, habe ich Dir schon geschrieben, und ich könnte es, nachdem ich
> sie öfter durchgesehen, nur wiederholen. Am wenigsten lieb bleibt mir der
> erste Satz des g-moll-Quartetts. Er scheint mir in der Erfindung unverhältnis-
> mäßig weit den kommenden Sätzen nachzustehen, und manche Unregelmäßig-
> keit in dem rhythmischen Bau kommt mir nicht durch Charakteristik geboten
> vor . . . Mir ists überhaupt, als merkte man (immer die Durchführung aus-
> genommen) bei diesem Satz den Kitt mehr wie bei andern Deiner Kompo-
> sitionen, und es ist bei mir die Frage entstanden, ob Du nicht teilweise früheres
> Material Deiner jetzigen Größe gemäß habest recken wollen!? Die unbedingte
> Sympathie, die ich für die übrigen Stücke ausspreche, wird Dir zeigen, daß
> ich nicht aus einer Art von Altersschwäche (ich bin nun einmal an Jahren
> älter) nergle. Wie freue ich mich, Scherzo, Menuetto und Finale zu hören!
> In letzterem hast Du mir auf meinem eignen Territorium eine ganz tüchtige
> Schlappe versetzt, und ich wollte meine (etwas arrogant auftretenden) Lands-
> leute würden nächstens von den Deutschen so zwingend von der Letzteren
> geistigen Überlegenheit überzeugt! Sie fügten sich dann freundschaftlich in das
> Unvermeidliche, und freuten sich, daß man ihre Muttersprache anerkennt.
> Mit dem A-dur-Quartett habe ich mich immer mehr befreundet. Der Ton
> innigster Zartheit wechselt schön mit frischer Lebenslust. Manche harmonische
> Besonderheit würde mir, hätte ich sie im raschen Fortgang gleich gehört, statt
> sie mit dem Aug' zu betrachten, nicht störend gewesen sein! Das zweite
> Hauptmotiv ist an sich nicht bedeutend, wird aber im Fortgang desto schöner.
> Herrlich ist das Adagio! Erst meinte ich, der Gegensatz zum E-dur wäre nicht
> glücklich; aber als ich's (selbst auf meine stockende Weise) auf dem Klavier
> durchspielte, wurde ich doch ganz warm dabei, und wenn dann der goldene
> Faden des Themas in die unbestimmte Leidenschaft beruhigend hineinschimmert,
> so ist das gerade ganz wunderschön . . . Aber wie rund und aus dem Ganzen
> ist sonst das Scherzo geraten. Es gemahnt manchmal an letzten Beethoven,
> so konzentriert ist der Bau, und eigentümlich die Wendung der Melodie."

Beide Werke laden breit aus. Schon der erste Satz im
g-moll-Quartett erzählt uns eine lange Geschichte. Wir folgen
ihr durchweg mit lebhafter Anteilnahme, weil keine Episoden
vorkommen, die uns von der Hauptsache entfernen. Dieser erste
Satz wirkt überaus einheitlich durch seine auffallende motivische
Entwicklungsstrenge. Übergänge und Entwicklungsperioden dehnen

76

sich und bereiten den Eintritt der Hauptgedanken nachdrücklich vor. Im ganzen herrscht ein ernstsingender Ton, der bald freudiger, bald, dunkler gefärbt erscheint; die Durchführung läßt fast finstere Gedanken aufkommen. Das erste Hauptthema hat bejahenden Charakter, das Gegenthema herausfordernden. Die Reprise erfährt eine Wandlung gegenüber dem ersten Hauptteile. Eine erschütternde Coda bringt den Satz zum Abschluß, deren Motto lauten könnte: „Durch!"

Als zweiten Satz bietet Brahms hier ein Intermezzo — es soll zuerst Scherzo überschrieben gewesen sein. Mag das so sein; jedenfalls deutet die Überschrift etwas mehr an, als der typischere Titel: Scherzo; der freundlich heitere Charakter dieser Zwischenmusik wird dadurch angezeigt. Die Architektur des Satzes ist die übliche: dreiteiliger Aufbau. Eigentümliche Färbung berührt unser Ohr: nur die Geige benützt die Sordine. Ein heimlich elegisches Hirtenlied streichen Geige und Bratsche über dem pochend dahingehenden Baß des Cello. Die zweite Melodie klingt wie eine süße Erinnerung. Das Animato kehrt die Idee um; wir begehren die schöne Zeit zurück — doch was nützt dies Drängen und Verlangen: was war, kann sich nie dem vereinen, was da sein wird. Schwermütig süß behalten wir unsere liebe Erinnerung. Mit der knappen Coda verrauscht das alles. —

Auch das Andante con moto entfaltet sich in drei Abschnitten. Die umrahmenden Teile schwelgen in Tonfülle, laut und stark wird uns die Melodie vorgetragen, die keine Worte nennt aber heiße Gefühle ausdrückt; alle Instrumente sind von diesem Inhalt ganz überzeugt; ein voller Zusammenklang entsteht. Die Musizierenden vereinigen sich dann im Mittelsatz zu einem feierlichen Marschtempo im Dreivierteltakt, gegen den kein Widerstreben ist, wenn er sich zum mächtigen Fortissimo auftürmt. Nachlassend kehrt der Satz alsdann zum Anfang zurück; ohne alles aus dem ersten Teile ausführlich zu wiederholen, gelingt es dem Komponisten einen befriedigenden Ausklang zu schaffen.

Von der wildesten Ausgelassenheit ist das Rondo alla Zingarese: dies hüpfende Hauptthema

mit seinen unruhigen Verzierungen im jagenden Zweivierteltakt reizt uns, ebenso der Piano-Zwischensatz mit dem antreibenden Pizzikato, das den Pferden zusetzt, und die feurigen Akzente dort wie hier. Später als zweiter Zwischensatz kommt ein elegisches Meno Presto in G-dur, das mit nachschlagenden Akkorden doch auch wieder vorwärtstreibt und im zweiten Teil erst so recht seine Sehnsucht in Triolen ausspricht. Dann gehts rasch wieder fort, fort: pizzikato, anschwellend, vorwärtsstürmend ins Tempo primo mündend — über nachdenkliche, allmähliche, Übergänge jagen wir endlich in die Frisca hinein — mit verhängtem Zügel entfliehen wir und verschwinden im Dunkeln — plötzlich!

Ganz andere Welten erschließt uns das A-dur-Quartett. Spitta bemerkt sehr richtig: „Auffällig ist es mir immer gewesen, daß Brahms, wenn er sich einer neuen Gattung bemächtigt, dies in doppeltem Angriff, wie von zwei Seiten her, zu tun liebt. Er schreibt zwei Serenaden, zwei Klavierquartette, zwei Streichquartette, zwei Symphonien, zwei Ouverturen unmittelbar hintereinander. Hier herrscht offenbar eine Art Methode. Man hat gesagt, jedes vollendete Kunstwerk lasse dem Künstler einen Rest von Unbefriedigung zurück und dieser bilde den Keim seiner nächsten Schöpfung. Das kann es aber bei ihm nicht wohl sein, denn in Stil und Mittelbeherrschung stehen sich die beiden Exemplare immer gleich. Niemand wird sagen können, daß eine sei besser als sein Nachbar, es ist eben nur anders. Es hat den Anschein, als spalte sich bei solchem Anlaß seine Phantasie gleichsam 'in zwei Hälften, deren jede nun mit verdoppelter Energie arbeitet. Ist die Aufregung des ersten Angriffs vorüber und er im sichern Besitz, so läßt er es dann gemächlicher angehen." Im zweiten Klavierquartett geht es in der Tat gemächlicher zu: liebliche Weisen bestricken unser Ohr. Zwar wogen auch hier die Gefühle auf und ab, bedecken Wolken den heiteren Himmel, aber der Grundton ist ein glücklicher. Das Finale ist nicht ganz frei von Zigeunerblut, doch ist es nur ein Tröpflein, was hineinfiel.

Auch dieses Klavierquartett dehnt sich weit aus. Ein durch seine Triolenfigur sofort gekennzeichnetes Hauptthema eröffnet den ersten Satz: Allegro non troppo, Dreiviertel, ohne Umschweife. Diesem Thema wird ein elegischeres und doch eigentümlich zuckendes als zweiter Hauptgedanke gegenüber gestellt, nachdem die erste Idee abwechselnd an die verschiedenen Instrumente verteilt worden war. Nach einer überaus geistreichen Durchführung, welche sich aus abgezweigten Teilen und Teilchen der beiden Themen zusammenwebt, erfolgt die ziemlich gleichbleibende Wiederholung des ersten Hauptteils mit einer Coda, welche die rhythmischen Motive nochmals auf neue Weise ineinander verschlingt.

Im Poco Adagio mit seinem Viervierteltakt nimmt uns eine breit entwickelte, weiche (espressivo e dolce) Melodie auf. Darauf wühlendes Zwischenspiel, endliches Durchdringen der Melodie, nunmehr auf die Streicher verteilt, sodann mächtige zweite Melodie, die in vollem Harmoniestrom einherzieht. Sie wird vom Terzett der Streicher (Violine, Viola und Cello) molto espressivo abgelöst; den Übergang zum Hauptthema, nun in Violine und Cello mit Bratschen-Einwürfen, bildet eine dem Klavier in der wunderbarsten Weise angepaßte, von Achteln zu Triolen fortschreitende melodische Bewegung. Bisher waren Sordinen vorgeschrieben, jetzt ertönt das zweite Thema vom Saitenterzett gebracht, ohne Dämpfung. Zum Schluß mit der wunderhübschen Verlängerung des Trillers tritt die Abdämpfung wieder in ihr Recht.

Das Poco-Allegro-Scherzo im Dreivierteltakt hat mit seinem in drei Oktaven eintretenden Hauptgedanken beethovenschen Anstrich. Es erfährt in der Folge mit dem im vierunddreißigsten Takt (und Auftakt) beginnenden Gegenthema eine Art Durchführung im zweiten Teile des Scherzo, wobei auch wieder einmal das unbegleitete Streichterzett eine muntere Rolle spielt. Den Bestand des Trios gibt eine mutige und brillante Figur ab, welche aus dem Achtelmotiv des Scherzos abgeleitet ist. In der Mitte steht ein dämmeriger, ungemein zarter Zwischensatz. Darnach natürlich: Scherzo da capo senza replica.

Das Final-Allegro, Vierviertel alla breve, ist auf ungarische Weise gegründet. Wieder weite Linienführung der Melodien. Abwechselnder Vortrag durch Klavier (Beginn) und namentlich Geige. Reiche Überleitung mit kurzem Fugato eines Seitenthemas, von der Bratsche anhebend, löst endlich dem zweiten Gesang die Stimme. Hier war Schubert Pate, doch er wird technisch weit überholt: das Thema klingt über dem Orgelpunkt C, das Bratsche und Cello aushalten. Und das vom Klavier vorgetragene Thema ertönt gleichzeitig mit seinem Spiegelbild, welches Bratsche und Cello ihm vorhalten (Umkehrung, sodaß alle ursprünglich nach oben steigenden Tonschritte nun nach unten fallen und umgekehrt; eine besonders kunstvolle Gruppierung der Stimmen). In der Durchführung fällt ein obstinater Baß der Streicher und eine beflügelte Figur besonders auf. Nach der üblichen Wiederholung des ersten Hauptteiles in anderer· Tonart tollt sich das flotte Stück in einer echten Frisca aus. — Gewiß, Brahms konnte auch humorvoll, ja ausgelassen, und — leicht verständlich sein!

Die tragischen Gewalten regen sich im f-moll-Quintett, das noch nicht seine letzte Form gefunden hatte. Andere Gestaltungen hatten den Meister inzwischen wieder bewegt. Das Klavier allein erdröhnte wieder einmal unter energischen Griffen. Von zartem Thema ausgehend, türmte Brahms mächtige Variationen auf, sodaß man staunt, was alles aus dieser schlichten, wenn auch kolorierten Aria Händels kommen konnte. In fünfundzwanzig

Variationen mit Schlußfuge legt uns Brahms den musikalischen
Gehalt seines Themas auseinander und erweitert ihn ganz bedeutend. Die rhythmischen Veränderungen überraschen allein
schon. Wechselnde Färbungen beleben das Bild fortwährend.
bald singt da förmlich eine menschliche Stimme, wie in Variation
fünf, bald schmettern die Trompeten (10), bald bläst die Flöte
(12), oder der Dudelsack tönt vor unserem Hause (25). Viele
Variationen gehören natürlich auf das Innigste dem Klavier an.
Der dichte harmonische Satz (20) oder die munteren Gänge (18)
klingen wie nur in vollendeten Klavierstücken. Zu einem unvergleichlichen Kunststück gestaltet der Meister die Schlußfuge. Der
Satz enthält so viel Feinheiten und so viel Kunst, daß man überall wieder etwas Neues rühmen kann: die Verkürzungen, Ver-
längerungen, Umkehrungen, Engführungen, Durchführungen . . .
Und dabei klingt der Satz mächtig, wie ein Hymnus — ja, es ist
ein Hymnus, der uns doch wieder überzeugt, daß Händel den
Keim zu diesen Variationen gespendet. Mit vollendeter Sicherheit
hat Brahms aus diesen gehaltvollen Noten der Händelschen Aria
den kriegerisch-glänzenden Geist heraus empfunden; in der Fuge
hat er ihn mächtig erschallen lassen: hier steht ein Held vor uns
in gleißender Rüstung mit blinkender Brünne. Der den Geist
Händels beschwor, der aber war, er zeigte es, der neue, der
rechte Streiter. Nun war er auf seinem Gebiete der erste
lebende Meister.

Wie eine dankbare Erinnerung stehen neben diesen heroischen
Händelvariationen, die Veränderungen jenes Schumann'schen Gedankens für Klavier zu vier Händen. Die geschlossene Kraft
finden wir dort, hier treffen wir die vielseitigeren Klangfarben
des Klaviers; die romantischen Klänge der Schumann-Nachfolge
berühren unser Ohr. Zur herzlichen, herzerfreuenden Hingabe
locken diese warmen Variationen.

Wie reich zeigte sich damals schon der junge Aar. Er war
aufgeflogen, zu Höhen, auf die ihm niemand folgen sollte. Ein
ganzer Meister war er, da er nach Wien ging. Wie konnte er
wissen, daß die alte Kaiserstadt seine zweite Heimat werden
würde! Denn die Welt behandelte ihn nicht gebührend. Die
Verleger standen unter dem Einfluß der Zeitungen. Die Korrespondenz war spannend, aber nicht erfreulich. Brahms mußte an
die Firma Breitkopf und Härtel schreiben: „Es tut mir leid,
daß Sie so wenig Vertrauen zu meinem Konzert haben, doch hätte
ich nicht geglaubt, daß die Wirkung desselben sogar erschreckend
sein könnte; Sie würdigen die anderen mitgeschickten Werke
keines Worts, ich hatte ihnen nach meinem Glauben meine besten
und praktischsten gesandt und Ihnen doch die Auswahl überlassen." Breitkopf und Härtel wählten endlich die erste Serenade

Johannes Brahms
1862

Der junge Brahms
1867

aus, die sie aber auch nur in Abschrift verlegten. Rieter-Biedermann in Winterthur hatte mehr Zutrauen zu den Brahmsschen Werken. Er ließ im Oktober 1861 den Begräbnisgesang, die Lieder und Romanzen op. 44, das Ave Maria und das Klavierkonzert ausgehen. Die zweite Serenade aber fand ihren Verleger in Simrock, der sie zusammen mit den Chorliedern für Frauenstimmen und Harfe sowie dem B-dur-Sextett, allerdings erst 1862, erscheinen ließ. Die Verbindung mit dieser Verlagsfirma, besonders mit deren späterem Inhaber Fritz Simrock, entwickelte sich allmählich zu einer herzlichen und dauernden Freundschaft. Brahms hatte also Glück, trotzdem er sein Sextett „mit Unlust und Herzklopfen an Simrock geschickt hatte." Die meisten Werke von Johannes Brahms erschienen dann in diesem Verlage.

Fritz Simrock hatte sich in Brahms musikalische Art und Weise gefunden, hatte wohl geahnt, welche Rolle diese Musik noch einmal spielen könnte. Daran hinderten ihn nicht die Vorkommnisse in der musikalischen Geschichte, die er mitlebte. Die Leipziger buhlten noch hie und da verschämt um den von Schumann angekündigten Genius. Bald wurde ihm die Aufnahme in die illustre Gesellschaft der Zukunftsmusiker angeboten — als „Zweitbedeutendster" der zeitgenössischen Tonkunst, — bald wurde auf ihn gestichelt. So, wenn Frau Schumann und Brahms nicht auf dem Schumannfest in Zwickau erschienen. Als man aber öffentlich erklärte, es gäbe in ganz Norddeutschland nur noch eine einhellige Auffassung der modernen Tonkunst, ging das den stillschweigenden oder offenen Gegnern dieser Richtung denn doch zu weit. Man schloß sich zusammen und beschloß folgende „Erklärung" zu veröffentlichen:

„Die Unterzeichneten haben längst mit Bedauern das Treiben einer gewissen Partei verfolgt, deren Organ die Brendel'sche Zeitschrift für Musik ist.
Die genannte Zeitschrift verbreitet fortwährend die Meinung, es stimmten im Grunde die ernster strebenden Musiker mit der von ihr vertretenen Richtung überein, erkennten in den Kompositionen der Führer eben dieser Richtung Werke von künstlerischem Wert, und es wäre überhaupt, namentlich in Norddeutschland, der Streit für und wider die sogenannte Zukunftsmusik, und zwar zu Gunsten derselben, ausgefochten.
Gegen eine solche Entstellung der Tatsachen zu protestieren halten die Unterzeichneten für ihre Pflicht und erklären wenigstens ihrerseits, daß sie die Grundsätze, welche die Brendel'sche Zeitschrift ausspricht, nicht anerkennen und daß sie die Produkte der Führer und Schüler der sogenannten ‚Neudeutschen' Schule, welche teils jene Grundsätze praktisch zur Anwendung bringen und teils zur Aufstellung immer neuer unerhörter Theorien zwingen, als dem innersten Wesen der Musik zuwider, nur beklagen oder verdammen können.

Johannes Brahms.
Joseph Joachim.
Julius Otto Grimm.
Bernhard Scholz."

Die Genossen wurden mit folgendem Begleitschreiben zur Unterzeichnung aufgefordert:

„Alle (das fühlen wir!), denen dies zur Mitunterzeichnung vorgelegt wird, möchten wünschen, dieser Erklärung noch manches hinzuzufügen; da wir aber auch zu wissen glauben, daß ein jeder von Ihnen wenigstens mit dem Sinn des Vorigen vollständig übereinstimmt, so bitten wir dringend zu bedenken, daß es darauf ankommt, den Protest nicht aufzuschieben, und ersuchen deshalb zur Vereinfachung um Unterzeichnung des von uns Vorgeschlagenen. — Im Falle sie gewillt sein sollten, sich uns anzuschließen, bitten wir Sie, dies Blatt mit Ihrer Namensunterschrift umgehend an Herrn Joh. Brahms, Hohe Fuhlentwiete 74, Hamburg, einzusenden. Die Erklärung mit unsern alphabetisch geordneten Namen soll in musikalischen Blättern veröffentlicht werden.

Die Obigen."

Wider Wissen und Willen der Beteiligten gelangte die Erklärung in das Berliner „Echo", das sie bekannt gab. Nur mit den vier Namen unterzeichnet, entbehrte die ganze Erklärung der von den Unterzeichnern erwünschten Wirkung.

Das trug sich im Frühjahr 1860 zu. Brahms war 1862, als er sich nach Wien wandte, beinahe dreißig Jahre, aber als Künstler keineswegs anerkannt. Die Feinde arbeiteten außerdem gegen ihn; wie sollten sie ihm die „Erklärung" vergessen! Die Vaterstadt Hamburg begriff den Propheten im eigenen Lande auch nicht. Die Chancen, daheim eine Anstellung zu erhalten, blieben nach wie vor gering. Brahms schrieb an Joachim: „Ich sitze wieder einsam, jedoch ganz gemütlich in Hamm und oft genug kommen mir Klänge von Dir unter die Finger, und immer weicher und trauriger klingen die Töne und wird es mir. Übrigens muß jeder selbst wissen, wohin er steuert . . ." Es hieß, in die Fremde ziehen, damit die Heimat ihn sehe. Brahms tat es; um so lieber, als er sich ein sympathisches Bild von der Donaustadt ausgemalt. Wie einst Robert Schumann so zog es nun, unwiderstehlich, auch ihn nach der „heiligen Stadt der Musiker".

Wien

„Wer nun überhaupt Geld verdienen will, ist doch wohl des Teufels ganz und gar. Da weiß ich gar nichts weiter zu fragen und zu sagen. Daß man mit einiger Mühe gewissen Ekel vor Gewissem überwindet, kann ich nicht begreifen, ich brächt's mit allem möglichen nicht fertig.

Ich bin seit beinahe vierzehn Tagen in Wien . . .“

„Ja, so geht's! Ich habe mich aufgemacht, ich wohne hier, (Jägerzeil, Novaragasse 39, 2,2), zehn Schritt vom Prater und kann meinen Wein trinken, wo ihn Beethoven getrunken hat. Es ist auch recht lustig und hübsch hier, da's doch nicht besser sein kann. Mit einer Frau im Schwarzwald herumwandern, wie Du, ist freilich nicht blos lustiger, sondern auch schöner.“

Nachdem sich Brahms im September 1862 nach Wien begeben und auf dem neuen Boden einigermaßen umgetan, mußte auch die Stunde kommen, wo er von seiner Begabung Zeugnis ablegen sollte. Der Pianist Epstein war von Brahms Klavierspiel über die Maßen begeistert, sodaß er Joseph Hellmesberger, den Führer des Streichquartetts gleichen Namens veranlaßte, das g-moll-Klavierquartett mit Brahms zu probieren. Die Quartettgenossen waren so überrascht und eingenommen nach der Probe des Werkes, daß Hellmesberger es sofort auf's Programm seines ersten Quartettabends vom 16. November 1862 setzte. An diesem Tage ist Brahms zum ersten Male vor das Wiener Musikpublikum getreten. Die Kritik wußte mit dem neuen Werke nicht recht fertig zu werden; es wurde in Zellners „Blättern für Musik“ gründlich heruntergemacht, und auch die „Deutsche Musikzeitung“ wußte nicht zu loben. Brahms schrieb an Joachim: „Ich spiele im ersten Hellmesberger'schen Quartett meines in g-moll (die Herren haben sich das ausgewählt). Auch treiben alle, daß ich außerdem selbst Konzert geben soll; am Ende passiert's wirklich.“

Dies zweite Konzert vom 29. November, welches Brahms selbst gab, wurde allerdings entscheidender. Er spielte Bach's

F-dur Toccata und Schumanns Phantasie op. 17. Von eigenen Sachen die Händelvariationen und diesmal das A-dur-Quartett. Über den Verlauf des Abends hat er seinen Eltern berichtet:

„Liebe Eltern.

Ich hatte gestern große Freude, mein Konzert ist ganz trefflich abgelaufen, viel schöner, als ich hoffte.

Nachdem das Quartett recht wohlwollend aufgenommen war, habe ich als Klavierspieler außerordentlich gefallen. Jede Nummer hatte den reichsten Beifall, ich glaube, es war ordentlich Enthusiasmus im Saal.

Jetzt könnte ich freilich ganz gut Konzerte machen, aber an Lust fehlt mir's, denn es nimmt mich für die Zeit zu sehr ein, sodaß ich zu nichts anderem kommen kann. Ich soll bei diesem Konzert auf die Kosten gekommen sein, im übrigen war natürlich der Saal mit Freibilletten gefüllt.

Ich habe so frei gespielt, als säße ich zu Haus mit Freunden, und durch dies Publikum wird man freilich ganz anders angeregt als von unserm.

Die Aufmerksamkeit solltet Ihr sehn und den Beifall hören und sehen!

Übrigens will ich noch sagen, daß Herr Bagge wohl der Einzige war, der über mein Quartett so absprechend schreibt, die übrigen Tageblätter lobten mich damals sehr.

Ich bin sehr vergnügt, daß ich das Konzert gegeben habe.

Nun seid Ihr Eure Gäste wohl wieder los, und da findet sich auch wohl eine Minute Zeit, mir zu schreiben?

Teilt Herrn Marxsen diesen Brief mit und auch, daß Bösendorfer vor Neujahr keinen Flügel schicken könnte, da sie zu viel für Konzerte gebraucht werden.

Soll ich mich nun um einen andern für ihn bekümmern, ich erwarte Ordre.

Grädener ging es neulich in seinem Konzert, was Publikum und Kritik betrifft, sehr schlecht. Er wurde in den Blättern furchtbar bearbeitet. Meine Serenade wird andern Sonntag, wie ich denke, aufgeführt.

In meinem Konzert gestern wollte ich Gesangsachen von mir aufführen, was mir furchtbar viel Lauferei und Unangenehmes machte, das ist ein Hauptgrund, weshalb ich endlich Ruhe will.

Am Mittwoch habt Ihr zusammen gesessen beim Eierpunsch? Schreibt mir davon und überhaupt was.

Die hiesigen Verleger, namentlich Spina und Lewy, drängen mich seit dem Quartett um Sachen, indes gefällt mir in Norddeutschland manches besser, und sonderlich die Verleger, und für's erste entbehre ich lieber die paar Louisdors, die diese vielleicht mehr zahlen würden.

Kommt Avé öfter zu Euch, hat er Euch was Besonderes von Stockhausen erzählt?

Wie steht's mit dem photographierten Mädchen-Quartett, bekomme ich's nicht?

Und NB. Jedes mal vergesse ich's beim Schreiben zu fragen, ob denn Fritz jetzt ganz und gar gesund ist? Und ist er denn recht fleißig? Er sollte darauf los studieren, daß er nächsten Winter Triosoiréen in Hamburg geben kann, ich wollte ihm sehr an die Hand gehn. Nur muß er fleißig üben und sich umschauen in der Musik.

Schreibt bald und habt lieb

Euern Johannes.

Herrn Marxsen herzliche Grüße und vergeßt nicht wegen Bösendorfer."

Die Aufmunterung Hanslicks, noch ein weiteres Konzert zu geben, ermutigte Brahms, am 6. Januar 1863 noch ein Konzert zu veranstalten, in dem er von eigenen Werken die f-moll-Sonate vortrug, und von der Sängerin Marie Wilt die Lieder „Treue Liebe", „Parole", „Liebestreue" und „Juchhe" singen ließ. Diesmal fand er noch viel wärmere Anerkennung; namentlich auch als Klavierspieler mit Schumanns f-moll-Sonate und Bachs romantischer Phantasie und Fuge.

Brahms drang immer mehr in die Wiener musikalischen Kreise ein. Zunächst traf er seine kleine liebe Wiener Sängerin aus dem Hamburger Damenchor wieder. Er schrieb an Joachim: „In Kürze: daß B(ertha) P(rorubsky) verlobt ist mit einem reichen jungen Mann. Als ich sie zuerst hier sah, fand ich sie sehr blaß und kränklich und mein Gewissen fühlte sich ordentlich wohler, als ich in nächster Zeit die betreffende Karte mit einigen Worten kriegte." Er fährt in dem Briefe fort: „Figdors lernte ich kennen, wenn man das so nennen kann, denn Kollegen ausgenommen, werde ich selten bekannter mit Leuten." Von diesen Kollegen reden nun weitere Briefstellen: „Mit Hellmesberger hast Du recht und hier ist grade (wohl mit durch Wagner) die Musik aufgeregten Charakters viel beliebter; mein Sextett läßt kühl, dagegen mein Konzert gefällt sehr, mein A-dur-Quartett machte wenig, dagegen das g-moll usw." Etwas später schreibt er dann: „Wagner ist hier und ich werde wohl Wagnerianer heißen: hauptsächlich natürlich durch den Widerspruch, zu dem ein vernünftiger Mensch gereizt wird, gegenüber der leichtsinnigen Art, wie die Musiker hier gegen ihn sprechen.

Auch verkehre ich besonders mit Cornelius und Tausig, die — durchaus keine Lisztianer sein und gewesen sein wollen und übrigens freilich mit dem kleinen Finger mehr leisten als die übrigen Musiker mit dem ganzen Kopf und allen Fingern."

„Raff kommt in nächster Zeit her. Er ist der Kompositeur der Preis-Symphonie ,An das Vaterland'. Den zweiten Preisgewinner weiß niemand zu nennen.

Da Tausig und Cornelius selbst mir erzählen, daß Liszt wahrscheinlich in ein Kloster ginge, so muß wohl was an der Sache sein, und mir scheint es auch der rechte Schluß und förmlich noch zu fehlen an dem merkwürdigen Leben des Mannes."

Zu weiteren musikalischen Bekanntschaften wird Brahms Mitwirkung in den Vorträgen von Eduard Hanslick, wobei er die musikalischen Erläuterungen bot, nicht wenig beigetragen haben. Die Musiker kannten ihn nun und an sonstigen Beziehungen fehlte es auch nicht; Frau Schmuttermeyer, bei der Frau Schumann in Wien stets abstieg, die Familie Prorubsky und andere mehr nahmen Brahms freundschaftlich auf.

Brahms gab aber nicht nur seine eigenen Konzerte und lieh den Kammermusikern seine Mitwirkung, sondern er fand auch an den Orchestergesellschaften allmählich Unterstützung. Otto Dessoff, der geniale Dirigent der Wiener Philharmonie setzte die A-dur-Serenade auf sein Programm, Johann Herbeck, der Leiter des von ihm begründeten „Singvereins", stellte die D-dur-Serenade in Aussicht. Beide Werke wurden auch gemacht und mit freundlichem Beifalle aufgenommen.

Brahms hat auf alle Fälle in Wien Interesse erregt. Und nicht zum wenigsten als Pianist. Der Verkehr, der sich mit Carl Tausig anbahnte, regte Brahms zu pianistischen Taten an: er spielte sogar später einmal (am 17. April 1864) mit Tausig öffentlich das Quintett in f-moll, welches damals die neue Gestalt einer Sonate für Klavier zu vier Händen angenommen hatte. Offenbar unter dem Einfluß dieses pianistischen Verkehrs entstand auch wieder ein bedeutendes Klavierstück: die Paganinivariationen, jene hohe Schule der Technik, die nur Meister durchmachen können.

Das Thema entnahm Brahms der letzten Violincaprice Paganinis. Gleich die erste Variation bringt eine Sextenetüde für die rechte Hand und eine Terzenetüde für die linke. Die zweite enthält dann die Sexten für die linke Hand. Dann kommt eine Springetüde, eine Trilleretüde, ein Leggiero-Legato und andere musikalische Ausdeutungen des Themas. Besonders interessant ist dann wieder Variation 11, ein Andante, in dem Alt und Baß beständig in Gegenbewegung begleiten, während Sopran und Tenor die Melodie unisono bringen. Nach dem Oktavenstück (Variation 13) beendet die vierzehnte Variation diese erste Reihe des op. 35 in einer ausgedehnten Veränderung, die sozusagen ein Resumé des Bisherigen darbietet. Im zweiten Hefte kompliziert sich die Sache: Oktaven-, Terzen-, Sextengänge lösen einander in buntem Wechsel ab. Oktavenlegati schreiten über wogenden Triolen dahin (Variation 2). Die Skalenstürze werden schroffer: feroce, energico (Variation 10). Ein intrikates „Scherzando" in heftiger Gegenbewegung, mit Oktaven gespickt, macht große Wirkung (Variation 11). In dem zweiten Resumé, der letzten Variation dieser Reihe werden die Oktaven toll — der gnädige Komponist gibt Erschreckten eine Erleichterung an. Doch diese „Variationen" sind keineswegs bloß Etüden; es geht ein ernster echt musikalischer Geist durch das Werk, der einem klangvollen, keineswegs tiefgründigen Thema, das allerdings rhythmisch pikant erfunden ist, reizvolle Wendungen und auch Stimmungen abzugewinnen vermag. Abgesehen von dem Elegischen, was aus so mancher Variation spricht, hat Brahms den virtuosen Ton des Themas in einen majestätischen umzustimmen vermocht, sodaß die Paganini-Variationen einen großartigen Eindruck hervorrufen, wenn der berufene Pianist sie spielt. Ein solcher war, von dem dämonischen Tausig abgesehen, unzweifelhaft Brahms selbst, der demnach nicht nur eine verblüffende Technik, sondern auch eine zwingende Vortragsart besaß. Er hat den Wienern diese Variationen auch persönlich vorgeführt; freilich erst in einem eigenen Konzert am 17. März 1867.

Noch andere als diese virtuosen Eindrücke empfing Brahms in der Kaiserstadt: er kam mit Wagner in Berührung, dessen Ankunft er, wie wir in dem Briefe an Joachim lasen, ankündigt. Wenn er auch der Zukunftsmusik innerlich fremd gegenüberstand, hat er doch sicher manche Anregung von dieser Seite erfahren, wovon wir Spuren im zweiten Streichsextett und in dem Chorwerke „Rinaldo" antreffen werden. Er verspottete daher die maßlosen Angriffe, die gegen Wagner gerichtet wurden, pflegte zeitlebens auf das Bedeutende in dessen Werken hinzuweisen, und nannte sich eben als Verteidiger Wagners, „den besten Wagnerianer". Widmann gegenüber äußerte er sich einmal über die scharfen Urteile, die über Wagner gefällt wurden, also: „So übt man eben Kritik über alles, was aus Deutschland kommt; die Deutschen selbst aber gehen darin voran. Das ist in der Politik wie in der Kunst. Wenn das Bayreuther Theater in Frankreich stände, brauchte es nicht so Großes, wie die Wagner'schen Werke, damit Sie und Wendt und alle Welt hinpilgerten und sich für so ideal Gedachtes und Geschaffenes begeisterten."

So reich das Leben in Wien sich für Brahms auch gestaltete, er hatte nicht vor, dauernd dort zu bleiben. „Es ist hier ganz gut, aber ich gehe doch wohl wieder nach Hamburg." Der Frühling nahte, der Mai kam heran. Joachim hatte sich verlobt. Brahms schreibt ihm:

„Du Glücklicher!

Was soll ich mehr schreiben, als höchstens noch so einige Ausrufungen! Meine Wünsche würden fast zu feierlich und ernsthaft klingen, wollte ich sie dazu schreiben. Es wird niemand Dein Glück mehr empfinden, als ich, und eben jetzt, denn Dein Brief schneite mir in eine Stimmung hinein, daß es mir ergreifend war.

Kann ich doch hier nicht aufhören zu denken, ob ich, da ich mich doch vor andern Freunden besser hüte, lieber hier alles, außer einem genieße und wahrnehme oder nach Hause gehe, eines habe, eben zu Hause bin, und alles andre lasse.

Da kommst Du nun dazwischen und pflückst Dir gleich ganz dreist die reifsten und schönsten Paradiesäpfel!

Was soll ich Besseres wünschen, als daß alles so schön und gut werden möge, als es eben an sich gut und schön und wünschenswert ist. Was dann weiter im Bild das schöne schneeweiße Innere des Apfels und die schönen jungen Apfelbäume und wieder Äpfel und wieder Apfelbäume ergibt usf. in infinitum.

So möge es denn gehen nach meinen innigsten Wünschen und ich will mich auf die Zeit freuen, wo ich auch bei Dir, wie schon bei manchem treulosen Freund, an einer Wiege kauern kann, und vergesse Betrachtungen anzustellen, das liebe lachende Kindergesicht sehend.

Grüße mir herzlich Deine Braut!

Der Name klingt wie Märchen und ich wußte zuerst nicht, ob Du mir Deinen Schmeichelnamen für sie schriebst, oder ihren wirklichen Namen.

Einen Grund mehr hätte ich denn, nach dem heimatlichen Norden zu gehn. Wann sehe ich Dich sonst in Deinem Glück? Sei mir auf's beste gegrüßt und halte lieb Deinen

Johannes."

Am 13. April teilte Brahms dann dem Freunde mit: „Seinerzeit werde ich Dir ein wundervolles altes katholisches Lied (Josephl, lieber Joseph mein, hilf mir wiegen mein Kindlein klein) zum häuslichen Gebrauch schicken, Du wirst kein schöneres Wiegenlied auftreiben!"

Brahms blieb, wie er meldete: „Noch vierzehn Tage hier (Wien); für Briefe: Leopoldstadt, Czerningasse 7, 4. Stiege 43." Aber er hatte früher schon an seinen Joseph geschrieben: „Übrigens, ich weiß nicht, was wird. Ich werde ein Narr sein und zur schönsten Jahreszeit den Prater und die Berge lassen und zu Muttern gehen. In dieser Sache bin ich sehr altmodisch."

Er hoffte, in der Heimat die längst ersehnte Stellung zu erhalten. Doch was passierte? Der alte Dirigent der philharmonischen Konzerte gab seinen Direktionsstab an — Julius Stockhausen ab. Es geschah in dem Konzert vom 6. März 1863. An die Berufung Brahmsens dachte in Hamburg niemand. Er saß in Wien hoffend und harrend und sang das Lied „An die Heimat", derweil man ihn daheim vergaß und überging. Trotz allem trieb es ihn von Wien fort: am 1. Mai ließ er Wien hinter sich. Er ging über Hannover, wo er Joachim besuchte und dessen Braut Marie Weiß kennen lernte, am 6. Mai nach Hamburg.

Dort feierte er seinen dreißigsten Geburtstag. Die Feier hatte trübe Nachklänge, denn die Eltern verstanden sich nicht mehr. Niedergedrückt durch diese Wandlung vergrub sich Brahms in die Einsamkeit von Blankenese und widmete sich ganz einem neuen Chorwerk: Goethes Rinaldo.

Am Strande, in den Ohren die wallende See, hat der Meister dies Werk geschaffen. Er schrieb noch im Oktober 1868 an Carl Reinthaler: „Ich kann beifolgenden Klavierauszug den Augenblick entbehren und sende ihn Dir, obwohl ich Scheu trage. Natürlich! ich meine: alles Schöne und Schönste sieht man jetzt nicht; indes die Partitur kann ich nicht schicken, und gar lieb wäre mir's, könnte Dir gar das Ding auch so ein weniges gefallen. Ist das nicht, so glaube nur sicher: es steckt in der Partitur."

Natürlich machte er alsbald seinen Freund Joachim mit dem

Heinrich von Herzogenberg
1843—1900

Elisabeth von Herzogenberg
1848—1892

neuen Werke bekannt. Dieser schrieb ihm unter anderem: „Ganz ausnehmend gefällt mir die charakteristische Art, mit der Du Rinald und den drängenden, mahnenden, mißbilligenden Chor in Kontrast bringst, sodaß gewiß trotz der Monotonie der Mittel keine Ermüdung zu befürchten ist. Alle Schattierungen der Teilnahme sind dem Verständnis durch die Musik näher gerückt, und es ist für mich nur die Frage, ob nicht im dramatischen Eifer ein paar ungoethische Einzelheiten bis jetzt in der Partitur stehen, . . . Überleg' es. Gar schön ist die Arie Rinalds und wie gesagt, ganz gelungen im allgemeinen sein träumerisches Vergessen, nach meiner Meinung ausgedrückt. Auch das diamantene Schimmern des Schildes (auf den kräftigen Chor folgend) ist auf's wirksamste wiedergegeben: mich blendete es förmlich bei der Stelle. Und dann so vieles noch, wofür ich Dir gern die Hand drückte, und wofür Dir die Herren Preisrichter den Lorbeer reichen sollten; denn ich kenne niemanden, der eine so selbstständige Sprache in Tönen spräche, mag ich nun auch manchmal über das eine oder andere den Kopf schütteln. Auch die Duette sind mir außergewöhnlich lieb; wenigstens gilt der Ausdruck dem Goethischen und Eichendorffschen. Wie schön und natürlich der Taktwechsel in dem ersten, wie einfach und dramatisch der Ausdruck in den letzten!"

Die Uraufführung fand am 28. Februar 1869 im Wiener akademischen Gesangverein statt. Billroth meinte: „Brahms wird Mitte Februar eine Kantate von sich hier aufführen: Rinaldo von Goethe. Ich finde das Gedicht gräulich. Brahms schwärmt dafür, weil es für den Komponisten so viel übrig ließe: Schilderung der Zauberinsel, Jammer Armidens etc." Wir hörten ja von Joachim, welche Schönheiten das Werk enthält, das im übrigen allerdings das wenigst bedeutende von den Brahms'schen Chorwerken ist; immerhin enthält es einen gewissen wagnerischen Wohllaut und eine gewisse Selbstverständlichkeit des Chorsatzes, die man bei Brahms sonst nicht gewöhnt ist.

Noch im Laufe des Mai ward Brahms eine große Freude zuteil: die Wiener Singakademie ernannte ihn zu ihrem Chormeister. Am 30. Mai beantwortete er den Antrag mit folgendem Briefe:

„Hochgeehrteste Herren!

Daß die Dirigentenwahl der Wiener Singakademie auf mich fallen konnte, ist mir ein ebenso überraschendes als ehrenvolles Zeichen Ihres Vertrauens erschienen, das ich dankbar zu schätzen weiß. Und so möchte ich Ihnen denn vor allem meine lebhafte Freude über das mir gewordene Anerbieten ausdrücken, und wie sehr ich geneigt bin, ja wie sehr ich wünsche, ich möge das mir geschenkte Vertrauen durch meine Tätigkeit für die Akademie verdienen können. Ich hoffe nun, und zwar teils durch Ihre Güte, einiges Nähere über die Akademie und über die von mir verlangte Tätigkeit zu erfahren, und hoffe zugleich sehr, es möge mir der Antrag dann immer annehmbarer erscheinen. Daß ich mich überhaupt bedenke, von der ehrenvollen Einladung Gebrauch zu machen, werden Sie erklärlich finden, da eine derartige Stellung doch jedenfalls sehr ändernd in meine bisherige Lebensweise eingreift. So nehme ich mir also die Freiheit, Ihnen hier gleich einiges zu notieren, über das ich Ihre gütige Auskunft wünschte. Vor allem möchte ich wissen, wie lange und wie sehr ich überhaupt gebunden bin durch die Akademie. Nach den Statuten gehen die Übungen bis zum August, das tun sie aber in Wirklichkeit wohl nicht? Bleibt, wie bisher, ein Vize-Chormeister beschäftigt, und kann ich sonach, falls ich wünsche, eine oder mehrere Wochen verreisen und diesem derweilen die Übungen übertragen?

Dann wünsche ich zu wissen, wie stark derzeit die Zahl der s i n g e n d e n Mitglieder der Akademie ist, und zwar nach den Stimmen (Sopran, Alt, Tenor, Baß); ferner, wie stark die M ä n n e r etwa im letzten Winter bei den gewöhnlichen Proben vertreten waren. Damit hängt die Frage zusammen, ob jetzt bis zum Winteranfang wohl dafür getan wird, neue Mitglieder zu gewinnen, und wer etwa die Prüfung und Aufnahme derselben übernimmt. Sehr lieb wäre es mir, wenn ich durch Ihre Güte die bisherige Tätigkeit der Akademie übersehen könnte, etwa durch Übersendung der Programme, so daß ich sehe, was geleistet, und also, was zu leisten ist. Wäre es möglich, mir vom Herbeck'schen Singverein dasselbe zu verschaffen, so wäre mir das freilich außerordentlich angenehm. (Schon der zu wählenden neuen Werke wegen.) Schließlich spreche ich ungern auch über den Geldpunkt. Doch indem ich bedenke, daß die Beschäftigung mit der Akademie mich vielfach hindern wird, anderweitig danach umzuschauen, so will es doch überlegt sein. Vielleicht wäre es das einfachste, wenn ich Sie bäte, die außerordentlichen Einnahmen des bisherigen Chormeisters, wovon ich auch durch Sie höre, in einer Weise festzustellen, daß das Ganze ein genügender fixer Gehalt für mich würde. Doch ich fürchte, ich mißbrauche Ihre Geduld nur zu sehr. Es ist eben ein besonderer Entschluß, seine Freiheit das erste Mal wegzugeben. Jedoch, was von Wien kommt, klingt eben dem Musiker noch eins so schön, und was dorthin ruft, lockt noch eins so stark. Möchten Sie damit, wie ich dringend bitte, meine Weitläufigkeit gütigst entschuldigen.

Mit ausgezeichneter Hochachtung ergebenster

Johannes Brahms."

Er erhielt 600 fl. Gehalt; soviel wie er gefordert. Über seine Pläne und den Eifer, mit dem er an die neue Aufgabe ging, erfahren wir aus einem Schreiben an Gänsbacher. Darin schlägt er außergewöhnliche Übungen vor: „abwechselnd jede Woche Männer- und Damenchor" zu versammeln, und die Einstudierung von Werken für Männer- oder Frauenstimmen allein. Er glaubt dadurch namentlich die Männer leichter zu den Proben heranziehen zu können. Sodann erkundigt er sich ob „die Akademie in ihrer Bibliothek noch viel Unbenutztes" habe; namentlich ob sie „größere Sammlungen älterer geistlicher Sachen" besitze.

„In einigen Stunden reist der neugeschaffene Chormeister nach dem Süden." So heißt es in einem Brief an Joachim. Bevor Brahms nach Wien ging, um sein Amt anzutreten, gönnte er sich noch einen Erholungsaufenthalt in Baden-Baden, wo sich Frau Schumann ansässig gemacht hatte. Dort in der Lichtenthaler-Allee Nr. 14 ging der neugebackene Chormeister eifrig ein und aus und erwog sein Winterprogramm.

90

In dem fashionablen Badeort, wo die große Welt sich langweilte, fehlte es natürlich nicht an sonstigen geistigen Unterhaltungen. Brahms hat sicher bei der Viardot, um die sich alle bedeutenden Geister versammelten, bei der damals auch Turgenieff verkehrte, mehr wie einmal mit Frau Clara Robert Schumanns Muse auferstehen machen. Damals fand wohl auch eine Annäherung zwischen Brahms und Rubinstein statt. Doch schwerlich werden sie sich oft und lange im Spielsaale begegnet sein, den Rubinstein so eifrig besuchte. Brahms war nicht so gleichgiltig wie jener gegen die herrliche Natur, welche die Badestadt verschwenderisch umrahmt. Noch viele Werke sollten auf diesen Gängen, in diesen Tälern und Schluchten ausgeheckt werden. — Diesmal dauerte der Aufenthalt bis Ende September. Dann gings nach Wien.

Hier kam ihm eine neue Überraschung, diesmal freilich nicht so schwerwiegender Art: er erhielt ein „Diplom": „Im Namen der schwarzen Katze ernennen wir Herrn Johannes Brahms zum Ritter des schwarzen Katzenordens und beehren uns, ihm hiermit die Insignien und Statuten desselben zu übergeben. So geschehen in Hannover am 1. November 1863. Das Kapitel. Der Oberkater: W. Scholz. Die Oberkatzen: Louise Scholz, Ursi Joachim." Die Statuten dieses lustigen Katzenordens und das Mitgliederverzeichnis können wir übergehen. Wir hoffen, daß keine „unkatzenhaften Reden oder Handlungen" des neuen Mitgliedes Brahms vom Kapitel „gebührend bestraft" wurden. Daß Brahms ein „ausgezeichnetes Individuum" dieser „ausgezeichneten Gesellschaft" gewesen ist, können wir uns denken.

Inzwischen hatte Brahms schon seine Tätigkeit als Leiter der Singakademie begonnen. Die Sache hatte von vornherein ihren Haken. Die Vereinsverhältnisse in Wien lagen wie fast in allen Städten; zwei Vereine bekämpften einander: der Singverein und die Singakademie. Die Gesangslustigen, die bei einem Vereine nicht mitmachen wollten, gründeten einen zweiten. Naturgemäß aber stehen zwei Vereine einander beständig im Wege, abgesehen davon, daß die Geldmittel sich auf diese Weise zersplittern. Brahms sollte nun die jüngere, erst vier Jahre bestehende Singakademie zu neuem Ruhme führen.

Der junge Meister erkundigt sich bei seinem erfahrenen Freunde Dietrich nach allen möglichen nützlichen Dingen: „Ich möchte Dich sehr bitten, mir doch einiges dahin Schlagende mitzuteilen. Auf's Geradewohl, denn ich weiß eigentlich nichts zu fragen, habe aber doch enorme Scheu, gerade in Wien mein Talent in dieser Sache zu versuchen.

Empfiehl mir etwa ein recht praktisches Oratorium von Händel, womit ein Neuling einigermaßen sicher debutieren kann. Wie hast Du es im Besonderen zum Beispiel mit dem Weihnachtsoratorium von Bach gehalten? Das möchte ich wohl vornehmen. Hast Du es vollständig aufgeführt? An zwei Abenden? Nur einige Teile? Die zwei ersten scheinen mir praktisch bei flüchtiger Durchsicht. . . . NB. Alexanderfest von Händel und Weihnachtsoratorium gehen mir besonders durch den Kopf und hörte ich gern Beliebiges über Instrumentation etc.

NB. hättest Du etwa Letzteres mit oder ohne Orgel instrumentiert und könntest mir dies zur Ansicht und zum Studium mitteilen, so wäre mir's das Allerliebste. Wenn's auch nur zerstreute Blätter und Einzelnes ist, daß ich ein Prinzip, überhaupt die Art und Weise erkennen mag."

Er hielt seine erste Probe am 28. September. Das erste Konzert fand am 15. November 1863 im großen Redoutensaale statt. Das Programm legte für den Dirigenten Zeugnis ab. Der Abend begann mit Bachs Kantate „Ich hatte viel Bekümmernis", es folgte Beethovens Opferlied und drei Volkslieder. Die Schlußnummer bildete Schumanns „Requiem für Mignon." Brahms trat als Komponist ganz in den Hintergrund; allerdings hatten die Volkslieder rauschenden Beifall, der mit der Zugabe eines weiteren Volksliedes beantwortet wurde. Hanslick tadelte das Sinken der Stimmung, sprach aber der Akademie für die Zukunft Mut zu und meinte, daß der „ebenso hochbegabte Tondichter als verständnisvolle Dirigent" zu schönen Hoffnungen berechtige.

Die Hoffnung erwies sich als trügerisch. Das zweite Konzert der Singakademie am 6. Januar 1864 brachte ein regelrechtes Fiasko. Der Abend war ganz dem a capella-Gesang gewidmet, dessen Gefährlichkeit Brahms innewerden sollte. In Beethovens „Elegischem Gesange" versagte von vornherein der begleitende Hornist, sodaß das Stück ohne Begleitung durchgeführt werden mußte. Schlimmer noch ging's mit Gabrielis „Benedictus", bei dem Brahms abklopfen und von neuem beginnen mußte. Die Volkslieder, die auch diesmal gesungen wurden, verfingen nur schwach und die Bach'sche Kantate „Mitten wir im Leben sind von dem Tod umfangen" und die Motette „Liebster Gott, wann werd' ich sterben" versagten völlig.

Doch der Mißerfolg hätte kaum ausschlaggebend gegen Brahms gewirkt: der einschneidende Umstand war Johann Herbecks — Ehrgeiz, Brahms aus dem Sattel zu heben. Dem Streber, der es mit seinen Mitteln, zum Ziele zu gelangen, nicht genau nahm, glückte die Intrige. In der Charwoche brachte Herbeck mit dem Singverein Bachs Johannespassion heraus und stellte mit dieser Aufführung Brahms Palmsonntag-Konzert, in dem dieser das Weihnachtsoratorium brachte, in den Schatten.

Es lag nun für die Singakademie nahe, einmal einen ganzen Brahmsabend zu geben. Doch das geschah zu bald, als daß ein solches Konzert einen einmütigen Erfolg hätte erringen können. Brahms schrieb an Joachim: „Wundre Dich nächstens nicht zu sehr und nicht zu unangenehm, wenn Dir ein ‚Brahms'-Programm vorkommt!

Die Akademie mußte ein Konzert geben, mir blieb keine Wahl als eben auf die Bitte des Komités einzugehen. Das Konzert soll Geld bringen und in zwei bis drei Wochen studiert sein. Ehe ich als bloßer Kapellmeister mich prostituiere und das Publikum mit einer langen Reihe Chöre langweile, lasse ich's lieber als Komponisten über mich ergehen; wer hineingeht, weiß ja, welchen Spaß er mitmachen soll."

An jenem 17. April 1864 wurde im Saale der Gesellschaft der Musikfreunde vom Chore die Motette „Es ist das Heil uns kommen her", „Vineta", das „Ave Maria", der „Ruf zur Maria", „Mariens Kirchgang" und ein Volkslied „in stiller Nacht" gesungen. Das „Wechsellied zum Tanze" und die „Neckereien" waren den Solisten vorbehalten. Und von den Instrumentalwerken des Meisters bot das Programm die Sonate für zwei Klaviere, das spätere Quintett, das Brahms mit Tausig spielte, während Hellmesberger und Genossen das B-dur-Sextett zur Aufführung brachten. Dies Werk, welches schon bei seiner ersten Wiedergabe in Wien am 27. Dezember 1863 wenig angesprochen hatte, fand auch diesmal keinen rechten Widerhall. Der ganze Abend verlief matt.

„Mein Winter ist bald zu Ende, und habe ich jetzt mich zu entschließen, ob ich kommenden Winter in der gleichen Stellung hier zubringen will, was mir sehr schwer wird, trotzdem natürlich Akademie und Orchester manche Freude bereiten." Brahms legte sein Amt nieder und verzichtete auf die Chormeisterstelle. Wir können uns denken, daß er durch die ganze Angelegenheit seine Wiener Position nicht sonderlich verbessert hatte. Bei seinen Freunden hatte die Sache wohl nichts zu sagen, anders bei anderen Persönlichkeiten. Cornelius z. B. konnte sich an Brahms nicht gewöhnen. Er schrieb im September 1864 in sein Tagebuch, daß er mit dem „ganz eigensüchtigen, selbstschätzenden" Johannes Brahms „entschieden fertig" sei. Sicher haben Cornelius und Wagner sich über den selbstschätzenden Brahms miteinander ausgesprochen. Einstweilen freilich benahm sich Wagner noch gönnerisch gegen den um zwei Jahrzehnte jüngeren Brahms. Eifrige brachten beide Männer in Penzing in der Villa des Barons von Rochow zusammen. Brahms spielte Meister Wagner außer Bach von eigenen Werken seine Händelvariationen vor, die der große Kollege zu hören wünschte. Wagner erklärte: „Man sieht, was sich in den alten Formen noch leisten läßt, wenn einer kommt der versteht, sie zu behandeln." Später wurde Wagner bissig und ausfallend gegen Brahms; einstweilen noch störte dieser seine Kreise nicht.

Brahms fühlte sich in Wien keineswegs besonders wohl; „Er war meist traurig und düster", wie seine Schülerin, die spätere Frau Dr. Neuda-Bernstein erzählt. Zu seinen Erholungen gehörten hauptsächlich die Sonntags-Matinéen, die er in seinem Quartier im vierten Stock des „Deutschen Hauses", darinnen einst Mozart von seinem Hofmarschall mißhandelt worden, in der Singerstraße 7 veranstaltete. Dort spielte er des Sonntags den Lauschenden alles vor, was sie wünschten. Man sah dort Tausig, den musikgelehrten Sonderling Nottebohm, der für Brahms in musikhistorischen Dingen als Autorität galt. Auch Cornelius mag öfter im Deutschen Hause bei Brahms gewesen sein. Und sicherlich haben die Schülerinnen nicht gefehlt. Unter ihnen befand sich damals Elisabeth von Stockhausen, die Tochter des hannöverschen Gesandten, spätere Frau von Herzogenberg, die mit ihrem nachmaligen Gatten bereits verlobt war. Auch Herzogenberg wird den liebenswürdigen Brahms im Deutschen Hause gehört haben. Beide verstanden sich; es entspann sich eine dauernde Freundschaft bis an den Tod.

Als Lehrer hatte Brahms seine Eigenheiten. Man kann darüber einiges aus den „persönlichen Erinnerungen" der Engländerin Florence May erfahren, die in Baden-Baden Brahms' Schülerin gewesen ist. Auch Gustav Jenner hat in seiner kleinen Studie „Brahms als Mensch, Lehrer und Künstler" Lehrreiches über diese Seite der Brahms'schen Tätigkeit mitgeteilt. Es gab einige charakteristische, meist sarkastische Bemerkungen, deren sich Brahms seinen Schülern gegenüber oft bediente. So unter anderem: „Also, junger Mann, amüsieren Sie sich so weiter." „Sie werden nie ein lobendes Wort von mir hören; wenn Sie das nicht vertragen können, so ist das, was in Ihnen steckt, nur wert, daß es zugrunde geht." „Das Drucken ist jetzt so sehr Mode geworden, namentlich das Drucken von Sachen, die dies garnicht beanspruchen." „Unterrichten müssen Sie auch; das habe ich auch gemußt, und mir war es so greulich, wie nur irgendeinem." „Wenn Ihnen Ideen kommen, so gehen Sie spazieren, Sie werden dann finden, daß dasjenige, was Sie für einen fertigen Gedanken hielten nur der Ansatz zu einem solchen war." „Die Feder ist nicht nur zum Schreiben, sondern auch zum Streichen da, aber seien Sie vorsichtig, was einmal steht, kommt schwer wieder weg. Haben Sie aber erkannt, daß es, an sich noch so gut, nicht taugen will, so überlegen Sie nicht mehr lange, sondern streichen Sie es einfach durch."

Widmann gegenüber äußerte sich Brahms einmal über eine wichtige Seite der Musikpflege recht ausführlich: „Ihr Eifer gegen den Männergesang und die rohe Blechmusik, und Ihre Absicht, ihm Ausdruck zu geben, erinnert mich an die Mäßigkeitsvereine, die mich gelegentlich um Teilnahme angehen. Ich habe keine. Es ist so leicht, dem Volk seinen leider oft so nötigen Schnaps zu nehmen. Ich wäre eifrigst dabei, wenn solche Vereine die Absicht und die Macht hätten, Ersatz zu schaffen, Wein, Bier, Kaffee billiger zu machen.

Nun ist dem gemeinen Mann auch der Männergesang und das moderne Blechinstrument bequem; Anderes will vorsichtiger angefaßt, frühzeitiger gelernt und gewöhnt sein. In den sogenannten besseren Klassen ist leider jede Liebhaberei für ein anderes Instrument als das Klavier so gut wie völlig verschwunden.

Es wäre ungemein zu wünschen und anzustreben, daß Eltern ihre Kinder andere Instrumente lernen ließen, Geige, Violoncello, Flöte, Klarinette, Horn usw. (Dadurch würde zunächst allerseits Interesse für alles mögliche geschaffen.)

In der Volksschule aber könnte für den Gesang mehr und Besseres geschehen und den Knaben sehr wohl schon früh die Geige in die Hand gegeben werden. In österreichischen Dörfern habe ich das oft gesehen; das Messe-Singen in den katholischen Kirchen ist auch nicht dumm: Vom Blatt singen, in allen Schlüsseln lesen, mit Fugen auf Du und Du stehen!"

Die äußeren Unergötzlichkeiten in Wien machten die Musik im Innern besonders fruchtbar. Brahms ergoß seine ganze Sehnsucht nach Heimat, Frauenliebe und Anerkennung in seine neuen Lieder. Nicht ohne Bedeutung war's, daß er an Motive aus früheren Tagen anknüpfte. In jenen Melodienskizzen zu Uhlands Gedicht „Das Haus benedei' ich und preis' es laut, das empfangen hat, eine liebliche Braut", fand sich ein Motiv, das noch in ihm wühlte und nach endgültiger Ausgestaltung rief. Es hat sie gefunden in dem „ewigen" Liede — es trug ursprünglich den Titel „Ewig" —: „Von ewiger Liebe".

Dies Lied steht an der Spitze von op. 43, in dem sich auch die beiden früher komponierten Gesänge „Ich schell mein' Horn in's Jammerthal" und „Das Lied vom Herrn von Falkenstein" finden. Das Opus ist mehr als die bisherigen Liederreihen auf einen dunklen Ton gestimmt und mutet in seinem wurzelfesten Zusammenhang mit dem altdeutschen Liede unser Herz so knorrig deutsch an.

Wie ein Gemälde kommt uns das wendische Lied „Von ewiger Liebe" vor: „Dunkel, wie Dunkel in Nacht und in Feld". Es geht „mäßig" in dem schwerblütigen h-moll. Der Baß spinnt seine Bögen, die Mittelstimmen schlagen nach — mit dem Beginn des Gesanges, der in der Tiefe anhebt, übernimmt der Baß die gebrochenen, nachschlagenden Achtel. Die Schilderung klingt verhalten, ebenso wie die epische Einleitung des Duetts der Liebenden; in zwei fast gleichlautenden Strophen. Nun setzt der energisch punktierte Baß ein, die Mittelstimme geht in bewegte Triolen über; es bebt in der Brust des Fragenden: „Leidest Du Schmach und betrübest Du Dich?" — Die erregten Achtel, über die sich die letzten Worte ausbreiten, rühren uns, ebenso wie der fast wehmütig bittende Teil der Frage: „Leidest Du Schmach von andern um mich?" Darauf lebhafte Wiederholung und heftiges Vorwärtsdrängen: die gesamte Tonlage wird höher bei „Scheide mit Regen und scheide mit Wind", bis zu dem leidenschaftlichen Ausruf „Schnell wie wir früher vereiniget sind." Das Nachspiel mit dem vollen Achtelbaß, der sich niemals in die Triolen schicken kann, läßt die Erregung nachklingen. In zartestem Sechsachteltakt, über wiegenden Mittelstimmen und ausgehaltenem ges in leisem Des-dur wird das Mägdelein eingeführt. Ihre Versicherung lautet bestimmt und ruhevoll zugleich: „Unsre Lieb sie trennet sich nicht!" Immer fester redet sie, animato, noch einmal wiederholt sie — genau gleich — das: „Unsre Liebe, wer wandelt sie um?" und mit mächtigster Steigerung verkündet sie dann die Ewigkeit der Liebe: „Unsre Liebe muß ewig, ewig bestehen!" Ein kurzer, aber schwerer Nachklang beschließt das Lied.

Das Große, Ergreifende an dem Liede ist die tiefe Symbolik: das dunkle Kolorit der Landschaft beschattet das ganze Lied, in dem von ewiger Liebe in die sinkende Nacht hinaus gesungen wird. — So tief brahmsisch das Lied ist, doch mußte es gefallen und die Welt erobern, wie alle Meisterwerke, deren zwingende innere Kraft alle Bedenken und Widerstände besiegen. Ja, das Lied leidet schon an jener übermäßigen Popularität, die uns so manches Lied, namentlich von Schubert, fast ungenießbar gemacht hat. Um so tiefer ergreift es, wenn wir uns bewußt und im Banne großer Künstler wie frisch und zum ersten Male der Wirkung dieses elementaren Nachtstückes überlassen. Es ist nur ein Lied, dem wir soviele Worte gönnen: nur ein Lied — wir erinnern an Brahms eigenen Ausspruch: „Meine kleinen Lieder gefallen mir besser als meine großen" — kleine Meisterwerke sind nicht geringeren Wertes.

Das zweite Lied der Reihe steht dem ersten nahe: es singt Entbehrung, Entsagung, Verlangen. Und das in einer „Mainacht". Hölty war selber ein Hagestolz. Die herzliche Mischung von sinnlicher Empfindung und keuscher Klage, wie sie aus Höltys Gedicht sprechen, mußte Brahms auf's Tiefste verstehen. Wieder ein Landschaftsbild — wieder eine Nacht — aber eine linde, lauschige Frühlingsnacht:

Haus Lichtental Nr. 136 bei Baden-Baden
Brahms Sommerwohnung von 1864—1872

Hermann Levi
1839—1900

Wann der silberne Mond durch die Gesträuche blinkt,
Und sein schlummerndes Licht über den Rasen streut,
Und die Nachtigall flötet,
Wandel' ich traurig von Busch zu Busch.

Überhüllet von Laub, girret ein Taubenpaar
Sein Entzücken mir vor; aber ich wende mich,
Suche dunklere Schatten,
Und die einsame Träne rinnt.

Wann, o lächelndes Bild, welches, wie Morgenrot
Durch die Seele mir strahlt, find' ich auf Erden dich
Und die einsame Träne
Bebt mir heißer die Wang' herab.

Spitta macht sehr interessant und richtig auf den Unterschied der Schumannschen und Brahms'schen Romantik und Landschaftsschilderung aufmerksam: „Die ersichtliche Vorliebe, mit der Brahms auf Dichter wie Flemming, Hölty, Voß zurückgreift, wird aus derselben Quelle fließen: die Romantik des Schumannschen Liedes findet bei ihm keinen Widerhall. Dem zauberischen Gespinst und Geranke, dem luftig durchbrochenen Wesen Schumannschen Klaviersatzes setzt Brahms eine viel kompaktere Begleitung entgegen. In der Darstellung von Naturstimmungen wird der Unterschied am fühlbarsten. Man vergleiche Schumann-Eichendorffs „Dämmerung will die Flügel spreiten“ mit Brahms-Goethes „Dämmerung senkte sich von oben“, oder beider Kompositionen der Gedichte „Aus der Heimat hinter den Blitzen rot“ und „Es war, als hätte der Himmel die Erde still geküßt.“ Von Eichendorffs Liedern hat Brahms überhaupt nur wenige in Musik gesetzt. Die Wonne Schumanns: das Untertauchen des Menschlich-Persönlichen in das stille Meer pantheistischen Naturgefühls, wird von Brahms nicht geteilt. Die beiden zuletzt genannten Lieder hat er nur bescheiden koloriert, dagegen aber fest gezeichnet; durchaus Hauptsache ist die Gesangsmelodie, die bei Schumann nur wie aus Träumen in das instrumentale Weben hineinklingt. Dagegen findet Brahms wie nur irgend wer den rechten Ton für die bergquellartige Frische und die stille Wehmut der Eichendorffschen Romanze. Hier stehen Menschen mit ihrer Lust und Trauer im Vordergrunde, und der Menschen Empfindungen darzustellen ist seines Liedes erstes Ziel. Die Naturstimmung bildet nur die Folie; als solche freilich wird sie bei ihm im höchsten Grade wirksam.“ Spitta erwähnt dann als besonderes Beispiel eben Höltys Mainacht.

„Sehr langsam und ausdrucksvoll“ wird das Lied — in Es-dur steht es — gesungen. Die Mainacht umspinnt uns, das Frühligsleben bewegt sich still in den nachschlagenden Achteln. Der Nachsatz stimmt den Ton höher und heißer: Es „girret ein

Taubenpaar" — „Aber ich wende mich, suche dunklere Schatten."
Bestimmt ertönt das Aber aus der Syncope. Schmelzend löst
sich die einsame Träne aus dem brennenden Auge. Dann bewegter kehrt die Klage zurück über unruhvollen Triolen.

Mit weisem Bedacht und Kunstverstand hat Brahms aus
dem Gedicht für das Lied die Strophe gestrichen:

> Selig preis' ich Dich dann, flötende Nachtigall,
> Weil Dein Weibchen mit Dir wohnet in einem Nest,
> Ihrem singenden Gatten
> Tausend trauliche Küsse gibt.

Die Behandlung des Asklepiadeischen Versmaßes gelang
diesmal meisterhaft. Eindringlich singt uns das Lied Liebes-
sehnsucht im Frühling, da alles minnet, nur einer einsam ist.

Ebenfalls in den Frühlingstagen des Jahres 1864 schrieb
Brahms das Lied „Die Kränze." Das Gedicht finden wir in der
„Polydora" von Daumer. Das Lied eröffnet das sechsundvierzigste
Werk des Meisters Brahms. Auch darin klingt eine Liebesklage,
die unter Tränen seufzt und lockt. In der Sammlung Polydora
hat Brahms mit Behagen gelesen. Auch des Übersetzers Daumer
eigene Poesie, ebenso wie dessen Lieder nach Hafis, haben den
Tonsetzer gefesselt durch ihre sinnliche Glut. Von diesen Sachen
sollte bald manches an den Tag gebracht werden.

Brahms schrieb Anfang April an Joachim, daß er zu Beginn
des Mai „wohl nicht nach dem Norden komme, aber es ziehe ihn
nach Muttern und nach manchem." So machte er sich denn
wieder im Frühjahr aus Wien auf und ging nach Hamburg.
Dort herrschte von neuem Zwietracht; die Eltern konnten durchaus nicht mehr miteinander auskommen. Johannes mietete ihnen
getrennte Wohnungen und unterstützte beide Teile nach Vermögen.
Ohne Klage, ja ohne ein Wort gegen Dritte, stand er helfend
am Grabe seines Vaterhauses. Lange litt es ihn dort nun nicht
mehr. Über Göttingen reiste er in seine nunmehrige Sommerresidenz Baden-Baden. Im innigen Verkehr mit der beglückenden
Natur wuchsen seine Werke und rundeten sich ab, bis sie in
edler Gestalt zum Lichte strebten. Brahms hat oft für sein
Komponieren den Ausdruck „Spazierengehen" gebraucht.

Der Kupferstecher Julius Allgeyer, der Freund und spätere
Biograph Feuerbachs, und der Karlsruher Hofkapellmeister Hermann
Levi vertraten die geringe Zahl von Menschen, die es wie Brahms
meinte, auf der Welt gäbe. Levi dirigierte öfter in Baden-Baden.
Daher besuchte Brahms die Karlsruher Oper häufig, wenn sie
Mittwochs in Baden spielte. Bei dieser Gelegenheit wuchs sein
Wunsch, selbst auch einmal eine Oper zu komponieren. Die
Freunde Allgeyer und Levi wetteiferten, dem Freunde einen

passenden Operntext zu liefern, und sahen sich in der Literatur danach um. Kein Buch aber wollte dem Tonsetzer gefallen. Späterhin setzte er sich einmal mit Paul Heyse in Verbindung, um von ihm ein Libretto zu erhalten, ja, er besuchte ihn aus diesem Grunde in München — aber vergeblich. Widmann berichtet, daß Brahms auch späterhin noch hie und da mit dem Gedanken an eine Oper spielte. Der Meister dachte dann an Stücke wie „König Hirsch" und „Der Rabe" von Gozzi; gerade das letztere Stück hat sich früher schon E. T. A. Hoffmann zu einem Operntexte auserwählt. In der Erzählung der Serapionsbrüder (I, 3) lesen wir: „Denke an den herrlichen Gozzi. In seinen dramatischen Märchen hat er das ganz erfüllt, was ich von dem Dichter verlange, und es ist unbegreiflich, wie diese reiche Fundgrube vortrefflicher Opernsujets bis jetzt nicht mehr benutzt worden ist . . . Eins seiner schönsten Märchen ist unstreitig der Rabe." Schon viel früher schien übrigens dieses Buch vom „Raben" den Musikern, so unter anderm Bernhard Romberg, ein geeigneter Operntext zu sein. Romberg hat ihn auch komponiert.

Brahms hat sich Widmann gegenüber sogar über die musikalische Behandlung zweier Stücke, nämlich des „König Hirsch" von Gozzi und „Des lauten Geheimnisses" von Calderon ausgesprochen: „Bei beiden Stücken aber muß ich mir zunächst Dialog oder einfachstes Secco-Rezitativ denken — oder vielmehr, es will mir einstweilen gleichgiltig erscheinen, auf welche Weise die Handlung (außer bei leidenschaftlichen Steigerungen) sich bewegt." Aber Widmann erfuhr später von Brahms: er habe geschworen, „keine Oper und keine Heirat mehr zu versuchen."

Im August fand in Karlsruhe die dritte Tonkünsterversammlung statt. Brahms besuchte sie. Sein Bericht darüber enthebt uns einer eingehenden Schilderung der Versammlung. Er schreibt an Joachim: „Lohnte es der Mühe, so könnte ich Dir vom Karlsruher Fest erzählen, wohin mich Wissensdrang oder — leidige Neugier getrieben hatte. Es war so häßlich, wie man sich's nach bisher Erlebtem vorstellt, nebenbei jedoch so matt und langweilig, wie man das Häßliche nur immer wünschen möchte. Die Hauptspitzbuben waren ja nicht dabei, und deren waren zu wenig, die recht ungescheut mit Tamtam divisi umgingen. Reményi spielte schauderhaft. Unglaublich frech und lächerlich, wie er dem Publikum den Rakoczymarsch, Hugenottenphantasie usw., vorspielte. Es war so niederträchtig von mir wie für mich, daß ich mir Dein Konzert von ihm mißhandeln ließ; ich habe es mit schweren Kopfschmerzen büßen müssen.

Einige stille Musiker abgerechnet, die abwechselnd vor Lachen oder vor Ärger aus der Haut fahren wollten, hat sich das

Publikum die Sache jedoch recht wohl gefallen lassen und durch vier Tage beharrlich herausgerufen und da capo verlangt.

Die ganze Geschichte war schon auszuhalten in Gesellschaft mit Hermann Levi, dem dortigen Musikdirektor."

Drei Werke des Meisters förderte der Badener Sommer. Jenes Stück, das Brahms schon soviel zu schaffen gemacht, das zuletzt als Sonate für zwei Klaviere erklungen war, kristallisierte sich zu einer endgültigen Fassung als Quintett für Klavier und Streichquartett. Die neuen Lieder füllten zwei Hefte, die als op. 32 bei Rieter-Biedermann erschienen. Und das zweite Streichsextett, in G-dur op. 36 wurde abgeschlossen.

Das Klavierquintett spielte Brahms im Sommer in Baden-Baden öfters mit Frau Schumann als Sonate für zwei Klaviere. Als solche hörte es auch die Prinzessin, spätere Landgräfin von Hessen, der es der Meister widmete, da sie das Stück so sehr liebte. Sie zeigte sich dem Komponisten erkenntlich, indem sie ihm das Manuskript von Mozarts G-moll-Symphonie schenkte.

Die Sonate wurde also in jenem Sommer 1864 ein Klavierquintett. Es ist das bedeutendste Quintett, das es gibt. Beethoven und Mozart haben kein Quintett mit Streichquartett geschrieben, auch Schubert nicht — das Forellenquintett verlangt Kontrabaß und hat infolgedessen nur eine Geige. Das erste Meisterwerk in der Brahms'schen Besetzung, für Klavier und Streichquartett, schuf Robert Schumann. Dies blieb lange das einzige. Durch op. 34 von Brahms wurde es weitaus übertroffen.

Levi, der ja in der Nähe war, hatte Brahms „einige Kleinigkeiten" über das Werk zu sagen, die wir in einem Briefe an Brahms aufgezeichnet finden. Das alles ist für den Weiterforschenden interessant, würde aber hier zu weit führen. Nur folgenden kleinen Passus des Briefes möchte ich zitieren: „Im Talmud, links beim Eingang, steht geschrieben: Wenn einer kommt und sagt: Du bist ein Maulesel, glaub's ihm nicht, wenn aber noch einer kommt und sagt: Du bist ein Maulesel, kauf' Dir 'nen Sattel und laß' Dich reiten. — Das heißt auf deutsch: Wenn Frau Schumann oder ich eine Bemerkung machen, höre nicht auf uns; wenn aber, wie ich in diesem Falle glaube, alle Musiker oder ein Freund wie Joachim dasselbe sagen, so scheue die Mühe nicht und verändere . . ."

Finstere Gewalten beherrschen das ganze Quintett. Schon die eigentümliche Einleitung, wenn man's so nennen will, droht mit Unheil. Das grollende unisono von Klavier, Geige und Cello kennt keinen Scherz.

100

Und mit den folgenden, immer wieder abreißenden Sechs-
zehnteln stürzt das Unheil unaufhaltsam herein. Auch die schwär-
merische Espressivo-Stelle ist voller Unruhe. In dem cis-moll-
Abschnitt rollen die Triolen dahin wie fieberndes Blut. Überall
zerreißen kleine Pausen den Fluß; es ächzt und seufzt — Bratsche
und Cello klagen da hinein: die Motive wachsen eins aus dem
andern hervor. Ermattung tritt ein bei der Rückkehr nach f-moll.
Und schwach spinnt sich der Satz beim Eintritt in die Durchführung fort. Aber immer heftiger hasten die abgerissenen
Figuren vorwärts zu Höhepunkten, die keine sind; man sieht vor
sich, man hört die Arbeit des Sisyphus. Der Wiedereintritt der
ersten Sechzehntel wirkt infolgedessen wie ein Wiedergewinnen
des alten Standpunktes, den wir im Kampfe wenigstens nicht verloren. Diesmal weichen wir nach fis-moll aus; die Haltung ist
weicher, resignierter. Ein Poco sostenuto klingt wie ermattet;
die Streicher tragen ihre Klage pianissimo und gedehnt in die
Höhe. Wieder rauschen dann die wilden Sechzehntel auf und
mit kraftvollstem Ansturm stehen wir zum letzten Mal dem An-
prall aller dunklen Mächte und blicken ihnen tief ins Auge.

Ein volles Lied erfüllt unser Ohr im Andante, un poco Adagio.
Wie leises Weinen einer Mutter klingt das — schluchzend schlagen
die Achtel nach. Der Mittelsatz bringt lautes Klagen, durch
das aber schon die Zuversicht der Überwindung durchklingt; die
Wendung nach E-dur befreit schon. Gegen Schluß singt in
Wehmut ein tiefes Bedauern, aber in der Brust gingen Weinen
und Klagen zur Ruhe.

Im Scherzo pochen schwarze Geister an unsere Pforten. Sie
schleichen heran; in den geheimnisvollen übergehaltenen Noten
glaubt man sie zu hören. Jetzt pocht es: Zweivierteltakt, wesen-
loses Klopfen und Huschen. Wir antworten — wieder Sechsachteltakt — bestimmt, feierlich mit einer mächtigen Beschwörung. Es
fruchtet nichts: die finsteren Schemen bringen es zu einem furchtbaren Ausbruch und führen dann ein schreckhaftes Fugato auf,
vollführen einen erneuten Ansturm. Auf wiederholte Beschwörung

101

wirds noch schlimmer: alles bebt und klirrt und rasselt. Das Trio gleicht einer Sammlung, der wir uns hingeben, um erneuten Anfällen gewachsen zu sein. Geheuer wird uns auch hier nicht. Das Scherzo kehrt zurück: die Geister zerreißen uns.

Schwer wie Blei türmt sich das Poco sostenuto vor dem Finale auf, schleppend halten die gebundenen Vierteltriolen den mühsamen nur allmählich fortschreitenden Gang der Melodie zurück. Wir sind gespannt: was wird nun folgen? In fahlem Sonnenlichte beginnen wir unser neues Tagewerk. Im pochettino piu animato bestürmt uns die Erinnerung. Das Andantethema ist nicht vergessen; wir raffen uns ernstlich zusammen und kehren zum Schaffen zurück. Die Stimmen immitieren und durchflechten einander, immer neuer Wechsel der Motive greift Platz. Energischer aber gehen wir vorwärts: Presto non troppo, müssen aber einen letzten furchtbaren Kampf bestehen. Nach kurzem Waffenstillstand führen wir noch einige kräftige Schläge, ja raffen zuletzt alle Kraft zusammen, ohne Sieger zu sein: des Lebens Kampf erlischt nie. So lehrt uns dies Werk. Ein Titane ringt in diesem Werke; ein Titane der neuen Zeit.

Hier klingt wahrlich die neue Zeit auf, die kein festes Vertrauen mehr kennt. Der Abgrund klafft auf, der unsere Zeit von der Beethovens trennt. Der Pessimismus gelangt zur Herrschaft: mit Schopenhauer findet, empfindet man die Welt als die schlechteste der denkbaren. Nirgends Ruhe, Trost und Glück: der Wille rast blind, unbefriedigt durch die Welt: kein Heil, kein Ziel, nirgends. Diese Anschauung hatte auch Richard Wagner ergriffen. Brahms Musik ist auf denselben Unterton gestimmt. Tragisches Ringen erfüllt vornehmlich dies Quintett, aber durch alle Werke, die nicht in der Zeit himmelstürmender Jugend wuchsen, geht jener oft unerklärliche, oft unheimliche Klang unsäglicher Wehmut und ein manchmal unendlich düsterer Ton. Wer hörte nicht oftmals darin Salomons Worte klingen: Alles ist eitel! Beethoven „läßt sich vom Schicksal nicht niederbeugen"; zwar kämpft auch er in seinen tragischen Werken einen harten Kampf, aber sein Ringen wird vom Sieg gekrönt. Beethoven dringt überall von Trauer zu Trost durch — dank seiner unerschütterlichen Zuversicht. Brahms dagen ist vom Zweifel beseelt; darum bleibt die Grundstimmung seiner Musik eine ergreifende Wehmut und tiefe Melancholie.

Brahms f-moll-Quintett, von dem Dietrich mit Recht schrieb: „Prächtig, immer schöner, immer vollendeter, geistvoller", macht eine Epoche in der gesamten Musik. Verschwenderisch in der Erfindung, im ersten Satze bietet Brahms gleich drei Themen, überaus geistreich in der Verarbeitung und von gewaltiger Wirkung, hat es nicht seinesgleichen.

Auch in den nächsten Liederheften klingt es bisweilen düster. Die zwei Hefte op. 32 bringen „Lieder und Gesänge von August von Platen und G. F. Daumer in Musik gesetzt von Johannes Brahms"; sie erschienen bei Rieter-Biedermann in Winterthur.

Wir empfangen hierin einen Brief des liebenden Brahms, als seines Lebens Gang ihn nötigte, der Liebe abzusagen. Wenn es einer empfand, so dieser herrliche Tonkünstler, daß das Leben ohne Liebe, ohne Kinder ein Absterben des Baumes sei, ohne Früchte gebracht zu haben. „Ist es denn ein Leben so allein? . . . Die einzige, richtige Unsterblichkeit ist in den Kindern!" Es ist hier nicht unsere Aufgabe und kein Raum, Philosophie zu treiben und tiefer einzudringen in die phsychologischen Rätsel eines so gesund organisierten Wesens wie Brahms es war. Wir werden jedoch noch einige Briefstellen anführen, welche zeigen, aus welchen Umständen Brahms Weltanschauung und Weltgefühl mit hervorgetrieben wurde. Lesen wir einstweilen mit offenen Sinnen in den Liedern, die in op. 32. stehen, und in denen, die noch folgen.

Von den neuen Liedern und Gesängen des 32. Werkes stammen fünf Texte aus den Gedichtbüchern des Grafen Platen. Immer mehr schloß sich Brahms an die Künstler an, deren Wirken sich in strengen Formen vollzog. So mußte ihm ein Dichter wie Platen gerade recht kommen. Er wählte gleich das vielleicht bekannteste Gedicht des Grafen: „Wie rafft' ich mich auf in der Nacht, in der Nacht." Darinn schlummert nun all der Pessimismus des herben „Vorbei." Pesante, mit kurzem Motiv beginnt das schwere Andante, dessen Melodie sich strophisch entwickelt über nachhämmernden Triolen immer unruhiger vorwärtsdrängend.

Fast wie ein Schrei der Verzweiflung klingt der andere Platen-Text über Brahms Musik: „Der Strom, der neben mir verrauschte, wo ist er nun?" Dieser Strom des Lebens schäumt auf in der mächtigen Begleitung. Die leidenschaftlich wiederholte Frage schrillt hinaus über die Brandung: „Wo ist, wo ist er nun?" — Und die Wasser rollen gleichgültig ab vom Felsen . . .

Der letzte Text dieses Liederheftes findet sich in Daumers Hafis-Liedern. Dieser Gesang krönt das ganze Werk. Wie unsagbar innig klingt der heimliche Dreiachteltakt, dies molto espressivo e dolce! So sprechend singt, so gesangvoll spricht das Herz:

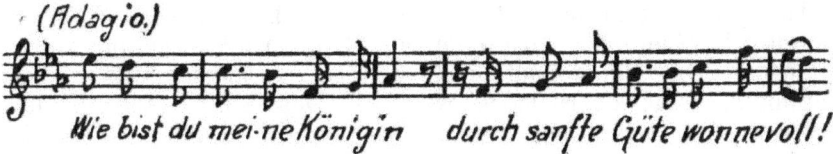

(Adagio.)
Wie bist du mei-ne Königin durch sanfte Güte wonnevoll!

Hier fühlt man, daß ein schönes Gedicht eine Melodie geheimnisvoll in sich schließt, daß der Tonsetzer sie zu finden wußte. Über die Worte und die Töne hinaus klingt und singt es noch weiter; verborgene Gefühle werden in uns angeregt. Das Bild der Geliebten vervollkommnet sich: wir sehen sie, fühlen sie immer näher, lieben sie immer mehr, diese Königin, die ganz nur Wonne ist. Die wohligen Linien und Gänge der Musik umrahmen die Königin und locken unwiderstehlich.

Eine glatte Scheidewand zwischen den Welten der Jugend und männlicher Reife läßt sich nicht aufrichten. Den klugen und zweifelnden Gedanken löst doch immer wieder einmal unbekümmerte Jugendfröhlichkeit erfrischend ab. Nach dem f-moll Quintett kam das G-dur-Streichsextett, ein mildes, frisches, süßklingendes Werk. Nicht ist es so ursprünglich wie das B-dur-Sextett, ein op. 36 kann kein op. 18 sein, aber wonniger Wohllaut durchzieht auch dieses Stück. Namentlich im ersten Satze, wo wagnerische Klänge anklingen. Man höre doch gleich die Stimme der ersten Geige über dem wiegenden Sekundenschritt der ersten Bratsche. Wundervolle, durch raschen Wechsel der Tonarten bedingte Klangfarben schillern da. Doch das Spiel bleibt immer thematisch begründet; die Architektur dieses Werkes ist viel feiner ausgestaltet als in op. 18; Verdoppelungen der Stimmen sind selten. Das zweite Thema tritt nicht in starken Gegensatz zum ersten, entwickelt sich aber melodischer in die Breite. Diese eigentümliche Verwandtschaft, die im Grunde keine ist, bewirkt die große Einheitlichkeit des Satzes. Der Höhepunkt liegt in der Durchführung, die von der harten Dramatik, wie sie im f-moll Quintett herrscht, nichts weiß, sondern uns nur vorübergehend auf einer milden Anhöhe ferne Gewitter erschauen läßt. Dunkles und helles Gewölk zieht von zuckenden Wetterstrahlen ab und zu beleuchtet in der Ferne vorbei. Die Reprise erneut unser herzliches Vergnügen an den Schönheiten des ersten Teils. Die anfeuernde Coda erinnert an die geschauten Wetter. Das eigensinnige Scherzo mit seinem verzierten Zweivierteltakt und seinem Presto-Trio, worin hartnäckige halbe Noten den Dreivierteltakt brechen, hat leise-magyarischen Anstrich. Munter, ja im Trio ausgelassen, gibt sich der Komponist; es liegt Glück in diesem frischen Satz, der so lustig zu Ende geht.

Das Poco-Adagio singt süßes Leid und spinnt seine wehen Empfindungen in Variationen fort. Die erste klagt in chromatischen Abstiegen über zurückhaltende Pizzicati. Brahms entwickelt die zweite Veränderung sozusagen mit Hilfe von bedeutungsvollen Pausen. Das Più animato rafft den Mut zusammen, die weiche Stimmung muß überwunden werden. Das Adagio zum Schluß vertieft das Gefühl und verklärt es zugleich durch den sanften

·Übergang von moll nach dur. Jede Note ist erfüllt von einem wohligen herbsüßen Gefühl — wie Balsam gleiten die Töne dahin, und während die Violinen in einsame Höhen entschweben, steigt das Cello still in Tiefe hinab: die weite Harmonie malt scheinbar Himmelsbläue.

Organisch schließt sich den bisherigen Sätzen das Finale an, das in der prickelnden Lebhaftigkeit des Hauptthemas sofort verrät, daß die schöne Klangwelt nun zurücktreten muß hinter dem munteren Spiel des Rhythmus. Der Neunachteltakt gibt zu den mannigfaltigsten, klugerwogenen Satz-Finessen erwünschte Gelegenheit. Man beachte vor allem die reizenden, wechselvollen Imitationen. Aus einfachen Gegensätzen baut sich der Satz im ganzen auf und eilt einem lebendigen Animato zu, welches das Werk entschieden beschließt.

Hanslick schrieb in Wien nach der ersten Aufführung des Sextettes: „Das Werk fand eine sehr ehrenvolle Aufnahme, wenn es gleich bei weitem nicht so unmittelbar ansprach und erwärmte, wie Brahms älteres B-dur-Sextett, dessen Klarheit und blühende Frische das neue Werk verdunkelt. Letzteres beginnt mit einem überaus schönen und für alle Metamorphosen der Durchführung äußerst verwendbarem Thema. Der ganze erste Satz (der bedeutendste des Werkes, ganz wie im B-dur-Sextett) verdient den Namen einer genialen Arbeit in echt beethovenschem Geiste. Edel, wahr und überzeugend, fließt dies Stück, durchhaucht von ruhiger, aber tiefer Empfindung, in Einem übersichtlichen Zuge dahin. Einige harmonische Härten gegen den Schluß hin können unsere Freude nicht stören." Hanslick rühmt dann die folgenden Sätze, namentlich das Scherzo, behauptet dann aber: „Je länger aber, desto farbloser, unsinnlicher und unfaßlicher wird die Erfindung." Er nennt das Andante „eine Art freier Variation über kein Thema." Man urteile selbst:

Hanslick fährt fort: „Im Finale vollends tritt der warme,
lebendige Pulsschlag der Musik zurück, und an seiner Stelle
hämmert mechanisch und ermüdend die graue Reflection. Das
ist ein abstraktes Musizieren, ein ruheloses Kombinieren und
Grübeln bis zum Kopfschmerz." Freilich beschließt er seine
Kritik mit der Bemerkung: „Zu groß und aufrichtig ist jedoch
unser Respekt vor Brahms, den wir für das bedeutendste Talent der
musikalischen Gegenwart halten, als daß wir dem ersten Eindruck
auch das letzte Wort zugestehen sollten. Es ist sehr möglich,
daß ein wiederholtes Hören und ein Einblick in die Partitur
(wir konnten keine auftreiben) uns die beiden letzten Sätze des
G-dur-Sextetts in einem richtigeren und günstigeren Lichte zeigen
würde."

Die Meinung über das Sextett ist seither allerdings günstiger
geworden. Wir zählen das G-dur-Sextett zu den schönsten
Werken dieser Besetzung; es könnte auch das schönste sein.
Tief eingedrungen in dieses Werk ist Elisabeth von Herzogenberg,
die in einem Briefe an Brahms folgendes schreibt: . . . „Über
das kurze Adagio geht mir nichts — man ist fast böse, daß einen
das Allegretto herausreißt, so lieblich es ist, aus dem feierlichen
cis-moll, in das man ganz versinkt; . . . An dem ersten Satze
hatte ich zuerst wegen seiner Durchsichtigkeit ein solches Vergnügen; wie dankbar ist man doch für solche lichte Klarheit der
Form, und wie liebt man die Schönheit, die sich so natürlich gibt
und so gesetzmäßig entwickelt, und dabei doch, als hätten sie
gerade diese Form als die ihr zusagendste erst sich erschaffen.
Wie erquickend ist die unromantisch unverhüllte, zweifelsohne
Art, wie Sie die Form handhaben — wie bestimmt vorbereitend
ist der ganze Überleitungsteil . . . In der Durchführung, die sich
scheinbar fast zu ernst anläßt, sind die beiden Trugschlüsse auf
E und dann auf G reizende Überraschungen." Leider spricht

106

sich die Freundin über den letzten Satz nicht so bestimmt aus. Sie meint nur, der letzte Satz habe den Klang zum vollen Verständnis am nötigsten. Die besondere Hochschätzung gerade für dieses Brahms'sche Werk findet wohl ihre sicherste Bestätigung durch ein Lob, das ein besonderer Lästerer der Brahms'schen Tonmuse ihm gespendet hat: Hugo Wolf: „Das Brahms'sche Streichsextett in G, unseres Bedünkens nach, das beste Werk, das er geschrieben . . .‟

Der letzte Satz des Sextetts wurde im Juni 1864 in Baden geschaffen, wo Brahms ja die Sommermonate über weilte. Joachim frägt ihn Anfang September: „Wann gehst Du nach Wien? Bitte, schreibe mir das, und schicke vorher von Baden aus das Wiegenlied (Joseph, lieber Joseph mein) das Du mir wieder entwandt hast; ich werde es nun nächstens brauchen.‟ Im Herbste 1864 war Brahms still nach Wien gezogen. Er schreibt von dort an Joachim: „Ich will die Sünde nicht ins neue Jahr hinübernehmen, daß ich Deinem Knaben noch immer kein freundlich ‚Glückauf‘ zugerufen habe. Du weißt aber, ich gönne und wünsche dem neuen Menschen alles mögliche Gute und Schöne, und auch das angeschaffte Christentum irrt mich nicht . . . O, das Kinderzeugen! Und unsereins macht noch Musik dazu! Könntet Ihr nicht den Sommer in Baden-Baden zubringen? Ich denke stark mir's anzugewöhnen; ja vielleicht überwintre ich nächstens da; eine große Stadt ist einem wüst, wenn man so in der Luft herum baumelt‟.

Über die Wiener Verhältnisse bemerkt Brahms in demselben Brief: „Hier ist's eigentlich recht unerquicklich. Hellmesberger, Laub katzbalgen sich, Herbeck ersäuft sich und das Publikum in Musik, und nun gar Dessoff! Ist man auch, wie ich, eigentlich ganz unbeteiligt an der Musikmacherei, man atmet doch in der Atmosphäre und kann sich ihr nicht entziehen, duftet sie auch nicht immer lieblich.‟

Kurz nach Beginn des neuen Jahres wurde Brahms aus seinem Schaffen herausgerissen: am 1. Februar starb seine Mutter. Er eilte nach Hamburg, begrub die Teure und wußte auch seinen Vater zu bewegen, der langjährigen Lebensgefährtin das letzte Geleit zu geben.

Früh im Jahr sehen wir den Meister nach diesem betrübenden Ereignis in die Arme der Natur eilen. In Lichtental bei Baden findet er eine gemütliche Stätte, die er also beschreibt: „Das Haus Lichtental Nr. 136 liegt auf einer Anhöhe, und von meinen Zimmern aus sehe ich nach drei Seiten auf die dunkel bewaldeten Berge, die schlängelnden Wege hinauf und hinab und die freundlichen Häuser.‟ Zu seiner Zeit so wird erzählt „hingen die Äste bis auf den Boden herab, was das Häuschen dem stillen Manne besonders lieb machte; . . . Das Giebelzimmer, damals die blaue Stube genannt und das daran stoßende kleine Mansardenzimmerchen, sein Schlafgemach", hatten eine „entzückend schöne Fernsicht nach drei Himmelsrichtungen."

Hier im Garten Badens fanden sich die Töne der Erinnerung an die geliebte Mutter: Brahms schrieb das Waldhorntrio op. 40. Dietrich zeigte er später einmal die Stelle „in der Nähe von Baden-Baden auf den waldigen Höhen, wo ihm zuerst das Thema des ersten Satzes dieser Komposition gekommen sei." So wie Brahms war, hatte es eine innere Bedeutung, daß er das Werk mit Naturhorn gemacht wünschte. Er schrieb einmal: „Ich danke Ihrem Herrn Hornisten sehr, daß er versucht, mein Trio auf dem Naturhorn zu blasen und Ihnen Allen wäre ich gar dankbar, wenn Sie es dabei ließen. Ich habe das Stück öfter zu meiner und anderer Freude mit Waldhorn gemacht — ich wäre aber ängstlich, es mit Ventilhorn zu hören. Ist der Bläser nicht durch die gestopften Töne gezwungen, sanft zu blasen, so sind auch Klavier und Geige nicht benötigt, sich nach ihm zu richten. Alle Poesie geht verloren und der Klang ist von anfang an roh und abscheulich. Ich meine die ersten sechzehn Takte müßten sofort überzeugen und deutlich zeigen, wie das ganze Stück zu behandeln ist. Das Ensemble verlangt allerdings einige Mühe und Nachgibigkeit und Vorsicht von den beiden Kollegen".

In seiner Jugend unter den Augen der Mutter, hatte Johannes selbst einst das Naturhorn geblasen; eine wonnig wehe Erinnerung birgt also das Trio. Dieser erzählende Zweivierteltakt mit seiner einfachen Melodie ist wie die sanfte Zusprache der Mutter. Begeistert, mit gerötetem Antlitz und leuchtenden Augen antwortet der Knabe in dem „Poco più animato." Ganz nachdrücklich dringt die Mutter am Schlusse in den Sohn. Die Rede der Mutter und des Sohnes treten umschichtig ein: das Hauptthema (Andante) erhält dreimal, das Alternativ (Poco più animato) zweimal das Wort. So gestaltet Brahms den Satz auf eigentümliche Weise, um eine Durchführung zu vermeiden, in der die Ungleichartigkeit der benutzten Instrumente — Klavier, Geige und Waldhorn — der einheitlichen Wirkung des Stückes durch ungenügende Verschmelzung der Klänge hätte hinderlich werden können. Keck und spritzig ertönt das Trio, welches ein von wahrhaft Schubertschem Wohllaut erfülltes as-moll-Trio umschließt. Seinen Höhepunkt erreicht das Werk in dem Adagio mesto. Zarter, ergreifender und dabei musikalischer konnte wohl kaum der Schmerz über den Heimgang der Mutter besungen werden. Harfentöne leiten ein und in dem gedehnten Sechsachteltakt erklingt dann die mildschmerzliche Klage in es-moll.

Dunkle Farben wechseln in weichen Dissonanzen mit einander ab.
Der Mittelsatz tönt über dem unbestimmten Tremolo ganz düster.
Dann hellt die Klage sich mählich auf — ein letztes kräftiges
Aufzucken (sf), dann klingt das knappe Stück leiser und leiser
werdend aus. Das Finale zeigt, wie der Mann mit seinem
Schmerze fertig werden muß. Munter und zuversichtlich stößt
er ins Horn und in verschiedenen Färbungen tönt das: Trara!
Trara! es geht durch Heide und Forst, immer dahin in die Weite
mit munter spornendem Hifthorn. Der Satz hält sich in knapper
Form.

Brahms schwor immer mehr zur Form. Wenn er im zweiten
Sextett den Einfluß Wagnerscher Klänge verspüren läßt, so spottet
doch die vornehme, strenge Gestaltung, die Gruppierung der Gedanken, der Bau der Sätze aller schwülstigen Formlosigkeit. Man
sprach ja sogar von Variationen ohne Thema. Brahms gründete
in der geschichtlichen Tradition, die da gezeigt hatte, was die
Form bedeutet. Seine Gedanken über das künstlerische Gestalten
wurzelten oder fanden Bestätigung in Goethes Satz: der Stoff
ist niemals neu, neu nur seine Bewältigung, seine Form. Aus
Eckermanns „Beiträgen zur Poesie" schrieb sich Brahms einst in
sein „Schatzkästlein des jungen Kreisler": „Die Form ist etwas
durch tausendjährige Bestrebungen der vorzüglichsten Meister
Gebildetes, das sich jeder Nachkommende nicht schnell genug zu
eigen machen kann. — Ein höchst törichter Wahn übelverstandener
Originalität würde es sein, wenn da jeder wieder auf eigenem
Wege herumsuchen und herumtappen wollte, um das zu finden,
was schon in großer Vollkommenheit vorhanden ist."

In Baden sollte Brahms einen neuen Apostel dieser alten
Weisheit kennen lernen. Sein Freund Allgeyer führte ihm selben
zu: Anselm Feuerbach. Feuerbach und Brahms waren sich über
die Kunst und deren Anforderungen einig. Wir finden in des
Malers „Vermächtnis" Sätze, die der Tonkünstler gesprochen
haben könnte, die sich in anderen Ausdrücken bei ihm in der
Unterhaltung oder in Briefen gelegentlich einstellten. Bei Feuerbach lesen wir: „Das echte Kunstwerk bedarf keiner Vermittlung.

Es spricht oder schweigt, je nach der Natur des Beschauers. Das echte Kunstwerk bildet uns, indem wir es genießen. Mangel an Erklärung befördert bekanntlich den Kunstgenuß sehr." — „Was ist originell? Alles und jedes in der Welt ist schon einmal dagewesen und leider fast immer besser. Was aber aus der tiefsten Seele des Menschen kommt, ist demungeachtet immer originell." — „Übertreibung im charakteristischen Ausdruck ist eine Modekrankheit. Sie entsteht aus Oberflächlichkeit und endigt mit der Karikatur. Wer nicht Kraft hat, die Wesenheit seines Gegenstandes in der Tiefe zu fassen, der holt sich ein Stück von der Außenseite und spitzt es so lange zu, bis es dem Publikum in die Augen sticht." — „Realistische Kleinkunst. Diese hat in den Augen des Publikums den Vorzug, für jedermann verständlich zu sein. Wer indes glaubt, große Kunst mit dem Verstand und angelernter Bildung zu begreifen, der ist im Irrtum. Um große Kunst nachempfinden zu können braucht es in erster Linie Herz und Phantasie. Der Verstand kann nachher kommen. Wer ein Kunstwerk gleich auf den ersten Blick zu verstehen meint, mit allem, was darum und daran und dahinter ist, der sollte etwas mißtrauisch sein und sich vorsehen. Wird es ihm aber bei dem Anschauen eines andern wohl und freudig zumute, ohne daß er weiß warum, dann möge er ruhig stehen bleiben. Es wird wohl etwas Gutes sein." — „Religion, in welcher Form sie auftritt, bleibt das ideale Bedürfnis der Menschheit. Deshalb ihre unauflösliche Verwandtschaft mit der Kunst. Ich achte den Menschen höher, der ihrer im Glück bedarf, als denjenigen, der sich im Unglück von ihr trösten läßt."

Gar viele Umstände mußten Brahms diese neue Bekanntschaft wertvoll machen: er sah einen Künstler, der gleich ihm die Herzen seiner Mitwelt nicht zu finden vermochte, dessen heilige Kunstanschauungen ihn trennten von den Götzen des Tages und ihren Adepten. Und siehe: eine hegende Mutter wachte über dem Allerheiligsten eines großen Sohnes, der nicht einmal ihr Sohn war: Henriette Feuerbach. Wie besonders leicht mußte ihm da der Gratulationsbrief fallen, den er dem Vater sandte, als dieser sich wieder verheiraten wollte.

„Geliebter Vater!

Als ich Deinen Brief öffnete und drei Seiten beschrieben fand, habe ich doch mit einigem Herzklopfen die Nachrichten erwartet, die Dich soviel schreiben ließen. Da war ich denn auch nun überrascht, aber doch vor allem überrascht, daß ich es nicht schon erwartet hatte!

Liebster Vater, tausend Segen und so heiße Wünsche für Dein Wohl, wie ich sie immer für Dich hege, begleiten Dich auch hier. Wie gern säße ich jetzt bei Dir, drückte Dir die Hand und wünschte Dir soviel Glück, wie Du es verdienst — das wäre mehr, als für ein Erdenleben nötig ist.

110

Auch dieser Schritt ist ja nur ein schönes Zeugnis für Dich und sagt, wie Du das glücklichste Familienleben verdient hast.

So kann ich denn auch einen betrübenden Gedanken nicht loswerden. Wäre es, wie es sein sollte, und wie Du es um uns verdient hast, so wohnten wir glücklich beisammen und Du hättest nie erfahren dürfen, wie das Leben öde und leer sein kann. Du weißt, weshalb ich nicht wohl in Hamburg bleiben konnte, doch hättest Du mir statt der Sache nur eine Absicht mitgeteilt, ich müßte meinem Herzen folgen und würde Dir vergelten und ersetzen, was Du entbehrst.

Doch ist es nun beschlossen, so gebe Gott seinen reichsten Segen dazu. Empfiehl mich der künftigen Mutter und sage ihr, sie könnte keinen dankbarern Sohn als mich haben, wenn sie meinen Vater glücklich macht. Ich werde sie wohl nicht kennen, denn Du schreibst ihren Namen nicht. Sie ist kinderlos?

Ich denke, und jetzt natürlich viel ernstlicher, im Dezember zu Dir zu kommen. Doch fürs erste schreibst Du noch und noch ausführlicher. Du kannst doch denken, wie mich jedes Wort interessiert, und nach wie vielen ich fragen möchte. Ob sie etwa eine Landsmännin, ob sie Kinder hat, wo sie wohnt, wie lange Du sie schon kennst usw.

Übereilen wirst Du Dich nicht — aber wie kann ich mich unterfangen, und wie kann man überhaupt einem Manne raten wollen! Du weißt ja, wie wichtig, wie schwierig der Weg ist. Und doch kann ich Dir nicht sagen, wie gern ich dort wäre und hätte sie zuerst sehen können und kennen lernen und mich der Wahl freuen. Jetzt kann ich nur Deinen Entschluß natürlich und recht finden, mich sehr bekümmern, daß wir Kinder ihn entstehen lassen konnten, und dann doch, wie natürlich, recht unruhig die Erwählte mir vorstellen.

Ich bleibe nur noch acht Tage hier, später adressiere nach Karlsruhe, beim Herrn Kapellmeister H. Levi. Aber frankiere.

Ich gehe jetzt bald in die Schweiz, wo ich in Zürich und Basel Konzert habe, dann in Karlsruhe, am 12. Dezember in Köln. Alsdann komm ich, und wohl mit Herzklopfen, nach Hamburg. Schreibe also vielleicht noch hierher. Soviel Zeit wie möglich wirst Du doch wohl warten? Das soll freilich nicht viel sein.

Sei also vielmal gegrüßt.

In herzlicher Liebe
Dein Sohn Johannes."

Die Hochzeit fand am 22. März 1866 statt. Frau Karoline und ihr Sohn Fritz Schnack gewannen das Herz des Sohnes und Bruders Johannes, der beiden zeitlebens Gutes tat, wo er nur konnte. Er unterstützte sie in jeder Beziehung und verschaffte ihnen über die Notdurft des Lebens hinaus manchen Lebensgenuß. Nur einige Zeilen an den Bruder und an die Mutter mögen von dem rührenden Verhältnis Zeugnis ablegen.

„Lieber Fritz!

Es ist aber wirklich höchste Zeit, daß wir uns einmal wieder schreiben! Ich bin nicht gerade ängstlicher Natur, und wenn jemand nicht gerade schreibt, so denke ich, es geht ihm soweit gut. So nehme ich auch gern an, daß es Euch gut, sehr gut geht — aber das sehe ich doch gern einmal schwarz auf weiß und hoffe, Du sagtest's mir nächstens recht ausführlich und Mutter sagt hoffentlich auch was dazu! . . . Nun sei aber so gut mir recht viel Gutes zu melden, namentlich von unserer lieben Mutter. Habt Ihr für den Sommer nichts besonderes vor, das sie erfreuen kann, oder das ihrer Gesundheit nützlich ist? . . ."

In einem Briefe an die Mutter heißt es:

„Nun schreibe mir aber ja, wenn Du Geld nötig hast, jetzt und hernach, wenn die Badereise los geht!"

Ein andermal schreibt Brahms:

„Habt Ihr denn sehr überflüssig Geld, oder darf ich einmal wieder schicken? Fritz soll nur brav Geld verreisen, das macht lustig und frisch..."

An einem älteren Werke erprobte Brahms von neuem die alten Leitsätze seiner Aesthetik und beschwor Erinnerungen herauf. Er hatte ehemals auch Cello lernen müssen. Die Anfänge einer Cellosonate bewegten ihn in Münster am Stein und in Hamburg. Da sollten vier Sätze zusammen gebunden werden, aber nun in Baden, als die Schlußfuge reifte, zog der Komponist aus der Fruchtgarbe das Adagio heraus.

Das Allegro non troppo beginnt gemächlich, espressivo und so romantisch, wie es dem dunklen Cello trefflich ansteht.

Dieses breitatmende e-moll erhebt sich nicht zu heftig dramatischen Akzenten, doch kräftig und bestimmt spricht eine männliche Stimme im zweiten Thema zu uns. Den Höhepunkt ersteigt die vorwärtstreibende Durchführung. In dem Allegretto quasi Menuetto grüßt uns der weich empfindungsvolle Ton Schuberts, ja Mozart steht nicht fern. Gegenüber den stakkatierten Schritten des Scherzosatzes, empfinden wir das schmeichelnde Legato des durch seine Oktavengänge besonders zart getönten Trios doppelt wohlig. Auch hier fehlen wieder die sprechenden Pausen nicht. Stürmisch fährt die, drei Themen überaus kunstvoll verbindende Fuga finale los, die sich fast zu Drohungen erhebt und schließlich zu einem rauschenden Più presto steigert. Fürwahr ein knappes Werk von edelschlankem Bau. Das Adagio vermissen wir nicht, die wir's nicht kennen. Wäre eines da, wer weiß, ob die Sonate dadurch nicht ihre unvergleichlich knappe Kraft verlöre.

Das Waldhorn-Trio probierte Brahms selbst in einem Hofkonzerte am 7. Dezember in Karlsruhe. Vorher schon, am 3. November hatte er dort in einem Museumskonzert unter Levi sein Klavierkonzert und einige Schumannstücke gespielt.

Zwischen den beiden Konzerten lag eine Fahrt in die Schweiz. Dort gab er in Basel am 19. November ein eigenes Konzert im

Brahms und Reinthaler
1868

Der Brahms des Requiems

Stadtkasino. Er schreibt von Basel aus an Dietrich: „Ich bin jetzt wirklich unterwegs und muß allem Anschein nach wirklich einigen Publikümern einiges vorspielen. In Karlsruhe tat ich's mit meinem Konzert, und die Leute hatten die überraschende Freundlichkeit, ganz zufrieden zu sein, mich zu rufen, zu loben und was sonst ist."

Auch in Zürich zeigt er sich in einem Konzerte, indem er seine erste Serenade dirigierte. Dann ging es weiter nach Winterthur, wo er von seinem Verleger Rieter-Biedermann freundschaftlich aufgenommen wurde. Bei diesem in der schönen alten Villa im „Schanzengarten" verlebte Brahms wohltuende Tage. Von den Männern, die mit ihm verkehrten, sei der Kulturhistoriker Johannes Scherr, der Pianist und Komponist Theodor Kirchner und vor allem der Schriftsteller Johann Viktor Widmann genannt, den Brahms auf dieser Reise kennen gelernt hat. Widmann hat über sein Verhältnis zu Brahms reizende Erinnerungen veröffentlicht. Wir entnehmen diesen Aufzeichnungen einige charakteristische Worte über Brahms Aussehen und Charakter. „Brahms. damals im dreiunddreißigsten Lebensjahr stehend, machte mir nicht allein durch sein gewaltiges Klavierspiel, mit dem sich noch so brillante bloße Virtuosenkunst nicht vergleichen ließ, sondern auch durch seine persönliche Erscheinung sofort den Eindruck einer machtvollen Individualität. Zwar die kurze, gedrungene Figur, die fast semmelblonden Haare, die vorgeschobene Unterlippe, die dem bartlosen Jünglingsgesicht einen etwas spöttischen Ausdruck gaben, waren in die Augen fallende Eigentümlichkeiten, die eher mißfallen konnten; aber die ganze Erscheinung war gleichsam in Kraft getaucht. Die löwenhaft breite Brust, die herkulischen Schultern, das mächtige Haupt, das der Spielende manchmal mit energischem Ruck zurückwarf, die gedankenvolle, schöne, wie von innerer Erleuchtung glänzende Stirn und die zwischen den blonden Wimpern ein wunderbares Feuer versprühenden germanischen Augen verrieten eine künstlerische Persönlichkeit, die bis in die Fingerspitzen hinein mit genialem Fluidum geladen zu sein schien ... Bei jenem Mittagessen ... hatte ich sogleich Gelegenheit, in Brahms einen Mann zu finden, der nicht blos in künstlerischen und literarischen Dingen die klarsten Begriffe und festesten Prinzipien hatte, sondern auch auf anderen Gebieten jene Sicherheit der Auffassung besaß, wie sie nur dem Genius eigen zu sein pflegt, vor dessen Blick sich vieles ordnet, was uns Andere noch verwirrt."

An das zweite Karlsruher Konzert, welches Brahms am 7. Dezember hatte, schloß sich eine umständlichere Konzertreise an. Er dirigierte und spielte in Mannheim und Köln. Am 19. Dezember erzielte er hier mit seinen Variationen über ein Schumann'sches

Thema, die Hiller mit ihm spielte, und namentlich mit seinem g-moll-Quartett im Hotel Disch einen durchschlagenden Erfolg.

Von Köln ging's nach Detmold. „Ich bin vom 20. bis 28. Dezember ungefähr in Detmold und komme also zu Neujahr etwas zu Dir (Dietrich), spiele am 5. mein Konzert und habe dann Zeit zu allem möglichen. Meine Reise kann mir sehr gefallen, über Erwartung ist sie mir in jeder Beziehung erfreulich. Eigentlich ist es schade, aber die Unruhe, die sie mit sich bringt, möchte ich nicht lange genießen, und so kommt wohl bald der Schlußpunkt." In Detmold erfreute der Meister Hof, Publikum und Musiker durch mancherlei Aufführungen, wovon die A-dur-Serenade besonders gefiel. Den Abschluß machte das Konzert in Oldenburg, wo Brahms sein d-moll-Klavierkonzert, das Horntrio und das zweite Klavierquartett vortrug.

So nahe der Heimat konnte Brahms Hamburg nicht vorbeigehen, zumal er ja die Stiefmutter kennen zu lernen begierig war. Lange blieb er freilich nicht; er eilte nach Karlsruhe. In der ruhigen Residenz führte er einige Zeit ein stilles Leben, um ein großes Werk zu schreiben: das Requiem.

Ein deutsches Requiem

Wenige Werke von Brahms sind so allmählich entstanden, wie das Requiem; wir kennen freilich den Werdegang nicht genau. Robert Schumann dachte schon daran, ein deutsches Requiem zu komponieren. Er mag mit Brahms darüber gesprochen haben. Den Text des Requiems hatte sich Brahms schon vor Jahren — wir stehen im Jahre 1866 — in Hamburg aufgezeichnet. In Karlsruhe treten auf einmal, die schon früher verfaßten beiden ersten Sätze des Werkes ans Licht. Ein dritter wurde jetzt hinzukomponiert. Der Plan umfaßte aber noch weitere, wie jenes Textblatt zeigt. Im Kopfe war auch gewiß schon mehr ausgeheckt, als auf dem Papiere stand, zur Zeit da Brahms Karlsruhe verließ, um in die Schweiz zu gehen.

Am 16. April trat er noch in einem Hofkonzert auf. Darauf reiste er, noch bevor der dritte Satz des Reqiems ganz zu Papier gebracht war, in die Schweiz. Dort bezog er eine „Komponier-höhle" auf dem Züricher Berge, nachdem er Rieter wiederum einen Besuch abgestattet. Billroth schreibt: „Brahms wohnt oben in Fluntern." Hier oben inmitten der blauenden Runde schrieb er am Requiem weiter. Drunten in Zürich fand er Erholung im Kreise anregender Freunde, dem der geistvolle Theodor Billroth angehörte. Bei diesem so hervorragenden Chirurgen und Musik-kenner wurde sehr viel musiziert. Er selbst spielte Klavier und Geige oder auch Bratsche und beteiligte sich manchmal an den Aufführungen im Familienkreise. Allerdings mußte er gestehen: „Ich habe die bittere Erfahrung wieder als alter Knabe machen müssen, daß es Tollkühnheit ist, in einer Branche von Kunst und Wissenschaft etwas vorzutragen, wenn man den Gegenstand nicht vollständig beherrscht." Er setzt hinzu: „Außer dieser Erfahrung habe ich noch etwas gelernt, nämlich nie ein Stück in Gegenwart des Komponisten zu spielen, wenn das Stück nicht soviel wie möglich vorbereitet ist." Den Menschen Brahms lernte Billroth „immer mehr schätzen." Zwischen Billroth und Brahms herrschte

eine gewisse Seelenverwandtschaft; beide beseelte ein tief pessi-
mistischer Zug. Wir gedenken hier einiger charakteristischer
Sätze in Billroths Briefen, welche uns das Innere dieses außerordentlichen Menschen erschließen. „Ich sehe immer Nebel, trübe
Zukunft, phantastische Gestalten vor mir. Es quälen mich ewige
Skrupeln, ob ich meiner Stellung genüge . . . Übrigens arbeite
ich recht flott, und es geht mir leichter als je von statten! Mit
jedem Jahre lerne ich mehr und weiß immer weniger!“ Ein
ander Mal schreibt er: „Hätte ich die Kraft, mich in den Strudel
zu stürzen, so könnte ich vielleicht ein lustiges Leben führen.
— vielleicht! ich fürchte, auch das ist zu spät. Ich bin zur
Tugend verdammt, habe mich zu tief ins Denken und Grübeln
versenkt, und da ist es mit dem leichten, heiteren Genuß des
Lebens vorbei. Also zum tugendhaften Gelehrten verdammt!
Es bleibt mir natürlich nichts anderes übrig, als zu Hause zu
arbeiten. Das hat sehr böse Folgen. Man vertieft seine geistigen
Fähigkeiten, man führt seine Phantasie und seine ganze Ge-
dankenkraft in den höchsten Regionen menschlicher Kunst und
Wissenschaft umher; man gewöhnt sich dabei an den Umgang
mit der Natur und ihrem großen, gesetzmäßigen Gange. Mit den
Werken unserer größesten Meister ohne es zu wissen und zu
wollen, entfremden wir uns dadurch immer mehr von dem gewöhnlichen Leben. Unsere Ansprüche wachsen; das Neue inner-
halb des Kreises, in dem wir uns bewegen, wird immer geringer,
wir verlieren den Maßstab für das gewöhnliche Niveau des ge-
sellschaftlichen Umgangs, wir entwachsen ihm. Unsere Individualität wird immer ausgeprägter, wir kommen in ein Gleichge-
wicht, aus dem wir uns nicht leicht herausbringen lassen; wir
fügen uns weniger in andere und werden für andere dadurch
unumgänglicher. So werden wir immer isolierter, auch bequemer.“
Das alles könnte auch Brahms gesagt haben.

Als es zum Sommer ging, machte Brahms eine schöne Tour
durch die Schweiz, nach Bern, Thun, Interlaken, Himmelflüe,
Grindelwald, Lauterbrunnen, Mürren, Selisberg, Flüelen, Luzern.
Zug. Kleinere Fahrten unternahm er mit Kirchner, der ja ebenfalls zu den Schweizer Freunden zählte. Auch bei Wesendoncks
war Brahms oft zu Gast, und lernte durch Kirchner damals
Gottfried Keller kennen. An Dietrich berichtet er: „Ich war
bis jetzt in der Schweiz in Zürich wohnhaft . . . Ehe denn der
Sommer dahin ist, sollt Ihr doch durch einen kurzen Gruß an
mich erinnert werden . . . Mit einer Symphonie kann ich leider
nicht aufwarten, aber ein Gaudium wär mirs, wenn ich Dich,
lieber Albert, einen Tag hier hätte, um Dir mein sogenanntes
‚deutsches Requiem‘ vorzuspielen!“

Im August zog es den Meister nach dem milderen Baden.

116

Er traf am 17. in Lichtenthal in seiner blauen Stube ein. Dort weihte er zwei Monate der weiteren Arbeit am Requiem. Dann mußte er wieder die übliche Konzertreise antreten. Diesmal erschien er in Schaffhausen, Aarau, Mühlhausen und Mannheim. Ende des Monats November traf er in Wien ein. Nach kurzem Aufenthalt bei dem Ehepaar Faber, bei denen er auch den Weihnachtsabend verbrachte, mietete er sich Postgasse 6 ein. Hier in Wien fertigte er den Klavierauszug vom Requiem an.

Nachdem am 3. Februar 1867 die erste Aufführung des G-dur-Sextetts durch Hellmesberger und Genossen stattgefunden, gab der Meister am 17. März und 7. April im Saale der Gesellschaft der Musikfreunde zwei eigene Konzerte, in denen er die Händelvariationen und die Paganinivariationen sowie die Quartette „An die Heimat" und „Wechsellied zum Tanze" vorführte. Die Konzerte schlugen mächtig ein, sodaß er dem Vater schreiben konnte: „Ich hatte hier vorgestern mein erstes Konzert mit außerordentlich gutem Erfolg ... Mein Klavierspiel imponiert hier genug, und ich gebe freilich auch nicht zurück ... Ich hatte solange hier nicht gespielt, daß die Leute garnicht wußten, was sie erwarten sollten, und derweil ging's famos den Abend."

In Ungarn konzertierte er am 10. April in Preßburg und am 22. und 26. in Pest. „Ich war den Winter ein Esel, wie gewöhnlich und habe demgemäß im schönsten Frühling hier in Pest etc. Konzerte gegeben. In Pest bei 28 Grad Hitze. Der Erfolg war ein so guter in jeder Beziehung, daß ich doppelt ein Esel heißen muß, mir den Erfolg nicht rechtzeitig verschafft zu haben und bei der Gelegenheit mein Requiem losgeworden zu sein."

In diesem Sommer machte Brahms dann eine Fußtour mit seinem Vater. Johann Jakob und Mutter Karoline sollten das schöne Österreichische Land auch kennen lernen. Die Mutter blieb zu Hause. Der Vater wurde von seinem Johannes weiter herumgeführt, als ihm lieb war. Zuerst begleitete Gänsbacher das ungleiche Paar, trennte sich aber später von den beiden. Nun zeigte Brahms seinem Vater noch so manche Schönheiten: sie bestiegen den Schafsberg — Johann Jakob freilich zu Roß — und hielten sich am Mondsee und in Salzburg auf. Dieser historische Ort war Vater Brahms schon als Geburtstätte Mozarts höchst interessant. Hier trennten sich nun die Wege der Reisenden. Johann Jakob fuhr auf Wunsch des Sohnes durch Baden nach Hamburg zurück. Er war froh, wie er wieder daheim war, und hatte sich unterwegs sogar die Besichtigung des Heidelberger Schlosses geschenkt, die ihm Johannes angelegentlich empfohlen. Brahms schrieb aus Wien an Joachim: „Ich hatte durch den Besuch meines Vaters und eine kleine Reise die wir zusammen gemacht, die schönste Herzenserquickung, die ich seit langem empfunden. Nur die kleinste Freude war der Genuß, den mein Vater hatte und von allem Neuen, was er sah. Und bis dahin hatte er keinen Berg und von keinem Berg herab gesehen. Du magst also denken, daß sein Erstaunen kein geringes war; ihm war auch durchaus nicht unwichtig, daß er hier den Kaiser mit dem Pascha und in Salzburg den Kaiser mit Napoleon zusammen gesehen.

Nun sitze ich wieder hier und bleibe auch ruhig hier . . . ."

Brahms war immer noch nachhaltig mit dem Reqiem beschäftigt, das er seinen Freunden bereits mitgeteilt. Er bittet Joachim „bald möglichst, umgehend, um sein Requiem." „Ich schäme mich überhaupt, daß Du so genau hineinsehen kannst, da es gar so liederlich aussieht. Ich will es einigermaßen überkritzeln und dann für alle Fälle ausschreiben lassen." Er konnte bald mit Joachim über das Werk sprechen. Denn am 9. November gab er mit dem Freunde in Wien ein Konzert und begleitete den Geiger dann nach Graz und Klagenfurt. Am 10. Dezember spielten die beiden in Budapest. Joachim veranstaltete darnach noch in Wien drei Quartettabende und brachte bei dieser Gelegenheit das B-dur-Sextett wieder einmal zu Gehör.

Das bedeutendste Ereignis, welches freilich nicht als solches erkannt und gewürdigt wurde, fiel auf den 1. Dezember: im zweiten Konzert der Gesellschaft der Musikfreunde wurden drei Sätze aus dem „deutschen Requiem" von Johannes Brahms nach dem Manuskript aufgeführt. Hanslick faßte seine Kritik in die Worte zusammen: . . . „Die Komposition ist als eine großartige musikalische Totenfeier mehr noch für die Kirche als den Konzertsaal gedacht. Das deutsche Reqiem ist ein Werk von ungewöhnlicher Bedeutung und großer Meisterschaft. Es dünkt uns als eine der reifsten Früchte, welche aus dem Stil der letzten beethovenschen Werke auf dem Felde geistlicher Musik hervorgewachsen. Seit den Totenmessen und Trauerkantaten unserer Klassiker hat kaum eine Musik die Schauer des Todes, den Ernst der Vergänglichkeit mit solcher Gewalt dargestellt. Die harmonische und kontrapunktische Kunst, die Brahms in der Schule Sebastian Bachs erwarb und mit dem lebendigen Atem unserer Zeit durchhaucht, tritt für den Hörer ganz zurück hinter dem von rührender Klage bis zum vernichtenden Todesgrauen sich steigernden Ausdruck." Der Kritiker geht dann auf die Einzelheiten ein und beklagt sich nachdrücklich über den bekannten Orgelpunkt, welcher im dritten Satze enthalten ist. Er erzählt, jemand habe die Wirkung dieses Orgelpunktes verglichen, mit der beängstigenden Empfindung, die man beim Fahren durch einen sehr langen Tunnel habe. Schließlich berichtet er: „Während die beiden ersten Sätze des Requiems trotz ihres düsteren Ernstes mit einhelligem Beifall aufgenommen wurden, war das Schicksal

118

des dritten Satzes ein sehr zweifelhaftes. Brahms braucht sich
darum nicht zu grämen, — er kann warten. Daß eine so schwer
faßliche, nur in Todesgedanken webende Komposition keinen populären Erfolg erwartet und viele Elemente eines großen Publikums
unbefriedigt lassen wird, ist begreiflich. Aber selbst dem Widerstreben, so glaubten wir, müßte sich eine Ahnung von der Größe
und dem Ernst des Werkes beimischen und Respekt auferlegen.
Dies schien nicht der Fall bei einem Halbdutzend grauer Fanatiker
alter Schule, welche die Unart begingen, die applaudierende
Majorität und den vortretenden Komponisten mit anhaltendem
Zischen zu begrüßen. Daß ein solches Requiem auf den Anstand
und die gute Sitte in einem Wiener Konzertsaale ertönen könne,
hat uns auf das bedauerlichste überrascht."

Das Requiem mußte nun anderwärts sein Glück machen.
„Ich hatte", so schreibt Dietrich in seinen Erinnerungen, „von Brahms
die Manuskriptpartitur des Requiems erhalten und war davon auf
das Tiefste ergriffen. Sofort eilte ich damit nach Bremen zu Musikdirektor Reinthaler, der die hohe Bedeutung des Werkes erkannte,
und sich auch rasch entschloß, schon den nächsten Karfreitag
das Requiem im Dom aufzuführen." Brahms richtete folgendes
Schreiben an Reinthaler: „Ich erfahre soeben von Joachim, daß
Sie im Besitz meines deutschen Requiems sind. Darf ich Sie ersuchen, mir dasselbe jedenfalls umgehend zukommen zu lassen.
Ich erwartete es lange mit Ungeduld von Dietrich oder Joachim
zurück, und nur meine Schreibefaulheit läßt mich erst heute erfahren, daß ich es von Ihnen zu erbitten habe. Ich kann nicht
unterlassen, zu bemerken, daß es mir einigermaßen peinlich ist,
mein Werk bei Ihnen zu wissen. Es trägt noch so arge Spuren
von Flüchtigkeit und eiligem Schreiben, daß es sich nur guten
Musikern zeigen kann, die ich zugleich nachsichtige Freunde
nennen kann. Wollten Sie dies freundlichst nachträglich bemerken
und damit recht vieles einstweilen entschuldigen. Trotzdem wäre
es mir nun eine große Freude, wenn Sie mir in kurzem oder
langem Ihre aufrichtige Meinung über das Werk sagen möchten."
Reinthaler antwortete: „Ich las das Werk mit höchstem Interesse
durch, und es hat mich in tiefster Seele berührt. Für eine Aufführung schien mir hier nur der schöne Dom der geeignete Ort;
und wir haben für diesen Winter nur noch Karfreitag frei." Brahms
erwiderte: „Doch habe ich nötig, Ihnen zu schreiben, wie große
Freude mir die herzliche Teilnahme machte, mit der Sie mein
Werk gelesen. Ich anerkenne sie doppelt, seit ich das Werk
mit einigem Schrecken wiedersah und tüchtig darin herum-
wirtschaftete mit der Feder. Die Musik anlangend, habe ich
soviel mehr beantwortet, als Sie nachsichtig genug gefragt und
gesagt haben." Späterhin rät dann Brahms: „Die hiesige (teil-

weise) Aufführung (in Wien) hat mir große Lust gemacht. Lassen
Sie sich durch etwaige Berichte nicht irre machen, denn es ging,
namentlich bei den Orchesterproben, gar eilig her." . . . „Das
wichtigste an der Aufführung ist nur: so viel und oft probieren
können, wie ich mag . . . Mein Werk ist doch recht schwer, und
in Bremen geht man doch bedächtiger zum hohen a hinauf als
in Wien usw." So lauten in verschiedenen Briefen, die Brahms
der Angelegenheit widmet, die verschiedenen Mahnungen: nur ja
das Werk mit Muße und Andacht vorzubereiten.

Im Januar reiste Brahms nach Hamburg. Von dort schreibt
er an Joachim: „Daß die Sympathie meiner Freunde hier abgenommen, kann ich wieder klagen." Man kann aus diesen Äußerungen
des Meisters und einigen Bemerkungen anderer schließen, daß
Brahms noch nicht unbedingt fest in Wien saß, und offenbar
immer noch den Gedanken hegte, bei Gelegenheit nach dem Norden,
womöglich nach Hamburg überzusiedeln. Billroth schreibt: „Man
glaubt, daß er (Brahms) zum Winter wieder her kommt." Brahms
selbst will seine Pläne offenbar nicht wahr haben, denn er schreibt
an Reinthaler: „Ich denke durchaus nicht daran, Wien zu verlassen
und nach Bremen oder sonstwohin überzusiedeln."

Jedenfalls kam er in den ersten Monaten dieses Jahres öfters
nach Bremen, um sich an den Proben für das Requiem zu beteiligen. Inzwischen unternahm er eine Konzertreise mit Stockhausen.

Die Aufführung des Requiems im Dom zu Bremen fand am
Karfreitag statt. Brahms dirigierte. Dietrich berichtet uns über
das Ereignis: „In dieser ersten Aufführung fehlte noch der Satz:
‚Ich will euch trösten.' Statt dessen sang Frau Joachim die
Arie aus dem Messias: ‚Ich weiß, daß mein Erlöser lebt', und
Joachim spielte darauf das Abendlied von Schumann; und Beide
wie schön, wie vollendet! Der Dom war nie so voll gewesen,
die Begeisterung nie so groß! Die Wirkung des wundervollen
und herrlich ausgeführten Werkes war geradezu überwältigend,
und es wurde den Zuhörern jetzt schon klar, daß das Werk zu
dem höchsten gehört, was in der Musik erschaffen worden ist.
Im altberühmten Ratskeller folgte der Aufführung eine ausge-
wählte Versammlung von Künstlern und Kunstfreunden, die sich
dort zu einer selten schönen Nachfeier vereinigten."

Reinthaler feierte das Werk und den Komponisten in längerer
Rede. Brahms antwortete mit den wenigen Worten: „Wenn ich
mir jetzt hier ein paar Worte erlaube, so muß ich zuerst sagen,
daß mir die Gabe der Rede garnicht zu Gebote steht. Es sind
aber hier so Viele unter den Versammelten, denen ich so gern ein
Wort des Dankes sagen möchte, so viel liebe Freunde, die mir
Gutes und Angenehmes erwiesen haben, und so ganz besonders

Theodor Billroth
1829—1894

Theodor Kirchner
1823—1903

ist es mein verehrter Freund Reinthaler, der sich mit solcher Aufopferung der Einstudierung meines Requiems hingegeben hat. So lege ich meinen Dank für alle auf seinem Haupte zusammen und bringe diesem ein dreifaches Hoch!" Dem Dirigenten Reinthaler, der das Werk so liebevoll aufgenommen und eifrig einstudiert, dankte Brahms dann noch in einem für ihn sehr bezeichnenden Briefe, worin es unter anderm heißt: „Nun hätte ich Dir längst die schönste Rede halten sollen auf einem viel größern Papier als diesem. Unverzeihlich, daß ich's nicht getan, denn was ich auch jetzt schreiben mag, es schaut doch nur wie eine Quittung aus ... Ich freue mich zweifach, nach Bremen zu kommen; das Schreiben ist überhaupt eine lausige Sache und gar, wenn man recht viel und recht Herzliches zu sagen hätte."

Von dem in Bremen so hoch gefeierten Komponisten, wurde auf dem Niederrheinischen Musikfest diesmal nichts aufgeführt. Trotzdem erschien Brahms und verlebte frohe Tage mit seinen Freunden; auf dem Feste wirkten Joseph und Amalie Joachim mit. Nach diesen Pfingsttagen in Köln, ließ sich der Meister für einige Zeit in Bonn häuslich nieder. „Meine Adresse ist hier: Kessenicher Weg Nr. 6, das ist eine allerliebste Gartenwohnung, in der einem, wenn sonst nichts dawider ist, ganz wohl in seiner Haut sein könnte. Ich unterbreche das Schreiben öfter, um die Tauben zu füttern, die in meinem Zimmer herumspazieren. Und wie solcher Umgang dem Manne nützlich ist, wird Deine Frau glauben einzusehen zu dürfen nicht ermangeln." So berichtet er an Reinthaler.

Neue Liederhefte gingen von hier in die Welt. Simrock erhielt op. 46 bis 49.

Die Lieder op. 32 enthielten so manchen Vers von Daumer; op. 46 beginnt mit Strophen aus Daumers „Polydora." Das Lied klingt wie eine elegische Fortsetzung jenes früheren Werkes: dort hatte die Kunst die Liebe besiegt, hier enthüllt der Sänger sein Gefühl, sein wahres:

Hier ob dem Eingang seid befestiget,
Ihr Kränze, so beregnet und benetzt
Von meines Auges schmerzlichem Erguß!
Denn reich zu tränen pflegt das Aug' der Liebe.
Dies zarte Naß, ich bitte,
Nicht allzu frühe träufelt es herab.
Spart es, bis ihr vernehmet, daß sie sich
Der Schwelle naht mit ihrem Grazienschritte,
Die Teuere, die mir so ungelind.
Mit einem Male dann hernieder sei es
Auf ihres Hauptes gold'ne Pracht ergossen,
Und sie empfinde, daß es Tränen sind;
Daß es die Tränen sind, die meinem Aug'
In dieser kummervollen Nacht entflossen.

121

Die Tränen tropfen aus den Kränzen und fallen immer schneller herab: ein wehmütiges Des-dur umschließt die veränderte Episode in cis-moll; schmerzlich klingt das Lied aus, das „ziemlich langsam“ dahinschleicht. Die Musik malt den Vorgang deutlich, wir hören in den pochenden Achteln beständig die Tränen fallen, wir sehen, wie die Hand die Kränze emporhebt, um sie zu befestigen. Und doch ist das Musik und keine Malerei. Brahms versteht es, jede Äußerlichkeit zu vermeiden, alles in echte, absolute Musik umzuwandeln. Man sieht, wie er Schubert studiert hat, der auch die malerischen Momente der Dichtung so fein musikalisch zu verwerten wußte. Wie übersinnlich die Musik die sinnlichen Andeutungen des Textes wiederzugeben und in eine geistige Sphäre zu erheben weiß, das mögen uns einige Worte Goethes erläutern, die er an den Komponisten Kayser schrieb: „Ganz recht sagen Sie von meinem Stücke, daß es gewissermaßen komponiert sei; man kann in eben dem Sinne sagen, daß es auch gespielt sei. Wenn Sie bei dem Gleichnis bleiben wollen: die Zeichnung ist bestimmt, aber das Ganze helldunkel, insofern es nicht schon in der Zeichnung liegt: die Farbengebung bleibt dem Komponisten. Es ist wahr, er kann in die Breite nicht ausweichen, aber die Höhe bleibt ihm bis in den dritten Himmel! Wie hoch haben Sie sich über den Gemeinplatz der Melodien und Melancholien des Wasserfalles und der Nachtigall erhoben!“ Brahms fand auch die Töne für ungeweinte Tränen, Tränen der Seele, möchte ich sagen, und kannte die Stimme der Nachtigall in der Menschenbrust; diese Stimme ahmt er nach, nicht den Schlag der Nachtigall im Busch.

In dem in Rede stehenden Opus 46 macht Hölty den Beschluß. Da steht das Lied „Die Schale der Vergessenheit“:

> Eine Schale des Stroms, welcher Vergessenheit
> Durch Elysiums Blumen rollt,
> Bring' o Genius, bring' deinem Verschmachtenden!

Dies heiße Liebessehnen drückte der Dichter zu antik, verbrämt durch griechische Rhythmen und komplizierte Bilder aus, als daß der Komponist ganz freie und innige Töne dafür hätte finden können. Nur zum Schluß des Liedes bei den Worten: „Ha! ... dann tauch' ich — dein Bild — tief in den Schlummerquell“, überzeugt uns die Musik. Ist aber der Ton auch etwas fern von Natürlichkeit, so glänzt und strahlt aus dem Liede doch der Widerschein des silbernen Schlummerquells und ein überirdischer Klang läßt sich vernehmen.

Wieder ganz brünstige Natur durchzieht das weitere Hölty-Lied „An die Nachtigall“: wir sehen den Apfelbaum und daran den Blütenast, darauf die Nachtigall sitzt und flötet; ihr Schall klingt hernieder mit schmelzendem Ach. Mit Naturgewalt ergreift uns die Stimmung dieses aus Herbheit und schauerndem Wonnegefühl gereimten Liedes, das in seine zwei strengen Strophen ein Spiegelbild des Lebens faßt, so tief geschaut, wie es nur Brahms gelingen konnte. Wieder ging die sinnlich warme Poesie Höltys eine vollkommene Ehe ein mit Brahms so ähnlicher Liedweise. Wie modern mutet uns Hölty in Brahms Liedern an und doch wie reizend empfinden wir den altertümlich-innigen Ton der Hainbundszeit.

Das ganze op. 46 läßt sich übrigens, wie so manche Liederreihe, die Brahms unter einer Opuszahl vereinigt, mit demselben Rechte als Zyklus singen, wie andere Zyklen, über denen ein Sammelname prangt. Auch op. 47 bildet einen solchen Kranz zusammengehöriger Lieder; die Novelle, die wie ein roter Faden die fünf Lieder durchzieht, liegt nicht allzu verborgen.

Noch immer fesselt Brahms der erotisch angehauchte Ton der Daumerschen Gedichte: „Wehe Lüftchen, lind und lieblich um die Wange der Geliebten . . ." — Der Geliebte beteuert seine „Liebesglut." Wir glauben dem Hafis-Daumer weniger als dem Hafis-Brahms — aber beide bleiben Sänger des Hafis.

Der Ton verändert sich mit dem Volksliede aus Uhland „So hab' ich denn die ganze Woche, mein feines Liebchen nicht geseh'n . . . wollte Gott, ich wär' heut' bei ihr!" Wie die Erzählung hier schlicht berichtet und dann in Verlangen übergeht! Wie ganz anders doch als beim schwülen Hafis. Und schlicht, fast steif wie im Holzschnitt zieht Brahms die Linien seines Liedes. Gleich mit derbem Akzent auf dem ersten Ton beginnt der Satz und herzlich hart klingt der Abgesang über den festen Baßoktaven. Etwas bewegtere Begleitung zeichnet uns nur das „Tausendschöne Herzelein." Gedecktes F-dur deutet die Stimmung.

Heißes Verlangen glüht in dem Liede nach Flemming „O liebliche Wangen, ihr macht mir Verlangen." Helles D-dur erfüllt den lebhaften Sechsachteltakt. Auch dies Lied setzt sofort mit dem Gesang ein; aus anderem Grunde als das vorhergehende: dort macht der schlichte Mann keine Vorrede, hier kann der Geliebte nicht warten. Die Beschleunigung im Tempo jeweils gegen Schluß der Strophen erhöht die Wirkung, und ein letzter Nachsatz mit dem Anstieg der Singstimme zum hohen a läßt das Anliegen des Liebessehnenden vollends eindringlich empfinden.

Obwohl Brahms dem Sprechgesang abhold war, und seine Lieder vorwiegend strophisch durchbildete, ging er bei der Komposition vom Texte aus, den er sich solange vorsprach und beim Spazierengehen im Ohre klingen ließ, bis sich wie von selber die dazugehörige Melodie einstellte, die man denn auch wie aus dem Texte herausgewachsen empfindet. Auch in dieser Gepflogenheit berührt sich Brahms mit seinen Vorgängern. Der Zeitgenosse und Komponist Goethes Reichardt, an den der Meister bald noch näher herantreten mußte, weil dieser schon ein Fragment aus Goethes Harzreise komponiert hatte, was Brahms ihm mit seiner Rhapsodie nachzutun beabsichtigte, hat sich schon ganz im Sinne des Meisters über die natürliche Deklamation eines Textes ausgesprochen: „Meine Melodien entstehen jederzeit aus wiederholtem Lesen des Gedichtes von selbst, ohne daß ich danach suche. Und alles, was ich weiter daran tue, ist Dieses: daß ich sie so lange mit kleinen Abänderungen wiederhole und sie nicht eher aufschreibe, als bis ich fühle und erkenne, daß der grammatische, logische, pathetische und musikalische Akzent so gut miteinander verbunden sind, daß die Melodie richtig spricht und angenehm singt, und Das nicht nur für eine Strophe, sondern für alle." Genau Brahms Rezept!

Op. 48 vereinigt sieben schlichte Lieder: zwei böhmische Texte: „Der Gang zum Liebsten" und „Gold überwiegt die Liebe", zwei Gedichte aus Des Knaben Wunderhorn: „Der Überläufer" und „Liebesklage des Mädchens", das altdeutsche: „Vergangen ist mir Glück und Heil", Goethes „Trost in Tränen" und des Grafen Schack „Herbstgefühl": „Wie wenn vom frost'gen Windhauch tödlich — des Sommers letzte Blüte prangt." Der ganze Zyklus tönt wehe, verlorene Liebe.

Einen loseren Zusammenhang haben die Lieder des neunundvierzigsten Werkes. Es verrät die Beschäftigung mit denselben Dichtern und zeigt, daß die Entstehungszeit nicht fern von den früheren Werken liegt. Noch einmal kommt Hölty mit einem Gedicht vor. Aus dem Böhmischen rührt der Text „Sehnsucht". Graf Schack bot die „Abenddämmerung". Besonders beachtenswert ist das jetzt allgemein verbreitete „Wiegenlied".

Eins der innigsten, herzzerreißendsten Lieder steht an der Spitze der Reihe: „Am Sonntag Morgen zierlich angetan, — wohl weiß ich, wo du da bist hingegangen". Hell und hart tönt das G-dur und die zerrissene Faktur der Begleitung vermehrt die Unruhe in der zitternd beginnenden Singstimme. Schrill tönt das H-dur bei den Worten „als sie mir's sagten, hab' ich laut gelacht" ... Das Wiegenlied sang Brahms seiner Bertha Prorubsky, nunmehrigen Frau Faber, die ein Kindlein geboren hatte. Bescheiden heißt es da über den Noten „An B. F. in Wien." Ein österreichisches Volkslied, das Brahms von dem lieben Mädchen in Hamburg einmal gehört „Du moanst wohl, du glabst wohl, die Liab laßt si zwinga?" hat der Meister in die Begleitung geheimnisvoll verflochten. An dem entzückenden Wiegenlied geht alles wiegend hin und her. Wir haben Dreivierteltakt. Vorsichtig schlägt die Syncope vor, womit das Terzengewoge in der rechten

Hand beginnt. Der Baß steht das ganze Lied hindurch für jeden ersten Taktschlag auf dem Grundton Es und streicht auf die beiden anderen Viertel sanft oben herab. Die Singstimme erhält punktierte Noten und die entsprechenden Kürzungen, sodaß auch da eine leichte Bewegung zu spüren ist.

Den Zyklus beschloß Brahms mit dem Liede, das am wenigsten bekannt werden sollte, mit „Abenddämmerung". Dies Lied zeigt uns den weichen Brahms, wie ihn die Zwielichtstunde wohl öfter gefunden. Weich gehen in wechselnden Tonfarben die Terzen und Sexten über still pochenden Bässen. Vergangene Seligkeiten locken leise und „Arme, die uns einst umschlossen, breiten neu sich nach uns aus" — mystisch winkt der Friede, der zur Ewigkeit leitet. Die Jugendliebe, die schwand, und die Geliebten, die nicht mehr sind, besuchen uns in milder Zwielichtstunde. Der junge Brahms verwandelt sich, die heißen, jubelnden Töne seiner Jugendzeit verblassen und machen innigeren Lauten, machen jenem magischen Schein Platz, der etwas Überirdisches an sich hat. Wir dürfen nicht vergessen, was dem Manne geschehen war: die Liebe mußte er lassen, Geliebte starben; mit Schumann begann das schneidende Leid, die Mutter war nicht mehr. Und seine Werke, sein Wirken? Dem strahlte mancher einzelne, erfreuliche Erfolg, aber die rechte Hingabe seines Volkes, aus dessen Schoß seine Musik doch geboren war, blieb noch aus. Erst das deutsche Requiem wirkte umfassender.

In jenem Frühjahr, da er in Bonn die Lieder einordnete, schrieb er den fünften Satz des Requiems zu Ende. Vorerst konnte er ihn nicht hören.

Mit einer armen, sehr jugendlichen Sängerin, die aus Wien fortgezogen, um ihrem Lehrer Stockhausen zu folgen, Rosa Girzick, konzertierte Brahms von Bonn aus in Neuenahr. Er spielte Wiener Walzer. Er gedachte wieder welche zu veröffentlichen. Schon 1865 hatte er Hanslick ein Heft Walzer gewidmet, über die der Beschenkte eine treffende Kritik schrieb. Bevor wir die Kritik aber ansehen, gedenken wir der Brahms'schen Bemerkung: „Mir sind Zueignungen von Geistesprodukten immer etwas Ernstes." Hanslick ließ sich in seinem Artikel vom August 1866 „Waffenruhe am Klavier" über die Brahms'schen Walzer also aus: „Brahms und Walzer; die beiden Worte sehen einander auf dem zierlichen Titelblatte förmlich erstaunt an. Der ernste, schweigsame Brahms, der echte Jünger Schumanns, norddeutsch, protestantisch und unweltlich wie dieser schreibt Walzer? Ein Wort löst uns das Rätsel, es heißt: Wien. Die Kaiserstadt hat Beethoven zwar nicht zum Tanzen, aber doch zu Tänzeschreiben gebracht, Schumann zu einem ‚Faschingschwank' verleitet, sie hätte vielleicht Bach selber in eine ländlerische Todsünde verstrickt. Auch die

Walzer von Brahms sind eine Frucht seines Wiener Aufenthaltes
und wahrlich von süßester Art. Nicht umsonst hat dieser feine
Organismus sich Jahr und Tag der leichten, wohligen Luft Öster-
reichs ausgesetzt — seine ,Walzer‘ wissen nachträglich davon
zu erzählen . . . Welch reizende, liebenswürdige Klänge! Wirkliche Tanzmusik wird natürlich niemand erwarten: Walzermelodie
und Rhythmus sind in künstlerisch freier Form behandelt und
durch vornehmen Ausdruck gleichsam nobilisiert. Trotzdem stört
darin keinerlei künstelnde Affektation, kein raffiniertes, den Totaleindruck überqualmendes Detail — überall herrscht eine schlichte
Unbefangenheit, wie wir sie in diesem Grade kaum selbst erwartet
hätten. Die Walzer, sechzehn an der Zahl, wollen in keiner
Weise großtun, sie sind durchwegs kurz und haben weder Einleitung noch Finale. Der Charakter der einzelnen Tänze nähert
sich bald dem schwunghaften Wiener Walzer, häufiger dem be-
häbig wiegenden Ländler, mitunter tönt wie aus der Ferne ein
Anklang an Schubert oder Schumann. Gegen Ende des Heftes
klingt es wie Sporengeklirr, erst leise und wie probierend, dann
immer entschiedener und feuriger — wir sind, ohne Frage, auf
ungarischem Boden . . . Das ganze in seiner durchsichtigen Klarheit zählt zu jenen echten Kunststücken, die keinem auffallen und
jedermann entzücken. Das Brahmssche Heft erläßt dem Spieler
jedwede Bravour oder Anstrengung, appelliert aber an ein feines
musikalisches Gefühl.“

Nun aber kam Brahms offenbar vom Wiener Walzer nicht
sobald mehr los. Die Liebesliederwalzer reiften.

Im Herbst vereinigte eine Schweizerreise Brahms nochmals
mit seinem Vater. Zuvor zeigte ihm Johannes das Heidelberger
Schloß, dann eilten die beiden in die Schweiz, wo Vater Brahms
die erste, nicht öffentliche Aufführung des fünften, — der verstorbenen Mutter geweihten — Requiemsatzes zu hören bekam,
die Hegar in Zürich für den Komponisten im alten Musiksaale
beim Frauenmünster veranstaltete.

Nun gab Brahms auch diesen Satz in Stich.

Das Requiem entstand allmählich, wie ein Baum wächst.
Brahms wußte, wie gesagt, von Schumanns Plan, ein deutsches
Requiem zu schreiben. Wie nahe lag es, Robert Schumann zum
Gedenken diesen Plan auszuführen. Doch die Ausführung ver-
zögerte sich. Die Gedanken drängten zu ungestüm durcheinander; nicht alles ordnete sich der Totenmesse ein. Der Plan
wurde daher zunächst aufgegeben. Die Detmolder, Hamburger
und die erste Wiener Zeit waren der Ausführung auch nicht
günstig. Der Tod der Mutter rief all die schmerzlich-tröstlichen
Gedanken wieder wach und mahnte zur Wiederaufnahme des bereits begonnenen Werkes.

Der Text stand fest: Worte der Bibel hatte der Tonsetzer gewählt. Der übliche lateinische Messe-Text konnte nicht einfach übersetzt werden. Die Bibel bot doch noch anderen Trost. Brahms schrieb freilich an Reinthaler im Oktober 1867: „Was den Text betrifft, will ich bekennen, daß ich recht gern auch das ‚Deutsch‘ fortließe und einfach den ‚Menschen‘ setzte, auch mit allem Wissen und Willen wie zum Beispiel Evang. Joh. Kap. 3 Vers 16 entbehrte. Hinwieder habe ich nun wohl manches genommen, weil ich Musiker bin, weil ich es gebrauchte, weil ich meinen ehrwürdigen Dichtern auch ein ‚Von nun an‘ nicht abdisputieren oder streichen kann.“

Das Requiem beginnt mit einer Seligpreisung: „Selig sind, die da Leid tragen, denn sie sollen getröstet werden“. Aus Trauer kommt keine Trübsal, sondern Freude und die trägt edle Frucht. Alle Herrlichkeit des Menschen muß vergehen, aber des Herren Wort bleibt in Ewigkeit: Sein Wille geschieht und richtet uns auf. Doch: „wes sollen wir uns trösten?“ — des Himmels. „Ich will euch trösten, wie einen seine Mutter tröstet“: Wiedersehen — diese Freude soll niemand von euch nehmen. Drum gebet dem Herrn Preis und Ehre und Kraft! Wer in diesem Sinne lebt, in diesem Glauben, der ist selig im Tode, selig, selig!

Der Grundgedanke des Requiems lautet also: Selig sind die Toten — Trost aber gibt uns Lebenden die Gewißheit, daß wir die Toten wiedersehen und auch selig sein werden.

Die Schauer der Hölle, ihr Sieg und der Stachel des Todes werden hier überwunden. Eine milde, ernste und große Musik überwindet alle Schrecken des Todes.

In verhängtem F-dur und breitem Viervierteltakt hebt in der Tiefe an, der erste ernst klagende Satz: Selig sind, die da Leid tragen ... die Gewißheit der Seligkeit träuft die Musik in unser Ohr; in mildem Piano werden wir der Seligkeit mit Freude vergewissert, die uns bewegter, über Triolenbegleitung verkündet wird.

Durch verstärkten Rhythmus wird uns die eiserne Notwendigkeit im zweiten Satze, über dem es heißt: „Marschmäßig“, gezeigt; „Denn alles Fleisch, es ist wie Gras“, so singt der Chor eintönig. Mit herber Kraft wird dies Menschenschicksal nochmals fortissimo verkündet. Dann setzt ein etwas bewegterer Teil ein, von b-moll sich kehrend zu Ges-dur, mit der innigen Aufforderung in lindem Fortgang der Stimmung: „Seid nun geduldig, lieben Brüder, bis auf die Zukunft des Herrn.“ Das Sinnbild des naturgesetzlichen Morgen- und Abendregens, der alles Schwere löst, deutet uns die in Achteln schleuniger fortschreitende Begleitung. So fassen wir denn den herben Tod anders auf, wie er uns bestimmt ist; der erste Teil wiederholt sich. In B-dur hören wir von der ewigen Beständigkeit des Gotteswortes. Dies Poco

sostenuto mit seinem zuversichtlichen marcato leitet über zu dem
fugiertem Allegro non troppo, darinnen uns von der himmlischen
Freude gesungen wird: Freude, singt der Chor über drängende
Viertelsyncopen, und Sopran und Alt setzen in nachdrücklichen
Halbnoten-Syncopen ein. Der Satz ist von energischer Forte-
führung — „Schmerz und Seufzen wird weg müssen"; die Pausen
unterstützen den Nachdruck dieser knapp hervorgestoßenen Versicherung. Im letzten Abschnitt wird uns ein Anschauen der
ewigen Freude, in die wir uns im Tranquillo versenken.

Doch eines inbrünstigen Gebetes bedarf es, das der Bariton eindringlich im dritten F-dur-Satz singt: „Herr lehre doch
mich, daß ein Ende mit mir haben muß . . ." Der Chor faßt
das auf. Die Viertel drängen sich in der Begleitung zusammen
zu Triolen. Tief düster wiederholt der Bariton sein Gebet. Das
„Davon-müssen" muß begriffen werden; da doch alles im Leben
so sicher scheint, wie uns der leichter fließende Dreihalbtakt an-
deutet. Eindringlich fragt der die Stimmung vertiefende Chor:
„Wes soll ich mich trösten?" Die Allmacht antwortet majestätisch auf unerschütterlichem Grunde ruhend: „Der Gerechten
Seelen sind in Gottes Hand." Wie die Stimmen auch wogen und
wirbeln in vollem Fugato, unten dröhnt unveränderlich das D, auf
dem der gesamte Satz ruht. Wir hören hier die Ewigkeit dröhnen!

In zuversichtlichem Es-dur werden wir der Freude bewußt,
die wir genießen werden, in den lieblichen Wohnungen des Herrn.
Der Dreivierteltakt schreitet mäßig bewegt dahin. In Crescendo-
Imitation spricht der Chor das Verlangen und Sehnen der Seele aus.
Und in bewegten Achteln gehen wir über zum Lobe des Herrn.

Der lindeste Satz setzt nun in G-dur ein. Balsamischen
Trost träuft er uns in Ohr und Herz:

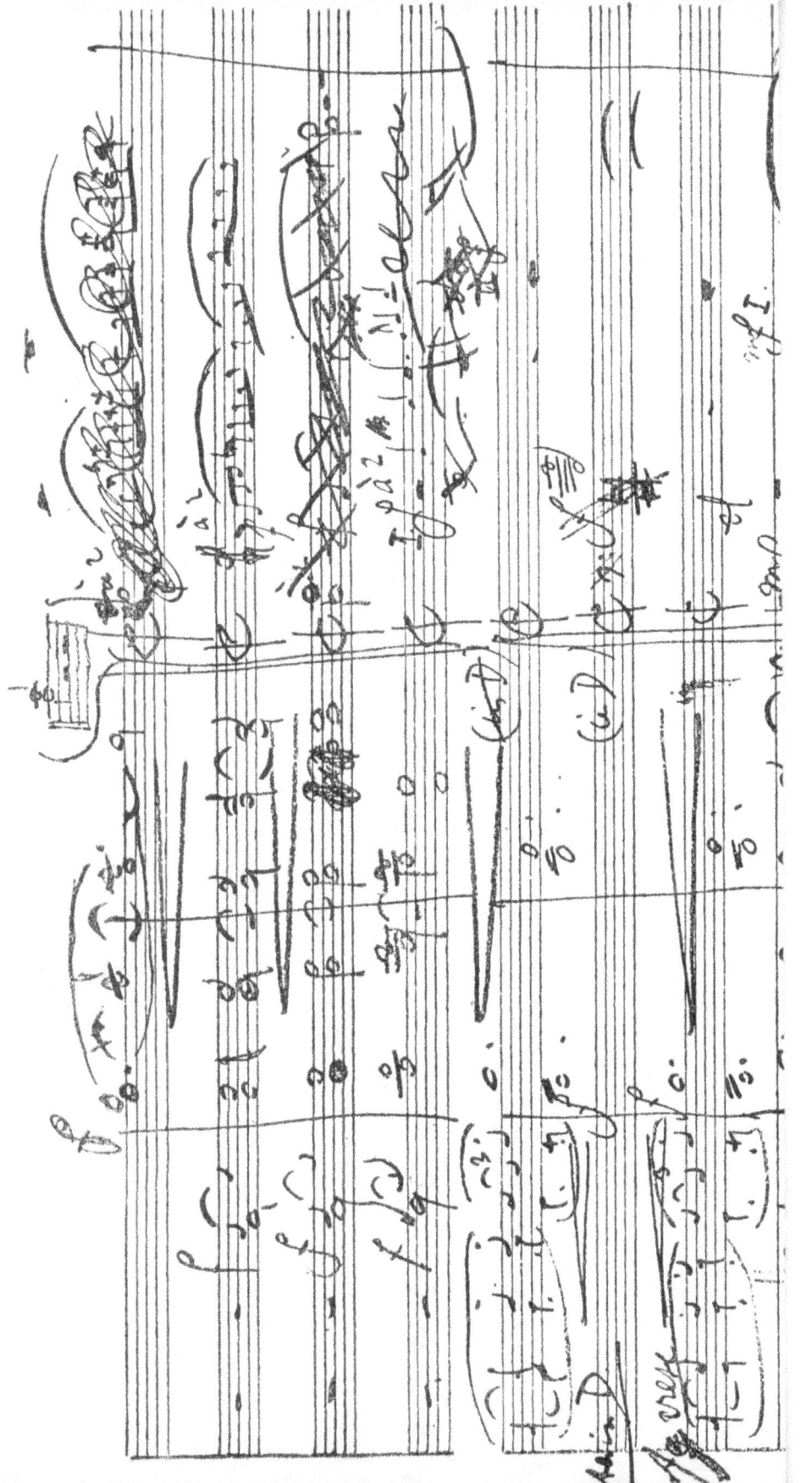

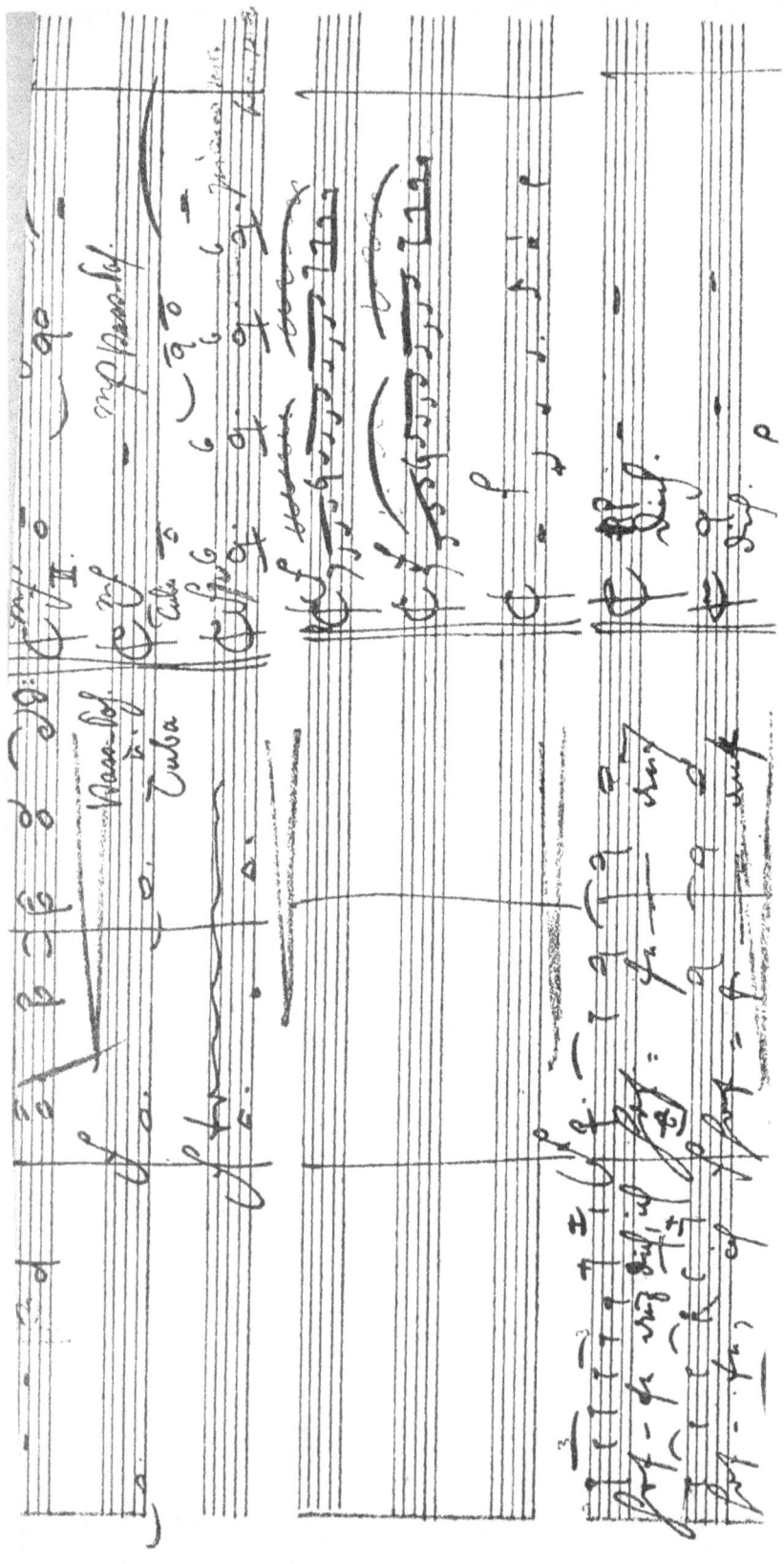

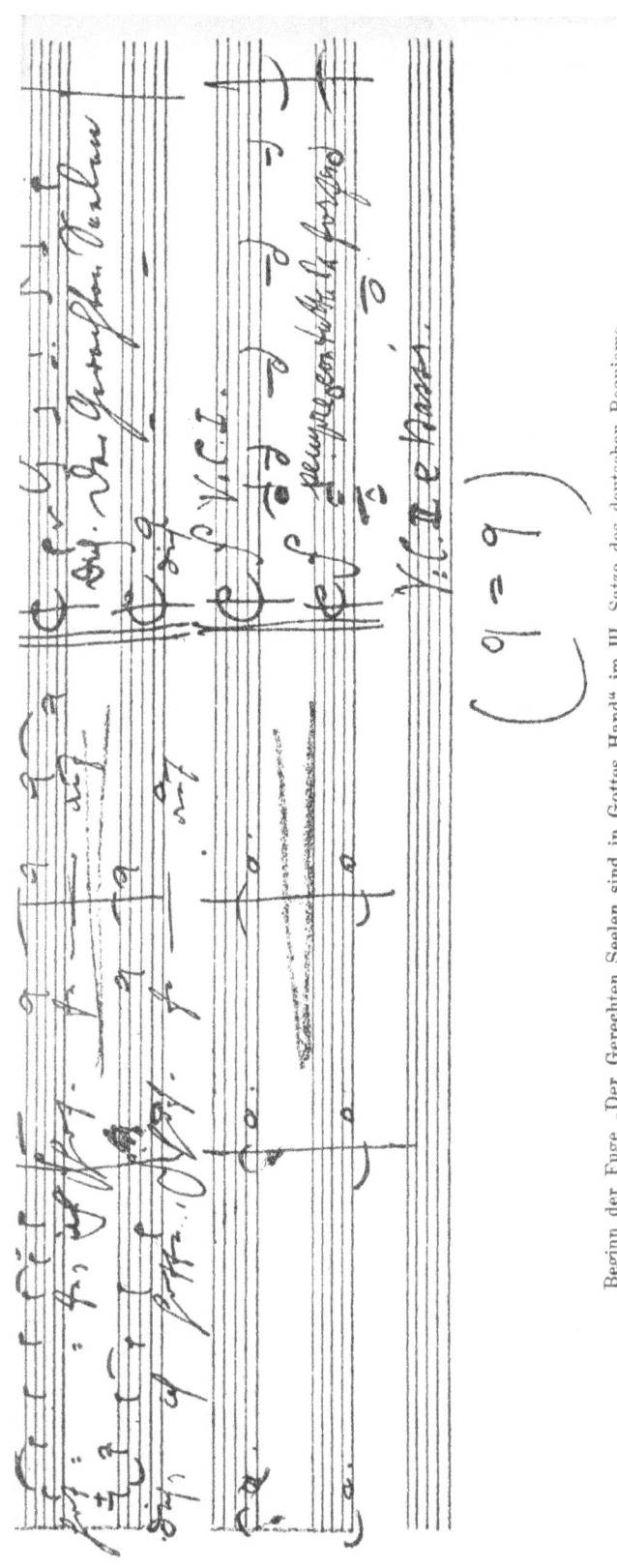

Beginn der Fuge „Der Gerechten Seelen sind in Gottes Hand" im III. Satze des deutschen Requiems
(Mit Erlaubnis der Gesellschaft der Musikfreunde in Wien.)

„aber ich will euch trösten, wie einen seine Mutter tröstet." Und dieser süße Trost heißt Wiedersehen, von dem die Sopranstimme mit innigster Hingabe singt. Das Wiedersehen winkt.

Von dem großen Mysterium singt uns der sechste Satz. Episch beginnt er über gleichmäßig fortschreitendem, gleichsam suchendem Baß: „Wir suchen die zukünftige Statt." Der Bariton verkündet in fis-moll das Mysterium: „Wir werden nicht alle entschlafen" — mächtig entwickelt sich das Tonstück — beim Schall. der letzten Posaune wird der Sieg der Hölle genommen. Nachdem diese schwere Stunde vorüber sein wird, singen wir Preis dem Herrn, dem Ehre und Kraft gebührt; eine gewaltige Doppelfuge — Allegro alla breve — die sich aus schweren Notenwerten breit aufbaut, bringt dieses Preis dem Herrn dar.

Nach diesem Lobgesang kehren wir zum Anfang zurück: wieder in F-dur singen wir: „Selig sind die Toten, die in dem sterben". Weich gebundene Achtel begleiten den feierlichen Gesang, der sich nach A-dur verklärt, zum Schluß aber wieder in das ursprüngliche F-dur mit seinen vorwärtsschiebenden Achteln zurückfindet, ausklingend in den pianissimo hinaustönenden Worten: selig, selig! — Das Werk entläßt uns mit tiefem Trost.

Es handelt sich in der Tat um ein deutsches Requiem; nicht nur weil der Text deutsch ist: der Sinn, in dem es geschaffen, ist deutscher Sinn.

Die italienischen Einflüsse, welche selbst in Bachs und Beethovens Musik nachzuweisen sind, und die namentlich in jeder Messe und jedem Requiem bisher mächtig waren, haben hier alle Geltung verloren: der Tonsatz ist rein deutsch. Die Tonsprache besitzt klassische Reinheit und Kraft.

Das Requiem bildet den ersten Höhepunkt im Brahm'schen Schaffen. Die Gestalt des Meisters wird damit historisch wirksam. Aber noch erkennen wir sie nicht völlig. Seine Entwicklung stand nicht still.

Nachdem der Heimgang der Mutter besungen war mit jenem rührenden Sopransolo: „Ihr habt nun Traurigkeit", aber „ich will euch trösten, wie einen seine Mutter tröstet", hatte Brahms den Segen seiner Kunst empfangen: ihm war Trost geworden. So konnte er sich wieder neuen Werken zuwenden. Dort in Bonn am sonnigen Rhein in linden Sommernächten raunte ihm die liebliche Erinnerung an das gemütliche Wien eine Reihe von Walzern zu. Die Liebesliederwalzer entstanden. Der Titel sagt: „Liebeslieder. Walzer für das Pianoforte zu vier Händen (und Gesang ad libitum)"; man kann danach die Walzer auch ohne Gesang spielen. Der Verleger wünschte das, der Verkäuflichkeit wegen. Im Grunde sind es Quartettlieder mit vierhändiger Begleitung. Brahms bemerkt: „Ich brauche nicht zu sagen, daß das Tempo eigentlich das des Ländlers ist: mäßig. Sonderlich die lebhaftern mäßig (c-moll, a-moll), die sentimentalern bitte nicht schleppend (Hopfenranke).“ Die „Verse“ stammen „aus Polydora von Daumer.“ Der ganze Zyklus bedeutet wieder jene Verklärung der Liebe, wobei das lebendige, sinnliche Blut munter kreist, während leidenschaftliche Treue den Tonschritt nicht hemmt, — man könnte sagen: hier wird der Liebe Preis gesungen, an Ehe denkt niemand. Im Ländlertempo beginnt der Reigen: „Rede, Mädchen, allzu liebes!“ Zärtlich legt der Liebhaber seinen Arm um das Mädchen. Mit harnäckigem Rhythmus „rauscht die Flut am Gesteine.“ Auf E-dur folgt a-moll. Nach B-dur wendet sich das dritte Lied „O die Frauen, wie sie Wonne tauen!“ Die ganze Weichheit dieser Wonne liegt im Tonsatz eingeschlossen. Wie Bilder gleiten dann Nr. 4 und 5 vorüber; wir sehen, wie die Hopfenranke sich schlängelt. Das Vöglein hüpft zierlich auf den Bäumen (grazioso Nr. 6). Das siebente (Sopransolo), achte und neunte Lied gehören in ihrem weichen Gefühlston enger zusammen. Malerisch deutet uns wieder Nr. 10 den Text an: „Wie sanft die Quelle sich durch die Wiese windet.“ Dramatisch entwickelt sich Nr. 11 „Nein, es ist nicht auszukommen mit den Leuten — alles wissen sie so giftig auszudeuten.“ Nr. 12 bringt den Nachklang dazu. Wie schwirrendes Flügelschlagen klingt das innige Duett Nr. 13. Und mit überraschender Naturwahrheit hören wir in Nr. 14 die Klarheit der Welle in dem Es-dur-Duett von Tenor und Baß. Schluchzende Nachtigallentöne erfüllen das fünfzehnte Lied, während der kraftvolle sechzehnte Walzer uns aus dem dunkeln Schacht der Liebe zu retten trachtet. Mild schmeichelt das Solo der Nr. 17 in wohligem Des-dur. Einen flotten und doch nachdenklichen Epilog bringt das achtzehnte Lied: „Wie das Gesträuch erbebet, so die Seele mein.“ All diese verschiedenen Liebesstimmungen fing Brahms in Walzer ein — nur deshalb konnte es gelingen, weil die Liebe des Menschen Herz beschwingt, sodaß es gern singt und tanzt. — Und Liebende sind niemals böse. „Ich glaube,“ meint Brahms, „wer meine Musik überhaupt mag, wird diese (Walzer) mit einigem Behagen sehen.“

Es wäre indes Brahms ernstem Sinne nicht genug geschehen, wenn er nur diese Walzerlieder gesungen hätte. In seinen Ohren klang wieder eine Altstimme, wie er sie zeitlebens geliebt, und sang ihm ein tiefes Lied. Wir müssen uns Brahms immer wieder einmal in Bücher vertieft vorstellen. Ehemals hatte er sich Verse ausgeschrieben und eine Sammlung von Sprüchen angelegt; die Bücher blieben ihm niemals stumm. Alte und neue umgriff seine Hand und öffnete sie. Und sein Auge las hingebend. Hölty, Flemming und andere Dichter gewesener Zeiten, nannte er sein, aber auch die neuen Meister kannte er. Wie hätte er Goethe nicht kennen sollen! Auch ihn las er mit dem Musikerherzen. Daß er ein Volkskinderlied mit dem Haidenröslein sang, das kann nicht wundern. Doch auch andere Lieder dankte er dem Altmeister. In den Duetten op. 28 steht: „Es rauschet das Wasser" und das erste Walzerlied, das jenem op. 52 vorausging war Goethes „Wechsellied zum Tanze." In op. 47 hatte er noch eben in Bonn als Nr. 5 das Sonett „Die Liebende schreibt" eingereiht. Und in op. 48 den „Trost in Tränen". Als op. 50 sollte der in Hamburg komponierte Rinaldo erscheinen. Und später kam noch dies und jenes Gedicht aus Goethe unter Brahms'sche Musik; den „Gesang der Parzen" für sechsstimmigen Chor und Orchester müssen wir jetzt schon erwähnen. Auch wollen wir darauf hinweisen, daß die Nachzügler der Liebesliederwalzer, die als op. 65 erschienen mit einem Goethetext schließen: „Zum Schluß": „Nun, ihr Musen, genug!"

Welcher Musiker drückte nicht Goethes Lieder begeistert in die Hand! Und legt sie freilich, kühler geworden, wieder weg mit einem wehmütigen: „Unmöglich!". Brahms schreibt einmal an Reinthaler: „Aber auf den goethischen ‚Jäger' wäre ich begierig; ich hätte keinen Mut dazu". Brahms schürfte tiefer in Goethe als wir anderen.

Als er ihn wieder las, blieb er an der Harzreise hängen. Er, der manchen Text beschnitt, um ihn zu schärfen, konnte nicht darauf verfallen, das Gedicht ganz zu komponieren. Er bittet Hermann Deiters: „Ich erinnere, bei Ihnen ein Heft Lieder von Reichardt (möglicherweise Zelter) gesehen zu haben, in dem ein Absatz aus Goethes Harzreise (‚Aber abseits, wer ist's?') stand. Könnten Sie mir das Heft auf kurze Zeit leihen? Ich brauche kaum dazu zu schreiben, daß ich es eben komponiert, und gern die Arbeit meines Vorgängers sehen möchte. Ich nenne mein Stück (für Altsolo, Männerchor und Orchester) ‚Rhapsodie', glaube aber, daß ich diesen Titel auch schon meinem verehrten Vorredner zu danken habe."

Drei Strophen hielten Brahms fest: „Aber abseits, wer ist's?".. Zwischen den Kompositionen Reichardts und Brahms sollte es einen himmelweiten Unterschied geben: Brahms begann nicht wie jener mit dem Verse „Ach, wer heilet die Schmerzen des, dem Balsam zu Gift ward". Er nimmt sechs vielsagende Verse hinzu: „Aber abseits, wer ist's?" . . . Kann man ein Werk, einen Text mit Aber beginnen? — Wir hören in der Ferne noch die Liebeslieder klingen, da fährt ein dissonantes Sforzato in den holden Reigen: Aber abseits, wer ist's . . . Brahms frägt Reinthaler: „O, ich armer Abseiter! habe ich Dir meinen Epilog zu den ‚Liebesliedern' schon geschickt?" Die Rhapsodie ist also ein Nachklang zu den Walzern. Wir legen den Finger auf diesen psychologischen Faden, der beide Werke verknüpft und uns das Aber verständlich macht. Doch es muß auch an sich berechtigt sein, ohne daß man von dem Zusammenhang weiß. Gibt es nicht genug Augenblicke im Menschenleben, wo die ergreifende Erzählung nur mit einem herben Aber einsetzen kann? Ein solch freies Aber eröffnet die Rhapsodie — der Titel erlaubt schon diese Freiheit.

Das Werk ist so ganz Brahms Eigen, daß jede Note, jede Einzelheit interessieren könnte. Der Meister hat die Menschenstimmen nicht vergessen, die immer noch alle Instrumente tot machen. Vornan steht ein dunkler Alt mit schmerzlichem Solo, dahinter machtvoller Männerchor. Mäßige Tempi bewegen die tief erschütternde Musik, die mit herbem Leitton beginnt, das Aber des Textes „Sforzato" vorausnehmend. Rhapsodisches Adagio malt in schlichtem Viervierteltakt die Stimmung.

Poco andante dehnt nun der Alt seinen Takt über Sechsviertel aus. Espressivo-Viertel begleiten den in gehaltenen ($^3/_2$-) Noten fortschreitenden Gesang der düsteren Schmerz des Einsamen kündet:

> „Ach wer heilet die Schmerzen
> Des, dem Balsam zu Gift ward?
> Der sich Menschenhaß
> Aus der Fülle der Liebe trank?
> Erst verachtet, nun ein Verächter,
> Zehrt er heimlich auf
> Seinen eignen Wert
> In ungnügender Selbstsucht."

Wie das die Stimme bald klagend heraussingt, bald kurz vor sich hin spricht! Von Klarinetten und Hörnern werden wir zum dritten Teile übergeleitet. Mit wiederkehrendem Viervierteltakt hebt reines C-dur an. Der Männerchor setzt vierstimmig ein: pianissimo. Der Alt aber erfüllt das Adagio von Pizzicatotönen getragen vollends mit Wohllaut, der wie Balsam in unser Herz träuft:

> „Ist auf Deinem Psalter,
> Vater der Liebe, ein Ton
> Seinem Ohre vernehmlich,
> So erquicke sein Herz!"

Weiche Achtelgänge in den Stimmen, wonniger Wohllaut erquickt unser Herz.

Brahms liebte die Rhapsodie so sehr, daß er, wie Dietrich mitteilt, „sie Nachts unter sein Kopfkissen legte, um sie immer bei sich zu haben." In der Rhapsodie sind Goethe und Brahms einander begegnet. Ja, man darf kühnlich behaupten, daß nie Goethe von einem Musiker so erschöpft wurde, wie hier von Brahms.

132

Selbst Hugo Wolf, der ewige Lästerer, anerkennt das Werk:
„Die Rhapsodie für Alt, Männerchor und Orchester von Brahms
dürfte die Korybanten dieses Musikgötzen kaum in die übliche
Extase versetzt haben, da diese Komposition noch nicht auf dem
Gefrierpunkt der Phantasie und Empfindung angelangt ist, wie
die neuesten Werke dieses fleißigen Komponisten. Die Rhapsodie zählt zu dem besten, was wir von Brahms besitzen."

Die erste Aufführung der Rhapsodie fand am 3. März 1870
in Jena unter Ernst Naumann, mit der Viardot-Garcia in der
Alt-Partie statt.

Um wieder von Brahms schlichtem Leben zu reden, — da
es nicht jäh dahinstürmt wie ein Waldbach durch Gebirg und
Klüfte, sondern mählich dem Meere zufließt wie ein breiter Strom
durch weite Ebenen, — um also von diesem ruhig gleitenden
Leben zu erzählen, berichten wir von einer Konzertreise mit
Julius Stockhausen und Rosa Girzick und verfolgen den Meister
wieder einmal auf seinen sommerlichen Spaziergängen.

Im Sommer verfügte er sich nach Baden-Baden, wo er zwei
Jahre hindurch nicht gewesen. Die heißen Monate wurden durch
neues Überdenken und mit dem Feilen der fertigen Kompositionen,
der Lieder, der Rhapsodie wohl reichlich ausgefüllt. Am 12. Mai
dirigierte der Meister sein Requiem in Karlsruhe. Eine Dissonanz
in den freundschaftlichen Beziehungen zu Levi hatte ihre endliche
Auflösung gefunden.

Es schien, als ob Levi dem Meister noch näher rücken sollte:
er bekam einen Antrag an die Wiener Hofoper. Brahms riet
sehr ab. Er schrieb an den Kapellmeister: „Nun hat mich Dein
Brief soeben ganz außerordentlich überrascht, und am liebsten
würde ich die Sache mündlich besprechen. Ich kann nur in Eile
und Kürze einiges herschreiben, da ich jedoch Wien kenne, so
kann ich Dir jede Frage beantworten. Vor allem meine ich
doch ganz entschieden, daß Du kommen solltest. Und dann lauter
Abschreckungen!

Die 2500 Fl. freilich werden von K. K. Seite nicht vermehrt
werden können. (Vielleicht doch bis 3000.)

Dessoff gibt sehr viel Stunden, Herbeck, Hellmesberger etc.
müssen ein Dutzend Stellen versehen, um eine Familie ernähren
zu können.

Wie (schlecht) es um die Oper bestellt ist, weißt Du und
von Dingelstedt ist wohl kein Heil zu erwarten. Doch sind ja
treffliche Mittel da, und es läßt sich arbeiten.

Der Dirigent der Philharmonischen Konzerte wird jedes
Jahr gewählt. Dessoff ist nun durchaus und in keiner Beziehung
der rechte Mann für diese, die einzige neidenswerte Stellung in
Wien. Es sind besondere Gründe, weshalb er noch Takt schlägt,

keine Seele sagt Ja und Amen dazu. Das Orchester ist geradezu heruntergekommen durch ihn.

Kurz, diese Konzerte hättest Du im nächsten Jahr. —

Was man mit Dingelstedt und Oper anfangen könnte, weiß ich nicht. Auch hier würdest Du leicht, der Bedeutung nach, der erste.

Ob man den Titel gibt und einem von dreien mehr Gehalt, weiß ich nicht. Mir scheint recht wichtig, daß hier nur ein Gesangverein.(Herbeck) existiert. Wer zu organisieren verstünde, könnte sich einen zweiten nicht bloß zu einer (mäßigen) Erwerbsquelle machen — sondern er würde das Regiment führen, und sehr wünschenswert wäre, daß die ganze Musikmacherei hier dann ein anderes Gesicht bekäme. Und eine Lust möchte es wohl sein, hier als erster zu regieren, denn ein anderes Publikum ist hier wohl als in Karlsruhe, und was mit ihm anzufangen.

Das Publikum hier kann man gern loben, aber das Kind will gute Zucht, und seine Schulmeister hier (unsere werten Kollegen) haben beim neulichen Lisztschwindel ihre ganze Jämmerlichkeit so arg entblößt, daß ich mich schämte."

Brahms selbst hatte nur zu viel Grund, über die Wiener Musiker schlecht zu denken. Als Dessoff die D-dur Serenade machen wollte, streikten die Philharmoniker. Dessoff schrieb dem Orchester, daß er unter diesen Umständen entweder Gehorsam fordern oder nachgeben und sofort abtreten müsse. Am 12. Dezember wurde das Werk unter Brahms' eigener Leitung gespielt.

Auch sonst kam einiges von seinen Werken in diesem Winter wieder vors Publikum. Frau Clara Schumann brachte in ihrem Abschiedskonzert außer anderem auch die Liebeslieder sowie das Waldhorn-Trio zur Aufführung.

Wien hatte für seinen Brahms nun wieder einen neuen Tanz aufgespart. Ungemütlich wurde es für ihn schon wegen des notwendig gewordenen Wohnungswechsels. Zunächst ließ sich auch kein passendes Quartier finden, so daß Brahms im Hôtel zum Kronprinzen logieren mußte. Er schreibt einmal an Gernsheim: „Ich darf Ihnen den Kronprinzen an der Aspernbrücke empfehlen. Vor zwei Wintern wohnte ich selbst dort, im selben Jahr, und so zufrieden wie ich wohnten Hiller, Stockhausen, Deppe und andere dort." Endlich fand sich Ecke Ungargasse und Heumarkt „Auf der Landstraße" ein passendes Quartier.

Die Arbeiten gingen nicht recht vorwärts. Der Meister wünschte sich eine Anstellung. Er schreibt an Max Bruch: „Ich höre oder habe gelesen, daß Sie Ihre Stellung aufgegeben haben und zunächst in Berlin bleiben wollen. Daß ich mir eine Stellung, d. h. eine Tätigkeit, wünsche, versteht sich."

Diese Stellung winkte ihm nun bei der Singakademie, als Herbeck Hofkapellmeister geworden war. Brahms blieb in Erwartung der Dinge, die da kommen sollten, in Wien, aber niemand beeilte sich. So mußte er denn doch rücken. Er schreibt an seinen Freund Joachim: „An mich tritt mehr oder weniger laut die Frage wegen der Direktion der Gesellschaft (der Musikfreunde in Wien). Aber ich fürchte fast eine offizielle Anfrage und alsdann das Überlegen; denn so sehr ich mir eine derartige Tätigkeit wünschte, — diese Stellung hat gar zu viel Bedenkliches, und es wäre wohl das Gescheiteste, nicht erst zu versuchen."

Brahms reiste einstweilen nach München, wo er Rheingold und Walküre anhörte. Kurz vorher hatte Wagner seine Broschüre „Über das Dirigieren" herausgegeben, in der manche versteckte Angriffe auf Brahms enthalten waren. Wagner hatte sich darin über Brahms also geäußert: „Ganz für sich betrachtet, ist an diesen Musikern nicht viel auszusetzen; die meisten unter ihnen komponieren ganz gut. Herr Johannes Brahms war so freundlich, mir einmal ein Stück mit ernsten Variationen von sich vorzuspielen, aus dem ich ersah, daß er keinen Spaß versteht, und welches mich ganz vortrefflich dünkte. Ich hörte ihn auch in einem Konzerte anderweitige Kompositionen auf dem Klaviere spielen, was mich nun allerdings weniger erfreute — sogar mußte es mir impertinent erscheinen, daß von der Umgebung dieses Herrn aus Liszt und seiner Schule ,allerdings eine außerordentliche Technik', aber auch nichts weiter, zugesprochen wurde, während ich die Technik des Herrn Brahms, dessen Vortrag mich seiner Sprödigkeit und Hölzernheit wegen sehr peinlich berührte, so gern etwas mit dem Öle jener Schule befeuchtet gewünscht hätte, welches denn doch nicht der Tastatur selbst zu entfließen scheint, sondern jedenfalls auf einem ätherischeren Gebiete als dem der ,bloßen Technik' gewonnen wird. Alles zusammen konstatierte jedoch eine ganz respektable Erscheinung, von der man nur einzig auf natürlichem Wege nicht zu begreifen vermag, wie sie, wenn nicht zu der des Heilandes, doch wenigstens zu der des geliebtesten Jüngers desselben gemacht werden konnte; es müßte denn sein, daß ein affektierter Enthusiasmus für mittelalterliche Schnitzereien in jenen steifen Holzfiguren das Ideal der Kirchenheiligkeit zu erkennen uns verleitet hätte. Jedenfalls müßten wir uns dann wenigstens dagegen verwahren, unseren großen lebendigen Beethoven in das Gewand dieser Heiligkeit verkleidet uns vorgeführt zu bekommen, um etwa ihn, den Unverstandenen, in dieser Verunstaltung neben den aus den natürlichsten Gründen unverständlichen Schumann stellen zu können, gleichsam als ob da, wo sie keinen Unterschied bemerklich zu machen verstehen, auch wirklich gar kein Unterschied statt-

135

finde. Wie es nun mit dieser Heiligkeit im besonderen steht. deutete ich zuvor schon an . . ." Wagner machte also einige Bemerkungen über den „Heiligen Johannes" schon „zuvor", ohne den Namen zu nennen.

Weiterhin kann man noch lesen: „Man würde demnach, auf die Kunst angewendet, etwas nicht Sinnloses sagen, wenn man der eigentümlichen Enthaltsamkeitsschule des von uns besprochenen musikalischen Mäßigkeitsvereines muckerhaftes Wesen zuspräche. Treiben sich nämlich die unteren Grade dieser Schule in dem Kreislaufe des Reizes, wie ihn der Charakter gerade der musikalischen Kunst darbietet, und der Enthaltsamkeit, welche eine dogmatisch gewordene Maxime ihnen auferlegt, herum, so kann man den höheren Graden wohl ohne große Mühe nachweisen, daß hier, im Grunde genommen, nur der Genuß des den unteren Graden Verbotenen ersehnt wird. Die Liebeslieder - Walzer des Heiligen Johannes, so albern sich schon der Titel ausnimmt, könnten noch in die Kategorie der Übungen der unteren Grade gesetzt werden: die inbrünstige Sehnsucht nach der Oper jedoch, in welche schließlich alle religiöse Andacht der Enthaltsamen sich verliert, zeichnet unverkennbar die höheren und höchsten Grade aus. Könnte es hier ein einziges Mal zu einer glücklichen Umarmung der ‚Oper‘ kommen, so stünde zu vermuten, daß die ganze Schule gesprengt wäre . . ." In diesem Tone geht es weiter über den „keuschen deutschen Kunstgeist" und seinen „Heiligenschein". Sollte Wagner wirklich von der Seite eine Oper befürchtet haben? — Die Antipoden eines Brahms hatten sich keine Angriffe von dieser Seite zu versehen, denn er erschien in Gesprächen über Wagner und dessen Musik eher als deren Verteidiger denn als deren Verkleinerer, obwohl man wußte, daß er kein Wagnerianer war.

Von München aus gings ins Bayrische Gebirge und nach Salzburg. Während seines dortigen Aufenthaltes geschah die französische Kriegserklärung an Deutschland. Brahms Gedanken flogen nach Baden-Baden, wo Frau Schumann nahe der französischen Grenze lebte. Die glückliche Wendung des Krieges machte Brahms' Sorgen dann bald überflüssig.

In Wien machte seine Angelegenheit immer noch keine Fortschritte. Die Situation wurde verschärft, als Hanslick sich in der „Neuen Freien Presse" öffentlich als Brahms' Anwalt aufwarf. Die Gesellschaft der Musikfreunde gewann sich erst Hellmesberger, nach dessen schleunigem Rücktritt Anton Rubinstein als Dirigenten. Und erst als dieser das Jahr, für welches er sich verpflichtet hatte, abgesessen, kam man auf Brahms zurück. Dieser hatte nun begreiflicherweise die Lust verloren, stellte aber doch schließlich seine Bedingungen. Er schrieb zunächst:

136

1. August 1872.

„Geehrteste Herren!

Seit meiner Abreise von Wien (Ende April) erwarte ich vergebens, daß mir das, worüber wir in mündlichen Besprechungen uns geeinigt hatten, schriftlich zukommen werde, umsomehr, da ein mir früher vorgelegter Kontrakt nicht unterschrieben und durch jene Besprechungen auch durchaus umgestoßen wurde.

Im Juni und wiederholt im Juli erkundigte ich mich ebenso vergebens bei Herrn Dr. Stanthartner nach dem Verlauf dieser Sache. Ich wiederhole heute meine Bitte um möglichste Beschleunigung derselben, und sollte sie nicht im Laufe dieses Monats erledigt sein, so muß ich freilich annehmen, es sei der Direktion nicht möglich unter den besprochenen Bedingungen mir ein Dekret auszufertigen."

Seine Bedingungen waren nun folgende — es sind nur „einige Punkte, deren Aufnahme und Feststellung" Brahms nötig schien: „Die Zahl der Konzerte ist auf sechs festgestellt (die mögliche Wiederholung eines Konzertes ungerechnet).

Meine Tätigkeit schließt also (Ende April) und ist weiteres, namentlich Konzerte, zur Zeit der Ausstellung, durchaus freier und neuer Übereinkunft überlassen.

Der Beginn meiner Tätigkeit wird gerechnet von (dem Herbste ab) — (er war tatsächlich Anfang Mai).

Mein Gehalt sei 3000 Gulden und sei nicht abhängig vom Ertrag der Konzerte.

(Er soll in Terminen zahlbar sein.)

In dem früher erwähnten Schreiben ist beiden Teilen eine dreimonatliche Kündigung freigestellt. Wird ein Jahr von Mai zu Mai gerechnet, so würde ich heute schon kündigen, und es im günstigen Falle auf eine Neuwahl ankommen lassen.

Im selben Schreiben stand, daß Programm und Mitwirkende von mir vorgeschlagen und von der Direktion zu genehmigen sind. Daß ohne meine Zustimmung kein Werk anzusetzen, kein Künstler einzuladen sei, ist vielleicht nicht nötig zu sagen".

Im September 1872 erfolgte endlich die schließliche Zusage: Brahms ist Direktor der Gesellschaft der Musikfreunde.

Die künstlerische Untätigkeit, die den Meister im Frühjahr quälte, hielt nicht so lange an, als die Direktion der Gesellschaft gebraucht hatte, Brahms zum artistischen Leiter zu ernennen. In Wien hörte man wieder einige der größeren Kompositionen des Meisters. Er selbst spielte unter Dessoff mit den Philharmonikern sein Klavierkonzert in d-moll. Und, was viel mehr bedeutete, am 5. März 1871 fand die erste vollständige Aufführung des Requiems statt.

Hanslick bekehrte sich von seiner ersten, wenig günstigen Auffassung über das Werk zu nachfolgendem Zugeständnis: „Ich mußte der ersten, bruchstückweisen Aufführung dieses Werkes im Jahre 1867 gedenken und der Opposition, die es im Publikum

wie in der Kritik fand. Damals war es namentlich der lange
Orgelpunkt im dritten Satz, der, von einem Paukenwüterich er-
barmungslos gehämmert, das Publikum verdroß und eine Anzahl
grauer Fanatiker zu impertinentem Zischen begeisterte . . .
Selten habe ich ein so andächtig lauschendes, so tief ergriffenes
Auditorium gesehen. Welch seltsames Zusammentreffen, daß
knapp nacheinander, in demselben Saale Scenen aus W a g n e r s
‚Götterdämmerung‘ und B r a h m s ‚Deutsches Requiem‘ gespielt
wurden, die Hauptwerke der beiden hervorragendsten Tondichter der
Gegenwart. Größere Gegensätze in der Musik zweier Zeitgenossen
gleicher Nation sind kaum denkbar. In Brahms' Requiem sehen
wir mit den reinsten Kunstmitteln das höchste Ziel erreicht,
Wärme und Tiefe des Gemüts, bei vollendeter technischer
Meisterschaft, nicht sinnlich blendend, und doch alles so tief ergreifend; keine neuen Orchestereffekte, aber neue, große Gedanken,
und bei allem Reichtum, aller Originalität die edelste Natürlichkeit und Einfachheit . . . Man darf es heute ruhig aussprechen.
daß seit Bachs h-moll-Messe und Beethovens Missa solemnis
nichts geschrieben worden, was auf diesem Gebiete sich neben
Brahms Deutsches Requiem zu stellen vermag." Am 19. März
1871 fand dann im Akademischen Gesangverein unter Ernst Franck
die erste Wiener Wiedergabe der Alt-Rhapsodie statt.

Brahms beschäftigten inzwischen die deutsch-französischen
Kriegsereignisse aufs lebhafteste. Gleich nach dem Tage von
Sedan hatte er zur Feder gegriffen und den ersten Chor zu dem
„Triumphlied auf den Sieg der deutschen Waffen" geschrieben.
Seine Briefe verraten uns den starken Anteil, den er an den
Kriegsereignissen nahm. Er schreibt an Reinthaler: „W i e
g r o ß e Sehnsucht habe ich, nach Deutschland zu
k o m m e n! Ich darf nicht davon anfangen." Ein Brief an
Dietrich lautet: „Ich gehe nächstens nach Deutschland, ich fürchte
mich fast. Wir draußen haben uns gewöhnt, nur zu jubeln über
das, was vorgeht; Euch ist der Ernst und Schrecken dieser
schönen und großen Zeit doch entsetzlich nahe vor die Augen
getreten, und Ihr mögt etwas feierlich dreinschauen". Von
Gernsheim verlangt er dann einige Erinnerungen: „Sie können
sich denken, eine wie große Freude und Auszeichnung es mir ist,
daß man mein Requiem zur Feier der Opfer dieser großen Zeit
aufführt. Der Gedanke daran bewegt mich tief, daß ich fast
scheue, mich darüber auszusprechen . . . So denn für heute noch
einige Bitten. Ich besäße gern ein Andenken an Ihre Aufführung
und hoffe, Sie können mir als solches das betreffende Programm
noch verschaffen. Dann möchte ich wünschen, Sie hätten Gelegenheit und fänden es angemessen, den Herrschaften, die sich
mit dem schweren Werk so viele Mühe gegeben, auch von meiner

138

Seite den herzlichsten Dank zu sagen. Da haben Sie nun natürlich an sich die längste Rede zu halten! Denn Ihnen verdanke
ich ja vor allem, daß die Aufführung entschieden besser und
zweifelsohner war als es leider das Werk selbst ist." Auch im
Mai 1871 schreibt er an Gernsheim: „Jetzt komme ich zum
zweiten Mal mit der Bitte, mir ein Programm zu schaffen. Sie
werden begreifen, daß mir diese Aufführungen in diesem Jahre,
für diesen Anlaß, nicht gleichgültig sind — ich möchte gern eine
äußerliche Erinnerung, soweit dies möglich."

Im April 1871 schreibt er dann an Levi: „Hier (in Bremen)
beabsichtigt man auch eine unentgeltliche Aufführung des Requiems.
Neulich haben wir noch ein FF zum Schluß gemacht, ich habe
das als Veranlassung genommen, nach Deutschland zu gehen.
Du hast Recht, daß ich eben durchaus nach Deutschland mußte.
Ich mußte mein Teil vom Jubel haben, es litt mich nicht länger
in Wien. Ich habe nur flüchtige Minuten, aber hätte ich auch
Stunden, ich möchte nicht anfangen zu schwatzen.

Es lebe Bismarck, darin gipfle sich, was uns außer uns
bewegt."

Der stärkste Ausdruck für Brahms tiefen Anteil an dem
Kriege ist aber die Widmung des Triumphliedes. Brahms wollte
es dem Deutschen Kaiser Wilhelm I. und Bismarck gleichzeitig
zueignen. Es ließ sich natürlich nur dem einen widmen, und so
blieb Kaiser Wilhelm auf dem Titelblatt. Wir haben früher
schon gehört, daß Brahms sich wiederholt geäußert hat: „Mir
sind Zueignungen von Geistesprodukten immer etwas Ernstes".
Daß er diese eine besonders ernst genommen hat, bedarf
keiner weiteren Hervorhebung. Joachim vermittelte die Widmung. Brahms bestätigt ihm: „Die Widmungsangelegenheit ist
denn vortrefflich leicht und einfach verlaufen; ich bin Dir sehr
dankbar dafür!" An den siegreichen Kaiser schrieb der Tonkünstler:

„Allerdurchlauchtigster, Großmächtigster,
    Allergnädigster Kaiser und Herr!

Die Errungenschaften der letzten Jahre sind so groß und herrlich, daß
es demjenigen, dem es nicht vergönnt war, die gewaltigen Kämpfe für Deutsch-
lands Größe mitzukämpfen, umsomehr ein Herzensbedürfnis sein muß zu sagen
und zu zeigen: wie beglückt er sich fühlt, diese große Zeit erlebt zu haben.
    Durchaus gedrängt von diesen lebhaften Gefühlen des Dankes und der
Freude, habe ich versucht ihnen in der Komposition eines Triumphliedes Ausdruck zu geben.
    Meine Musik ist auf Worte aus der Offenbarung Johannis gesetzt, und
wenngleich wohl nicht zu verkennen, was sie feiern soll, so kann ich doch den
Wunsch nicht unterdrücken, durch ein äußeres Zeichen, womöglich durch die
Vorsetzung des Namens Eurer Majestät, die besondere Veranlassung und Absicht
dieses Werkes zu nennen.

So wage ich denn ehrfurchtsvollst die Bitte auszusprechen, Eurer Majestät das Triumphlied bei seinem Erscheinen im Druck verehrend zueignen zu dürfen.

Euer Kaiserlichen und Königlichen Majestät

alleruntertänigster

Johannes Brahms."

Brahms hatte ursprünglich beabsichtigt, ein Te deum zu schreiben. Jedenfalls konnte er nur an einen religiösen Text denken. Die Bibel, in der er so gut Bescheid wußte, bot ihm wie fürs Requiem, auch jetzt wieder einen willkommenen Text dar; er findet sich in der Offenbarung Johannis im 19. Kapitel. Brahms wählte die folgenden Worte:

Halleluja, Heil und Preis, Ehre und Kraft sei Gott unserm Herrn!

Denn wahrhaftig und gerecht sind seine Gerichte.

Lobet unsern Gott, alle seine Knechte und die ihn fürchten, beide, Kleine und Große.

Denn der allmächtige Gott hat das Reich eingenommen. Lasset uns freuen und fröhlich sein und ihm die Ehre geben.

Und ich sahe den Himmel aufgetan, und siehe, ein weißes Pferd, und der darauf saß, hieß Treu und Wahrhaftig, und richtet und streitet mit Gerechtigkeit.

Und er tritt die Kelter des Weins des grimmigen Zorns des allmächtigen Gottes.

Und hat einen Namen geschrieben auf seinem Kleide und auf seiner Hüfte also: Ein König aller Könige, und ein Herr aller Herrn.

Halleluja! Amen!

Das Werk, — es kam als fünfundfünfzigstes bei Simrock heraus, — ist für achtstimmigen Chor und Orchester mit Orgel ad libitum.

In glänzendem D-dur setzt der erste „lebhaft und feierlich" überschriebene Satz mächtig ein.

Von vornherein fallen die prächtigen, bewegten Achtel- und Sechzehntel-Gruppen auf, denen jene echt Händelsche stählerne Kraft innewohnt. Der achtstimmige Chor nimmt im achtzehnten Takt sein brausendes Halleluja auf, wir vernehmen einen deutlichen Anklang an das bekannte Lied „Heil Dir im Siegerkranz", dem wiederholt rauschende Orchesteraufstiege folgen; dieselbe klare Stimmung erfüllt das „Heil und Preis". Immer jubelnder, brausender entfaltet sich das Halleluja: die Chöre treten einander gegenüber, immer bewegter werden die Imitationen, die sogar in stürmische Sechzehntel übergehen. Dann tritt eine kurze Unterbrechung ein; der erste Chor ergreift allein das Wort. Der zweite sekundiert aber alsbald wieder, und beide vereinigen sich alsdann zu einem Animato, in dem Tonika und Dominante machtvoll herrschen. Trotz der energischen Rhythmen, die auch dem zweiten Satze eine militärische Haltung verleihen, ergeht sich dieser Teil in mehr epischem E-dur. Gottes wunderbare Fügung flöst uns Ehrfurcht ein. Eine „lebhafte" Episode nimmt das Halleluja wieder auf. Das „ziemlich langsam, doch nicht schleppend" läßt das Gefühl nachhaltiger zu Worte kommen. Die Bläser begleiten den Gesang mit der Choralmelodie „Nun danket alle Gott". Der dritte Satz enthält die eigentliche Offenbarung. Der Herold von oben — Bariton-Solo — verkündigt: „Und ich sah den Himmel aufgetan" . . . Dies Triumphlied auf den Deutschen Kaiser nimmt der Chor ebenfalls gleich auf. Aus dem Dreivierteltakt geht der Satz in den wuchtigeren Viertakt und nach A-dur über bei den Worten: „Und er tritt die Kelter des Weins des grimmigen Zorns des allmächtigen Gottes", ein energisches Fugato setzt ein, das von dem feierlich zurückhaltenden Teil „ein König aller Könige und ein Herr aller Herren" abgelöst wird. Die Gewißheit, daß wir nun diesen König besitzen, gibt diesem Teil einen immer bewegteren Schwung; wieder, wie im ersten Satze, rollen die D-dur-Gänge empor, und das Halleluja erbraust von neuem, das zu förmlichem Donner anschwillt.

Der erste Chor dieses gewaltigen Werkes erlebte seine Uraufführung in Bremen, wo Reinthaler ihn am Karfreitag, den

7. April 1871, nach dem Requiem machte. Die erste vollständige Aufführung fand am 5. Juni in Karlsruhe statt in dem Abschiedskonzert Hermann Levis, der 1871 als Hofkapellmeister nach München berufen worden war. Brahms berichtet selbst darüber (an Billroth): „Daß Sie das Konzert nicht gehört, muß ich hinterher sehr beklagen. Sie haben nicht leicht ein vornehmeres und schöneres gehört. Ich habe wohl kaum je so sehr den Eindruck gehabt, daß jeder übervoll seine Schuldigkeit tue. Jeder sang und spielte, als ob von ihm allein das Ganze abhinge, wie es denn sein muß, soll etwas vortrefflich werden. Aber das war diesmal fast lustig zu sehen und zu hören. So werde ich auch mein Lied, das doch auf größere Massen berechnet ist, doch nicht leicht mit mehr Vergnügen hören. Die Leute haben es wirklich gemacht, wie unsere Soldaten in Frankreich, wo ja auch tausend an ihrem Platz, so gut wie sonst ihrer Hunderttausend, das Beste leisteten. Das Stück trat einem so vortrefflich kühn und lebendig entgegen, ich konnte mich kaum verwundern, daß es derart zündete — aber einer zweiten Aufführung werde ich vorsichtig aus dem Wege gehen."

Wie ganz anders hat man wohl damals innerlich in das Triumphlied eingestimmt. Wenn es heute ertönt, dann fehlt dies stürmische Mitempfinden, und die Zuhörer ertragen das starke Forte und Fortissimo schwerer. Brahms selbst schreibt übrigens an Reinthaler: „Der Chor ist nur anstrengend, sonst wohl noch einzuüben. Aber weiter dürfte dem Chor natürlich dann nichts zugemutet werden!" Und ferner: „Möglichst starke Besetzung ist beim Triumpflied Nr. 1. Könnte man nicht durch Deinen Männergesangverein oder freiwillige Oldenburger helfen?"

Brahms wohnte der Bremer Aufführung bei und weilte um diese Zeit auch in Hamburg. Der 1. Mai aber sah ihn in Baden. Er fuhr am 30. April nach Karlsruhe und suchte darauf sein blaues Zimmer in Baden-Baden auf, wo er eifrig zu arbeiten begann. Ein weiteres Chorwerk gedieh in Badens Sonne: das Schicksalslied. Das brausende Meer hatte Brahms die ersten Motive zu diesem Werke vorgespielt. Schon im Jahre 1868. Dietrich erzählt: „Im Sommer kam Brahms noch einmal, um mit Reinthalers und uns einige Partien in die Umgegend zu machen. Eines Morgens fuhren wir zusammen nach Wilhelmshaven, Brahms interessierte es, den großartigen Kriegshafen zu sehen.

Unterwegs war der sonst so muntere Freund still und ernst, er erzählte, er habe früh am Morgen (er stand immer sehr früh auf) im Bücherschrank Hölderlins Gedichte gefunden und sei von dem Schicksalslied auf das tiefste ergriffen. Als wir später nach langem Umherwandern und nach Besichtigung aller interessanten Dinge ausruhend am Meere saßen, entdeckten wir bald

Brahms in weiter Entfernung, einsam am Strand sitzend und schreibend.

Es waren die ersten Skizzen des Schicksalsliedes . . . . .“

Das Werk steht mitten inne zwischen der Rhapsodie und dem Triumphliede als op. 54. Der Text stammt aus Hölderlins Hyperion. Brahms war in diesen Jahren in eine Periode der Verehrung des Griechentums, der Antike getreten. Kalbeck will den Einfluß dieser Geistesrichtung schon in der Rhapsodie verspüren. Eine solche Grundstimmung lag ja freilich auch Goethe nahe, der sich allerdings erst lange nach der Harzreise diesen Anschauungen ergab. In Hölderlins Hyperion lebt und webt ganz die unersättliche Sehnsucht nach dem Griechentum, wie sie die Dichter so lange beherrschte, mit der ein Wieland fertig zu werden glaubte, wenn er seine Romane mit griechischen Helden füllte, die geschmeidiges Deutsch sprachen. Hölderlin versetzte sich in seinem Roman Hyperion ebenfalls nach Griechenland. Im Schicksalsliede herrscht jener klare, scharfe Geist der Antike, der unerbittlich in die Abgründe des Menschendaseins hinunterleuchtet, Abgründe, davor uns ein Grausen erfaßt. Hier fand Brahms einen ihm gemäßen Vorwurf.

Auch das Schicksalslied beginnt, nicht wörtlich, doch dem Inhalte nach, mit einem „Aber“. Und dies „Aber“ wird nicht wie in der Rhapsodie gelöst, kann nicht gelöst werden. „Langsam und sehnsuchtsvoll“ hebt das Orchester in gedämpftem Es-dur an.

Die Violinen erklingen mit Sordinen und die Pauke rollt das fatale „Aber“. Die Geschichte des Werkes veranlaßt uns, als Hintergrund dieses tragischen Einleitungssatzes das Meer zu sehen, die unstete See, über die uns ein unbegreifliches Sehnen trägt. Weich und lösend, in klaren Linien, setzt der Alt ein: „Ihr wandelt droben im Licht.“ Ein überaus einheitlicher Chorsatz über zarter Begleitung schildert uns die Götterwohnungen und das Getön heiliger Saiten, wie wir sie manchmal wohl unter dem Finger einer Künstlerin erklingen hören. Eine sprechende Wieder-

143

holung dieser Worte erhöht die Wirkung der wunderbaren Stelle. Und ebenso wird uns durch Wiederholung der Worte die stille ewige Klarheit in Götterkreisen fühlbar gemacht: die Begleitung schweigt, der Chor allein singt seine Worte im Pianissimo. Das „Aber" reißt uns aus der sicheren Ewigkeit in die ungewisse Endlichkeit herab; Allegro, Dreivierteltakt, veränderte Tonfarbe: dunkles, grausiges c-moll. Ein Stürmen und Wogen im Orchester, wie wenn schwarze Wogen an die Felsen branden: „Doch uns ist gegeben, auf keiner Stätte zu ruhen." Die Wasser werfen die leidenden Menschen von Klippe zu Klippe — mit harten Pausen malt der Komponist diesen Vorgang und dehnt den jahrlangen Fall ins Ungewisse über tragische Fortissimotakte aus. Die Wiederholung läßt uns diese Gewißheit der Ungewißheit noch schauerlicher empfinden. Doch die Wasser verrauschen, das Adagio ertönt von neuem und versöhnt uns mit dem ungewissen Schicksal. Worte schweigen, die Töne üben ihren Zauber: die heiligen Saiten.

Das Bedürfnis der inneren Lösung des Zwiespaltes zwischen Sein und Nichtsein hat dem Werke eine wundervolle Rundung verliehen. Wir können bei Brahms noch öfter dies ästhetisch berechtigte Verfahren beobachten. Die Wirkung des Schicksalsliedes hängt wohl aufs innigste mit der glücklichen Form zusammen, die das Werk empfangen. Da gibt es keine überflüssige Note, eine jede steht notwendig an ihrem Orte.

Interessant sind einige Bemerkungen, die Brahms Reinthaler gegenüber über das Werk macht: „Das Schicksalslied wird gedruckt, und der Chor schweigt im letzten Adagio. Es ist eben — ein dummer Einfall oder was Du willst, aber es läßt sich nichts machen. Ich war so weit herunter, daß ich dem Chor was hineingeschrieben hatte; es geht ja nicht. Es mag so ein mißlungenes Experiment sein. Aber durch solches Aufkleben würde ein Unsinn herauskommen. Wie wir genug besprochen: ich sage ja eben etwas, was der Dichter nicht sagt, und freilich wäre es besser, wenn ihm das Fehlende die Hauptsache gewesen wäre — jetzt usw.

Aber solltest du es aufführen, so arbeite vor allem an diesem Postludium. Der Flötist muß sehr passioniert blasen, und eine Masse Geigen müssen schön klingen."

Der Meister kommt noch einmal auf dieselbe Angelegenheit zurück: „Es ist eben ein Gelegenheitsstück, und wenn man auch vielleicht auseinandersetzen kann, daß der Dichter die Hauptsache nicht sagt, so weiß ich doch nicht, ob sie denn jetzt zu verstehen. Die Karlsruher Aufführung kann mich leicht lieblich getäuscht haben." Dann ermahnt er Reinthaler nochmals in einem späteren Briefe: „Laß den Flötisten nur recht passioniert und forte blasen, die anderen Bläser hübsch pp, namentlich die Hörner beim hohen b etc."

144

Von einer Wiener Aufführung berichtet Brahms an Levi: „Mein Schicksalslied ging hier Sonntag recht schlecht. Rubinstein ist eben ein mäßiger Dirigent, und er bot mir die Leitung nicht an, folglich ließ ich das Ding laufen."

Die erste Aufführung leitete Brahms selbst am 18. Oktober 1871 in Karlsruhe im Philharmonischen Verein.

Einige Tage darauf sah man ihn wieder in Wien.

Doch die holde Sommerzeit hatte nicht nur das Schicksalslied, sondern auch neue Lieder gezeitigt. Welche lauschigen Plätze, stillen Winkel im Badener Walde, welche lieben Freunde — da waren Frau Schumann: „die Witwe auf dem Hügel" Levi, Johann Strauß, der in Baden Walzer spielte, von Brahms eifrig angehört, — zu den Liedern bewußt oder unbewußt beigetragen, ob gar die Klavierstunden, die Brahms der Engländerin Florence May gegeben, und andere Erinnerungen und Erlebnisse in den Liedern heimlich auftauchen — wer könnte das je entwirren? Brahms meldet Rieter-Biedermann von zwei Liederheften, die Levi und er für den Verleger „zusammengesucht" haben. Diese Lieder und Gesänge finden wir in Op. 57 und 58.

Der Komponist weilt immer noch bei Daumer. Op. 59, 1 enthält zwei eigene Dichtungen Daumers, eine Strophe der in „Polydora" gesammelten Übersetzungen dieses Dichters und ein Hafislied. In Op. 57, 2 stehen drei eigene Dichtungen Daumers und das „Indische" seiner Übersetzung: „Die Schnur, die Perl' an Perle reihte". Brahms verlieh den eigenen Gedichten Daumers erst den rechten Schwung, dessen sie an sich entbehren; denn ihre Sprache geberdet sich oft ungelenk und holprig und verdirbt glückliche Gedanken. Der Meister hat übrigens Daumer auch im Mai 1872 einmal in Würzburg besucht, und war überrascht, einen schrumpfenden Greis zu finden, dessen so oft und so heiß besungene Flamme auch schon ein verschrumpftes Mütterchen war; Daumer stellte es dem Tonsetzer als seine einzig geliebte Frau vor. Die Gesänge Op. 57 enthalten ihr Motto im zweiten Liede:

> Wenn du nur zuweilen lächelst,
> Nur zuweilen Kühle fächelst,
> Dieser ungemess'nen Glut —
> In Geduld will ich mich fassen
> Und dich alles treiben lassen,
> Was der Liebe wehe tut.

Glühende Sinnlichkeit durchpulst diese Gesänge, die so frisch klingen. Das Lied verklärt und bändigt jedoch die Liebesglut, die sich uns nun in kristallenen Weisen mitteilt. Schon die Taktarten der Lieder deuten auf die beschwingte Stimmung; der leicht hingleitende, schmiegende Rhythmus der Achteltakte paßt sich den sinnlich erglühten Melodien vorzüglich an. Übersehen wir auch nicht die Tonarten. Da glänzt und gleißt G-dur, Es-dur, zweimal H-dur und zweimal E-dur. — Die Fontaine plätschert so munter im letzten Gesange; sie singt das ewig bewegte Lied des Lebens, das auch uns in der Ader quillt und nach Leben verlangt. Wie traulich klingt dieser unaufhörliche, silberne Fall der Wasserstrahlen durch die stille Gartennacht. Die Melodie scheint Schubert auf Brahms vererbt zu haben.

Dem sonnig-heißen Liederzyklus steht ein regnerischer zur Seite. Die wehmütigen Stimmungen der Erinnerung und der Einkehr finden sich in den Werken 58 und 59, Liederkränzen, in die auch so verschiedene Blüten der schönen 1868er Sommerszeit in Bonn eingeflochten sind, während andere Nummern, in Op. 59, in Tutzing am Starnberger See erst im Jahre 1873 entstanden sind.

Ein leichter Ton klingt in den drei Gesängen nach Kopisch. Das vierte Lied (von M. Grohe) ist dagegen ein Meisterwerk ersten Ranges. Die Triolen dieser Begleitung in ihrem schwülen Fis-dur umfächeln uns wie die heiße Sommernachtluft, ihr glühender Odem raunt uns süße Geheimnisse zu, eindringlich wie die gehaltenen Töne des Gesanges. In lastender Breite legt sich „Schwermut" auf unsere Brust. Schwere, tiefe Akkorde rücken bleiern vorwärts. Eine wehmütige Lösung, die keine ist, bringt der Übergang in dem noch gedehnteren Vierhalbtakt: „Möcht' ich das Haupt legen in die Nacht der Nächte."

*

Immer noch dauerte die Zeit der Erwartung: Brahms mußte, bevor es zur Berufung als Direktor der Gesellschaft der Musikfreunde kam, Wien auf längere Zeit verlassen. Im Februar veranlaßten ihn beunruhigende Briefe aus Hamburg, dorthin zu gehen. Der Vater befand sich schlecht, er litt am Leberkrebs. Die letzten zehn Tage seines Lebens hat der Sohn Johannes ihm noch verschönen können. Mit größter Liebe sorgte er auch nach dem Tode des Vaters für die Stiefmutter und den Stiefbruder Fritz Schnack, der gerade damals, als der Vater starb, von der Mutter aus Rußland heimgeholt werden mußte, wo er sich bei einem Falle eine lebensgefährliche Verletzung des Rückgrats zugezogen hatte.

Brahms schrieb Ende Januar an Reinthaler: „Mein Vater ist sehr schwer erkrankt. Ich fahre morgen nach Hamburg und kann höchstens hoffen, einige Wochen noch ihn pflegen, trösten zu können, bin ich doch schon mehrmals mit dem Gedanken von ihm gegangen, ich käme wohl nur auf solchen Ruf wieder. Aber daß den beiden glücklichen Menschen nicht ein längeres Beisammensein gegönnt ist, daß er nach langem mühseligem Leben nicht länger ein behagliches Alter ausgenießen kann, wie traurig macht mich das!

Gestern Abend unterbrochen kann ich gleich sagen, daß die Nacht eine Depesche kam, und den schnelleren Fortgang der Krankheit, eine Art Leberkrebs, meldete. Ich fahre den Mittag und bin morgen Abends 8 Uhr dort. Wer weiß, unter welchen Umständen ich am 6. Februar das Lied vom Schicksal höre!"

Am 13. Februar teilte Brahms alsdann Reinthaler mit: „Mein Vater starb am Sonntag (den 11. Februar). Am Donnerstag nahm er heißen Abschied von uns — von da ab sprach er nicht mehr und ist zum Glück schmerzlos und ruhig verschieden." . . . .

Zu Pfingsten lockte Brahms das Rheinische Musikfest nach Düsseldorf. Über das Programm erfuhr man allerdings: „Johannes Brahms Triumphlied auf den Sieg der deutschen Waffen wird nun leider doch nicht . . . . . aufgeführt werden. Das Comité desselben in Düsseldorf hat sich nicht in der Lage befunden, den deutschen Komponisten die Direktion seiner Komposition zu gestatten, um dadurch nicht dem Hauptleiter des Festes, Herrn Rubinstein, zu nahe zu treten. Herr Brahms hatte sein noch ungedrucktes Werk nur unter der Bedingung zur Verfügung gestellt, daß ihm selbst die Direktion desselben überlassen werde, wie es in ähnlichen Fällen bei den niederrheinischen Festen schon öfters üblich gewesen ist und in diesem Falle bei dem patriotischen Charakter des Triumphliedes besonders angezeigt war." Brahms erzählte Levi, daß Rubinstein, wenn er sein Stück dirigiere, auch nur seines dirigieren wolle und als Leiter des Festes zurücktrete. So sei sein Stück natürlich gefallen.

Der Sommer führte Brahms wieder nach Baden. „Ich sitze nämlich wieder in meinem Häuschen auf dem Hügel und finde es sehr richtig, daß man dort hingehe, wo einem wohl war, also komme: beim Löwenwirt ist alles, wie es war, nur die jüngste Kellnerin ist aus einem Backfisch ein reizendes Mädel geworden." Der Gerufene, es war Reinthaler, folgte dem Rufe in der Tat und verlebte angenehme Tage mit Brahms in Baden. Brahms konzertierte sogar diesmal in Baden-Baden: er spielte wieder einmal Schumanns Klavierkonzert — nichts Eigenes. Nur als Komponist ließ er etwas von sich hören: die A-dur Serenade. Im Badener Badeblatt erschollen große Lobeshymnen, die der einstige Gegner Richard Pohl anstimmte.

Wie immer scharte sich ein zahlreicher Freundeskreis um

Brahms. Diesmal befand sich Hans von Bülow darunter. Und da die beiden Meister sich in dieser schönen Sommerzeit näher kamen und die gegenseitigen Sympathien sich auch auf die Kunst übertrugen, so war es nur natürlich, daß Bülow von nun an immer eifriger Brahms spielte. Schon auf seiner nächsten Tournée standen stets mehrere Brahmsche Werke auf seinem Programm; darunter befanden sich die Händel-Variationen.

Mitte September hatte diese angeregte letzte Badener Zeit ihr Ende erreicht. Brahms mußte sich in Wien seinen Direktionsaufgaben widmen. Billroth schrieb: „Brahms wird nun also die Musikvereinskonzerte dirigieren; er bereitet Händels Tedeum und ‚Saul‘ vor, zwei Bachsche Kantaten, sein Triumphlied usw. Vorläufig ist er ganz Feuer bei der Leitung des Gesangvereins und ist immer entzückt über die Stimmen und das musikalische Talent des Chors. Sind die Erfolge günstig, so wird er, glaube ich, aushalten; ein Mißerfolg kann genügen, ihn so zu deprimieren, daß er die Lust verliert.“ Brahms studierte eifrig mit seinem dreihundertköpfigen Chor, der natürlich nie vollzählig anwesend war, und gab am 10. November mittags $^1/_2$1 Uhr sein erstes Konzert. Die Hauptnummer war also Händels Dettinger Te deum. Außerdem sang der Chor a capella zwei Stücke von Isaack und Eccard. Diese mußten in dem Orgelkonzert am 15. November zur festlichen Einweihung der neuen Orgel im Gesellschaftssal, wiederholt werden. Damals phantasierte übrigens Bruckner auf der Orgel.

Schon am 8. Dezember gab Brahms wieder ein Konzert. Diesmal brachte er außer Mozarts Offertorium für achtstimmigen Chor mit Orgelbegleitung sein Triumphlied zur Aufführung. Das nächste Konzert fiel ungünstig aus. Brahms mußte einmal abklopfen, und es fielen noch andere Ungeschicklichkeiten vor. Die ferneren Konzerte zeichneten sich wieder aus. Fast immer brachte Brahms wertvolle ältere Werke zur Aufführung. Namentlich Händel und Bach wurden gepflegt. Mit eigenen Werken drängte sich der Komponist durchaus nicht in den Vordergrund. Billroth berichtete: „Brahms ist als Musikdirektor hier äußerst tätig; er hat unvergleichlich schöne Aufführungen zustande gebracht und findet bei allen, die es gut mit der Kunst meinen, vollste Anerkennung. Sein Triumphlied ist hier mit Orgel und kolossalem Chor zu einer wunderbaren Wirkung gekommen. Es gehören große Massen dazu, es ist monumentale Musik. Die Wirkung: fortgesetzte musikalische Gänsehaut jeglicher angenehmen Art, dabei alles so einfach übersichtlich, in großartigstem al fresco-Stil. Es unterliegt keinem Zweifel, daß seit Händel nichts, auch nur annähernd so Bedeutendes geschaffen ist. Im letzten Konzerte brachte Brahms eine der schwersten, noch nie aufge-

148

führten Kantaten von Bach nach Text von Luther: Christ lag in Todesbanden. Es war verdammt herbe Musik, doch stellenweise von erhabener Wirkung. Die Wiener nahmen aus den Händen eines Dirigenten, den sie so achten, wie Brahms, auch das mit liebenswürdiger Empfänglichkeit an. Zwei darauf folgende Volkslieder a capella (,In stiller Nacht' und ,Der schönste Bursch am ganzen Rhein') veranlaßten dann freilich einen Beifallssturm, der die Besorgnis des Hauseinsturzes rege machte. Der alte König von Hannover war halb toll vor musikalischem Rausch. Ich möchte wohl, daß Sie so etwas mal hier hörten; man wird wirklich ganz betrunken von der Schönheit der Klangwirkung dieses Chors, dessen An- und Abschwellen, Forte und Piano wie von einer Stimme vorgetragen wird. Brahms leitete das, wie Renz ein Schulpferd . . . . ."

Trotz der erfolgreichen Konzerte, die Brahms zu verzeichnen hatte, überging man ihn doch bei dem Schubertfeste, das zu Ehren der Wiener Weltausstellung stattfand. Desoff dirigierte; Brahms hatte die Ansicht geäußert, Schubert habe für ein Musikfest mit großem Apparate nicht die entsprechenden Werke geschrieben; deshalb hatte man ihm die Direktion nicht übertragen. Über diesen Ausgang ist Brahms kaum böse gewesen. Empfindlicher trafen ihn wohl die Vorkommnisse in Bonn bei der Robert Schumann-Feier. Man berief Joachim und Wasielewsky als Festdirigenten und vergaß Brahms, der doch das erste Anrecht darauf hatte, den verehrten Meister zu feiern. Infolgedessen entstand ein Mißton in der Freundschaft zwischen Joachim und Brahms. Brahms fiel es schwer, seinen Gefühlen unverholenen Ausdruck zu verleihen; ein ausführlicher Briefwechsel, in dem viel gesprochen, aber wenig ausgesprochen wurde, reinigte die Luft nicht. Wir führen nur einige Stellen daraus an; zunächst aus einem Briefe an Professor Heimsoeth in Bonn: „Mein Grund geht nun wohl so sehr nur mich an, daß ich vorher oder nebenbei sagen möchte: Ich weiß oder finde durchaus keine passenden Worte. Käme mir jetzt ein Gedicht vor, wie Hölderlins Schicksalslied, ich weiß nicht, wie weit es mich trotz meiner Bedenken reizen würde. Eigens für diesen Zweck einen Text machen zu lassen, halte ich nicht für möglich, und mir scheint, aus Ihrem Brief klingt dieselbe Meinung.

Falls Sie mir hier nun nicht zu helfen wüßten könnte ich freilich meinen eigentlichen Grund verschweigen — denn diesen sage ich wohl schwerlich in der Kürze klar." Joachim schreibt: „Noch bei meiner Zusammenkunft in Bonn (auf meiner Hierherreise) mit einigen Comitémitgliedern wurde mir versichert, du wolltest eine Komposition geringeren Umfanges schreiben, und so erklärte ich mich denn mit der Aufführung der Peri einver-

standen. Zu meinem Befremden kriegte ich nun hier heraus, daß
die Idee einer neuen, zu bestellenden Komposition von dir, nicht
von Frau Schumann ausging, und daß die Aufführung des
Requiems hier nichts Störendes gehabt hätte. Demgemäß schrieb
ich an Wasielewsky, daß ich an meinem ursprünglichen Programm
mit dem Requiem festzuhalten wünsche, da leider zweifelhaft
wäre, ob du Muße und Lust zur neuen Arbeit für das Fest
habest." Brahms dachte gar nicht daran, ein neues Werk zu
schreiben. Er erklärt Joachim: „Ich habe nie viel Respekt vor
Comités gehabt, diesen Winter habe ich die Gattung genauer
studieren können und muß nun bekennen, daß dein Bonner Comité ein ausgezeichnetes Exemplar ist. Sie widersprechen nicht,
aber bist du nicht sehr eigensinnig, so bringen sie mit Lügen und
Aufschieben ihren Willen durch. Ich habe den Antrag, ein neues
Stück für jenen Zweck zu schreiben, abgelehnt ....." Später
schreibt er demselben Freunde: „Über meine etwaige Direktion
des Requiems weiß ich nun wirklich nichts Rechtes zu sagen.
Ich sehe keinen Grund, warum ich es nicht dirigieren soll —
aber durchaus keinen, warum Du es nicht sollst. Nach diesem
Abzug bliebe Dir als eigentlichem Festleiter übrigens doch zu
wenig. Vielleicht gibt hier das Komité den Ausschlag, indem
es Deine Direktion wünscht, oder, da ich im Umgang mit Comités vorsichtig bin, sich mit mir nicht einigt. Wie gesagt, ich
weiß nichts Eigentliches zu sagen, und treibt Dich irgend ein
Gefühl, so tue danach."

Brahms wird aber noch deutlicher: „Diplomatisch soll ich
geschrieben haben? Geschwiegen freilich habe ich, und wo
ich viel auf dem Herzen hatte — über die Angelegenheit im
ganzen. Aber nicht diplomatisch, sondern einfach meiner schreib-
faulen Art nach. Hier drängte es wohl, sich auszusprechen; den
vielen Bedenken und — Mißdeutungen die Erinnerung an den
vortrefflichen Mann und Künstler gegenüber hochzuhalten, die Berechtigung der Feier durch ihre Art und Weise sich klarzu-
machen... Ich als Festleiter hätte vielleicht zum Schluß das Requiem von Cherubini oder was sonst gemacht. Für einen Lebenden ist ja nun eine derartige Aufführung selbstverständlich und
unter allen Umständen eine Ehre. Aber freilich eine Ehre, zu
der man sich aus ernsthaftester Bescheidenheit gern stillschweigend oder gar ablehnend verhält. Ich weiß nun durchaus nicht,
ob Du mir diese Bescheidenheit zutraust. Jedenfalls macht Bescheidenheit leicht ein albernes Gesicht und schweigt lieber —
wie ich denn auch Dir gegenüber. Aber in diesem Fall: dächtest
du der Sache und mir gegenüber einfach, so wüßtest Du,
wie sehr und innig ein Stück wie das Requiem überhaupt
Schumann gehört. Wie es mir also im geheimen Grunde ganz

selbstverständlich erscheinen mußte, daß es ihm auch gesungen würde."

Den Wiener Unannehmlichkeiten war Brahms ausgewichen. Auch die Nähe der Frau Schumann in Baden-Baden hätte ihn jetzt nach den Bonner Ereignissen bedrückt. So wandte er sich diesmal nach Tutzing an den Starnberger See. Dort am lauschigen Seegestade erklangen wieder neue Lieder; nicht nur für Singstimmen. Die Periode der großen Chorkompositionen war abgeschlossen. Sie hatte mit der größten, dem deutschen Requiem begonnen. Die Altrhapsodie, das Triumphlied und das Schicksalslied waren gefolgt. Später schrieb Brahms nur noch das Parzenlied. Jetzt bekam der Chordirigent wieder Lust, Kammermusik zu schreiben. Er fand es sogar an der Zeit, einen neuen Zweig zu pflegen: das Streichquartett.

Brahms Wohnung in Wien, Karlsgasse 4
1872—1897

Brahms Arbeitszimmer in Wien, Karlsgasse 4

Brahms Klavierzimmer in Wien, Karlsgasse 4

Drittes Buch:

Wirken

Im Zeichen des Streichquartetts.

In der Jugendzeit hatte Brahms schon ein Steichquartett geschrieben. Er hat es vernichtet, oder es ist verschollen. Mit
größtem Respekt redete und dachte Brahms jedenfalls von den
„ordentlichen Musikern", die Quartette geschrieben: Haydn, Mozart,
Beethoven, Schubert. Länger als auf anderen Kompositions-
gebieten zögerte er, bis er ernstlich Streichquartette wagte und
herausgab. Seine beiden ersten veröffentlichten Werke tragen die
Opuszahl 51. Diese Zahl lehrt, wie spät sie geschrieben sind,
und daß sie doch schon längere Zeit existierten, als die Liebeslieder (Op. 52) die Rhapsodie (Op. 53), das Schicksalslied (Op. 54)
und das Triumphlied (Op. 55). Wie lange die Quartette Brahms
schon beschäftigten, entzieht sich natürlich dem forschenden
Blicke. Was tut das auch schließlich zur Sache; Brahms hat
versichert, daß er vor diesem Op. 51 bereits 20 Quartette geschrieben. Schon im Dezember 1865 meldet Joachim aus
Hannover: „Ich weiß nicht, ob Du schon weißt, daß wir in Deiner
Vaterstadt am 16. und 18. Soirée geben. Nun bitte, antworte
s o g l e i c h auf die daraus entspringende Frage: ist Dein Streichquartett in c-moll fertig, und würdest du es für den 18. uns anvertrauen? Aus mehr als einem Grunde würde es mir Freude
bereiten, es zu bringen . . . Ich zweifle durchaus nicht, daß ich
Dein Quartett in unserer kleinen vierstimmigen Republik durch-
setze, w e n n es Dir und dann wohl auch mir sehr, g e f ä l l t."
Brahms scheute sich einstweilen, Quartette zu veröffentlichen.
Äußerst charakteristisch ist seine Bemerkung: „Es ist nicht
schwer, zu komponieren, aber es ist fabelhaft schwer, die über-
flüssigen Noten unter den Tisch fallen zu lassen". Damit stimmt
auch jener andere Ausspruch überein: „Aber desto besser man
das Schreiben versucht hat, desto leichter läßt mans wohl — bei
einem ordentlichen Kerl ist eben von versuchen nicht die Rede."
Die neuen Werke der in Rede stehenden Gattung nahm der
Meister nun wieder vor, wie sein Brief an Billroth beweist: „Ich

bin im Begriff, nicht die ersten, aber zum ersten Male Streichquartette herauszugeben."

In Tutzing und um Tutzing im Angesicht der fernragenden
Alpenwelt, am lächelnden See, im lauschigen Grün des Landes,
wurde es Brahms wieder so von Herzen wohl. Er schildert eine
kleine Szene seiner Umgebung: „Tutzing ist weit schöner als
wir uns neulich vorstellen konnten. Eben hatten wir ein prachtvolles Gewitter, der See war fast ganz schwarz, an den Ufern
herrlich grün, für gewöhnlich ist er blau, doch schöner, tiefer
blau als der Himmel. Das und die Kette schneebedeckter Berge
— man sieht sich nicht satt." Der Meister fährt aber humoristisch
fort: „Doch fühlt man leider öfters das Bedürfnis, der schönen
Natur ins Gesicht zu paffen. Wenn ihr kommt, wäre es mir lieb,
Ihr brächtet etwas französischen oder besser türkischen Tabak
für Zigaretten mit. Verse- und Notenschreiben wäre freilich fast
leichtere Versündigung."

In Tutzing fehlte sogar die künstlerische Anregung nicht, da
das berühmte Sängerpaar Vogl hier seine Felder bebaute, und
auf seinem Gute als echtes Bauernpaar lebte und arbeitete. Nach
München war es nicht weit, wo sich unter anderm freundschaft-
liche Beziehungen zu Paul Heyse anbahnten. Bei ihm verbrachte
Brahms eine flotten Pfingsttag. Heyse hatte dem Komponisten
ein Operbuch verfaßt. Wir wissen aber, daß aus der Vertonung
dieses „Ritter Bayard" nichts wurde. Ob gerade das Ehepaar
Vogl mit seinem herrlichen Gesang den Lyriker Brahms anregte,
neue Lieder zu schreiben, ist nicht ausgemacht; jedenfalls aber
entstanden wieder einige neue Gesänge in dem gemütlich-gemüt-
vollen Tutzing.

Aus Op. 59 spricht die Gegend zu uns. Das zweite Lied
auf den anspruchlosen Text von Carl Simrock malt in anmutigen
Dreivierteltakten die schöne Landschaft und ihre Genüsse:

> Blauer Himmel, blaue Wogen,
> Rebenhügel um den See,
> Drüber blauer Berge Bogen
> Schimmern weiß im reinen Schnee.

Innig hören wir Wunsch und Erfüllung aus dem Höhepunkte des
Liedes heraus: „Glück und Frieden magst du saugen." Die holde
Kunst vervollständigt den Genuß den das Land bot.

Im ersten Liede dieses Opus gelingt es Brahms wieder einmal, Goethe restlos zu vertonen. Die Mittel des Tonsetzers
sind höchst einfach, aber wirkungsvoll. Die Einleitung machen,
durch Pausen charackterisierte, langsame Dreiachteltakte. Synkopen
beleben die Musik, über der gleichsam der Abendstern empor-
steigt. „Alles schwankt ins Ungewisse"; die unbestimmten Skalen
der Begleitung machen uns das empfinden. Beunruhigend schauen

156

wir die „schwarz vertieften Finsternisse", die sich im See spiegeln. Da taucht — wieder Synkopenbegleitung — der Mond empor, glühend, wie er den Horizont beim ersten Herüberschauen über die Berge überstrahlt. Die Weiden schwanken zierlich hin und her; die Musik bewegt sich mit ihren Sechzehnteln leichtfüssig mit. Nun vertieft sich die Melodie und tritt milde, wie der Mondesglanz über das Landschaftsbild, aus der Begleitung deutlich heraus und stillt die Seele . . . „Durchs Auge schleicht die Kühle sänftigend ins Herz hinein." Baß und Diskant steigen in Gegenbewegung der Höhe und Tiefe zugleich zu und verklingen in weiter Harmonie.

In den beiden letzten Liedern des ersten Heftes singt Brahms mit Texten Klaus Groths seiner Jugendzeit Weisen der Erinnerung. Platschend stiebt der Regen auf dem Boden auf und die Natur lächelt im Thränentau des gleißenden Himmelsnasses:

> Walle, Regen, walle nieder,
> Wecke mir die Träume wieder,
> Die ich in der Kindheit träumte,
> Wenn das Naß im Sande schäumte!

Billroth sagt über das ergreifende Lied, das wohl jedem mit süßer Lust und weher Erinnerung die Brust erfüllt: „Mir ist es unendlich lieb; die Poesie ist herrlich; eines von den Liedern, in welchen, Gott sei Dank, nicht von Liebe und Frauenzimmern die Rede ist, und doch ein echtes Tenorlied. Die Erinnerung an unschuldvolle Jugend ist zu einer Weise erhoben, die fast an religiöse Schwärmerei grenzt. Hat man sich das Hauptmotiv zu eigen gemacht, so kann man es nie vergessen. Ich kenne keinen Sänger, der das Lied so singen könnte, wie ich es mir denke; würde das Lied so gesungen, wie es sich in unserem geistigen Ohr gestaltet, wir würden der Thränen nicht Herr werden." Eng verknüpft mit dem Regenlied, ist der „Nachklang", der Begleitung und Melodie jenes Liedes wiederaufnimmt.

Mit diesen Liedern Op. 59 beginnt ein kühlerer Ton in den Brahmsschen Gesängen. Sie zeigen weniger von dem jugendlichen Ungestüm, entschädigen dafür durch eine Zurückhaltung, eine Konzentration, deren der spätere Brahms immer mehr Meister wird. Natürlich bleibt dieser spätere Ton nicht so ununterbrochen vorherrschend, gelegentlich kommen auch wieder „junge Lieder" — Brahms bezeichnet sie selbst so —, aber die Wandlung zu ernsterem Ausdruck schreitet mehr und mehr fort.

Auch die Streichquartette, Op. 51. sind von jener vornehmen Haltung und Zurückhaltung, die Brahms immer mehr erstrebte.

Das c-moll-Quartett enthält allerdings Motive aus der Jugendzeit, aber die feilende Arbeit hat das Werk gefestigt und be-

157

schnitten, das merkt man. Der erste Satz hebt leidenschaftlich an und bäumt sich mächtig empor.

Der breite Dreihalbtakt verleiht dem Ansturm nachdrückliche Kraft. Brahms vermeidet den Fehler der Schumannschen Quartette, den Satz zu eng in der Mitte des Tonbereichs zusammenzupacken, wie das auf dem Klavier, nicht aber im Streichquartett klingt. Die Instrumente sind bei Brahms wohl ausgenützt, freilich macht die unentwegte motivische Einheitlichkeit, das Vorherrschen der heftigen Achtelbewegung den Satz etwas spröde, dagegen bieten die milderen Seitenmelodien nicht ausreichenden Ausgleich. Den Satz als Ganzes erfüllt hinreißende Leidenschaft; er ist im Banne Schumanns geschrieben und vertrüge gut die bei diesem Meister beliebte Überschrift „Mit Energie und Leidenschaft". Das Adagio greift den Hauptgedanken des Quartetts in elegischer Wendung auf. Der Satz ist „Romanze" genannt und klingt in der Tat wie eine Erzählung aus süßer Zeit. Die eigentümlich schluchzende Stimmführung und die zerbrochene Faktur mancher Stellen verleiht dem Stück eine auffallend schwermütige Stimmung. Mit gedämpfter Heiterkeit spielt das Scherzo, das Brahms ein „Allegretto molto moderato e commodo" nennt. Sein gemütlicher doch zart-elegischer Ton steht dem kurzen Vierachteltakt gut an. Zum ersten Male bietet uns Brahms damit eines seiner geradtaktigen Scherzi. Der Kontrapunkt zwischen erster Geige und Bratsche erzählt uns eine freundliche Geschichte. Die Bratsche, das Instrument, welches die dunkle Altstimme vertritt, spielt im Quartett, wie überhaupt künftig in Brahms Kammermusik, eine bedeutende Rolle und sichert dem Quartettsatz jene satte Färbung, die früheren, selbst klassischen Werken dieses Musikzweiges vielfach fehlt. Gegen das f-moll-Scherzo tritt das Trio in F-dur in viel helleren, in Wienerischen Farben auf. Es tönt in klaren Klängen des tonischen Dreiklangs, und in klangvollem Bariolage mit lerer A-Seite, wiegt die zweite Geige die weiche Melodie der Primgeige weiter. Im zweiten Teile beginnt die Bratsche mit der Oktave auf c dasselbe schmeichelnde Spiel. Das Finale schließt sich wieder enger an den ersten Satz an, dem er sein Hauptmotiv verdankt. Der straffe alla breve-Takt findet wenig Ausruhen vor lauter zu zwei und zwei gepaarten Achteln, die das aus punktiertem Viertel und nachhüpfendem Achtel geknüpfte Motiv bald oben bald unten umsäumen. Die Achtelzwillinge sind es auch, die den Satz siegreich zu Ende führen.

Brahms zeigte in dem Quartette gleich eine besondere Eigenart. Seine Faktur ist kernig, herb und rhythmisch scharf: das c-moll-Quartett entfaltet eine stählerne Energie. Die Einheitlichkeit des Werkes zeigt sich schon äußerlich in der Ableitung des gesamten Themenmaterials aus einem Grundgedanken. Dies strenge Werk konnte kaum von Anfang an gefallen. Man muß es genau kennen, um es lieben zu können.

Leichter gewinnt das a-moll-Quartett, Op. 51, 2, die Herzen der Zuhörer. Doch darf man nicht vergessen, daß die Brahmsschen Musikfrüchte damals, als diese Werke erschienen, noch nicht auf einen Boden fielen, der für solche Dinge durchaus empfänglich war: die Brahmssche Musik fing jetzt erst an, zu wirken. Auch das a-moll-Quartett sprach nicht ohne weiteres an. Auch darin steckte so mancher herbe, harte Klang, den man nicht verstand, der manchem geradezu widerwärtig war.

Selbst komplizierte Dinge lassen sich oftmals auf einen Nenner bringen, das heißt: man kann sie mit einem Worte benennen, das die entscheidenden Eigenschaften kennzeichnet. Wir können das c-moll-Quartett das der aufstrebenden Linie, das a-moll-Quartett, das der wagrechten nennen. Dort steigen die Motive immer wieder energisch in die Höhe, als gelte es, einen Berg zu erklimmen, hier breitet sich der Gesang mehr in die Weite aus. Oder: dort herrscht mehr der Rhythmus vor, hier die Empfindung. Das ist natürlich cum grano salis zu verstehen. Jedenfalls beherrscht der Gesang das a-moll-Quartett weit mehr. Schon der erste Satz kann sich darin nicht genug tun. Haupt- und Gegenmelodie legen breit aus; die Überleitung nimmt sich zusammen. Über beiden Weisen liegt ein elegischer Schleier; eine tiefe Innigkeit erfüllt die Empfindung. In straffer Konsequenz entwickeln sich dann die Gedanken weiter und erfahren auch nicht etwa in der Durchführung eine stärkere Ausbildung. Erst die Coda läßt das sprudelnde Getriebe heftig emporschwellen, das unter den Noten sein Wesen treibt. Hier erst erhalten wir so recht Gelegenheit, hinter die Coulissen zu sehen, und zu entdecken, wie sehr Brahms Tonsprache der Ausdruck verhaltenen Gefühles ist.

Das Andante moderato vertieft die Empfindungen, welche das Allegro angedeutet; die Melodie führt ein Motiv des ersten Satzes fort. Sie setzt ohne Umschweife ein:

Und nun schmückt das Andante diese Idee mit soviel Zartheit und Herzlichkeit, daß man weich würde, wenn nicht der Mittelsatz zur rechten Zeit mit schneidiger Energie dazwischen führe. Nach diesem dramatischen Intermezzo zieht Brahms wieder andere Saiten auf: er spinnt den Übergang fein, mit schüchternen Triolen weiter, bis der erste Teil des Andantes wiederkehrt, wobei der Satz auf die Instrumente anders wie zu Anfang verteilt wird. Sowohl im ersten wie im zweiten Satze tritt vielfach die dunkel-weiche Bratsche färbend hervor; sie hatte noch nie so viel zu sagen vor Brahms.

Enge Bande verknüpfen auch das Tempo di minuetto mit dem ersten Satz: die auftaktige Triole verschiebt das Motiv zwar rhythmisch etwas, es bleibt im Grunde aber das gleiche. Ein leicht dämpfender Schleier liegt auch über diesem Satz, bis zur Glut bringt ers nicht — alle Unterhaltung bleibt intim, zurückhaltend. Unruhiger gebärdet sich nur das Allegretto vivace, das fast so spritzig wie ein Mendelssohnsches Scherzo dahineilt und doch so streng die Zusammengehörigkeit der Stimmen wahrt. Sie müssen immer neue Kunststücke machen und neue Verbindungen eingehen, bis sie dem Minuetto, das sich vorübergehend schon einmal in Erinnerung bringt, wieder ganz den Vortritt lassen.

Deutsche Reichs-p[ost]
Poſtkarte.

Auf die Vorderſeite iſt nur die Adreſſe zu ſchrei[ben]

BONN
14 5
74

An Herrn

Wilhelm Tappert

(Beſtimmungsort) Berlin N. W.

(Wohnung) 33 Teltowerſtraße

317. 16/7

Diese Postkarte vom 14. 5. 74 an den bekannten Kritiker Tappert (1830—1907) bezieht sich vermutlich auf die Klavierausgabe der Haydnvariationen. (Reproduziert mit Genehmigung der Deutschen Brahms-Gesellschaft; Urschrift im Besitz der Gesellschaft der Musikfreunde in Wien.)

Das Finale wetteifert den anderen Sätzen nach und beginnt mit einer breit ausladenden Melodie, die mit den bekannten Motiven des ersten Satzes ebenfalls verwandt ist. Aber die verwandtschaft macht keinen Nachteil, da der Charakter dieses Gedankens durch rhythmisch kapriziöse Verschiebung gänzlich verändert wurde. Doch nicht nur die Hauptmelodie, auch das Seitenthema stammt aus demselben Schatz, aus dem all die Ideen dieses Werkes kamen. Es entwickelt sich zwar infolge des Dreitakts gemütlicher und lenkt den Satz in ein gefälligeres Fahrwasser, doch das dauert nicht lange, dann verlangt die frohe Energie des Hauptthemas wieder ihr Recht. Nach einer zarten Überleitung zum Schluß, krönt eine resolute Stretta dies flotte Allegro non assai.

Das a-moll-Quartett ist unzweifelhaft das vollkommenere der beiden Werke. Trotzdem in beiden Stücken die Thematik so logisch streng aus einigen Motiven gewonnen ist, verbirgt das zweite Quartett diese Entwicklungsstrenge mehr; man hört sie nicht so deutlich heraus wie im c-moll-Quartett, in dem einige Motive unserem Geiste ordentlich Fesseln anlegen. Trotzdem schlägt auch im ersten Quartette, Feuer aus dieser eisernen Energie; die Werke wirken zündend, namentlich in den Ecksätzen. Der Quartettsatz in beiden Werken ist meisterhaft. Brahms hatte sich ungefähr folgenden Ratschluß gemacht: „Willst du genau erfahren, was sich schickt, so frage nur bei Geigern an" — Er hatte Joachim über den Quartettsatz hin und her befragt, bevor er mit seinen Werken hervortrat. Nach dieser Richtung haben die Werke keinen Vorwurf zu fürchten gehabt: da kam jedes Instrument zu seinem Recht. Aber die Technik war doch ungewöhnlich; oft gingen die Figuren in häufigem und schnellem Wechsel über die Saiten. Diese Art neuer, nur der Brahmsschen Musik eigener, Technik für die Saiteninstrumente verblüffte zuerst und wurde unangenehm empfunden. Natürlich entwickelte und bedingte sie eine neue Klangweise des Saitenquartetts, und so hat das Brahmssche Streichquartett in technischer wie klanglicher Beziehung einen neuen Weg gewiesen.

Das c-moll-Quartett wurde von Hellmesberger zum ersten Male am 11. Dezember 1873 in Wien vorgetragen. Hanslick schrieb über die beiden Quartette: „Die Quartette sind dem Freunde des Komponisten, Professor Billroth in Wien, gewidmet, der das jus primae noctis aller Brahmsschen Kammermusiken hat und bei dem auch die neuen Quartette zum ersten Male gespielt wurden. Die Vorliebe für das zweite (a-moll) oder für das erste Quartett (c-moll) ist geteilt; bei mir sogar mathematisch geteilt zwischen zwei und zwei Sätzen. Das leidenschaftliche Allegro und das launige Scherzo des c-moll-Quartetts, überragen nämlich die beiden analogen Sätze des a-moll-Qartetts, welches wiederum in der tiefen, ruhigen Schwermut seines Adagio und dem rhythmischen Zug des Finales seinen Vorgänger verdunkelt."

Nicht unwichtig ist eine Bemerkung Billroths über die Ausführung der Werke. Er schreibt: „Brahms will überall sehr gemäßigte Tempi, weil sich diese Musik wegen ihres vielen harmonischen Wechsels sonst nicht entfalten kann; dies hängt wesentlich mit der komplizierten modernen Musik zusammen." Hier müssen wir auch zweier Äußerungen gedenken, die Brahms Rudolf von der Leyen gegenüber gelegentlich getan hat: „In Ihrem Fall aber, wo es sich nicht um Kopf und Kragen handelt, kann ich Ihnen recht wohl ein Abonnement auf Metronomangaben eröffnen. Sie zahlen mir was Guts, und ich liefere Ihnen jede Woche — andere Zahlen; länger nämlich wie eine Woche können sie nicht gelten bei normalen Menschen!" Und: „In einem ordentlichen Quartett muß die Bratsche das retardierende Element sein. — Aber, Sie brauchen meine Weisheit nicht, und Zahlen habe ich keine."

Die Quartette lagen jedenfalls auf Brahms Arbeitstisch in Tutzing. Und er verließ sie gewiß nicht gern, als er die Reise zum Bonner Feste antrat. Er hatte sich mit den Festleitern und Dirigenten zwar auch diesmal nicht verständigen können, aber umsomehr als Levi den Vermittler zu machen versuchte, wollte Brahms gute Miene zum bösen Spiele machen, und fuhr trotzdem hin. Er traf dort mit Frau Clara Schumann zusammen; einige schöne Tage am Rhein, wo er in der Jugend geschwärmt, waren nicht zu verachten. Brahms hielt es, wie Widmann richtig erzählt: „Wie mit guten Büchern, auch mit schönen Orten, die ihm einmal lieb geworden waren; er zog die Wiederkehr zu ihnen und die Auffrischung früherer Erinnerungen dem Jagen nach neuen Eindrücken bei weitem vor." Dieser Charakterzug prägt sich namentlich auch in seiner späteren Musik stark aus. Nach dem Feste begleitete Brahms Frau Clara Schumann nach Baden-Baden. Dort vereinigte die beiden noch eine Galgenfrist, denn Frau Schumann gab ihr Sommerheim für immer auf, und damit schwand für Brahms der eigentliche Magnet, der ihn so oft nach Lichtenthal gezogen.

Die Arbeiten auf dem Tutzinger Tische waren entweder verstaubt oder durch einander gebracht. Brahms eilte zurück an den Starnberger See und begann von neuem sein Werk. Es galt noch einer neuen Komposition: den Variationen über ein Haydnisches Thema. Brahms hatte dies Thema einmal bei dem Haydnbiographen C. F. Pohl in alten Papieren gefunden; es war im „Novbr. 70", wie er seiner Abschrift beifügte. Es stammte aus einem Divertimento für Blasinstrumente, und ist Chorale St. Antoni betitelt. „Es ist (bis auf die Geigen) genau so bei Haydn instrumentiert und auch bezeichnet." Das Thema muß Brahms sogleich zum Variieren geeignet erschienen sein. Malerische Eindrücke, Ideen Feuerbachs, so meint Kalbeck, haben Brahms Phantasie dabei noch weiter befruchtet, und ihn angereizt, die Veränderungen zu schreiben. Jedenfalls sind die sechste bis achte Variation und das Finale in Tutzing komponiert worden. Die anderen brachte der Meister wohl schon dahin mit.

Das Werk entwickelt in seinen acht Variationen über das fünftaktig rhythmisierte Thema so verschiedene Gesichte, daß wir über den Reichtum der Phantasie erstaunt sind. Und zwar zeigt er sich nicht etwa in einer ungebändigten Überschwänglichkeit der Erfindung; Brahms zieht keine dem Thema fremden Gedanken heran, sondern führt als echter Meister der Veränderung die Themen weiter, rollt ganz neue Bilder vor uns auf, die gewissermaßen hinter dem Thema versteckt lagen. Ganz auffallend ist die Kunst des orchestralen Satzes: wie er die einzelnen Instrumente an den Wandlungen mitwirken läßt, und wie er selbst Klangwirkungen, die scheinbar gar nicht dem Orchesterkörper entsprechen, hervorzaubert; die Holzbläser verschönern den Satz, an anderer Stelle geben die hohen Violinen wieder einen besonders strahlenden Glanz. Einmal aber glauben wir volles Orgelspiel zu vernehmen; die Oktaven, die den Satz durchziehen, täuschen vollkommen den Orgelklang vor. Dem Finale gibt ein obstinater Baß den festen Halt. Trotz dieses Reichtums der Musik, der sich auch in den verschiedenen Tempi fühlbar macht, bleiben die Variationen ein wunderbar knappes Werk, und gerade in der entzückenden Kürze liegt ihre Hauptwirkung.

Brahms gab das Werk als Op. 56a für Orchester und als Op. 56b für zwei Klaviere heraus. Die erste Aufführung fand unter seiner eigenen Führung im Philharmonischen Konzert in Wien am 2. November statt. Außerdem wurde damals die A-dur-Serenade gebracht. Klaus Groth erzählt uns eine kleine Episode aus der Generalprobe: „Da begannen die Variationen. Nachdem ein Teil 'gespielt worden war, trat der Dirigent vom Podium zurück, Brahms zog seinen Überrock aus — das machte auf mich den Eindruck, als ginge es an eine gewaltige Muskelarbeit, betrat das Podium, rief ein Wort mit seiner rauhen Stimme ins Orchester hinein, das ihn mit lautem Tusch begrüßte, dann kommandierte er aus dem Gedächtnis heraus einige Sätze zur Wiederholung, — ich war erstaunt, wie er, ohne aufzublicken, z. B. ‚Buchstabe C im dritten Takt!' und dergleichen mehr rief. Ich war entzückt und hingerissen von der herrlichen Musik. Billroth konnte nicht bis zu Ende warten, nahm Abschied von mir mit dem Bemerken:

‚Sagen Sie Brahms, ich hätte fortmüssen, die Komposition hätte
mir auch im einzelnen gefallen.' Dies berichtete ich natürlich
zum Schluß an Brahms mit dem Hinzufügen: ‚Das ist auch
meine Ansicht', worauf er mir in seiner ironisch-heiteren Art
erwiderte: (so pflegte er es zu machen): „Ja, Du bist ja auch un-
musikalisch!'"

Hanslick schrieb über das Werk unter anderem: „Es ist eine
Freude, dieser gesunden Produktionskraft zuzusehen. Jeder er-
rungene Erfolg macht Brahms zugleich strenger gegen sich selbst
und freigebiger gegen die Welt. In ernster, nicht mühseliger
Arbeit, in voller Freudigkeit des Schaffens, bringt uns jetzt
Brahms mit jedem Herbste eine reichere Ernte . . . . . Der ernste,
beinahe fromme Ausdruck des Ganzen, sowie die polyphone und
kontrapunktische Meisterschaft erinnern häufig an Sebastian
Bach; doch drängt sich dieses Element nirgend hervor, es
bildet gleichsam nur den festen dunklen Grund, über welchem
die Silberfluten freien, modernen Empfindens und Gestaltens sich
bewegen."

Bald darauf wurde das c-moll-Streichquartett von Hellmesberger — an jenem bereits erwähnten 11. Dezember — herausgebracht, nachdem am ersten Abend der Saison das A-dur-Klavier-
quartett gemacht worden war. Fern in Leipzig spielte Frau Schumann im Gewandhause das d-moll-Klavierkonzert, das diesmal
viel besser aufgenommen wurde, auch wenn die „Signale" dem
Stück immer noch nichts Gutes nachzusagen wußten.

In Wien gab es für Brahms Arbeit genug mit dem Chor-
verein, mit dem er unter anderem Händels Alexanderfest auf-
führte. Jedenfalls trat der Meister mehr und mehr in den Mittel-
punkt; nicht nur des Wiener Musiklebens: seine Musik begann,
wie wir schon betonten, zu wirken. Und so war es recht erfreulich, daß seine Kunst auch anderweitige öffentliche Anerkennung
fand: zu Weihnachten empfing Brahms den Maximilianorden für
Kunst und Wissenschaft vom Könige von Bayern. Seine Freunde
machten mehr Wesens aus dieser Auszeichnung als der Ordens-
empfänger selbst, der solchem Schicksalslächeln gegenüber stets
innere Kühle bewahrte.

Die Rückkehr zu Schumann, wie sie das Bonner Fest naturgemäß mit sich brachte, wird Brahms wohl von neuem an die
Verpflichtung erinnert haben, die ihm Schumanns Aufsatz seiner
Zeit auferlegt hatte. Wie mochte Brahms jetzt über seine Kunst
denken? Den Freunden gegenüber nannte er seine Werke oft
mit bitterer Ironie „Schmarren", sprach davon, daß er sich „mit
derlei Zeug amüsiere", kurz, ließ keinerlei hohen Ton merken.
Alle Werke kommen stoßweise, langsam hervor, es wird gründlich
„darin herumgewirtschaftet", bis sie ans Tageslicht treten dürfen.

164

Nur hie und da sehen wir unter zufälligem Blitzlicht die Anfänge von Kompositionen auftauchen. Sicher ging manches nebeneinander her, gerade so wie bei Beethoven. Namentlich die Lieder durchflechten den Entwicklungsgang fast aller Werke. Immer tauchen wieder neue lyrische Ergüsse auf. Im Dezember 1873 komponierte der Meister schon wieder neue Lieder. Jedenfalls sind „Meine Liebe ist grün" und „Versunken" aus den Gedichten Felix Schumanns, der mit 25 Jahren (1879) sterben mußte, damals entstanden. Es beginnt damit der Zyklus der „jungen Lieder".

Wann die Keime zum dritten Streichquartett entstanden sind? Wer mag es sagen. Jedenfalls kam ein solches nach, und Brahms stand noch im Zeichen des Streichquartetts.

Das Jahr 1874 reifte es freilich noch nicht. Diesen Winter schwelgte sogar das Brahms gegenüber bisher kühle Leipzig in den Werken des Hamburgers. Reinecke, Frau Schumann und das von Graz nach dort übergesiedelte, Ehepaar von Herzogenberg machten eifrig für Brahms Propaganda. Bezeichnend ist der Brief an Karl Reinecke vom Januar 1874: „Ich darf wohl auch diese Antwort an Sie richten. Bei der Eile, in der ich schreibe, ist es mir angenehm, ohne Umstände an einen freundlichen Kollegen schreiben zu können. Sie sehen, das Schicksal schreitet schnell. Jetzt ‚Quartett' und ‚Rinaldo' und ein Jahr zieht das andere nach. Wie oft habe ich das öffentliche Spielen verschworen. Entweder gar nicht oder fortdauernd. Hier, wo man mich doch kennt, und oft genug aufmunterte, spiele ich nicht, und solls nun bei Ihnen. Doch komme ich mir kindisch vor, wenn ich mich weigere.

Meine Kammermusik ist nun doch genug in Leipzig gespielt? Zu ihrem Hilfsmittel mag ich nicht greifen: ich bin doch wohl im Geheimen zu eitel auf mein Spiel. So setzen Sie meinetwegen einen Klaviervortrag auf den Zettel. Ich werde üben.

Auch den ‚Rinaldo' möchte ich nicht abschlagen, aber ich fürchte mich, ihn anzusehen. Mir scheint, es ist ein recht unnützes Stück. und die Leipziger werden immer weniger begreifen. weshalb ich gekommen." Billroth konnte getrost sagen: „Brahms wird berühmt:" — er war es schon.

Den Leipziger Freunden hatte Brahms ein Werk mitgebracht, das sie sehr reizte: das c-moll-Klavier-Quartett. Mit besonderer Zärtlichkeit hatte er es seiner ehemaligen Schülerin Elisabeth von Herzogenberg ans Herz gelegt. Aber es war noch nicht ganz fertig; Brahms wünschte noch etwas daran zu bessern und nahm es am 7. Februar wieder mit nach Wien.

Dort wurde von Seiten Herbecks schon wieder gegen den Dirigenten der Gesellschaft gewühlt. Brahms führte jedoch einstweilen unentwegt seinen Händel und Bach, Schumann und Schubert auf.

Bis in den Sommer zogen sich dann die auswärtigen Konzerte hin, in denen Brahms seine eigenen Werke dirigierte, um, wie er klar eingestand, Geld zu machen. Er hat sich auch nicht verrechnet; die Konzerte schafften ihm inskünftige reichlich den Lebensunterhalt. Unterdessen sammelten sich die Verlagshonorare zu einem ansehnlichen Kapitale an.

In Zürich blieb Brahms hängen. Er erwählte sich eine freie Wohnung auf dem Rüschlikon. Hier oben im Anblick der großartigen Gebirgswelt verlebte er drei schöne Monate. Die Schweizer Freunde Widmann und Gottfried Keller boten ihm Ansprache. Auf der Höhe näher dem Himmel sind wieder einige herrliche Werke erdacht worden. Neue Liebeslieder sprudelten aus alter Quelle hervor. Die feineren, zurückhaltenderen Walzer in Op. 65 hat sich Brahms da oben auf dem Berge vorgespielt und vorgesungen; ihre Klanglinie ist nicht so geschmeidig, mehr heimlichglühend, als die in den ersten, der Satz ist verwickelter. Zu diesem Opus gesellten sich die Quartette für Pianoforte und vier Solostimmen als Op. 64 und als Op. 63 die „jungen Lieder". Diese letzten beiden Werke übergab Brahms dem Verlage C. F. Peters in Leipzig. Sie erschienen auch noch 1874.

Und das Klavierquartett in c-moll? Das war gewiß auch nicht in Wien zurückgeblieben. Es erschien freilich erst 1875 bei Simrock; Brahms hat noch viel daran gearbeitet seit jenem ersten Vorspiel bei Herzogenbergs in Leipzig.

Wir haben früher gehört, daß Brahms die ersten Ideen dazu in der Jugendzeit kamen, in einer Zeit, wo ihm sehr Wertherisch zu Mute war. Nun ist jene Sonate über Joachims Motto „Frei, aber einsam" (f. a. e.) wenigstens in dem Satze bekannt geworden, den Brahms beigesteuert: es war ein Scherzo, das er ins c-moll-Klavierquartett aufgenommen hat. Selten gewährt wohl der Vergleich zweier Kompositionen verschiedener Schaffensepochen einen so klärenden Aufschluß über den Entwicklungsgang eines Stückes. wie wenn wir die beiden Sätze nebeneinander halten: dort in dem Violinsatze strömt die Empfindung ungebändigt dahin, aber die Themen bringen sie nicht vollständig zum Ausdruck. Hier, im Klavierquartett, in der Arbeit des reifen Meisters, hat sich alles entwickelt; aus dem lachend grünen Strauche mit seinen stachlichten Ästen ist ein starker dunkelgrüner Baum mit lauschiger Krone geworden: die Energie des Ausdrucks hat sich ganz bedeutend gesteigert. Das Scherzo entfaltet nunmehr eine dämonische Macht. Dazwischen klingen die weichen Gegenthemen wie leises Weinen. Aber die finstere Macht treibt unsern Sinn förmlich zum Irrewerden.

Der erste Satz, der seinerzeit in cis-moll geschrieben war. wurde nach c-moll übertragen. Aber es hat sich darin gewiß auch sonst noch vieles geändert. Der finstere, schwermütige Ton scheint aufgehellt worden zu sein, so daß nur die Durchführung mit der ungestümen und explodierenden Kraft herniederfährt, die der Grundidee dieses Satzes entsprach. Jetzt finden wir darin verhältnismäßig linde Seitenmelodien, die beschwichtigend und lösend wirken. Im Scherzo trifft uns dann das tragische Ereignis, welches der Allegrosatz vorbereitet. Nach der Tat erklingt ein Lied herzergreifendster Erinnerung: so war meine Liebe, so heiß, rein und innig, aber nun schwebt ein Schicksal darüber, so daß ich sie nur in herb-süßer Erinnerung genießen kann. Die breite. über die Massen herrliche Cellomelodie zu Anfang

legt das Geständnis des Seelenzustandes unumwunden ab. Die Geige nimmt es fühlend auf, und beide, Bratsche und Geige, vermögen dann nur gerührt fortzufahren. Synkope und Triole verleihen dem Satze mit ihren irrationalen Werten etwas so süß Unaussprechliches, daß wir ganz entzückt unser Herz den Tönen öffnen. An diesem Satze hat nicht nur größere Meister= schaft, sondern jene gemütvolle Wiener Klangfreudigkeit des späteren Brahms mitgewirkt. Wären nicht die Liebeslieder diesem Adagio vorausgegangen, Brahms hätte es nicht so zu schreiben vermocht. In dem Andante erklingt auch das in dem ersten Satze verlassene, alte cis-moll! Während die bisherigen Sätze einen tief gesättigten Klang aufweisen, zeigt das Finale mehr lineare Bewegung. Die Geige führt das lange Thema sogleich weit vor uns aus. Das Klavier umrankt das Gerüst des Baues fortwährend mit Achtelguirlanden, die dem Satz einen bestimmten, munteren Charakter verleihen. Doch drohend vereinen sich die Stimmen, heftig aufbrausend — da setzt ein schlichter Choral im Streichkörper ein, gegen dessen Beruhigungen das Klavier mit seiner unsteten Figur nicht mehr aufkommt. So wird ein Tranquillo e sempre pianissimo eingeleitet, dessen feine Reize wie Balsam auf frischer Wunde berühren. In der Reprise türmt sich die Leidenschaft nochmals gewaltig auf, die Bratsche wird geradezu zum Schreien gezwungen, dann aber besänftigt der Choral wieder das aufgewühlte Herz, und in der Coda vermindert sich die Erregung mehr und mehr, so daß wir hoffen dürfen.

Die innige thematische Ähnlichkeit der einzelnen Sätze verbindet die vier wieder zu einem harmonischen Ganzen. Es bedarf, wie wir sehen, nicht einer losen Form, um bedeutenden Gehalt dem Hörer und Spieler näher zu bringen. Knapp wird jeder Gedanke gefaßt, knapp die Themen miteinander verknüpft, und an jeder Stelle könnte man weitere Auswicklungen erwarten. So gerät der Satz doppelt eindrucksvoll. Freilich verschränken die Verzweigungen da und dort den leichten Genuß, verlangen hingebende Genießer und verzichten auf elementare Wirkung. Der spätere Brahms geht auf diese Wirkung nicht aus. Aber wir wollen nicht übersehen, daß in diesen Werken doch noch so manche starke Wirkung steckt, welche freilich die Ausführenden nicht immer zu erzielen verstehen. Die straffe Verknüpfung des Materials, der strenge Aufbau sind bei der Wiedergabe nicht so ohne weiteres zu erreichen, weil der Geist der Entwicklung oft weite Strecken umspannt. Was da vorbereitet, weiterführt, abschließt, muß erkannt, was zusammengehört auch zusammen gehört werden. Brahms scheut weder längere Parenthesen, noch mitbildende Pausen, noch breite Brücken. Die gewaltige thematische Energie verlangt also auch starke thematische Hörkraft vom Zuhörer. Und gerade dies Op. 60 stellt seine Anforderungen, gibt sich nicht so frei und unvermittelt wie die im allgemeinen beliebteren Geschwister Op. 25 und 26.

In Op. 60 korrigierte Brahms noch bis 1875. Früher kamen die Gesangsquartette und Lieder heraus, von denen einige auf dem hohen Sitz, dem Rüschlikon bei Zürich, erwachten. An der Spitze der Quartette Op. 64 steht wieder einmal ein Heimatslied. In dem zweiten herrscht eine antikisierende Ruhe; schwere Bässe begleiten stolz dahinschreitende Akkorde, die nicht in den gebrochenen Septimenakkorden, den Farben der Romantik, sondern den leuchtenden, einheitlichen Grundtönen erklingen — ein helles Blau wiegt vor. Ein humorvolles Lied enthält das Opus zum Schluß.

Zwischen den Quartetten und mit ihnen erblühten die „Lieder

und Gesänge" Op. 63, die wir wiederholt schon mit jenem Titel
der Felix Schumannschen Gedichte „junge Lieder" benannten. Es
sind junge Lieder in zwiefacher Bedeutung: der volle Jugendton
bricht ein paarmal hervor, und andererseits herrscht darin eine
wehe, süße Erinnerung an die Knabenzeit.

Das erste Heft gehört Max Schenkendorf, diesem, damals
schon nicht mehr modernen Dichter waren alle vier Texte entnommen. Wir dürfen die Lieder daher als einen Zyklus ansehen.
Wir verweilen bei dem zweiten Liede, dem bedeutendsten, das
nicht nur Regungen, sondern Wahrheiten singt. In wunderbar
schlichten Linien entfaltet sich die Melodie, sodaß kaum einige
Takte der Begleitung dazwischen treten können. Die schönge-
schwungene Weise hebt sofort mit dem ersten Ton an und die
Notenwerte wandeln sich kaum; halbe und Viertelnoten bestreiten
den ganzen Zug dieser silbernen Kette, die da der Hehren,
Reinen ums Haupt gewunden wird. Um ihr Bild strahlt der
Glanz einer sonnendurchtränkten Landschaft, in der rote Reben
leuchten: die Begleitung macht die schönen Empfindungen vollkommen. Je holder das alles uns lächelt in lachendem und
lockendem, ewigem Reiz, desto tiefer empfinden wir den Schluß
mit den Worten: „Ich schaue sehnsuchtsvoll zurücke voll Schmerz
und Lust und Liebesgeiz." Unser Herz ist der Schrein, darinnen
dieses Bild ruht.

Im zweiten Hefte des Op. 63 streiten zwei Gruppen um den
Vorrang: die eine auf Liebe, die andere auf die Heimat gestimmt.
In dem ersten Liede lebt alle Glut junger Liebe, die Begleitung
hämmert unaufhaltsam unter der Melodie dahin, die wie ein
Falter mit strahlenden Flügeln über die Blumen dahinstreicht
und in goldener Sonne glitzert und glüht:

Da vereinigte sich alles zu einem hinreißenden Akkord: Frühling, Liebe und Lied. Das sinnliche Fis-dur berauscht uns
geradezu. Das Heimweh klagen uns die drei Gedichte von
Klaus Groth. Ernst, fast tragisch lautet das zweite Lied: „O
wüßt ich doch den Weg zurück, den lieben Weg ins Kinder-

land." Der Weg schlängelt sich vor uns hin, dahin, dorthin, den holden Ausgangspunkt erblicken wir nicht, wir sind zu fern; zu weit ließen wir die führende Hand der Mutter zurück. Die alte Liebe wird wieder in uns wach; wie sanft waren wir von ihr bedeckt! Wir träumen uns in eine Ewigkeit solch beseligenden Zustandes — umsonst. Grau in grauem Felde schlängelt sich der einsame Weg dahin: „ringsum ist öder Strand" und kalter Nebel. Nun zum letzten Liede: hast du je als Knabe auf dem Rain in blühender Wiese gesessen, hast du Kränze gewunden aus den sinnigen Feldblumen; den blauen, gelben und roten? Hast du die Sommertage am Herzen der Natur verbracht in dem blauen Dunst der flimmernden Sommersonne? — Dann höre oder singe dies Lied:

da steht all die unbewußte Seligkeit wieder in dir auf, du siehst die Wiese wieder, zum Greifen deutlich steht alles vor dir und die Wehmut packt dich: „was war es doch?", „wo mag der Kranz geblieben sein?" — Dahin ist der „Jugendglanz". — Und doch wird in dein Gefühl eine erneute Seligkeit kommen. In diesem Liede eben findest du den alten Glanz wieder: die Töne, die so steil über die Intervalle schreiten, die so hell steigen, die so hoch oben bleiben, sie tragen den Glanz in sich, der dich als Knabe beglückte.

Vertiefen wir uns in die Lieder, so empfinden wir schließlich kein Bedauern, wenn wir nicht gerade den Tag des Entstehens erraten. Es läßt sich ja auch denken, daß der Komponist, wenn er nicht Buch geführt, selbst nicht genau hätte sagen können, wann jedes einzelne Lied ihm in den Sinn kam. Da sind noch zwei Hefte, die vielleicht der Züricher Luft manches zu verdanken haben: Op 61, vier Duette für Sopran und Alt, und Op. 62 sieben volkstümliche Lieder für gemischten Chor a capella. Von den Duetten überrascht uns das dritte nach Goethes „Phänomen" aus dem Westöstlichen Divan am meisten. Die milde Musik bringt uns die zurückhaltende Dichtung ordentlich näher. Levi schrieb an Brahms: „Die H-dur-Melodie ‚Wenn zu der Regenwand' plagt mich dermaßen, daß ich als letztes Mittel, sie los zu

170

werden, zum Briefpapier greifen muß. Könnte ich dir doch sagen, wie mich dies Lied gepackt und gerührt hat." „Die Boten der Liebe" ist ein Seitenstück zur „ewigen Liebe"; beide Texte stammen aus dem Böhmischen. Kerners „Klosterfräulein" trifft vorzüglich den volkstümlichen Ton. Am bekanntesten ist das erste Duett „Die Schwestern" (nach Mörike) geworden. Selten haben aber auch zwei Schwestern so herzlich zusammengesungen: ihre Stimmen schmiegen sich mit Vorliebe in innigen Terzen aneinander. Ein munteres Allegretto beschwingt in kurzen Notenwerten ihr harmonisches Spiel.

Mitte September nahm Brahms seine neuen Werke mit nach Wien, wo er bald wieder zu proben hatte. Er sollte nur noch vier Konzerte leiten. Am 8. November ließ er drei seiner gemischten Chorlieder aus Op. 62 vortragen. Am 10. Januar wurde die Alt-Rhapsodie gemacht. Sein Requiem zierte das Programm des Konzerts vom 28. Februar 1875. Für den 23. März bereitete er die Matthäus-Passion vor. Sein letztes Konzert am 18. April brachte Bruchs „Odysseus". Joachim schrieb an Brahms: „Heute erzählte mir Frau Schumann, du habest deine Wiener Stellung gekündigt. Schade, aber du weißt ja immer, was du tust. Wirst also wohl recht getan haben. Dir graut wohl vor dem latenten Herbeck?!"

Inzwischen fand auch die erste Aufführung des Requiems in Paris statt. Brahms wohnte ihr nicht bei. Er hätte wohl kaum viel Freude daran erlebt, da der Dirigent Pasdeloup das Werk unbegreiflich verstümmelte; unter anderm das Solo vor der Fuge über dem Orgelpunkte D wegließ.

In Wien schwankte alles ins Ungewisse. Herbeck rumorte wieder. Brahms dankte bei der Gesellschaft der Musikfreunde einfach ab. Seine klare Begründung dieses Schrittes steht in einem Briefe an Levi: „Das ist freilich mit einem Worte gesagt: Herbeck! Vorgefallen ist nichts, aber die Aussichten sind nicht erfreulich, und da gehe ich lieber. Ich will mich weder mit ihm zanken, noch warten, bis er mich herausgebracht."

Nun war die Bahn frei — frei für immer, denn Brahms hat inskünftige keine Stelle mehr angenommen. Mit einem frischen Gefühl setzte er sich hinter Landkarten und Reisebücher: ... „ich weiß nicht, wohin mich der Weg führt. Der Tisch liegt voll italienischer Reisebücher, doch denke ich dies bis zum Herbst zu lassen."

Noch war er nicht über das Quartettstadium hinaus: das B-dur-Quartett verlangte ländliche Stille und Schönheit. Zunächst ging es zum niederrheinischen Musikfest nach Düsseldorf, von wo Brahms an Joachim schreibt: „Hier haben die Bäume schon den schönsten Frühlingsschmuck, dich zu empfangen; möge unser Gezwitscher darunter nicht allzusehr widersprechen! Ein Zimmer im Breidenbacher Hof, wo auch Simrocks und Jos wohnen, ist vom Comité für dich besorgt." Nach diesen Freundschaftstagen reiste Brahms nach Heidelberg, wo er in dem nahen Ziegelhausen eine neue Sommerresidenz ausfindig gemacht hatte. „Ich wohne und lebe allerliebst. Letzteres nur gar zu sehr! Heidelberg, Mannheim, Karlsruhe alles in nächster Nähe. Die Badener Gegend, die Leute und Wirtshäuser kennst du und kannst sie loben!" Die Freunde lockten ihn natürlich zu Konzerten in die Umgegend. Am 8. Mai führte Dessoff, der jetzt Hofkapellmeister in Karlsruhe war, dort die neuen Liebeslieder auf. Zum 15. August fuhr der Meister nach Mannheim, um einer Aufführung von Hermann Götz' „Der Widerspenstigen Zähmung" beizuwohnen. Auch in Heidelberg wurden die Liebeslieder gesungen. Da außerdem mancher fröhliche Besuch ihn unterhielt — oder vielmehr von ihm unterhalten und herumgeführt werden mußte —, so blieb der Meister bei bester Laune. Umsomehr als die Arbeit munter fortschritt. Allmählich sammelte sich wieder ein Heft Duette an, die im Verein mit dem 1873 entstandenen „Hüt du dich" als Op. 66 bei Simrock herausgegeben wurden. Die Nach- oder Nebenwirkungen der Arbeiten an dem gelehrten Streichquartett sind darin zu spüren, denn dies Opus enthält tiefere Kunstmusik als das volkstümlichere Op. 61. Am Herzen der Natur wurden diese Lieder gesungen; die Texte deuten es uns an: „Aus der Erde quellen Blumen" . . . „Es sprechen und blicken die Wellen mit sanfter Stimme, mit freundlichem Blick"; unter der Melodie rauschen hier die Wasser des Neckar. Ebenfalls in die Stille von Ziegelhausen gehört das Lied „Abendregen", das Brahms Gottfried Keller entlieh. Es erschien zuerst am 11. Oktober 1875 im „Musikalischen Wochenblatt".

Das Klavierquartett in c-moll machte von neuem zu schaffen, umsomehr, als es im Herbst von Hellmesberger in Wien gespielt werden sollte. Die Hauptarbeit des Sommers jedoch war das dritte Streichquartett in B-dur, das im Jahre 1876 bei Simrock erschien. Es wurde dem Professor Theodor Engelmann in Utrecht gewidmet, den Brahms in Zürich bei Billroth kennen gelernt, und der dem Meister als guter Cellodilettant sympathisch war. Das Quartett steht in einigem dem a-moll-Quartette nach; es ist verschlossener, herber denn dieses, dafür aber wieder weicher und in mancher Beziehung auch vollkommener.

Der erste Satz des Streichquartetts Vivace, Sechsachtel, setzt mit dem wie Trompetenruf rhythmisierten Hauptmotiv unmittelbar ein, welches durch falsche Akzente (Nachdruck auf dem dritten und sechsten Achtel) an Eigenart gewinnt. Dies Motiv herrscht zunächst unumschränkt, wird aber bald (im neunten Takt) ryth-

172

misch zu Dreivierteln und dann (im siebzehnten Takt) zu zwei
Gruppen von zusammengehörigen Vierteln und Achteln umge-
deutet. Der Ausdruck bleibt jedoch noch durchweg energisch.
Erst mit dem 21. Takte verbreitert sich der rhythmische Nachdruck,
in der ersten Geige löst sich der Satz bereits in flüchtige Skalen-
reihen auf, in die allmählich alle vier Intrumente übergehen, und
mit dem 31. Takte mündet er in die elegische Ausdeutung des
Motivs ein; die Primgeige schlingt darüber immer weiter ihre
zierlichen Bänder. Die zunehmend mildere Stimmung führt über
einen Umschlag nach f-moll zum Gegenthema (in F-dur), welches
mit vorübergehender Reminiszenz an das Hauptmotiv, in ländlich-
heiteren Tönen und dem dazu vortrefflich passenden Zweivierteltakt sich ergeht. Die Sechzehntelfigur des zweiten und vierten
Achtels übernimmt darin die Verschärfung des rhythmischen Bildes, sodaß der Wiedereintritt in das Hauptmotiv organisch empfunden werden kann. Der nun beginnende Mittelteil stellt dem
Unisono des herausfordernden Hauptmotivs (am Schluß des ersten
Teils) sanfte Ausdeutungen des Motivs schroff entgegen. In den
sanftesten Linien und sotto voce fließt das Unisono dahin. Nach
kurzer erinnernder Bewegung, ein zweites Gleiten in ruhender
Sehnsucht, und wir kommen nach Fis-dur, von wo ein süß-
schmerzliches Alternativ zwischen Primgeige einerseits und zweiter
Geige sowie Bratsche andererseits mit melancholischem Sekundieren
der jeweils begleitenden Stimmen allmählich zu den Rhythmen
des zweiten ländlichen Hauptthemas (jetzt auch in Fis-dur) über-
leitet. Nun wird die Luft frischer, die Lust geht höher, doch
plötzlich — kein Laut mehr (Generalpause). Das sehnsuchtsvolle
Unisono hebt von neuem an und erstirbt allmählich in einer Fermate. Fest und frisch setzt dann die Reprise ein, die den ersten
Hauptteil ziemlich unverändert rekapituliert, zum Schluß aber in
einer energischen Coda mit neuen rhythmischen Gesichtspunkten
ausläuft, welche beide Hauptthemen verschlingt und schließlich
mit einer endgültigen Feststellung des Hauptmotivs endigt.

Das Andante, F-dur, Vierviertel, ist wie klare, warme Sommer-
nacht mit seiner vollen Begleitung des runden italienischen Gesanges der Primgeige. Dieser breite Gesang löst sich nach einem
dramatischeren Zwischenspiel in ein freies Filigran aus seinen
melodischen Bestandteilen auf, kehrt dann mit erhöhtem Ausdruck
wieder und verschwindet leise wie er begonnen.

Dritter Satz: Agitato (Allegretto non troppo), Dreivierteltakt.

Über das Terzett der beiden Geigen und des Cellos herrscht
die Bratsche, allein ohne Sordine. Ein leidenschaftliches und
zugleich wehmütiges, breit ausgeführtes Thema hebt in der
Bratsche an,

wird von ihr figuriert und mit einer Paraphrase der Primgeige wiederholt, und bringt dann sogleich eine Variation des
Hauptgedankens forte und unter Pizzikatobegleitung mit sich.
Diese Wendung geht dann an die erste Geige über und spielt
sich nach mehrmaligem Auflodern müde. Die Geige beginnt nun
mit dem Gegenthema, welches mit zögerndem Alternativ zwischen
erster Geige und Bratsche schließt. Dann nimmt die Bratsche
unter einschmeichelnder Umspielung durch die Primgeige das
Hauptthema wieder auf. Unter veränderter Schlußwendung gelangen wir in das wie aus Silberfäden gesponnene Trio. Unter
den blinkenden Silberstreifen des Mondlichts singen Bratsche und
Geige abwechselnd süß-lockende Weisen — ehe mans gedacht,
ist dem schönen Schein ein End' gemacht — das Scherzo (eins

der Brahms'schen Moll-Scherzi) wird wiederholt und geht in sanftem Coda-Pianissimo aus.

Der Schlußsatz bringt ein volksliedartiges, knappes Thema zu vier- und sechstaktigen Gruppen in Zweivierteltakt: pocco allegretto mit Variationen, in denen erst die Bratsche, dann die anderen Instrumente alternieren, dann die Primgeige, dann hauptsächlich Primgeige und Cello das entscheidende Wort zu sagen haben. Eine synkopierte Variation mit Cello- und nachher Bratschenpizzikato führt das doppio movimento herbei, das sich ganz in dem Ideenkreise des ersten Satzes hält und das Werk cyklisch abschließt.

Die Uraufführung des Werkes veranstaltete Joachim in Berlin am 14. Oktober 1876. Brahms schreibt ihm schon früher scherzhaft: „Grüße Deine Frau bestens; ein Lied für sie ist besser geraten als das neue Quartett, vor dem ich ernstlich warne!" In einem späteren Briefe heißt es dann: „Ich habe leider etwas mehr versprochen als ich halten kann. Zum Mitnehmen kann ich die Quartettstimmen nicht schicken, aber sei so gut, mir deine Londoner Adresse auf einer Korrespondenzkarte zu schreiben, und ich hoffe, sie kommen Dir in allerkürzester Zeit nach. Nun aber: wundere Dich nicht, wenn es genau so aussieht wie früher!

Es ist mir eine alte Erfahrung, daß bei den ersten Proben mancherlei an Bezeichnungen und so weiter nötig scheint, das überflüssig wird und nachteilig auf den Vortrag einwirkt, wenn ein Stück mehr bekannt ist und ruhig gespielt wird. Namentlich das Tempo angehend, ärgert mich manche genauere Angabe (rit. usw.) in meinen früheren Sachen. Im Quartett aber bezeichne Du nur einstweilen frisch und ungeniert drauf los!"

Nachdem Brahms das Werk beendigt, scheint er beschlossen zu haben, kein Streichquartett mehr zu versuchen. Ist es nicht auch genug, wenn einer die drei besten Quartette seit Beethoven geschrieben? Ist die Technik auch neu und ungewohnt, so sind es doch Quartette, die wahre Kammermusik enthalten: Feinkunst in Klang, Satz und Form. Brahms hatte sich genug getan. Ein neuer, größerer Gedanke bewegte ihn: die Symphonie.

Symphonien

Wohl schon in Zürich und Ziegelhausen hat Brahms verschwiegen an seiner ersten Symphonie gearbeitet. Auch sie reicht wie die Quartette in frühe Zeiten hinab, da der jugendliche Tonsetzer noch am Rheine weilte. Zunächst ließ er noch nichts von seinem Unternehmen verlauten, trotzdem die Freunde ihn oftmals bedrängten, doch eine Symphonie zu schreiben.

In Wien wurde mit Hellmesberger das c-moll-Klavierquartett einstudiert. Die Generalprobe fand in Billroths neuem Musiksaale statt, wo von nun ab die meisten Werke des Autors „aus der Pfanne" probiert wurden. Nach Wien war Brahms über Nürnberg, Dessau und Würzburg gekommen. Hier hatte er Kirchner besucht und auch Daumer einen Besuch zugedacht, den der Sterbende aber nicht mehr annehmen konnte. Da Brahms in Wien jetzt keine Direktionsgeschäfte mehr festhielten, machte er sich im Januar schon wieder, wie er es Ende der Sechziger Jahre oft getan, auf Konzertreisen, die ihn diesmal nach Holland führten.

Wo er als Dirigent und Klavierspieler erschien, da gab es fast immer ein Orchesterkonzert, in dem der Meister eigene Werke leitete, und daran anschließend, in den nächsten Tagen einen Kammermusikabend, an dem der Tondichter den Klavierpart eines seiner Kammerstücke persönlich auszuführen pflegte. Als Klaviersolist trat er immer ungern, zuletzt garnicht mehr auf. Tat er es aber ausnahmsweise, so spielte er meist keine eigenen Werke. sondern etwas Klassisches. Sein Klavierspiel, ursprünglich außerordentlich geschmeidig — Terzen und Sexten spielte er wie kein Zweiter — und gewaltig, ließ mit der Zeit an Virtuosität nach. Aber Brahms wußte zu fascinieren. Dadurch stach auch seine Orchesterdirektion von dem üblichen Kapellmeistertum ab: er fuchtelte nicht viel mit dem Taktstock, sondern befahl mit seinem Auge und seiner ganzen Persönlichkeit.

Dem Anerkannten wurden nun auch weitere Anerkennungen

zuteil. Die Universität Oxford ernannte Brahms zum Doktor der Musik. Allerdings geschieht diese Ernennung nur auf Widerruf. Brahms schreibt zu diesem Fall an Joachim: „Besten Dank für Dein liebes Schreiben; das kleine Dr. hat mir schon allerlei Aufregungen gemacht. Das offizielle Schreiben Mac. Farrens sagt nämlich kein Wort von Deinem und Deiner Freunde Bedenken. Ich bin nicht eben plauderhaft, aber in einer Gesellschaft, wo ich Speidel und allen anderen mein schönes Abenteuer verschwieg, erzählte ich es Hanslick .... Mit Schrecken fand ich heute trotzdem eine Notiz in der freien Presse —" Der Widerruf erfolgte stillschweigend, weil Brahms nicht, wie die Zeremonie es vorschreibt, zur feierlichen Promotion nach England reiste. Er ist trotz glänzender Anerbietungen dem Inselreich zeitlebens fern geblieben.

Als Musikgelehrter wurde er für die kritische Ausgabe der Mozartschen Werke in Anspruch genommen, übernahm fürs Frühjahr 1876 die Revision des Requiems und führte sie gewissenhaft durch, indem er zwischen Mozart und seinem Vollender Süßmayer möglichst reinen Tisch zu machen suchte; an den in der Partitur beigefügten Buchstaben N. und S. können wir die Resultate seiner kritischen Horizontenarbeit erkennen. „Eine schlimme Revisionsarbeit habe ich wohl jetzt hinter mir (so schreibt er am 24. Mai 1876), das Requiem von Mozart. Ich hörte gar nicht auf abwechselnd in die beiden Handschriften zu gucken."

Im April schreibt Brahms an Frau Luise Scholz, die Gattin des Breslauer Musikdirektors, ... „ich habe keine Idee, wohin mich der Frühling und der Staub hier (in Wien) wehen wird. Einstweilen spaziere ich in allen vier Bänden Bädeker herum und im Gsellfels dazu." Den Sommer machte er sich diesmal, auf Henschels Anraten nach Rügen auf. Den Nachklang seines Rügener Aufenthalts vernehmen wir in einem späteren Briefe (von 1886) an Joachim: „Über Rügen wirst Du Dich sehr freuen, es ist ganz herrlich schön, und ich habe einen Sommer dort sehr lange — ausgehalten." Henschel lebte dort längere Zeit mit Brahms zusammen. Er erzählt uns anziehende Erinnerungen und zeichnet Meister Brahms so vorzüglich, daß wir ihm das Wort lassen müssen. „Seit Freitag Abend bin ich hier in Saßnitz .... Brahms erwartete mich, und wir plauderten noch ein Stündchen. Andern Tags war er schon zum Kaffee wieder oben bei mir — ich wohne auf dem Fahrnberg, er unten im Dorfe. Er sieht prächtig aus und geht hier, wie es ihm gefällt, immer mit sehr sauberer Wäsche, aber ohne Halskragen und Binde, und gewöhnlich mit offener Weste, den Hut in der Hand, nur während der Table d'hôte trägt er Halskragen und Binde. Sein Appetit

ist vortrefflich. Des Abends trinkt er regelmässig drei Glas Bier
und zum Schlusse stets seinen Kaffee. Er gleicht jetzt in Ge-
sichtsfarbe und Haarwuchs, ja sogar im Gesicht selbst außerordentlich dem Bilde Beethovens, das im Besitze und im Hause
Joachims ist. Wenn wir zusammen baden, kann ich seine mus-
kulöse Gestalt nicht genug ansehen. Er hat übrigens ein ganz
solennes Schmerbäuchlein. Im Wasser machte er mich darauf
aufmerksam, daß es nicht nur möglich, sondern auch angenehm
und stärkend für die Augen sei, diese beim Tauchen offen zu
halten.

Abends saßen wir im Gasthofe; ich hatte ihm die neue
Folge der Hauptmannschen Briefe an Ludwig Spohr gegeben.
‚Man soll sich doch in Acht nehmen, Briefe zu schreiben,‘
meinte er. ‚Eines schönen Tages werden sie gedruckt! Wenn
mans genau nimmt, kann man das, was hier in diesen Briefen
steht, auch umkehren, und es ist noch immer was . . . . .‘

Am Sonntag Nachmittag war ich fast drei Stunden bei
Brahms. Er zeigte mir neue Lieder von sich und fragt mich, ob
ich nicht eine kurze Bezeichnung, vielleicht lateinisch für: ‚nicht
von mir‘ oder ‚fremdes Eigentum‘ wüßte. Er habe nämlich ein
sehr hübsches Thema von Scarlatti als Vorspiel zu einem Liede
von Goethe verwendet und möchte das doch gern bemerken . . . .
Es war herrlich, mit diesem Manne so lang allein zu sein und
ihn reden zu hören. Ich behaupte, daß Brahms, außer an der Table
d'hôte wo er grundsätzlich aus Höflichkeit für die am Tische
Sitzenden nur von gleichgültigen Dingen, wie Wetter, Essen.
Temperatur des Wassers, Spaziergelegenheiten und dergleichen
mehr redet, kein unnützes, überflüssiges Wort spricht, und daß
er für das, wovon er spricht, auch wirklich Interesse hat . . . . .
Als wir uns am Abend trennten — Brahms hatte mir noch kurz
vorher gesagt: ‚Sie müssen mehr Gymnastik treiben, so vier-
stimmige Lieder, Variationen und so weiter, was auch für die
Oper Ihnen zu statten kommen wird‘ — rief er mir zu: ‚Holen
Sie mich doch morgen zum Baden ab. Bringen Sie mir Lieder
mit ‚Gerda Partitur‘ oder sonst was Schönes!‘ . . . .“

Gestern Abend ging ich zu Brahms. Er hatte gelesen und
nahm nun meine Lieder vor . . . . . An das Lied ‚Wo Engel
hausen‘ anknüpfend, machte er mich auf allerlei Fehler und
Mängel aufmerksam, und zwar in der allerliebenswürdigsten
Weise, so daß ich ganz glücklich dabei saß und mich zu sprechen
hütete, nur, damit er ruhig fortfahre und sich nicht stören lasse.
Vorher schon hatte er mich gefragt: ‚Haben Sie nun das Lied
sehr rasch gemacht?‘ — Ich sagte: ‚Ja, ohne Pause, in einem
Zuge, wie man zu sagen pflegt.‘ — ‚Da müssen Sie sich ge-

wöhnen, langsamer zu schreiben.‘ — ‚Und?‘ so warf ich ein,
‚wenn ich das Lied nun langsam gemacht hätte?‘ — ‚Dann
würde es mir leid tun‘ — gab er lachend zur Antwort. ‚Denn
das Lied ist zwar hübsch und wird gewiß gefallen, aber es ist
eben nicht fertig.‘ . . . . .

‚Wenn Sie Lieder schreiben,‘ belehrte er mich heute
(17. Juli), ‚so sehen Sie ja zu, daß Sie gleichzeitig mit der Melodie einen gesunden, kräftigen Baß erfinden. Sie kleben zu sehr
an der Mittelstimme. Da — er zeigte auf das schon früher erwähnte Lied — haben Sie eine ganz allerliebste Mittelstimme erfunden, und auch der Anfang der Melodie ist ganz nett; aber Sie
machen das zur Hauptsache, und das ist Ihr Fehler. Auch
merken Sie sich: keine schweren Dissonanzen auf leichten Taktteilen, das ist schwächlich. Ich liebe Dissonanzen sehr, aber auf
schweren Taktteilen, und dann leicht und sanft auflösen!‘ . . . . .

Reizend war es, als er heute von seiner Jugend sprach.
‚Ich habe ein einziges Mal die Schule geschwänzt, und das war
der ‚wüchtigste‘ Tag meines Lebens. Als ich nach Hause kam,
wußte es mein Vater schon, und es setzte tüchtige Haue.‘ Von
seinen Familienverhältnissen sprach er auch. Er ernährt noch
jetzt seine alte Stiefmutter. Mit seiner Schwester hat er wenig
gemeinsam; die Interessen der Geschwister sind gar zu verschieden. Mit seinem Bruder, der auch von ihm gelebt, ist er
‚ganz auseinander‘ . . . . . Dann sprachen wir vom Heiraten, und
er sagte: ‚Es tut mir doch manchmal leid, daß ich nicht geheiratet habe. Jetzt müßte ich einen Jungen von 10 Jahren
haben, das wäre was! Aber als ich in dem Alter war, war ich
nicht in der Lage, und jetzt ist es zu spät.‘ . . . . .

Neulich pfiff ich auf seinem Zimmer, und zwar das Andante
aus seinem c-moll-Quartett. Es schien ihm sehr zu behagen, denn
bei einer gewissen Stelle machte er wiegende Handbewegungen,
und sein Gesicht glänzte. Schließlich fing er an: ‚Ja, ich
schäme mich nicht, zu sagen, saß es mir selbst eine große Freude
ist, wenn ein Lied, ein Andante oder sonstwas mir gut gelungen
scheint. Wie muß es erst den Göttern Mozart, Beethoven und
denen, deren tägliches Brod das ist, zu Mute gewesen sein, wenn
sie den Schlußstrich unter ‚Figaros Hochzeit‘ und ‚Fidelio‘ gesetzt
haben, um anderen Tages ‚Don Juan‘ und ‚Neunte Symphonie‘ zu
beginnen! — Was ich nicht begreife, ist, wie unsereiner eitel sein
kann. Wie wir Menschen, die auf der Erde aufrecht gehen, zu
den Geschöpfen, die unter der Erde kriechen, so stehen unsere
Götter über uns. Wenn es mir nicht so lächerlich wäre, würde
es mir ekelhaft sein, mich von Kollegen ins Gesicht hinein so
überschwenglich loben zu hören.‘ . . . . .

Bald darauf wurde er sehr lustig und meinte unter anderem, das Agitato in seinem neuen, noch ungedruckten B-dur-Quartett sei wohl das zärtlichste, was er geschrieben habe . . . . ."

Im September fuhr Brahms nach kurzem Hamburger Intermezzo nach Baden, wo er in Lichtenthal sein nächstes großes Werk beendigte: Op. 68.

Die erste Symphonie war die Arbeit auch dieses Sommers. Vor vielen Jahren schon hatte Brahms einen ersten Symphoniesatz entworfen. Der war aber in die Studienmappe zurückgelegt worden. Jetzt meldete sich der Satz wieder mit jenem c-moll-Quartett zusammen, das auch so lange geschwiegen hatte. Die liebe und schreckliche Stimmung der Jugendzeit, wo Brahms an der Seite Frau Claras ein Schicksal durchlebt, „kam wieder in die Höh'". Die Symphonie gährte wieder.

Sie wäre jedenfalls nicht wiederzuerkennen, wenn wir den ersten Entwurf mit ihrer Endgestalt verglichen. Ein großer Unterschied bestand schon darin, daß eine langsame Einleitung dazukam. Die Tonart täuscht uns diesmal nicht: es ist eine Schicksalssymphonie, wie die fünfte Beethovens. Nirgends können wir die Verschiedenheit beider Tonsetzer klarer erkennen: bei Beethoven dieses Elementare und durchleuchtende trotz aller Dunkelheit und Tragik, bei Brahms dieses titanische Ringen, dies romantische Empfinden bei aller Strafflheit der Form. Aus knappen Motiven türmt sich der erste Satz auf.

Eine Andeutung des zweiten Themas leitet den Satz ein und begleitet das Hauptthema im Baß. Dieses sekundiert dann wiederum dem zweiten Thema. Zwei Momente beeinflussen den Charakter des organisch entwickelten Satzes vornehmlich: die Chromatik und die übergehaltenen rhythmischen Werte. Die gesamte Einleitung schiebt sich vorwärts, sie schreitet nicht — und die letzte Einmündung in das Allegro treibt gleichsam einen Keil in das Folgende.

Die Bindungen der schlechten Taktteile mit den nächstfolgenden
guten, mit denen sie oft ganz in eins verschmelzen, verleihen dem
Satz jenen ungemein stürmischen, ungestümen Charakter. Die vielen
kurzen, hastigen Pausen unterstützen dies unruhig Treibende noch
mehr. Ausgehaltene Bläserakkorde täuschen nur Ruhe vor; es
gibt kein Halten. Die abgerissenen Dreiachtelfiguren reizen das
Gefühl noch heftiger. Die Durchführung nimmt die gewaltige,
stumpf stoßende Bewegung erst recht auf. Die anderen Motive
wollen beruhigend dazwischen treten; alles wird ins Heftige um-
gedeutet. Die Coda aber zeigt vollends das furiose Gesicht des
treibenden Geistes. Erst dem poco sostenuto gelingt es, den
tobenden Gott zu beschwichtigen. Der Satz steckt voll finsterer
Tragik.

Eine tiefe Empfindung durchzieht das Andante sostenuto,
welches seinen Hauptgedanken mehr und mehr ausgestaltet. Dies
eigentümlich Müde im Brahmschen Tonsatz tritt hier immer wieder
hervor. Die Holzbläser färben die Stimmung so wehmütig, wenn
sie die Achtelgänge hinabsteigen. Und eigentümlich wirkt auch
hier wieder der durchbrochene Satz, der den Hörer auffordert,
die Verbindungsfäden zwischen den einzelnen Teilen selbsttätig zu
spinnen. Der Satz, der in einem vollen Ton der Resignation begonnen wird, erhebt sich im Verlauf, namentlich im cis-moll-
Mittelsatze in rührende Höhen. Die Solovioline geht espressivo

voran und führt den Satz zu einem beruhigenden Abschluß
Pianissimo verhallt des Liedes Zauberton.

Es folgt ein Un poco Allregetto e grazioso, eins der geradtaktigen Scherzi; es steht im Zweivierteltakt. Das achttaktige
Thema setzt sich aus Behauptung und Umkehrung zusammen.
Ein zweiter Gedanke in hüpfenden Werten übernimmt alsdann
die Führung. Darauf verkürzt sich das erste Thema und gewinnt lebhafteres Feuer, schließlich setzt es sich in den Sechsachteltakt um und erreicht in dieser Form den Höhepunkt des
Satzes, der kein eigentliches Trio hat. Was der Sechsachteltakt
bringt, kann man auch keine Lustigkeit nennen; dafür wird zuviel Energie aufgebracht, und die widerharigen Sforzati lassen
immer an Widerstände denken. Auch der Schluß entwickelt
sich unnormal; der Sechsachteltakt hat mit seinen nur halb vergnügten Achteln das Schlußwort — hier treten die Achtel freilich verkappt als Triolen auf.

Was das, das Finale einleitende, Adagio will, wird ihm nicht
gewährt. Es beginnt, wie man das in der Lehre von der Fuge
nennt, mit der Antwort auf das Thema; dies tritt erst mit dem
Allegro ein. Die gedehnten Noten werden alsbald von kurz abgerissenen Achteln abgelöst, ein Treiben über Zweiunddreißigstelgänge und Synkopen beginnt, das an Gespenster gemahnt, bis
schließlich über wellenden Sextolen im Andante die Hörner sehnsüchtig locken; die große Terz tut die bedeutendste Wirkung.
Die Geigen sind mit Sordinen gedämpft und diminuendo geht es
zur Fermate, die von Hörnern und Posaunen ausgehalten wird.
Poco forte setzt das Allegro non troppo ma con brio mit seinem
fröhlichen Thema ein. Immer lauter und lustiger stürmen wir
voran, eine Verkleinerung des ursprünglichen Motivs, unruhige
Sechszehntel erhöhen die drängende Bewegung — da läßt das
Horn wieder seine Weise lautwerden; nur kurz, dann erhält das
zweite, weichere Thema das Wort: immer neue Wendungen ver-
mehren den Schatz der Empfindung, sodaß eine Durchführung
überflüssig wird. Statt dessen gestaltet der Komponist die Seiten-
sätze, auch kontrapunktisch, weiter aus, sodaß wir manchmal fürchten,
uns auf diesen drohenden Abwegen zu verlieren, aber wieder
winkt uns die Weise des Horns und bringt das zweite Thema
zurück. Von da gewinnen wir über kurze erinnernde Rückblicke
den Ausweg ins Hauptthema: in breiten Notenwerken. più allegro steigert sich der Satz zu dröhnendem Triumphe.

Die tragische Größe dieser ersten Symphonie vermochte
Brahms nicht mehr zu erreichen. Ihre Gewalt stellt alles in den
Schatten, was seit Beethoven an Symphonien geschrieben worden
ist. Manches Werk gibt es, das andere Schönheiten vor diesem
auszeichnet: die wunderbare Klangschönheit von Schuberts h-moll-

Fragment, findet sich nirgends bei Brahms, aber die monumentale Größe der c-moll-Symphonie ließ Bülows Bezeichnung der Brahmschen Symphonie als zehnte der Beethovenschen nicht ganz unberechtigt erscheinen. Die Symphonie zeigt Brahms Eigenart deutlicher noch als viele kleinere Werke. Man sieht, daß dieser stürmische Charakter der Tonsprache von Schumann kam. Schumann fand in Brahms eine musikalische Verwandtschaft, und umgekehrt dieser in jenem. Brahms eigentümlich ist jene Mischung von elegischer Weichheit und eckiger Härte, eigentümlich ihm die sprechende Pause, die schon Beethoven so trefflich zu benutzen wußte, aber allerdings großzügiger verwertete — bei Brahms tritt da und dort eine Zerklüftung ein. Das aber ist wiederum das Zeichen des modernen Musikers. In der Form erlaubte er sich keine Ausnahmen, erlaubte sich nicht, neue Wege zu brechen. Er wandte die Form nach verschiedenen Seiten paßte sie seinen Bedürfnissen jeweils an, hielt sich aber an das wohl erwogene und das wohl erworbene Gesetz. Man kann die c-moll-Symphonie, wie die anderen Brahmsschen Symphonien heute klassische Werke nennen. Viel dazu beigetragen, sie voll zu erfassen, hat das Heranreifen der Technik, die sich an den ungelenken Rhythmen und großen Intervallen der Brahmschen Tonsprache zuerst stieß. Jetzt hat sie das Studium beendet, Brahmssche Musik wird virtuos gespielt und wirkt viel befriedigender fürs Ohr, das sich allerdings an manche Härten gewöhnen mußte. Was Brahms unter die Klassiker versetzt, ist das Urmusikalische seiner Tonsprache. Das oben Geschilderte sind Stil- und Charaktereigentümlichkeiten: dahinter, darüber schwebt das Urmusikalische: Brahms hat wahre Musik gemacht; gerade die Anklage, die früher gegen ihn erhoben wurde, die Gelehrsamkeit habe seine Musik getötet, trifft nicht zu: es quoll ein Born tiefer und ernster Musik aus dem Herzen dieses Mannes.

Die äußeren Erfolge des Werkes in seinen ersten Daseinstagen interessieren uns nun. Brahms hatte Dessoff eine Aufführung in Karlsruhe nahegelegt, die am 4. November 1876 erfolgte. Auch in Mannheim kam das Werk unter Brahms eigener Leitung zu Gehör. In München hatte die Symphonie keinen Erfolg.

In Wien, wo Hellmesberger mit Altem — H-dur-Trio — und Neuem — B-dur-Quartett — von Brahms aufwartete, wurde die Symphonie natürlich auch recht bald gebracht. Herbeck, der jetzige Leiter der Gesellschaftskonzerte, setzte sie auf sein Programm. Brahms dirigierte sie am 17. Dezember. Billroth schreibt unter anderem an Brahms, nachdem er die Symphonie zu Hause durchgesehen: „Den letzten Satz habe ich am vollkommensten be-

wältigt; er erscheint mir von herrlichster, großartigster Vollendung
und hat mich oft an die architektonische Behandlung des Triumphliedes erinnert; das Hauptmotiv erscheint wie ein weihevoller
Hymnus, erhaben über allem wie verklärt liegend: wie die einzelnen Teile im großen und kleinen gruppiert sind, sich immer
höher hinaufwölben, und doch alles so klar und sicher dasteht
und sich so natürlich aus sich selbst gestaltet, als wenn es von
selbst so gewachsen wäre — das ist unvergleichlich schön. Doch
wenn der letzte Satz auch für sich schon eine Perle in der Kunst
ist, so wirkt er noch ganz besonders als Abschluß des ganzen
Kunstwerkes großartig. Von dem ersten Satz habe ich einen nur
mehr allgemeinen, elementaren Eindruck gewinnen können, wenngleich mir der äußerliche Zusammenhang weit klarer geworden
ist als beim ersten Hören. Über die Schönheit der beiden Mittelsätze kann kein Zweifel sein. Daß der ganzen Symphonie ein
ähnlicher Stimmungsgang zugrunde liegt wie der neunten von
Beethoven, ist mir beim Studium immer mehr aufgefallen, und
doch tritt gerade deine künstlerische Individualität in diesem
Werke besonders rein hervor. Es ist sonderbar, die abgebrauchten
Ausdrücke ‚real‘ und ‚ideal‘ von Musik zu brauchen, und doch
weiß ich ihr kein anderes Epitheton beizulegen als die Idealität
deiner Inventionen und ihrer künstlerischen Entwicklungen . . .‘‘

Brahms erste Symphonie ist in der gesamten Musikwelt von
solcher Bedeutung gewesen und geworden, daß wir die erste
Kritik dieses Werkes nicht übergehen können. Hanslick schrieb:
„Es ist kaum noch vorgekommen, daß die gesamte Musikwelt
mit so hochgespannter Erwartung der ersten Symphonie eines
Komponisten entgegensah. Ein Beweis, daß man Brahms gerade
in dieser höchsten und schwierigsten Form Ungewöhnliches zu-
traute, aber je größer die Erwartung des Publikums, je dringender
das Verlangen nach einer Symphonie, desto schwieriger und
skrupulöser zeigte sich Brahms. Eine unerbittliche Gewissen-
haftigkeit und strenge Selbstkritik gehört zu den hervorstechendsten
Charakterzügen Brahms’ — jedesmal möchte er sein Bestes leisten
mit Aufgebot aller Kräfte; er kann und mag nichts ‚leicht nehmen‘.
Lange zögerte er mit der Komposition von Streichquartetten, und
mehr als eine Symphonie blieb als Studie in seinem Pult verschlossen. Auf das Drängen der Freunde antwortete er gewöhnlich, er habe zuviel Respekt vor seinen großen Vorgängern,
und mit einer Symphonie könne man heute ‚nicht spaßen‘. Diese
Strenge gegen sich selbst, diese Sorgfalt in Kleinstem und Größtem,
zeigt sich auch in der bewunderungswürdigen Arbeit der neuen
Symphonie. Wenn sie sich vielleicht zu sehr zeigt und der
Hörer über der erstaunlichen kontrapunktischen Kunst, die unmittelbar zündende Wirkung vermißt, so kann man ihm nicht

Eduard Hanslick
1825—1904

Brahms Dr. Fellinger   Fritz Steinbach
Frau Steinbach   Fanny Davies

ganz Unrecht geben. Die neue Symphonie ist ein so ernstes, kompliziertes, von gewöhnlichen Effekten so weit abstehendes Werk, daß es sich schnellem Verständnis nicht gleich entfaltet. Das ist immerhin, wenn auch kein Fehler, doch ein Mißgeschick, für den ersten Augenblick wenigstens. Die nächsten Wiederholungen werden es tilgen. Grillparzers Bekenntnis: ‚Ich wollte allerdings Effekt machen, aber nicht auf das Publikum, sondern auf mich selbst,‘ könnte als Wahlspruch auf der Symphonie von Brahms stehen. Sie gehört, das leuchtet sofort auch dem Laien ein, zu den eigentümlichsten und großartigsten Werken der Symphonienliteratur." Hanslick bespricht nun in Kürze die einzelnen Sätze und stellt Vergleiche dieser Symphonie mit denen der Klassiker an. Er faßt seine Meinung in den folgenden Sätzen zusammen: „Mit den Worten, daß kein Komponist dem Stil des späteren Beethoven so nahe gekommen sei, wie Brahms in diesem Finale, glaube ich keine paradoxe Behauptung, sondern eine einfache, kaum anfechtbare Tatsache zu bezeichnen. Ein hohes Lob, das aber keineswegs einem Komponisten alle Vorzüge oder gar alle in höchstem Maße zuspricht. Jede große Einseitigkeit wird ja mit dem Zurücktreten von Vorzügen auf der anderen Seite erkauft . . . . . Die neue Symphonie von Brahms ist ein Besitz, auf den die Nation stolz sein kann, auf lange hinaus ein unausgeschöpfter Born ernsten Genusses und fruchtbaren Studiums."

Brahms schreibt am 18. November 1876 an Karl Reinecke: „In aller Eile, verehrter Freund: daß es mir unmöglich ist, zum 14. Dezember zu kommen, daß ich aber leider auch für den Januar nichts versprechen kann. Sie wissen, daß ich im Begriff bin die Musikdirektorstellung in Düsseldorf anzunehmen. Im — Fall der Annahme (denn ich kann noch nicht wohl sagen, im günstigen) müßte ich zu Neujahr hin. Ich habe nun aber den ernstlichen Wunsch, Ihnen die ‚Symphonie‘ vorzuführen. Jedenfalls also schreibe ich Ihnen, sobald ich irgend weiß, wie ich über meine Zeit verfügen kann." In Leipzig wurde die Symphonie in der Tat gegeben und zwar am 18. Januar 1877 mit großem Erfolg.

Der Aufenthalt in Leipzig bei einer Wirtin wundermild, nämlich bei Frau Elisabeth von Herzogenberg, entschädigte den Meister für viele Widerwärtigkeiten, die für ihn vorwiegend in Briefschreiberei bestanden. Man hatte ihm nahegelegt, als Musikdirektor nach Düsseldorf zu kommen. Der Meister, der immer noch daran dachte, eine solche Berufstätigkeit zu übernehmen, gab zunächst zusagende Antwort. Aber es war klar, daß die Verhältnisse in Düsseldorf nicht danach waren, einen Brahms zu befriedigen. Wir wollen die umständlichen brieflichen Auseinandersetzungen, die uns nicht genügend interessieren, hier nicht weiter verfolgen. Bezeichnend ist die schließliche Antwort des Meisters: „Meine Hauptgründe dagegen sind kindlicher Natur und müssen verschwiegen bleiben (etwa die guten Wirtshäuser in Wien, der schlechte, grobe rheinische Ton, namentlich in Düsseldorf) und — in Wien kann man ohne weiteres Junggeselle bleiben. In einer kleinen Stadt ist ein alter Junggeselle eine Karikatur. Heiraten will ich nicht mehr, und — habe doch einige Gründe, mich vor dem schönen Geschlecht zu fürchten." Im Februar 1877 hatte er abgesagt.

In diesem Tone konnte es nicht weiter gehen: Frau Elisabeth wußte einen andern zum Erklingen zu bringen. Brahms ergab sich wieder ganz der Liederkomposition. Im April 1877 schreibt er an Heinrich von Herzogenberg: „Vielleicht veranlaßt Sie beifolgendes Grünzeug, mir ein paar Worte zu sagen, was Ihnen gefällt und namentlich, was nicht die Ehre und das Vergnügen hat!

Wenn Sie sich nun an dem süßen Zeug übergessen haben, liegt eine Klavieretüde ‚nach Bach‘ bei, die mir recht lustig zu üben scheint." In einem weiteren Briefe heißt es dann: „Haben Sie sich amüsiert? Hat die Frau gelächelt? Jetzt bitte ich Sie, daß sie die Geschichte zusammenpacken und möglichst bald, lieber heut als morgen, an Frau Schumann, ... schicken. Ich schäme mich, jetzt noch einmal und sehr ernstlich — doch jetzt ists geschehen."

Die Liederhefte Op. 69 bis 72 füllten sich — und sie füllen den ganzen Raum aus zwischen der ersten und der zweiten Symphonie, Op. 68 uud Op. 73. Schon früher geschrieben war Kellers bereits erwähnter „Abendregen", Goethes „Serenade" und „Unüberwindlich", die „Alte Liebe" und „Sommerfäden". — beide letzteren von Candidus. Die übrigen Lieder stammen aus dem 77er Frühling.

In dem ersten Hefte stehen wieder vier Gesänge „Aus dem Böhmischen" nach Wenzig. Das letzte Lied war vom Dichter Carl Candidus. Zwei Seelieder setzen dies Op. 69 fort; Eichendorff und Lemcke sind die Dichter. Daran schließt sich Kellers „Salome" und der serbische „Mädchenfluch".

Auch Op. 70 beginnt mit einem Seestück. Wir hören in der aufgeregten Begleitung das Wellenschlagen am Strande, wie die Wasser unheimlich und schwer kommen und gehen; die ganze Natur belebt sich — die Seele aber singt Sehnsucht. Gottfried Kellers „Abendregen" beschließt den Zyklus herb und nachdrücklich. Dies eigentümliche Lied zerfällt in zwei Teile: im ersten rauschen die Regentropfen schimmernd nieder, im zweiten spannt sich — das getragene Zeitmaß verrät es — der Regenbogen weit

über unser Haupt. Er ist wie eine Krone unserer Ehre; dieser
Gedanke vertieft die Musik, die jetzt sehr energisch zugreift.
Dies letzte Lied mit seiner transzendentalen Anwandlung zeigt
uns den Weg, den Brahms Lyrik allmählich geht. Geheime,
hohe Stimmen treten hervor, das blühende, jugendliche Singen
und Sagen hat aufgehört. Schon die Texte haben eine blassere
Färbung. Das Mystische spricht aus dieser tiefen Musik.

Das erste Lied in op. 71 zählt zu den vollkommensten, die
Brahms geschrieben. Der märzlich frische, fast schneidende
Lenzeshauch durchweht dies Lied so stark, daß wir ihn auf der
Haut zu spüren vermeinen.

Mit den bewegten Achtelgängen streicht er hin über die Wasser
und die Blumen. Meisterlich wird dem ersten Bilde der Kränze
flechtenden Schäferin, der trabende Reiter gegenübergestellt, auf
dessen Hut die Feder flattert. Die trauernde Schäferin wirft wohl
die Kränze in den gleitenden Fluß, aber immer bewegter singt
es der Frühling: „Es liebt sich so lieblich im Lenze!" Die
Mischung von Zuversicht, Gegenständlichkeit und getäuschten
Gefühlen macht das Lied ungemein reich.

In Op. 72 vereinigen sich fünf sehr verschiedene Geschwister: Goethes humorvolles Gedicht: „So hab' ich tausendmal geschworen, dieser Flasche nicht zu trauen", das tieftraurige Lied „Verzagen", und Candidus „Alte Liebe". Dies Lied ruft den alten Liebesharm wieder auf: die dunkle Schwalbe flattert vernehmbar an unserem Ohre vorbei. Dramatisch steigert sich der Ausdruck: „Es ruft mir aus der Ferne, ein Auge sieht mich an" — ein alter Traum entführt uns in ferne Weiten . . . Kontrapunktisch interessant ist das Lied: „Sommerfäden". Wie ein Waldesdom öffnet sich das Lied: „O kühler Wald, wo rauschest du, in dem mein Liebchen geht?" Die warme Sinnlichkeit dieser Gesänge tritt zurück hinter einer reichen Geistigkeit, deren die Musik wohl auch fähig ist. Heinrich von Herzogenberg schreibt an Brahms: „Unsere allergrößten Lieblinge sind ‚Ei, schmollte mein Vater', ‚Ätherische ferne Stimmen', ‚Silbermond', ‚O Frühlingsabenddämmerung', ‚Es kehrt die dunkle Schwalbe' und ‚Sommerfäden'. Mit der ‚Frühlingsabenddämmerung' gings uns eigentümlich. Wir legten uns so recht hinein und schwelgten das Lied durch und wieder durch. Da fiel mein scharfes Dirigentenauge (was Sie immer noch nicht kennen gelernt haben) von ungefähr auf die Tempobezeichnung — und wir verstummten und sahen uns recht erschrocken an. Ich erinnere mich, mit Ihnen über Tempobezeichnungen gesprochen zu haben, wobei ich mich vermaß, zu behaupten, daß ein ordentlicher Kerl kein Tempo eines gesunden Stückes vergreifen könne. Und doch — o wie langsam hatten wir in unserer Untertanenblindheit geschwelgt! ‚Sehr lebhaft und heimlich' steht darüber — und wir hatten jeden Vorhalt in der linken Hand zu einer Empfindung gebracht: wie verweilten wir im wonnigen Schauer der beiden gebrochenen Akkorde in der rechten Hand mit dem tief unten synkopierenden D — und das alles falsch! Mir wars, als hörte ich Sie in der Ferne recht ironisch lachen. Sie mögen recht haben und haben natürlich recht, und wir wollen das Lied künftig mit gehörig lebhafter und heimlicher Dankbarkeit spielen — aber etwas schmerzlich war uns doch diese Entdeckung. und wir hoffen im Stillen, daß Röder (der Drucker) sich versieht und Sie es bei der Korrektur übersehen. und am Ende doch noch vor aller Welt draufstehen wird: ‚Langsam und heimlich'." Brahms antwortete: „Ich muß Ihnen doch zum Dank für Ihren gar lieben Brief gleich schreiben. daß im Manuskript der ‚Frühlingsdämmerung' allerdings ‚Belebt und heimlich' steht, daß aber dies schon eine Verlegenheitsbezeichnung war — ich dachte, das Lied sei sehr langweilig! Weiter aber steht im Manuskript: ‚Immer langsamer, adagio'. und zuletzt gar über dem ganzen Takt eine große Fermate!" Am Schlusse des Briefes lesen wir übrigens noch die Bemerkung:

„Apropos Manuskript! Ich erinnere sehr wohl, daß ich Ihrer Frau eines schuldig bin — soll auch kommen, und so zart und zärtlich wie möglich!"

Lange verweilte Brahms diesmal nicht bei den Liedern. Die erste Symphonie hatte eingeschlagen: die zweite meldete sich alsbald. Ein idealer Sommeraufenthalt entlockte ihm die lindesten Weisen: Pörtschach am See. Es gefiel dem Meister hier so gut, daß er drei Jahre nach einander an den Wörther See zurückkehrte. Eine große Zahl von Kompositionen hat er in der herrlichen Gegend geschrieben. Wir hören aus seinen Briefen schon, wie die Schönheiten des Kärntner Landes sein Herz gefangen nehmen. Ein erstes Unterkommen fand Brahms in der Hausmeisterwohnung des Schlosses. Er schreibt selbst: „Pörtschach liegt allerliebst, und ich fand eine liebliche und, wie es scheint angenehme Wohnung im Schloss! Das kannst du im allgemeinen einfach so erzählen, das imponiert. Nebenbei aber sage ich, daß ich eben zwei kleine Zimmer der Hausmeisterwohnung habe. mein Flügel würde die Treppe nicht heraufgehen, auch wohl die Wand sprengen." Natürlich fehlte es nicht an Bekannten und Freunden, die sich mittags und abends um den gern gesehenen Meister scharten. Als auswärtiger Besuch kam auch ein junger Musiker aus Charkow, Iwan Knorr, den Brahms dann vielfach unterstützt hat. Liebenswürdigkeiten der Gesellschaft fielen Brahms mehrfach auf die Nerven. Dies war auch der Grund, warum er für den nächsten Sommer ein Logis unten am See nahm.

Auf diesem Terrain, auf schattigem Waldboden, in alten Ruinen, an schimmernden Seen entstand 1877 die zweite Symphonie: eine D-dur-Symphonie. Anmutiger Dreivierteltakt beginnt mit einem wiegenden Motiv, das von Fagotten und Hörnern alsbald umgekehrt wird. Die Holzbläser tragen die Stimmung weiter. Dann aber stimmen die Violinen das Hauptthema an. Sie schlingen damit lustige Guirlanden um ausgehaltene Hornklänge und wogend begleitet der übrige Streicherchor. Eine fröhliche Pastoralestimmung entfaltet sich, in welche die Holzbläser die Seitenmelodie wohlig hineintragen. Über eine energische Durchführung, die das thematische Material wunderbar umwandelt, und ausbildet, kehren wir zur etwas gekürzten und veränderten Reprise zurück, die in ein reizendes Pizzikato-Filigran der Coda ausläuft.

Ein mit schwerem Auftakt anhebendes Adagio non troppo in H-dur löst den flüssig heiteren ersten Satz ab. Celli und Fagotte stimmen einen dunklen schwermütigen Gesang an, der sich breit ausdehnt. Die Synkope erhält bedeutendes Recht in der Weiterentwicklung und treibt den Satz nun über Fis-dur im Zwölfachteltakt bewegt weiter, bis steigende und fallende Sechzehntel

dem Stücke ein heftigeres Gepräge verleihen. Aus der geheimnisvollen Grundstimmung findet das Adagio keinen Ausweg; die
Motive verklammern sich zu einem immer wieder von neuem
veränderten thematischen Gewebe; eine dunkelrote Grundfärbung
durchglüht den ganzen Satz.

Wieder in den frischen Ton der D-dur-Stimmung führt uns
das Allegretto grazioso (quasi andantino) zurück. In seinem munteren Ländlertempo, den die Hoboen angeben,

liegt etwas von jenem Humor des Allegrettos in Beethovens achter
Symphonie. Bald löst ein Presto ma non'assai das Allegretto ab.
Dies Presto sagt im Zweivierteltakt dasselbe, was jenes im Drei-
vierteltakte vorbrachte; es stellt eine Variation des Hauptgedankens
dar. Wie herzhaft klingt das nun! Nach der Wiederholung der
ursprünglichen Idee setzt ein variierendes energisches Dreiachtel-
presto mit heftigen Akzenten ein, die übrigens auch im Rhythmus
liegen. Nach kurzer Dehnung des Taktes auf Neunachtel, kommt
das Tempo primo wieder und führt den Satz nachdenklich in kurzem
Sostenuto mit Schlußpizzikato zu Ende.

Das Finale bietet uns ein Allegro con spirito von stärkstem
Glanz. Eine breite Melodie entfalten die Streicher vor unserem
Ohre. In der Weiterentwicklung des Satzes geht es immer lebendiger zu; das Blech nimmt tönenden Anteil. Das fast bieder
klingende Seitenthema (largamente) macht sich breit. Es wird
gehopst und getanzt. In mächtigen Oktaven rasen die Läufe einher, nachdem ein Tranquillo die Kräfte für einen Moment gesammelt. Dann wird die Fröhlichkeit immer heftiger und ausge-

lassener, alles vereint sich zu einem imponierenden Schluß, in dem die Bläser immer noch einmal die Hauptfigur lustig hervorschmettern.

Brahms schrieb an Frau Elisabeth: „Die frommen Störche kehren und bringen im Dezember, nicht im Januar usw. Die neue ist aber wirklich keine Symphonie, sondern bloß eine Sinfonie, und ich brauche sie Ihnen auch nicht vorher vorzuspielen. Sie brauchen sich bloß hinzusetzen, abwechselnd die Füßchen auf beiden Pedalen, und den f-moll-Akkord eine gute Zeitlang anzuschlagen. Abwechselnd unten und oben, ff und pp, — dann kriegen Sie allmählich das deutlichste Bild von der neuen."

Außer der Symphonie schrieb Brahms diesen Sommer in Pörtschach noch die zwei Motetten Op 74 „Warum ist das Licht gegeben den Mühseligen" und „O Heiland reiß die Himmel auf", in denen Bachscher Geist weht. Frau Elisabeth meldete Brahms im folgenden Jahre: „Ich danke Ihnen, daß ich die Motette nach Arnoldstein mitnehmen darf: denn meine blöden Augen brauchen lange, bis sie in einem solchen Stück sich völlig orientieren und allen seinen Geheimnissen völlig auf die Spur kommen. Zuerst habe ich nur einen kostbaren Stimmungseindruck, wie beim Eintritt in das Schiff einer Kirche, etwa bei Sonnenuntergang: lauter Licht und Farbe und eine Ahnung herrlicher Kunst, die Ursache der wunderbaren Einheit des Eindrucks sein muß — um aber wirklich schauen zu lernen, was ich da sehe, dazu brauche ich Ruhe und Licht und Zeit, und dann wachse ich ganz hinein und verrichte meine Andacht vor jedem einzelnen Zuge, vor jeder einzelnen Schönheitslinie — es gibt keine größeren Freuden."

Frau Elisabeth hatte die Motette dem widerstrebenden Brahms abgenommen. Sie schreibt ihm dann entschuldigend: „Seien Sie nicht böse, um Gotteswillen! Ich bin ganz allein an dem Diebstahl schuld, hatte mir aber wirklich eingebildet, Sie drückten mit Bewußtsein ein Auge zu. Warum? Warum? Sollten Sie mir auch dies unvergleichliche Vergnügen nicht vergunnen! Über den ersten Satz kann ich mich gar nicht zufriedengeben; von der ersten Seite bis zum Warum! auf der zweiten zu geschweigen! — aber dann der herrliche Ausdruck bei den Worten: ‚Und kommt nicht!' Das Synkopieren im Alt, besonders das vorgehaltene E ist zu einzig, dann das Überkraxeln des Soprans durch den Alt — aber ich verschone Sie damit, ein Ausrufungszeichen hinter jeden einzelnen Takt hinzuzusetzen." Brahms bemerkte später: „Motetten oder überhaupt Chormusik schriebe ich ganz gern (sonst schon überhaupt gar nichts mehr), aber versuchen Sie, ob Sie mir Texte schaffen können. Sie sich fabrizieren lassen, daran muß man sich in jungen Jahren gewöhnen, später ist man durch gute Lektüre zu sehr verwöhnt. In der Bibel ist es mir nicht

191

heidnisch genug, jetzt habe ich mir den Koran gekauft, finde aber auch nichts."

Joachim hatte wegen der Motetten auch noch etwas zu bemerken: „Ich muß noch was beichten — der Mensch ist immer noch nicht vorsichtig genug, wenn er sichs auch hundertmal vornimmt!!: ich habs nicht lassen können, Spitta mit einem Wink über die beabsichtigte Dedikation der Motetten zu intriguieren, den er natürlich verstanden hat. Es tut mir nun schrecklich leid, von Simrock zu hören, Du habest Deine ursprüngliche Absicht aufgegeben; ist's unwiderrufbar? Nun bin ich in der ekligen Alternative, Dir eine Verlegenheit oder Spitta eine Enttäuschung angeplauscht zu haben. Auf jeden Fall ‚pfui Teifel!‘" Die Motetten wurden „Herrn Philipp Spitta gewidmet."

Mit der zweiten Symphonie gemeinsam erschienen auch die vier Balladen und Romanzen für zwei Singstimmen mit Pianoforte Op. 75. Unter diesen dramatisch belebten Duetten finden wir die Ballade „Edward" wieder, die erschütternd wirkt. Der „gute Rat" erklingt in volkstümlichen Weisen; die Laute tönt dazu. Einige Bemerkungen der Frau Elisabeth und Brahms Antwort interessieren uns wieder. Die Freundin schreibt: „Bitte, machen Sie sie (eine Bekannte der Schreiberin) recht aufmerksam auf alles, auf die fabelhafte Abwechslung in der Begleitung bei den Antworten Edwards — wie verhalten und gedämpft sie noch ist beim ‚Geier‘, die rechte Hand noch einfach und eintönig, aber dann beim ‚Rotroß‘ wie anders schon, wie das des im Tenor, das früher None war, ganz neu wirkt, und das Hineinbeziehen der Unterdominant — dann die wunderbaren Linien in der rechten Hand hinauf aufs ges und wieder hinunter — man glaubts kaum, daß es dieselbe Melodie ist wie zu Anfang — ebenso bei den Fragen der Mutter, auch immer dasselbe und immer neu, durch drei Stufen hinaufgesteigert, immer drängender und zwingender bis zum b-moll. ‚Und was willst du lassen Deiner Mutter teu'r!‘ — ach, wenn man schreiben könnt', wie wollte man schreiben über dies Kunstwerk! Ja, und wie geboren, wie notwendig und immer dagewesen das alles aussieht (nicht ansetzen, meine Herren, der Ton muß schon da sein!), als hätte die Erregung Edwards und der Mutter schon von Uranfang an so getönt, könnte nicht anders als in Verbindung mit dieser Musik gedacht werden; und doch liegt es schon so lange da, stumm, das Gedicht, bis plötzlich einer daherkommt und es bewegt in seinem Herzen und in f-moll wieder auf die Welt bringt als sein Eigentum!" Brahms antwortet: „Wenn ich aber etwas lese, wie Ihre freundlichen Worte darüber, da empfinde ich immer einen deutlichen Ärger: warum hast Du Dir dabei nicht mehr Mühe gegeben, das hätte ja viel hübscher werden müssen.

Mürz 78

Verehrteste Herrn,

Ich bin im Begriff eine
Reise nach Italien zu machen!
Werde aber auch ich Ihnen zwei
Worte als Drentend sagen — Es ist
aber ernst ich Ihnen in Italien
oft genug anzutreffen!
Den freundlichen u. bewegten
Füßen werde ich — zeit Gallons
warmste u. in der Ville Farnesina
werde ich an Ihr Gedicht denken
u. — Ist ich solche Leben doch
auch e Majest Jahren kann.
Ich sollte einrichtend wegziehen
von meinem Rundgemälde auf
fremde zu sehen aber zwei
Gedicht — ich mag nicht Werkes!

die schöne Sage selbst reizt sehr
aber ich weiß dann meine idealen
Ballade – ja mit Chören – denken.
Ihr Gedicht aber dürfte man eher
Melodram zu wünschen u. auch die
Formen im Einzelnen einigen
wüßte ich nicht recht anzufassen.
Viel ist aber etwas das ich bei
modernen Musik-Dichtungen
meist vermisse: „Ob das mit
seinen Dingen der Wagner gethan?"
Unbedingt habe ich nur die
Musik so [illegible] zu thun u. zu
besprechen als ich – das Gedicht
anstrengen u. gedankenvoll sehr
empfänglich u. [illegible] Luft.
Jeder weiß was nur in der
Farnesina durch die Kunst
geht!

Brief an Julius Hübner, Direktor der Dresdener Galerie, der Brahms einen Oratorientext „Amor und Psyche“ übersandt hatte. (Mit Genehmigung der Deutschen Brahms-Gesellschaft aus dem Besitze der Gesellschaft der Musikfreunde in Wien.)

Nun, schließlich muß das ein Irrtum sein, aber sonderbar ist die Empfindung."

Die erste Aufführung der Wiener Symphonie, so muß man sie ihres ganzen Tonfalles wegen nennen, fand in Wien am 30. Dezember 1877 durch die Philharmoniker statt. Hanslick konnte diesmal schreiben: „Ein großer, ganz allgemeiner Erfolg krönte die Novität; selten hat die Freude des Publikums an einer neuen Tondichtung so aufrichtig und warm gesprochen. Die vor einem Jahre aufgeführte erste Symphonie von Brahms war ein Werk für ernste Kenner, die dessen fein verzweigtes Geäder ununterbrochen verfolgen und gleichsam mit der Lupe hören konnten. Die zweite Symphonie scheint wie die Sonne wärmend auf Kenner und Laien, sie gehört allen, die sich nach guter Musik sehnen, mögen sie die schwierigste fassen oder nicht. Unter Brahms Komposition nähert sich ihr in Stil und Stimmung am meisten das B-dur-Sextett, also dasjenige seiner Instrumentalwerke, welches ihn am populärsten, ja so sehr beliebt gemacht hat, daß die nachfolgenden komplizierten Quartette von dieser Liebe zehren konnten. Brahms neue Symphonie leuchtet in gesunder Frische mit Klarheit, durchweg faßlich, gibt sie doch überall aufzuhorchen und nachzudenken. Allenthalben zeigt sie neue Gedanken, und doch nirgend die leidige Tendenz, Neues im Sinne von Unerhörtem hervorbringen zu wollen. Dabei kein schielender Blick nach fremden Kunstgebieten, weder verschämtes noch freches Betteln bei der Poesie oder Malerei. Alles rein musikalisch empfangen und gestaltet, und ebenso rein musikalisch wirkend.

Wir können unsere Freude darüber nicht laut genug verkünden, daß Brahms, nachdem er in seiner ersten Symphonie dem Pathos faustischer Seelenkämpfe gewaltigen Ausdruck verliehen, nun in seiner zweiten sich der frühlingsblühenden Erde wieder zugewendet hat." Wir müssen übrigens feststellen, daß der Eindruck übertriebener Gelehrsamkeit der ersten Symphonie, sich seit Hanslicks Zeiten entschieden verloren hat; wir empfinden heute vor allem die elementare Wucht dieses Werkes.

Nach einer längeren Konzertreise besuchte Brahms wieder seinen Freund Grimm in Münster. „Es drängt mich zwar sehr nach Hause und zur Ruhe, aber ich werde der Versuchung doch schwerlich widerstehen können, den Umweg über Münster zu machen.

Am 8. April trat Brahms alsdann seine erste italienische Reise an. Billroth und zu Anfang auch Goldmark begleiteten ihn. Sie fuhren nach Rom, Neapel, Florenz und Venedig. Billroths anstrengende Führung sagte Brahms nicht sonderlich zu. Was Billroth an Brahms über die Reise schreibt, kann auch uns ein kleines Bild davon geben: „Ich denke oft mit großer Freude an unsere Reise zurück. Die Abende auf dem Colosseum, Monte Pincio, Rocca d'Assisi, der Spaziergang über den Posilip bei Neapel, wie schön war das alles. Es hat meine Freude verdoppelt, daß auch Dir alles so gefallen hat —"

Nach der Heimkehr setzte sich Brahms sofort in Pörtschach fest. Von dort schreibt er an Joachim unter anderem: „Fürs erste wieviel Freude mir die schöne Düsseldorfer Aufführung der Symphonie gemacht, und wie wehmütig ich davon — lesen mußte ..! Jetzt ist wohl meine revidierte Partitur in Leipzig. Solltest Du wirklich mir dies oder das, hier oder dort bezeichnen mögen, als zu bessern oder zu bedenken, so könnte ich Dir gleich ein zweites Exemplar mit meinen Korrekturen zukommen lassen!? ... Diesen Sommer denke ich doch ein wenig an den Österreichischen Seen zu spazieren und Euch in Salzburg zu besuchen. Für Deine Frau kann ich auch einige tiefe (!) Lieder in die Tasche stecken." Von den Liedern hören wir später. Das zweite Klavierkonzert heischte sein Recht, wurde aber bald von der ersten Violinsonate abgelöst. Dies op. 78 ist natürlich nur von den erschienenen Geigensonaten die erste. Es sind sicher einige Studiensonaten von Brahms vernichtet worden. Die erste gedruckte war schon ein Meisterwerk. Wie Schubert es so oft getan, daß er Liedmelodien in Instrumentalwerke verwob, so hat Brahms die Sonate auf Motive seines Regenliedes aufgebaut. Der Regen pocht an die Scheiben und trüb scheint das Licht des Tages. Die Sonne ist nicht zu sehen und doch glänzt ein Frühlingsschimmer durch dünnes Gewölk und läßt Gräser und Bäume im Himmelsnaß glänzen. Der Tag ist „so trüb verhängt und warm". Durch die ganze Sonate geht diese regnerische Frühlingsstimmung; im ersten Satze wie im Adagio und im Finale klopft der Regen; das Finale nimmt sogar die Melodie des Regenliedes ganz ausführlich auf.

Der Mittelsatz des Adagios kehrt im Finale nochmals wieder; und so verbinden innige Bänder alle drei Sätze. Eine zarte Stimmung durchflutet das ganze Werk, die in den Konzertsaal durchaus nicht passen will. Diese Musik findet ihren schönsten Platz im Hause, wo man die vielen Feinheiten, wo man den wehmütigen Ausgang des Finales ganz hört und ganz versteht.

Frau von Herzogenberg dürfte wohl wieder eines der wichtigsten Urteile über die Sonate abgegeben haben: „Über Ihre

Sonate will ich Ihnen lieber nichts sagen; wie viel haben Sie, Gereimtes und Ungereimtes, gewiß schon darüber hören müssen. Daß man Sie lieb haben muß, wie weniges sonst auf der Welt, ist Ihnen auch wohl bekannt, und daß man an ihr förmlich zum Schwärmer wird, im Aus- und Unterlegen, im träumerischen Hineinhorchen und wohligen Sichversenken. Der letzte Satz gar umspinnt einen förmlich, und der Stimmungsinhalt ist direkt überfließend, daß man sich gleichsam fragt, ob denn dieses bestimmte Musikstück in g-moll einen so gerührt — oder was sonst einen unbewußt, einen so im Innersten erfaßt und als hätten Sie das erst erfunden, daß man ein Achtel punktieren kann, ..." Brahms antwortete darauf: „Haben Sie also besonderen Dank für das Labsal, das mir der liebe Brief war. Unterdrücken Sie aber nicht, was sie mir freundliches über meine Musik sagen können. Es tut doch immer wohl, gestreichelt zu werden, und die Menschen sind im allgemeinen stumm, bis sie was zu nörgeln haben. Ja, Ihren schönen Namen hätte ich gern auf einem möglichst schönen Stück! Aber im rechten Moment hält mans nicht dafür! Bei der Sonate habe ich wohl daran gedacht, aber in Salzburg wollte sie uns allen doch nicht so recht gefallen!"

Die Violinsonate blieb nicht lange allein. Brahms schrieb eine Reihe neuer Lieder. Das ganze Op. 85 mit Ausnahme des vierten Liedes wurde skizziert, von Op. 86 das erste, fünfte und sechste. Op. 86, 5 war Felix Schumanns „Versunken". Im 85. Werke finden wir das Geibel'sche „Frühlingslied", das Brahms schon im März geschrieben hatte. Er empfand gerade das, was das Gedicht sagte: „Mit geheimnisvollen Düften grüßt vom Hang der Wald mich schon". Das Grünen, Blühen, Treiben, Knospen wird in dem Liede durch die Musik, deren Achtel und Triolen ineinander dringen, wie die ansetzenden Zweige und Äste der Büsche, deutlich versinnbildlicht. Die beiden ersten Lieder malen mit Heine: „Sommerabend" und „Mondenschein". Mit seinen durchgehenden Synkopen und späteren Triolen untermalt der Komponist eine langsame, leise Melodie, die von einer ebenso schlichten Gegenmelodie durchbrochen wird. Nachdem ein schneidender Ton das zweite Lied eröffnet hat, kehrt auch dieses zu der balsamischen Weise des ersten Liedes zurück, die nun noch weiter ausgestaltet wird. Volkstümlichem Ton begegnen wir wieder in dem „Mädchenlied", daß sich mit schlichter Begleitung begnügt, einer Begleitung, welche nur durch die Verbindung von Achteln und Triolen gleichsam beunruhigt wird; es ist auch beunruhigend, wenn der Geliebte „Jenseit dreier grünen Berge, jenseit dreier kühlen Wasser" weilet. Das lindbewegte „Ade" kam also später in das Heft. Am Schlusse steht Lemckes „In Waldeseinsamkeit", ein äußerst kunstvolles Lied. Hier vereinigt sich wieder der reale

13*

195

Vorgang mit einer mystischen Verklärung durch die Noten, wofür
es eben keine Worte gibt. „Windes Atmen, Sehnen ging durch
die Wipfel breit" — wir hören in den steigenden und sinkenden
Achteln, die leise schwebenden gleichsam atmenden Waldblätter.
Diese leise Waldesbewegung begleitet die Liebesszene, da der
Liebende die bebenden Hände um ihre Kniee schloß. Die Begleitung wird durchsichtiger, aber flüchtiger, und ferne, ferne singt
eine Nachtigall. —

Außer Liedern und Kammermusik schrieb Brahms noch anderes: er machte sich wieder einmal an Klaviersachen. Da entstanden einige Klavierstücke aus Op. 76 — das erste, dritte und
vierte waren schon früher verfaßt — und die beiden Rhapsodien
Op. 79.

Vorn im ersten Heft des Op. 76 steht jenes „unruhig bewegte" Nachtstück, dessen geheimnisvolle Schumannsstimmen eine
Hoffmannsche Geschichte zu erzählen scheinen. Frau von Herzogenberg betont: „Mein Liebling ist und bleibt das fis-moll, ich
bilde mir ein, daß ich es kenne und verstehe und wundervoll
spielen würde, wenn ich Klavier spielen könnte." Sie war eine
vortreffliche Klavierspielerin, aber Brahms-Spielen ist eine besondere Sache. — Sonnenschein breitet sich über das h-moll-
Capriccio. Wir sehen, wie die Insekten über einem Weiher mit
der Sommerluft um die Wette tanzen, ein rechtes Capriccio aufführen, und hören, wie der Komponist seine Melodie dazu summt.
— Das Intermezzo in As-dur denke ich mir als anmutiges Harfenspiel in elegischer Dämmerstunde. — Ein Allegretto grazioso in
B-dur mit feinzusammengebundenen Tonlinien beschließt das erste
Heft. Im zweiten stehen die Intermezzi in der Mitte zwischen
zwei Capricci. Das Intermezzo in A-dur liebäugelt, wie das ja
auch Frau Schumann fand, mit Chopin, stellt dem Chopinschen
Mittelsatz jedoch ein in echt Brahms'scher Weise gebundenes
Intermezzothema zur Seite, das mit seinen rhythmischen Verschiebungen und seinem akkordischen Charakter die schlichter
entwickelte Melodie zum Gegensatz verlangte. — Intimere Ver-
schlingungen der Motive bringt das zweite Intermezzo, trotz der
Überschrift: „Moderato semplice". Das erste Capriccio dieses
zweiten Heftes verleugnet nicht, daß seine Wurzeln auf Schumann zurückgehen. Ungestüm und mit dicken Mittelstimmen
stürmt es einher und bleibt auch fast durchweg ein heftiger „Aufschwung". — Ganz anderen Charakter trägt das C-dur-Capriccio,
dessen Überschrift lautet: „Grazioso ed un poco vivace". Wie
die Silberstrahlen des Mondlichtes durchs Gesträuch brechen, ab
und zu durchsetzt von dem dunklen Schatten eines Blattes oder
Astes, so spinnen sich hier die Töne fort und verschlingen sich
mit- und hintereinander. Sanfte Harmonien beleben das Bild im

Mittelsatz, in dem sich das Treiben allmählich lebendiger gestaltet; danach kehrt die lauschende, leuchtende Stille zurück, bis wir uns, um nicht vom Gefühl überwältigt zu werden, energisch wegwenden.

An Klavierspielern fehlte es nicht. Nahe Pörtschach zu Arnoldstein im Gailtale hatten sich im Sommer 1878 Herzogenbergs niedergelassen. Da Brahms so eifrig arbeitete, fand kein reger Verkehr statt. Frau Elisabeth lockt eifrig: „. . . am besten ist es jedenfalls, Sie schreiben, wenn Sie können, ein Wörtlein vorher, damit der Heinrich für Unterkunft sorgt. Arnoldstein gefällt uns sehr, und ist ‚sehr lustig gelegen‘, wie Ihre alte Scharteke (die von Brahms den Herzogenbergs geliehene Chronik von Kärnten) besagt." Brahms erscheint gelegentlich einmal. Die Freundin quittierte den Besuch also: „Und nun lassen Sie sich noch einmal danken für den lieben, lieben Besuch — ich leide etwas an einem Wechselfieber in h- und fis- und a-moll (die Tonarten der drei Klavierstücke, die Brahms den Freunden vorgespielt). Die Medizin, die mir helfen könnte, steht aber nicht im alten Kochbuch."

Endlich hatte Brahms die „schönen Stücke" ausgewählt, auf die er den „schönen Namen" Elisabeth von Herzogenberg setzen wollte; die Rhapsodien Op. 79.

Herben Brahms'schen Charakter offenbaren diese Rhapsodien, die deshalb mit Recht so heißen, weil ein ungelöschter Funke in ihnen glüht. In der h-moll-Rhapsodie wird meist der alla breve-Takt übersehen, der den wuchtigen punktierten Vierteln des Themas noch schroffere Bedeutung verleiht, namentlich wenn es alsobald im Basse markig grundiert wird. Es entwickelt sich eine heftige Durchführung, worin ein Motiv vom andern abhängt, und eiserne Energie sich endlich in rasenden Läufen Genüge zu tun trachtet. Ein an Bach gemahnender Mittelsatz dämmt allen Unwillen, alles Übermaß ein; doch nur auf die Dauer eines Trios, dann pakt uns wieder die harte Energie des ersten Themas und ersten Teiles, in dem ebenso wie zuerst eine zarte Enklave scheinbare Ruhe beut, dann lehnt sich der harte Sinn des Urmotivs von neuem auf. Erst einer in Pianissimotriolen dahinfließenden Coda gelingt es, das aufgeregte Herz vor Härtigkeit zu bewahren.

Einheitlicher noch baut sich die g-moll-Rhapsodie auf. Ein strenger Zug durchzieht auch dies ganze Stück: in den pochenden und rollenden Triolen. Zu Beginn, wenn die Viertel des Themas so heftig hämmern, scheinen diese Triolen gar nicht da zu sein; dafür sorgt die eigentümliche Bindung des zweiten und dritten Triolenachtels. Nach der Fermate aber lösen sie sich auf, verteilen sich auf beide Hände und gehen erst nach der zweiten Fermate — nach der vergeblichen Bitte, die da ertönt — in das wälzende Pochen über, bald unter scharfen Vierteln, bald zwischen schauerlich ergreifenden Oktaven dahinhastend. Von ihrem dämonischen Zwang kommt die Rhapsodie nicht los. Zweimal erreicht das hämmernde Bohren einen fürchterlichen Höhepunkt, bis zum Schluß die heftige Bewegung in sechs Takten nachläßt. Hier ist Blut geflossen. — Diese Rhapsodien der Leidenschaften haben bald ihre Interpreten gefunden; natürlich auch ihre Gegner, die den harten Ton dieser herben Geschichten nicht ertragen konnten.

Brahms frägt bei Frau von Herzogenberg an: „Wissen Sie einen besseren Titel als ‚Zwei Rhapsodien für das Pianoforte‘? — Eine bessere Widmung wissen Sie nicht, aber erlauben Sie, daß ich auf den Schmarren Ihren lieben und verehrten Namen setze? Aber wie schreibt sich der? Elsa oder Elisabeth? Freifrau oder Baronin? Geboren oder nicht? Verzeihen Sie alles Mögliche dem tumben Knaben . . . .“

Die Bewidmete ließ sich über die Stücke also vernehmen: „Ja, und über viele Maßen schön finde ich diese Stücke, und immer mehr, je besser ich Ihre schönen Biegungen und Windungen erkenne und ihr wunderbares Ebben und Fluten, das mich an beiden und an dem g-moll-Stück so absonderlich berührt.“ Über eine Veränderung erfahren wir aus derselben Quelle: „Eine ganz merkwürdige Überraschung war mirs, den gewissen herrlichen Triolenteil ausschließlich zur Coda erhöht zu sehen, der früher außerdem als Überleitung zum Trio verwendet wurde. Denken Sie sich, daß mir das sehr bald so zum Bedürfnis geworden ist, dies Glied erst am Schluß auftreten und seine mächtige Wirkung, für zuletzt aufgespart zu sehen, daß ich, kecker Floh, es Ihnen einmal flehentlich schreiben wollte, und dann durch angeborene Bescheidenheit es doch sein ließ. — Und nun muß ich zu meiner Freude erleben, daß mein Gefühl mich nicht täuschte. Wie ganz genügen die fünf ahnungsvollen Takte vor dem Trio, und wie schwelgt man nun doppelt bei dem Schlusse, den eine besonders gesegnete Stunde Ihnen eingegeben haben muß.“

Billroth meint, das zweite Stück sei „gewaltig schön“. „In beiden Stücken steckt mehr vom jungen, himmelanstürmenden Johannes als in den letzten Werken des vollendeten Mannes.“

Dies Op. 79 beschloß den Kreis der Pörtschacher Werke aber noch nicht. In der lieblichen Gegend mit dem jungfräulichen Boden, wie sich Brahms selbst ausdrückte, schuf der Meister auch sein Violinkonzert.

Joachim spielte das Werk in fast allen Musikzentren; in London sogar gleich zweimal. Das Werk konnte nicht überall gefallen. Hanslick hatte gar nicht so unrecht, wenn er sagte, es sei „ein Musikstück von meisterhaft formender und verarbeitender

Kunst, aber von etwas spröder Erfindung und gleichsam mit halb-
gespannten Segeln auslaufender Phantasie." Das Konzert galt
den Violinvirtuosen damals allgemein als Konzert „gegen die
Geige". Das Publikum verstand es nicht, konnte es nicht verstehen. Heute denken wir, an Brahms Musik hinreichend gewöhnt, ganz anders darüber. Die violintechnische Durchsicht
Joachims mußte ja Dinge ausmerzen, die dem Geiger unmöglich
gewesen wären. „Du solltest nach keiner Seite eine Entschul-
digung haben, weder Respekt vor der zu guten Musik, noch die
Ausrede, die Partitur lohne die Mühe nicht (Brahms hatte Joachim
nur die Violinstimme geschickt.) Nun bin ich zufrieden, wenn Du
ein Wort sagst und vielleicht einige hineinschreibst: Schwer, un-
bequem, unmöglich usw. Die ganze Geschichte hat vier Sätze;
vom letzten schrieb ich den Anfang — damit mir gleich die un-
geschickten Figuren verboten werden!" Derlei findet sich nicht.
Im Gegenteil scheint Brahms, wie Joachim selbst betont, manche
technisch originelle Stellen hineingeschrieben zu haben, die der
Geige auffallend angepaßt sind.

Das Konzert lehnt sich an das Vorbild Beethovens an. Das
Orchester breitet die Themen vor uns aus. Die Solovioline umspielt diese Gedanken, und kommt dann in höchster Lage mit
dem Hauptthema heraus, das wie in Himmelslicht erstrahlt. Der
Satz entwickelt sich in der üblichen Weise. Nur das Ineinander-
weben der Solo- und Orchesterstimmen erreicht einen intensiveren
Grad als dies bei den Klassikern üblich war. Insofern ist auch
das Violinkonzert eine Symphonie mit obligatem Solo. Die thematisch bedeutungsvollen Gänge des Soloparts unterstützen, heben,
beeinflussen den Fortgang des Stückes. Wenn die schmeichelnden
Triolen oder die hüpfenden Achtel mit ihren folgenden Sechzehnteln ihr graziöses Spiel treiben, dann wendet sich darunter die
Orchesterstimme neuen Entwicklungen zu. So klingt uns aus dem
Werke eine Symphonie entgegen, die besondere thematische und
schmückende Feinheiten durch Ausarbeitung der Violinstimme
empfangen. Ganz eigenartige Klangwirkungen berühren unser
Ohr. Besonders im Adagio, wo die Holzbläser mit ihrem still-
vergnügten Spiel das Thema so süß blasen und wiederblasen.
Die Geigenstimme rankt um die Themen silberne Guirlanden.
Das ganze Stück atmet die beglückende Pörtschacher Sommer-
luft. Zugunsten dieses langsamen Satzes hat Brahms ein ursprünglich vorhandenes Scherzo aus dem Konzerte ausgewiesen. Der
Meister teilt Joachim mit: . . . „zumal ich doch über Adagio
und Scherzo gestolpert bin", kann ich über Mitwirkung im Kon-
zerte noch nicht viel sagen. In einem weiteren Briefe heißt es:
„Die Mittelsätze sind gefallen — natürlich waren es die besten.
Ein armes Adagio aber lasse ich dazu schreiben." Mit dem Adagio

können wir wohl zufrieden sein — das Scherzo vermissen wir nicht, weil wir es im Verbande der Sätze nicht kennen gelernt. Das Finale ist nicht weit von Ungarn zu Hause. Seine tolle Laune erlaubt sich allerlei rhythmische Finessen und Wandlungen, so in dem poco piu presto, wo der Sechzentelauftakt als Triole erscheint. Mehr als das erste Allegro hat das Finale echte Geigerlaune; reichlich Doppelgriffe füllen die linke Hand. Ein fester Bogen nur wird sie zum restlosen Erklingen bringen.

Als Brahms mit dem Konzert einigermaßen im Reinen war, fuhr er nach Hamburg zum fünfzigjährigen Stiftungsfeste des Philharmonischen Vereins, wo er sehr gefeiert wurde. Frau Schumann, Joachim, Grimm, Klaus Groth, Henschel, Reinthaler, und noch so manche erlebten seine Triumphe mit. Anfang Oktober war er wieder in Wien. Das Frühjahr brachte die übliche Konzertreise.

Im April forderte man ihn auf, anstelle des am 9. April verstorbenen Friedrich Richter in Leipzig Thomaskantor zu werden. Brahms erkundigt sich bei Herzogenberg: „Unter uns: können Sie mir was Besonderes über die Kantorstelle an der Thomaskirche sagen? Ich muß mich entscheiden, ohne eigentlich was Rechtes zu wissen — ich glaube aber, es ist auch nicht nötig." Es war allerdings unnötig; Brahms schlug das Anerbieten ab, seiner Werke wegen, die ihn jetzt völlig in Anspruch nahmen.

Mit Joachim machte er dann eine Konzertreise nach Siebenbürgen, die ihm viel Vergnügen machte, weil er so viel mit dem Freunde musizieren konnte. Brahms schreibt an Joachim: „Also, mache was du willst mit mir — in weniger zivilisierten Ländern, die mich interessieren . . . Ich fange denn auch nicht wieder von meinem ruinierten Klavierspiel an, oder daß es besser wäre, Du schriebst in der Zeit Deine Variationen fertig — laß mich nur wissen (mit einem Wort) wenn du meinst, daß das Abenteuer statt hat, damit ich dann meine Finger ein wenig spazieren führe."

Den Sommer über sah Pörtschach den Meister wieder, wo er sich am 23. Mai einfand. Dort nahm er das Violinkonzert und die Sonate Op. 78 wieder vor. Als er diese am 29. November in Wien vorführte, rief sie keinen Widerhall wach. Wir wissen, warum. Brahms sagt selbst: „Meine Sonate aber taugt noch weniger für die Öffentlichkeit als ich!" All die späteren Werke sprachen nicht unmittelbar an. Brahms stellte sich mit den Jahren immer mehr abseits von der Welt, und nicht nur von ihr, sondern auch von seinen Freunden. „Es hat sich den Freunden gegenüber nichts geändert, nur ‚die Art des Umganges‘ . . . auch dies ist ja keine neue Erfahrung, ich übe sie", so meint Brahms „höchstens entschiedener". „Bei Joachim habe ich seit zwanzig

Brahms
Nach einer Kreidezeichnung der Frau Olga von Miller zu Aichholz

Johannes Brahms
Nach einem Ölgemälde der Frau Maria Fellinger

Jahren nichts Neues gelernt. Dir (Allgeyer), brauche ich nicht auseinanderzusetzen, wie man die beste, vortrefflichste Meinung von unseren Freunden haben kann und doch seine Ursachen innigeren, vertraulicheren Umgang zu meiden. Ob ich zu philiströs, zu einseitig bin, ob ich bei Ja oder Nein mehr entbehre — ich meine, Du kannst ganz an meiner Stelle weiter empfinden und denken. Feuerbach, dem so lange und sehr Verkannten, von mir so hoch verehrten, sah ich gern viel nach. Aber nicht sowohl seine bodenlose Gleichgültigkeit gegen alles und jedermann, als vielmehr seine überhöfliche, zutrauliche Freundlichkeit gegen jeden Beliebigen, der ihm auf den Leib rückt, sich einfach zu ihm setzt, sind unerträglich. Ich sehe ihn fast täglich und begnüge mich leider, ihn zu grüßen. Aber es ist schwer, über Menschen zu schreiben — i c h werde es nicht versuchen." Brahms vermochte sehr schwer über sein Inneres etwas zu sagen. Er bemerkte in demselben Brief: „Ich habe in meinem Leben noch keinen vertraulichen Brief geschrieben". Er meint allerdings: „Es fehlt vor allem die Geduld", aber im Grunde ist es seine scheue Natur, die ihm auch verbietet, in seiner Musik allzu offen zu sein; und das ist es wiederum, weshalb seine Töne nicht unmittelbar anzusprechen vermochten.

Aber Brahms war als Komponist so angesehen, daß man seine Werke hingebend studierte, bis man sie verstand. Immer öfter forderte man ihn auch zur Direktion seiner eigenen Werke auf. Die Einteilung seines Jahres machte sich Jahrzehnte hindurch so, daß er etwa vom Herbst bis Weihnachten in Wien verbrachte, dann vom Neujahr ab eine Konzertfahrt unternahm, und mit Beginn des Frühsommers, meist schon im Mai, aufs Land ging.

Im Jahre 1879 fuhr der Meister schon im Dezember nach Budapest. Zu Neujahr fand er sich bei Frau Clara Schumann in Frankfurt ein, wo es allerhand mühevolle Unterredungen gab wegen der Gesamtausgabe der Schumannschen Werke, bei der Brahms Frau Schumann unterstützte. Von Interesse ist folgende Mitteilung des Meisters an Ernst Rudorff: „Ich möchte nämlich vorschlagen, von einigen der früheren Schumannschen Werke zwei Ausgaben erscheinen zu lassen, die alte und neue Lesart, jede für sich. Nicht wie z. B. bei Op. 5 jetzt geschehen: in einem Anhang die ältere Lesart, und nicht wie bei Op. 6 die verschiedenen Bearbeitungen in Noten und Anmerkungen geben. Letzteres verdirbt mir auch bei Schriftstellern den Genuß, wie viel mehr bei Musik." Übrigens sei auch erwähnt, daß Brahms „von Härtel (Verlagsfirma Breitkopf und Härtel) gepreßt" wurde, sich „für die Chopin-Gesamtausgabe zu interessieren".

Im Frühjahr fuhr Brahms diesmal mit Joachim nach Polen

und Galizien. Er schreibt diesem: „Eigentlich möchte ich noch ein vertrauliches Wort schreiben, daß ich nämlich gern die Reise bloß zu meinem Vergnügen machte, dich aber gern alles bezahlen ließe, usw. Das kann ich ausführlicher im Eisenbahnwagen, wir werden darin Zeit genug haben." Späterhin meint er: „Kugel hat nicht geflunkert; Lust, ganz heimliche, habe ich schon, ich spreche nur nicht gern laut davon ..... aber einen anderen Kontrakt müssen wir vorher feststellen. Für die Hälfte tue ichs nicht. Ein Viertel oder Drittel lasse ich mir gefallen. Wir dürften uns doch einfach zugeben, daß ich zu meinem Plaisir mitgehe, daß ich durchaus nicht soviel Geld gebrauchen kann als wir verdienen und als Du auch gebrauchst. Eine Erklärung aber braucht die Sache nicht, nur ein recht einfaches, freundliches Zugeben Deinerseits."

Auf dieser Reise lernte Brahms in Prag Anton Dvorák kennen, für dessen Fortkommen er sehr viel getan; namentlich indem er Simrock Werke des Komponisten empfahl. Brahms pflegte wenn jemand von Dvorák etwas mitleidig sprach, zu sagen: „Ich verstehe Sie nicht; ich möchte vor Neid aus der Haut fahren über das, was dem Menschen so ganz nebenbei einfällt." Auf der Reise fühlte sich Brahms von neuem dazu angeregt, eine noch in Pörtschach begonnene zweite Serie von ungarischen Tänzen zu beendigen. Die früheren hatten zwar Staub aufgewirbelt, und sogar eine Gerichtsverhandlung über die Autorschaft war angezettelt worden, bei der Brahms natürlich nichts zu riskieren hatte, da er die Tänze als solche nicht als Autor für sich in Anspruch genommen hatte. Der Beklagte aber, den Simrock wegen Plagiates festnageln wollte, hatte sich, wie Brahms seinem Verleger nachweist, „vorgesehen", und nur solche Melodien benutzt, die außerhalb der Brahmsschen Tänze schon gedruckt vorhanden waren. Die zweiten Ungarischen sind nicht so beliebt geworden wie die ersten, von denen Brahms sogar einige für Orchester arrangieren mußte. „Kirchner hat die neuen ungarischen Tänze von Brahms und auch die Liebeslieder zweihändig gesetzt." So schreibt Billroth, und fährt fort: „Laß sie dir doch holen; wenn man weiß, was Brahms in diese Sachen an Mittel- und Gegenstimmen hineingeheimnißt hat, kann man Kirchners Arrangement nicht genug bewundern." Über die neuen ungarischen freut sich Elisabeth von Herzogenberg außerordentlich; sie schreibt: „Das glaub' ich, daß Ihnen die Spaß machen; denn wenn auch die ersten schon köstlich waren, ich dächte, so fabelhaft hätten Sie's damals noch nicht getroffen, das Unbeschreibliche des ungarischen Orchesterklanges, das in seinem Gemisch von Quirlen und Schlagen, Klirren und Pfeiffen, Gurgeln und Quinquilieren so einzig ist, wiederzugeben, daß das Klavier ordentlich aufhört,

Klavier zu sein und man sich mitten versetzt fühlt unter die Kerls, bei denen Sie wieder eine so herrliche Anleihe machten, Ihnen dabei mehr gebend als nehmend. Denn wenn man beispielsweise eine e-moll-Melodie nimmt, wie die von Nr. 20, so kann man sich nicht denken, obgleich ichs ja nicht weiß, daß sie diese herrliche Gestalt oder sie besonders in ihrem zweiten Teile, je erhalten hätte. Sie haben für so viele dieser Melodien das letzte erlösende Wort gesprochen, das ihnen erst zur vollen Entfaltung und Freiheit verhalf. Was mir aber am meisten an Ihrer Leistung imponiert, ist, daß Sie alles das, mehr oder weniger, doch nur Elemente der Schönheit in sich Bergende, zu einem Kunstwerk und in die reinste Atmosphäre emporhoben, ohne daß es im mindesten von seiner Wildheit, von seiner elementaren Gewalt einbüßte. Was dort Lärm macht, wird hier zu einem schönen Fortissimo geadelt, und doch wird nie ein fatal gebildetes Fortissimo daraus. Es sind Ihnen zur rechten Zeit immer am Schlusse rhythmische Kombinationen eingefallen, die man eben nur an dieser Stelle brauchen könnte, die aber eben da eine unglaubliche Wirkung tun, wie die famosen Bässe in dem Getümmel von Nr. 15 ....“

Eine Ruhepause zwischen den Konzerten füllte Brahms mit der Skizzierung zweier neuer Klaviertrios, in C-dur und Es-dur, aus. Das erstere haben wir zwei Jahre später geschenkt erhalten, während das in Es-dur von Brahms vernichtet wurde. Vielleicht kehren im c-moll-Trio op. 101 Anklänge daran wieder. Jedenfalls genügt es dem Meister nicht, obwohl Frau Schumann und Bülow übereinstimmend die Schönheiten gerade des Es-dur-Satzes hervorhoben.

Einstweilen mußte er die Entwürfe verlassen, da er nochmals auf die Reise ging. Nach einem Besuch in der Heimat fuhr er zur Schumannfeier nach Bonn. Dort wurde das Schumanndenkmal enthüllt. Zu dem geplanten Programm bemerkte Brahms: „Ich finde es nicht hübsch und nicht schicklich, das in dem Orchesterkonzert mein Violinkonzert vorkommt, als einzige Nummer, die nicht von Schumann ist. Ich meine, entweder müßtest Du (Joachim) die Phantasie von Schumann spielen oder aber: man muß irgend eine feierliche Ouvertüre von irgend einem machen (z. B. Op. 124 von Beethoven). Und zudem möchte ich dich bitten, noch eine andere Nummer Solo (von Bach z. B. Chaconne) zu spielen. Ich brauche Dir nichts auszuführen, recht gibst Du mir ohne weiteres — es fragt sich nur, ob Du ein Wort, und ein sehr energisches, daran wenden willst. Ein Schreiben an Wasielewski halte ich für ziemlich vergebens; ich glaube, er teilt es dem Komité kaum mit?! Vielleicht weißt Du eine bessere Adresse?“ Zuerst sollten nämlich wieder taktloser Weise Joachim und Wasielewski auf dem Feste dirigieren. Der letztere aber erkrankte rechtzeitig und machte so dem berufeneren Brahms unfreiwillig Platz. Nach einigen diplomatischen Auseinandersetzungen verlief das Fest, namentlich die Feier am Grabe, nach den Wünschen aller, auch Frau Schumanns. Nach diesem 2. und 3. Mai verfügte sich Brahms noch zu Frau Clara nach Frankfurt. Am 8. Mai fuhr er nach Wien.

Als Sommeraufenthalt hatte er sich endlich nach längerem Bedenken Ischl ausgesucht. Dort mietete er sich Salzburgerstraße 51 ein. Infolge der ungünstigen Witterung zog er sich vorübergehend eine Ohrenerkältung zu, die in ihm die Furcht erregte, er könne das Schicksal Beethovens erleiden. Da er zum Arzt nach Wien eilte, und die Journalisten unter seinen Bekannten von der Sache erfuhren, wurde sie in den Zeitungen erörtert. Sein Freund Grimm schreibt ihm daher ganz erschreckt: „Die Zeitungen melden, Du habest wegen eines im nassen Grase Dir geholten Ohrenübels Ischl verlassen und Dich nach Wien begeben. Wenn ich der nächtlichen Gänge 1854 in Düsseldorf zum Grafenberge und im Hofgarten und noch 58 der Nacht auf der Plesse gedenke, so beunruhigt michs allerdings, — Du könntest Deiner Dauerhaftigkeit dort zu viel zugemutet haben. Gib doch Nachricht, auch meine Gattin ist besorgt um Dich und grüßt herzlich." Brahms antwortet: „So eine Zeitungsnotiz hat doch gewaltige Wirkung — daß sie Dich da zum Papier bringen kann: Und aufgesessen bist Du, denn es war gar nichts los, als nach langem Regenwetter ein weniges unschuldiges Ohrensausen. Von einer nassen Wiese weiß ich nichts!"

Hier in Ischl erhielt Brahms einen Brief von Hermann Deiters, der biographisches Material zu einigen Aufsätzen über Brahmsche Kunst zu haben wünschte. Brahms schreibt ihm: „Ich weiß wirklich durchaus keine Daten und Jahreszahlen, die mich angehen; hier aber kann ich natürlich auch nicht versuchen, in alten Briefen etc. nachzusehen. Danach brauche ich freilich nicht noch zu sagen, daß ich ungern von mir spreche, auch ungern mich persönlich Angehendes lese.

Vortrefflich fände ich es, wenn jeder Künstler, groß oder klein, ernstlich vertrauliche Mitteilungen machen möchte — ich komme nicht dazu, aber es ist schade! Was nun aber La Mara etc. von mir zu erzählen wissen, — das weiß ich nicht zu schätzen und sehe nicht ein, wozu es öfter erzählt wird." Brahms macht dann einige Noten zu seinem Leben, die aber allerdings recht unbestimmt bleiben.

Im übrigen mußte er wieder „streben". Umsonst seufzte er: „Warum kann denn der Mensch nicht wie ein Käfer auf dem grünen Strauch sitzen bleiben, wo ihm behaglich ist? Aber wer weiß, obs die Käfer drum besser haben, da wird vielleicht auch gestrebt." Sein Streben in diesem Sommer gehörte der akademischen und der tragischen Ouvertüre. Ihm war im März des verflossenen Jahres von der Universität Breslau der Doktortitel verliehen worden. Mit der akademischen Ouvertüre wollte er dafür danken. Und wie bei Brahms meist zwei einanderentgegengesetzte Werke nach dem Lichte ringen, so erscheint neben der von lustigen Studentenliedern durchwebten akademischen Ouvertüre gleichzeitig eine tragische Ouvertüre, die nach Kalbeck eine Faustouvertüre ist. Dingelstedt, der Intendant der Hoftheater in Wien soll daran gedacht haben, Brahms mit der Komposition einer Faustmusik zu beauftragen. Man verständigte sich nicht und Dingelstedt starb weg. Die Ouvertüre soll aber die bereits gereiften Gedanken der geplanten Faustmusik enthalten. Die tragische Stimmung der Ouvertüre wird durch eine Reihe von ernsten Themen und deren enge gegenseitige Durchdringung erzielt. Es hindert uns nichts, an Fausts Schicksal zu denken, wenn die Ouvertüre außer der Titelbezeichnung als „tragische" auch nicht den geringsten Anhalt bietet, sie gerade als Faustouvertüre zu betrachten; immerhin gibt diese Erklärung eine nicht unpassende programmatische Erläuterung. Bei der akademischen Ouvertüre liegen die Anknüpfungspunkte an Bekanntes deutlich vor; da hört ein jeder die Studentenlieder: „Wir hatten gebauet ein stattliches Haus", die Melodie des „Landesvaters" und das kontrapunktisch verwendete Fuchslied „Was kommt dort von der Höh'". Brahms schreibt an Deiters von einer „recht lustigen akademischen Festouvertüre und einer recht tragischen", für die er „noch hübschere Titel" sucht. Er meint: „Die eine weint, die andere lacht."

Im Dezember probierte Joachim die beiden neuen Ouvertüren, für die Brahms übrigens vom Verleger Simrock je 1500 M. bekam, in der Hochschule für Musik in Berlin. Die tragische Ouvertüre paßte zur Zeit für Joachim selbst, da er mit seiner Gattin Amalie in Uneinigkeit lebte. Als Joachim dem Freunde von diesen Verhältnissen Nachricht gab, schrieb ihm der Meister: „Nicht viel, aber ich hatte doch gehofft, Dein Brief möge tröstlicher und hoffnungsvoller klingen, als es nun der Fall ist. Er hat mich ernstlich traurig gemacht und kommt mir oft und schwer genug in die Gedanken. Wie vieles vereinigte sich bei Euch, das an ein langes glückliches Zusammenleben glauben ließ. Und nun —! Eine eigentliche ernstliche Ursache ist schwer zu denken; sie ist auch schwerlich vorhanden. Ich sehe hierin leider überhaupt leicht trüb; allein gewiß kommen zwei Menschen leichter auseinander als wieder zusammen. Wie man auch wohl den Verstand leichter verliert als wiederkriegt. So mag ich weder viel sagen noch fragen; nur von Herzen wünschen will ich, es möge ein Unerwartetes — doch kein Unheil — die Sache zum Guten wenden. — Und die Dissonanz einer zerrissenen Freundschaft ist nun auch dazu gekommen!....." Joachim antwortet noch am selben Tage: „Unendlich viel läge mir daran, Dich zu sprechen: ich gebe soviel auf Dich als Mensch, daß mir es eine Erquickung wäre." Brahms schreibt weiter: „Desto mehr und länger mir Deine Sachen durch den Kopf gehen, desto mehr fürchte ich Übereilungen und glaube ich an mannigfache Irrungen Deinerseits! Möge alles besser gehen, als wir einstweilen hoffen können." Es trat in den zerrütteten Eheverhältnissen dann ein kurzer Umschwung ein. Brahms ist hoch erfreut: „Alles übrige in Deinem Briefe ist ja höchst erfreulich. Halte nur Deinen jetzigen Glauben recht fest und lache Dich und manches andere recht lustig und gesund an."

Brahms wäre gar zu gern der Friedensbringer gewesen. Es gelang ihm jedoch nur für kurze Zeit, beide Ehegatten zu versöhnen. Im Herbst 1881 — am 11. September — erschien Joachim plötzlich in Preßbaum, um von neuem die Hilfe des Freundes anzurufen. Da Brahms aber für Frau Amalie eintrat, und Joachim wegen seiner Empfindlichkeiten und Eifersüchteleien tadelte, trennten sich die Freunde in Unfrieden.

Die tragische Ouvertüre kam bei den Philharmonikern in Wien unter Hans Richter zu wenig beachteter Uraufführung. Die akademische spielte Brahms, wie sichs gebührte, der Breslauer Universitätswelt (am 4. Jan. 1881) zum ersten Male vor.

Mit dieser Aufführung begann wieder der Konzertwinter. Nach den gewöhnlichen Kreuz- und Querfahrten, die den Meister meist nach dem Rheinland und nach Holland führten, reiste Brahms zum Vergnügen weiter. Er war wieder im Begriffe, nach Italien zu gehen, und nahm sogar italienischen Unterricht: „Mein Maestro kommt, und ich habe, statt zu schreiben, Noten gesucht, was ich mir gutzuschreiben bitte!" — so scherzt er Frau von Herzogenberg gegenüber. Am 25. März trat er dann auch mit Billroth und Nottebohm seine zweite italienische Reise an. Nottebohm blieb gleich in Venedig hängen. Die beiden anderen besuchten alle möglichen Haupt- und Nebenstädte Italiens: Florenz, Siena, Orvieto, Rom, Neapel, und gingen dann nach Sizilien weiter. Da Billroth sich von dem Freunde auf der Rückreise in Rom trennte, genoß Brahms Florenz und Pisa für sich allein mit der Ruhe, die der rasche und bewegliche Gelehrte dem bedächtigen Musiker nicht ließ. Am 21. April trennte sich Billroth von seinen Mitreisenden, am 7. Mai, an seinem Geburtstage, rückte Brahms wieder in Wien ein. Die Freunde im deutschen Reiche waren alle sehr auf italienische Reisebriefe gespannt. Aber gerade bei solchen Gelegenheiten zeigte sich Brahms Schreibfaulheit am deutlichsten: nur einige andeutende Bemerkungen können wir in dem Briefwechsel an Reinthaler und Grimm lesen. An Reinthaler schreibt er von der ersten Italienfahrt: „Ich denke gar zu oft an Dich hier und muß Dir notwendig einen Gruß senden, den herrlichsten Frühling lebe ich hier, zum ersten Male in Italien. Dir brauche ich nicht zu sagen, wie und was man empfindet. Venedig, Florenz, Rom, Neapel, jetzt wieder Rom — und dann immer doch nicht weiter nordwärts als Wien!" Über die zweite italienische Reise teilt er Grimm mit: „Dann erzähle ich nur in Eile dem Westfälinger, daß ich zweimal Herrn Dohrn (Direktor der Zoologischen Station) in Neapel besucht habe auf der Reise von und nach Sizilien. Daß ich in Rom mit Herrn und Fräulein Schücking (Levin Schücking, dem Dichter) gespeist habe, und wir viel und Gutes von Euch gesprochen haben, daß ich dann aber der philiströse Esel war und nach Hause gereist bin. Das sollte man nämlich nicht, wenn man nicht muß. Es war herrlich. In Sizilien, namentlich Girgenti, Taormina und Palermo. Sonst war ich in Venedig, Pisa, Florenz, Siena und Rom (und Neapel)."

Nicht lange hielt es Brahms in Wien aus. Schon am 22. Mai zog er aufs Land. Diesmal nach Preßbaum.

Hier überwältigte ihn nun der Reichtum von Ideen und Gedanken und Plänen, der sich in Italien in Herz und Hirn angesammelt. Unter dem Einfluß der südlichen Sonne war jenes Werk wieder erwacht, daß Brahms schon bei seiner ersten Italienfahrt überdacht und erwogen hatte: das zweite Klavierkonzert. Frisch und jung war es nun in denselben Umgebungen wieder aufgeblüht. Und nun nach drei Jahren sollte es ausgearbeitet werden.

Dies Konzert beginnt ganz anders als das Violinkonzert: die Klavierstimme musiziert von Anfang an mit; gleich im zweiten Takte setzt sie ein. Der Charakter des ersten Satzes offenbart die den Rhapsodien entgegengesetzte: Milde und Weisheit. Zwar fehlt es auch hier nicht an kraftvollen Stellen, aber im Ganzen strahlt uns in diesen geschmeidigen Gängen, diesen schmiegsamen Themen die Sonne Italiens entgegen; ein weißer Marmorglanz schimmert gleichsam hinter diesen Noten hervor. Solo und Orchesterpart verbinden sich zu einem innigen Zusammenspiel, das man schon nicht mehr bloß Duett nennen kann: so streng entwickelt sich eins aus dem andern. Die Durchführung redet gewaltig. Sie kann verhältnismäßig kurz sein, weil das ganze Stück eine Durchführung heißen könnte: es entwickelt sich organisch aus einem knappen Hornmotiv. Das Scherzo ergänzt den ersten Satz, indem es heißblütig und phantastisch auftritt. In diesem Stücke bringen immerbewegte Achtel ein reiches Leben zum Ausdruck. Der weitgriffige Satz gibt dem Scherzo eine bisher nie gehörte Klangfarbe, die besonders noch aus den Doppeloktaven der bunten Gänge des Trios hervorschillert. Dies ist einer der kunstvollen Sätze, in denen es Brahms gelungen ist, die Verbindungen zwischen Melodie, Motiv, Überleitungen und dergleichen Abschnitten fast völlig zu verdecken: unaufhaltsam stürmt das Stück dahin wie weicher, heftiger Frühlingswind. Diesen Satz hielt Billroth für überflüssig: „Das Konzert ist von großartiger Schönheit, mit kolossalen figuralen Schwierigkeiten, doch lang, vier lange Sätze. Der zweite Satz: Allegro appassionato in d-moll könnte nach meiner Empfindung ganz gut fortbleiben; so schön und interessant er ist, scheint er mir doch nicht nötig." Das Scherzo muß jedoch das Anfangs-Allegro und das Andante voneinander scheiden, sonst würden die beiden sich ein Leids antun. Nach dem tollen Scherzo empfinden wir die reine Schönheit des Andante doppelt tief. Das Cello singt uns von einer italienischen Nacht, wo die Sterne so klar funkeln; diese Weise breitet sich unter dem Himmelsgewölbe innig aus. Der Komponist wählt den Sechsvierteltakt. Wie ein Emporrauschen der Meereswasser klingt dann das Solo des Klaviers; wechselnde Spiele spielt es, schmeichelnd befühlt es die Küste — so schmiegen sich die weitgriffigen Gänge in unsere Ohren. Dann geht der Mond auf, und in mildestem Lichte erglänzt die Welt, unser Herz öffnet sich, die Bläser tragen den Gesang aus der Ferne herüber, die Klarinette singt das zarteste Liebeslied. Doch nur kurz währt diese himmlische Fis-dur-Episode, dann kehrt das Andante zurück; aber es erscheint uns jetzt verklärt. Das Finale entfaltet sich knapp, ungarischer Geist sprüht aus diesem Allegretto grazioso, dessen Thema das Klavier sofort ausspricht. Nach munteren Umbildungen und Modulationen wendet sich der Satz einem Un poco piu presto mit veränderten Taktmaassen zu, das den Satz energisch beschließt. Dies Finale verlangt weder Pauken noch Trompeten, der Klaviersatz vereinfacht sich gegenüber jenem der ersten Sätze mehr zu Terzengängen und einfacheren Linien. Von allen Sätzen wirkt das Finale am unmittelbarsten: es brennt in seinen Noten ein heiteres Feuer.

Man möchte glauben, daß Brahms das Finale Ungarn verdanke, und einige Ideen dazu einmal von dorther mitgebracht habe, führte er doch das Konzert am 9. November 1881 auch in Budapest zum ersten Male auf. Das Werk erschien als Op. 83 im folgenden Jahre bei Simrock, und auf dem Titel hieß es: „Seinem teuren Freunde und Lehrer Eduard Marxsen zugeeignet."

Das war ein Geschenk unter Lebenden. In traurigem Gedenken mußte Brahms auch einem Toten ein Opfer darbringen, und so trat als lösender Gegensatz, damit die Götter die frohe

Stimmung im Klavierkonzert nicht übel nähmen, ein Werk tiefsten Ernstes und verklärter Trauer neben jenes. Brahms hatte im Requiem den Trost gefunden, „wie wenn einen seine Mutter tröstet," — jetzt galt es: eine Mutter zu trösten. Am 4. Januar 1880 war Anselm Feuerbach in Venedig einem tückischen Leiden erlegen. Brahms hatte erlebt, wie schlecht man in Wien mit dem Künstler umgegangen war. Er stand mit dem Maler auf dem Boden derselben Kunstanschauungen und vermochte nur zu wohl die Enttäuschungen nachzuempfinden, die Feuerbach niedergedrückt hatten, waren doch dem Tondichter ähnliche Enttäuschungen nicht erspart geblieben. Der Gedanke an eine Erinnerungsmusik für den hochgeschätzten Künstler traf mit dem Wunsche zusammen, den Brahms schon länger hegte: Schillers Nänie zu komponieren. Der Geist des Griechentums, den Schiller in seinen Distichen so deutlich zum Ausdruck gebracht, beherrschte ja auch den Tondichter und den Maler. Wie tief mußte das Werk die Stiefmutter Feuerbachs, Frau Henriette Feuerbach, trösten, da Brahms es ihr widmete. Es erschien noch 1881 bei Simrock. Der Tondichter schrieb an Frau Feuerbach:

„Hochverehrte Frau!

Erlauben Sie, daß ich ohne weitere Vorrede Ihnen eine Bitte vortrage. Ich habe in der letzten Zeit das Gedicht ‚Nänie' von Schiller für Chor und Orchester komponiert. Gar oft mußte ich, wenn mir die schönen Worte durch den Sinn gingen, Ihrer und Ihres Sohnes gedenken, und ich empfand unwillkürlich den Wunsch, meine Musik seinem Gedächtnis zu widmen. Damit dies ein äußeres Zeichen habe, erlaube ich mir die Frage, ob ich das Stück, falls ich es veröffentliche, Ihnen zueignen darf.

Es ist möglich, daß Sie dies nicht wünschen, ja daß Sie nicht gerade gern an mich erinnert sind? Denn unter anderm haben Sie zu einer Zeit, in der Ihnen gewiß viele Zeichen der Teilnahme wurden, von mir kein Wort gehört. Und doch werden wenige herzlicher Ihrer gedacht haben und gewiß wenige Ihren herrlichen Sohn ernstlicher verehren als ich. Falls mir Ihr Wohlwollen ein wenig erhalten blieb, und falls es Ihnen kein unangenehmer Gedanke ist, Ihren und den Namen Ihres Sohnes in der angedeuteten Weise mit dem meinen verbunden zu sehen, bitte ich um ein Wort der Einwilligung.

In hoher Verehrung
Ihr ergebener
Johannes Brahms."

Zu der Komposition macht Billroth folgende interessante Bemerkung: „Es wäre ungerecht von einem Konzertpublikum, und wäre es auch aus lauter Musikern und besten Dilettanten zusammengesetzt, zu verlangen, daß es gleich von solchen Kompositionen hingerissen sein solle. Seien wir doch ehrlich! Haben wir nicht auch manches schönste Gedicht von Schiller und Goethe wiederholt lesen müssen, bevor wir eigentlich davon gepackt wurden. Brahms ist wie Beethoven eine mehr Schillersche oder Michelangelonatur. Auch seine oft allzugrübelnde Art des Schaffens macht

ihn diesen Meistern, zu denen auch Bach gehört, am meisten
ähnlich. Nicht daß er sie über Händel, Rafael, Mozart, Goethe
stellte, im Gegenteil, er sagte mir noch neulich, als wir über
Beaumarchais ‚tollen Tag‘ sprachen, . . .: ‚Jede Nummer in
Mozarts Figaro ist für mich ein Wunder; es ist mir absolut unverständlich, wie jemand etwas so absolut Vollkommenes schaffen
kann; nie ist wieder so etwas gemacht worden, auch nicht von
Beethoven!‘ “ Wir sehen hieraus, daß Brahms selbst um eine
gewisse Verwandtschaft mit Goethe gewußt hat.

Brahms wählt den biegsamen Sechsvierteltakt, um die gefährlichen Hexameter und Pentameter da hineinzuzwingen. Das
Orchester entfaltet die gleitende Melodie, die Bläser tragen sie
vor in stillem Piano und Pianissimo. Dann hebt der Sopran mit
dem Gesang an und die übrigen Stimmen folgen ihm kanonisch:
im fünften Takt der Alt, im zehnten der Tenor, dann noch im
selben auf die zweite Hälfte der Baß. So klingt es gedehnt, in
edel geschwungener Melodie:

Das Orchester schweigt, wenn der Chor fortfährt: „Das Schöne,
das Menschen und Götter bezwinget, nicht die eherne Brust
rührt es des stygischen Zeus . . . . .“ Der Baß allein singt:
„Einmal nur erweichte die Liebe den Schattenbeherrscher . . . .“
Und wieder nach einigen Chortakten weicht das Orchester zurück
bei den Worten: „An der Schwelle noch streng, rief er zurück
sein Geschenk.“ Marmorn baut sich der Mittelsatz auf. Aus
dem Sechsviertelsatze werden Vierviertel; forte, in Fis-dur und

Unisono auf Cis setzt der Chor ein: „Aber sie steigt aus dem
Meer . . . ." Danach erhebt sich, piano, die überwältigende Klage
um den verherrlichten Sohn: „Siehe, da weinen die Götter, es
weinen die Göttinnen alle, daß das Schöne vergeht, daß das Vollkommene stirbt." Die Orchsterstellen zwischen den Chorgesängen
reden eine stumme Sprache. Nach zweimaliger Wiederholung
des Mittelsatzes kehrt der Tondichter zum ersten Teile zurück, und
nun nimmt der Sopran die himmlischen Worte auf:

> „Auch ein Klaglied zu sein im Mund der Geliebten ist herrlich,
> Denn das Gemeine geht klanglos zum Orkus hinab."

Diese wenigen Worte genügen für den eindrucksvollen Schluß,
der die Herrlichkeiten starker Erinnerung preist, indem er eindringlich in lichtem Piano wiederholt: „Herrlich, herrlich!"

Frau von Herzogenberg konnte das Werk wieder nicht genug loben: „Wie klar steht nun die Herrliche vor mir in allen
ihren Teilen und in ihrer unvergleichlichen Einheit! Man möchte
nicht Einzelnes herausstochern, und doch möchte man ausrufen:
,Das liebliche F-dur der Aphrodite und die zauberische Stelle bei
dem Ritzen des Ebers und das prachtvoll brausende Fis-dur mit
den Triolenwellen, wenn sie aus dem Meere steigt, und das synkopierte Weinen der Götter, und das Atem verhaltende, erschütternde Zurücksinken bei den Worten: ,Daß das Schöne vergeht —' man möchte halt doch gern alles anführen, vor allem
aber den beseligenden Schluß, den Ihnen der Himmel lohnen
möge!"

Wie in den Schillerschen Versen, so ist auch in der Brahmsschen Musik das Griechentum erwacht. Dem Tode ist jene griechische Anmut verliehen, nach der so manche deutschen Jahrhunderte gestrebt. Die Gefühle freilich blieben deutsch. Aber
diese griechische Renaissance ist von erhebendem Adel; nur ein
vornehmer Musiker konnte eine solche Nänie schreiben.

Dies Werk erhielt Simrock nicht, sonders Peters. Man muß
betonen, daß es viel zu wenig aufgeführt wird. Die Uraufführung fand unter des Tonsetzers eigener Leitung am 6. Dezember
1881 in Zürich statt. Am 6. Januar 1882 brachte es die Gesellschaft der Musikfreunde in Wien.

Der Konzertwinter 1881 auf 82 gestaltete sich verschieden
von den früheren durch die Eingriffe von Hans von Bülow. Der
berühmte Pianist war seit dem 1. Oktober 1880 in Meiningen Intendant des Herzoglichen Hoftheaters und hatte sich vorgenom-
men, nun in großem Maßstabe für Brahms Propaganda zu machen.
Er forderte Brahms auf, neue Orchesterwerke mit dem Meininger
Orchester auszuprobieren. Dieser freundlichen und ihm hoch-
willkommenen Aufforderung leistete der Tonsetzer alsbald Folge

14*

und probierte sein Klavierkonzert mit den Meiningern. Dem Hof mußte er viel vormusizieren, wofür er als Angebinde vom Großherzog Georg II. das Komthurkreuz des Meiningenschen Hausordens erhielt. Brahms versprach nicht umsonst, bald wiederzukommen. Das erste Meininger Brahmskonzert fand schon am 27. November 1881 statt. Auf dem Programm stand unter anderem das zweite Klavierkonzert.

Am 20. Dezember 1881 spielte der Meister es dann in Wien mit den Philharmonikern. Trotzdem er nicht sonderlich aufgelegt gewesen sein soll, entfesselte das Finale stürmischen Beifall. Die Verbindung mit Bülow veranlaßte noch im selben Winter eine Tournée mit den Meiningern. Man spielte zunächst in Berlin. Dort nach dem ersten Konzert begrüßte Brahms Hans von Bülow mit dem brüderlichen Du. Als er am 2. Februar nach Wien heimkehrte, war Bülow just dabei, im Bösendorfer Saale sein Brahmsprogramm abzuwickeln. Brahms besuchte den Freund sofort. Seine Werke gefielen außerordentlich, so daß Bülow garnicht genug zugeben konnte. Schließlich erklärte er zweideutig: „Wenn der Beifall kein Ende nähme, werde er die Fuge der Händelvariationen wiederholen." Über diese Strafandrohung mußte das Publikum natürlich lachen.

Selten hat Brahms wohl soviel konzertiert wie in diesem Winter. Umsomehr mußte er sich nach Ruhe und nach seiner Arbeit sehnen. Diese Sehnsucht galt einigen Liederheften, die fertiggestellt werden sollten. Die Lieder Op. 84, 85 und 86 sind zu verschiedenen Zeiten entstanden, jedenfalls waren die meisten vor dem Frühjahr 1882 fertig. Op. 85 haben wir schon kennen gelernt. Auf dem Hefte Op. 84 steht: „Romanzen und Lieder für eine oder zwei Stimmen". Nur das letzte Lied ist wirklich für zwei Singende gedacht. In den anderen Nummern finden wir nur uneigentliche Duette: man kann sie als solche singen; die beiden Stimmen wechseln miteinander ab. Die drei ersten Gedichte stammten von dem Hauslehrer der Joachimschen Knaben Hans Schmidt, den Brahms gern leiden mochte. „Hans Schmidt, Dein junger Livländer, ist wieder eingerückt, aber Nottebohm hat einstweilen keine Zeit." So schreibt Brahms an Joachim. Hans Schmidt nahm nämlich bei Nottebohm Theorieunterricht. — Unvergleichlich ist Brahms das „vergebliche Ständchen" gelungen. Solchem Liede ist der Dreitakt so recht angemessen, und der neckische Ton des niederrheinischen Volksliedes entwickelt sich ungemein dramatisch. Brahms hätte zu diesem Liede selbst gern ein großes „Notabene" gemacht. — Das „bewegte und heimliche" letzte Lied „Spannung" bewegt sich in zierlicherem Dreiachteltakt und steckt voll köstlichen Humors.

Tiefer schürft Op. 85 und gar Op. 86. Dieses beginnt mit

dem Muschellied „Therese" von Gottfried Keller. Schlicht, wie ein inniges Volkslied, klingt es. Die ineinandertönende, wogende Begleitung läßt uns das Rauschen der Muschel hören, das dem Knaben anrät, still zu sein und niemandem die heimliche Liebe zu verraten. Über eine Variation der Melodie verhandelt Brahms mit Frau von Herzogenberg. Sie rät ihm aber nicht die „alte neue Lesart" anzuwenden, sondern die einfachere „zu der kleinen Gegenstimme am Klavier viel hübscher" passende, beizubehalten. Ein wunderbares Lied ist ferner der „Nachtwandler"; die Melodie mit ihren süßen Terzen und Sexten berauscht; uns geschieht wirklich wie im Traum. Auf das tiefernste Stormsche Lied „Über die Haide" folgt dann das schmetternde, leidenschaftliche „Versunken" des jungen Felix Schumann. Das letzte Lied singt von „Todessehnen". Inmitten dieser Reihe wunderbar verklärter Lieder steht das über alle Begriffe schöne Lied „Feldeinsamkeit". Frau von Herzogenberg schreibt darüber an den Meister: „Unersättlich aber bin ich in meiner Zuneigung für die ,Feldeinsamkeit'. — Wie muß Ihre Seele in sich gelacht haben, als Ihnen diese erste Zeile geschenkt wurde, die uns gleich so gefangen nimmt, durch schönste Lagen das Ohr entzückt und in ihrem warmen, weichen Fluß versinken macht; und wie muß Sie die liebe Ausweichung nach Des-dur bei dem ,tiefen Träumen' ergötzt haben, (denn Sie freuen sich doch hoffentlich über solche Meisterstückeln!) und über den Rückgang nach C, der sich so rasch und doch so mild, und gar noch schleifend und streichelnd, vollzieht." — In dem Liede schiebt sich der Baß, nicht drängt er sich, in die Höhe, wenn man von einer vorübergehend der rechten Hand abgenommenen Wiegebewegung absieht. Die Stille des Ruhens wird durch die Töne des F-dur-Dreiklanges gegeben. Die Sexte gleich im Anfang bei dem Worte „ruhe" steigt ungemein zart in die Höhe.

Nach kurzem Übergang nach c-moll kehrt F-dur zurück bei den Worten: „Von Himmelsbläue wundersam umwoben". Die Melodie leitet uns nur noch in Sekunden weiter und endet mit dem unvergleichlichen Mordent, welcher gleichsam die weite, weite Bläue des Himmels in Noten malt. Wenig verändert kehrt die Strophe zurück. Zweimal spinnt nur ein einziger Ton den Faden weiter. Zwischen diesen Stellen steht wie eine Parenthese die Gruppe auf den Text: „Mir ist, als ob ich längst gestorben bin" — dann kehrt der Sekundengang der Melodie mit dem Mordent wieder, und zwar in erhöhter Bedeutung: die Begleitung ist voller, doch nicht stark, das Lied greift ins Mystische über: und ziehe selig mit durch ew'ge Räume . . .

Seine diessommerliche „Feldeinsamkeit" fand Brahms wieder in Ischl, wo er in dem schon früher bewohnten Hause Salzburgerstraße 51 unterkam. Anfang Mai traf er ein und erlebte noch Schneegestöber im „Sommerquartier". „Ich aber sitze in Ischl — schaudervoll — höchst schaudervoll, es regnet (oder schneit). Schwarz ist das Kraut und der Himmel nun erst! In diesem Zimmer steht ein Ofen, und es brennt auch darin, im andern muß einer gesetzt werden! — Ischl, den 15. Mai!"

Diese Naturcaprice störte den Eifrigen jedoch wenig, denn wichtige Dinge beschäftigten ihn. Wenn Ibsen sagt: man müsse an einem kalten Wintertage ein Frühlingsgedicht schreiben, so beweist Brahms die Wahrheit dieses Ausspruches, denn das Kind dieses schaudervollen Mai's war das frühlingdurchtränkte Streichquintett Op. 88, das 1883 bei Simrock erschien und, ums gleich zu sagen, am 29. Dezember 1882 in Frankfurt zur Uraufführung kam. Selbst der gehässige Hugo Wolf mußte gestehen, daß er „mit dem Erklingen des ersten Satzes des F-dur-Quintetts von Brahms in eine entzückende, sonnige Aue gelangte, worin sichs an der Hand des kundigen Komponisten gar herrlich erging." Nachdem er dann über Brahms übrige Werke wieder weidlich geschimpft, und „aus entgegengesetzten Gründen sie mit übelriechendem Geifer beschmutzt" — um seine eigenen Worte zu gebrauchen — fährt er also fort: „Kehren wir nach dieser Abschweifung im allgemeinen wieder zu dem Brahms'schen Quintett zurück, so dünkt uns der erste Satz wohl als der schönste. Die Phantasie des Komponisten schwelgt nur in pittoresken Bildern. Die frostigen Novembernebel, die sonst über seinen Kompositionen sich lagern und jedem warmen Herzenslaut, noch ehe er erklingen kann, den Atem benehmen, — hier entdecken wir keine Spur davon; alles ist sonnig, bald heller, bald dämmriger; ein zauberhaftes Smaragdgrün gießt sich über dieses märchenhafte Frühlingsbild aus. Alles grünt und knospet. Ja, man hört förmlich das Gras wachsen — die Natur so geheimnisvoll, so feierlich still, so selig verklärt, . . . der Komponist konnte sich nur mit Gewalt durch raschen Entschluß diesem Zauber entziehen, so sehr hielt ihn die Muse im Banne. Im zweiten Satze senken sich die Schatten tiefer herunter. Der Abend und allmählich die Nacht hüllen die phantastischen Gebilde des wunderlichen Lebens aus

dem ersten Satze ein. Tiefes Sinnen und Schweigen. Ein lebhaft bewegtes anmutiges Bild durchschwirrt die tiefe Einsamkeit.
Es ist, als ob Glühwürmer ihren Reigen tanzten, so blitzt und
funkelt es in den hastigen Figuren der Instrumente. Aber das
Bild verschwindet. Die vorige Stille tritt ein, um jedoch wiederum
durch ein ähnliches Motiv unterbrochen zu werden. In seltsamen
Harmonien, die wie zwischen Traum und Wachen modulieren,
verhallt dieses mysteriöse Tongemälde. Dem Komponisten, der
sich an dem Duft der blauen Blumen zwei Sätze hindurch berauscht, schien es im Zaubergarten der Romantik unheimlich geworden zu sein, denn mit einem plötzlichen Ruck sitzt er auf der
Schulbank zu Altona und erinnert sich im Finale mit vieler Freude
seiner kontrapunktischen Studien bei Marxsen, wohin wir ihm aber
nicht folgen wollen. Dieses Quintett dünkt uns ein herrliches
Seitenstück zu dem reizenden Sextett in G-dur . . . ."

Das Werk hat eine Eigentümlichkeit: es verbindet Adagio
und Scherzo miteinander. Das letztere tritt im Verlaufe des Adagios
zuerst als Allegretto vivace im Sechsachteltakt ein, und zum zweiten
Male das Allegretto variierend als Presto alla breve mit einer be-
weglichen Achtelfigur, die an Beethovens Streichtriofinale Op. 9, 1
gemahnt. Das Grave ed appassionato wird durch diese Scherzo-
eingriffe sehr gemildert. Die Klage des Unbeweibten, die in cis-
moll, aber in Cis-dur beginnend, ertönt, wird nicht so dunkel und
traurig mit Bratschen- und Cellofarben zu Ende geführt: der
Schluß des Stückes schreitet von Cis-dur nach der Tonart des Presto
und endigt also in A-dur. Die Melodie zeigt echt Brahms'sche Prä-
gung mit den beginnenden Achteln und den nachfolgenden Triolen,
die etwas ungemein Wehmütiges haben. Einander stark entgegen-
gesetzt sind die Ecksätze; während das Allegro non troppo ma
con brio, mit seinen wohligen Themen in F- und A-dur, sich heiter
tändelnd und vergnügt einhertanzend gibt, ist das Finale, ein
Allegro energico, trotz seiner ernsten Allüren geradezu ausgelassen. Das Fugato, mit dem das Stück eröffnet wird, verflüchtigt sich; wie zum Scherz wird auch noch fernerhin Kontrapunkt
getrieben, aber der Übermut behält Recht: zum Schluß ergeht
sogar ein flottes und starkes Presto über uns. Dies Quintett
hat vor den ernsteren Quartetten leichte Eingänglichkeit voraus.
Billroth betont, daß Brahms „bewußt nach größerer Kürze und
Einfachheit strebe".

Das C-dur-Trio, welches Brahms diesen Sommer wieder vornahm, teilt diese Eigenschaften mit dem Quintett. Und auch in
dem Trio steckt der Frühling. Mit energischer, frischer Kraft
setzen Geige und Cello unisono ein und schwingen sich gleichsam
wachsend empor. Voll ansprechender Farben ist der eigentümlich
modulierende Satz und gar manche Stellen sind kraus. Ein ge-

heimnisvoller Zug geht durch das Ganze. In keinem Satze hat Brahms vielleicht weniger detailliert, als in diesem Allegro, das in starkeinheitlichem Zug, zuletzt in einem animato mit breiten Figuren, dahinfährt. Herrlich klingen die weiten Melodielinien der Streichinstrumente, denen sich der ernste Baß im Klavier entgegensetzt, während in den Triolen des Diskants gleichsam der Frühling sein blaues Band flattern läßt. Vollends durch das Scherzo gehen die geheimnisvollen Schauder einer Märznacht. Was pocht da so gespenstisch? Das Poco meno presto verrät uns, was aus diesem dunklen Treiben unter der Erde und über der Erde entsteht. Das vorausgehende Andante con moto mit seinen wunderbaren Variationen scheint die schlichten Volkskinder abzukonterfeien, die nach Veilchen suchen, und mit vom Frühling geschwellter Brust singen. Wir befinden uns offenbar in Ungarn. Die Sechsachtelvariation verkündet das Trio des Scherzos voraus und das Andante con moto mit seinem himmlischen Pianissimo ist wie süßer Frühlingsschlummer, der über der Erde liegt. Voll Drängen und Treiben steckt das romantische Finale, ein Allegro giocoso, dessen Wechsel zwischen wundervoll geschwungenen Legatolinien und pikanten Stakkato-Figuren den mutwilligen Charakter dauernd lebendig erhält. Wie ganz anders lautet doch diese sorgfältig erwogene Tonsprache des C-dur-Trios als die ursprünglichere des H-dur-Trios. Das erstere zeigt uns in seiner gemessenen Form und seiner knappen Entwicklung ganz den reifen Meister, der seine Ideen vollkommen beherrscht, aber auch seine Gefühle im Zaun hält. Eigenartige Triolen, übergehaltene Noten und Synkopen geben dem Brahms'schen Satz ein immer eigenartigeres Gepräge, welches Nachahmer kopiert haben.

Brahms hob das Trio am 29. Dezember 1882 in Frankfurt selbst mit aus der Taufe; am gleichen Abend gelangte das Streichquintett zur Uraufführung. Frau Schumann fand, er spiele „immer schrecklicher" Klavier. Nicht in der Goethestadt, sondern in Basel brachte er das dritte Werk des 1882er Ischler Sommers zur Uraufführung: das Parzenlied; und zwar am 10. Dezember in einem Konzerte der Allgemeinen Musikgesellschaft. Das Werk erschien als Op. 89 im Jahre 1883 unter folgendem Titel: „Gesang der Parzen von Goethe für sechsstimmigen Chor und Orchester. Seiner Hoheit dem Herzog Georg von Sachsen-Meiningen ehrerbietigst zugeeignet".

Die Darbietung der Goetheschen Iphigenie durch die berühmte Tragödin Charlotte Wolter soll Brahms, wie Kalbeck erzählt, ganz gefangen genommen und zur Komposition des Parzenliedes angeregt haben. Billroth muß auch gestehen: „Ach! Hätten Sie das Parzenlied von der Wolter . . . . gehört! das Entstehen

216

Hermine Spies
1857—1893

Johann Strauß und Brahms

und das Vergehen der Welt lag darin! Armselige, dickbändige
Philosophen, was seid Ihr gegen den Poeten! . . ."

Brahms beginnt das Werk maestoso mit energischen Figuren
und schroffen Modulationen, die uns im Fortissimo dieses harten
Anhubes tief treffen. Der Tonsatz hält allmählich an sich, und
piano beginnt der Chor das Lied:

Tenor und Baß raunen die Warnung zuerst — dumpf rollt
die Orchesterbegleitung dahin — wechselnd sagen es die drei-
stimmigen Gegenchöre — „die Götter halten die Herrschaft
in ewigen Händen und können sie brauchen wie's ihnen gefällt". Dann setzt wieder das Anfangsmotiv des Orchesters hart
ein. Und mit gewaltiger Kraft, mit dem ganzen Chore wird
nun verkündet: „Der fürchte sie doppelt, den je sie erheben . . ."
Unheimlich dröhnt der Baß und rollt immer gewaltiger. Beim
Abnehmen tönt es tief elend: „Und harren vergebens". Und
wieder herrischer erhebt sich das Orchester, in breiten Notenwerten singt der Chor: „Sie schreiten von Bergen zu Bergen
hinüber". Der Satz moduliert nach cis-moll — Schlünde der
Tiefe tun sich auf — die dunkle Farbe lichtet sich, wenn wir
gleich Opfergerüchen leichtes Gewölk aufsteigen sehen und hören.
Doch ein neuer Schauder rieselt uns über den Rücken: wieder
beginnt der tiefere Chor sein mahnendes: „Es fürchte die Götter
das Menschengeschlecht". Einer wehmütigen Trauer verleiht der
„weiche und gebundene" D-dur-Satz Ausdruck, der auch im leich-

teren Dreitakt nun einherschreitet: „Es wenden die Herrscher ihr
segnendes Auge". Die größte Wirkung aber macht der Pia-
nissimo-Epilog: „So sangen die Parzen . . ." Der Chorsatz löst
sich auf, und in gebrochenem Satze wird das Nachwort des Dichters
vorgetragen: „Der Alte denkt Kinder und Enkel und schüttelt
das Haupt". In d-moll klingt das Werk mit zwei gehaltenen
Takten unheimlich aus.

Billroth meinte: „Dem Parzenlied wird das Publikum nach
erstem Anhören ziemlich ratlos gegenüberstehen. Mir ist es beim
ersten Durchlesen nicht viel besser gegangen. Je mehr ich mich
in das Stück versenkt habe, umso mehr empfinde ich eine große
geistige Verwandtschaft der Komposition mit dem zweiten Chor
aus dem deutschen Requiem, sowohl was das Hauptmotiv als den
Zwischensatz in Dur betrifft . . ."

Das erste Anhören ist längst vorüber, die Welt kennt das
Werk und hat es anerkannt. Die Akten sind darüber geschlossen.
Eine andere Frage aber wird noch vielfach, auch in der neueren
Brahmsliteratur, erörtert; die nämlich, ob Brahms das berichtende
Nachwort des Goetheschen Gedichtes mit Recht in die Komposition
aufgenommen? Kalbeck bestreitet dies und führt als Eideshelfer
in diesem Streite Goethe selbst an. In der Prosafassung der
Iphigenie von 1781 sei „nicht nur nach dem eigentlichen, der
Amme in den Mund gelegten Parzenliede ein neuer Absatz ge-
macht, sondern jenes selbst als Zitat in Anführungszeichen gesetzt".
Es hätte dieses Hinweises auf die „Gänsefüßchen" in der Ausgabe von 1781 nicht bedurft, da die Worte des Gedichtes ja ausdrücklich sagen: „So sangen die Parzen . . ." wodurch genügend
hervorgehoben ist, daß die vorhergehenden Strophen von den
Parzen gesungen werden. Goethe hat, wohl aus dieser Erwägung
heraus, sich in der Ausgabe von 1787 bei Göschen bemerkt:
„Notabene, die letzte Strophe wird zurückgerückt, daß sie mit
den anderen in eine Linie kommt." Es kann also kein Zweifel
sein, daß die letzte Strophe organisch zu dem Gedichte gehört.
Das Gedicht müssen wir das „Ammenlied" nennen; das „Parzenlied" ist darin enthalten. Brahms komponierte das Ammenlied;
man könnte also allenfalls die Betitelung seines Chorwerkes als
„Parzenlied" beanstanden. Indessen hat dieser Titel doch seine
Berechtigung, weil in dem Gedichte das Parzenlied die Hauptsache ist. Zum Ammenliede gehört aber auch die letzte Strophe,
die dem Komponisten umso willkommener sein mußte, als der
epische Bericht zugleich eine Vertiefung des Gehörten und eine
mildernde Rückschau bedeutet: das düstre Gefühl der mensch-
lichen Kleinheit und Schwäche, der erschütternde Gegensatz
zwischen der seligen Gottheit und dem schwarzen Schicksal der
Sterblichen, wird gedämpft — und klingt da nicht eine ver-

heißungsvolle Hoffnung auf, wenn wir der Kinder und Enkel denken?

> So sangen die Parzen
> Es horcht der Verbannte
> In nächtlichen Höhlen
> Der Alte die Lieder,
> Denkt Kinder und Enkel
> Und schüttelt das Haupt.

Brahms hatte das Bedürfnis, mit dem „Alten" — einerlei, wenn ihn das Gedicht auch nicht nennt — die düsteren Gefühle abzuschütteln. Daher komponierte er diesen Réfrain der Amme mit, der dem finsteren Parzenliede erst die wohltuende Folie verleiht.

Einstweilen wurde das Werk noch nicht aufgeführt. Im Herbste 1882 unternahm Brahms seine dritte Reise nach Italien, die er wieder in Begleitung Billroths machte. Diesmal wurden die oberitalienischen Seen und Venedig besucht. Billroth schreibt am 31. August an Brahms: „Nimm nun die Sache folgendermaßen in die Hand. Bestimme einen Tag (sobald Du willst, nur nicht später als 15. September), an welchem wir uns in Luzern ‚Hôtel zum Schwan', (es ist nicht nur wegen der musikalischen Symbolik, sondern weil es ein altes, bürgerliches Haus ist) sprechen. ... Wir würden ihm (Simrock) dann von Luzern aus ein Rendezvous am Langensee oder in Lugano geben, wohin er via Malojapaß in einem Tage von Pontresina kommen kann. — Einen weiteren Reiseplan mache ich nicht. Bergamo und Brescia möchte ich gern bei dieser Gelegenheit kennen lernen. Wie lange Dir der Aufenthalt an den Seen gefällt, hängt von Dir ab; bei gutem Wetter genügen wenige Tage." Billroth macht dann dem Freunde allerhand Vorschläge, wie und wo sie die Zeit in Italien verbringen wollen.

Nach Wien zurückgekehrt, konnte Brahms nicht lange stillsitzen. Er hatte vernommen, daß Nottebohm auf einer Reise erkrankt sei und im Spital zu Graz liege. Daher eilte er dorthin; leider konnte er dem Freunde nur noch die Augen zum ewigen Schlummer zudrücken. Alsbald fanden dann die bereits erwähnten Uraufführungen seiner neuen Kammermusik in Frankfurt und der Nänie in Basel statt, bei denen Brahms mitwirkte. In Wien erfreute sich das Parzenlied bei seiner ersten Aufführung am 18. Februar nur geringen Erfolges. Billroths Voraussage war eingetroffen.

Nun gings an den Rhein. In Coblenz musizierte Brahms mit Hermine Spieß auf dem Musikfeste zur Feier des 75. Bestehens des dortigen Musikinstitutes. Hier traf er auch Joachim, mit dem er sich nochmals über dessen Eheverhältnisse aussprach. Brahms stand aber nach wie vor auf Seiten der Frau, hatte dieser sogar seine Ansicht, daß er sie für unschuldig erachte, brieflich ausgesprochen. Dieser Brief, der ohne Brahms Genehmigung im Scheidungsprozesse dem Gerichte vorgelegt worden war, bewirkte Amalie Joachims Freisprechung. Auch als Künstler hatte Brahms in den zwei Liedern für Bratsche und Alt, Op. 92, nochmals den beiden Gatten Freude und Friede zu schenken versucht. Die Lieder schmeicheln der musikalischen Seele in den süßesten Tönen. Rückerts Lied durchzieht tiefste, unendliche Wehmut. Die Beteiligten hörten nichts mehr. Es war zu spät.

Auch den Sommer über blieb Brahms diesmal in den lieblichen Rheinlanden. Aus Wien hatte er vom April her eine Reihe neuer Lieder und Romanzen mitgebracht, denen wir zumeist in Op. 93a begegnen werden. Ein größeres Werk aber machte den den Meister froh: seine dritte Symphonie. Unter der Wacht der Germania auf dem Niederwald, hat Brahms die dritte Symphonie beendet.

Die F-dur-Symphonie hat eine ganze Reihe besonderer Freunde gewonnen. Sie steht mitten inne zwischen der finster dämonischen ersten und der pastoralen zweiten. Die Uraufführung der dritten Symphonie in Wien durch die Philharmoniker am 2. Dezember 1883 erregte Stürme. Allerdings waren in Wien Parteiungen ausgebrochen. Es hatte sich eine Clique um Anton Bruckner gebildet, welche im Konzertsale unerhörten Lärm vollführte. Eine kritische Leuchte der Opposition war auch Hugo Wolf. Wir haben seine meist gehässigen Kritiken über Brahms Werke, die er im Wiener „Salonblatt" veröffentlichte, schon mehrfach zitiert. In den 80er Jahren begann Wolf seines Amtes zu walten und bei der zweiten Aufführung der F-dur-Symphonie am 30. November 1884 durch die Meininger ließ er sich besonders giftig vernehmen. „Der freudigen Stimmung nach den verhallten Jubelklängen der Freischützouvertüre wurde alsbald ein Dämpfer aufgesetzt: Brahms F-dur-Symphonie kam an die Reihe. Als Symphonie des Herrn Dr. Johannes Brahms ist sie zum Teile ein tüchtiges, verdienstliches Werk; als solche eines Beethoven Nr. 2 ist sie ganz und gar mißraten, weil man von einem Beethoven Nr. 2 alles das verlangen muß, was einem Dr. Johannes Brahms gänzlich fehlt: Originalität. Brahms ist ein Epigone Schumanns, Mendelsohns und übt als solcher auf die Entwickelung der Kunstgeschichte etwa einen Einfluß aus, wie der verstorbene Rob. Volkmann, d. h. er hat für die Kunstgeschichte ebensowenig Bedeutung als Volkmann, also auch keinen Einfluß auf dieselbe. Er (Brahms) ist ein tüchtiger Musiker, der sich auf seinen Kontrapunkt versteht, dem zuweilen gute, mitunter vortreffliche, zuweilen schlechte, hie

und da schon bekannte und häufig gar keine Einfälle kommen.
Brahms ist einem versprengten Emigranten aus der Zeit der
französischen Revolution zu vergleichen, und wahrhaftig! darin
ähnelt er ganz den beiden Emigranten im Drama ‚Napoleon‘,
von denen Grabbe folgendes charakteristisches Bild entwirft:
‚Welche Rockschöße, welche Backentaschen, welche altfränkische
Mienen und Gedanken, welche Gespenster aus der guten alten und
sehr dummen Zeit! Von der Revolution und ihren blutigen Jahren
wissen sie nichts; sie aber sind geblieben, wie bisweilen der
Bergstrom verbraust und das Gräslein bleibt und vielleicht darum
sich für stärker hält als die Fluten, welche es eben noch über-
schütteten und die Ufer auseinanderrissen. Nicht einen Stroh-
halm weit sind sie aus sich und ihrer stolzen Bahn herausge-
gangen‘ . . . usf. Schumann, Chopin, Berlioz, Liszt, die Führer
der revolutionären Musikbewegung nach Beethoven (in welcher
Periode Schumann ja selbst einen Messias erhofft und sogar in
— Brahms!) sind an unserem Symphoniker spurlos vorüberge-
gangen; er war oder stellte sich blind, als der erstaunten Menschheit die Augen vor dem strahlenden Genie Wagners auf- und
übergingen, als Wagner, gleich Napoleon, von den Wogen der
Revolution getragen, dieselben durch sein Machtgebot in neue
Bahnen lenkte, Ordnung schuf und Taten verrichtete, die ewig
im Gedächtnisse der Menschheit fortleben werden. Aber der
Mann, der drei Symphonien schrieb und wahrscheinlich beabsichtigt, noch weitere sechs diesen dreien folgen zu lassen, kann
von einer solchen Erscheinung nicht betroffen worden sein, denn
er ist nur ein Überbleibsel uralter Reste und kein lebendiges
Glied in dem großen Strom der Zeit. — Wie man Anno dazu-
mal Menuett getanzt, bezw. Symphonien geschrieben, schreibt
auch Herr Brahms Symphonien, mag derweil vorgefallen sein,
was will. Er kommt wie ein abgeschiedener Geist wieder in
seine Heimat zurück, wackelt die schwankende Treppe hinauf,
dreht mit vieler Mühe den verrosteten Schlüssel um, der die ge-
borstene Tür zu seiner verödeten Behausung knarrend öffnet, und
sieht mit abwesendem Blick die Spinnweben ihren luftigen Bau
betreiben und den Epheu zum trüben Fenster hereinstarren. Ein
Bund vergilbten Notenpapiers, ein bestaubtes Tintenfaß, eine ver-
rostete Feder erregen seine Aufmerksamkeit. Wie im Traum
wankt er einem altväterlichen Lehnstuhl zu und sinnt und sinnt
und kann sich auf nichts Rechtes besinnen. Endlich dämmerts
in ihm: er gedenkt der guten, alten Zeit, der alle Zähne ausgefallen, die wacklich und runzlich geworden ist und wie ein altes
Weib schnarrt und klappert. Lange lauscht er dieser Stimme,
diesen Lauten, — so lange, bis es ihm endlich dünkt, als hätten
dieselben sich zu musikalischen Motiven in seinem Innern ge-

221

staltet. Mühevoll greift er nach der Feder, und was er auf-
schreibt — wahrhaftig! 's sind Noten, eine Menge Noten. Diese
Noten werden nun regelrecht in die gute, alte Form gestopft,
und was dabei herauskommt, ist — eine Symphonie. So wäre,
nachdem Herr Brahms es unterlassen, zum besseren Verständnis
seiner Symphonien ein Programm vorauszuschicken, für ein solches
Sorge getragen. Dasselbe beschränkt sich allerdings nur darauf,
den Grundton seiner Symphonieen zu charakterisieren; ein spe-
zielles Programm auf Grund dieses allgemeinen hin zu erdichten,
dürfte aber selbst den aufrichtigsten Verehrern der Brahms'schen
Muse nicht gelingen". Unzweifelhaft hat diese Kritik auch den
enragiertesten Feinden der Brahms'schen Symphonie und Musik
genug getan — sie mag also die Zustände zur Zeit der Uraufführung charakterisieren. Unfreiwillig erteilte Hugo Wolf aber
der Brahmschen Musik das Lob, daß sie von malerischen oder
dichterischen Nebenwirkungen absieht, also reine Musik ist.

Einen ganz besonderen Eindruck wird die F-dur-Symphonie
stets hervorrufen, in deren erstem Satz zwei kräftige Gegensätze
eine energische Entwicklung bewirken: das erste, in den ein-
leitenden Takten kurz und stark ausgesprochene Motiv beherrscht
den Satz mit seinem hartnäckigen: f as f. Das Gegenthema hin-
wiederum dehnt sich gemütlich aus und wird durch die Klarinette besonders gefärbt. Der Satz wird weit ausgesponnen. Die
Durchführung türmt diesmal nicht die Massen zu einem Höhepunkte auf, sondern ergeht sich in nachdenklichem Sinnen. Den
Schluß hat Brahms außerordentlich hervorgehoben durch eine weit-
entwickelte Coda, welche nochmals das Hauptthema energisch fest-
stellt und ganz neu beleuchtet.

Das Andante entfernt sich in Tonart, — die hier C-dur ist, —
und Taktart, — Viervierteltakt; das erste Allegro hat $^6/_4$ — aber
auch thematisch vom ersten Satz, bleibt ihm aber trotzdem verwandt.
Semplice spricht sich der Komponist über die Welt und das Leben
aus. Eigentümlich gefällig bewegen sich die Stimmen, und scheinen
die milden Anhöhen bei Rüdesheim nachzumalen, auf denen die
warme Sommersonne steht. Die Verarbeitung der Themen zeigt
durchaus das ernste Brahms'sche Gesicht.

Das bemerkenswert Unruhige des Andantesatzes kommt in
den kapriziösen Figuren des Poco allegretto noch deutlicher zum
Vorschein. Ruhiger legt das As-dur-Trio aus, aber auch hier
bleibt die Stimmung verhalten, wie im Scherzo, das mit seinem
gedeckten c-moll an das Andante anschließt. Ein milder Regen
schauert über dies Bild — die gedämpfte Stille Wiesbadens möchte
man in dem Scherzo widerklingen hören.

Im Finale lodert wieder bewegte Musik. Dunkel wühlend beginnt es in seinem schroffen alla breve-Takt. Das kurze, heroische

Motiv des Allegros gibt dem Satze ein überaus kraftvolles Gepräge.

p sotto voce

Der Kampf kann nicht ausbleiben. Hetzende Hornmotive treiben immer mehr vorwärts. Dagegen hilft nur ein herbeigerufener Choral, der den Posaunen in den schmetternden Mund gelegt ist. Allmählich wird es wieder lichter nach dem Gewitter. Eine breite Coda leitet die finsteren Geister heim, die wir bestanden. Das Einleitungsmotiv des ersten Satzes tritt bedeutungsvoll wieder auf. Zarte Klänge treffen unser Herz, und tief ergreifend tönt das ringartig geschlossene Werk aus . . .

Joachim schrieb an Brahms: „Der letzte Satz Deiner Symphonie wirkt noch mächtig nach: ich fand ihn ebenso tief wie originell in der Konzeption, womit ich nicht sagen will, daß die anderen Sätze seiner unwürdig seien: nur mich berührt er am stärksten. Und sonderbar; so wenig ich das Deuteln auf Poesie in der Musik in der Regel liebe, werde ich doch bei dem Stück (und nur bei wenigen anderen in dem ganzen Musikbereich geht es mir so) ein bestimmtes poetisches Bild nicht los: Hero und Leander! Ungewollt kommt mir, beim Gedanken an das zweite Thema in C-dur, der kühne, brave Schwimmer, gehoben die Brust von den Wellen und der mächtigen Leidenschaft vors Auge, rüstig, heldenhaft ausholend, zum Ziel, zum Ziel, trotz der Elemente, die immer wieder anstürmen! Armer Sterblicher — aber wie schön und versöhnend die Apotheose, die Erlösung im Untergang."

Joachim und Brahms waren sich seit dem Sommer wieder etwas näher getreten. Brahms schrieb im Oktober an den Freund: „Kurz, wenn Du trotz dieses Vorganges, den ich bedaure, (gemeint ist jener Brief, den Brahms Frau Amalie geschrieben) aber für den ich nicht um Verzeihung bitten kann, ein erträgliches Verhältnis unsererseits gestatten kannst, — so möchte ich die Hand geboten haben." — So brachte denn Joachim am 4. Januar in Berlin die Symphonie zur Erstaufführung. Brahms kam und dirigierte. Am folgenden Tage führte er den Berlinern die Symphonie in einem populären philharmonischen Konzerte vor.

In seinen Konzerten wirkte in dieser Zeit vielfach Hermine Spieß mit. Die Sängerin schrieb einmal an Dietrich: „Welch eine Reihe von Genüssen habe ich in mich aufgenommen. Das hält lange vor. Daß ich Brahms nun auch als Mensch genießen konnte, ist mir von ganz besonders hohem Wert. Wie reizend war er mit uns, als wir die Rebusse machten, wie gemütlich war es in Eurem reizenden Heim! (gemeint ist das Heim Dietrichs in Oldenburg). Dies war für mich der schönste Tag der ganzen Reise. Ich spiele jetzt natürlich den ganzen lieben langen Tag Brahms. Es ist für mich eine wahre Erholung, nach all der Berufsmusik einmal zum Vergnügen zu musizieren. Ich habe sämtliche Werke von Brahms zu Weihnachten geschenkt bekommen und wühle jetzt wahrhaft in herrlichster Musik."

Cöln, wo Brahms auch öfter als Konzertgast erschien, bot ihm im Frühjahre 1884 die Direktion des Konservatoriums und des Konzertvereins an, die er aber ausschlug. Er schrieb an den „hochgeehrten Herrn Rat" — Geheimrat Schnitzler — „Ich danke Ihnen und allen, die es angeht, von Herzen für die große Auszeichnung, als welche ich Ihren verehrten Antrag empfinde. Leider muß ich mich entschließen ihn abzulehnen. Die Antwort wird mir schwer, und ich bin nur zu sehr in Versuchung, sie von Tag zu Tag aufzuschieben. Ich möchte aber Vorschläge machen, Wünsche und Bedenken aussprechen, und es muß mir doch klar sein, daß ich deren nicht habe, daß die Antwort mich ganz allein angeht. Lassen Sie mich also nur kurz sagen, daß ich leider nicht glauben kann, für jene schöne und ehrenvolle Tätigkeit der geeignete Mann zu sein. Ich bin zu lange ohne eine derartige Stellung gewesen, habe mich wohl nur zu sehr an eine ganz andere Lebensführung gewöhnt, als daß ich nicht einesteils gleichgültiger geworden sein sollte gegen vieles, für das ich an solchem Platze das lebhafteste Interesse haben müßte, andernteils ungeübt und ungewandt in Sachen geworden wäre, die mit Routine und Leichtigkeit behandelt sein wollen. Wie sehr habe ich mir früher solche Tätigkeit gewünscht, die nicht nur dem schaffenden Künstler wünschenswert, ja nötig ist, sondern die ihm auch als Menschen erst die rechte, richtige Existenz ermöglicht. So denke ich etwa an meine Vaterstadt Hamburg, wo seit der Zeit, daß ich meine, mitzählen zu dürfen, mehrere Male — mein Name gar nicht in Betracht kam . . ."

Vor dem Besuch des 61. Niederrheinischen Musikfestes in Düsseldorf, auf dem die dritte Symphonie mit starkem Erfolge aufgeführt wurde, fuhr Brahms auf kurze Zeit nach Oberitalien, wo er mit Rudolf von der Leyen zusammen war und den Herzog von Meiningen in dessen Villa Carlotta bei Cadenabbia besuchte. Rudolf von der Leyen hat in dem hübschen Büchlein „Johannes Brahms als Mensch und Freund" gerade von dieser italienischen Reise besonders liebevoll erzählt. Er berichtet unter anderem: „In Riva verlebten Brahms und ich noch einige Tage allein, machten Ausflüge in die Umgebung und fuhren jeden Abend auf

Brahms Wohnung in Mürzzuschlag 1885
Nach einem Ölbild der Frau Maria Fellinger

Brahms Thuner Sommerwohnung
in den Jahren 1886—1888

seinen besonderen Wunsch nach 10 Uhr im Ruderboot weit in den nächtlichen See hinaus. Brahms lag dann auf dem Boden des Kahns, war von den Wellen bald in tiefen Schlaf geschaukelt, aus dem er nicht erwachte, auch wenn die Ora einmal etwas stürmisch einsetzte. Da die österreichisch-italienische Grenze bei Riva quer durch den See geht, so passierte es häufig, daß plötzlich die Zollwächter mit ihrem Boot auf der Jagd nach Schmuglern bei uns anlegten und mich fragten, ob wir etwas für den dazio hätten? Ich antwortete ihnen dann, auf den schlafenden Brahms zeigend: ich hätte nichts Wertvolles im Boot. Nur schwer konnte ich Brahms von dem Gedanken abbringen, die Reise nach Mailand per Ruderboot anzutreten und eine ganze Nacht und länger von Riva nach Desenzano zu rudern," . . . „Da Brahms vom Herzog von Meiningen eingeladen war, zu ihm in seine berühmte Villa Carlotta am Comersee zu kommen, so reisten wir von Mailand nach Cadenabbia, wo aber der Herzog mit seiner Gemahlin noch nicht eingetroffen war . . ." Von der Leyen erzählt dann von dem reizenden Aufenthalt und zitiert unter anderm folgende interessante Bemerkung von Brahms: „Einmal sprachen wir über Goethes ‚Geschwister': wenn ich das Stück sehe oder lese, dann weine ich immer, bei jedem Wort stehen mir vor Rührung die Tränen in den Augen. — Man meint wohl zuweilen, ich sei lustig, wenn ich in Gesellschaft scheinbar mitlache und fröhlich bin, Ihnen brauche ich wohl nicht zu sagen, daß ich innerlich nie lache." In diesen Worten kündigt sich der ernste Brahms der ernsten Musik, die wir von ihm kennen, rückhaltslos an.

Für den Sommer wählte sich der Meister diesmal nicht Ischl aus, das ihm seiner Überschwemmungen wegen unsympathisch geworden war, sondern Mürzzuschlag in Steiermark. Dorthin verfügte er sich auch im nächsten Sommer 1885. Und hier wurde, unterbrochen von freundlichen Wiener Besuchen, von weiten Spaziergängen, — auf deren einem der Meister den Dichter Rosegger besuchte, ohne von diesem erkannt zu werden, — und von Erdbeben und Feuersbrunst, die vierte und letzte Symphonie geschaffen. 1884 schrieb der Meister die beiden ersten Sätze, Finale und Scherzo 1885.

Die vierte Symphonie gelangte in Meiningen zur Uraufführung. Brahms fuhr frühzeitig zu den Proben hin und dirigierte das Werk in dem Konzert vom 25. Oktober 1885. Die Meininger nahmen die Symphonie dann auf die Reise mit, sodaß Wien sie erst am 17. Januar 1886 zu hören bekam. Die Vorbereitung der Symphonie war mangelhaft, und so hatte das Werk mehr negativen als positiven Erfolg.

Hanslick schrieb über das Werk: „Sie hat seit ihrer ersten

Aufführung in Meiningen bereits eine kleine Triumphreise hinter sich, und wer die entzückten Berichte aus Frankfurt, Cöln, Elberfeld etc. gelesen (oder wer sie auch nicht gelesen hat), mußte von Brahms neuestem Werke Großes und Eigenartiges erwarten . . . Die Symphonie verlangt vollendete Meisterschaft; sie ist der unerbittlichste Prüfstein und die höchste Weihe des Instrumentalkomponisten. In der Energie echt symphonischer Erfindung, in der souverainen Beherrschung aller Geheimnisse der Kontrapunktik, der Harmonie und Instrumentation, in der Logik der Entwicklung, bei schönster Freiheit der Phantasie steht Brahms ganz einzig da. Diese Vorzüge finden wir in seiner vierten Symphonie vollständig wieder; ja, sie scheinen — zwar nicht in der melodischen Erfindung, doch jedenfalls in der Kunst der Ausführung — noch höher emporzuwachsen. Individuelle Vorliebe mag sich mehr der einen oder anderen von Brahms Symphonien zuwenden; unser spezieller Liebling ist die dritte. Aber wir möchten nicht verschwören, daß sie es noch bleiben wird, wenn uns einmal ihre jüngere Schwester ebenso bekannt und vertraut geworden. Auf den ersten Blick wird sie keinem ihren reichen Gedankenschatz erschließen, ihre keusche Schönheit enthüllen; ihre Reize sind nicht demokratischer Natur; männliche Kraft, unbeugsame Konsequenz, ein ans Herbe streifender Ernst — diese Grundzüge aller größeren Werke von Brahms — treten auch in seiner neuen Symphonie bestimmend auf. Unabhängig von jedem direkten Vorbild, verleugnen sie doch nirgend ihren idealen Zusammenhang mit Beethoven; ein Moment, das bei Brahms ungleich stärker hervortritt, als bei Mendelsohn und Schumann . . ." Hanslick meint dann: „das Thema des Scherzos trete sehr derb auf — ‚hahnebüchen‘ würde Schumann sagen —". Schließlich führt er aus: „Das Finale . . . hebt zwar sehr ‚energisch‘ an, scheint uns jedoch in seinem geistreich kombinierenden Wesen mehr einen sinnenden als einen ‚leidenschaftlichen‘ Zug zu haben. Zum ersten Male in der ganzen Symphonie treten hier Posaunen auf, gleich anfangs mit einer Reihe mächtiger, kurz abbrechender Akkorde... wie ein dunkler Brunnen ist dieses Finale. Je länger man hineinschaut, desto mehr und hellere Sterne glänzen uns entgegen."

Der Gegensatz muß durchaus gewahrt bleiben; nicht nur was die Anhänger unter den Zeitgenossen meinten interessiert in der Geschichte; auch die Gegner muß man anhören. Wir müssen deshalb auch lesen, was Hugo Wolf über dieses neue Werk zu sagen hatte: „Ein wahres Glück für den berühmten Bildhauer Thorwaldsen, daß sein guter Genius ihm den glücklichen Gedanken gegeben, eine Szene aus dem Leben Alexanders des Großen plastisch darzustellen. Schlimm stünde es sonst um den Nachruhm dieses Künstlers. Nun ihm aber die unverdiente Ehre widerfahren: den

226

berühmten Kopi, will sagen Komponisten Johannes Brahms zu
einer neuen Symphonie angeregt zu haben, ist ihm die Unsterblichkeit für ewige Zeiten zugesichert. Leider ist von glaubwür-
digen Zeugen nichts verlautbart worden, welcher Art die plasti-
schen Kunstwerke waren, die Herrn Brahms die grausame Notwendigkeit auferlegten drei Symphonien zu schreiben. Wenn wir
in irrigen Vermutungen uns ergehen, indem wir sehr zu der Annahme hinneigen, daß Friedländers alte Invaliden ein wesentliches
Moment der drei Brahms'schen Symphonien bilden — wenigstens
was Frische der Erfindung und Mannigfaltigkeit des Ausdruckes
anbelangt —, so möge man darin nichts anderes erblicken, als
das aufrichtige Bestreben, den zufälligen Einflüssen und Eindrücken
von außen, die nach der Ansicht Schumanns nicht zu gering anzuschlagen sind, auf die richtige Spur zu kommen . . ." In diesem
„allgemeinen" Tone der „Ammenmärchen" ergeht sich Wolf des
weiteren. Schließlich konzentriert er sich dahin: „Auffallend ist
der Krebsgang in dem Produzieren Brahms. Zwar hat sich derselbe nie über das Niveau des Mittelmäßigen aufschwingen können;
aber solche Nichtigkeit, Hohlheit und Duckmäuserei, wie sie in
der e-moll-Symphonie herrscht, ist doch in keinem Werke von
Brahms in so beängstigender Weise an das Tageslicht getreten.
Die Kunst, ohne Einfälle zu komponieren, hat entschieden in
Brahms ihren würdigsten Vertreter gefunden. Ganz wie der
liebe Gott versteht auch Herr Brahms sich auf das Kunststück,
aus nichts etwas zu machen." Die Herausgeber der Hugo Wolf'schen
Expektorate fanden es für nötig, an dieser Stelle „etwas" von der
Wolf'schen Kritik zu unterdrücken. Aus dem Mitgeteilten erkennen wir zur Genüge, in welcher Weise Hugo Wolf über die
Brahms'schen Werke zu urteilen verstand, sein abfälliges Urteil,
das muß man nicht vergessen, war ein Parteiurteil und das eines
völlig anders gerichteten Tonkünstlers. Der betroffene Meister
aber erzählte später: „Lesen Sie nur die Kritiken von Hugo
Wolf, die er im Salonblatt gegen mich losgelassen hat; da werden
Sie finden, daß mir nie eine eigene Melodie eingefallen ist und
daß ich nur tönende Mathematik triebe. Damals haben wir viel
über den närrisch modernen Davidsbündler gelacht, wenn ich
seine wilden Kritiken, die ich Tag und Nacht bei mir trug, zum
besten gab; aber damals haben wir nur diese Aufsätze gekannt,
heute weiß man, daß er ein ernster Mensch war, der Ernstes gewollt
hat, und die Hauptsache ist schließlich doch der Ernst, auch wenn
Spaßhaftes dabei herauskommt."

Brahms teilte, wie er dies gewohnt war, das Manuskript
seiner Symphonie frühzeitig . den Freunden mit. Von Joachim
ließ er sich wieder gerne Ratschläge geben. Er schreibt ihm:
„Ich nehme an, Du habest keine Zeit, mir viel über die Sym-

phonie zu sagen. Da ich sie indes noch öfters vor dem Stich höre, so wäre ich doppelt dankbar für jedes Wort. Vielleicht aber kannst Du mir als Geiger für die folgenden kleinen Stellen raten . . .

Ich habe einige Modifikationen des Tempos mit Bleistift in die Partitur eingetragen. Sie mögen für eine erste Aufführung nützlich, ja nötig sein. Leider kommen sie dadurch oft (bei mir und anderen) auch in den Druck — wo sie meist nicht hingehören. Derlei Übertreibungen sind eben nur möglich, solange ein Werk dem Orchester (oder Virtuosen) fremd ist. Ich kann mir in dem Fall oft nicht genug tun, mit Treiben und Halten, damit ungefähr der leidenschaftliche oder ruhige Ausdruck herauskommt, den ich will. Ist ein Werk einmal in Fleisch und Blut übergegangen, so darf davon, nach meiner Meinung, keine Rede sein, und je weiter man davon abgeht, desto unkünstlerischer finde ich den Vortrag." Joachim schreibt an Brahms: „Sie (eben die vierte Symphonie) hat sich mir und dem Orchester immer tiefer in die Seele gesenkt. Der geradezu packende Zug des Ganzen, die Dichtigkeit der Erfindung, das wunderbar verschlungene Wachstum der Motive noch mehr, als der Reichtum und die Schönheit einzelner Stellen, haben mirs geradezu angetan, sodaß ich fast glaube, die e-moll- ist mein Liebling unter den vier Symphonien."

Mehr auf den Stimmungsgehalt des Werkes geht wieder Frau von Herzogenberg ein. Brahms schreibt ihr aus Mürzzuschlag: „Dürfte ich Ihnen etwa das Stück eines Stückes (ersten Satz der Symphonie) von mir schicken, und hätten Sie Zeit, es anzusehen und ein Wort zu sagen? Im allgemeinen sind ja leider die Stücke von mir angenehmer als ich, und findet man weniger daran zu korrigieren?! Aber in hiesiger Gegend werden die Kirschen nicht süß und eßbar. Wenn Ihnen das Ding also nicht schmeckt, so genieren Sie sich nicht. Ich bin gar nicht begierig, eine schlechte Nr. 4 zu schreiben." Frau Elisabeth erwiderte: „Ich empfinde jetzt so deutlich die Hügel und Täler in dem Satze, daß ich darüber den Eindruck der Kompliziertheit verloren habe, oder vielmehr nicht mehr glaube, daß die Kompliziertheit, wie es mich anfangs dünken wollte, dem Werke zum Schaden gereicht, seiner Wirkung im Wege steht; höchstens kommt es mir vor, als hätte der Meister mit seiner Meisterschaft ein wenig Verschwendung getrieben! . . .

Von dem Klange erwarte ich mir ungeheuer viel, im allgemeinen und im besonderen, und da ist zumal eine Stelle: Schluß der Durchführung und gleichzeitig Wiedereintritt des ersten Themas in ganzen Noten, die ich mir wunderbar geheimnisvoll und schön vorstelle, außerdem, daß sie fabelhaft geistreich und fein ist . . ."

Vier Sätze umfaßt diese vierte Symphonie, deren Zusammengehörigkeit vielfach bestritten wurde und eines gewissen Beweises bedürfen soll. In der vierten Symphonie ist nicht die äußere, nicht die motivische Einheitlichkeit das Band, welches die Sätze zusammenhält, starke Kontraste, helles Licht und tiefe Schatten stoßen so schroff aufeinander, daß dadurch ein innerer Zusammenschluß der Sätze bewirkt wird, der sie desto unauflöslicher zusammenhält. Eine andere Frage freilich ist, ob es leichthin gelingt, dies grandiose Werk voll zu verstehen. Es enthält unzweifelhaft konzentrierte Gefühle und Erlebnisse; durch des Mannes Seele, der dies Werk schrieb, sind Empfindungen gegangen, die ganze Jahrhunderte bewegt haben. Ein klassischer Geist redet hier von erhöhter Stelle zu uns. Ja, der Brahms der vierten Symphonie ist Klassiker, das heißt ein Künstler, der aus der Entwicklung die Gesetze abgeleitet hat, die im Wandel der Dinge ewig sind, die ewig gelten für den Menschen . . .

Das Programm der Symphonie lautet: Allegro non troppo — Andante moderato — Allegro giocoso — Allegro energico e passionato (Thema con varizioni).

Billroth gibt gewissermaßen ein Motto für die ganze Symphonie: . . . „In mir klingt es oft genug

Es mag nicht richtig geschrieben sein, aber Du wirst wissen, was ich meine. Taormina!" Er gedachte des Adagios im a-moll-Quartett — Brahms machte eine neue Musik auf das beglückende Motto: Taormina!

Wir haben das Gefühl, als ob wir auf einer wildumrauschten Höhe stehen, wenn der gebrochene Satz des Allegros beginnt. Weite, weite Bögen spannen diese Themen; drei verschiedene greifen ein. Und dabei zerlegt sich das Bild in so viele feine Einzelheiten, daß man glauben möchte, es müsse auseinanderfallen. Der Satz festigt sich aber rechtzeitig und treibt zwingend einer einheitlichen Entwicklung zu. Fagotte und Klarinetten färben die Hergänge mit ihren Vierteltriolen und ausgehaltenen Akkorden, über die die Saiteninstrumente mit Pianissimogängen springen. Die Triolen werden energischer, die vorgeschlagenen Sechzehntel straffen den Satz zusammen, bis fast plötzlich die fliegenden Viertel des Anfangs wieder auftreten. Eine zurückhaltende, wesentlich vom Hauptthema beherrschte Durchführung belebt den Satz, der sich erst in der Coda zur höchsten Höhe erhebt. Wir stehen nun auch innerlich auf der Höhe, auf der uns der Anfang sah.

Wir erblicken von oben ein weites, klagendes Land: davon erzählt das Andante moderato mit seiner tiefschwermütigen Weise. Doch die Gegend belebt sich, wenn wir herabsteigen und uns ihr nähern. Immer schöner baut sich die Welt vor uns auf: liebliche, vom blauenden Himmel überwölbte Landschaftsbilder dringen ins trunkene Auge. Die Schalmeien tönen süß, und nun klingt uns eine Melodie

aus der Landschaft entgegen, wie sie nur das innere Ohr vernimmt, und nur ein Künstler wie Brahms in Noten festhalten kann. Der Höhepunkt ist erreicht und — verschwindet, verflüchtigt sich ins Nichts.

Das Scherzo, ein derbes Allegro giocoso rettet uns vor den verderbenden Blick ins Nichts. Was hilft alles Grübeln und Trauern: hic Rhodus, hic salta, muß man sich zurufen. Mit eckigen Rhythmen reißt uns das Scherzo in seinen Strudel und hält uns mit seinen straffen Sechzehnteln (auf den guten Taktteil) erst recht fest. Alles singt und klingt um uns und betäubt uns förmlich. Plötzlich, in einem stilleren Momente, hören wir innere

Stimmen, die uns ein poco meno presto zuträgt. Sie gemahnen an das erste Allegro. Doch: fort damit! gebietet das Scherzo, das uns von neuem hart anfaßt, und das immer wieder seine Stimmung rücksichtslos durchsetzt. Gegen die Tatsache, daß wir nur e i n Leben zu verlieren haben und uns nicht verlieren dürfen, gibt es keine Widerreden. Entfalten wir die höchste Energie!

Das geschieht in der Tat im Finale: Allegro energico e passionato. In diesem Satze waltet die gehaltenste Kraft. Acht schlichte, wie aus Marmor gehauene Takte geben das Thema her, das vom Bläserchor mächtig hervorgestoßen und dann dreißigmal auf mannigfaltigste Weise verändert wird. „Brahms Variationen sind etwas anderes, als was gemeinhin mit diesem Namen bezeichnet wird. Ihr Urbild ist Bachs Aria mit dreißig Veränderungen, und dies Werk stellt sich wieder als eine Erweiterung des Passacaglio dar. Nicht die Figurierung oder mannigfache Begleitung der Themamelodie ist hier die gestaltgebende Idee, sondern das Festhalten des Basses derselben. Dieser bleibt sich durch alle Variationen im wesentlichen gleich; über ihm wird ein freies Tonspiel entfaltet, von dem aber gelegentliche Bezugnahmen auf die Melodie nicht ausgeschlossen sind. Beethoven hat die Form dadurch der allgemein üblichen genähert, daß er die Alleinherrschaft des Basses durch Abwechslung mit melodischer Variierung beschränkte, und Schumann ist ihm hierin nachgefolgt. Bei anderen Meistern kommt sie nicht vor, und auch Beethoven und Schumann bedienen sich ihrer nur wahlweise. Brahms steht mit seinem Reichtum kombinatorischer Einfälle näher zu Bach als zu Beethoven, teilt aber mit diesem die freiere Behandlungsart." (Spitta.) Die Variation ist wie Beethovens so Brahms Lieblingsform. Es ist die Form der Formen. Die Variation ist eine Art Durchführung, wird jedenfalls in der Art, wie Beethoven und Brahms sie entwickelt haben, zur Durchführung. Brahms schreibt selbst einmal über die Variation: „Variationen und etwas anderes, etwa Phantasievariationen oder wie man denn sonst — fast alle neueren Variationenwerke nennen wollte. Ich habe eine eigene Liebhaberei für die Form der Variation und meine, diese Form könnten wir wohl mit unserem Talent und unserer Kraft noch zwingen. Beethoven behandelt sie ungemein streng, er kann auch mit Recht übersetzen: Veränderungen. Was nach ihm kommt, von Schumann, H. (Hiller) oder Nottebohm ist etwas anderes. Ich habe gegen die Art so wenig wie, selbstverständlich, gegen die Musik. Aber ich wünschte, man unterschiede auch durch den Namen, was der Art nach verschieden ist."

Von Brahms wird der Gehalt eines Themas, wie von Beethoven, völlig erschöpft. So namentlich in der Ciacona dieses mächtigen Schlußsatzes der vierten Symphonie — denn es ist

eine Ciacona, mag es Brahms auch nicht also genannt haben.
Da steht das Thema wie ein eckiger, ragender Marmorblock.
Die Verwandlung beginnt. Sie fördert immer stärkere, grössere
Formen zu Tage. Da fehlt der Kontrast nicht: eine Episode
bringt (espressivo) die zarteste Posaunenstelle; die Posaunen,
Hörner und Fagotte lassen ihre zaghaften Akkorde erklingen, von
den Geigen wird vorsichtig harpeggiert. Ein letzter vorsichtiger
Aufstieg der Celli, die Flöten senken ihre Schritte, Fermate —
da setzt das Thema im Bläserchor hart wieder ein und nimmt
nun an Gewalt immer zu, bis das alles überragende più Allegro
Satz und Symphonie majestätisch zu Ende führt.

Brahms hat danach keine Symphonie mehr geschrieben. Wir
sprechen diese Vierte als Symbol des Lebens an: wir erkennen
darin wiederum den Unterschied der Anschauungen, die zwischen
einem Beethoven und Brahms herrschten. Die Neunte des Alt-
meisters beruht auf ähnlichen und doch ganz verschiedenen
Grundgedanken. Auch aus ihr spricht jene kolossale Zuversicht,
die Berge versetzt und Dithyramben zu singen vermag. Bei
Brahms hat trotzdem im Grunde der Pessimismus das Wort.
Darin ist Brahms der Moderne. Was bei ihm noch nicht ein-
gesetzt hat, das ist die Schwäche des Willens, der totale Verzicht.
Er kämpft, auch wenn die Aussicht gering und der Sieg zweifelhaft scheint; er ist also nicht ganz Pessimist, nur Pessimist des
Intellektes, nicht des Willens. Er trifft sich hierin in vieler Beziehung mit Goethe, der allerdings noch freier über dem Dasein,
aber ebenso tief im Dasein stand. Die griechischen Anschauungen,
die Brahms in Goethes Werken vernahm und verstand, doppelt
verstand, seit er Italien gesehen, haben auch die vierte Symphonie
erweckt. Darin ersteht für uns in grandioser Pracht: der ver-
grabene Tempel. —

Die vierte Symphonie erschien bei Simrock im Jahre 1886
als Op. 98. Zwischen der dritten und vierten, Op. 90 und 98,
steht eine ganze Reihe von Liedersammlungen; Op. 91 bis 97 enthalten sämtlich Lieder. Op. 91 waren die Bratschenlieder für
das Ehepaar Joachim, Op. 92 enthält vier Quartette. Op. 93 a
Lieder und Romanzen für vierstimmigen gemischten Chor. Op.
93 b das Tafellied von Eichendorff für sechsstimmigen Chor. Dann
folgen fünf Lieder für eine tiefe Stimme als Op. 94, sieben Lieder
für eine Singstimme, Op. 95, dann noch vier und sechs Lieder
für eine Singstimme als Op. 96 und 97. Diese letzteren sind
1886 erschienen, während Op. 91 bis 93 a und Op. 94 nebst 95 im
Jahre 1884 veröffentlicht wurden. Das Tafellied kam 1885
heraus.

Dies Tafellied von Eichendorff „Dank der Damen" hatte
Brahms schon früher zur Komposition angereizt. Es kam ihm

Trennung, op. 97, 6

Veröffentlicht 1886; der Frau Maria Fellinger schenkte Brahms folgende Reinschrift am 9. März 1885.

(Wir veröffentlichen dieses Manuskript mit der Eigentümerin und des Verlegers Simrock Genehmigung.)

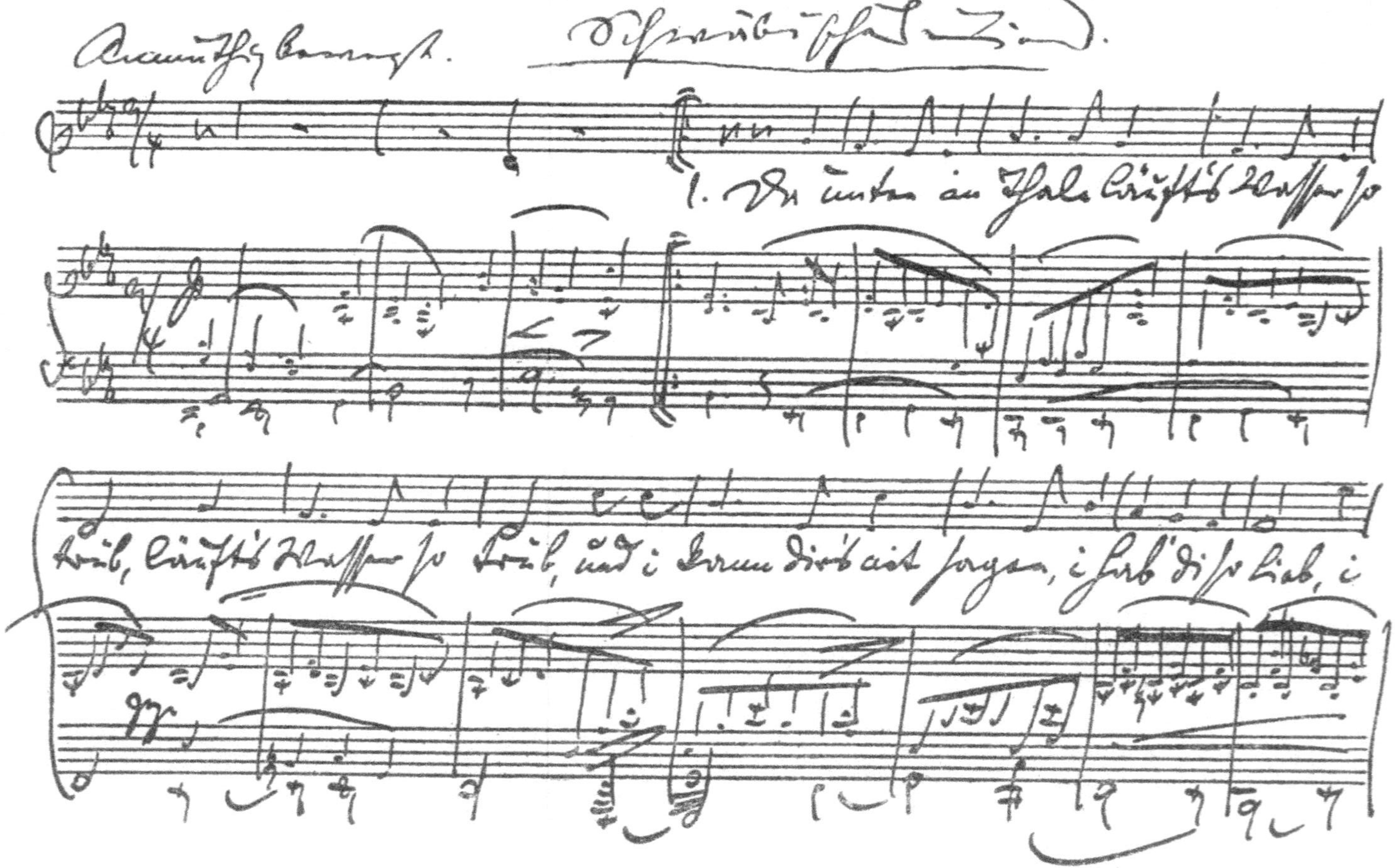

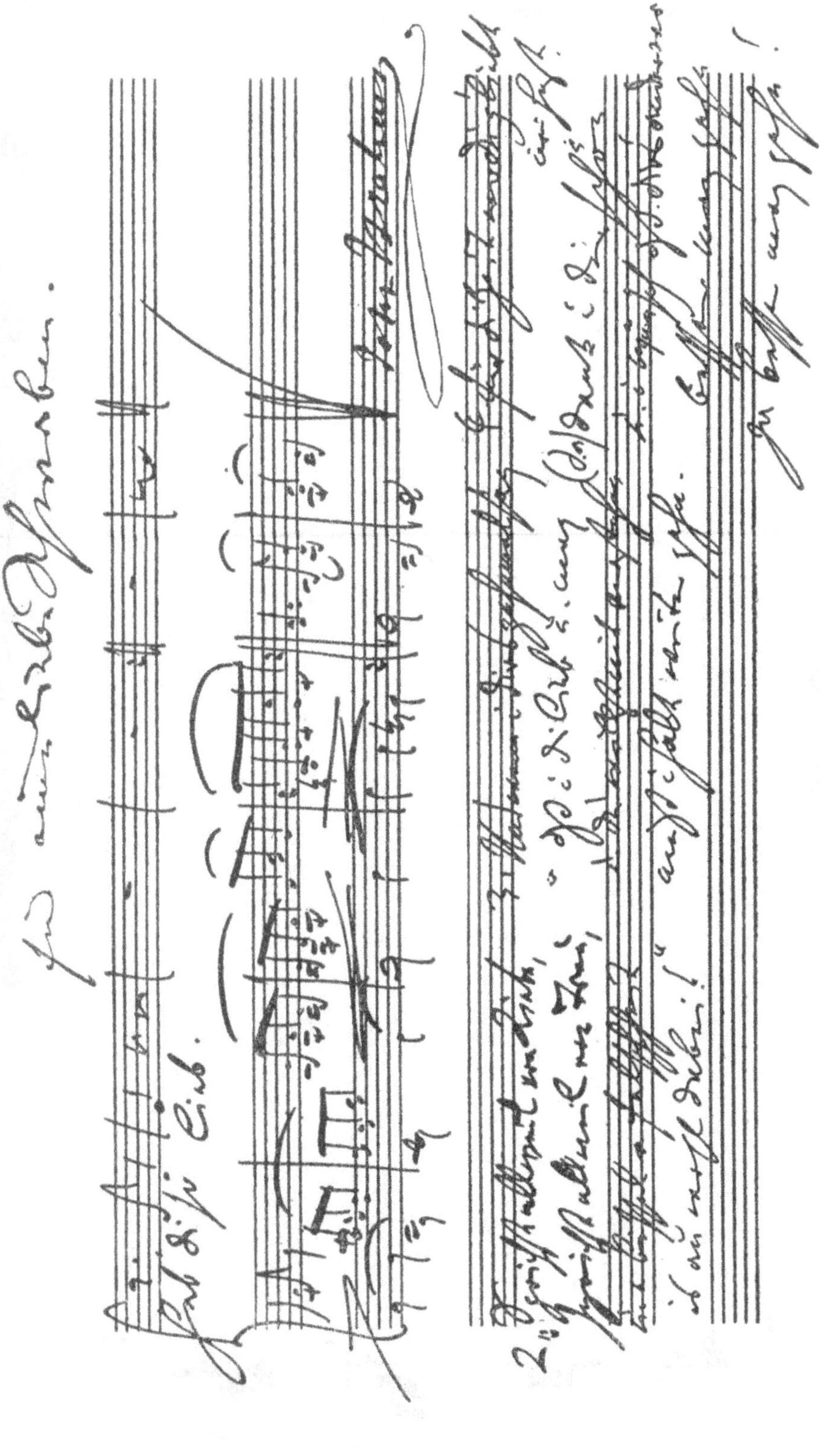

gerade gelegen, als es das fünfzigjährige Jubiläum der Krefelder Konzertgesellschaft zu feiern galt. So widmete er das fröhliche Allegretto grazioso „den Freunden in Krefeld."

„Recht so! Klingt denn in die Runde
An zu Dank und Gegendank!"

Von der Aufgabe der Bratschenlieder vernahmen wir schon. Sie waren schon eine Reihe von Jahren skizziert, ehe sie erschienen. Auch von den übrigen Liedern sind einige schon vor den 80er Jahren entstanden. Frau Herzogenberg schreibt an Brahms: „Über das Altlied möchte ich Ihnen am liebsten nichts sagen, ehe ichs recht ordentlich mit Bratsche musiziert und gehört; einstweilen verteile ich mich mühsam zwischen beide Stimmen und verliebte mich zunächst in die wundervollen Kadenzen, vor allem in das: ‚Wann schlaft ihr, wann schlaft ihr ein . . . . .' mit dem schönen g-moll, E-dur und der dem Alt von der Bratsche so schön abgenommenen Melodie. Aber das ‚Lispeln der Winde' ist auch für den geschickten Sänger schwer . . . . ."

Späterhin bemerkt sie noch: „Mein Liebling ist das alte Wiegenlied geblieben, das gar zu herrlich klingt, und wo die Singstimme immer so schön darüberschwebt. Der legendenhafte Ton ist ein so eigener, diesem Liede so speziell angehörender, und man möchte es immer und wieder hören und musizieren, es könnte nie seine Kraft verbrauchen."

Op. 92 beginnt mit Daumers „O schöne Nacht", das dem ganzen Hefte die Richtung gibt; wir begegnen darin lauter zarten Liedern: Allmers „Spätherbst", Hebbels „Nachtlied", Goethes „Warum." — Die a capella Chöre in Op. 93a gehören wieder dem lebendigen Leben an. Das Volkslied „Der bucklichte Fiedler" eröffnet den herzigen Reigen. Ein neckisches Solo erhebt das nächste, serbische Lied zu einer launigen Szene. Ein kerniger Canon, über Goethes „Beherzigung", den erst die Frauenstimmen später die Männerstimmen aufnehmen, steht am Schlusse des Heftes.

Der Meister rief s i c h die Beherzigung zu. Die Stimmung, in der der Komponist in diesen Jahren war, spricht aus den Liedern für eine tiefe Singstimme, an deren Spitze Rückerts Verse stehen: „Mit vierzig Jahren ist der Berg erstiegen — wir stehen still und schaun zurück." Mag manches Wort zu „gedankenhaft" (Kalbeck) klingen, die Stimmung des Liedes im Ganzen gab dem lyrischen Tondichter doch Gelegenheit zum Einstimmen des Gefühls. Die „Sapphische Ode" hebt den Gedankengang und die Empfindungen dieses ganzen Cyclus von Gesängen wieder in die höchste Sphäre der Kunst: unter den Rosen dieser satten Töne schimmern Tränen und Liebe verklärt. Worte und Weise leuchten wie ein Diadem durch die Nacht. Den Abschluss des

Werkes macht der knappe, herbe Spruch Halms: „Kein Haus, keine Heimat."

Das nächste Heft enthält zärtliche Mädchenlieder.

Mit Op. 96 war, wie Kalbeck behauptet, ursprünglich ein Heineheft beabsichtigt. Nun steht darin das Daumer-Gedicht: „Wir wandelten wir zwei zusammen", darinnen Brahms seiner Süssen vorsingt, „wie wunderlieblich alles war, was er gedacht in jenem Fall." Wir sehen die Liebenden schreiten, die Legatobegleitung tönt uns so viel zu, und verrät doch keinen Laut über das süsse Geheimnis. Frau Herzogenberg mußte Brahms gestehen: „daß ichs gleich sage: das unbedingt Schönste, eins der herrlichsten Lieder, die es wohl auf der Welt gibt, scheint mir das Des-dur-Daumersche mit dem E-dur-Mittelsatz. Wie ist das schön gesungen und lebensvoll geschrieben (,Ich gäbe viel, um zu erfahren')! Welch wohlige melodische Linie, wie schmeichelnd dem Sänger und dem Zuhörer, und vor allem: wie so eins ist Wort und Musik darin, wie getränkt von Empfindung, wie schön erregt, dabei im einzelnen wie fein und liebevoll ausgeführt, und jedes hinzutretende Detail wirklich auch eine Steigerung . . . . . Es ist eine Lust, das alles zu sehen und zu fühlen, und mit welcher Überzeugung singt man zuletzt: ,So wunderlieblich sei auf der Welt kein anderer Hall!' "

Die ergreifendsten Gesänge dieses Opus sind: „Der Tod, das ist die kühle Nacht" und „Meerfahrt." Letzteres, ein breites Andante sostenuto, erinnert wohl nicht ohne Absicht an Mendelssohns Gondoliera. Der Tondichter führt uns vorbei an der gespenstisch dräuenden Geisterinsel — von dorther klingen die Töne der Liebe süß herüber. Wir aber schwimmen vorüber. Schon winkt die Insel weit, weit in der Ferne. Die hohe Singstimme trägt alle Hoffnung mit sich fort.

Noch tiefer greift uns ans Herz: „Der Tod, das ist die kühle Nacht." Tempo: Sehr langsam. Sechsachteltakt. In der Begleitung der rechten Hand, später gelegentlich an die linke übergehend, ein betontes Achtel mit nachschlagendem schweren Viertel. Der Baß steigt unter weitem Bogen still in gedehnten Noten, nur Grundton und Quinte berührend, in die Tiefe, und legt auch weiterhin einen dunklen, unheimlichen Grund. Bei den Worten: „Über mein Bett erhebt sich ein Baum, drin singt die junge Nachtigall", deutet die Linke die bisher geschlossenen Akkorde zu Sechzehntelgängen mit schließendem Achtel um, während die Rechte nachdenklich arpeggiert. Im übrigen wird dem süßen Vogelgesang die Stimme nicht gelöst. Das hören wir weit besser in der Phantasie durchklingen! Die unnachahmliche Harmonik muß man hören. Worte schildern das nicht. Außerordentlich sinnreich ist die zentrale Tonart C-dur gewählt.

Mildere Töne der Sehnsucht und Erinnerung schlagen die Lieder Op. 97 an. Frau Herzogenberg gestand: „Ich fürchte, über ‚Nachtigall‘ und ‚Wanderer‘ nicht das zu sagen, was Ihnen recht ist, weil mir nämlich nur die Nachtigall ganz, diese aber auch s e h r gefällt. Das Herbsüße der Melodie ist so recht, wies die Nachtigallen selber machen, die das Übermäßige und Verminderte zu lieben scheinen, sehnsüchtige Vogerln, wie sie sind, und sehr reizend wirkt dann das schlichte und zarte F-dur als Gegensatz; und wie warm und schön steigert sich der Ausdruck bis zu den ‚verklungenen Tönen‘, und wie glücklich wirkt die Rückkehr auf das Anfangsmotiv zu den Worten: ‚In Deinem Lied ein leiser Widerhall.‘ Dieses Lied, so lieblich wie das erste Grün im Wald, erscheint mir ganz ‚gefunden‘ und ‚eingefallen‘, (und ‚nichts zu suchen, das war sein Sinn‘), während der Wanderer mir daneben etwas nordisch grau erscheint....." Neben dem Rheinlied „Auf dem Schiffe" steht dann das kecke Reiterlied „Entführung": „O Lady Judith, spröder Schatz!", dann folgt das volkstümliche: „Dort in den Weiden." Brahms bittet „durchaus und recht sehr um ein Sprüchelchen gerade über das rheinische Volkslied: „Dort in den Weiden"! Eine herbe Weise blutender Sehnsucht singt das Lied: „Komm bald!" Da gab es eine holde Sängerin, wieder eine mit tiefer Altstimme: Hermine Spieß — die hatte dem „goldenen Brahms" das Herz entwendet; doch die schwäbische „Trennung" verrät, wie musikalisch der Sänger diese Neigung empfand: er hatte ja schon längst beschlossen, keine Oper und keine Heirat mehr zu versuchen; und vollends zwischen ihm und Hermine Spieß handelte es sich, wenn von Heirat und dazugehöriger Liebe die Rede war, um nicht mehr als kühne Scherze. Die Sängerin pflegte in Wien bei Dr. Richard Fellinger zu wohnen, mit dessen Gattin sie herzlich befreundet war. In diesem Kreise verkehrte auch Brahms überaus freundschaftlich; und hier wurde die Frage oft scherzend erörtert: „wem Brahms gehöre?" — Ernstere Ehepläne staken nicht hinter diesem Getändel.

Brahms schrieb im Juni 1885 an Hermine Spieß:

„Liebes Fräulein Herminche!

Außer einem verehrungsvollen Gruß an Ihr Fräulein Schwester möchte ich Ihnen heute einen kleinen Witz anbieten!

Inliegendes ist ein neues Produkt von — bloß zweien Ihrer Verehrer. Der Dichter — Klaus Groth, schrieb mir vorgestern, wie er sich auf Ihr Kommen zum Musikfest freue. Er legte ein paar Gedichte bei und — nun kommt der Witz, den S i e machen können. Am vollkommensten, wenn Sie sich gleich entschließen, dem Musikdirektor (oder Groth) zu schreiben, daß Sie in Ihrem Liedervortrag unter anderm singen wollten: ‚Komm bald‘ von Klaus Groth und J. Brahms.

Riskieren können Sie das ruhig, denn wenn das Lied auch nicht sehr konzertmäßig ist, so ist es dafür leicht, und Sie haben ja dort an Herrn Stange einen geistreichen Begleiter. . . . Habe ich Ihnen das Lied zu tief geschrieben, so versteht sich, daß es sich gerne von Ihnen in die Höhe heben läßt — in jeglicher Beziehung!!"

Wenn wir die Lieder insgesamt überschauen, so sehen wir auch hier wieder das Strophenlied den Vorrang einnehmen. Brahms fehlten die Melodien nicht, so daß er nötig gehabt hätte, die Gedichte locker zu deklamieren, und doch lauschte er dem Text selbst die Melodie ab. Er hat es selbst erzählt, daß er sich die Texte so lange vordeklamiere, und sich so lange hineinhöre, bis der Born der Melodie gleichsam aus den Worten selber hervorzusprudeln beginne. Allmählich runde sich dann der Bogen der Tonfolgen und die Melodie sei geboren. Hatte er sie einmal, so war es begreiflich, daß er sich nicht damit begnügt, sie noch einmal vorsingen zu lassen; namentlich wenn das Gedicht mehrere Strophen hat, so erfreut die Wiederholung jedes Ohr und Gemüt. denn in der Wiederholung liegt die Vertiefung der Melodie. Im übrigen hat Brahms den frischen, glühenden Ton der Jugend nicht wiedergefunden; dafür aber sich von vielen Hemmnissen der Gefühle freigemacht. Er vermag zu tändeln wie in den Mädchenliedern, und findet, wie etwa in Op. 97, eine schwere Süße. Wir sehen, wie die Trauben reifen und wie der Herbst die Welt bunt färbt.

Die vierte Symphonie war fertig. Es folgte keine mehr. Auch Billroth meinte: „Daß sich Brahms noch selber übertreffen wird, ist mir nicht sehr wahrscheinlich nach den letzten Werken." In Mürzzuschlag sah man den Meister nicht mehr als Sommergast. Er suchte sich wieder eine andere Sommerresidenz aus. Den Symphoniker Brahms kennen wir nun ganz. Würde ein Vergleich mit Beethoven mehr Licht über den neuen, nachgeborenen Symphoniker verbreiten? Gewiß — dennoch läßt sich Brahms nicht als Epigone abtun. Seine Art und Weise ist modern gegenüber Beethoven; wir haben den Unterschied in der allgemeinen Weltanschauung aufgezeigt. Die sichere Größe Beethovens findet man nicht: keine Menschheit steht hinter dem jüngeren Meister, seine Größe ist eine innerlichere: der einzelne Mensch ist auf sich gestellt. Trotz der schlechtesten der Welten gibt er den Kampf um die Vervollkommnung nicht auf. Beethoven war ein Priester, ein Prophet, Brahms ist ein Mensch, ein Sucher; der Mensch auf sich gestellt, ein Titanide. Wer diese Stellung begreift, wird die Größe nicht vermissen. Die Symphonien erzählen von ihr. Nach ihnen bricht nun aber ein süßerer Ton an. Schon das Doppelkonzert (Op. 102) ist davon durchflutet: der Herbst beginnt.

Die neue Kammermusikperiode

„Brahms komponiert meist im Sommer und behält das, was er komponiert hat, im folgenden Winter immer für sich; er führt im ersten Winter seine Novitäten nur selbst als Manuskript auf in den Städten, deren persönliche Einladung er eben annimmt" . . . Der Sommer 1886 entführte Brahms in die Schweiz. Er mietete in Thun am See. Widmann erzählt: „In der Absicht, den Sommer in meiner Nähe zuzubringen, nahm er im Mai 1886 zum ersten Male in Thun Quartier und mietete, um recht ungestört zu sein, den ganzen ersten Stock einer Wohnung, deren Lage an der dort aus dem See heraustretenden, blau vorüberflutenden Aare ihm besonders zusagte. Schräg gegenüber diesem (einem Kaufmann Spring gehörenden) braunen Hause mit grünen Fensterläden befindet sich jener kleine Inselvorsprung von Scherzligen, auf dem der Dichter Heinrich von Kleist im Jahre 1802 wohnte." Auch in den folgenden Sommern behielt Brahms diese Wohnung bei, in der er sich ungemein behaglich fühlte. Widmann berichtet sehr anziehend auch über das tägliche Leben und das Aussehen unseres Meisters: „Schon beim ersten Tagesgrauen munter, braute er sich auf seiner Wiener Maschine das erste Morgenfrühstück selbst, zu dem ihm eine treue Verehrerin aus Marseille den trefflichsten Mokka in solcher Fülle geliefert hatte, daß er gleich anfangs an meine Haushaltung davon abgeben . . . konnte . . . Die Morgenstunden waren der Arbeit gewidmet, die in der Thuner Wohnung, wo ihm eine große Laube und eine Flucht von mehreren ineinandergehenden geräumigen Zimmern ein von niemand gestörtes, sinnendes Umherspazieren gestattete, ganz besonders gut geriet. . . . Zu Mittag speiste Brahms, wenn die Witterung es einigermaßen erlaubte, in irgendeinem Wirtshausgarten; das Table d-hôte-Essen blieb ihm zeitlebens verhaßt, und wo immer möglich, vermied er es, schon aus dem einfachen Grunde, weil er nicht gern Toilette machte. . . . Bei schlechtem Wetter hing ihm ein alter braungrauer Plaid, der auf der Brust von einer ungeheuren

Nadel zusammengehalten wurde, um die Schultern, und vervollständigte die seltsame, unmodische Erscheinung, der alle Leute erstaunt nachblickten, und die mich manchmal an eine gewisse Illustration in einer älteren Ausgabe von Chamissos Peter Schlehmil erinnerte." Brahms schreibt an Joachim: „Diesen Sommer wohne ich überaus angenehm in Thun, vor dem ich auch nicht wenig Scheu hatte, das mich aber zum Glück auf das Beste enttäuscht." An Dr. Fellinger berichtete er: „Nur mit kurzem Wort möchte ich melden, daß ich hier in Hofstetten bei Thun eine ganz überaus reizende Wohnung gefunden habe und mich nur hüten muß, nicht alles Mögliche hier gar zu sehr zu loben." In Thun gefiel es ihm aber dauernd gut, so daß er drei Sommer nacheinander, also bis 1888, allda zubrachte.

Die schöne Gegend zeitigte auch schöne Früchte. Im ersten Sommer reifte die sogenannte Thuner Sonate, jene Violinsonate Op. 100 in A-dur, die wohl mehr als irgend ein Kammermusikwerk die Herzen der Dilettanten erobert hat. Außerdem schrieb er die Violoncellsonate in F-dur Op. 99 und das dritte Klaviertrio Op. 101 in c-moll. Die drei Werke unterscheiden sich stark voneinander. Während die Violinsonate die Lieblichkeit selber ist, geht die Cellosonate viel herber ins Zeug, und das Trio wiederum besitzt die Eigenschaften, die jenen beiden fehlen; vor allem Volkstümlichkeit.

Die A-dur-Violinsonate lehnt sich in ihrem Hauptthema an das sehnsüchtige Lied an: „Wie Melodien zieht es mir leise durchs Gemüt." Das Allegro amabile erfüllt uns mit wehmütiger Wonne: auf den Zug der ersten Melodie antwortet das Gegenthema sehnsüchtig verlangend, vermag aber dem gefaßten Sinn des Hauptthemas nicht ernstlich zu widerstehen. Der zweite Satz der Sonate verbindet in inniger Weise Andante und Scherzo. Zweimal durchbricht das Vivace (alternativo) das Andante tranquillo, in dem wahre Nachtigallentöne quellen. Das zweite Mal setzt das launige Scherzo als Vivace di più ein, und überläßt bis auf einige kurze Schlußtakte dem Andante das letzte Wort. Dies schwingt sich zuletzt in die höchsten Sphären, von wo es selig und süß herabklingt, allmählich schlicht zurücksinkend. Die eigentliche Auseindersetzung zwischen den beiden Liebenden bringt das Finale. Dies Allegretto grazioso (quasi andante) entfaltet eine glühende Wärme und wird immer leidenschaftlicher. Die wundervolle fast allzu knappe Coda mit ihren Doppelgriffen für die Violine bringt keine Verneinung.

Frau Herzogenberg mußte das Werk loben: „ . . .Was haben Sie da Liebes und Behagliches gemacht, das ist ja eine wahre Liebkosung, das ganze Stück, und mit welcher Freude begrüßte und umarmte ich im ersten Satz die Melodie des Klaus Grothschen

238

Liedes! Wie klar und sonnig ist der ganze erste Satz, wie lieblich das Pastorale des zweiten, und den dritten werde ich am Ende noch am allerliebsten haben."

Widmann hat auf diese Sonate ein Gedicht gemacht, das also beginnt:

> „Dort, wo die Aare sanft dem See entgleitet,
> Zur kleinen Stadt hinab, die sie bespült,
> Und Schatten mancher gute Baum verbreitet,
> Hatt' ich mich tief ins hohe Gras gewühlt
> Und schlief und träumt' am hellen Sommertag,
> So köstlich, wie ich kaum es finden mag."

Er träumt die Sonate. Man lese das Gedicht in „Widmanns Erinnerungen" nach; es schließt also:

> „Doch, mag es klingen auch vor tausend Ohren,
> Im Fürstensaal, in stolzen Städten viel, —
> Es bleibt doch unseres Landes, hier geboren,
> An dieses klaren Flusses Wellenspiel."

Diese Sonate brachte Brahms selbst mit Hellmesberger am 2. Dezember in Wien zum ersten Male heraus. Sie erschien bei Simrock in Berlin im folgenden Jahre 1887. Hanslick kritisierte das Werk folgendermaßen: „Hören wir hierauf die neue Violinsonate (Op. 100), so wird uns ungefähr zu Mute, als sei nach prächtig sich entladendem Gewitter die köstliche Stille eines würzigen Sommerabends eingezogen. Eine himmlische Zufriedenheit durchströmt den ersten Satz mit seinem schlichten, etwas zu merklich an das Preislied in den ‚Meistersingern' anklingenden Thema... Die drei Sätze bilden einen reinen Dreiklang, einheitlich wohltuender Stimmungen; ein friedliches Selbstgenießen und heiteres Ausruhen des Gemütes. Das unterscheidet diese Komposition auffallend von der neuen Violoncellsonate, welche gerade durch die starken Gegensätze so mächtig ergreift. Von beiden ist die Violinsonate die leichtere, populärere; sie singt sich unmittelbarer ins Herz der Hörer hinein, als die Violoncellsonate, deren aufgeregtes und musikalisch verwickelteres Wesen uns langsamer, aber ebenso sicher und nachhaltig erobert... Das Hauptmotiv des ersten und des dritten Satzes der neuen Violinsonate, des Finales der Violoncellsonate, könnten sie nicht fast von Haydn sein?"

Die Cellosonate Op. 99 umfaßt vier Sätze. Das Allegro vivace in F-dur ist tragisch empfunden. Echt dramatisch setzt es ein: dunkle Gewalten grollen, das Cello schneidet uns mit seinen heftigen Akzenten in die Seele. Anscheinend läßt das Unwetter nach, nur kurze Achtelgänge laufen einander nach, dann türmt sich Stimme gegen Stimme; das Cello übernimmt das dumpfe Treiben — dann zeigt die Durchführung in dem dunklen

Rahmen einen sanften Ausblick von schmeichelnder Schönheit:
mitten im Wettersturm auf dem See zerreißt die Wolke und offenbart ein leuchtendes Bergbild. Dann kehrt der Sturm zurück.
Ein ·breites Adagio affetuoso löst das Allegro ab. Es bringt
nirgends eine gedehnte Melodie, sondern singt sich von Takt zu
Takt immer mehr in eine gefühlvolle Stimmung hinein. Fis-dur
beginnend, wendet es sich später zu einem f-moll-Teile, der, noch
unruhiger gehalten als der erste Teil, den Satz auch abschließt.
Der herrlich vollstimmig einsetzende Allegro-passionato-Satz er-
löst uns von dem tiefen, unaussprechlichen Gefühl des Adagio.
Bewegliche Sechsachtel steigen immer wieder begehrend in die
Höhe, bis ein inniges, getragenes Trio die Unruhe lindert. Weiche
Bögen wachsen aus den Tönen des Cellos. Das Scherzo wird
wiederholt. Das Allegro molto Finale ist ein alla breve-Satz mit
wundervoll geschwungener Melodie, deren melancholische Biegung
ihr allerdings etwas sehr Intimes verleiht. Der ganze Schlußsatz
ist überhaupt von zurückgedrängter Fröhlichkeit erfüllt. Die Coda
wendet die Gedanken nochmals elegisch um.

Als die Sonate in dem Konzert des Cellisten Robert Hausmann am 24. November 1886 von diesem mit Brahms in Wien
zum ersten Male vorgetragen wurde, erhielt sie sehr verschiedene Kritiken. Hanslick lobte sie nach Gebühr. Hugo Wolf
ließ sich natürlich wieder nach Kräften ungünstig vernehmen.
Man darf seine wütende Schreiberei gar nicht mehr weiter zitieren.
Nur eines ist im Hinblick auf unsere moderne Musik von Be-
lang: Hugo Wolf schreibt über die Brahmssche Cellosonate: „Ja,
was ist denn heutzutage Musik, was Harmonie, was Melodie, was
Rhythmus, was Inhalt, was Form — wenn dieses Tohuwabohu
in allem Ernste Musik sein will?“ Hugo Wolf hätte wohl heute
noch mehr Fragen stellen müssen!

Elisabeth von Herzogenberg äußerte sich ebenfalls über die
Sonate, die Brahms ihr mitteilte. Ihre freundschaftlichen Kritiken
sind uns wieder von besonderem Interesse, weil zwischen Brahms
und ihr ein unausgesprochenes Verhältnis der Zärtlichkeit bestand, welches die nachempfindende Frau befähigte, tiefer in die
Musik eines Brahms einzudringen als wir anderen. Sie schrieb
dem Meister: „Der erste Satz hat mich bis jetzt am allermeisten
gepackt. Wie mächtig komprimiert ist dieses Stück, und wie
flutet es dahin, wie aufregend ist die knappe Durchführung, wie
überraschend die vergrößerte Wiederkehr des ersten Themas!
Daß wir in den wohlig warmen Klängen des Adagios schwelgten
und beim herrlichen Zurückfinden ins Fis-dur, das so wunderbar
klingt, so ganz besonders, brauche ich nicht erst zu sagen. Das
Scherzo mit seiner gedrungenen ·Kraft und Energie bei dem ich
Sie immer prusten und schnurren höre! (— es war dies eine Ge-

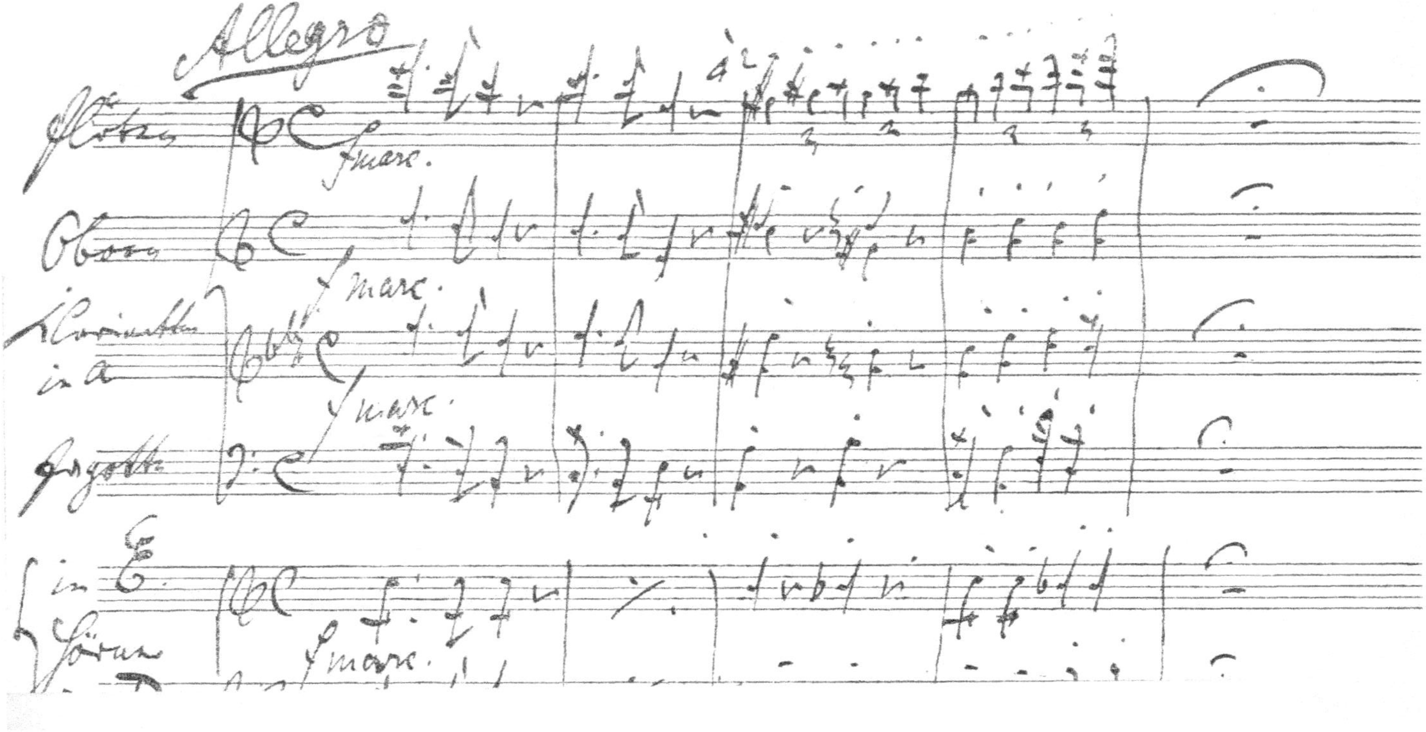

Allegro
Flöten
Oboen
Clarinetten in A
Fagotte
in E
Hörner
f marc.

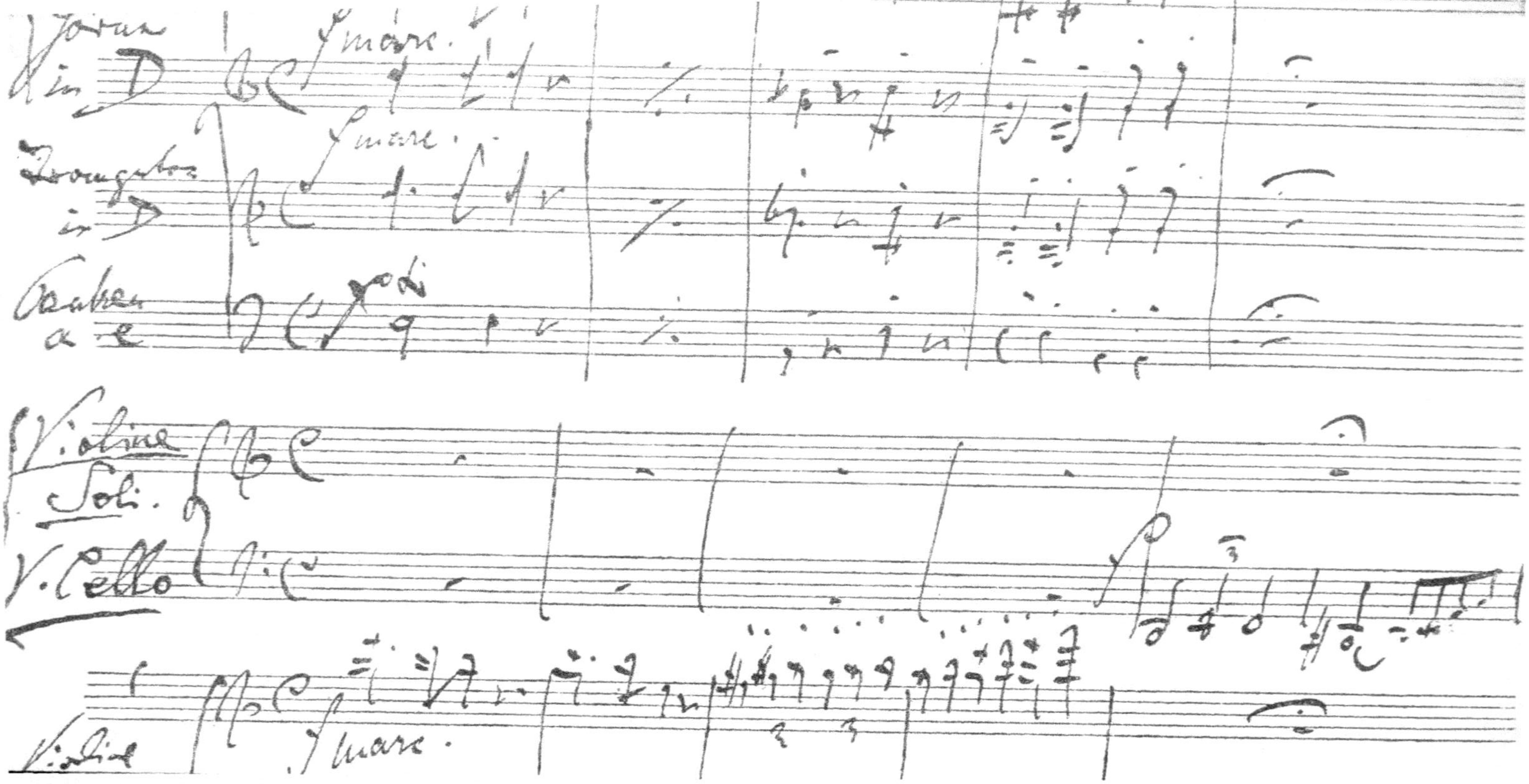

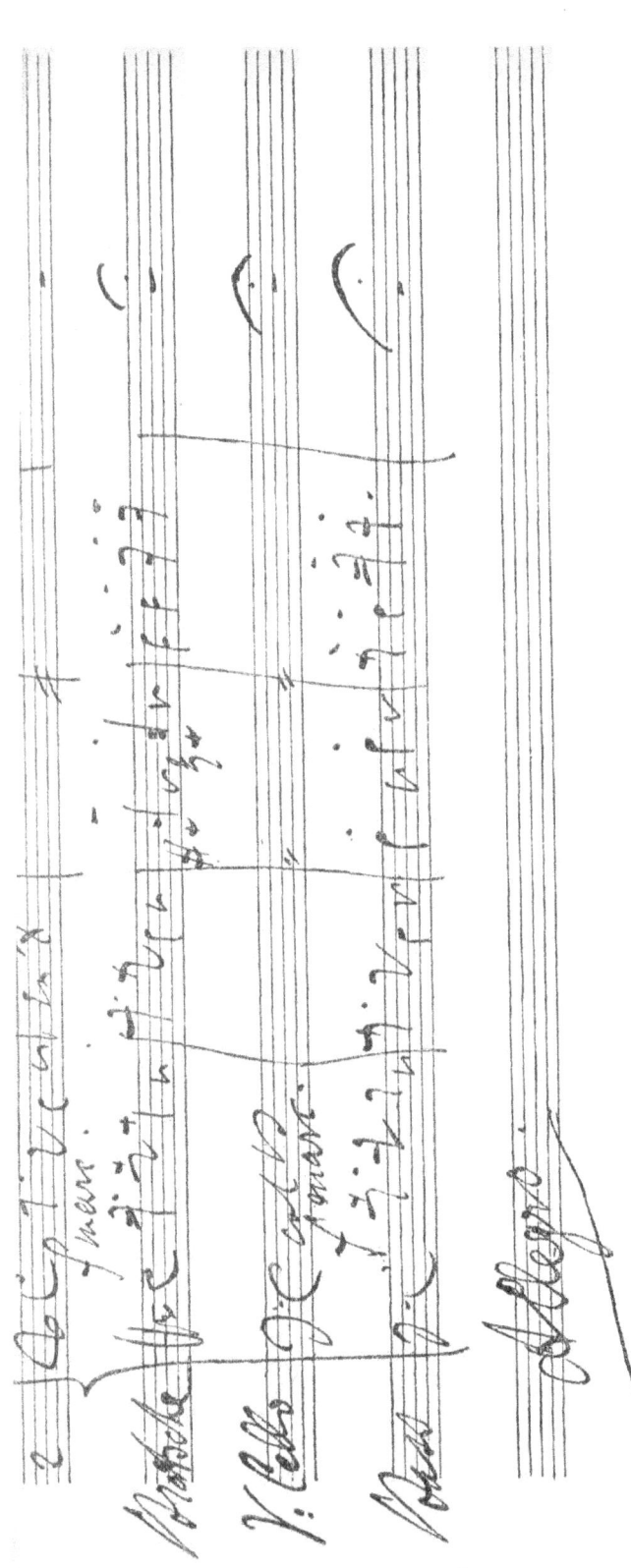

Erste Seite des Manuskripts vom Doppelkonzert für Violine und Violoncello mit Orchester, op. 102, mit dem Beginn des Cello-Rezitativs. (Im Besitz der Gesellscha[ft] der Musikfreunde in Wien.)

wohnheit des Meisters beim Spiel —) möchte ich wohl von Ihnen hören. Das wird kein anderer Mensch treffen, es so zu spielen, wie ich mirs denke, aufgeregt ohne Hast, legato, und doch innerlich so unberuhigt und vorwärtstreibend."

Das dritte Werk des ersten Thuner Sommers brachte Brahms mit Hubay und Popper in Budapest zur Uraufführung: das Klaviertrio in c-moll. Auch hierüber sprach sich Frau Elisabeth Brahms gegenüber aus: „Etwas, wie dieses Trio in allen Teilen so vollendet, so leidenschaftlich und so maßvoll, so groß und so lieblich, so knapp und so beredt, ist überhaupt wohl selten geschrieben worden, und mich dünkt: Sie selber müssen ein Gefühl haben, als Sie den letzten Takt schrieben, wie etwa Heinrich der Vogler, wenn er betet: ‚Du gabst mir einen guten Fang, Herrgott, ich danke Dir!'" Über des Rätsels Lösung und seine guten Fänge berichtet aber Brahms: „Ich halte es übrigens auch für besonders pfiffig von mir, daß ich mir beim Spazierengehen Melodien einfallen und wachsen lasse." Wahrlich, Brahms Melodien und Werke wuchsen natürlich und allmählich gleich Pflanzen.

Das Allegro energico des Trios schlägt den entgegengesetzten Weg ein wie das Allegro der Violoncellsonate: es beginnt energisch und leidenschaftlich, und stellt diesen Regungen in dem zweiten Thema eine breite, volkstümliche Melodie entgegen, die Geige und Cello in vollem Unisono bringen. Zwischen diesen beiden Polen spielt sich der Inhalt des knappen, überaus kraftvoll schließenden Satzes ab. Das Presto non assai erinnert an Goethes Faustverse: „Luft im Laub und Wind im Rohr — und alles ist zerstoben." Das Scherzo hat zwar einen Mittelsatz, der sich von c-moll, der Tonart, in welcher der Satz beginnt, nach f-moll wendet, besitzt aber darin doch kein eigentliches Trio, da diese Episode eher durchführungsartig vom Hauptthema abgeleitet ist. Nochmals erhält der Volkston sein Recht in dem eigentümlich gebauten Andante grazioso, in dem immer wieder Dreiviertel- und Zweivierteltakt mit einander abwechseln, doch so, daß stets zwei Zweivierteltakte auf einen Dreitakt, oder deren vier auf zwei Dreitakte folgen. Der Quasi-Animato-Mittelsatz setzt der aufsteigenden Hauptmelodie eine solche mit fallendem Beginne entgegen und wendet den Satz nun in den Neun- und Sechsachteltakt um. Während Geige und Cello die Melodie zu Anfang des Satzes ohne Klavierbegleitung bringen, vereinigen sich nun alle Instrumente zu einem innigen Wechselspiel. Trotz der Künstlichkeit der Taktgliederung wirkt dies Andante durchaus schlicht. Den Beschluß macht eine Finale,

in dem wieder einmal das Hifthorn lustig klingt, wie es der
junge Brahms liebte, und wie wirs im Waldhorntrio Op. 40 kennen
gelernt. In einem zweimal eingeschobenen Meno allegro vergnügen wir uns unter grünem Laubdach beim munteren Gesang
eines Jägers, der so „froh verweinet" durch die Büsche singt.
Zum Schluß wendet sich der Satz nach C-dur und zuletzt
schmettert gar das Horn seine Weise lustig empor — das kennt
keine Empfindsamkeiten.

Billroths Urteil über das Trio klärt uns über die historische
Stellung dieser Musik, darum sei es angeführt: „Brahms neuestes
c-moll-Trio ist wohl eines seiner schönsten Kammermusikstücke
und sehr wichtig für die Konzentration in der Form. Beethoven,
Schubert, Wagner und Brahms verschulden viel an dem gar zu
langen Ausspinnen der musikalischen Gedanken. Mendelssohn
und Schumann waren nicht stark genug, den breiten Strom ein-
zudämmen. Vielleicht vollzieht Brahms mit kräftiger Faust diesen
höchst wichtigen Prozeß selbst." Der Prozeß der — nicht immer
„göttlichen" — Länge geht heute noch fort. Dagegen hat Brahms
lobenswerte Knappheit bisher noch nicht geholfen.

Im Sommer 1887 wechselte der landschaftliche Hintergrund
nicht, welchen wir uns zu den neuen Werken hinzuzudenken
haben. Brahms ging wieder an den Thuner See. „Es sitzt sich
so schön und behaglich in dem lieblichen Thun!" — so schreibt
er. Ironisch bemerkt er später, was man von ihm erzähle:
„Herr Brahms will auch viel Geld jetzt in Italien verdient haben
und sehr viel und große Freude gehabt haben am Kirchenbesuch,
am herrlichen Frühlingswetter, am Spazierengehen, Bildern, Statuen
und anderen Schnurrpfeifereien. Jetzt sitzt er hier und seufzt,
daß er abends nicht in den Prater gehen kann, und daß er nicht
so hübsche Mädchen sieht wie in Wien." Billroth berichtet scherz-
weise: „Von Brahms hatte ich aus Thun einen sehr herzlichen
Brief. Ich habe gar nicht nach der Oper gefragt, die er in den
Zeitungen komponiert; denn wenn es wirklich wahr wäre, würde
es doch niemand erfahren, bis sie an irgend einem kleinen Hoftheater aufgeführt wird."

242

Diesmal schrieb Brahms in Thun sein letztes großes Werk: das Doppelkonzert für Violine und Violoncello mit Orchester, und daneben entstanden die Zigeunerlieder Op. 103. Der Meister macht seinen Freund Joachim auf das große Werk aufmerksam: „. . . Mache Dich auf einen kleinen Schreck gefaßt! Ich konnte nämlich derzeit den Einfällen zu einem Konzert für Violine und Violoncello nicht widerstehen, so sehr ich es mir auch immer wieder auszureden versuchte. Nun ist mir alles Mögliche an der Sache gleichgültig, bis auf die Frage, wie Du Dich dazu verhalten möchtest. Vor allem aber bitte ich in aller Herzlichkeit und Freundlichkeit, daß Du Dich nicht im geringsten genierst. Wenn Du mir eine Karte schickst: auf der einfach steht: ,ich verzichte‘, so weiß ich mir selbst alles weitere und genug zu sagen. Sonst fangen meine Fragen an: willst Du eine Probe davon sehen? Ich schreibe jetzt gleich die Solostimmen zusammen; magst Du Dir mit Hausmann die Mühe geben, sie auf ihre Spielbarkeit anzusehen? Könntest Du daran denken, das Stück gelegentlich irgendwo mit Hausmann und mir am Klavier zu versuchen und schließlich etwa in irgend einer beliebigen Stadt mit Orchester unter uns?“ Im nächsten Briefe heißt es dann — offenbar hatte Joachim geantwortet — also: „Deine freundlichen Worte wirken weiter, ich habe rasch soviel wie möglich zusammengeschrieben, und es geht heute (26. Juli) an Dich ab.“

Es war wohl das stille Bedürfnis, mit dem Jugendfreunde wieder in die alten Beziehungen zu kommen, welches Brahms umso eifriger an dieses Werk gehen ließ. Es hat die beiden auch versöhnt. Sie trafen sich im September in Baden-Baden bei Frau Schumann, wo das Konzert durchprobiert wurde. Brahms schreibt darüber: „Wie sehr wert und lieb mir unser Zusammensein in Baden war und wie sehr dankbar ich Dir für alles Mögliche bin, das glaubst und denkst Du hoffentlich, ohne daß ichs mit vielen Worten sage. Ich wills auch nicht mit diesen versichern, sondern denke lieber höchst vergnügt an die bevorstehenden Tage in Cöln. (Dort wurde das Doppelkonzert am 18. Oktober zum ersten Male gespielt.) Könnte ich nur wenigstens dies recht schön beweisen durch schönste, brillanteste Zusätze, und Änderungen in dem Konzert — das ich immer noch recht bedenklich anschaue . . . Ach, wie viel angenehmer und gescheiter ist es, für ein Instrument schreiben, das man durch und durch kennt — wie ich meine, das Klavier zu kennen!“

Brahms und Joachim hatten sich seit jener Auseinandersetzung in Coblenz im Jahre 1883 nicht mehr gesehen. Die erneuerten Freundschaftsgefühle trugen sicher dazu bei dem Werk den Wohllaut zu verleihen, den frühere Stücke mit ihren bekannten Brahmsschen Ecken entbehren. Wie voll und quellend

hebt schon gleich das Cellorezitativ des Allegros an, und wie
leidenschaftlich umspielt die Violinmelodie die Noten g a e, fis
a e, f a d — in zarten Andeutungen kommt Brahms wieder auf
Joachims Jugenddevise: frei aber einsam, zurück. Das Andante
mit seinem magyarischen Anflug beginnt so einhellig im Unisono
von Violine und Violoncell; hier musizieren Brahms und Joachim
wieder innig vereint. Und das Vivace non troppo zuguterletzt
spricht lebhaft von der Freude der Versöhnung. Das Cello macht
der Violine die schwierigsten Passagen getreulich nach. Beide
Instrumente sind an der schönen Musik gleichmäßig beteiligt.

Gerade dieses Konzert zeigt uns heute, nachdem wir uns
die Brahmssche Muse inniger zu eigen gemacht, noch mehr als
damals, daß die Weise des rauen Meisters Brahms im letzten
Jahrzehnte seines Lebens liebenswürdiger, wohllautender geworden.
Denn das Werk gefiel ehemals nicht sonderlich; wie man es auf-
faßte, kann uns Tschaikowsky zeigen, der selbst doch keineswegs nur
wohllautende Musik geschrieben, und der sich von Rubinstein sagen
lassen mußte: seine Schreiberei sei überhaupt keine Musik. Tschaikowsky fand kein Verhältnis zur Brahmschen Kunst. Er erzählt von
seinem Leipziger Aufenthalt: „Wie alle meine musikalischen Freunde
in Rußland schätzte ich Brahms als ehrlichen, überzeugungstreuen
und energischen Musiker, aber trotz allen guten Willens kann ich
seine Musik nicht lieben . . . In der Musik dieses Meisters liegt
für das russische Herz etwas Trockenes, Kaltes, Nebelhaftes und
Abstoßendes, von unserem Standpunkte aus fehlt Brahms jede
melodische Erfindung. Der musikalische Gedanke wird nie ganz
ausgesprochen; kaum ist eine melodische Phrase angedeutet, so
wird dieselbe schon von allerhand harmonischen Modulationen
überwuchert, als ob der Komponist sich speziell zur Aufgabe
gemacht hätte, unverständlich und tief zu sein . . . Alles ist
ernst, gediegen, dem Anschein nach sogar selbständig, aber in
allem fehlt die Hauptsache — die Schönheit . . . !" Tschaikowsky hörte in Leipzig das c-moll-Trio und eben jenes Doppelkonzert.

Die elf Zigeunerlieder „Nach dem Ungarischen von Hugo
Conrat" machten Brahms Lust, einmal wieder ungarische Musik
zu schreiben und zwar diesmal mit Gesang. Bezeichnender Weise
stehen alle diese Lieder im kurzen Zweivierteltakt und wirken reiz-
voll durch rhythmische Finessen. Am eigentümlichsten berührt uns
das krause Andantino Nr. 10, welches zugleich eines der wenigen
ruhigeren Stücke dieses Opus ist; die meisten sind Allegro, Agitato,
Vivace grazioso, Allegro passionato gedacht. Außer dem Andantino gibt es nur noch zwei Andanti und als Uebergang noch ein
Allegretto — in allen anderen ist das Tempo leidenschaftlich
bewegt.

Im Herbst erwarteten Brahms Wohnungssorgen in Wien. Seine bisherige Wirtin war gestorben. Nun wollte Brahms die ganze Etage, in der er bisher als Aftermieter drei Stuben innehatte, mieten und brauchte für die weiteren Räume allerhand Möbel und Wirtschaftsgegenstände. Er schreibt an den Gemahl seiner im Haushalt obsorgenden Freundin, Dr. Fellinger: „Heiliger Knigge steh' mir bei! Aber ehe er es nicht gründlich tut, kann ich keine Freundin anreden, und sage daher nur Ihnen, daß es mit meinen heimlichen Witwen (Hauswirtinnen) nichts ist. Falls Ihnen zufällig und ohne Mühe passendes vorkommt, so denken Sie an mich. Sonst aber — der Plan Ihrer lieben Frau ist mir nicht recht, und ich bleibe im Notfall bei meiner Hausmeisterin oder suche eine andere Wohnung. Aber bitte: im allgemeinen lassen Sie nur, wie ich die Weltgeschichte laufen, . . .“ Frau Fellinger sorgte dann für die Wohnung in sehr ausgiebiger Weise, berücksichtigte eingehend Brahms Wünsche und sogar seine „heimliche Frage nach einem Bett“. Brahms schrieb der Freundin alsdann aus Thun: „Damit aber möchte ich, Ihr Geschäft wäre beendigt. Alles übrige ist mehr oder weniger vom Übel, und ich möchte bei meinem Kommen weiter anschaffen dürfen.“ Zum Glück sorgte nun Frau Dr. Fellinger für eine neue Mieterin, bei der Brahms bis zu seinem Tode in Aftermiete verbleiben konnte. Frau Dr. Truxa, sie war die neue Witwe, wusste sich bald mit Brahms zu verständigen, so daß die gefürchtete große Umwälzung im Haushalt wie ein fernes Gewitter gnädig verlief.

Im März 1888 wollte Joachim den Freund nach England locken. Dieser meinte aber: „Für Deine freundlichen Mitteilungen schönsten Dank. Ich lasse mir nun einmal von so hübschen und erfreulichen Sachen lieber erzählen, als daß ich sie erlebe und all den Trubel dazu. Für mich ist f. a. e. (frei aber einsam) ein Symbol geblieben, und darf ich es, trotz allem, wohl segnen. Wenn ich gleich Eure künstlerische Arbeit und Freude dort gewiß nicht unterschätze, so ist mir doch auch wieder mein Bischen Unabhängigkeit recht, und daß die englischen Pfunde bei mir nichts gelten, und ich jetzt behaglich an einen Frühling in Sizilien denken kann.“ Nach den Konzerten des Frühjahrs machte sich Brahms auch im Jahre 1888 ebenso wie im Vorjahre nach Italien auf. Diesmal begleitete ihn Freund Widmann; er erzählt: „Die erste unserer gemeinschaftlichen Reisen ging im Mai 1888 durch die Marken nach Umbrien, ins Römische und zurück durch Piemont. In Verona war ich mit Brahms zusammengetroffen, unser nächstes Ziel, Bologna, wo in diesem Jahre eine allgemeine internationale Ausstellung für Musik stattfand . . .“

Den Sommer brachte Brahms wieder in Thun zu. Es war das letzte Mal. Aber die Freunde waren auch schon gewohnt, ihn dort aufzusuchen. Hermine Spies besuchte ihn. Und er selbst konnte Grimm berichten: „Ein alter Bekannter von Dir, Direktor Wendt, spaziert hier auch herum. Er wird Dich jedenfalls sehr grüßen lassen — ich warte nicht ab, bis ich ihn sehe, wir sprechen sehr oft von Dir." Überhaupt gaben sich Freunde und Freundinnen um die Wette Mühe, dem Meister Freude zu machen. Ein lustiges Erlebnis erzählt Widmann aus diesem Sommer. „Brahms weilte bei einer befreundeten Frau Vetter. Auf einem Familienfeste fand er die Lampions hübsch. Als aber kurz nachher die ‚Liedertafel' auf der Terrasse über unserem Häuschen anlangte, schien ihm das weniger zu behagen. Als ich ihm sagte, es sei ein Ständchen für ihn, fuhr er auf: ‚Ei was, ich bin doch nicht die Hausfrau! Sie sinds Geburtstagskind!' Dann bracht' ich ihn mit vieler Mühe dazu, daß er hinauf ging zu den Herren; aber er nahm mich immer wieder bei der Hand, wenn ich forteilen wollte. Droben brummte er, nachdem ein Lied zu Ende war: ‚War ja schön'; darauf große Stille, und man freute sich auf einige Dankesworte von ihm. Da aber sagte er laut zu mir: ‚S' war für Sie, Geburtstagskind; halten Sie nun den Herren eine Rede!' "

Der Sommer war wieder mit Früchten gesegnet. Wieder bereicherte der Meister die Kammermusik. Er schrieb seine dritte und letzte Violinsonate, die 1889 bei Simrock erschienen und „seinem Freunde Hans von Bülow" zugeeignet ist. Brahms und Joachim brachten sie am 13. Februar 1889 in Wien zur Uraufführung.

Frau von Herzogenberg hatte dem Meister diesmal einen kleinen Vorschlag zu machen: „Schreiben Sie doch die Doppelgriffe im Scherzo anfangs für pizzicato, es klingt noch einmal so gut. Gestrichen wirkt auch die Stelle abstrakt, man hört wohl Töne, aber keinen Klang, und unterscheidet mit Mühe die an sich doch recht komplizierte verzwickte Folge." Brahms befolgte diesen Vorschlag zum Teil, indem er die Stelle bei der Wiederholung im pizzicato brachte; im Anfang verlangt er sie jedoch coll' arco. Frau von Herzogenberg schrieb alsdann: „Ja, ich bin glücklich, glücklich über dieses Stück . . . was mich so entzückt an dieser Sonate: sie ist so besonders einheitlich, die vier Sätze sind wirklich Glieder einer Familie; eine Gesinnung herrscht unter ihnen, es gehört alles einer Farbenskala an, wie mannigfaltiges Leben auch darin herrscht."

Die Sonate besteht nicht wie die früheren Violinsonaten aus drei, sondern aus vier Sätzen. Bezeichnend ist, daß darin wieder das Scherzo kein eigentliches Trio hat, und zu den flüchtigen, geradtaktigen und ausdrucksvollen Sätzen dieser Art gehört. Brahms schreibt in dieser letzten Zeit keine himmelstürmenden Scherzi, keine faustischen Gebilde, wie Beethoven sie wagte. Seine phantastischen, gemütvollen Scherzi passen allerdings auch besser in diese letzten Sonaten: wie harmonisch steht das Un poco presto e con sentimento zwischen dem tief empfundenen Adagio, dessen nachhaltige Gefühle es zerstreut, und dem flotten Finale, dessen Energie es vorbereitet. Das Presto agitato bedeutet das non plus ultra jener beliebten, heftigen Sechsachtelsätze, die Brahms von Jugend auf so gern hatte. Diesmal ist's ein kühnes Rondo, das sich zum Schluss hin noch bedeutend erhebt und so das ganze Werk kräftig abschließt. Das Adagio stünde dem Beethovenschen Pathos nicht ganz fern, wenn es nicht in seinen Biegungen und Wendungen so ganz Brahms wäre. Die elegischen Terzenabstiege der Geige können nur von diesem Meister herrühren. Der bedeutendste Satz aber ist unstreitig der erste. Obwohl Allegro alla breve ist er von einer wunderbaren Langatmigkeit der Motive und Linien: der Kiel eines Schiffes zieht seine langhin sichtbaren Furchen in den See. Die Wasser kräuseln sich und singen wellig wogend geheime Melodien. Der dunkle Grund des Sees aber ruht so unerschütterlich wie der 46 Takte anhaltende Orgelpunkt auf C in der Durchführung (der d-moll-Sonate), der sich kürzer, zwanzig Takte hindurch, in der beruhigten Coda auf D wiederholt. Eine tief innere Dramatik erfüllt diesen herrlichen, klassisch geformten Satz.

Es ging in der Tiefe der Brahmsschen Seele etwas vor. Das verraten auch die zahlreichen Lieder, die der Meister ebenfalls in diesem Sommer gesungen. Fünf Gesänge erschienen 1889 bei Simrock für gemischten Chor a capella. In diesem Hefte finden wir das viel früher — 14 Jahre vorher — komponierte Sätzchen: „Letztes Glück" nach einem Gedichte Kalbecks, das als Motto dieses ganzen Straußes von Herbstzeitlosen gelten kann.

Leblos gleitet Blatt um Blatt,
Still und traurig von den Bäumen;
Seines Hoffens nimmer satt,
Lebt das Herz in Frühlingsträumen.

Noch verweilt ein Sonnenblick
Bei den späten Hagerosen —
Wie bei einem letzten Glück,
Einem süßen, hoffnungslosen.

Brahms kündigte diese Lieder wieder bei Frau von Herzogenberg an: „Wenn ich Ihnen nächstens einige höchst unnütze Liederhefte schicke, so dürfen Sie sie bei der Abreise liegen lassen. Es mag Sie interessieren, daß ich wieder einmal auf dem Weg mit Heinz (Frau Elisabeths Gemahl) zusammentreffe; ich habe auch den ‚Herbst‘ von Groth versucht. Es ist schwer anzufassen (schwer langweilig — !)"

Alle Gesänge bis auf den vierten, gehen in langsam getragenem Satze einher. Wenn uns in dem wehmütigen Herbstkranz etwas tröstet, so der Umstand, daß Brahms folgende Strophe des böhmischen Liedes „Verlorene Jugend" weglassen durfte:

Zeiten, meine Zeiten,
Ich genoß Euch nie;
Meine jungen Jahre
Öd verflossen sie.

Aber das Klaus Grothsche Gedicht über dem gedehnten Tonsatz der Brahmsschen Musik sagt nur zu wahr:

Sanft wird der Mensch.
Er sieht die Sonne sinken,
Er ahnt des Lebens wie des Jahres Schluß.

Frau Elisabeth äußerte: „Wie reich und schön ist das ‚er ahnt' behandelt, wie wohltuend schreitet es und wie kühn harmonisch fort, und wie zusammengehalten, wie einig in der Stimmung ist das Stück!"

Die fünfzehn Lieder, die nun in Op. 105 bis 107 vereinigt stehen, reden auch nicht von einer Umkehr von jener trüben Herbstschau. Das zarte „Wie Melodien zieht es mir leise durch den Sinn" berührt uns ebenso wehmütig wie das schluchzende „Immer leiser wird mein Schlummer". Am 17. November 1887 war Marxsen gestorben. Vielleicht erklingen die süßen Terzen des Liedes „Klage" und Detlev von Liliencrons: „Auf dem Kirchhofe" ihm zu Ehren. Die Wendung dieses Liedes nach dem hellen E-dur macht uns den Wandel der Stimmung sinnfällig.

Auch aus den Liedern Op. 106 singt nur eine herbstliche Fröhlichkeit. Am wenigsten läßt sich noch das „Ständchen" anmerken, darinnen „Flöt' und Geigen und Zither" ertönen. Ein herber Entschluß letzten Mutes spricht aus dem Liede: „Der Wanderer". Er erkiest sich den Weg der Leiden, des er immer sicher ist, und wendet sich in tiefer Anhänglichkeit an Mutter Erde: „Wo ich einst begraben werde, an der Stelle lieb ich Dich"; fast grausam hart und dabei doch unbegreiflich innig klingt die Weise dieses Gesanges.

Ein herziger Strauß „Maienkätzchen" ist in Op. 107 zusammengebunden. Eine wehe Fröhlichkeit erfüllt diese letzten Lieder. „An die Stolze" und „Salamander" eilen beide so flüchtig dahin, als fürchtete der Tondichter die Töne des Herzens so recht auszusprechen. Unendlich lieblich singt „das Mädchen". „Maienkätzchen" bedeutet einen trotz seiner Kürze, innigen Abschiedsgruss an die Jugend. Wie ein zärtliches Winken steigt die Melodie in die Höhe, sinkt aber schnell wieder herab. Das letzte Lied geht „Leise bewegt"; der Tondichter schreitet vorbei an der

248

Brahms bei Johann Strauß in Ischl

Brahms Ischler Sommerwohnung
1880, 1882, 1889—1896

Spinnstube und fragt sich: „Wofür soll ich spinnen?" Die tiefe, tiefe Wehmut der Antwort; „Ich weiß es nicht!" kann niemand fassen, der nicht bedenkt, daß dies Lied das letzte ist, das der liederreiche Brahms gesungen. — Gerade diese letzten Lieder belehren uns wieder deutlich über die Eigenheiten der Brahmsschen Musik. Die überall durchklingende Wehmut ist das Romantische in dieser Tonsprache. Die knappe scharfe Form dämmt die romantische Stimmung ein. Gewiß ist das edle Vorrecht aller Musik vorzüglich eine verschwiegene Wehmut; kein Volkslied, das sie nicht kennte. Aber bei Brahms erscheint sie persönlich gefärbt. Unter aller Sonne fühlte er schmerzlich. . . . Wir wissen warum! Seine Sehnsucht stand nach einem unerreichbaren Glücke. Er kannte den Wert der Welt, das ist unromantisch an ihm, er ersehnte ein fernes Glück, das war romantisch: er hielt mit einer Hand die rote Blume und griff mit der anderen nach der blauen. Seine Musik ist klassisch und romantisch zugleich: romantisch im Ausdruck, klassisch in der Form.

Weniger der Wunsch, den Wiener Freunden nahezubleiben, als die Liebe zum österreichischen Volke bestimmte Brahms, von 1889 an, seinen Sommeraufenthalt wieder in Ischl zu nehmen. Am 2. Mai 1889 schrieb er an Widmann: „Lieber Freund! Es ist ein leiser Mollakkord, den ich hinübersende, und auch Ihnen klingt es hoffentlich nicht lustig: ich habe für den Sommer in Ischl gemietet. Was ich dort suche und wünsche, wissen Sie, weniger aber, was ich entbehren werde." Brahms hat seine Liebe zum österreichischen Volke mehrfach in Worte gefaßt; einmal schreibt er an Widmann nach der Ankunft in Wien: „Jetzt berichte ich ausführlich von der Reise und von hier: daß es doch immer ein eigenes Vergnügen ist, die ersten österreichischen Kondukteure und Kellner wiederzusehen." Ein andermal gesteht er demselben Freunde: „Ich wünschte, Sie könnten, wie ich, sehen, was es heißt, hier geliebt zu sein. Das kennen und können wir bei uns, Sie bei sich nicht. So offen tragen wir unser Herz nicht, so schön und warm zeigt sich die Liebe nicht, wie hier, vor allem beim besten Teil des Volkes (ich meine eben: beim Volk, bei der Galerie)."

Brahms verlebte in Ischl „die schönste Zeit des Sommers und zwar blieb er dort vom Mai bis September. Er wohnte wieder im alten Quartier Salzburgerstrasse 51.

Hier galt es diesmal eine Gelegenheitskomposition zu schaffen. Die Vaterstadt Hamburg hatte den großen Sohn 1889 zum Ehrenbürger ernannt. Brahms Dank bestand in den „Fest- und Gedenksprüchen" für achtstimmigen Chor a capella die „seiner Magnifizenz dem Herrn Bürgermeister Dr. Carl Petersen in Hamburg verehrungsvoll gewidmet" wurden. Diese Fest- und Gedenksprüche bedeuten eine Nachfeier der Ereignisse in den Jahren 70 und 71. Die Musik steigert sich vom „Feierlichbewegten" bis zum „Frohbewegten". In allen drei Chören, vornehmlich aber im dritten, lebt wahrhaft Händelscher Geist. Eine kraftvolle Stimmführung bewegt den mächtigen Chorsatz, der sich wie ein Dom emporwölbt. Der Text ist wieder, wie immer bei solch tiefen Anlässen, wo es der elementaren Kraft unserer Muttersprache bedarf, aus der Bibel: aus den Psalmen, den Evangelien und aus dem fünften Buche Mose. Ach, auch den Musikern muß man mit Brahms ernstlich zurufen: „Hüte Dich nur, und bewahre Deine Seele wohl, daß Du nicht vergessest der Geschichte die Deine Augen gesehen haben. Und daß sie nicht aus Deinem Herzen komme alle Dein Leben lang. Und sollst Deinen Kindern und Kindeskindern kundtun".

Drei persönliche Motetten, deren Texte der Bibel und alten Dichtern entnommen sind, erschienen als Op. 110. Der Choralton verleiht den Sätzen mit ihren herben, vier- und achtstimmigen Satzgefügen einen ernsten, starken Charakter.

Der Aufführung der Gedenksprüche in Hamburg durch den Cäcilienverein unter Spengel bei dem Musikfeste zur Verherrlichung der Industrieausstellung wohnte Brahms bei und wurde gewaltig gefeiert.

Im Februar wurden die Motetten in Cöln von der Chorklasse des Konservatoriums unter Wüllner gesungen. Brahms spielte damals auch seine neue Bearbeitung des H-dur-Trios. Er schrieb an Grimm: „Kennst Du etwa noch ein H-dur-Trio aus unserer Jugendzeit, und wärst Du nicht begierig, es jetzt zu hören, da ich ihm (keine Perrücke aufgesetzt —!) aber die Haare ein wenig gekämmt und geordnet." Frau von Herzogenberg ließ sich über die Operation also vernehmen: „Bei dem alt-neuen Trio ging mirs eigen. Im stillen protestierte etwas in mir gegen die Umarbeitung — es war mir, als hätten Sie kein Recht dazu, in die Jugendzüge, die lieblichen, wenn auch ab und zu verschwommenen, mit Ihrer Meisterhand jetzt hineinzukomponieren, und ich dachte, das kann nimmermehr werden, weil niemand derselbe ist nach so langer Zeit — und ob man nicht wehmütig singen würde: ‚Es war ein Duft, es war ein Glanz!'" Die Meinungen über das alte und das neue Trio in H-dur sind bis heute geteilt und werden wohl immer geteilt bleiben. Jugendlust und Weisheit des Alters haben eben stets einen verschiedenen Klang.

Das Frühjahr lockte Brahms wiederum nach Italien. Widmann begleitete ihn bei dieser Vergnügungstour, die diesmal nur durch Oberitalien ging. „Mehr nur auf Oberitalien beschränkte sich unsere zweite, im Frühling 1890 unternommene Reise, auf der ich Brahms bis Riva am Gardasee entgegenreiste." Die Beiden besuchten Parma, Cremona, Brescia und Vicenza.

Den Erfolg dieser Reise spüren wir in einer Arbeit des kommenden Ischler Sommeraufenthaltes. Billroth entwirft ein Bildchen von Brahms' Treiben in dieser Sommerzeit: „Mit Brahms habe ich zwei gemütliche Stunden in Ischl verbracht. Wir speisten in einem unterirdischen feuchten Raum, zum Hôtel Elisabeth gehörend. Man hat dort dieselben Speisen wie oben im feinen Salon, doch etwas billiger, im Sommer sehr kühl, und braucht keine Toilette zu machen, alles, wie für Brahms gemacht. Er wies den Gedanken, dass er etwas komponieren oder je komponieren würde, weit von sich ab; er schwelgt jetzt in Sybels ‚Gründung des Deutschen Reiches', drei dicken Bänden, der vierte in Sicht. Er war übrigens wohl und guter Dinge . . ."

Aus dem G-dur-Quintett tönen uns die Nachklänge Italiens entgegen. Es blieb nicht das einzige Werk dieser Monate. Brahms schrieb außerdem die sechs Gesangsquartette Op. 112 und stellte die 13 Canons für Frauenstimmen zusammen. Diese drei Werke erschienen als Op. 111 bis 113, 1891 bei Simrock.

Das Quintett zählt zu Brahms vollkommensten Werken. Es herrscht in dem ersten Satze ein Vollton, wie ihn kaum ein anderes Werk für Streicher auf dem Gebiete der Kammermusik kennt. Die Melodien sind wahrlich im Süden geboren. Das Cello bietet uns gleich zu Beginn eine starke Probe.

Wie sich das wohlig aus dem Gewoge der Begleitung heraushebt in sonnigem G-dur. Diese Musik blüht wie eine offene Blume — bei Brahms waren alle anderen Blüten bisher jungfräulich geschlossen. Die Geige singt uns diese Melodie des Cellos nie nach. Sie schwebt über dem rauschenden Getriebe. Dann bringt die warme Bratsche die gedehntere Gegenmelodie. Die hochdramatische Durchführung wendet sich nach B-dur. Die lebhaften Gesten des Werkes erinnern durchweg an das italienische Temperament. Gegenüber den heftigen Akzenten des Allegros glüht das Adagio in dunkelsamtnen Tinten: die Bratsche hat mit der wehmütigen Melodie den Vortritt. Weich und milde entfaltet sich auch dieser Satz vor dem gespannt lauschenden Ohre. Nur in der zweiten Hälfte erhebt sich eine einschneidende, heftige Klage, die erst gegen Schluß nachläßt. Die Violine spielt sie zu Ende. Darauf folgt nun ein Scherzo, das in seinem gemütlichen Un poco allegretto-Tempo an die Menuette älterer Zeiten erinnert. Wie spielen darin die lieblichen Gänge, wie vernehmlich beteiligen sich die Pausen an dem Fortgang der Phrasen! Die Instrumente singen anmutig einander nach. Eine gefällige Episode in G-dur unterbricht trioartig den g-moll-Satz und führt ihn auch kurz zu Ende. In dem Finale „Vivace ma non troppo presto" steckt etwas ungarisches Blut, es erinnert uns verstohlen an das B-dur-Konzert, aber die ungarische Note erklärt sich nicht ganz deutlich, und so kann man auch italienisches Spiel in den munteren trillerartigen Gängen erblicken. Den Sechzehnteln halten weichere Triolen den Widerpart. Sinnlicher Wohllaut durchwebt das ganze Quintett, in dem die Sonne Italiens nachwirkt.

Das Rosé-Quartett brachte das Werk am 11. November 1890 in Wien zur Uraufführung. Und dies Stück wurde im Gegensatz noch zu dem Doppelkonzert allgemein sogleich aufs tiefste genossen. Billroth meinte, er sei in neuerer Zeit stumm, und wisse nichts mehr zu sagen, als „musikalisch schön, wunderschön". Und namentlich dieses Werk sei auch für ihn „schon beim ersten Hören klar, himmlisch blau, klar". Er fand aber dann doch kritisierende Worte für das himmlische Werk: „Die Form ist ja, wenn man sie einmal herausgefunden hat, einfach und klar; doch die Langatmigkeit des ersten Baßthemas und die rhythmisch und harmonisch überreiche, fast möchte ich sagen überladene fünfstimmige Führung macht den Satz doch nur bei starker geistiger Anstrengung genießbar . . . Sowohl der Anfang dieses Satzes, wie auch die zweite Cellosonate scheinen mir instrumental insofern vergriffen, als ein Cello gegenüber den vier anderen Saiteninstrumenten, sowie auch das Cello gegenüber dem Klavier unmöglich so gehört werden kann wie es zum Auffassen durchs Ohr nötig ist, — und Musik ist doch fürs Ohr . . . Trotzdem das Quintett in allen seinen Sätzen der Zeit nach kürzer und in der Form gedrungener ist, als ältere Werke unseres Freundes, so ist es dafür umso viel dicker und rhythmisch verschnörkelter geworden: klassisches Roccoco." Die Ausführung macht alles: vor allem darf die Begleitung dem Cello nicht den Atem benehmen, sondern muß ihm Gelegenheit geben, klar aus der verbrähmten Bewegung hervorzuleuchten.

Zu Beginn des Jahres 1891 reiste Brahms nach Meiningen, wo er mit dem ebenfalls vom Herzoge eingeladenen Freunde Joseph Victor Widmann zusammentraf. Dieser schildert den Meister in der höfischen Umgebung in sehr heiterer und anschaulicher Weise: „Kostete es ihm sonst keine kleine Überwindung, sich in feierliche Toilette zu stecken, so machte es ihm hier dagegen Spaß, zur Galatafel im Glanz seiner vielen, zum Teil sehr hohen Orden zu erscheinen, was mir übrigens an ihm durchaus nicht wie eine Verleugnung seiner volkstümlichen Grundsätze, sondern insofern wie eine Bestätigung derselben erschien, als solcher Ordensschmuck und die damit verbundenen Ehren für ihn hauptsächlich das stolze Bewußtsein bedeuteten, der geistige Adel des angeborenen Genius sei ebensosehr von Gottes Gnaden wie irgend welche hohe Geburt und nehme mit Recht die Auszeichnungen in Anspruch, die in früheren Zeiten — man denke an Mozart und auch noch an Schubert! — dem als Plebejer geborenen Sohne des Volkes allerdings vorenthalten blieben . . . So freute sich Brahms des Glanzes und der Ehre, die ihn in Meiningen umgaben, ohne ihnen indessen bei der Innerlichkeit seiner Natur mehr als eine flüchtige Regung zu schenken, während sein Gemüt von wahreren Werten des Lebens, die ihm zugleich geboten wurden, von der herzlichen Freundschaft des Landesfürsten und seiner Gemahlin und von dem schönen Musikleben, das oft schon mit Morgenkonzerten begann und abends noch spät in den Privatgemächern des Herzogs sich fortsetzte, ganz ausgefüllt war. Eine wahrhaft olympische Heiterkeit strahlte dabei von seiner Stirn und blitzte aus den frohblickenden Augen."

Damals trat der Komponist in nähere Beziehungen zur Klarinette: der bekannte Klarinettist des Meininger Orchesters, Mühlfeld, mußte dem Tondichter immer mehr Werke für dies Instrument vorspielen. Brahms bewahrte den Eindruck des schönen Klanges wohl in den Ohren und verlässigte sich auch über die Technik des Instrumentes. Bekanntlich haben wir dieser letzten Liebe noch eine Reihe außerordentlicher Werke zu verdanken. Schon im nächsten Sommer in Ischl wurden die beiden ersten dieser Stücke erdacht: das Klarinettentrio Op. 114 und das Klarinettenquintett Op. 115.

Diesen Werken gingen nur noch die beiden Gesangshefte: Op. 112 sechs Quartette und die „lustigen" (Herzogenberg), 13 Frauencanons Op. 113 voraus. Beide Hefte erschienen bei Peters 1891, wurden aber, wie wir erzählten, schon im vorhergehenden Sommer zusammengestellt. Die wehmütigen Stimmen des Herbstes klingen nochmals aus den beiden ersten Quartetten Op. 112, deren Motto die zweite Strophe des zweiten Liedes gibt:

„Nächtens ist im Blumengarten
Reif gefallen, daß vergebens
Du der Blumen würdest warten."

Die bewegte, im zweiten Liede lebhaft pulsierende Begleitung verrät die Unruhe des Herzens. Daneben stehen nun vier herzige, blühende Zigeunerlieder, die wieder alle in bewegtem Zeitmaße zu singen sind, und den knappen Zweivierteltakt lieben. Gegenüber den schmeichelnd süßen, drei anderen Liedern, tritt das dritte mit einer geradezu trotzigen Tonsprache in angenehmen Gegensatz.

Von den 13 Canons für Frauenstimmen sind acht vierstimmig, vier dreistimmig und einer ist sechsstimmig. Die Texte sind zum Teil Volkslieder, zum Teil älteren Dichtern entnommen, nämlich **zwei** Goethe, einer Hoffmann von Fallersleben, zwei Eichendorff und fünf Rückert. Wir begegnen auch wieder dem Text: „Leise Töne der Brust, geweckt vom Odem der Liebe", der sich schon in Op. 104 als gemischter Chor komponiert findet. Der letzte sechsstimmige Canon lautet, forte:

> Einförmig ist der Liebe Gram
> Ein Lied eintöniger Weise,
> Und immer noch, wo ichs vernahm,
> Mitsummen mußt ichs leise.

Natürlich bietet Brahms nicht nur Canons im Einklang, sondern wir treffen auch Quintencanons, Spiegelcanons, kurz recht gelehrte Sätze an. Aber was da erfunden wurde, bleibt trotz aller Gelehrsamkeit: Musik. Brahms selbst meinte: „Die Canons sind freilich zum Singen, nicht zum Hören! Den Leiermann nehme ich aus, wenn er recht fanatisch gesungen wird."

Danach kamen also die ersten Klarinettenwerke im Ischler Sommer 1891 dran; sie erschienen beide 1892 bei Simrock. Merkwürdig ist, was Heuberger erzählt, daß Brahms just im Sommer 1891 glaubte, seine Schaffenskraft ermatte. Er sagte dem Freunde damals: „Jetzt plage ich mich seit längerem mit allerlei Sachen ... es will nichts werden. Ich war stets gewöhnt, mir über alles klar zu sein. Mir scheint, es geht nicht mehr so wie bisher. Ich tu gar nichts mehr! Ich war mein Lebtag fleißig, nun will ich einmal recht faul sein." „Wirklich arbeitete er eine Zeitlang gar nichts, ging viel unter Leute, machte große Partien ... Auf einmal schrieb er in dieser seelenvergnügten Stimmung das Klarinettenquintett und das kaum minder schöne Klarinetttrio!"

Das Trio in a-moll Op. 114 umfaßt vier Sätze. Das Allegro entwickelt sich in weiten Bögen; die Instrumente schwelgen im Ton. Die gleitenden Läufe, die auch in dem linden Poco meno allegro die Coda bilden, sind der Klarinette wundervoll angepaßt und sie bestreitet ihrerseits damit die A-dur-Durchführung. Der ganze Satz ist einfach. Das Adagio singt im innigsten Ausdruck, aber es heißt wie in jenem Liede: die Töne „schweben vor mir her und wieder, bleiche Wonnen unvergessen!" Der Strauß dieser Weisen und Motive, so liebliche Blumen er enthält, wird vor uns zerpflückt und fällt in wehmütigem Piano auseinander. Ein Scherzo mit figuriertem Mittelsatz, man möchte es wieder nicht Trio nennen, obwohl es in anderer Tonart steht, wiegt sich vor

254

uns wie die schönste der Schönen; der Gesang strömt ihr vom
lieblichen Munde: Andante grazioso! Das anmutige Finale
schwankt zwischen Triolen, Sechs-, Neun-Achteln und zwei
Vierteln und kann vor lauter Anmut nicht zu einem festen Gefüge
kommen. Brahms musiziert in sich hinein und denkt an die da
draußen gar nicht mehr.

Anders in Op. 115, dem Quintett für Klarinette und Streichquartett. Da ist jeder der vier Sätze knapp gestaltet und in der
Form vollendet. Dabei ergießt sich aus den Instrumenten ein bei
Brahms unerhörter Wohllaut: hier blüht nun vollends der Herbst
in seinen rötesten Farben. Es ist, als hätte die Milde der Herbst-
zeit dem Meister die Hand gelockert, mehr geöffnet, so daß der
Schreibstift loser darin steckte; sich selber mehr überlassen, schrieb
der Griffel dann lockendere, süßere Gänge, und der Tondichter
brauchte sich nicht zu scheuen, ihm nachzugeben, weil der Geist seiner
vollendeten Meisterschaft doch über dem Ganzen wachte. Jeder
der Sätze bringt Neues, Außergewöhnliches. Gleich das Allegro
wählt den geschmeidig fließenden Sechsachteltakt und macht von
der Gelegenheit Gebrauch, sich in schleifenden Linien mit geschmeidigen Sechzehnteln, die uns wie schöngeschlungene Bänder
anlachen, auszusprechen und von milder Chromatik Vorteil zu
ziehen. Die Klarinette übertrifft dabei die anderen Instrumente.
Sie paßt sich in dem dunkel-weichen h-moll ganz an die sekun-
dierenden Streicher an, oder umflicht ihre getragenen Töne mit
klingenden Guirlanden. Darauf gehen alle zusammen in einen
lebendigen Marschton über, dann binden sie die Töne in ruhende
Synkopen, schlagen alle sinnend, fast ängstlich nach, um lebhaft
mit heftigen Akzenten wieder voranzugehen. In der Durchführung
schlingen sie die Bänder bunt und lustig durcheinander; die Farben
leuchten wie auf einem Tizian. Im Quasi sostenuto bekommt das
Marschmotiv erst sein eigentliches Recht, obwohl die galante
Klarinette davon nicht viel wissen will. Sie ist es auch, die uns
mit dem Cello zurückleitet in die Reprise, welche in einer weichen
Coda den Satz still beschließt.

Das Adagio steht in H-dur und beginnt ohne jede Einleitung
mit dem vollen Takte.

Die Klarinette bläst ihre innige Melodie, worin Tonwieder-
holungen und Tonwechsel das ihre tun; darunter spielt mit

Sordinen das gedämpfte Streichquartett. Der Dreitakt fließt so widerstandslos dahin. Die Geige nimmt nun der Klarinette die Weise ab, bis beide gemeinschaftlich in Paraphrasen singen. Gebundene Triolen tragen, das Lied unterstützend, die Töne weiter, jeden Anstoß meidend, indem ihre letzten und ersten Achtel ineinander fließen. Nun wird der Tonsatz freier; die Klarinette kadenziert; einsam tönen die Läufe, die das figurenreiche Piu lento einleiten. Dies Piu lento läßt alte Zeiten auferstehen, da noch der Bläser improvisierte, wunderliche Wendungen vorbrachte und getragene Tonsätze kraus verzierte. So geschieht also hier in dem Mittelteile, nur daß der Satz sich allmählich wieder strafft und über einen dramatischen Höhepunkt sich zurückwendet in das innige Adagio, das nun in elegischen und zuletzt ansteigenden Triolen bald pianissimo verschwindet.

In wiegendem Viervierteltakt eröffnet die Klarinette das Andantino. Die chromatisch auf- und abwogenden Achtel verleihen dem Thema einen ungemein gefälligen Charakter: dies ist wieder ein Thema aus dem Urquell aller Musik geschöpft. So schreibt nur, wessen Wesen von Natur mit höchster Musik begabt ist. Der Fortgang macht sich von selber, — das schreitet fort, wir wissen nicht wie. Da — ein Halt. Ein Zweiviertel - Presto löst das Andantino ab: ein Presto non assai ma con sentimento. Prickelnde Sechzehntel, hüpfende Figuren treten hervor; die Klarinette erinnert nochmals an das Andantino, sodaß der Satz ein wenig stockt. Aus Synkopen der Klarinette entwickelt die erste Violine vorsichtig schreitende Triolen. Dann kehrt der Presto-Einfall wieder, den aber die Klarinette immer noch nicht mitmacht, an dem sie sich nur so nebenbei beteiligt. Sie erinnert immer wieder, am Schluß ausdrücklich, an das schöne Andantino.

Das Finale bringt auch eine alte Form wieder: die Variation. Aus der Andantino-Melodie entwickelt der Tondichter ein neues ähnliches Thema über sechzehn Takte, das er zuerst der Violine gibt. Es geht con moto in zwei Viertel aus h-moll. Die schönsten Wechselspiele lösen einander ab. Es tut sich sogar scheinbar ein neues Thema auf, das einen schärferen Rhythmus beansprucht. Beide Gedanken vereinigen sich und nähern sich immermehr dem Thema des ersten Allegros. Über eine Dreiachtelvariation wendet sich der Satz in einem un poco meno mosso dem Allegro zu und schließt mit einem letzten Aufschwung in dem ausdrucksvollen Tone, in dem das Werk begonnen.

Mit diesem Quintett nahm Brahms Abschied von der Kammermusik für mehrere Instrumente. Später kamen noch zwei Sonaten für Klarinette und Klavier nach, die aber als Nachklang dieser Kammermusikperiode gelten dürfen. Mozarts Vorliebe für die

Brahms in bester Laune
3. Mai 1896

Brahms im Bibliothekzimmer des Herrn von Miller zu Aichholz

Klarinette war auch in Brahms erwacht und hatte ihn dazu getrieben, sein reifstes Kammermusikstück zu schreiben. Der ansprechende, wohltuende Satz, diese wahre Harmonie der Töne, mußte die Herzen erobern. Das blieb auch nicht aus. Nachdem die beiden Werke, Trio und Quintett, am 24. November dem Meininger Hofe vorgespielt worden, erfolgte die öffentliche Uraufführung am 12. Dezember im Joachim-Quartettabend in Berlin, dem schon am 10. Dezember eine öffentliche Hauptprobe vorangehen konnte. Der Erfolg war durchschlagend. Hellmesberger brachte das Trio, Rosé das Quintett in Wien, ebenfalls mit größtem Erfolge zur Wiedergabe.

Besonders nach diesen neuen Ruhmestaten wäre der sechzigste Geburtstag des Tondichters der rechte und willkommene Anlaß gewesen, den Meister ausgiebig zu feiern. Brahms aber fürchtete sich davor und — fuhr nach Italien. Einen größeren Triumph hätte er mit neuen Kammermusikwerken kaum feiern können. Die Lust fehlte ihm zunächst auch, weitere zu schreiben. Im Januar 1892 starb Elisabeth von Herzogenberg. Brahms schrieb dem Gatten: „Mit Sorge aber und allergrößter Teilnahme denke ich an Sie und könnte nicht aufhören, zu fragen. Sie wissen, wie unaussprechlich viel ich an Ihrer teuren Frau verloren habe, und können danach ermessen, mit welchen Empfindungen ich an Sie denke, der Sie ihr verbunden waren, wie es nur Menschen sein können . . . Wie wohl würde es mir tun, könnte ich nur still bei Ihnen sitzen, Ihre Hand drücken und mit Ihnen der Lieben, Herrlichen gedenken.“

Brahms setzte sich ans Klavier und spielte tiefsinnige Monologe.

Die letzten Monologe

Hanslick hat die letzten Klavierstücke „Monologe" genannt. Er hat damit diese Stücke charakterisiert; Brahms zog sich allmählich aus der Welt zurück. 1892 schrieb er die Hefte Op. 116 und 117, die auch noch in demselben Jahre erschienen. Von Ischl aus schrieb er an Frau Dr. Fellinger: „Sie haben gut lachen und Briefe schreiben! Ich finde, sie sollten beides freundlichst fortsetzen, ohne von mir Armen ein Echo zu verlangen. Was haben sie alles zu erzählen, . . . Nur eines haben wir mit Ihnen gemeinsam: Wetter, und eines annähernd: Wasser. Unsere sehr achtbare Überschwemmung machte nämlich Au und Esplanade zu einem großen See . . . . . Weiter ist an diesem Sommer erfreulich die große Üppigkeit an Büchern und Noten, die der Mühe wert sind." Brahms las viel und wenn er komponierte, so gedachte er des Instrumentes, auf das er sich am besten verstand: des Klaviers.

Um einer größeren Geburtstagsfeier zu entgehen, zog er 1893 wiederum nach Italien. Auch diesmal begleitete ihn Freund Widmann. Sie gingen dieses Frühjahr wieder bis nach Sizilien hinunter. Widmann berichtet über diese Fahrt: „Auch diesmal genoß Brahms die fast märchenhaften Reize Taorminas mit tiefem Behagen; namentlich brachten wir viele Stunden im antiken Theater zu. Ein andermal erstiegen wir das ehemalige Sarazenenstädtchen Mola, das aus steiler Felsenzacke sich in den Himmel hineinzubohren scheint. Bergan zu gehen, war zwar für Brahms etwas beschwerlich; umso rascher bewerkstelligte er den Abstieg, beinahe einer zu Tal rollenden Kugel vergleichbar, so daß es uns anderen manchmal schwer wurde, zu folgen. . . . ." Auf dieser Reise haben sich wohl die weiteren Klavierstücke zum Teile vorbereitet. Brahms hat sie zumeist in Ischl im Sommer geschrieben. Es waren wieder zwei Hefte, die als Op. 118 und 119 bei Simrock noch 1893 erschienen.

Die Phantasien Op. 116 umfassen sieben Stücke. Das erste

Capriccio genannt, entläd sich als Presto energico in gewaltigem d-moll. Der weitgriffige, Brahms eigentümliche, Klaviersatz fällt wieder auf. Die rhythmischen Rückungen lassen, namentlich im Mittelsatz, Brahms nicht verkennen. Ein schlichtes Andante, das er Intermezzo heißt, tritt neben dies machtvolle Presto. Ein figurierter Mittelsatz verbindet den variierten Schluß des Andantes mit diesem selbst. ˙In breitem al fresko ergeht sich dann das Capriccio No. 3; das Allegro passionato umschließt ein: poco meno allegro. Wundervolle Tonschönheit erschließt uns das E-dur-Intermezzo in seinem gedehnt hinsingenden zweiten Teil. Über das eigentümliche Filigranstück in G-dur, ebenfalls ein Intermezzo, besagt schon die Überschrift genug: „Andante con grazia et intimissimo sentimento." Das zweitletzte Stück: Intermezzo in E-dur, entfaltet jene dicken Mittelstimmen, die Brahms Geheimnis sind, und singt eine rührende Melodie in vierstimmigem Satz, dem ein Triolentrio mit durchklingenden Tönen folgt. Das heftige aber großzügige Capriccio: Allegro agitato, in Zweivierteltakt und mit wuchtigstem Schluß steht am Ende der Reihe.

Diese Stücke mögen ältere Reminiszenzen aufnehmen. Das dürfte in Op. 117 nicht der Fall sein. Aus alten Heften las Brahms vielleicht den Vers heraus, der über dem ersten Intermezzo steht:

> Schlaf sanft, mein Kind,
> Schlaf sanft und schön!
> Mich dauerts sehr, Dich weinen sehn.

Doch das Stück mit seiner wehmütigen Melodie, die in der Mittelstimme, von mildernden Oktaven so mütterlich umfangen, daherschreitet, gehört dem alternden Brahms an. Er verrät sich in dem tief melancholischen Ges-dur in dem tiefen piu adagio des Mittelsatzes noch mehr. Die Reprise löst die Stimmen teilweise in linde Fiorituren auf. Aus silbernen Tonfäden, die gleichsam im Nachtwinde hin und her flattern, ist das zweite, Des-dur-Intermezzo gewoben, dessen Gegensatz von tiefer Nacht spricht. Zu samtnen Tönen schmilzt Brahms die Oktaven in dem dritten Intermezzo zusammen. Kehrt nach eintönigen Umschreibungen, bei denen man an das Rückertsche Lied denken muß: „Eintönig ist der Liebe Gram, ein Lied eintöniger Weise . . . ." die Melodie wieder, so ist sie der dunklen Mittelstimme geliehen. Gespenstisch huschen die Oktaven auf und ab in dem figurierten Mittelsatz, darinnen eine unausgesprochene Melodie sich bemerklich macht. Bei der Rückkehr vom A-dur dieses Mittelsatzes in das ursprünliche cis-moll werden uns zwei geheimnisvolle Fragen vorgelegt: pianissimo — das dunkle Thema antwortet tief schwermütig und piu lento hinsterbend.

Energischere und zartere Klänge bringen die beiden Intermezzi in Op. 118 in C-dur und A-dur. No. 3 ist eine kraftvolle Ballade mit energischen Akzenten, deren schweres g-moll im Mittelsatz einem lieblichen H-dur voll süßer Terzen und Sexten den Platz räumt. Am Schluß der Ballade wirkt der Mittelsatz nochmals kurz nach. Hierauf folgt ein Triolenintermezzo in f-moll von leidenschaftlichem Charakter. No. 5 geht in herzlichstem Volkston an, wendet sich dann aber im Trio einem trillernden Allegretto grazioso in D-dur zu. Der intensiv gesponnene Ton des tragischen Andante, largo e mesto in Ges-dur, singt uns tief erschütternd in die Seele. Schwere Schattengeister umwälzen die Bitte des Themas, die sich in Terzen verdichtet und mit schützenden Oktaven umgibt. In der höchsten Not bricht sie selbst in Oktaven aus: „Dunkel klingen meine Lieder."

In Op. 119 stehen noch vier Stücke beisammen. Man möchte fragen: „Was tut ihr so zusammenstehen?", denn es liegt wie ein Alp gleich über dem ersten. Die Tonfäden fallen wie welkes Laub und dazwischen singt romantisch eine Schumannsche Melodie, die Brahmsisch verbogen wird. Ein trübes Sinnbild des Herbstes klingt aus diesem Intermezzo. Flüchtig dagegen läuft das folgende Andantino un poco agitato dahin; aber auch hierüber klingen wieder sehnsüchtige Töne, wenn auch in dem Andantino grazioso einmal die Liebesliederweisen auftauchen, ja, wenn es darin auch fast walzerfroh lautet. Der Schluß des ersten Andantino weiß zwar noch ein ganz klein wenig davon, aber die Töne bleiben in Synkopen und liegenden Noten hängen. .... Das dritte Intermezzo könnte Scherzo heißen: Grazioso e giocoso geht es im Tenor die Melodie kündend munter dahin;

eigensinnig verändern interessante sforzati und Drücker die Figuren. Der Satz wird härter, ja ernst. Die Melodie setzt in Verlängerung ein und erhebt sich dann zu einer wuchtigen Steigerung, die sich darauf in einem leichten Gang wieder löst. Schwankend, ob Triole, ob Achtel gelten solle, steigt der Schluß empor. Forteschläge und ein fester Halt endigen das wundersame Stück.

Eine gewaltige Rhapsodie, deren Thema wie aus Marmor gehauen scheint, gibt den Klavierstücken den Abschied. Energische, fallende Arpeggien verbinden massige Crescendi des Überganges. Ein dumpfes Triolenintermezzo bereitet den Mittelsatz vor, dessen klingende Vorschläge und weiche As-dur-Akkorde unser Herz schmeichelnd gewinnen. Nun kehrt sich der Satz um: die Triolenpartie folgt im ursprünglichen Es-dur, die Arpeggien rauschen herab, die Crescendi bereiten ein Schicksal vor. Da setzt in wuchtigen Griffen, von springenden Oktaven gefolgt, das Thema ein. Gewaltiger Ansturm dicker Oktaventriolen, härteste Griffe gebieten tyrannisch Halt.

Billroth meinte: „Ich liebe dieses Genre (die Klavierstücke) von Brahms am wenigsten, die Rhapsodie in g-moll ausgenommen. Er ist in der von ihm gewählten Form dieser kleinen Klavierstücke nicht mannigfaltig genug, meist zu schwerfällig, nicht pikant genug. . . . Brahms sollte beim großen Stil bleiben."

Die Kehrseite zu diesen Klavierstücken bildeten technische Übungen für das Instrument, die Brahms ebenfalls in dieser Zeit herausgab.

Mit dem Jahre 1894 begann seine Muse mehr und mehr zu verstummen. Er las viel, studierte schwere Bibliotheksbände, und widmete sich musikalischer Redaktionsarbeit. Es gab immer noch einiges für die Gesamtausgabe der Schumannschen Werke zu tun. Lieber war ihm sicher die Redaktion, Sammlung und Veröffentlichung seiner sieben Hefte deutscher Volkslieder. Aus dem Born dieser schlichten Musik hatte Brahms zeitlebens zu lernen und zu schöpfen gestrebt. Die Volkslieder gingen in ihrem einfachen Ton dem Haidesohne, der er zeitlebens geblieben, zu Herzen. Wie einfach und vielsagend sind seine Begleitungen; so recht aus den Liedern entsprungen. Brahms schreibt dazu: „Die geistlichen Melodien sind wohl meist aus Corner und vielleicht Meister. Die weltlichen aus Nicolai, Zuccalmaglio, beides viel und, wie ich meine, mit Unrecht geschmähte Bücher, die nicht aufhören, mich zu interessieren." Joachim gesteht er: „Deine freundlichen Worte über meine Volkslieder haben mir die größte Freude gemacht, und ich danke Dir von Herzen. Mit so viel Liebe, ja Verliebtheit habe ich noch nie etwas zusammengeschrieben, und ich konnte ja ungeniert verliebt sein — in etwas Fremdes."

„Komponieren, das heißt Schaffen, wollte Brahms nichts mehr." So berichtet Kalbeck. „Ich habe mich genug gerackert und geplagt: die paar Jahre, die etwa noch vor mir liegen, sollen meinen Freunden und der sauer verdienten Ruhe gehören."

261

Das Jahr 1894, in dem die Lieder erschienen, war ein herbes. Am 6. Februar wurde eine empfindliche Lücke in den Wiener Brahmskreis gerissen: Billroth starb. Brahms hat sich über diesen Todesfall mehrfach geäußert. Als er einige Billrothaufsätze Hanslicks erhalten, schrieb er diesem: „Laß mich Dir recht herzlich danken für die innige Freude, die mir Deine Billrothaufsätze gemacht haben. Das ist ein selten schönes Totenopfer und ein Zeichen von Freundschaft, wie es nur ein guter Mensch geben kann. Auch Fernerstehende werden Deine Worte mit Wonne lesen, mit doppelter, aber jeder, dem Billroth teuer war. Mich aber laß bekennen, weshalb sie mir besonders wohl taten. Sie haben mich befreit von dem Andenken an den kranken Billroth; erst jetzt bin ich von der peinlichen Empfindung und Erinnerung der letzten Jahre frei geworden und denke und liebe den Mann, wie ich ihn früher kannte und wie Du ihn so liebevoll schilderst . . .‟ Brahms äußerte Kalbeck gegenüber: „Der Billroth, der noch einmal vom Totenbette aufstand, war der Alte, war mein Freund nicht mehr, kaum noch ein Schatten des früheren.‟ —

„Es dauert immer länger als man denkt — das Reisen nämlich. So bin ich auch diesmal, durch das schöne milde Herbstwetter verführt, weiterspaziert. Hier aber, im schönen Thüringen vergeht gar leicht ein Tag nach dem anderen, und es gehört ein strammer Entschluß dazu, an Frau Truxa zu schreiben: daß ich den Mittwoch früh zu Hause zu sein denke.‟ Brahms war nach seinem üblichen Ischler Aufenthalt nach Meiningen gefahren.

Aus diesem Jahre der Trauer stammen die Klarinettsonaten Op. 120, die in Ischl vollendet, aber erst 1895 bei Simrock erschienen sind. Im Januar spielten Brahms und Mühlfeld die Werke in Wien: in Konzerten des Rosé-Quartettes.

Die erste Sonate Op. 120, in f-moll, wird mit einem heroischen Satze eröffnet, der sich aber immer wieder milderen Gedanken, lieblichen Figuren zuwendet, die in der Coda „sostenuto ed espressivo‟ das Vorrecht behalten. Das Andante un poco adagio zaubert uns die intimste Stimmung vor, die einen Einsamen bewegen kann. Die Gänge sind äußerst zart und melancholisch. Ein Scherzo von anmutigster Form und liebenswürdigstem Gesang führt das Werk fort, und ein Vivace alla breve, das von ferne an Mozart gemahnt, beendet die Sonate harmonisch.

Die zweite Sonate, in Es-dur, singt von des Sommers letzter Rose. Ihre farbenreichen Triolen, ihre wohlig sich schlängelnden Achtelketten, ihre weichen Modulationen verleihen ihr eine unvergleichliche Anmut und einen süßen Herzenston. Heftig belebt gibt sich das Scherzo in es-moll, das sich im Trio sostenuto einem breit ausströmenden Gesange öffnet. Das Finale bietet Variationen über ein Andante-Thema, das sich in ausdrucksvollem Sechsachteltakt ausspricht. Wie Rebenranken im Winde schlingen sich die Zweiunddreißigstelgänge durcheinander. Zum Schluß wendet sich der Satz in einer Allegrovariation dem Zweivierteltakt zu, darinnen, trotz eines piu tranquillo, ein entschiedener Geist die Gefühle beruhigt und energisch zum Abschluß treibt. In beiden Sonaten stehen Form und Inhalt in vollkommenem Einklang.

Für das Frühjahr dachte Brahms wieder an eine italienische Fahrt. Er muß aber Joachim mitteilen: „Aus einer italienischen Reise scheint dies Jahr nichts zu werden. Umso sicherer denke ich den Rhein einmal behaglich wiederzusehen und freue mich, dann viel Schönes von Dir zu hören." Die Sommerreise ging wie all die Jahre nach Ischl. Von dort schreibt Brahms noch im Spätherbst, — im November, an Frau Dr. Fellinger: „Haben Sie bereits die Billrothschen Briefe?" Die erste Auflage dieser Briefe war am 1. November 1895 erschienen: Brahms schwelgte in Erinnerungen.

Im September noch dirigierte Brahms in Meiningen und in Zürich. Zum letzten Mal trat er am 10. Januar 1896 in einem Konzerte d'Alberts in Berlin auf. In Wien hatte er am 18. März 1895 zum letzten Male dirigiert; damals feierte die Gesellschaft der Musikfreunde das Jubiläum ihres 25jährigen Bestehens. Beide Male führte Brahms seine akademische Festouvertüre auf.

Auch im Frühjahr 1896 beabsichtigte der Meister nach Italien zu reisen. Allein da Widmann, der ihn begleiten sollte, nicht fortkonnte, unterblieb die Fahrt.

Trübe Ereignisse brachte der Frühling. Zwei Freunde meldeten Todesfälle. Brahms wurde immer einsamer. Im April war die Gattin seines Freundes Grimm gestorben. Brahms sprach ihm seine Teilnahme in einem rührenden Briefe aus, worin er sagt: „Der Gedanke an Dich läßt mich gar nicht los. Aber so schön und lieb alles ist, was mich an Dich und Deine liebe Frau erinnert, mit wieviel Wehmut ist es jetzt verschleiert! Es ist doch gar traurig, daß scheiden muß, was so lange und innig verbunden war. Deiner Liebe zu ihr mag es ein ernster Trost sein, daß sie jetzt nicht Deinen Schmerz zu tragen hat, und in Euren Kindern hast Du den freundlicheren Trost, sie weiter leben zu sehen."

Frau Schumann lag im Sterben. Joachim teilte Brahms die traurige Kunde mit. Dieser schrieb dem Freunde ihm tröstend und erhebend zurück: „Nun aber — ich kann nicht traurig nennen, wovon Dein Brief dann spricht. Ich habe oft gedacht, Frau Schumann könne ihre Kinder alle und mich dazu überleben — gewünscht aber habe ich es ihr nicht. Erschrecken kann uns der Gedanke, sie zu verlieren, nicht mehr. Nicht einmal mich Einsamen, dem gar zu wenig auf der Welt lebt. Und wenn sie von uns gegangen ist, wird nicht unser Gesicht vor Freude leuchten, wenn wir ihrer gedenken? Der herrlichen Frau, deren wir uns ein langes Leben hindurch haben erfreuen dürfen — sie immer zu lieben und zu bewundern."

So hatte er sich auf den Tod der verehrten Frau vorbereitet.

Als sie am 20. Mai dahingegangen war, schrieb Brahms die bezeichnenden Sätze an Frau Fellinger: „Beiliegendes (ein Zypressenzweig mit roter Schleife vom Grabe Frau Schumanns) nahm ich in Gedanken an Sie mit — Sie können es leider noch in Ihre Chronik einreihen! Ich hätte nicht gedacht, daß mir ein Bild der Teuren jetzt willkommen sein könnte, doch ist es so, und ich danke allerbestens für das Ihre.

Ich muß viel an Marie und Eugenie (Schumann) denken, und möchte, ich könnte Ihnen irgend wie ratend und helfend zur Seite stehen. Weder jung und gesund, sitzen die armen Mädchen jetzt allein in dem großen Haus, wo ein reiches langes Leben wie viel und vielerlei Wertvolles und Unnützes aufgehäuft hat. Geradezu mit Sorge denke ich an sie und ihren schönen, aber schwerfälligen Besitz, wüßte aber durchaus nichts zu sagen, auch wenn sie etwa frügen.

Ich war noch einige Tage im Siebengebirge . . ."

Brahms durchwanderte das Land der Jugend und früher Liebe zu Frau Clara. —

Ein weiteres Schreiben aus Ischl ist zu charakterisch, als daß wir nicht eben einen Blick hineinwerfen müßten. Brahms schreibt Herrn Dr. Fellinger, der dem Meister einige Geldgeschäfte besorgte: „Für freundlichen Brief und gütige Abrechnung danke ich bestens.

Darf ich Sie einstweilen bitten, ganz gelegentlich 500 Mark an Frau Mathilde Schlüter in Hamburg, Kleine Wallstraße Nr. 1, für Theodor Kirchner zu schicken?" . . .

Kalbeck versichert, es unterliege keinem Zweifel, das Brahms die nach seinem Tode veröffentlichten Choralvorspiele im Gedenken und zum Gedächtnis an Clara Schumann niedergeschrieben habe. Auch musikalisch wanderte er zurück ins Jugendland und durchstöberte seine alten Papiere und kontrapunktischen Studien, die er in Frau Claras Heim geschrieben und damals mit Joachim ausgetauscht hatte. Darunter befanden sich auch Orgelvorspiele. Die elf Choralvorspiele nehmen alles in sich auf, was Brahms als das Wertvollste in der musikalischen Geschichte begriffen und empfunden hatte: Volkslied, Kirchenlied, Choral, Bach, Händel. Es spricht darin seine Jugend und sein Alter, sie sind Begrüßungen und bedeuten Abschiednehmen. Und alles das vertraute er der

Brahms in der letzten Zeit

Brahms bei der Morgentoilette in Karlsbad, 1896

Orgel, dem im Ausdruck zurückhaltendsten Instrumente, das es gibt.

Brahms selbst begann nämlich leidend zu werden. Er bekam eine gelbliche Hautfarbe, die das totbringende Leiden vorausverkündete. Am 2. September begab er sich, nachdem er endlich einen Arzt um Rat gefragt zur Kur nach Karlsbad. Er bittet am 6. August Herrn Dr. Fellinger: „Ihre liebe Frau war ja den Sommer auch in Karlsbad. Falls etwa ein Führer oder dergleichen noch bei Ihnen herumliegen sollte, — möchten Sie mir ihn dann per Kreuzband schicken? Einstweilen nur, um mich ein wenig zu orientieren — dann hoffentlich ganz unnütz, was gelernt zu haben." Am 3. September lautet der Bericht alsdann: „Schließlich freue ich mich doch auf die Reise und den Aufenthalt in Karlsbad. Wie oft bitte ich im Frühling oder Herbst: ,Wenn doch was käme und mich mitnähme!'

Die leidige Trägheit läßt mich aber da sitzen, wo mirs eben behaglich ist. Nun ist es freilich eine Gelbsucht — aber warum soll sie nicht die schöne Waldlandschaft und hoffentlich schönen Herbsttage genießen lassen." Und allerdings erlebte Brahms noch schöne Herbsttage in Karlsbad und auch der Besuch von lieben Freunden war ihm beschieden.

Von Wien schrieb er dann an Joachim, der mit seinem Quartett erwartet wurde: „Ich aber bin nur 24 Stunden hier und fahre heute noch nach Karlsbad — so verzeih', wenn ich einstweilen hierdurch nur herzlich danke, mich auf den Dezember freue und um einen Haydn im Programm bitte!" Brahms wollte nämlich in dem bevorstehenden Dezember-Konzerte Joachims „unter gar keinen Umständen" mitwirken. Selbst wenn die Herren Quartettspieler, wie er schreibt, „vier liebe, liebliche Geliebte wären." Am 26. Oktober lautet sein Bescheid an Joachim also: „So klingt denn der Herbst wie der Sommer in traurigen oder wehmütigen Mollakkorden weiter! Daß mein besonderer Dich nicht zu beunruhigen braucht, weißt Du durch Dr. Fellinger; aber ich wünschte doch, endlich einmal aufhören zu dürfen, Gulyash als den Inbegriff alles Bösen ansehen zu müssen!"

„. . . Dich und die Kollegen grüße ich herzlich, namentlich den kranken (Wirth), dessen Kollege ich diesmal in doppelter Hinsicht bin, und mit dem zusammen ich ein Erkleckliches seufzen werde!"

Am 9. November hörte er seine „Vier ernsten Gesänge" zum ersten Male von Sistermanns in Wien. Am 1. und 2. Januar gab Joachim seine Quartettabende in Wien. Auch diesen wohnte der kranke Meister bei und erfreute sein Herz an dem blühenden und blühend gespielten G-dur-Quintett. An Joachim schreibt er am 21. Februar 1897: „Ich möchte mit mehr als meinen Gedanken und einigem Programm machen an Eurem Feste teilnehmen.

Schon zu letzterem aber gehört mehr Lebens- und Schreibelust als meine jetzige Müd- und Mattigkeit mir läßt. Denn Du weißt, daß man dann jeden Tag mit gleichem Eifer ein anderes Programm vorzuschlagen hat. Das G-dur-Quintett klingt mir noch zu schön im Ohr — dazu c-moll-Trio, Klarinettenquintett oder einer Deiner anderen Entwürfe, und nächstens ein paar ganz andere!

Mir geht es durchaus nicht besser: das macht mich verdrießlich und unlustig. Will ich aber klagen, so brauche ich ja nur im nächsten Kreis mich umzuschauen und habe keinen Grund mehr: so denke ich bei Euch an Bargiel und Radecke mit herzlichster Teilnahme und bitte, sie auf das beste zu grüßen. Wie Schweres haben sie und die Ihrigen durchzumachen — ich komme ja hoffentlich mit ein Bischen Geduld durch."

Am 7. März wurde Brahms während und nach der Aufführung der vierten Symphonie zum letzten Male und zwar brausend gefeiert.

Am 24. März schreibt er Joachim: „Es geht mir immer miserabler; jedes Wort ist mir ein Opfer, gesprochen oder geschrieben. Seit wir uns hier sahen, bin ich keinen Abend aus gewesen — aber zu Fuß auch keinen Schritt überhaupt."

Es ist anzunehmen, daß der Tondichter bewußt dem Tode entgegenging und mit festem Blick Freund Hein ins Auge sah.

Nach kurzem Krankenlager verschied Johannes Brahms in der Morgenfrühe des 3. April 1897.

Unter stärkster Beteiligung der Wiener Bevölkerung und der Freunde von fern und nah wurde der Meister am 6. April auf dem Währinger Central-Friedhof zur letzten Ruhe bestattet, unfern Schubert und Beethoven — „an geheiligter Stätte".

An Gedenkfeiern und Gedenksteinen fehlte es nicht. Es war natürlich, daß überall sein Requiem ihm zum Gedächtnis aufgeführt wurde. Von Monumenten erwähnen wir das der Frau Fellinger in Gmunden, das in Meiningen und das von Rudolf Weyr in Wien, das an Brahms Geburtstag, am 7. Mai 1908, enthüllt wurde.

Das letzte Monument „steht auf demselben Platze, den er so oft, hoher Gedanken voll, beschritt, schräg gegenüber vom Musikvereinsgebäude, in dessen Konzertsälen er so manchen unverwelklichen Kranz davon getragen, unweit der von ihm so gern mit künstlerischer Freude betrachteten Karlskirche und nahe bei seiner in der Karlsgasse (Nr. 4) gelegenen ihm so behaglichen, langjährigen Wohnung".

Ein Denkmal dauernder als Erz hat sich der große Meister bei Lebzeiten selbst errichtet. Er hat unzweifelhaft gefühlt, das der Tod herannahe. Allmählich, als die Kräfte schwanden, ließ er das Komponieren ganz bleiben. Die Stimmung war nicht mehr dazu da. Gegen Ende seines Lebens trat die biblische Stimmung noch einmal in den Vordergrund: er schrieb 1896 jene Choralvorspiele für die Orgel, deren erstes und letztes war: „O Welt, ich muß dich lassen". Es verkündet bereits die Thräne, die dem Sterbenden im Auge glänzte.

Das Monument, von dem wir sprechen, aber hat er sich noch bei guter Kraft, wie er selbst sagte: zu seinem Geburtstage, dem 7. Mai 1896, errichtet: in den „Vier ernsten Gesängen". Die drei ersten schrieb er im Frühjahr 1896. Später, entweder Ende April oder Anfang Mai, kam der vierte und letzte hinzu. Die Texte entnahm er dem Buch der Bücher, darinnen er von Kind auf Bescheid wußte, wie seine Väter. Widmann teilt mit, daß Brahms anstatt Romane und dergleichen zu lesen, „sich lieber vertiefte in friedliche Werke deutscher Sprachwissenschaft. Hefte des großen Grimmschen Wörterbuches, das er auch in Wien immer zur Hand hatte . . . des Knaben Wunderhorn, usw." All das las er eifrig.

Im Prediger Salomo, im Buche Jesus Sirach und in dem berühmten 13. Kapitel des ersten Korintherbriefes stehen die Verse, die Brahms vertonte. Von Frömmelei, von altertümelnder Musik finden wir nichts in diesen Gesängen. Aber der Born der alten deutschen Musik, des Chorals ist in diesem Sohne des 19. Jahrhunderts wieder lebendig geworden. Der alte, ernste Ton unseres deutschen Liedes, dem der Choral ja auch alle Kraft verdankt, klingt darin, jene deutsche Musik, die der Bibelsprache ebenbürtig ist.

Weite Bögen, starke Melodien spannt diese Musik aus, sie ist hart und verbirgt ihr Gefühl scheu — nur selten, aber dann herzrührend, verrät sie die tiefen Empfindungen: „aber die Liebe höret nimmer auf!"

Heinrich von Herzogenberg schrieb an Brahms: „Besten Dank für die ernsten Gesänge — Sie wissen doch immer neue Überraschungen zu bereiten! Wer ist vor Ihnen auf diese Idee gekommen, Bibelworte in freier, jeder kirchlichen oder liturgischen Verbindung gänzlich unabhängiger Weise zu komponieren! Was werden nur die Sänger damit machen? Ich sehe sie schon nach Tische im Salon vor denen singen, ,die noch wohl essen mögen'; denn die Dummheit hat keine Grenzen. Ich frage mich allen Ernstes, wo gehören sie hin? Denn ein bischen Gelegenheitsmusik muß doch alles sein. Sie können dazu die Achsel zucken, und haben Ihre Freude vorweg, Stücke von so herrlicher Tiefe geschaffen zu haben; . . ."

Brahms hat tiefe Musik geschrieben, das wird ihn ewig machen. Die Tiefe dieser Musik ist oft bezweifelt worden; man behauptete, der Tonsetzer habe sich gar oft nur den Anschein der Tiefsinnigkeit gegeben, habe seine Musik künstlich schwer gemacht. Wer das glaubte, verstand den Mann nicht: er war ein schlichter Haidesohn. Viele verschwiegene Geschlechter kommen in ihm zu Wort. Aber auch er ist nicht redselig, kanns nicht sein. Der einfache Sohn des Landes spricht wenig; er hätte viel zu sagen, aber er kann und will es nicht sagen. Er ist zeitlebens ein reines Kind; zart und scheu. Um sich zu schützen, gibt er sich rauh und herb. Aber im Innern ist er der Güte voll. Da drinnen, wo die Stimmen der Jahrhunderte alte Geschichte raunen. Nur den Tönen vermag er das alles anzuvertrauen, was er da hört, und was sich so natürlich mit seinen Erlebnissen verschwistert. Denn die Welt ist heut wie alle Tage: wir leben, lieben und müssen uns lassen. In Büchern lernt man die Welt kennen, wie sie ist, wie sie war, und wie sie sein wird. Eltern, Geschwister, Freunde und Helden sind auch unser. Unser ist die Religion unserer Väter, das liebe Vaterland ist unser. Wir sind glücklich: unsere jungen Lieder lachen und jauchzen. Wie lange! — dann wird der Lust ein End gemacht! Eltern, Freunde, Helden sterben weg. Brahms sah seinen Robert Schumann elend zu Grunde gehen. Da kerbt sich ein Schmerz in seine junge Seele, die Augen gehen ihm auf: „es geht dem Menschen wie dem Vieh, wie dies stirbt, so stirbt er auch . . .“ Wie schön ist die Welt, ist Leben und Liebe, aber „o Tod, wie bitter bist du!“ Die Religion der Väter erscheint dem Denkenden, dem Wissenden als Dogma; selbst die Bibel ist ihm „nicht heidnisch genug.“ Doch der alte Volksgeist lebt noch in diesem Manne: die pessimistischen Ideen, die die Zeit im Namen Schopenhauers beherrschen, brechen seinen Mut, seinen Willen nicht. Das Leben, das ernste Wollen bleibt. Er wird schon eine zarte Seele finden, der er sich liebend anvertrauen kann. Dies höchste Glück lächelt ihm auch hold in Göttingen. Aber das Schicksal! Schumann schärfte des jungen Tondichters Pflichtgefühl, da er ihn ankündigte als den neuen Aar. Die Werke des Angekündigten mißfielen der Welt und der Brotverdienst blieb aus; da kamen zwei herbe Enttäuschungen zusammen: Brahms mußte der Anerkennung durch sein Volk einstweilen Valet sagen, der Liebe für immer. Die Gefühle Werthers bemächtigten sich seiner. Aber er wurde frei, er kämpfte sich durch — das Ergebnis mußte sein: Resignation und fester Wille. Diese beiden bleiben nun die Grundzüge seiner Musik, einer tiefen Musik, die weit mehr enthält, als sie ausspricht.

Die schweifenden Gefühle der Jugend, die schwelgerische Romantik, das sich Hingeben an das Ahnungsvolle, Phantastische, Überschwengliche steht dem zum Manne gereiften Brahms nicht mehr an; sein Ausdruck wird knorrig, hart, herb und streng. Zur Strenge gehört die Form. In sein Notizbüchlein schreibt

Brahms nebeneinander: die romantischen Worte des Tieckschen Sternbald: „Ich fühle es jedesmal, wie Musik die Seele erhebt und die jauchzenden Klänge wie Engel mit himmlischer Unschuld alle irdischen Begierden und Wünsche fernhalten. Wenn man an ein Fegefeuer glauben will, wo die Seele durch Schmerzen geläutert und gereinigt wird, so ist im Gegenteil die Musik ein Vorhimmel, wo diese Läuterung durch wehmütige Wonne geschieht." Daneben nun die Sätze Eckermanns, der ganz in Goethes Sinne spricht: „Die Form ist etwas durch tausendjährige Bestrebungen der vorzüglichsten Meister Gebildetes, das sich jeder Nachkommende nicht schnell genug zu eigen machen kann. Ein höchst törichter Wahn übelverstandener Originalität würde es sein, wenn da jeder wieder auf eigenem Wege herumsuchen und herumtappen wollte, um das zu finden, was schon in großer Vollkommenheit vorhanden ist."

Wie diese Äußerungen, so scheiden sich die zwei Schaffensperioden des Brahmsschen Lebenswerkes. In den ersten zwanzig Werken herrscht die Phantasie auffallend stärker vor, wie in den darauffolgenden; nun nimmt die Form, die Architektur den Gedanken Maß. Und dieser strafferen Gestaltung entsprechend modeln sich Inhalt und Mittel der Brahmsschen Musik. Die Anlage zu knappstem Ausdruck war dem schlichten Brahms angeboren und anerzogen. Er lernte von den Romantikern die Klassiker kennen, vornehmlich Bach und Beethoven. Und von Hause aus entsprach ihm das Volkslied, diese schlichten Weisen, die durch das Mühlwerk unzähliger Münder gegangen, sich vollkommen geläutert, gerundet haben, jede überflüssige Note abgestoßen haben. An diese Voraussetzungen, die Klassiker und die Volksmusik knüpfte Brahms an. Schließlich wurde sein musikalisches Gefühl unmerklich gebildet durch die stete Fühlung, die der heranwachsende Meister mit den Orchestermusikern, dem Handwerk, dem ja auch sein Vater diente, behielt.

Das trieb ihn auch zum innigen Studium der Musik, zum Kontrapunkt und allen schweren musikalischen Künsten, — die er denn auch spielend anwenden lernt. Reich an Kunst jeglicher Art sind seine Werke. Der Satz ist herb, ist voll, ist kühn und gewaltig, die Harmonien oft neu und hart, dann aber auch wieder weich wie schmelzender Schnee. Die Rhythmik ist bestimmt, eigenartig, sonderbar, vielleicht auch einmal verschroben, nie flach und eintönig. Dafür sorgt schon die Synkope, die Brahms ebenso gerne als charakteristisch zu verwenden weiß; sie kommt ihm so gelegen, um allzu warme Herzenstöne zu verbrämen. Noch ein ander Mittel gibts dazu: das Trennen der Motive — kleine Floskeln der Themen, ihre Teile werden auseinandergelegt, durch Pausen getrennt, die fast so viel zu sagen haben, wie die Noten. Weite

Brücken, mit spannenden Bögen werden aus den Motiven gebaut. Das ist nur für die, so Ohren haben zu hören, sonst gewahrt der Lauschende nur Fetzen der Melodik, deren Sinn und Zweck ihm dunkel bleibt. Auch eigenwillige Taktarten müssen die Brahms-schen Melodien sich gefallen lassen. Die Klangfarben sind ge-dämpft, schreiende Klänge sind bei dem Meister verpönt; er liebt auch das Blech, aber lieber sind ihm die zarteren Farben der Holzblasinstrumente; Oboe und Klarinette feiern Feste. Und auch die dunkle Bratsche, die vor Brahms kaum je soviel zu sagen hatte. Sie spielt das Solo in so manchem Kammermusikwerk, so in dem schönen Scherzo des B-dur-Streichquartetts, sie führt in der A-dur-Serenade, die auf Violinen ganz verzichtet.

Brahms liebt den Alt. Seine Melodien liegen oft in den Mittel-stimmen, so wohlig eingesponnen in die schweren Fäden des Satzgewebes, das so kunstvoll geflochten wird. Immer andere Wendungen und Kombinationen weiß der Meister zu ersinnen, der rastlos seine Feder geübt hat. Dieses Vermögen, dieser Hang zum Abwandeln zeigt sich in den vielen Variationen. Brahms liebt die Variation, er pflegt sie als Stück für sich und wendet sie ungemein oft in seinen großen Werken an; selbst die vierte, größte Symphonie enthält einen gewaltigen Variationensatz; in der Ciacona des Finales. Die Variation ist ja auch die strengste musikalische Form: immer ein Teil des Themas bildet das eiserne Gerüst für die neue Entfaltung der Phantasie. Es bedarf freilich eines Themas.

Und an Themen mangelte es dem großen Meister nicht. Man hat allerdings auch bemängelt, Brahms habe keine Melodie nur Themen. Diese Behauptung läßt sich angesichts der hunderte von sanglichen Liedern doch nicht aufrecht halten. Und es finden sich darin unzählige wahre Melodien, nicht nur kurze, klingende Motive, sondern ausgebildete Melodien, die aufsteigen zum be-glückenden Höhepunkt und dann ebenso maßvoll abklingen zum festen Endpunkt, wie sie bestimmt begannen.

Und der Ausdruck? — Er läßt sich knapp mit jenen zwei Worten Tiecks bezeichnen: wehmütige Wonne. Nietzsche hatte nicht unrecht, wenn er Brahms den Sänger der Sehnsucht nennt. Aber es liegt nicht nur ein schmerzlicher Verzicht in diesen Weisen, dieser Musik; sie beabsichtigt und bietet etwas Tieferes, eben wehmütige Wonne; sie will in der Wehmut doch beglücken. Und das vermag die Brahmssche Musik: der Sänger der Sehn-sucht reicht den Trost, spendet innerliches Glück durch die Töne; aus seiner reichen Brust beschenkt er die Brüder: die Liebe höret nimmer auf! Das ist der letzte der vier ernsten Gesänge.

Mit all seinem reinen, deutschen Sinn knüpft dieser Meister an an die Geschichte und das Wesen seines Volkes. Brahms ist durchaus ein deutscher Meister, seine Tonsprache entbehrt jeden italienischen Einschlags, den wir selbst bei Haydn, Mozart, Beethoven sowie Bach und Händel nachweisen können. Brahms ist verträumt wie Schumann und Schubert und Weber, wie alle reinen Deutschen, aber er ist kälter und bewußter als diese. In seiner Musik klingen sie alle an: Schumanns Trutz und Träumerei, Schuberts Wiener Fröhlichkeit und weicher Klang, seine Walzerrhythmen, Webers phantastische Stimmungen, Beethovens Wucht, Haydns Neckerei und Kindersinn, Mozarts Feinheit und Rokokozierlichkeit. Doch alles das durchsetzte ein eigener nordischer Erdgeruch — auch das Bachsche und Händelsche, was wir da und dort finden. Der Born der Brahmsschen Musik steigt jedoch noch weit tiefer hinunter in das Erdreich der deutschen Musik: er quillt tief unten hervor aus der Musik der früheren Jahrhunderte, wo das Volkslied und der Choral zum ersten Mal gesungen wurden. Herb und voll klingt dieser Brahmssche Nachhall und rankt sich auch gern um Gedichte guter altdeutscher Dichter wie Hölty, Flemming, Brentano. Schwermütig, umständlich kann diese Musik sein, aber sie ist immer tiefinnig.

Herz und Kopf aber, Erfindung und Form machen den großen Künstler, der Reichtum in jeder Beziehung den Klassiker. Die classici bei den Römern waren die Reichsten. Der innere Reichtum macht den Klassiker der Kunst. Außer der Oper hat Brahms alle Zweige der Musik durch meisterhafte Werke bereichert. Die Tiefe seiner Musik zeigt, daß sie reich, nicht allsogleich begriffen und ausgeschöpft ist: man darf ihn einen Klassiker nennen, ohne dadurch eine Schranke um ihn zu ziehen, die ihn von anderen hochmütig trennt. Und wenn noch eines fehlt in unserer Urteilsbegründung, so mags die Schule sein, die sich um Brahms gebildet hat.

Natürlich haben diesem eigenartigen Künstler viele seine Eigenart abgucken wollen und ihm nachgemacht, wie er sich räuspert, wie er spuckt. Die Brahmssche Syncope ist ja schließlich nicht allzuschwer nachzuahmen. Schwerer schon die straffe Knappheit der Tonsprache wie der Form. Gut wärs aber, wenn öfter gerade diesem Vorzuge nachgestrebt würde.

Doch es haben sich auch kleinere und größere Meister gefunden, die Brahms Wesen, wesentliche Eigenschaften seiner Musik übernahmen, weiterführten. Von bedeutenden Tonsetzern nenne ich Julius Weismann und vor allem Max Reger. Die Rhythmik und die Formkunst, das Zurückhaltende und Elegische in Regers Musik geht oft auf Brahms zurück, knüpft an ihn an. Brahms wird also ewig sein.

Das kann uns keine Frage mehr sein. Gefragt aber wird: wie steht Brahms zu Liszt, zu Wagner, zu Strauß? — nicht per-

sönlich, sondern geschichtlich. Zugegeben, daß diese Meister die
Zukunftsmusik schufen, und daß Brahms ein Renaissancekünstler
war, wo bleibt er dann, wenn die Geschichte mit jenen weiter-
schreitet? — Auch er wird bleiben und weiter wirken, denn er
ist nicht nur ein Renaissancekünstler, sondern er verwirklicht
einen Traum unserer alten Deutschen Musik, er läßt eine eigene,
noch nie gehörte Weise der deutschen Musik ertönen. Er brachte
im Baum der deutschen Musik Früchte zum reifen, die im
rauschenden Laube bisher keiner gewahrte. Früchte aber bringen
wieder Früchte nach den ewigen Gesetzen, die nicht nur die
Natur beherrschen, sondern auch die Kunst.

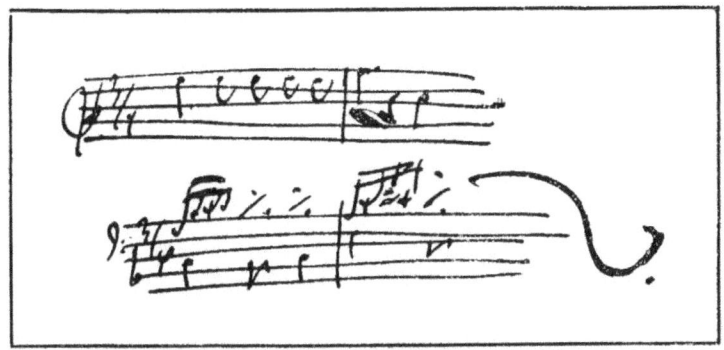

Antwort auf eine Einladung der Frau Maria Fellinger
zur Metzelsuppe: „Wer kann da widerstehn?" aus
Mozarts „Don Juan". Geschrieben am 12. Mai 1893

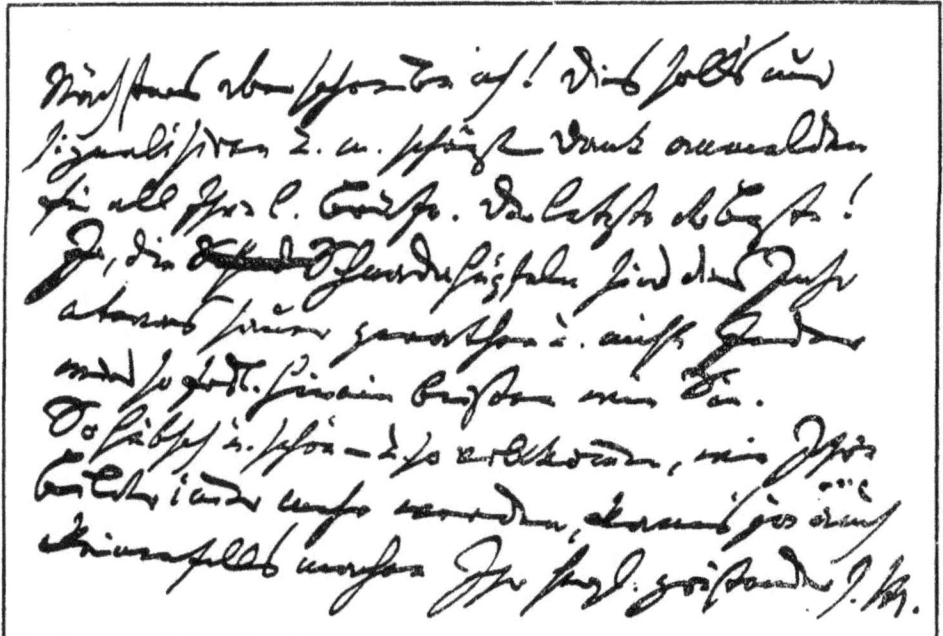

Postkarte an Frau Maria Fellinger.

Systematisches
Verzeichnis der Brahms'schen Werke

Mit chronologischen Angaben

Werke	Geschrieben	Erschienen	Seite
A. Für Orchester.			
1. Symphonie (c-moll). Op. 68	von 1854 an bis 1876	1877	43, 180 ff.
2. — (D-dur) „ 73	1877	1878	189 ff.
3. — (F-dur) „ 90	1883	1884	220 ff.
4. — (e-moll) „ 98	1884/5	1886	225 ff.
Serenade f. großes Orch. (D-dur) Op. 11	1857	1860	51 f
Serenade f. kleines Orch. (A-dur) Op. 16	1858/9	1875	60
Variationen über ein Thema v. J. Haydn. (B-dur). Op. 56 a	1872	1873	162 f.
Akadem Fest-Ouvertüre (c-moll). Op. 80	1880	1881	205
Tragische Ouvertüre (d-moll). Op. 81	1880	1881	205
Ungarische Tänze Nr. 1 g-moll. No. 3 F-dur. No. 10 F-dur	1874	1874	202 f.
B. Für Streichinstru- **mente.**			
1. Mit Begleitung des Orchesters.			
Konzert für Viol. u. Violoncell. Op. 102	1887	1888	243 f.
Konzert für Violine (D-Dur). Op. 77	von 1877 an	1879	198 ff.
2. Ohne Begleitung.			
1. Sextett für 2 Viol., 2 Bratschen und 2 Vell. (B-dur). Op. 18	1860	1862	71 f.
2. Sextett (G-dur). Op. 36 . .	1863/4	1866	104 ff.
1. Quintett für 2 Viol., 2 Bratschen u. Vell. (F-dur). Op. 88	1881	1883	214 ff.
2. Quintett (G-dur). Op. 111 .	1890	1891	251 f.
Quintett für Klarinette (oder Bratsche), 2 Violinen, Bratsche u. Vell. Op. 115 . .	1891	1892	255 f.

Werke	Geschrieben	Erschienen	Seite
1. Quartett für 2 Viol., Bratsche und Vcll. (c-moll). Op. 51 No. 1	von 1865 an	1873	155, 157 ff.
2. Quartett (a-moll). Op. 51 No. 2	1865 an	1873	155, 159 ff.
3. Quartett (B-dur). Op. 67 .	? (1875)	1876	172 ff.

C. Für Pianoforte.

1. Für Pianoforte und Orchester.

1. Konzert (d-moll). Op. 15 .	von 1853 an	1861	48 f., 56 f.
2. Konzert (B-dur). Op. 83 .	von 1878 an	1882	207 f.

2. Für Pianoforte und mehrere Instrumente.

Quintett f. Pfte., 2 Viol., Bratsche u. Vcll. (f-moll). Op. 34 .	von 1861 an	1865	79, 100 ff.
1. Quartett f. Pfte., Viol., Bratsche u. Vcll. (g-moll). Op. 25	1856	1863	43, 75 ff.
2. Quartett (A-dur). Op. 26 .	1856	1863	43, 75 ff.
3. Quartett (c-moll). Op. 60 .	von 1859 an bis 75	1875	43, 166 ff.
1. Trio für Pianoforte, Violine u. Violoncell (H-dur). Op. 8	1853/4	1854	42 f, 250
2. Trio (C-dur). Op. 87 . . .	von 1880 an	1883	203, 215 f.
3. Trio (c-moll). Op. 101 . .	von 1880 an	1887	203, 241 f.
Trio f. Pfte., Viol. und Waldhorn (oder Bratsche oder Vcll.) (Es-dur). Op. 40	1865	1868	108 f.
Trio f. Pfte., Klarinette (oder Bratsche) und Violoncell. (a-moll.) Op. 114	1891	1892	254 f.

3. Für Pianoforte und Violine.

1. Sonate (G-dur). Op. 78 . .	1878	1880	194 f.
2. Sonate (A-dur). Op. 100 .	1886	1887	238 f.
3. Sonate (d-moll). Op. 108 .	1887	1889	246 f.

4. Für Pianoforte u. Violoncell.

1. Sonate (e-moll). Op. 38 . .	1865	1866	112
2. Sonate (F-dur) Op. 99 . .	1886	1887	239 ff.

5. Für Pianoforte und Klarinette (oder Bratsche).

1. Sonate Op. 120 No. 1 . .	1894	1895	262
2. Sonate Op. 120 No. 2. . .	1894	1895	262 f.

6. Für zwei Pianoforte.

Sonate (Quintett) Op. 34 (f-moll) (Op. 34 bis)	1864	1865	93, 100
Variationen über ein Thema von J. Haydn (B-dur). Op. 56 b	1872	1873	162 f.

Werke	Geschrieben	Erschienen	Seite
7. Für Pianoforte zu vier Händen.			
10 Variationen über ein Thema von Rob. Schumann (Es-dur). Op. 23	1861	1863	80
Walzer. Op. 39	1865	1867	125 f.
Liebeslieder. Walzer. Op. 52 a	1868/9	1869	129 f.
Neue Liebeslieder. Walzer. Op. 65	1874	1875	166
Ungarische Tänze. (Ohne Opuszahl.) 4 Hefte	—	—	vgl. 202 f.
8. Für Pianoforte allein.			
1. Sonate (C-dur). Op. 1 . .	1853	1853	16, 36 f.
2. — (fis-moll). Op. 2 . .	1852	1853	16, 17
Scherzo (es-moll). Op. 4 . .	1853	1854	19, 23
3. Sonate (f-moll). Op. 5 . .	1853	1854	38 f.
16 Variationen über ein Thema von Rob. Schumann (fis-moll). Op. 9	1853	1854	39 f.
Balladen. Op. 10	von 1854 an	1856	40 f.
11 Variationen über ein eigenes Thema (D-dur) Op. 21, No. 1	von 1854 an	1861	39
13 Variationen über ein ungarisches Lied (D-dur). Op. 21, No. 2	von 1854 an	1861	39
25 Variationen und Fuge über ein Thema von Händel (B-dur). Op. 24	1861	1862	79 f.
28 Variationen über ein Thema von Paganini (a-moll). Op. 35. 2 Hefte	1862/3	1866	86 f.
Klavierstücke (Capricci u. Intermezzi). 2 Hefte. Op. 76, No. 1—8	von 1877 an	1879	196 f.
2 Rhapsodien (h-moll — g-moll). Op. 79	von 1878 an	1880	197 f.
Fantasien. 2 Hefte. Op. 116 .	1892 u. früher	1892	258 f.
3 Intermezzi. Op. 117 . . .	1892	1892	259
Klavierstücke (Intermezzi, Ballade und Romanze). Op. 118	1893	1893	260
Klavierstücke (Intermezzi und Rhapsodie.) Op. 119 . . .	1893	1893	261 f.
Etude nach Chopin (f-moll). (Ohne Opuszahl.) Studien No. 1	—	1869	—
Rondo (Perpetuum mobile) nach C. M. v. Weber (C-dur). (Ohne Opuszahl.) Studien No. 2	—	1869	—
Gavotte nach Gluck (A-dur). (Ohne Opuszahl.)	—	1871	—

Werke	Geschrieben	Erschienen	Seite
Presto nach J. S. B a c h. Ohne Opuszahl.) 2 Bearbeitungen. Studien No. 3 u. 4 . . .	—	1879	—
Chaconne nach J. S. B a c h für die linke Hand allein (d-moll). (Ohne Opuszahl.) Studien No. 5	—	1879	—
51 Übungen. (Ohne Opuszahl.) 2 Hefte.	—	1893	261
Ungarische Tänze. (Ohne Opuszahl.) 2 Hefte. No. 1—10 .	—	1869 u. 1880	202 f.

A. Gesänge ohue Begleitung.

1. Gesänge für gemischten Chor.

Werke	Geschrieben	Erschienen	Seite
Marienlieder. Op. 22	vor 1860	1862	62 f.
2 Motetten, 5 stimmig. Op. 29.	vor 1860	1864	62 f.
3 Gesänge, 6 stimmig. Op. 42.	vor 1860 u. 1861	1868	62 f.
7 Lieder. Op. 62	1874	1874	170
2 Motetten, 4 –6 stimmig. Op. 74.	1877	1879	191
6 Lieder und Romanzen. Op. 93 a.	1882	1884	220
5 Gesänge. Op. 104	1888 u. früher	1889	247
Fest- und Gedenksprüche, 8 stimmig Op. 109 . . .	1889	1890	249
3 Motetten, 4- u. 8 stimmig. Op. 110	1889	1890	250

2. Gesänge für Frauenchor.

Werke	Geschrieben	Erschienen	Seite
3 Geistliche Chöre. Op. 37 .	1859/63	1866	59
12 Lieder und Romanzen. Op. 44. 2 Hefte	1857/9	1866	62 f.
13 Canons, 3-, 4- u. 6 stimmig. Op. 113	1890 (1856)	1891	251, 254

3. Gesänge für Männerchor.

Werke	Geschrieben	Erschienen	Seite
5 Lieder. Op. 41	vor 1860	1867	—

B. Gesänge mit Begleitung.

1. Gesangwerke mit Orchester.

Werke	Geschrieben	Erschienen	Seite
Ave Maria für weiblichen Chor. Op. 12.	1858	1861	55, 59
Ein deutsches Requiem, für Soli und Chor. Op. 45 . . .	von 1857 an bis 66	1868	64, 115, 117 ff. 126 ff.
Rinaldo. Kantate für Tenorsolo und Männerchor Op. 50 .	1863	1869	88 f.
Rhapsodie für Altsolo und Männerchor. Op. 53	1869	1870	131 ff.
Schiksalslied für Chor. Op. 54	1868	1871	142 ff.

276

Werke	Geschrieben	Erschienen	Seite
Triumphlied für 8 stimm. Chor Op. 55	1870	1872	138 ff.
Nänie für Chor. Op. 82 . .	1880	1881	208 ff.
Gesang der Parzen für 6 stimm. Chor. Op. 89	1882	1883	216 ff.
2. Gesänge mit Begleitung mehrerer Instrumente.			
Begräbnisgesang für Chor und Blasinstr. Op. 13. . . .	vor 1860	1861	61, 64
Gesänge f. Frauenchor m. Begl. von 2 Hörnern und Harfe. Op. 17	vor 1860	1861	62
2 Gesänge f. 1 Altstimme mit Begleitung von Bratsche u. Pfte. Op. 91	schon von 1863 an	1884	82, 220, 233
3. Gesänge mit Begleitung der Orgel oder des Pianoforte.			
Der 13. Psalm. Op. 27 . . .	um 1860	1864	63
Geistlich. Lied v. P. Flemming. Für gem. Chor. Op. 30 .	1856/7	1864	64
4. Gesänge mit Begleitung des Pianoforte.			
a) Chöre.			
Deutsche Volkslieder. Heft 7. Für Vorsänger u. kl. Chor. (Ohne Opuszahl.)	—	1894	261
Tafellied. Op. 93 b	1884	1885	232 f.
b) Solo-Quartette.			
3 Quartette. Op. 31	1859—63	1864	63, 93
Liebeslieder. Walzer. (Pfte. z. 4 Händen.) Op. 52 . . .	1868	1869	129 f.
3 Quartette. Op. 64	von 1862 an	1874	88
Neue Liebeslieder. (Pfte. z. 4 Händen.) Op. 65 . . .	1874	1875	131, 166
4 Quartette. Op. 92	1882	1884	233
Zigeunerlieder. Op. 103 . .	1887	1888	243 f.
6 Quartette. Op. 112 . . .	1890	1891	251, 253
c) Duette.			
3 Duette f. Sopr. u. Alt. Op. 20	1857	1861	54
4 — f. Alt u. Baryton. Op. 28	1860 u. 1862	1864	63 f.
4 — f. Sopr. u. Alt. Op. 61	1874	1874	170
5 — f. Sopr. u. Alt. Op. 66	von 1873 an	1874	172
Balladen und Romanzen für 2 Singst. Op. 75	von 1876 an	1878	192
Romanzen und Lieder für 1 oder 2 St. Op. 84	von 1877 an	1882	212

Werke	Geschrieben	Erschienen	Seite
d) Sologesänge.			
6 Gesänge für Tenor od. Sopran. Op. 3	1852/3	1854	16, 41
6 Gesänge. Op. 6	1853	1853	16 f., 41
6 Gesänge. Op. 7	1853	1854	16 f., 41
8 Lieder und Romanzen. Op. 14	1856/7	1861	53 f.
5 Gedichte. Op. 19	1857	1862	53 f.
9 Lieder und Gesänge. Op. 32. 2 Hefte	1863 u. früher	1864	103 f.
15 Romanzen aus Tieck's „Magelone" Op. 33. 5 Hefte .	von 1861 an	1868	73 ff.
4 Gesänge. Op. 43	1857	1868	95 ff.
4 Gesänge. Op. 46	von 1864 an	1868	98, 121 ff.
5 Lieder. Op. 47	„ „ „	1868	123
7 Lieder. Op. 48	„ „ „	1868	124 f.
5 Lieder. Op. 49	„ „ „	1868	124 f.
8 Lieder und Gesänge. Op. 57. 2 Hefte	1868/9	1871	145 f.
8 Lieder und Gesänge. Op. 58 2 Hefte	1868—70	1871	145 f.
8 Lieder und Gesänge. Op. 59. 2 Hefte	1871—3	1873	145 f., 156 f.
9 Lieder und Gesänge. Op. 63. 2 Hefte	von 1873 an	1874	168 ff.
9 Lieder. Op. 69. 2 Hefte . .	1876	1877	186
4 Gesänge. Op. 70	1876	1877	186 f.
5 Gesänge. Op. 71	1876	1877	186
5 Gesänge. Op. 72	1876	1877	187 f.
5 Romanzen und Lieder für 1 oder 2 Singstimmen. Op. 84	von 1877 an	1882	212
6 Lieder. Op. 85	von 1877 an	1882	195 f., 212 f.
6 — f. 1 tiefere Stimme. Op 86	von 1873 an	1882	195 f., 212
5 — f. 1 tiefe Stimme. Op. 94	z. T. vor 1880	1884	233 f.
7 — Op. 95	z. T. vor 1880	1884	232, 234
4 — Op. 96	z. T. vor 1881	1886	234
6 — Op. 97	z. T. vor 1880	1886	235
5 — f. 1 tief. Stimme. Op. 105	Ausg. d. 80 er Jahre	1889	248
5 — Op. 106	„ „ „ „	1889	248
5 — Op. 107	„ „ „ „	1889	248 f.
4 ernste Gesänge f. 1 Baß-Stimme. Op. 121	1896	1896	267
Deutsche Volkslieder. 6 Hefte. (Ohne Opuszahl) . . .	—	1894	261
Mondnacht. (Ohne Opuszahl)	—	1872	—
14 Volks - Kinderlieder. Ohne Opuszahl	—	1858, 1864	—

www.ingramcontent.com/pod-product-compliance
Lightning Source LLC
Chambersburg PA
CBHW051100030726
47504CB00006B/1708